LES MANUSCRITS DE SERGE GAINSBOURG

BROUILLONS, DESSINS ET INÉDITS

ÉDITION ÉTABLIE ET COMMENTÉE PAR LAURENT BALANDRAS

48, rue Vivienne
75002 Paris
www.editionstextuel.com

Graphisme : Caroline Keppy, Sandrine Roux
Photo du coffret : © Lord Snowdown
Reproduction des documents :
Stefano Bianchetti / Leemage

ISBN : 2-84597-176-1
Dépôt légal : mars 2006

LES MANUSCRITS DE SERGE GAINSBOURG

1950/1968

ÊTRE OU NE PAS NAÎTRE : QUESTION/ RÉPONSE

textuel

Remerciements :
Un infini merci à Charlotte Gainsbourg qui a accepté de nous laisser plonger dans les manuscrits de Serge Gainsbourg. Merci pour cette confiance et cette volonté de faire partager l'œuvre de son père.

Que soient précieusement remerciées les personnes ayant contribué à rassembler documents, souvenirs et éclairages indispensables :
Isabelle Adjani, Andrew Birkin, Jane Birkin, Alain Chamfort, Philippe Clay, Catherine Deneuve, Thomas Dutronc, Jacqueline Ginsburg, Françoise Hardy, Albert Hirsch, Zizi Jeanmaire, Anna Karina, Philippe Lerichomme, Joan Pau Verdier.

Ainsi que :
Daniela Romano, Jean-Pierre Prioul, Catherine Laignel, Marcia Toledo de Labbey, Olivier Gluzmann, Cécile Gaudin, Marina Coissard, Alejandra Norambuena-Skira, Yves-Ferdinand Bouvier, Caroline Lœb, Philippe Clusel, Corinne Garcia, Hélène Nougaro, Alain Bashung, Georges Pludermacher, Véronique Colucci, Didier Pain, Franck Langolf, Thomas Février et Kate Barry…

Ce livre a été possible grâce à :
Marianne Théry, Manon Lenoir, Luce Pénot, Olivier Déchaud, Aude Danieli, Sandrine Gelin, Hélène Orizet, Catherine Aygalinc, Alix Turretini, Gilles Verlant, Loïc Picaud…

Ce livre est dédié à Alice et Ben Attal.

Le Fonds d'action Sacem a apporté son soutien au coffret *Les Manuscrits de Serge Gainsbourg, chansons, brouillons et inédits*.
En accordant ses aides à tous les courants de la création musicale, sans distinction de genres, le Fonds d'action Sacem conduit une politique de mécénat diversifiée. Il accompagne toutes les opérations qu'il parraine en tenant un rôle de conseiller auprès des porteurs de projets.
Il se donne pour objectifs :
- de favoriser la formation de nouveaux publics, jeunes et adultes, à la musique ;
- de promouvoir la musique de film et le métier de compositeur de cinéma ;
- de contribuer à la révélation de jeunes talents ;
- de soutenir la production audiovisuelle musicale ;
- de promouvoir les artistes et le répertoire français à l'étranger ;
- d'accorder son concours à la création.

Les Manuscrits de Serge Gainsbourg méritaient toute l'attention et l'aide du Fonds d'action de la Société des auteurs, compositeurs et éditeurs de musique (Sacem).
Nous connaissions le génie de Serge Gainsbourg, le compositeur d'artistes prestigieux, de bandes originales de films, et surtout ses chansons : *La Javanaise, Le Poinçonneur des Lilas, Je t'aime… moi non plus* qui resteront à jamais associées à son nom.
Nous découvrons ici, à travers des brouillons sans cesse corrigés, son travail d'écriture et également de composition. Il a fait de sa différence une force identifiable dans sa musique. Lui qui souhaitait inventer un nouveau langage musical a trouvé son style, son identité. Serge Gainsbourg, c'est une mélodie qui ne vous quitte plus.

FONDS D'ACTION SACEM

NOTE DE L'EDITEUR

Ce livre propose la traversée d'un répertoire précieux, mêlant quantité d'interprètes de renom. Pour faciliter la lecture de ces documents et permettre au lecteur d'entrer sans peine dans l'atelier de l'auteur-compositeur, nous avons transcrit le texte des manuscrits tel qu'il se donne à lire et mis en valeur ces transcriptions par l'usage de la couleur. Celles-ci constituent des propositions de lecture. Les ratures, la superposition des corrections et l'agencement disparate des vers ont rendu souvent difficile le déchiffrage et invitent à une extrême prudence. Nous ne prétendons pas détenir le corps de la lettre, mais espérons en avoir respecté l'esprit. Les passages ou mots que nous ne sommes pas parvenus à transcrire ont par ailleurs été indiqués comme suit : XX ou ~~XX~~. Pour une meilleure lisibilité des textes, l'orthographe et la ponctuation ont été rétablies chaque fois que cela était nécessaire.

Grâce à ses lectures approfondies et au recueil de témoignages précieux auprès des proches de Serge Gainsbourg et de certains de ses interprètes, Laurent Balandras offre ici sa vision – celle d'un passionné – du contexte de création de cette œuvre protéiforme. Les éclairages biographiques et contextuels sont rassemblés à la fin de chaque volume.

Nous invitons bien sûr les lecteurs à procéder à leur propre lecture de ces feuillets et surtout à écouter ou à réécouter une œuvre qui ne laisse pas de fasciner.

« Le mot pour le mot. Le mot véhiculant l'idée
et non pas l'idée véhiculant le mot.
Primordial. Pas de mot, pas d'idée. »
Serge Gainsbourg
Au pays des malices, Le Temps singulier, 1980

AVANT-PROPOS

Ce qui demeure de l'œuvre manuscrite de Serge Gainsbourg rappelle tel un écho ténu que les feuilles blanches ont remplacé les toiles vierges du peintre Lucien Ginsburg. Enchâssés dans la calligraphie si particulière de Serge, certains textes se donnent à voir et à lire comme des tableaux. Supprimant les signes de ponctuation, les accents, les barres des « t » et les points sur les « i », la plume sergent major de Gainsbourg esquisse des chorégraphies textuelles nouées et anguleuses qui comblent l'esthète. Perfectionniste au point de reprendre le meilleur d'une œuvre ancienne pour en parfaire une nouvelle, exigeant dans sa quête de la rime insolite, avant-gardiste par son vocabulaire choisi truffé d'anglicismes et miné de néologismes, Gainsbourg n'avouera jamais les heures passées à élaborer les centaines de chansons qui sont nées de son esprit toujours en éveil. « Sans technique, un don n'est rien qu'une sale manie », chantait Brassens. Or, si Lucien Ginsburg sait l'importance de l'apprentissage classique, héritage précieux de son père Joseph, Serge Gainsbourg fera croire que tout lui est facile, qu'il « balance ses lyrics » par groupes de treize à la douzaine. De tout ce qu'il a appris, il se servira. Dans ses œuvres, on retrouve des thèmes empruntés aux compositeurs classiques, mais aussi des chansons qui ont bercé sa jeunesse, des références ou des textes de poètes et romanciers dont il a assimilé les écrits, et cette graphie dont l'esthétique est immédiatement reconnaissable. Les textes inédits reproduits ici ne forment qu'une partie infime de la masse de projets inachevés ou inaboutis, chansons, films, musiques, romans de cet artiste prolifique, dont il ne subsiste rien ou presque. Pour la première fois, voici dévoilés l'atelier du peintre, l'antichambre du parolier, qui chez Gainsbourg forment un seul et même espace, sans qu'aucune part de mystère ne soit percée pour autant. Une invitation à contempler et à surprendre le génie dans ses errances et ses fulgurances.

SOMMAIRE

UN ART MINEUR

Serge Gainsbourg entretiendra toute sa vie un rapport complexe avec la chanson. Incontestable génie musical, extraordinaire malaxeur de sons et de mots, il demeure impitoyable avec un art qu'il ne cesse de qualifier de mineur – puisqu'il ne requiert aucune formation particulière –, alors qu'il construit une œuvre contribuant, au même titre que d'autres grandes signatures, à élever la chanson parmi les arts majeurs de son siècle.
Le petit Lucien Ginsburg, né en avril 1928, comprend très rapidement que la musique est une discipline exigeante. Presque chaque jour, il entend son père Joseph jouer au piano la *Rhapsody in blue* de Gershwin, dont il faut d'abord maîtriser parfaitement les difficultés techniques avant d'espérer aborder les phases qui conduisent à l'émotion. Les cours de piano que le papa dispense à ses enfants n'ont rien de ludique. Joseph est un professeur sévère. Si un bémol surgit malencontreusement, Lucien et ses sœurs sont sèchement invités à expliquer et à réparer leur erreur. Inlassablement, l'apprentissage se déroule au milieu des larmes des petits pianistes amateurs.
Joseph est un pianiste professionnel. Il joue dans des clubs sélects, accompagne des orchestres de divertissement et effectue les saisons des grands casinos à une époque où l'on ne dispose guère de congés payés.
Joseph méprise la musique de variétés. Celle que l'on peut composer sans rien savoir du solfège, celle que fredonnent les travailleurs en rentrant chez eux le soir, celle que diffuse la TSF à longueur de journée. Comment le jeune Lucien peut-il comprendre la différence entre *Rhapsody in blue* et *The Man I love* ? Nées du même compositeur, ces deux œuvres ne sont pas destinées au même public. Pourtant, la voix de Billie Holiday bouleverse Lucien au point qu'il chantera son *Gloomy Sunday* en 1987, sur son ultime album.
L'entre-deux-guerres popularise les artistes de music-hall sans les considérer comme de véritables créateurs, et lorsque d'éminents écrivains se compromettent à taquiner la muse dans le but de s'entendre chanter, ce sont à des musiciens sérieux qu'ils confient cette tâche, comme Louis Durey pour Jean

Cocteau, Darius Milhaud pour Paul Claudel ou Maurice Ravel pour Colette. Car la musique s'ordonne en deux catégories : classique ou légère. Et à l'époque, l'épithète est emplie de sous-entendus suintant le stupre et l'alcool frelaté... Joseph les connaît, ces lieux de perdition où l'on joue la nuit pour remplacer par du vin le sang des veines populaires. Il préfère, autant que possible, dépenser son talent auprès d'une clientèle raffinée, ce qui fait naître chez le petit Lucien un goût immodéré pour le luxe et la sophistication.

Ces images sont importantes si l'on veut comprendre ce jeu de l'amour et de la haine entre Gainsbourg et la musique. Jusqu'à vingt ans, Lucien ne forme son oreille qu'au travers de Scarlatti, Brahms, Schumann, Chopin. Son profond respect s'adresse aux mains de Dinu Lipatti ou de Vladimir Horowitz qu'il considère comme un « génie du siècle[1] ».

Le jazz a également ses entrées chez les Ginsburg. Gershwin encore, mais aussi Cole Porter ou Irving Berlin. C'est avec du jazz que Joseph nourrit sa famille, et c'est vers le jazz que le Gainsbourg chanteur se tournera dans un premier temps. Lucien se fond dans les désirs d'un père dont il perçoit mal l'admiration, masquée par la digne sévérité dont se drapent souvent les exilés qui ont tout laissé derrière eux. L'orgueil colmate des blessures mal cicatrisées. Alors, presque sans s'en rendre compte, Lucien aime la musique que joue Joseph, la peinture qu'apprécie Joseph, et lorsqu'il commence à peindre, vers l'âge de treize ans, il sait qu'il exauce le vœu de ce papa slave pour qui l'art avec un grand A est ce qui compte le plus au monde.

La peinture nécessite, comme la musique classique, une initiation poussée, par le truchement de l'apprentissage de son histoire, par la copie de ses maîtres. La peinture est une épouse maladivement jalouse, qui exige de voler à l'aube ses plus belles lueurs, ses plus infimes phosphorescences, de se couper du monde pour puiser au fond de soi les sensations les plus intimes. Et il faut tout lui offrir, sans retenue, les lumières et les émotions, intactes, la vie au bord du pinceau. La peinture ne supporte pas l'ombre d'une infidé-

lité, aussi, lorsque Lucien ira caresser de la guitare et du piano, elle délaissera celui qui ne parvient plus à s'oublier pour elle : « J'étais pianiste de bar. J'avais du doigté. Je me démerdais pas mal. (...) La meilleure initiation, c'était ça : faire les dancings. Quand je me suis mis à jouer dans les dancings, je l'ai eu dans le cul parce que la lumière la plus belle c'est aux aurores, dans les ateliers, et moi, il fallait que je bosse toute la nuit. Je ne sais pas si c'est une lâcheté de ma part d'avoir quitté cet art majeur pour passer à un art mineur, ou peut-être, instinctivement, j'avais la prescience de ma destinée ?[2] »
Cette fêlure détournera Gainsbourg des autres auteurs-compositeurs se prenant trop au sérieux. Il tiendra sa revanche en devenant un artiste complet, faisant montre de bien plus d'ambition lorsqu'il s'agira de tourner un film ou d'écrire un roman. Le cinéma et la littérature conserveront à ses yeux un cachet dont ne se prévaudra jamais le genre chanté, à la portée du premier néophyte venu. Écrivain ou réalisateur sont des professions qui nécessitent un sens aigu de l'observation, de la narration, du sentiment, comme la peinture. Il sera d'ailleurs blessé par les mauvaises critiques adressées à l'encontre de son roman *Evguénie Sokolov* ou de ses films, tandis que lui-même n'hésitera pas à déconsidérer son propre travail d'auteur-compositeur : « J'aimerais, comme je détruisais mes dessins, faire ça avec mes disques[3]. »
Pourtant, l'album *Histoire de Melody Nelson* a marqué un temps dans l'histoire de la chanson. La rupture créative de Gainsbourg a ceci d'extraordinaire qu'elle n'a jamais cessé d'avoir lieu. *L'Homme à tête de chou* a relancé un nouveau pavé dans la mare. Accouplant la langue française à des rythmes qui lui sont de prime aborf étrangers, Gainsbourg a inventé un lexique apocryphes, plein d'audaces, de malice, de métaphores gigognes et d'impertinentes inventions, pour que la langue sonne autrement. Son œuvre tient une place très particulière, à la fois en osmose avec son époque, à contretemps de celle-ci et intemporelle, à l'image de sa *Javanaise* devenue ce que l'on appelle un standard.

Laurent Balandras

DU PINCEAU AU PIANO

1950/1956

À vingt ans et des poussières, Lucien Ginsburg est amoureux et mène la vie de bohème dans le Paris insouciant de l'après-guerre. La première moitié des années 1950 le voit tour à tour professeur de dessin, coloriste de photos de films, guitariste et pianiste de bar. Il va doucement quitter la peau du peintre Ginsburg pour endosser l'habit de l'auteur-compositeur Julien Gris, se découvrant une facilité pour créer ses propres mélodies. Les cabarets en plein essor offrent bien des opportunités pour ce garçon talentueux, tant et si bien que le pupitre va détrôner le chevalet. Conscient que se joue une manche décisive opposant le peintre maudit au chansonnier prometteur, Lucien abat ses cartes comme on s'ouvre les veines, d'un coup sec et rapide. Des cicatrices indélébiles lui rappelleront toute sa vie ce choix cornélien.

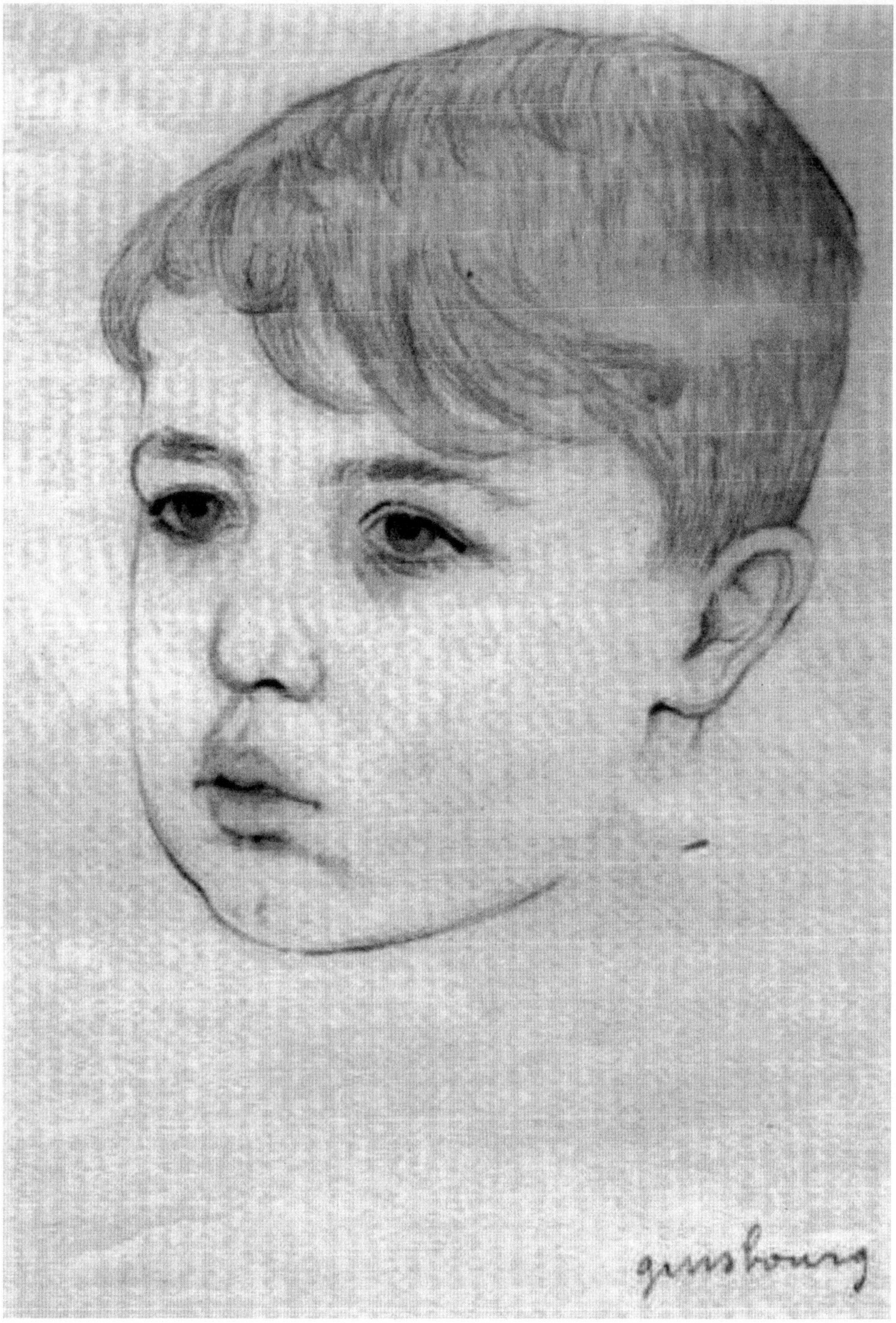

PORTRAIT DE GEORGES PLUDERMACHER,
âgé de six ans, par Lucien Ginsburg, 1951.

Georges est le petit-fils de Gerchon Pludermacher, fondateur du Parti socialiste juif, le Bund, créé en Russie en 1897, et le fils de Serge Pludermacher, directeur de la Maison des réfugiés israélites de Champsfleur où Lucien Ginsburg est moniteur de dessin et de musique. À l'époque où il pose pour Lucien, le petit Georges n'a que six ou sept ans. Il a débuté le piano à l'âge de trois ans et demi. Entré au Conservatoire national supérieur de musique à l'âge de onze ans, Georges Pludermacher en est l'un des professeurs aujourd'hui. Il mène une carrière de pianiste saluée dans le monde entier. Ses enregistrements d'œuvres de Debussy ou de Beethoven ont reçu de nombreuses récompenses. La signature, étrangement, est « Ginsbourg », comme il semble que ce soit aussi le cas pour des toiles peintes à cette époque. Lucien écrivait parfois son nom avec un « z » par souci d'esthétisme.

**AUTOPORTRAIT
DE LUCIEN GINSBURG,** *1957.*

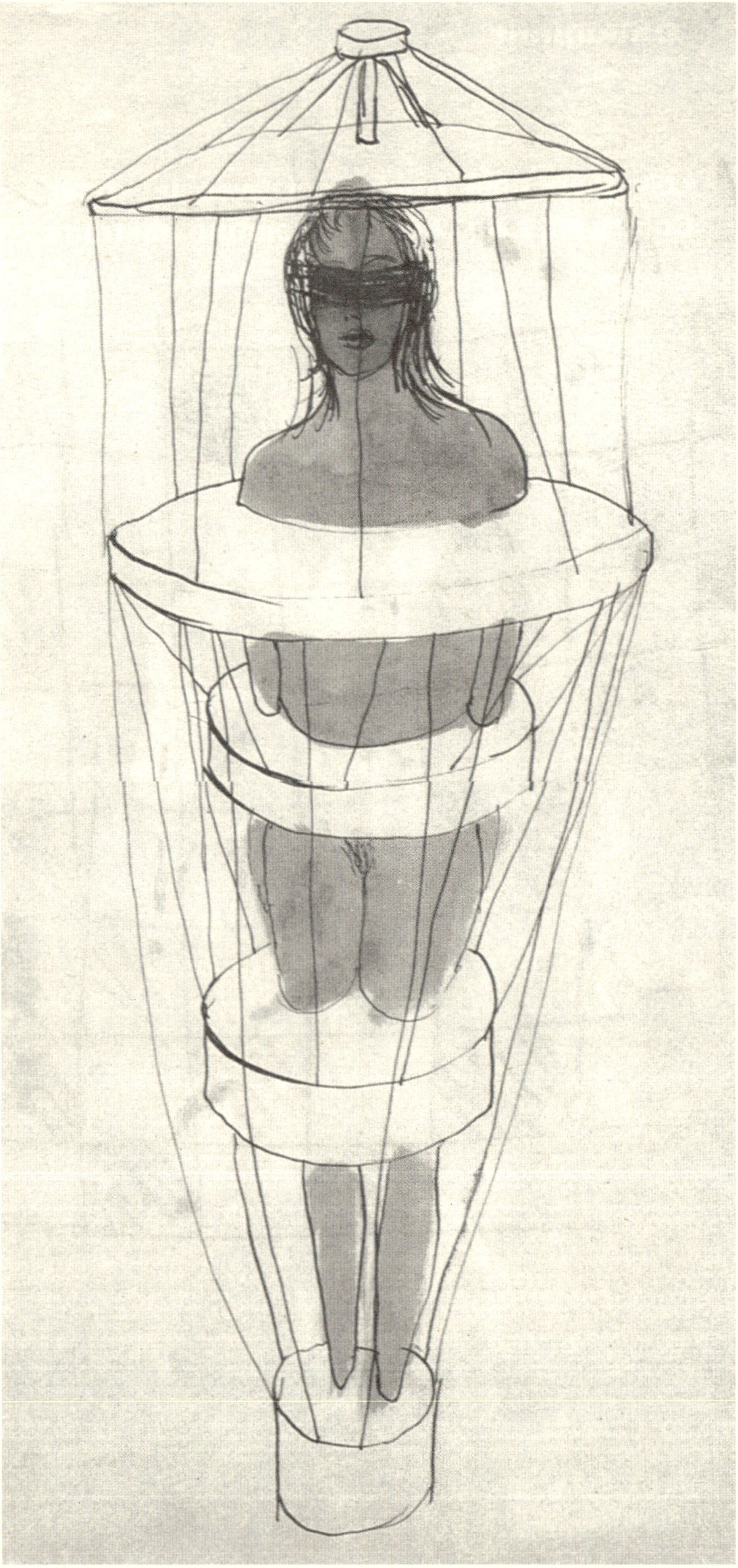

PORTRAIT D'ÉLISABETH LEVITSKY, *sa première épouse, par Lucien Ginsburg, réalisé à la fin des années 1940 ou au début des années 1950.*

LISTE SACEM *des six œuvres jointes à la demande d'adhésion de Lucien Ginsburg dit Julien Gris, adressée à la Sacem le 18 juin 1954.*

La chanson *Les Trois Boléros* débute ainsi :

Au premier boléro
Que nous avons dansé
Tous les deux
Nous n'avons pas parlé
Je n'ai fait que danser
Et la regarder

La chanson *Promenade au bois*, retrouvée dans les archives de Serge Gainsbourg, offre un texte de facture classique. Tout comme *Les Amours perdues* et *Les Trois Boléros*, il s'agit d'un boléro, ce qui indique une forte influence des rythmes latino-américains chez le compositeur.

Promenade au bois
Au bras de ma belle
Quand nous avons froid
Je m'approche d'elle
Ce chemin étroit
Je me le rappelle
C'est celui qui va là-bas
Au petit hôtel du bois
Écoute le vent qui gémit
Regarde le ciel qui s'obscurcit
Voici le soir
Il va pleuvoir
Promenade au bois
Il faut rentrer ma belle
Je n'veux pas que tu prennes froid
À la promenade au bois
Les dernières feuilles sont tombées
Les arbres en sont tout attristés
Leurs branches se lèvent dénudées
Dans l'ombre des allées
Promenade au bois
J'ai perdu ma belle
Promenade au bois
J'ai pleuré pour elle
Ce chemin étroit
Je me le rappelle
C'est celui qui va là-bas
Au petit hôtel du bois
J'écoute le vent qui gémit
Voici le ciel qui s'obscurcit
Voici le soir
Il va pleuvoir
Promenade au bois
Je rentre sans ma belle
Elle n'ira plus avec moi
À la promenade au bois

Désignation des Œuvres du Postulant, éditées ou inédites, jointes à la demande [a]

TITRES DES ŒUVRES	GENRE	AUTEUR	COMPOSITEUR	ÉDITEUR (OU INEDIT)
LES TROIS BOLEROS	BOLERO	JULIEN GRIS	JULIEN GRIS	JULIEN GRIS
PROMENADE AU BOIS	BOLERO	id.	id.	id.
DÉFENSE D'AFFICHER	VALSE	id.	id.	id.
FAIT DIVERS	VALSE	id.	id.	id.
LES AMOURS PERDUES	VALSE	id.	id.	id.
ÇA N'VAUT PAS LA PEINE D'EN PARLER	SLOW	id.	id.	id

Je déclare ne faire partie d'aucune autre Société étrangère de perception similaire à la SOCIETE des AUTEURS, COMPOSITEURS et EDITEURS DE MUSIQUE

Certifié sincère et véritable,

Paris (1), le 18 JUIN 1954

(1) Dater et signer.

TRÈS IMPORTANT

Ne pas omettre d'indiquer sur cette demande, les titres de vos œuvres ayant déjà fait l'objet d'une déclaration, par vos collaborateurs membres de la Société.

NOTA. — Toute demande d'admission accompagnée des pièces mentionnées d'autre part, est soumise au Conseil d'Administration, qui statue sans être tenu de faire connaître les motifs de tout ajournement ou rejet. — Toute demande d'admission ajournée ne peut revenir devant le Conseil qu'à l'expiration du délai d'ajournement.

Chaque œuvre éditée doit porter gravée sur le titre et sur la première page, ainsi que sur chaque partie détachée, la mention : « *droits d'exécution réservés* ».

a) *Pour que les œuvres jointes à la présente demande soient inscrites au Catalogue du nouvel adhérent, celui-ci devra en faire la déclaration en la forme ordinaire; des « Bulletins de déclaration » lui seront adressés à cet effet.*

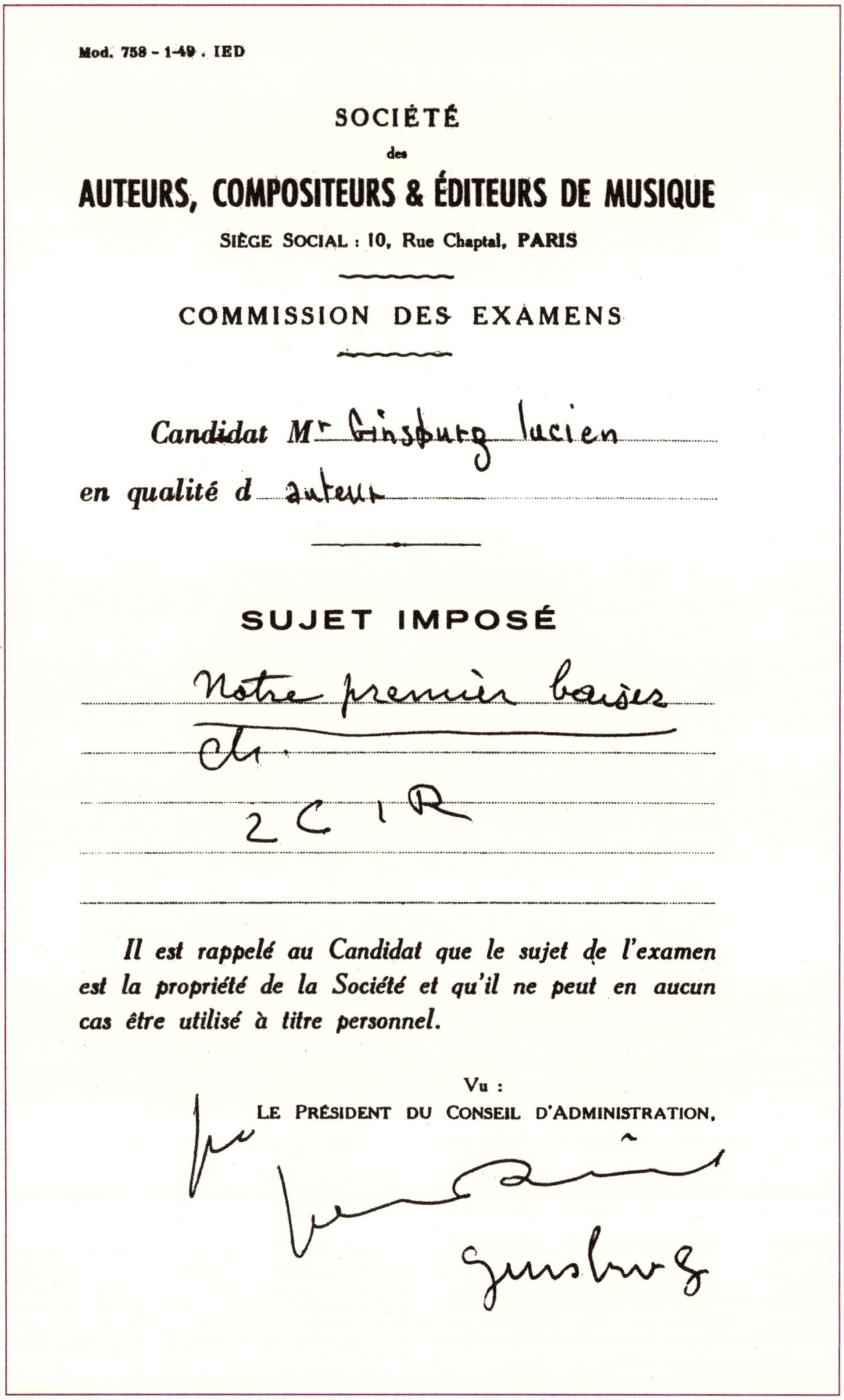
Mod. 758 - 1-49 . IED

SOCIÉTÉ
des
AUTEURS, COMPOSITEURS & ÉDITEURS DE MUSIQUE
SIÈGE SOCIAL : 10, Rue Chaptal, PARIS

COMMISSION DES EXAMENS

Candidat Mr Ginsburg lucien
en qualité d auteur

SUJET IMPOSÉ

Notre premier baiser
Ch.
2 C 1 R

Il est rappelé au Candidat que le sujet de l'examen est la propriété de la Société et qu'il ne peut en aucun cas être utilisé à titre personnel.

Vu :
LE PRÉSIDENT DU CONSEIL D'ADMINISTRATION.

Ginsburg

SUJET D'EXAMEN D'ENTRÉE
de Lucien Ginsburg à la Sacem en tant qu'auteur, en juillet 1954.

Le sujet imposé est « Notre premier baiser », qui lui inspire ces vers :
Le temps a effacé
Dans mon cœur l'amertume
Tous mes chagrins passés
Aujourd'hui se consument
Mais je ne pus pourtant
Je ne puis oublier
Un souvenir troublant
Notre premier baiser

FICHE PROFESSIONNELLE
de Lucien Ginsburg, datée du 25 août 1954.

Lucien remplit ce document pour valider son inscription à la Sacem. À noter qu'il se qualifie déjà d'auteur et compositeur bien qu'aucun document n'ait été retrouvé concernant son examen d'entrée à la Sacem en qualité de compositeur.

SOCIÉTÉ DES AUTEURS, COMPOSITEURS ET ÉDITEURS DE MUSIQUE

10, RUE CHAPTAL - PARIS (9e)

FICHE PROFESSIONNELLE

NOM : GINSBURG Prénoms : Lucien

Avez-vous été salarié ? : oui

Jusqu'à quelle date ? Contrats périodiques

Pour quel travail avez-vous perçu des émoluments ? : guitariste-pianiste

Etes-vous de nouveau salarié ? : oui

Pour quel travail percevez-vous des émoluments ? : coloriste pour une firme cinématographie

Etes-vous affilié à la Sécurité Sociale et bénéficiez-vous des prestations ? oui

Si oui, sous quel numéro : 1 28 04 75 104 011

Quels sont vos titres professionnels, universitaires ou techniques ?

Auteur compositeur

Faites-vous partie également :

De la Société des Auteurs et Compositeurs Dramatiques ? : non

Si oui, en quelle qualité ?

De la Société des Gens de Lettres ? non

Si oui, en quelle qualité ? :

De la Société des Auteurs pour l'Administration du Droit de Reproduction Mécanique ? : non

Si oui, en quelle qualité ? :

Du Syndicat National des Auteurs et Compositeurs de Musique ? : non

Si oui, en quelle qualité ? :

Ou de tout autre organisme professionnel ? (indiquer le ou les organismes) :

Énumérez vos distinctions honorifiques :

Fait à Paris le 25 Août 1954

(1) declaration sincere et véritable

SIGNATURE :

Ginsburg

(1) Avant la signature écrire :

" Déclaration sincère et véritable ".

IED 45366

NUL NE LE SAURA JAMAIS,
partition signée Julien Grix, déposée à la Sacem le 10 septembre 1954.

NUL NE LE SAURA JAMAIS
SLOW
PAROLES ET MUSIQUE
JULIEN GRIX
Qui de nous deux aima l'autre le mieux
Nul ne le saura jamais
Non nul ne saura jamais lequel des deux
Était le plus heureux
Qui de nous deux trouvait plus merveilleux
Ces doux instants de bonheur
Qui de nous deux sut le mieux
Lire dans son cœur
Nul ne le saura jamais car aujourd'hui
Le roman d'amour est fini
C'est la dernière page c'est la dernière image
C'est notre joli rêve qui s'achève
Combien de fois j'ai pleuré loin de toi
Tu ne le sauras jamais
(le vers non tu ne sauras jamais est biffé)
Combien de fois j'ai pleuré sur notre amour

Tu ne le sauras jamais
Après le mot fin le couplet porte la mention récitatif concernant la partie suivante :
Toi je ne sais pas si tu m'as oublié
Si vraiment ton cœur a pu tout effacer
Cela toi seul
Toi seul le sais
Le signe *dal segno* renvoie au début d'une partie musicale généralement signalée par la répétition de ce sigle. Au bas de la partition portant le cachet de la Sacem, il est inscrit à gauche propriété de l'auteur et à droite droits réservés, ce qui signifie que la chanson n'a pas d'éditeur musical. Ce texte évoque un aphorisme célèbre de Balzac que Gainsbourg citera souvent après sa rupture avec Jane Birkin, et qu'il fera chanter à Catherine Deneuve dans *Digital Delay* en 1981 : « En amour, il y en a toujours un qui souffre et l'autre qui s'ennuie. »

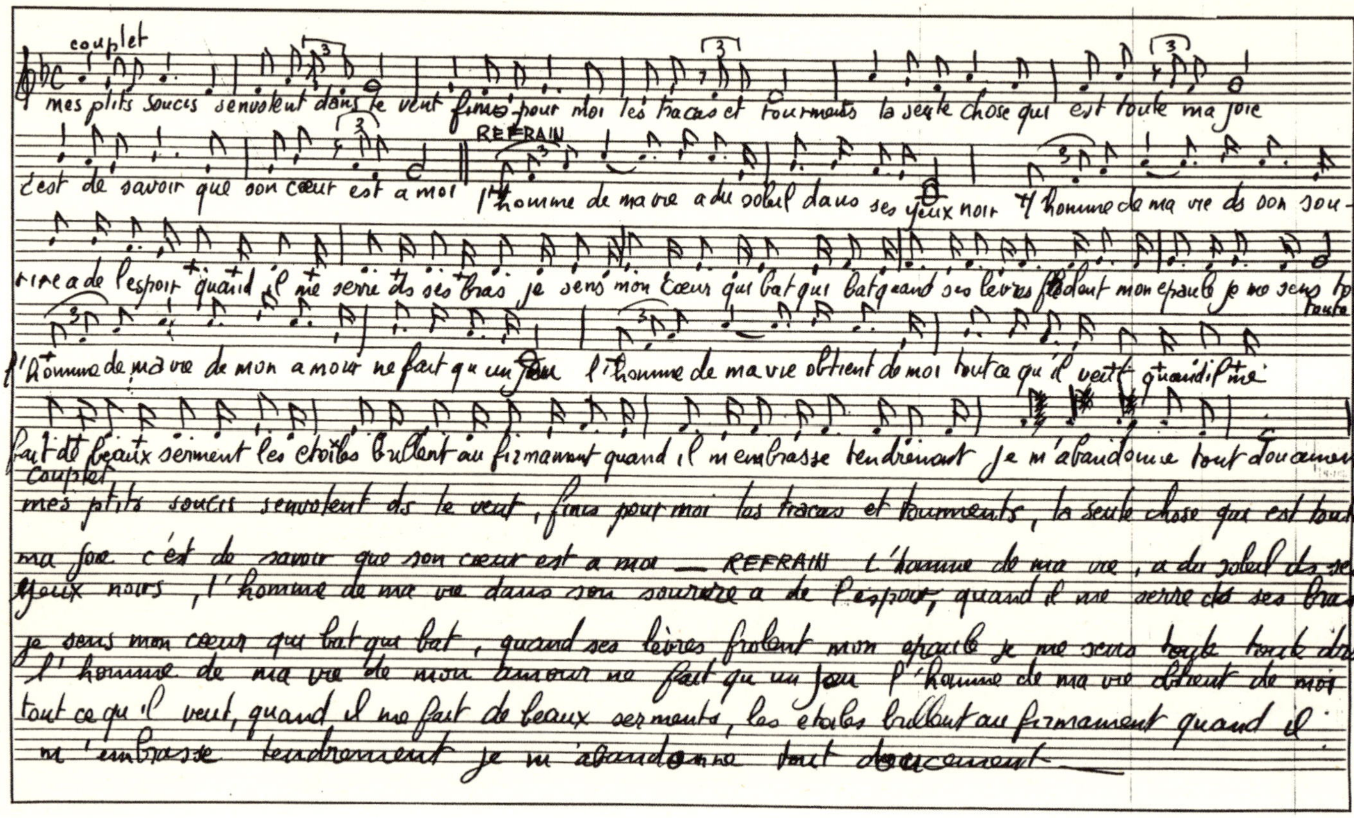

L'HOMME DE MA VIE, *partition déposée par Lucien Ginsburg en 1954.*

Couplet
Mes p'tits soucis s'envolent dans le vent
Finis pour moi les tracas et tourments
La seule chose qui est toute ma joie
C'est de savoir que son cœur est à moi
Refrain
L'homme de ma vie
A du soleil dans ses yeux noirs
L'homme de ma vie
Dans son sourire a de l'espoir
Quand il me serre dans ses bras
Je sens mon cœur qui bat qui bat
Quand ses lèvres frôlent mon épaule
Je me sens toute toute drôle
L'homme de ma vie
De mon amour ne fait qu'un jeu
L'homme de ma vie
Obtient de moi tout ce qu'il veut
Quand il me fait de beaux serments
Les étoiles brillent au firmament
Quand il m'embrasse tendrement
Je m'abandonne tout doucement

Couplet
Mes p'tits soucis s'envolent dans le vent
Finis pour moi les tracas et tourments
La seule chose qui est toute ma joie
C'est de savoir que son cœur est à moi
Refrain...

Les paroles sont de Diego Altez. Il est précisé que la chanson se joue sur un rythme fox. Les textes reproduits jusqu'à la p. 36 proviennent des archives de la Sacem. Ce sont *a priori* les seules traces qui perdurent des premières chansons de Serge Gainsbourg, alias Julien Grix. L'écriture est appliquée, disciplinée, comme chaque fois qu'elle doit être lue par une tierce personne. Ces manuscrits servent au dépôt et à la protection des chansons. Ils sont souvent incomplets, car la Sacem n'exige que les premières mesures (huit maximum), sans les arrangements.

Julien Gracq

Dater et signer

Fait à Paris le 9 février 1955

Certifié conforme et véritable (1)

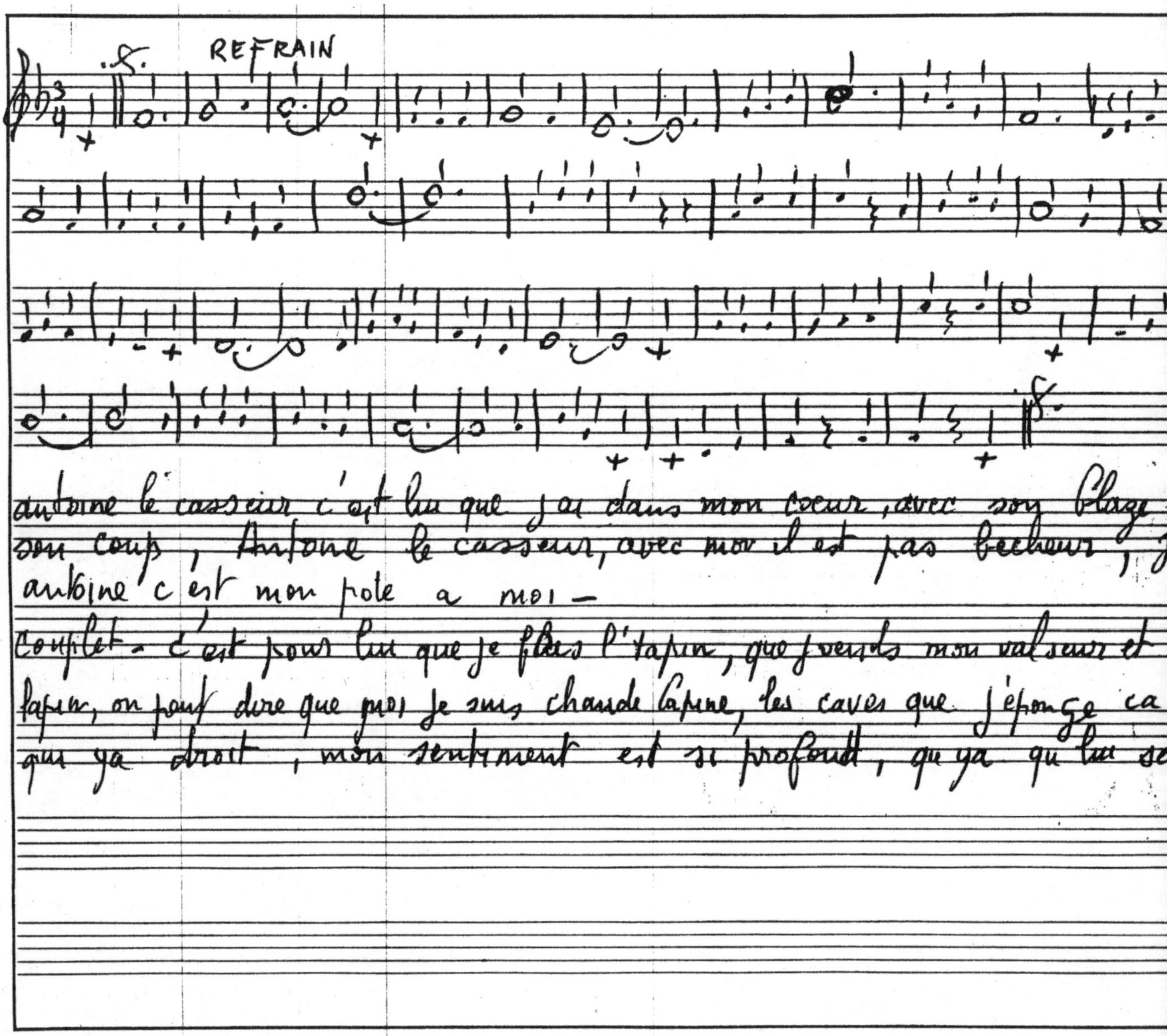

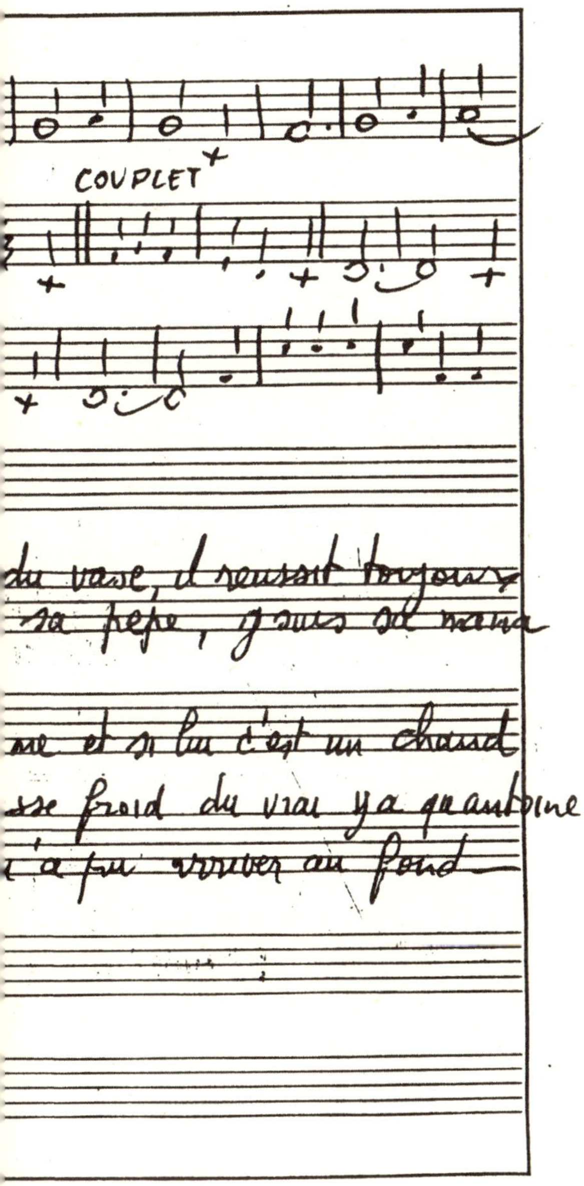

ANTOINE LE CASSEUR,
partition signée Julien Grix,
déposée à la Sacem en février 1955,
interprétée par Lucky Sarcell.

Refrain
Antoine le casseur
C'est lui que j'ai dans mon cœur,
Avec son blaze il a du vase,
Il réussit toujours son coup,
Antoine le casseur,
Avec moi il est pas bêcheur,
J'suis sa pépée, j'suis sa nana,
Antoine c'est mon pote à moi
Couplet
C'est pour lui que je fais l'tapin,
Que j'vends mon valseur et l'toutime
Et si lui c'est un chaud lapin,
On peut dire que moi je suis chaude lapine,
Les caves que j'éponge ça m'laisse froid,
Du vrai y'a qu'Antoine qui y'a droit,
Mon sentiment est si profond,
Qu'y'a qu'lui seul qu'a pu arriver au fond

Cette chanson est le premier titre du futur Gainsbourg qui utilise un vocabulaire issu de la langue parlée. Ici, il s'agit d'un argot emprunté au répertoire réaliste qu'on rencontre dans les endroits encanaillés, dans la tradition des chansons de Bruant.
Ce vocabulaire est sans doute inspiré par le personnage de Lucky Sarcell, travesti du cabaret Madame Arthur et probable interprète de *Charlie*, autre chanson créée la même année qui utilise un langage similaire :
Quand je l'siffle y s'amène au trot
C'est pas pour ça qu'il est ballot.

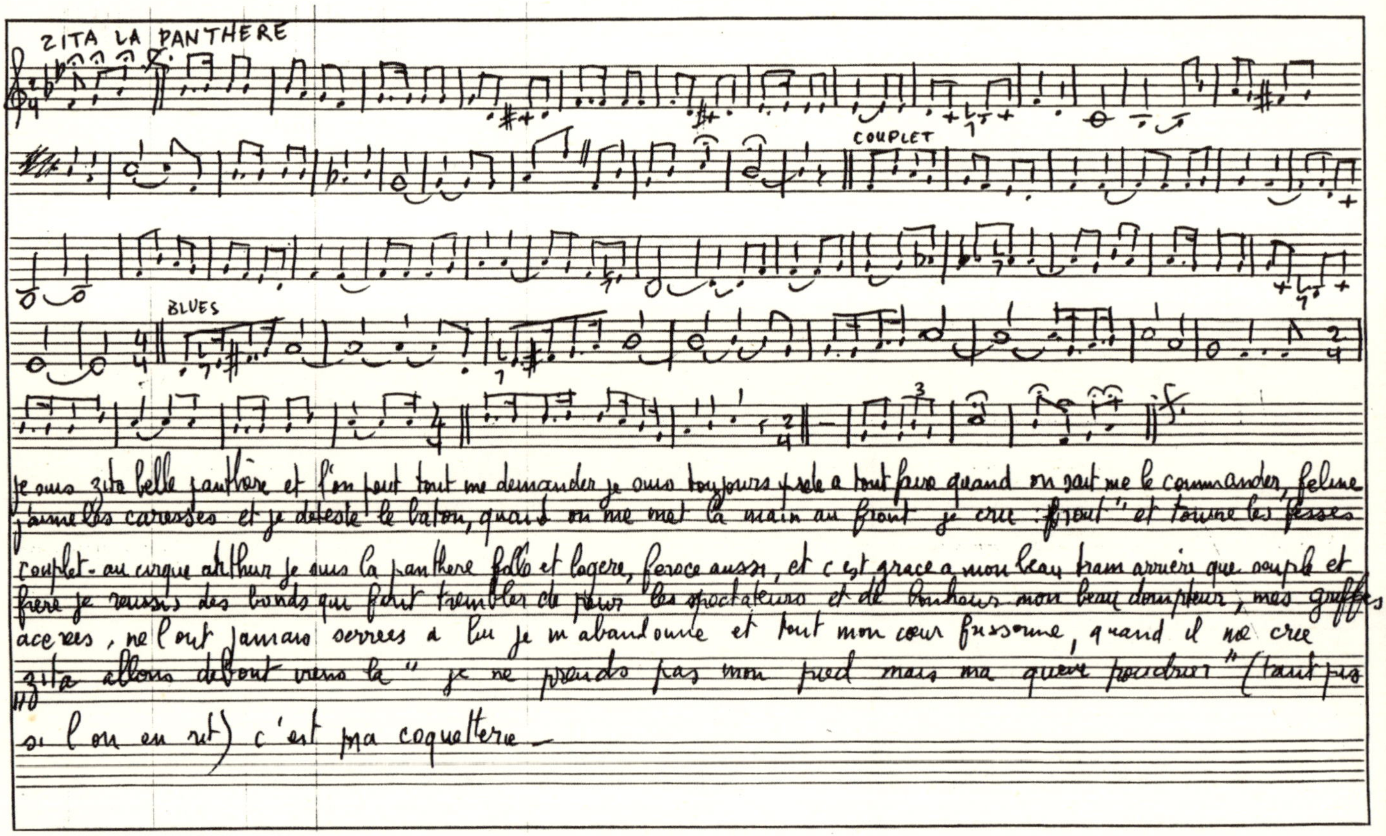

ZITA LA PANTHÈRE,
partition signée Julien Grix, déposée à la Sacem en février 1955, interprétée par Maslowa.

Refrain
Je suis Zita belle panthère
Et l'on peut tout me demander
Je suis toujours prête à tout faire
Quand on sait me le commander
Féline j'aime les caresses
Et je déteste le bâton
Quand on me met la main au front
Je crie « frout » et tourne les fesses
Couplet
Au cirque Arthur je suis la panthère
Folle et légère, féroce aussi,
Et c'est grâce à mon beau train arrière
Que souple et fière je réussis
Des bonds qui font trembler
De peur les spectateurs
Et de bonheur mon beau dompteur
Mes griffes acérées
Ne l'ont jamais serré
À lui je m'abandonne
Et tout mon cœur frissonne
Quand il me crie « Zita
Allons debout viens là »
Je ne prends pas mon pied
Mais ma queue poudrier
(Tant pis si l'on en rit)
C'est ma coquetterie
Le texte est de Louis Laibe, directeur du cabaret Madame Arthur. Maslowa est l'un des travestis qui exécute certains numéros.

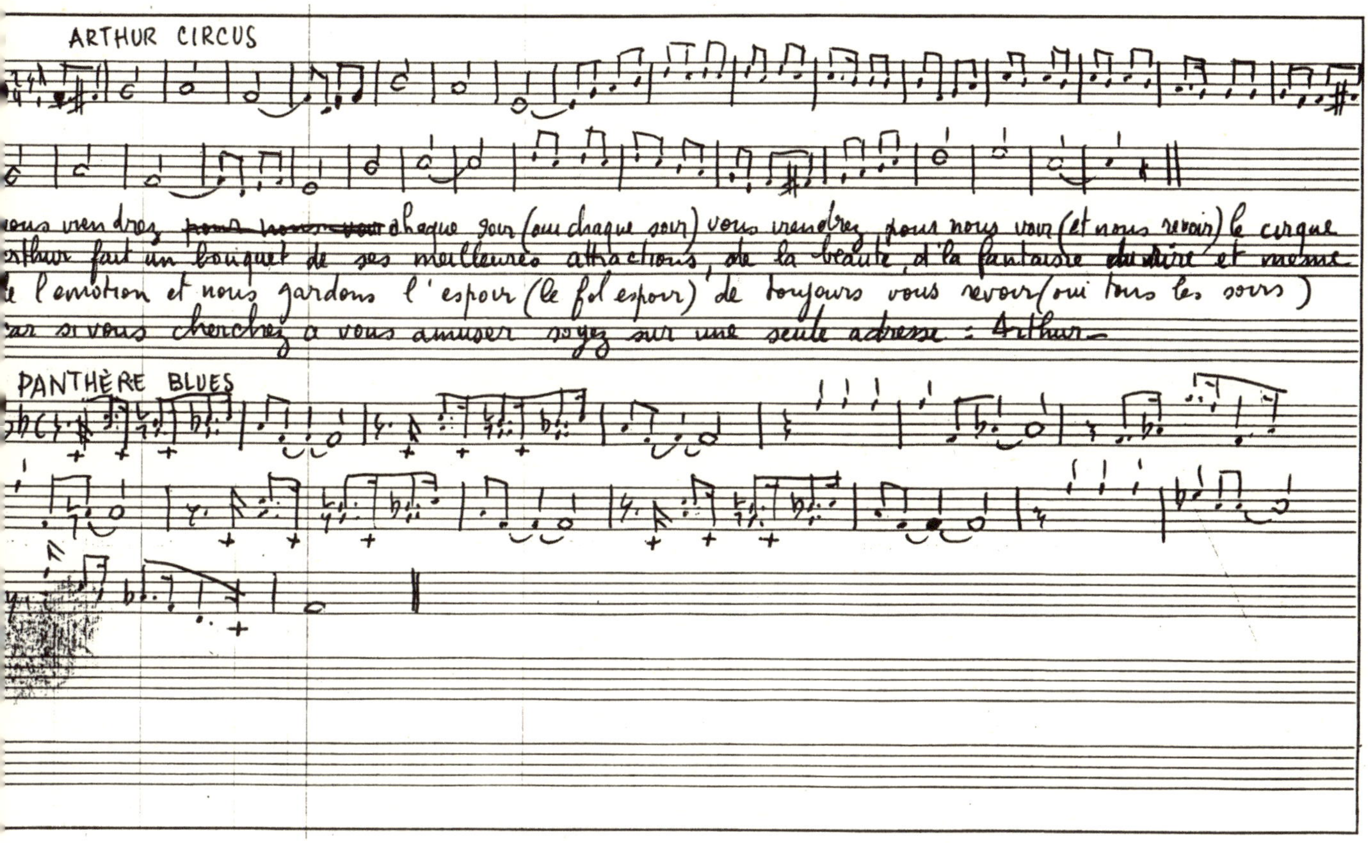

ARTHUR CIRCUS
ET *PANTHÈRE BLUES*,
partitions signées Julien Grix, déposées à la Sacem en février 1955.

Vous viendrez chaque soir
(remplace le texte biffé pour nous voir)
(Oui chaque soir)
Vous viendrez pour nous voir
(Et nous revoir)
Le cirque Arthur fait un bouquet
De ses meilleures attractions,
De la beauté, d'la fantaisie,
Du rire et même de l'émotion
Et nous gardons l'espoir
(Le fol espoir)
De toujours vous revoir
(Oui tous les soirs)
Car si vous cherchez à vous amuser
Soyez sur une seule adresse : Arthur

Louis Laibe est également auteur de cette chanson d'ouverture ou de clôture (voire des deux) du spectacle *Arthur Circus* pour lequel Lucien Ginsburg écrit la musique et certains des thèmes instrumentaux comme ce *Panthère blues*.

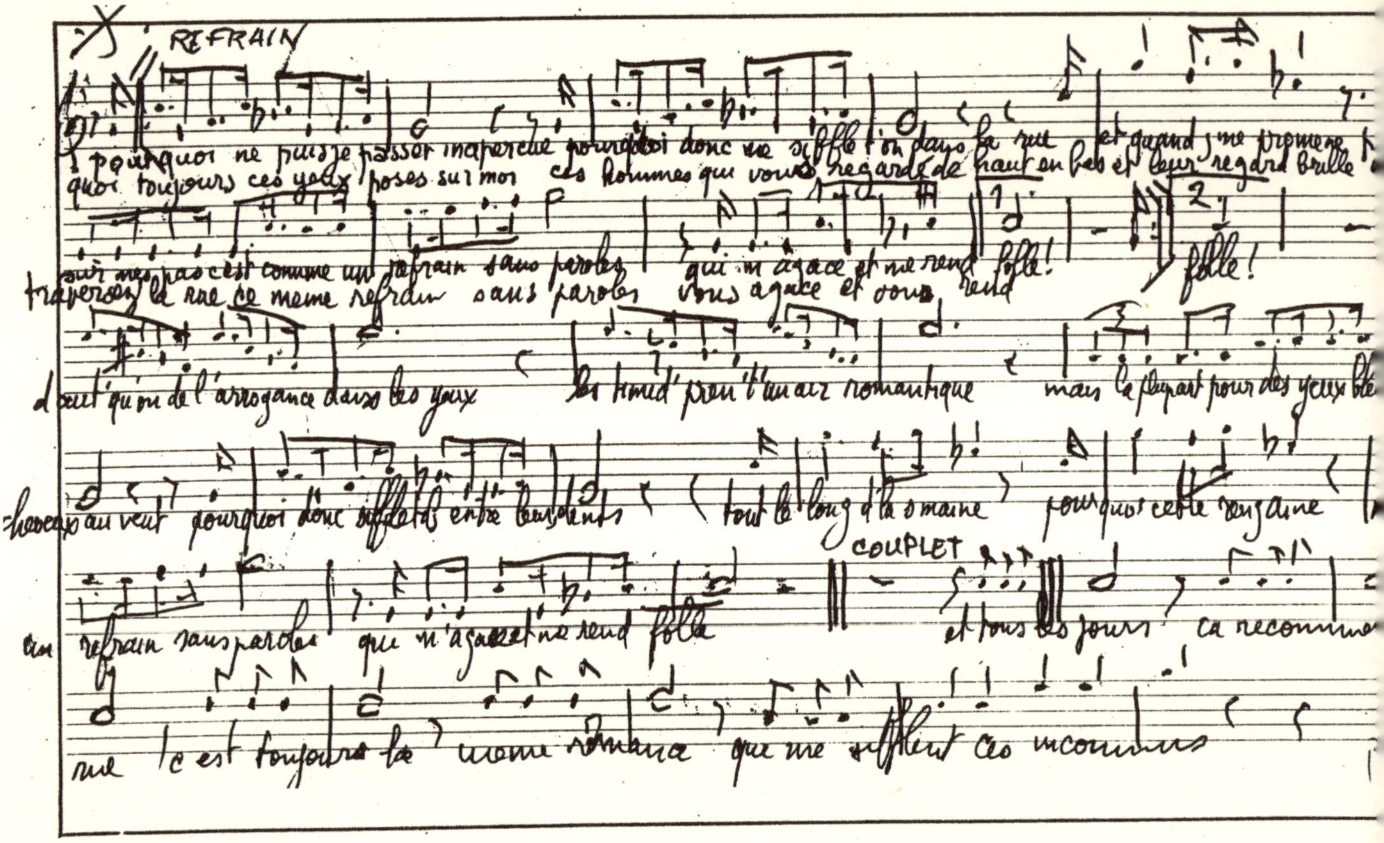

ON M'SIFFLE DANS LA RUE,
partition signée Julien Grix,
déposée à la Sacem en 1956.

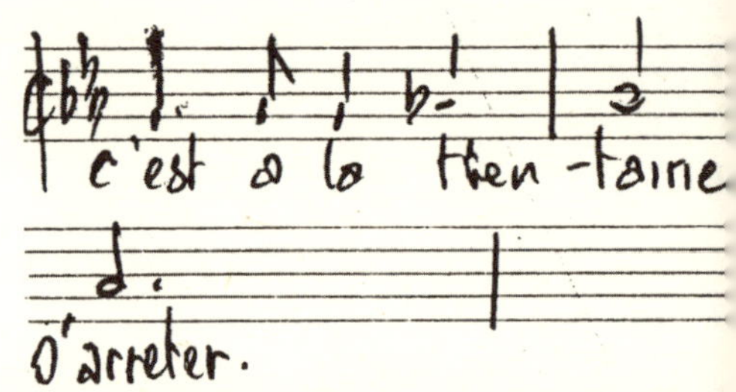

Refrain
Pourquoi ne puis-je passer inaperçue
Pourquoi donc me siffle-t-on dans la rue
Et quand je me promène
Pourquoi cette rengaine
Ne me quitte pas et revient toujours sur mes pas
C'est comme un refrain sans paroles
Qui m'agace et me rend folle !
Y'en a qui vous regard'd'un air cynique
D'aut'qu'ont de l'arrogance dans les yeux
Les timid'prenn't'un air romantique
Mais la plupart pour des yeux bleus
Sont prêts à tomber amoureux
Pourquoi quand j'me promène cheveux au vent
Pourquoi donc sifflent-ils entre leurs dents
Tout le long d'la s'maine
Pourquoi cette rengaine
Ne me quitte plus et me suit jusqu'au coin d'la rue
C'est comme un refrain sans paroles
Qui m'agace et me rend folle !
Couplet
Et tous les jours ça recommence
Dès que j'fais un pas dans la rue
C'est toujours la même romance
Que me sifflent ces inconnus
Refrain
Pourquoi toujours ces yeux posés sur moi
Ces hommes qui vous regardent de haut en bas
Et leur regard brille et vous déshabille
Et ne vous quitte plus et quand vous traversez la rue
Ce même refrain sans paroles
Vous agace et vous rend folle

Cette chanson est un hommage évident aux tragédiennes de la chanson qu'étaient Damia, Piaf ou Fréhel. Il y a là plusieurs sources d'inspiration, dont le thème principal est celui de la fille convoitée mais jugée par le monde entier, cruel, qui pousse l'héroïne à la déraison.

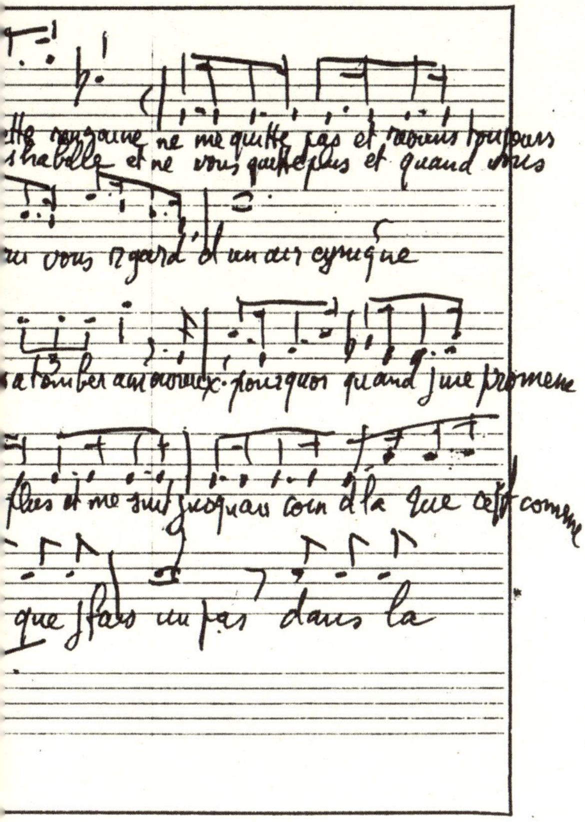

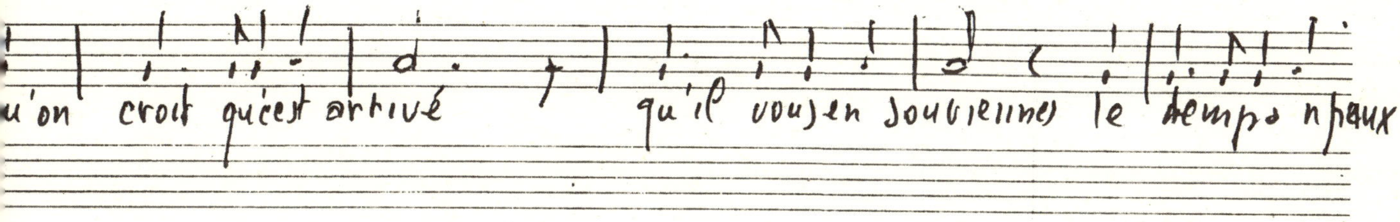

LA TRENTAINE,
partition signée Serge Gainsbourg, déposée à la Sacem le 18 décembre 1956.

C'est à la trentaine
Qu'on croit qu'c'est arrivé
Qu'il vous en souvienne
Le temps n'peut s'arrêter

Ce sont, hélas, les seuls vers qui demeurent de ce premier texte signé sous le pseudonyme de Serge Gainsbourg. Si les deux derniers vers peuvent évoquer Apollinaire et *Le Pont Mirabeau*, les deux premiers emploient une tournure moderne. En cela, Gainsbourg adopte une formule qu'il ne cessera d'utiliser, mélange de classicisme et de modernisme.

UN ENFANT DU SIECLE 1957/1964

Propulsé sur scène par Michèle Arnaud, Serge Gainsbourg va exhiber son malaise sur les planches des cabarets et dans des tournées où il souffre le martyre. Ses premiers disques recueillent un véritable succès d'estime et l'auteur-compositeur fait rapidement partie de ceux dont le numéro de téléphone circule chez les interprètes en mal de chansons. Gainsbourg s'inscrit dans la tradition de la chanson française aux côtés des valeurs montantes que sont Aznavour, Dimey et Nougaro, à cette différence près que le compositeur qui est en lui s'aventure dans des sentiers musicaux audacieux. Ne cherchant pas à plaire, il n'en est que plus dérangeant. Sa capacité de travail est si intense qu'il s'impose, en quelques années, comme auteur, compositeur de musiques de films, acteur et chanteur. Bien qu'il ne soit jamais formulé, l'objectif semble clair : puisqu'il n'a pas réussi à épouser la lumière des ateliers, il deviendra le maître d'un art secondaire, son talent n'ayant à craindre aucun de ses contemporains.

NOTA. — Il est rappelé aux Sociétaires que le partage inégal est contraire aux Statuts et au Règlement général.

MES P'TITES ODALISQUES, LA CIGALE ET LA FOURMI, LA JAMBE DE BOIS (FRIEDLAND), LE POINÇONNEUR DES LILAS, RONSARD 58, *dépôt Sacem du 26 juin 1957.*

Mes p'tites odalisques
C'est toujours l'même disque
Mes p'tites odalisques
Tournez tournez tournez en rond
33 p'tits tours et puis s'en vont

La Cigale et la Fourmi
À Pigalle ayant chanté tout l'été
Désirée se trouva fort dépourvue
Quand sans habits se vit nue
Elle quit...

Friedland
Il était une fois
Une jambe de bois
Qui cherchait un amateur
Elle se dit ma foi
Si personne ne veut de moi
J'me fous une balle en...

Le Poinçonneur des Lilas
J'fais des trous des p'tits trous
Encore des p'tits trous
Des p'tits trous des p'tits trous
Toujours des p'tits trous

Ronsard 58
Tant qu't'auras ma belle de chouettes avantages
T'auras des amants t'auras du succès
T'auras des vacances sur les beaux rivages
Et des bikinis à tout faire craquer

Cette feuille de dépôt contient entre autres le célèbre *Poinçonneur des Lilas*. Serge Gainsbourg a interprété les deux premiers titres, *Mes p'tites odalisques* et *La Cigale et la Fourmi,* uniquement sur scène. Il dépose ici les premières mesures des refrains pour *Mes p'tites odalisques* et *Le Poinçonneur des Lilas* ainsi que le début des couplets pour *La Jambe de bois (Friedland)*, *Ronsard 58* et *La Cigale et la Fourmi.*

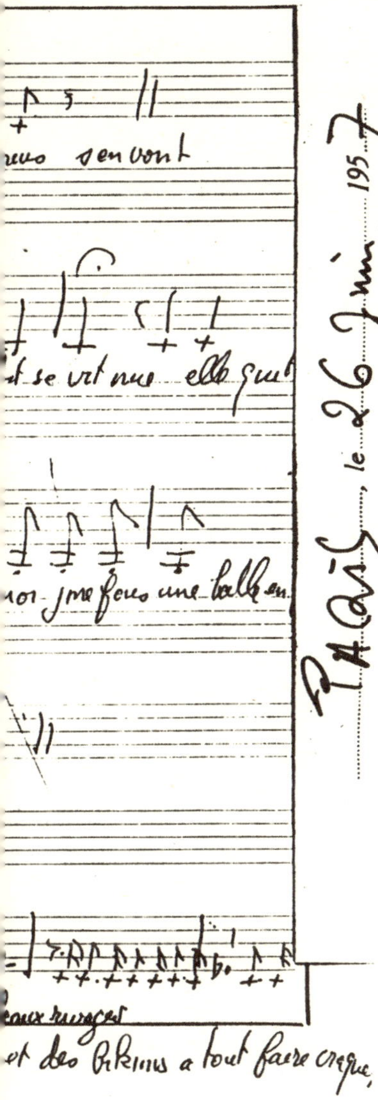

APHORISME, *non daté.*

manuscrit
et pneumatique

L'ALCOOL, *enregistrée*
par Serge Gainsbourg en 1958.
Dépôt Sacem des premiers
couplets et refrains.

Récitatif
Mes illusions donnent sur la cour
Des horizons j'en ai pas lourd
Quand j'ai bossé toute la journée
Ne me reste plus pour rêver
Qu'les fleurs horribles de ma chambre
Mes illusions donnent sur la cour
J'ai mis une croix sur mes amours
Les p'tites pépées pour les toucher
Faut d'abord les allonger
Sinon c'est froid comme en décembre
Quand le soir venu m'en reviens du chantier
Après mille peines et le corps harassé
J'ai le regard mort et les mains dégueulasses
D'quoi inciter les belles à faire la grimace
Bien sûr y'a les filles de joie sur le retour
Celles qui mâchent le chewing-gum pendant l'amour
Mais que trouverais-je dans leur corps meurtri
Sinon qu'indifférence et mélancolie
Dans mes frusques couleur de muraille
Je joue les épouvantails
Mais nom de Dieu dans mon âme
Brûlait pourtant cette flamme
Où s'éclairaient mes amours
Et mes brèves fiançailles
Où s'consumaient mes amours
Comme autant de feux de paille
Aujourd'hui je fais mon chemin solitaire
Toutes mes ambitions se sont fait la paire
J'me suis laissé envahir par les orties
Par les ronces de cette chienne de vie (...)
Ce titre figure sur le premier album de
Serge Gainsbourg, *Du chant à la une !...*

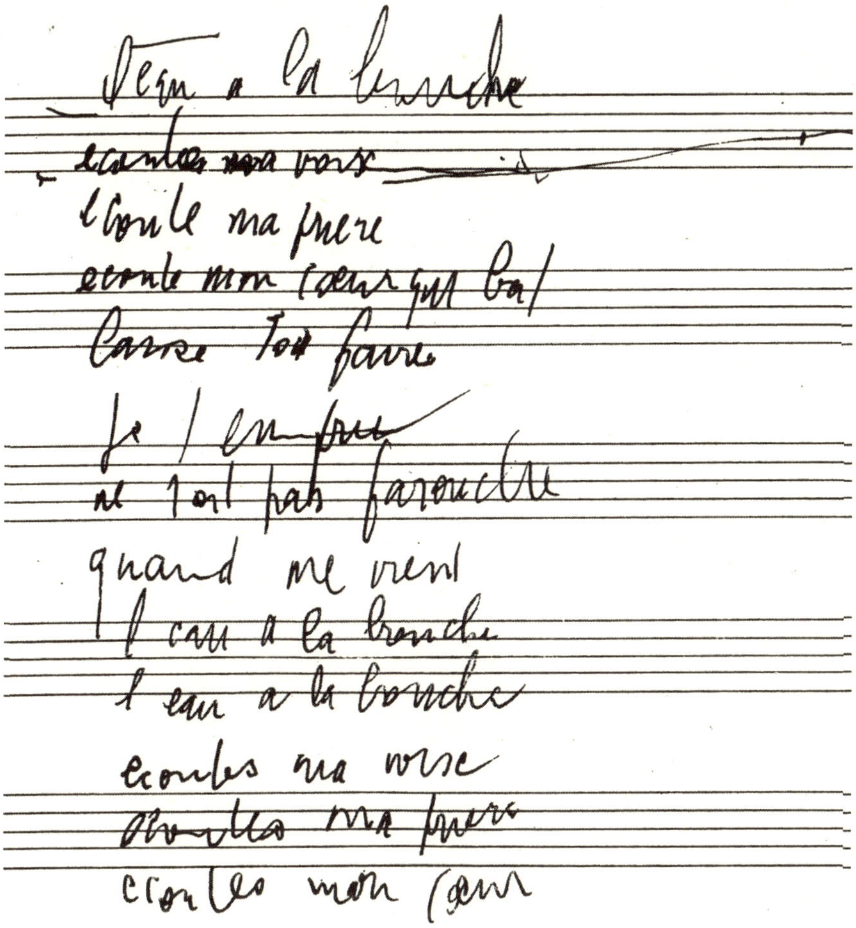

L'EAU À LA BOUCHE, *enregistrée par Serge Gainsbourg en 1959.*

L'Eau à la bouche
Écoute ma voix
Écoute ma prière
Écoute mon cœur qui bat
Laisse-toi faire
Je t'en prie
Ne sois pas farouche
Quand me vient
L'eau à la bouche
L'eau à la bouche
Écoute ma voix
Écoute ma prière
Écoute mon cœur

Je t'en prie ne sois pas
Farouche
Quand me vient
L'eau à la bouche
Écoute ma voix
Écoute ma prière
Écoute ma voix

Ces premiers essais concernent le premier couplet de la chanson. Ce titre fait partie de la bande originale du film éponyme de Jacques Doniol-Valcroze (1960).

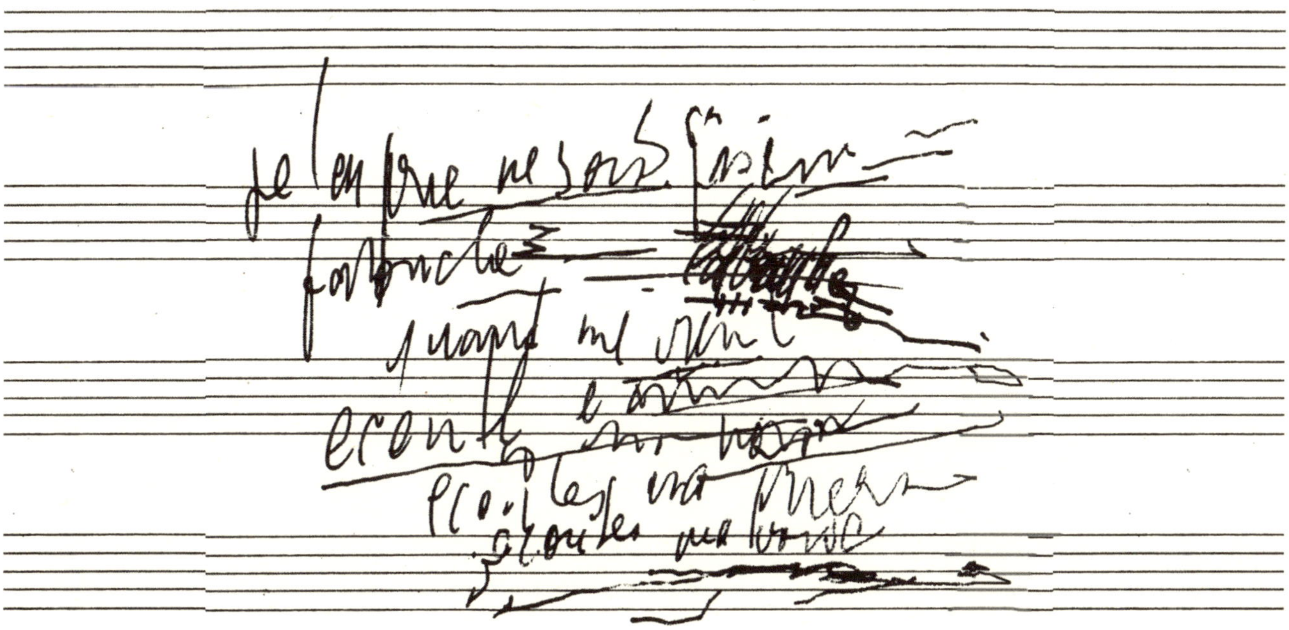

I le ramier roucoule
le moineau pepie
caquette la poule
jacasse la pie
le chameau blatère
et le hibou hue
râle la panthère
et graque la grue

II l'éléphant barette
la jument hennit
hulule la chouette
bêle la brebis
le crapaud coasse
piaule le poulet
le corbeau croasse
cajole le geai

III le cerf brame l'âne
brait le lion rugit
cancane la canne
le taureau mugit
le dindon glouglotte
et braille ~~et~~ le paon
la caille margotte
siffle le serpent

PARTITION DE *SOIS BELLE ET TAIS-TOI*, *enregistrée par Serge Gainsbourg en 1960.*

SOIS BELLE ET TAIS-TOI,
enregistrée par Serge Gainsbourg en 1960.

I
Le ramier roucoule
Le moineau pépie
Caquette la poule
Jacasse la pie
Le chameau blatère
Et le hibou hue
Râle la panthère
Et craque la grue
II
L'éléphant barète
La jument hennit
Hulule la chouette
Bêle la brebis
Le crapaud coasse
Piaule le poulet
Le corbeau croasse
Cajole le geai
III
Le cerf brâme l'âne
Brait le lion rugit
Cancane la cane
Le taureau mugit
Le dindon glougloute
Et braille le paon
La caille margote
Siffle le serpent

Ce texte, recopié au dos de la partition de *Ce mortel ennui*, servait sans doute de feuille de sèche lors d'un des tours de chant de Serge. Il a recopié l'intégralité de la chanson à l'exception du refrain :
Toi, toi, toi
Toi sois belle et tais-toi
Ce titre figure sur le 45 tours EP *Romantique 60*.

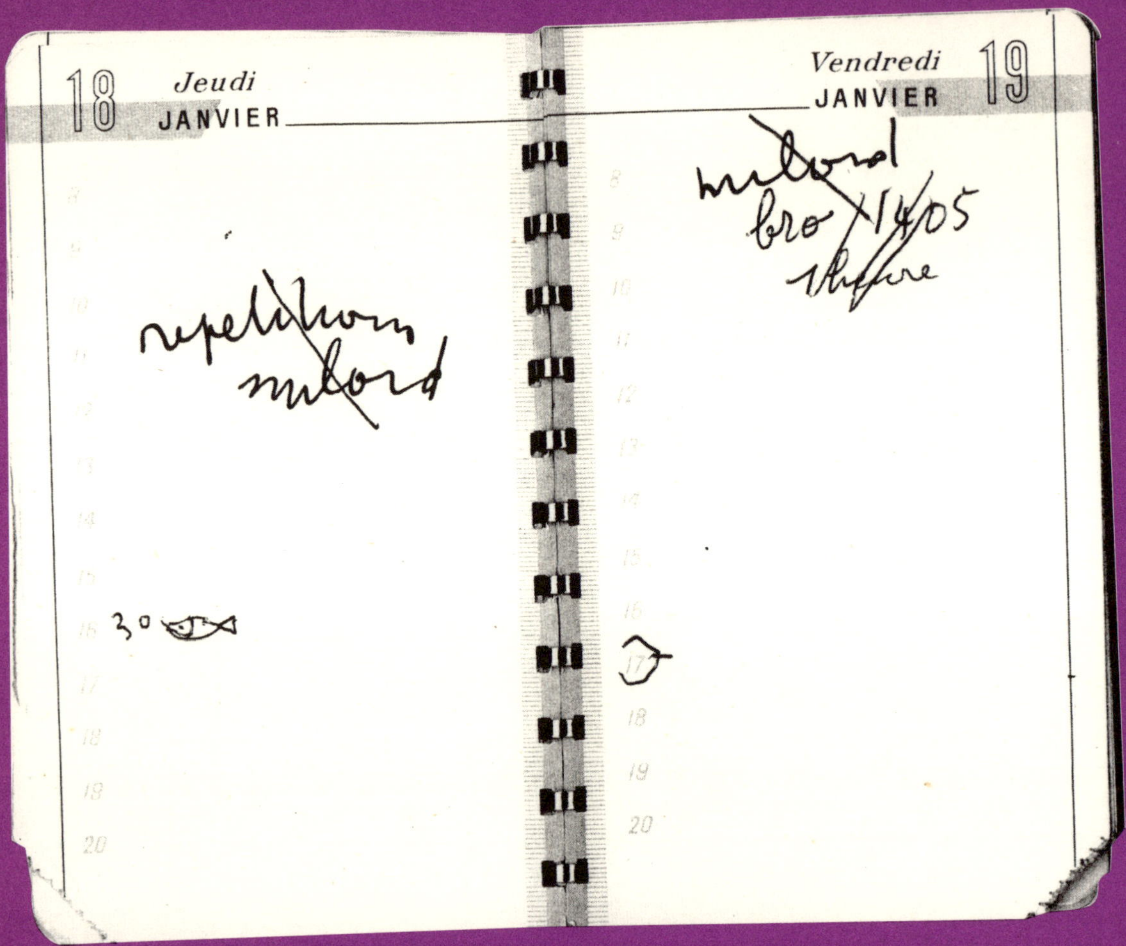

AGENDA , *de Serge Gainsbourg, 18 et 19 janvier 1961.*

Serge a noté les répétitions au cabaret Milord l'Arsouille.

LE ROCK DE NERVAL, *enregistrée par Serge Gainsbourg en 1961.*

Allons mon Andalouse
Puisque la nuit jalouse
Étend son ombre aux cieux
Fais à travers son voile
Briller sur moi l'étoile
L'étoile de tes yeux
Allons ma souveraine
Puisque la nuit sereine
Nous prête son secours
Permets que je déploie
Notre échelle de soie
Échelle des amours
Allons mon amoureuse
Puisque la nuit heureuse
Qui sert mes vœux hardis
Du balcon m'a fait maître
Ouvre-moi ta fenêtre
Porte du paradis

Ce titre figure sur l'album *L'Étonnant Serge Gainsbourg*. Le texte, attribué à Gérard de Nerval, a longtemps été considéré comme émanant d'Alexandre Dumas seul. Il s'agit d'un extrait de l'acte I de *Piquillo* (1837), opéra-comique écrit en réalité à quatre mains. Gainsbourg rend donc ici à l'auteur des *Filles du feu* ce qui lui appartient (en partie).

rock de nerval

allons mon andalouse
puisque la nuit jalouse
etend son ombre aux cieux
fais a travers son voile
briller sur moi l'etoile
l'etoile de tes yeux
allons ma souveraine
puisque la nuit sereine
nous prete son secours
permets que je deploie
notre echelle de soie
echelle des amours
allons mon amoureuse
puisque la nuit heureuse
qui sert mes voeux hardis
du balcon me fait maitre
ouvre moi la fenetre
porte du paradis

l'assassinat de franz lehar
fam
do7
fam
do7
fam
continuer ad libitum

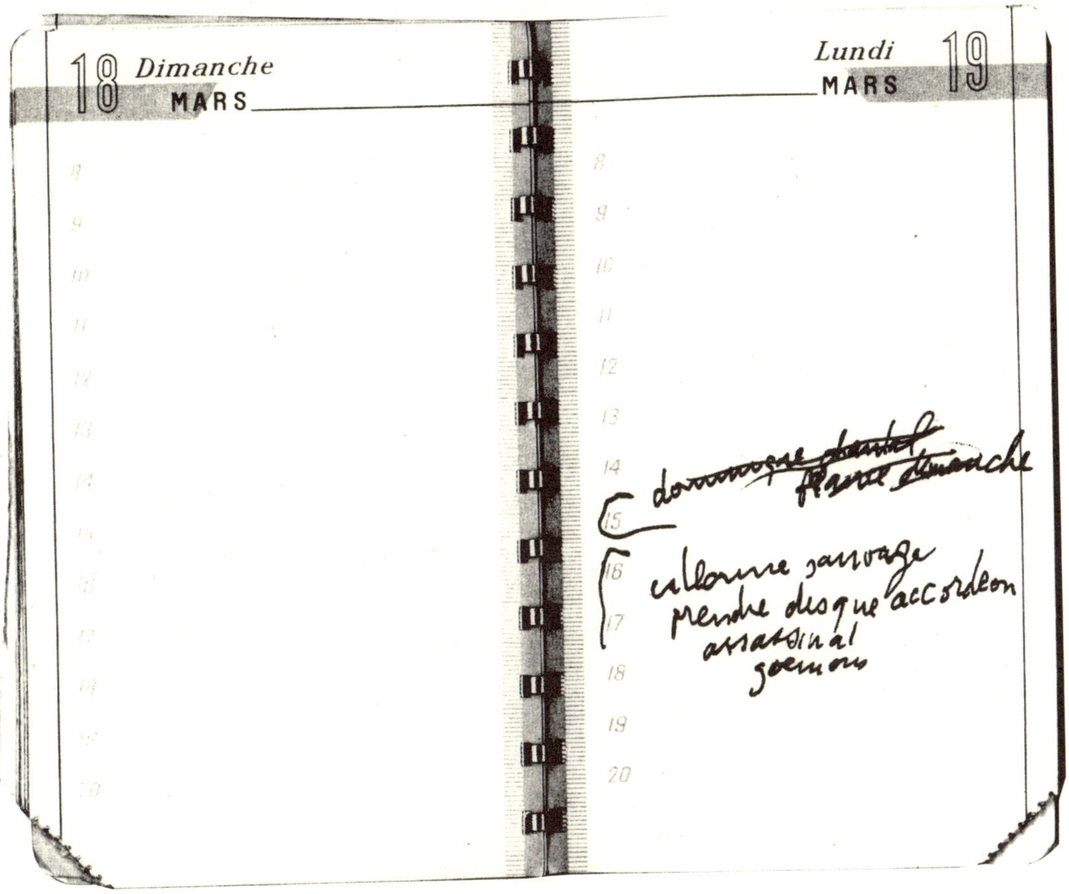

AGENDA, *de Serge Gainsbourg, 18 et 19 mars 1962.*

Gainsbourg et Catherine Sauvage ont déjà connu deux rendez-vous manqués. En 1960, la chanteuse avait maquetté deux titres que Serge avait écrits pour elle, *Le Cirque* et *Les Nanas au paradis*, mais ne les avait pas enregistrés. Elle double la mise un an plus tard et maquette *Il était une oie*, *L'Amour à la papa* et *La Recette de l'amour fou*, sans les publier. Ce 19 mars 1962 sera plus prolifique, puisque Catherine Sauvage enregistrera non seulement les titres que Gainsbourg a notés dans son agenda : Assassinat (comprendre *L'Assassinat de Franz Lehár*), et *Les Goémons*, mais va consacrer, comme l'avait fait Juliette Gréco dès 1959, un super 45 tours à son auteur-compositeur. Sous le titre générique de *Catherine Sauvage chante Serge Gainsbourg*, elle chantera quatre chansons de Serge, mais pas *Accordéon* pourtant noté dans l'agenda. Cette chanson deviendra l'un des classiques de Juliette Gréco. Les maquettes de Catherine Sauvage seront publiées sur disque en 1999.

PARTITION DE *L'ASSASSINAT DE FRANZ LEHÁR,* *enregistrée par Catherine Sauvage en 1962.*

La mention continuer *ad libitum* notée au milieu du document signifie que la musique ne s'arrête pas, mais se poursuit *decrescendo* jusqu'à la fin.

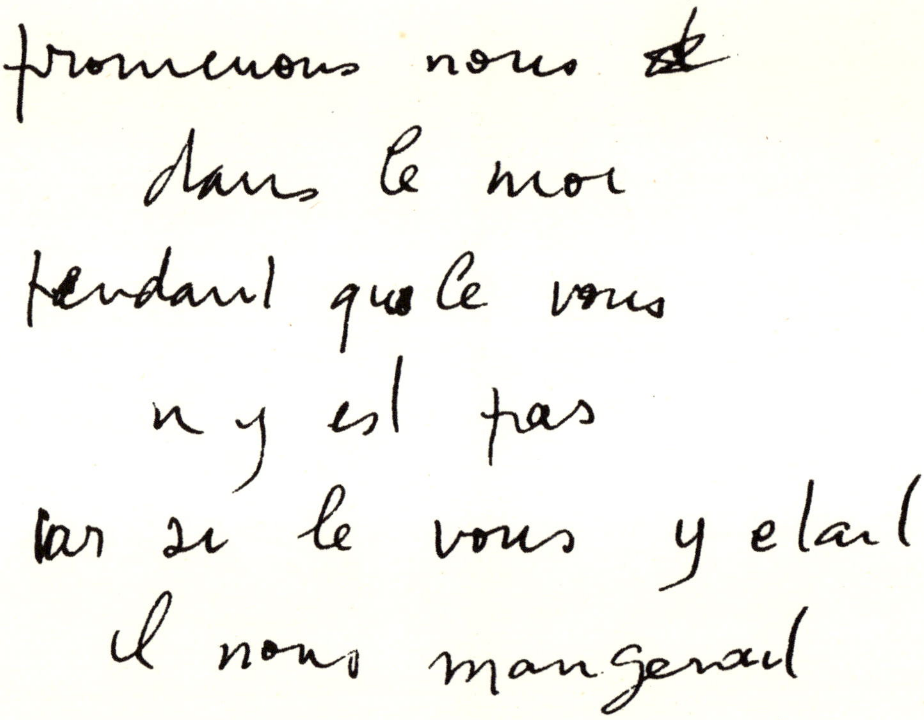
promenons nous ~~et~~
dans le moi
pendant que le vous
n y est pas
car si le vous y etait
il nous mangerait

CE GRAND MÉCHANT VOUS,
enregistrée par Serge Gainsbourg en 1962.

Promenons-nous
Dans le moi
Pendant qu'le vous
N'y est pas
Car si le vous y était
Il nous mangerait

Sur ce brouillon, Serge Gainsbourg s'inspire de la comptine *Promenons-nous dans les bois* pour son refrain. Comme souvent lorsqu'il navigue dans un univers qui renvoie à l'enfance, les doubles sens fusent. Ici, au-delà de l'aspect purement psychanalytique du « vous » et du « moi », il est possible qu'il y ait une référence à l'expression populaire « voir le loup » qui signifie « faire l'amour ». Ce titre figure sur l'album *N°4*.

DÉFINITIONS DU JAVANAIS
recopiées par Serge Gainsbourg, document non daté.

Javanais
Qui appartient à l'île de Java.
Javanais : langue qui est parlée dans cette île et appartient au groupe malais.

Sorte d'argot où l'on introduit « va » après chaque syllabe d'un mot.

Javanais
Qui appartient a l Ile de
Java — Javanais
langue qui est parlée
dans cette ile et appartient
au groupe malais

sorte d'argo' où lon introduit
va apres chaques syllabe
d un mot

LA JAVANAISE, *enregistrée par Juliette Gréco en 1963. Version alternative.*

En 1963, Serge Gainsbourg glisse au cœur d'un 45 tours EP la chanson qui deviendrala seule dont le refrain soit, de nos jours, connu par toutes les générations, *La Javanaise*. Juliette Gréco l'inscrit immédiatement à son répertoire et la portera dans les nombreux pays où elle est invitée à chanter. Cette ballade de désamour, Gainsbourg en recopiera les paroles, le 20 mars 1983, vingt ans après sa création, à l'occasion de l'émission *Entre les lignes, entre les signes* sur RMC, animée par Françoise Hardy, pour une rubrique où une graphologue étudie un manuscrit anonyme. Est-ce un jeu ou du désabusement ? Serge a supprimé ici toutes les variations sur le mot « amour » qui scandaient le texte original de la chanson pour les remplacer par d'amusants pieds de nez. L'écriture de Gainsbourg déplaît à la graphologue, qui refuse tout d'abord de l'analyser. Elle blessera ensuite l'artiste, lequel n'était pas à l'aise avec l'exercice..., en le dépeignant comme un être orgueilleux qui ne s'aime pas mais a conscience d'être quelqu'un. Comme un gosse, chaque fois qu'il se sent mis à nu, Gainsbourg utilise tantôt l'humour, tantôt l'agressivité, ce qu'il fait en devenant désagréable. Et comme un gosse, quand il perd son self-control, il le regrette ensuite, mais préfère en rajouter plutôt que d'avouer qu'il s'est mal comporté...

Gainsbourg
20 mars 1983
1
J'avoue
J'en ai
Bavé pas vous
Comme di-
Sait je ne sais
Qui
Avant
D'avoir
Eu vent de vous
À deux mots près
C'est ce qui était
Écrit

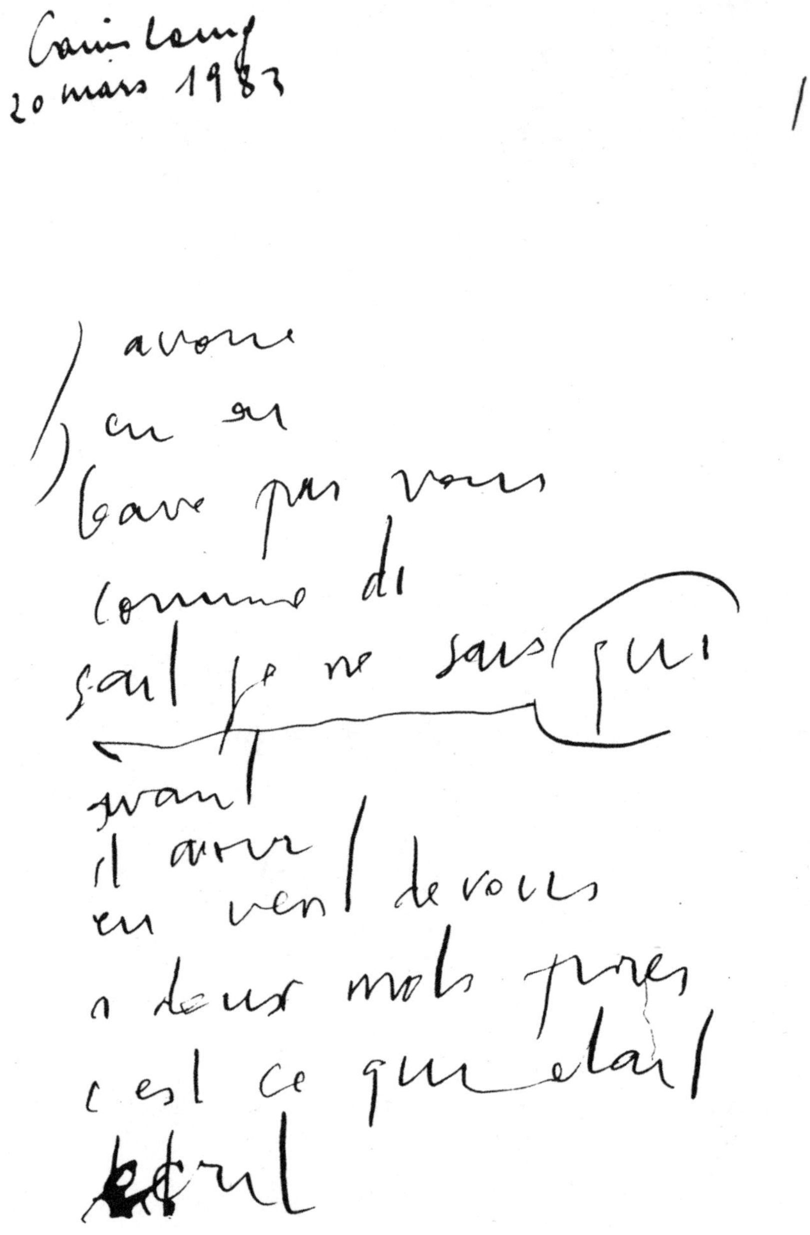

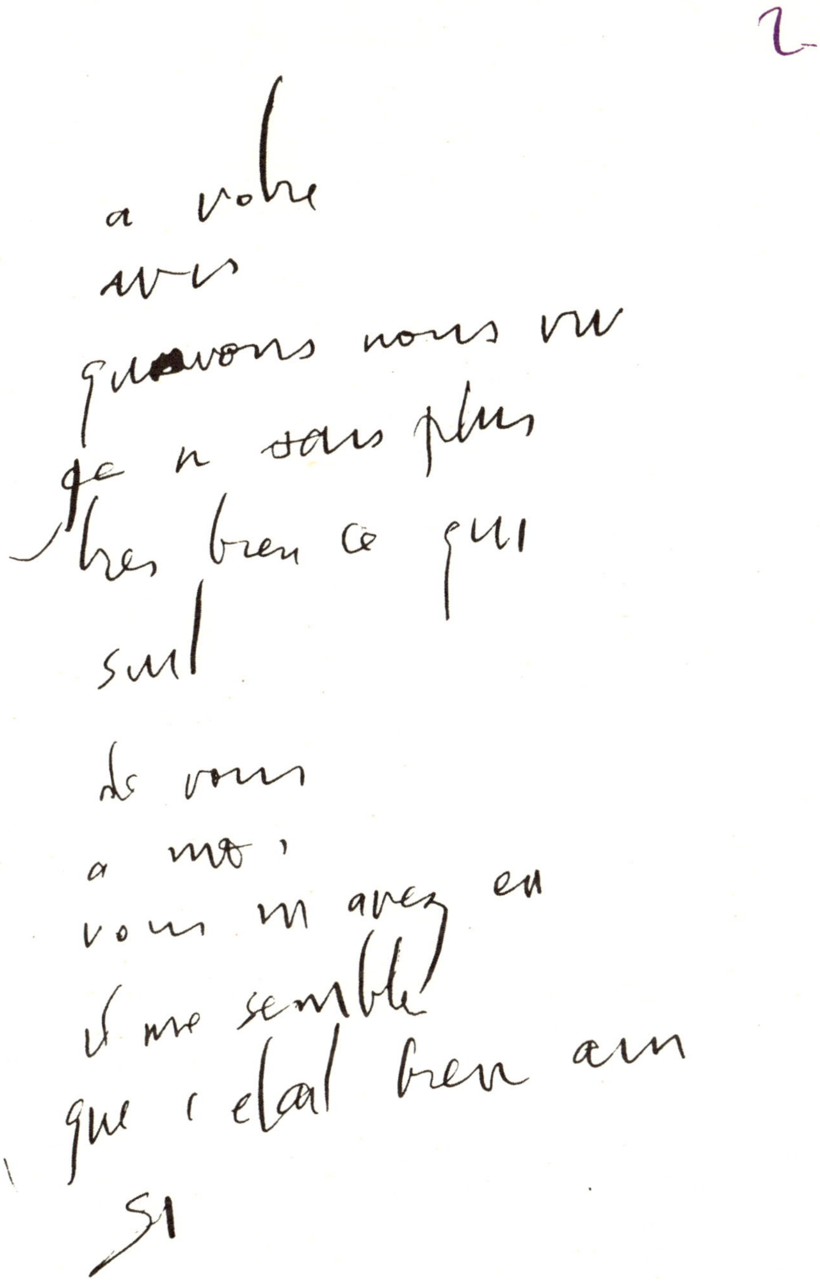

2
À votre
Avis
Qu'avons-nous vu
Je ne sais plus
Très bien ce qui
Suit
De vous
À moi
Vous m'avez eu
Il me semble
Que c'était bien ain-
Si

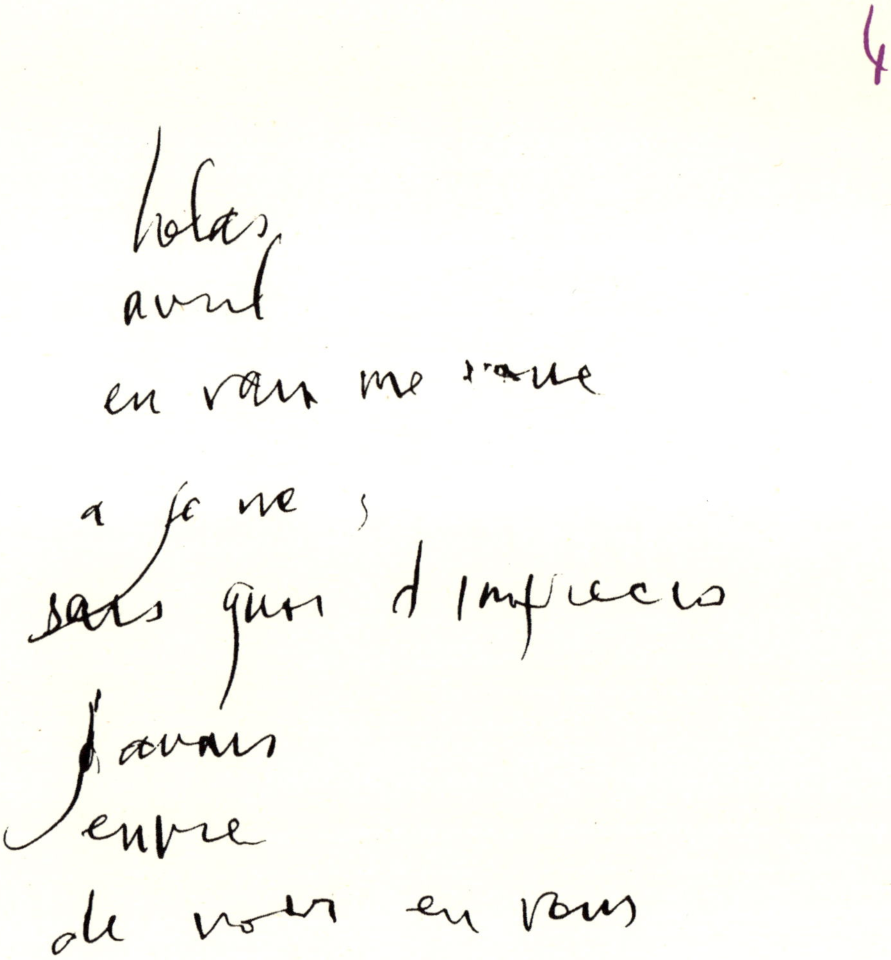

4
Hélas
Avril
En vain me voue
À je ne
Sais quoi d'imprécis
J'avais
Envie
De voir en vous

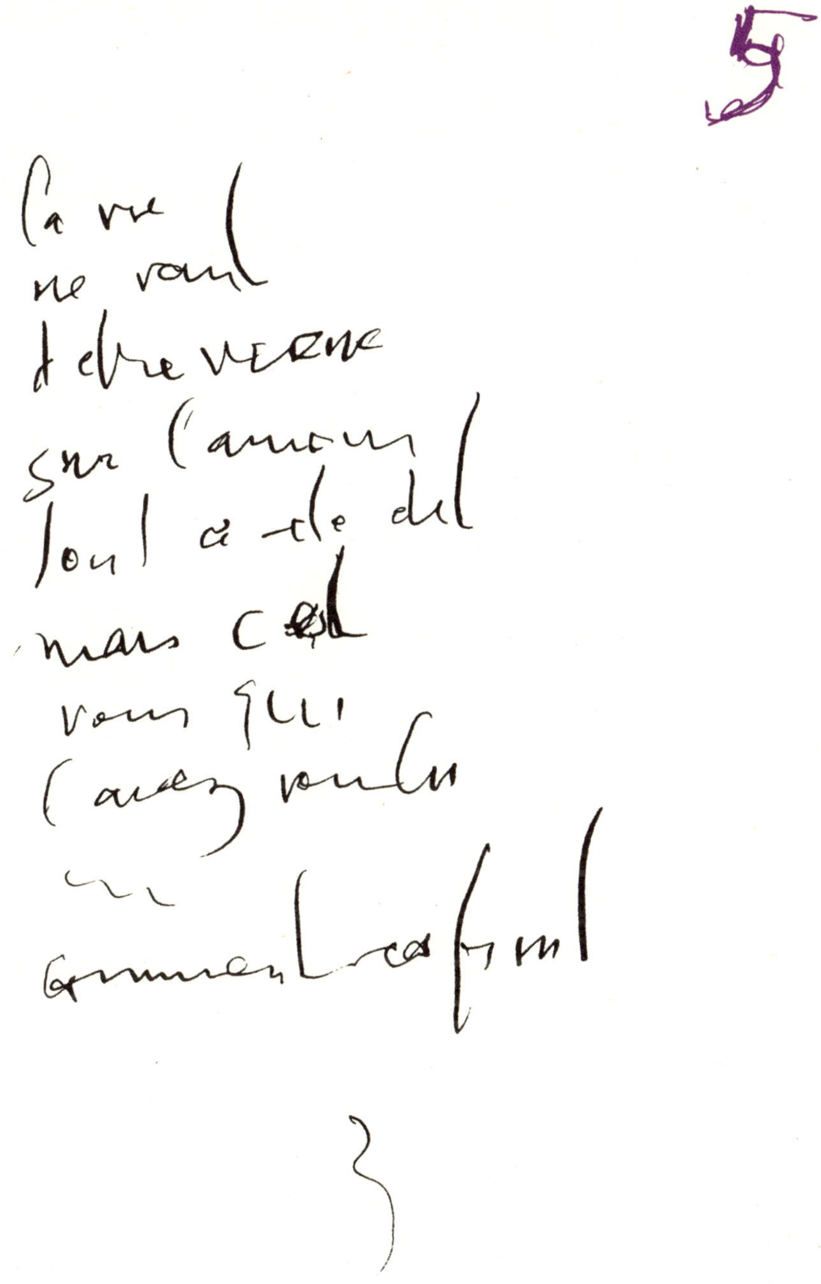

5
La vie
Ne vaut
D'être vécue
Sur l'amour
Tout a été dit
Mais c'est
Vous qui
L'avez voulu
Comment ça finit

LA FILLE AU RASOIR,
premières et dernières mesures de la partition réalisée pour le dépôt Sacem, enregistrée par Serge Gainsbourg en 1963.

Le rasoir électrique
Couvrait la chanson de Cla-
Ra la jolie musique
Qui sortait de cet en-
Gin-là c'était sa faibles-
Se
Elle aimait ses cares-
Ses
Sous l'rasoir électrique
Tu n'as rien entendu Cla-
Ra
Tu n'as rien entendu Cla-
Ra

Ce titre figure sur l'album *Confidentiel* (1964). On peut remarquer en bas à droite, à côté du cachet de la Sacem, que Gainsbourg a inscrit la tonalité (la mineur) de *Intoxicated Man*, chanson qui figure sur l'album *N°4* sorti en 1962.

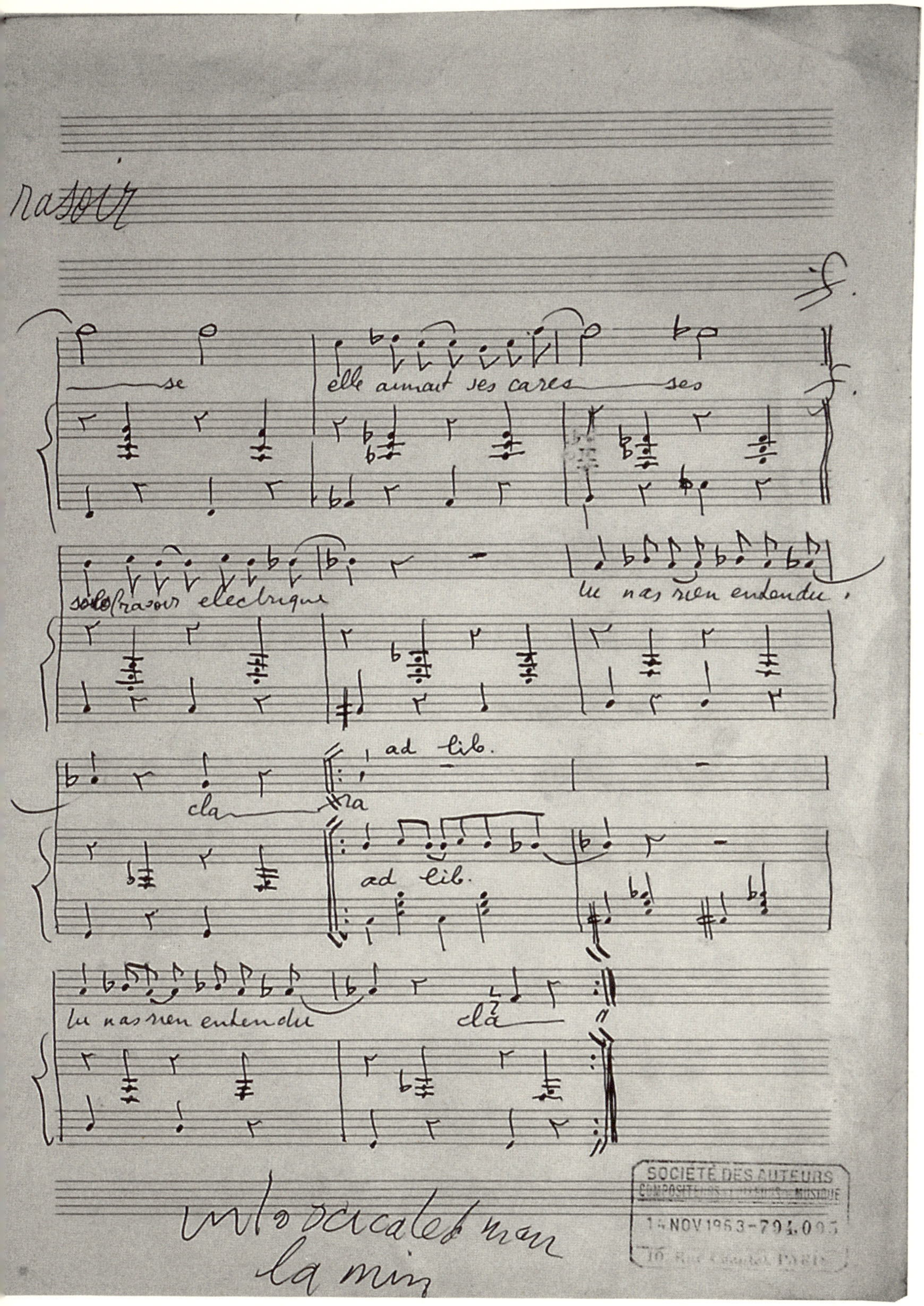

rasoir
se
elle aimait ses cares ses
tu n'as rien entendu
ad lib.
cla
ra
ad lib.
tu n'as rien entendu
cla
SOCIÉTÉ DES AUTEURS
14 NOV 1963-794.095

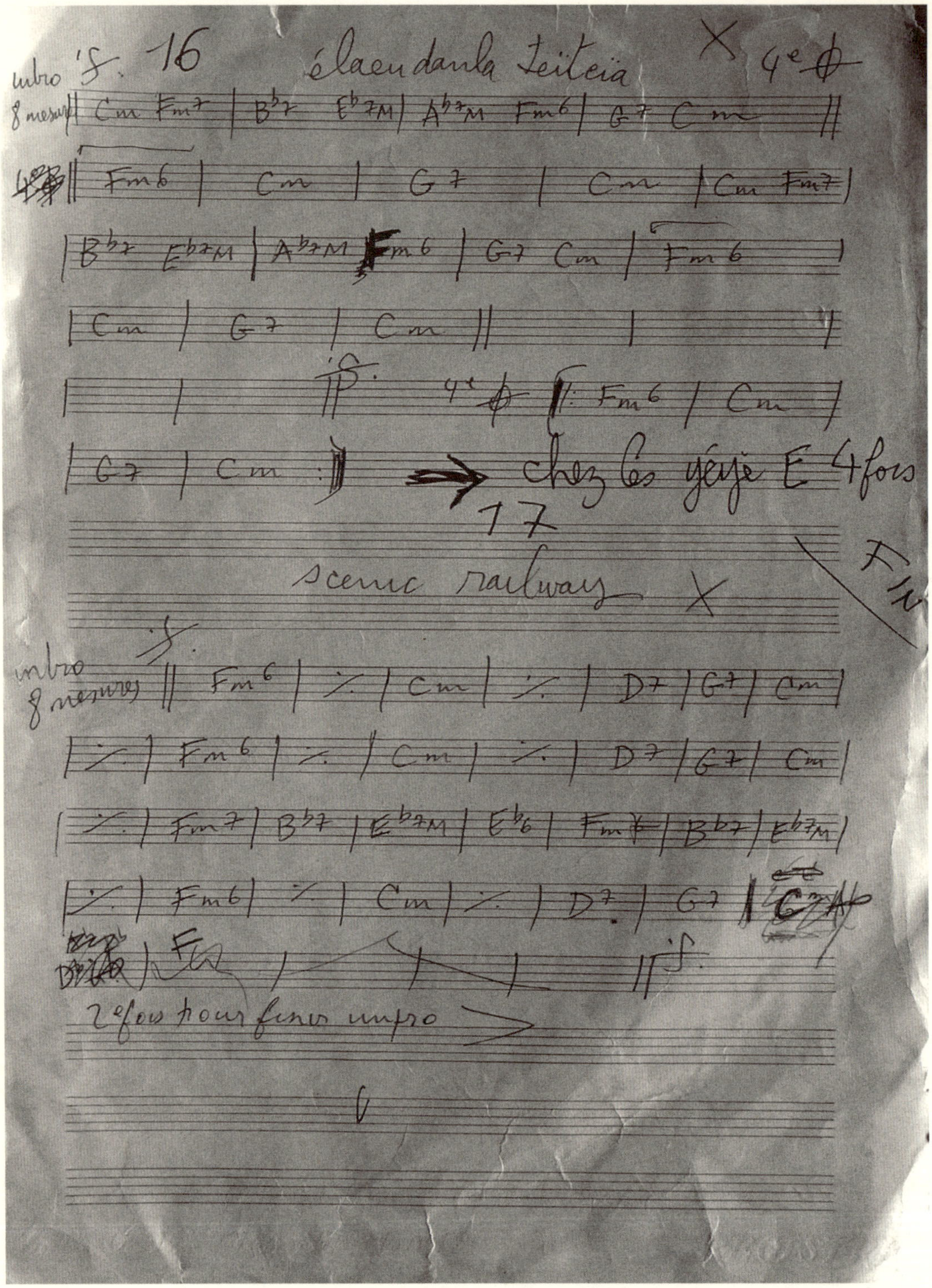

GRILLES D'ACCORDS DE *ÉLAEUDANLA TÉÏTÉÏA* ET *SCENIC RAILWAY*,
enregistrées par Serge Gainsbourg en 1963.

Ces titres figurent sur l'album *Confidentiel* (1964).

ESCROC, *partition réalisée pour le dépôt Sacem, interprétée par Serge Gainsbourg en 1964.*

Qu'importe la morale
En fait d'escroquerie
Oui trêve de morale
Et de plaisanterie
Se noieront dans l'écume
Dans l'écume du temps
Les escrocs que nous fûmes
Amants de diamants

Ce titre figure dans la bande originale du film à sketches *Les Plus Belles Escroqueries du monde* de Claude Chabrol, Jean-Luc Godard, Hiromichi Horikawa et Roman Polanski, et sert de liaison entre les différents courts-métrages.

escroc
Contrôle Musical
SACEM
SOCIÉTÉ DES AUTEURS
COMPOSITEURS & ÉDITEURS DE MUSIQUE
15 MAI 1964 - 808,395
10, Rue Chaptal, PARIS
qu'importe la morale
trêve de morale
en fait d'escroquerie
et de plaisanterie
oui
se noieront dans l'écume
dans l'écume du temps
les
escrocs que nous fûmes
à mains de diamants
SOCIÉTÉ DES AUTEURS
COMPOSITEURS & ÉDITEURS DE MUSIQUE
15 MAI 1964 - 808,395

PARTITION DE *QUAND J'AURAI DU VENT DANS MON CRÂNE,*
enregistrée par Serge Reggiani en 1964.

Serge compose sur le texte de Boris Vian, dont il note le nom au-dessus du titre de l'œuvre.

TITRES ET ARRANGEMENTS
de l'album Percussions, *1964.*

Crime ? Accident ? Suicide ?
Lola : guitares, percussions
Chorus *Là-bas c'est naturel*, jungle chœurs balafon
Ces petits riens : percussions, guitare douze cordes
Chorus *Couleur Café* saxo ou carotte chœurs
Chorus *Joanna*, percussions, chœurs
Leitmotiv, *Pamela*, Gingolaba, percussions, chœurs
Leitmotiv, *Pauvre Lola*, guitare douze cordes
Tam Tam thème
La négresse blonde
Orgue tenue vibrato
Orphée
Sweetie
New York USA
Gingoloba, percussions, chœurs
Utilisé
Une bande de sauvage
Pour moi qui ne vois pas

Si Serge Gainsbourg ne sait pas écrire ses propres arrangements, ce document prouve qu'il les avait tout de même en tête et donnait ainsi des indications précises sur les instruments à utiliser, ce que confirment les témoignages de ses arrangeurs. On peut lire ici des titres qui ne figurent finalement pas dans l'album *Percussions* comme *Lola, Pamela, Tam-tam thème* et *La Négresse blonde*. Ce dernier titre est aussi celui d'un recueil de poèmes de Georges Fourest, l'un des rares poètes contemporains pour lequel Gainsbourg avouait avoir de l'admiration. Quant à Lola, il existe un texte inédit qui porte ce prénom (voir cahier 3, p. 469), mais rien n'indique qu'il puisse s'agir de la même œuvre. *Gingoloba* est le titre d'une chanson de Babatunde Olatunji que Serge a utilisée pour composer *New York, USA*.

crime ? accident ? suicide ?

lola ~~[illegible]~~ guitares percussions

chorus # là-bas c'est naturel jungle choeurs balafon

Ces petits riens percussions ~~[illegible]~~ guitare 12 cordes

chorus # Couleur café sax ou carolle choeurs

chorus # Joanna percussions choeurs

bal mou # Pamela gingolola percussions choeurs ~~guitare 12 cordes~~

bal mou # Pauvre lola guitare 12 cordes

lam lam Chérie

la négresse blonde

orgues lenue ~~[illegible]~~

New York USA

Gingolola percussions choeurs

~~# Bidonville percussions choeurs~~

orphée ~~[illegible]~~

Sweetie

~~[illegible]~~

~~bidonville~~

Sweetie

civilisé

une bande de sauvages

pour moi qui ne voit pas

PARTITIONS DE *NEW YORK, USA* ET DE *JOANNA*,
enregistrées par Serge Gainsbourg en 1964.

Au-dessus de la première portée, on peut lire les paroles du début de *New York, USA* :
J'ai vu New York
New York USA
J'ai vu New York
New York USA
Au-dessus de la deuxième portée, des tentatives biffées, puis la suite du texte :
Oh c'est haut
New York USA
En dessous, un texte biffé qui n'a pas été conservé :
J'ai un fusil à deux coups
Le second est pour moi
Le premier est pour toi
~~XX~~
Qui m'a rendu fou
RCA building
Et sur la troisième portée :
Oh ! C'est haut !
~~XX~~
Empire State Building
Oh ! C'est haut !

La partition de *Joanna* contient quant à elle plusieurs tentatives. Elle commence par l'indication 33 mesures percussions, suivie du titre *Joanna*. Après les quatre premières mesures, l'auteur renvoie au texte noté au-dessus, texte qui figure dans la version définitive de cette chanson :
C'est la plus grosse de toute
La Nouvelle-Orléans
Et pourtant
Le mot bidonville noté à côté n'est pas utilisé dans la chanson. Il évoque la chanson de Claude Nougaro, composée un an plus tard, à l'écoute du même disque de Babatunde Olatunji qui a inspiré Gainsbourg pour cet album.
Au-dessus de la portée suivante, un texte dont seul le début sera utilisé dans la chanson :
Joanna est aussi
Grosse qu'un éléphant
Noire comme une nuit
Sans lune
Elle a un cœur en or
~~XX~~ d'enfant dent
(mais) Joanna
Sous cette même portée, Serge Gainsbourg est à la recherche de son refrain. Il essaie :
Joanna Joanna
Joanna veux-tu danser
Pour moi Joanna
(phrase biffée ainsi que les suivantes)
Danse danse
Ne t'arrête pas
Pour moi pour moi
Pourquoi pourquoi
Enfin il trouve :
Tu sais danser
Léger léger
Il note ensuite le jeu qui va s'installer entre son chant et celui des choristes qui lui répondent :
Tu danses :
(chœurs) léger léger
Tu tournes :
Tu sautes
Tu voles
En bas, il recopie lisiblement le texte qui se trouve au centre du document :
Noire comme une nuit
Sans lune et sans
Joanna est aussi
Grosse qu'un éléphant
Oui mais
Ces titres figurent sur l'album *Percussions* (1964).

j'ai vu new york new york USA
oh c'est haut
new york USA
choeurs
oh! c'est haut!
empire state building
oh! c'est haut!
R C A building
bidonville
33 mesures percussions
joanna
joanna
joanna
joanna
chercher repetitions
deux fois
légers légers
5 fois
5 fois
4 syll. en 3
noire comme une nuit
sans lune et sans
joanna est aussi
grosse qu'un elephant
ou mais

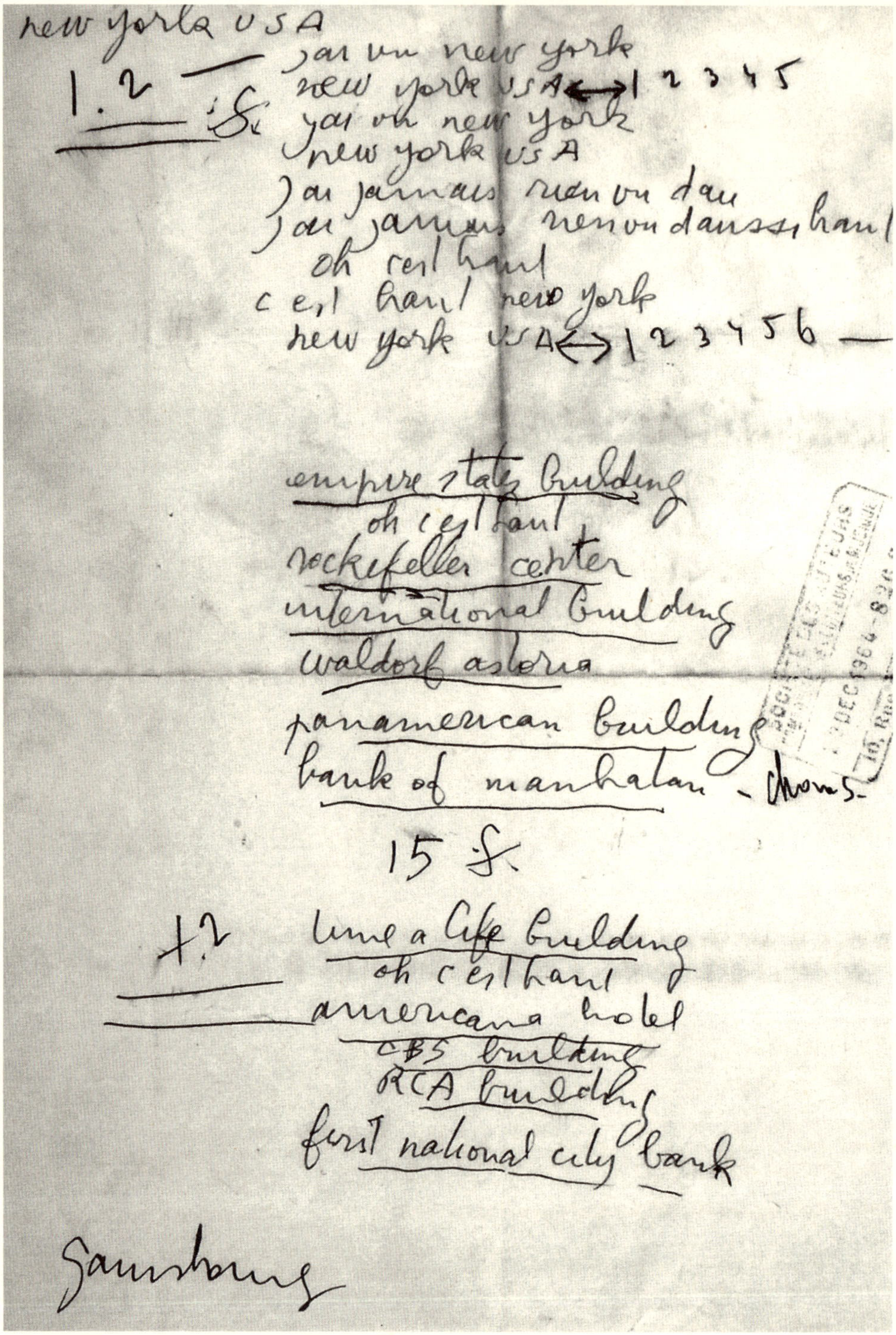
new york USA
1.2 — j'ai vu new york
new york USA ↔ 1 2 3 4 5
𝄋 j'ai vu new york
new york USA
j'ai jamais rien vu d'au
j'ai jamais rien vu d'aussi haut
oh c'est haut
c'est haut new york
new york USA ↔ 1 2 3 4 5 6 —
empire state building
oh c'est haut
rockefeller center
international building
waldorf astoria
panamerican building
bank of manhattan - chorus -
15 𝄋
+2
time a life building
oh c'est haut
americana hotel
CBS building
RCA building
first national city bank
Gainsbourg

NEW YORK, USA, *enregistrée par Serge Gainsbourg en 1964.*

1.2
(*dal segno*)
J'ai vu New York
New York USA 1 2 3 4 5
J'ai vu New York
New York USA
J'ai jamais rien vu d'au-
J'ai jamais rien vu d'aussi haut
Oh c'est haut
C'est haut New York 1 2 3 4 5 6
New York USA
Empire State Building
Oh c'est haut
Rockefeller Center
International Building
Waldorf Astoria
Panamerican Building
Bank of Manhattan – chorus –
1 5 (*dal segno*)
+ 2
Time a Life Building
Oh c'est haut
Americana Hotel
CBS Building
RCA Building
First National City Bank

Pour déposer ses textes à la Sacem, Serge copie soit les premières mesures, paroles et musiques, soit le texte intégral comme c'est ici le cas. *New York, USA* est révélatrice d'un procédé d'écriture sous forme d'inventaire que Serge Gainsbourg utilisera régulièrement avec des mots ou des noms propres à consonance américaine, comme dans *Ford Mustang* en 1968, ou dans *Ex-fan des sixties* en 1977. Ce titre figure sur l'album *Percussions* (1964).

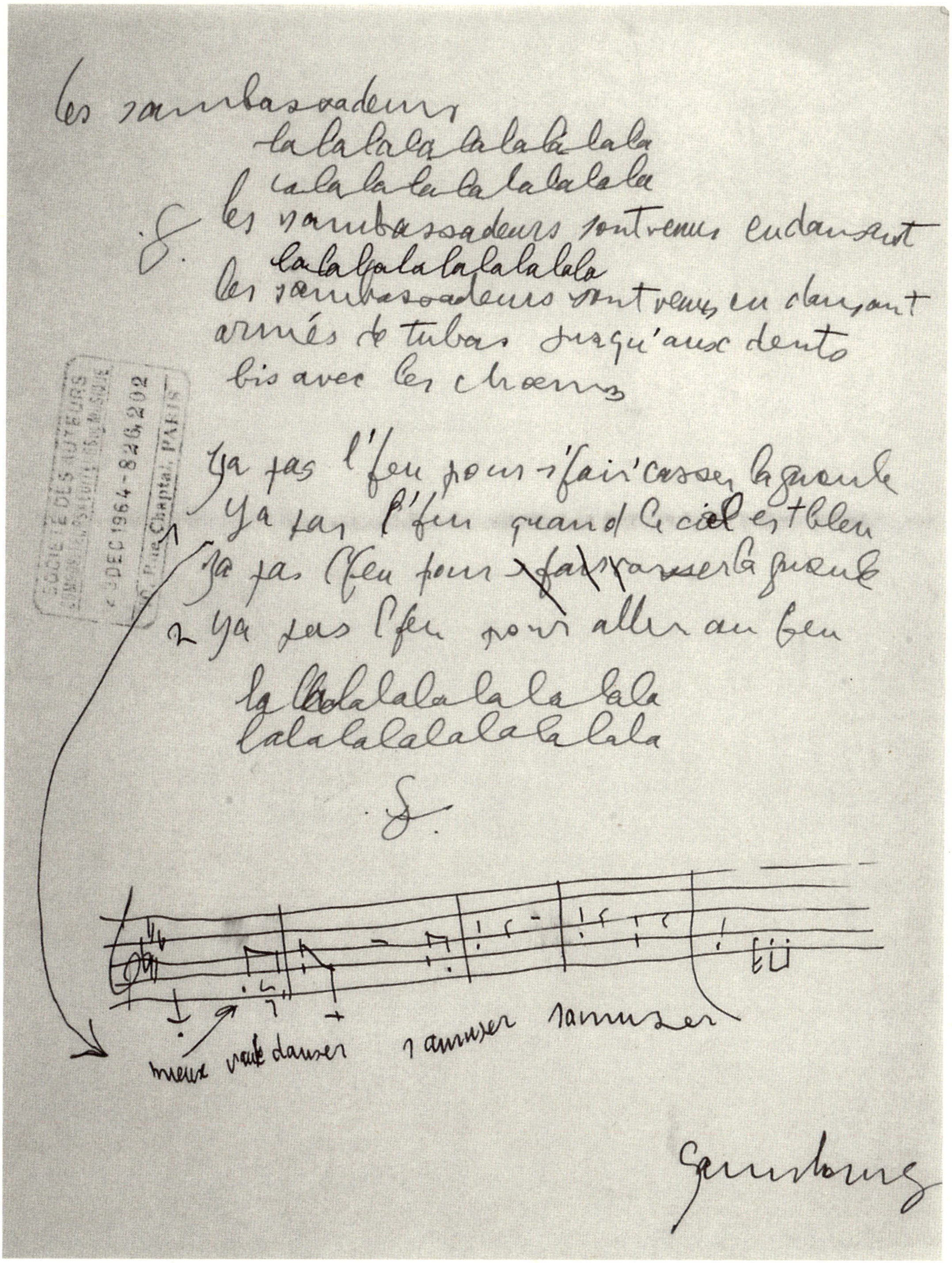

LES SAMBASSADEURS,
enregistrée par Serge Gainsbourg en 1964.

[*dal segno*]
lalalalalalalalala
lalalalalalalalala
Les sambassadeurs
sont venus en dansant
lalalalalalalalala
Les sambassadeurs
sont venus en dansant
Armés de tubas jusqu'aux dents
[indication : *bis* avec les chœurs]
Y'a pas l'feu pour s'fair'casser la gueule
Y'a pas l'feu quand le ciel est bleu
Y'a pas l'feu pour s'fair'casser la gueule
Y'a pas l'feu pour aller au feu
lalalalalalalalala
lalalalalalalalala
Modification : Gainsbourg biffe les deux derniers vers du pont et les remplace par un final avec une nouvelle portée :
Mieux vaut danser
S'amuser s'amuser
Ce détail a son importance, car Gainsbourg a visiblement recopié une partie des paroles de l'album *Percussions* le même jour. Cette modification a eu lieu pendant l'enregistrement en studio, car il s'agit bien de la version modifiée telle qu'elle a été gravée sur disque. Dans ses archives personnelles, il existe de très nombreux courriers émanant de la Sacem, rappelant à l'ordre Gainsbourg qui n'a pas déposé telle ou telle œuvre générant des droits d'auteur. Il est donc vraisemblable que son éditeur musical de l'époque ait fait le pied de grue en studio, obligeant Serge à relever ses textes pour pouvoir ensuite déposer les œuvres. Le cachet de la Sacem est en effet apposé un mois et demi après la sortie commerciale de l'album ! Ce titre figure sur l'album *Percussions* (1964).

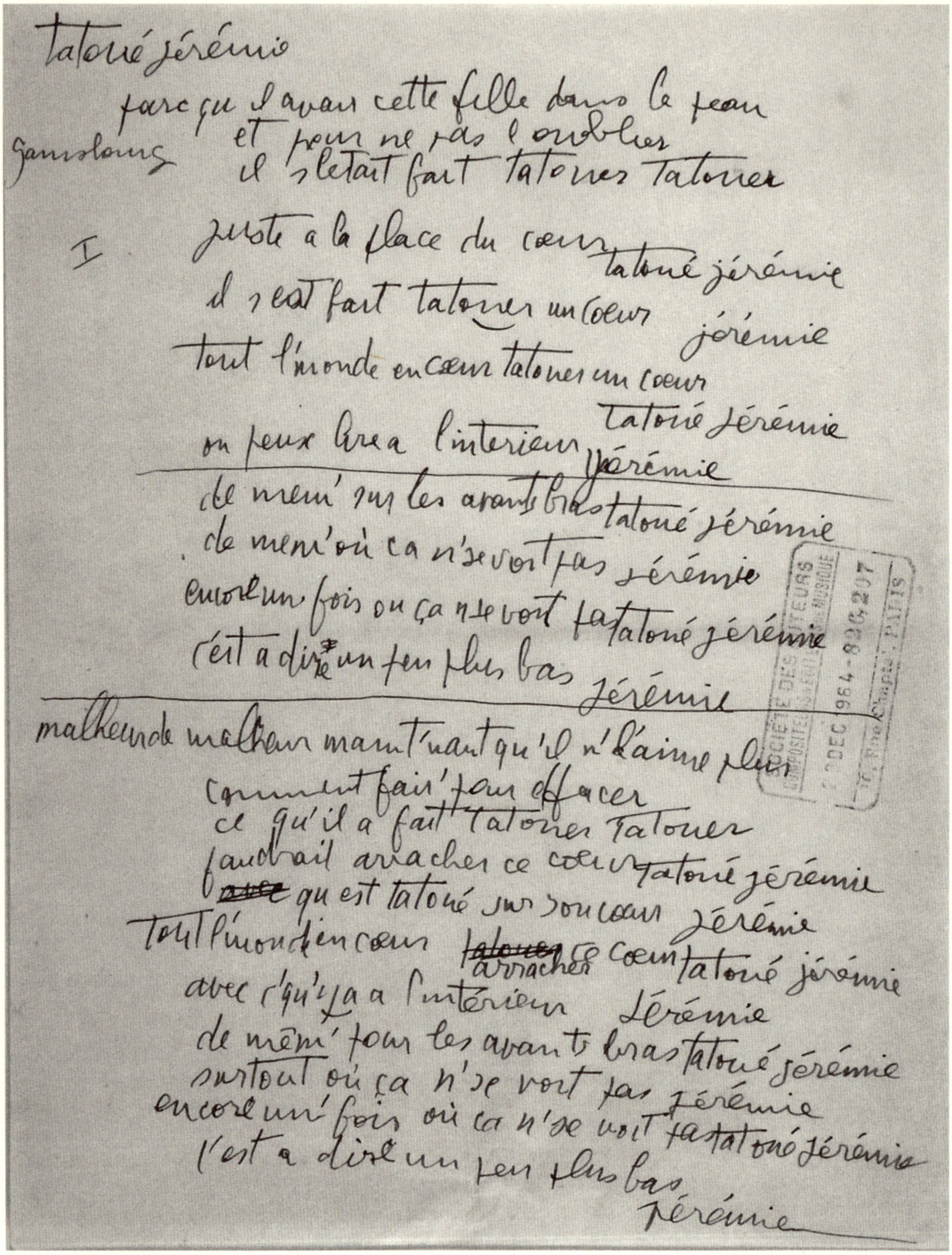
tatoué jérémie
parce qu'il avait cette fille dans la peau
Gainsbourg
et pour ne pas l'oublier
il s'était fait tatouer tatouer
I
juste à la place du cœur
tatoué jérémie
il s'est fait tatouer un cœur
jérémie
tout l'monde en cœur tatouer un cœur
tatoué jérémie
on peut lire à l'intérieur
jérémie
de mêm' sur les avant-bras
tatoué jérémie
de mêm' où ça n'se voit pas
jérémie
encore un fois où ça n'se voit pas
tatoué jérémie
c'est à dire un peu plus bas
jérémie
malheur de malheur maint'nant qu'il n'l'aime plus
comment fair' pour effacer
ce qu'il a fait tatouer tatouer
faudrait arracher ce cœur
tatoué jérémie
qu'est tatoué sur son cœur
jérémie
tout l'monde en cœur ~~tatouer~~ arracher ce cœur
tatoué jérémie
avec c'qu'y a à l'intérieur
jérémie
de mêm' pour les avant-bras
tatoué jérémie
surtout où ça n'se voit pas
jérémie
encore un' fois où ça n'se voit pas
tatoué jérémie
c'est à dire un peu plus bas
jérémie

***TATOUÉ JÉRÉMIE,** enregistrée par Serge Gainsbourg en 1964.*

Parce qu'il avait cette fille dans la peau
Et pour ne pas l'oublier
Il s'l'était fait tatouer tatouer
Juste à la place du cœur
Tatoué Jérémie
Il s'est fait tatouer un cœur
Jérémie
Tout l'monde en chœur : tatouer un cœur
Tatoué Jérémie
On peut lire à l'intérieur
Jérémie
De mêm' sur les avant-bras
Tatoué Jérémie
De mêm' où ça n'se voit pas
Jérémie
Encore une fois : où ça n'se voit pas
Tatoué Jérémie
C'est-à-dire un peu plus bas
Jérémie
Malheur de malheur
Maint'nant qu'il n'l'aime plus
Comment fair' pour effacer
Ce qu'il a fait tatouer tatouer
Faudrait arracher ce cœur
Tatoué Jérémie
Qu'est tatoué sur son cœur
Jérémie
Tout l'monde en chœur : arracher ce cœur
Tatoué Jérémie
Avec c'qu'y a à l'intérieur
Jérémie
De mêm' pour les avant-bras
Tatoué Jérémie
Surtout où ça n'se voit pas
Jérémie
Encore un' fois : où ça n'se voit pas
Tatoué Jérémie
C'est-à-dire un peu plus bas
Jérémie

Ce titre figure sur l'album *Percussions* (1964).

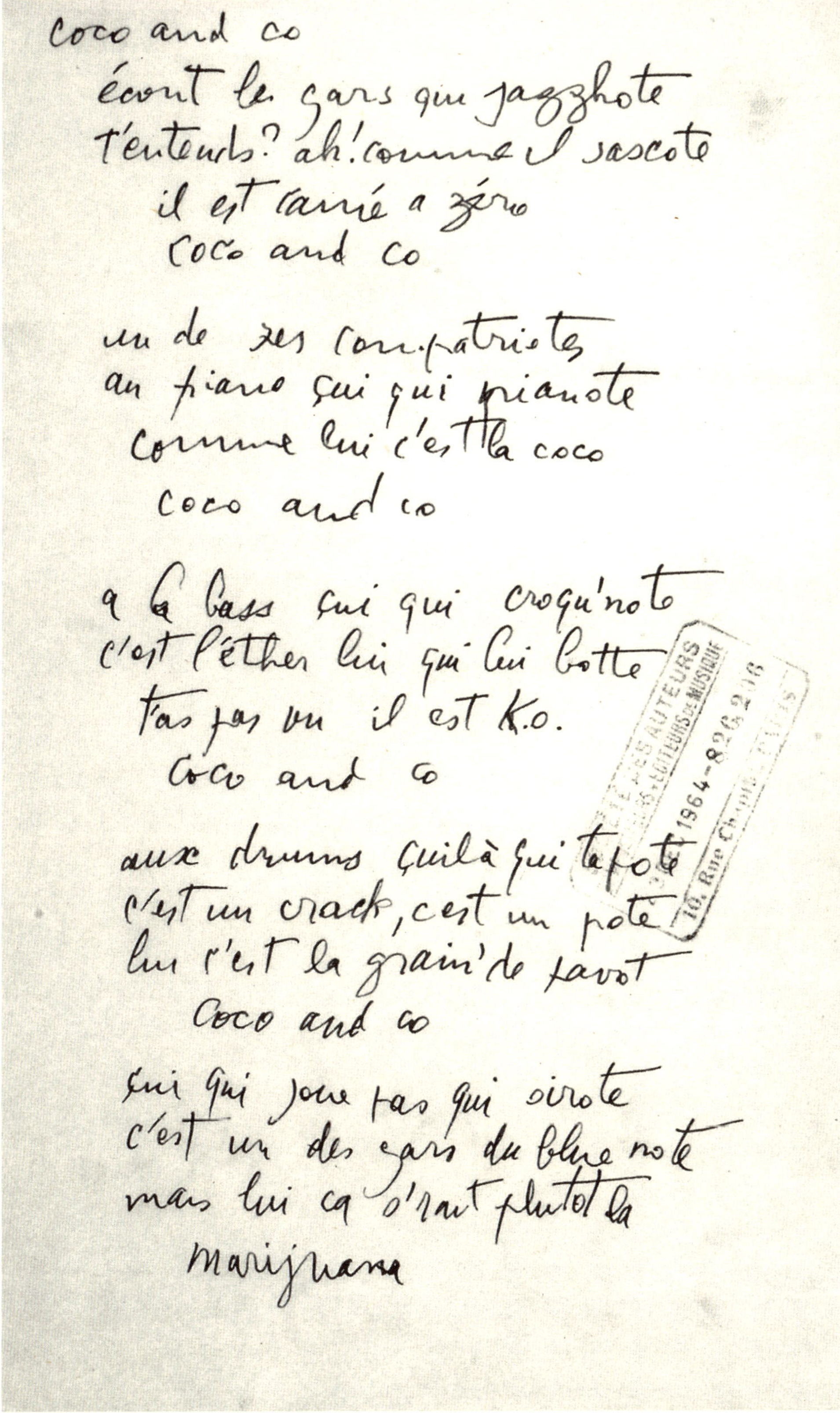
coco and co

écout le gars qui jazzhote
t'entends? ah! comme il saxote
il est camé a zéro
coco and co

un de ses compatriotes
au piano çui qui pianote
comme lui c'est la coco
coco and co

a la bass çui qui croqu'note
c'est l'éther lui qui lui botte
t'as pas vu il est K.O.
coco and co

aux drums çuilà qui tapote
c'est un crack, cest un pote
lui c'est la grain'de pavot
coco and co

çui qui joue pas qui sirote
c'est un des gars du blue note
mais lui ca s'rait plutot la
marijuana

COCO AND CO, *enregistrée par Serge Gainsbourg en 1964.*

Écout' le gars qui jazzhote
T'entends ? Ah ! Comme il saxote
Il est camé à zéro
Coco and co
Un de ses compatriotes
Au piano çui qui pianote
Comme lui c'est la coco
Coco and co
À la bass' çui qui croqu'note
C'est l'éther lui qui lui botte
T'as pas vu il est K.O.
Coco and co
Aux drums çuilà qui tapote
C'est un crack, c'est un pote
Lui c'est la grain' de pavot
Coco and co
Çui qui joue pas qui sirote
C'est un des gars du Blue Note
Mais lui ça s'rait plutôt la
Marijuana

Ce titre figure sur l'album *Percussions* (1964).
Dans la revue *Jazz-Hot* de mars 1965, le critique Philippe Adler s'enthousiasme pour l'album et félicite Gainsbourg « d'avoir toujours dix ans d'avance ». Seul bémol, il s'énerve sur le texte de *Coco and co* : « Mais pourquoi diable Gainsbourg associe-t-il toujours dans ses textes le jazz et la drogue ? Ça finit par être un poncif. » À l'époque, c'est pourtant hélas une réalité.

SOCIÉTÉ DES AUTEURS
10, Rue Chaptal, PARIS
Ces petits riens
Contrôle Musical
SACEM
Calypso
FIN

CES PETITS RIENS, *interprétée par Juliette Gréco en 1964. Dépôt Sacem des premières mesures.*

Mieux vaut n'penser à rien
Que n'pas penser du tout
Rien c'est déjà rien
C'est déjà beaucoup
On se souvient de rien
Et puisqu'on oublie tout
Rien c'est bien mieux
Rien c'est bien mieux que tout
Mieux vaut pleurer de rien
Que de rire de tout
Pleurer pour un rien
C'est déjà beaucoup mais...
Mieux vaut n'penser à rien
Que n'pas penser du tout
Rien c'est déjà rien
C'est déjà beaucoup
On se souvient de rien
Et puisqu'on oublie tout
Ces petits riens
Qui me venaient de vous

les paparazzi
i brigitto bardi
brigitto bardi
les paparazzi

VIVA LA PIZZA, *interprétée par Jean-Pierre Cassel en 1964.*

Primo la pasta
Un po de aqua
Aqua di Cologna
Primo la pasta
Un po de aqua
Yo meli melo
Poco a poco
Una noix di coco
Poco a poco
Yo meli melo
Un po di chianti
Due gelatti
Tutti tutti frutti
Un po di chianti
I tutti quanti
Un poco dolce
Adagio mode-
Rato cantabile
Un poco dolce
Poco piu forte
Terebentina
Buona cuccina
Fiasco di benzina
Terebentina
Buona cuccina
Un pomodoro
Un papagallo
Pronto pronto pronto
Un pomodoro
Un papagallo
Un po di sale
Un po di pepe
Molto molto bene
Un po di sale
Un po di pepe
Les vitelloni
Les paparazzi
I Brigitto Bardi
Brigitto Bardi
Les paparazzi
Mama ma mia
E viva la pizza
Arriverdi

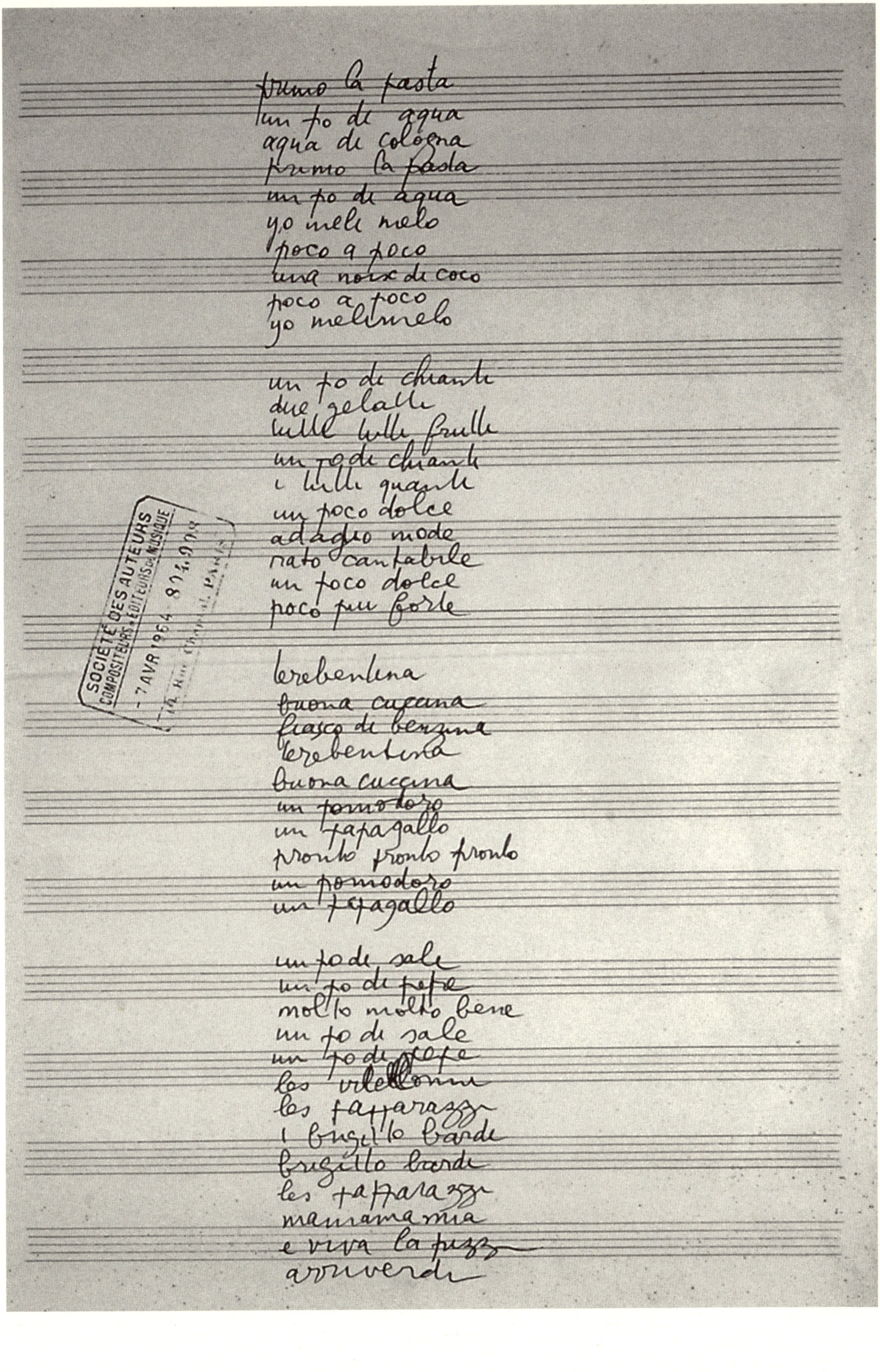
primo la pasta
un po di aqua
aqua di cologna
primo la pasta
un po di aqua
yo meli melo
poco a poco
una noix di coco
poco a poco
yo melimelo

un po di chianti
due gelati
tutte tutte frutte
un po di chianti
i tutti quanti
un poco dolce
adagio mode
rato cantabile
un poco dolce
poco piu forte

terebentina
buona cucina
frasco di benzina
terebentina
buona cucina
un pomodoro
un papagallo
pronto pronto pronto
un pomodoro
un papagallo

un po di sale
un po di pepe
molto molto bene
un po di sale
un po di pepe
los vitelloni
les papparazzi
i brigitto bardi
brigitto bardi
les papparazzi
mamamamia
e viva la pizza
arrivederci

SOCIÉTÉ DES AUTEURS
COMPOSITEURS & ÉDITEURS de MUSIQUE
- 7 AVR 1964
874.998

UN EUROVISION EN VISON

1965/1967

De 1965 à 1967, Serge Gainsbourg met sa carrière de chanteur en suspens. Il arrête la scène au milieu de sa tournée avec Barbara et n'enregistre que quelques 45 tours mais pas d'album. Il reste prolifique puisqu'il multiplie les musiques de films et les chansons pour de nouveaux interprètes, offre à France Gall le Grand Prix de l'Eurovision, et crée pour la télévision deux œuvres devenues légendaires : la comédie musicale *Anna* avec Anna Karina et Jean-Claude Brialy, et le *Show Brigitte Bardot* pour celle dont il est tombé éperdument amoureux. Abandonnant le jazz pour la pop anglaise, Gainsbourg affine son style, parfait la technique du talk-over et écrit l'œuvre qui fera de lui une star mondiale : *Je t'aime... moi non plus*.

LISTE D'INTERPRÈTES *pour lesquels Serge Gainsbourg prévoit d'écrire, 1967.*

France Gall
12 Anna Karina
4 Elsa Martinelli
Petula Clark
10 moi Londres (indications : larmes fille mal regrets)
Hallyday
Claude François
Dick Rivers
Marie-Blanche Vergne (biffé)
Bardot
Cécile Olivier (biffé)
Distel (biffé)
Dalida
Gréco
Arnaud and son (biffé)
Sheila
Salvador
Valérie Lagrange
Ronnie Bird
Lucky Blondo
Régine

À l'exception de Cécile Olivier, éphémère artiste signée sur le label d'Eddie Barclay, les ratures désignent les artistes pour lesquels Serge a écrit. Il écrira encore pour de nombreux autres sans pouvoir leur fournir des titres à tous. Johnny Hallyday, Dick Rivers, Sheila, Ronnie Bird, Henri Salvador et Lucky Blondo n'obtiendront pas de titre de cet auteur-compositeur tant convoité, même si ces deux derniers le chanteront tout de même (Salvador lors d'une émission télévisée, et Lucky Blondo qui reprendra la chanson d'Anna Karina *Sous le soleil exactement*). L'arrivée de Brigitte Bardot dans la vie de Serge va bouleverser ses projets, y compris les douze titres prévus pour l'album d'Anna Karina, bien que, dans l'émission télévisée *Journal de Paris* du 6 janvier 1967, Serge ait déclaré : « Je trouve qu'elle est plus professionnelle comme chanteuse qu'une vraie professionnelle. D'ailleurs je lui ai promis et, sur contrat, signé douze titres, un 33 tours ». Dans cette même émission, Serge est filmé, fait rarissime, lors d'une séance de travail avec France Gall pour la chanson *Dents de lait, dents de loup*. Au piano, il indique à la jeune chanteuse l'intervention des différents instruments qu'il imagine et lui dicte son phrasé.

* france gall
*12 anna karina
4 elsa martinelli
petula clark
*10 ~~[illegible]~~ mes londres —> larmes fille va le regrets
hallyday
claude françois
dick rivers
~~[illegible]~~
bardot
~~[illegible] olivier~~
~~chatel~~
dalida
greco
~~armand [illegible]~~
sheila
salvador
valerie lagrange
ronnie bird
lucky blondo
regine

POUPÉE DE CIRE, POUPÉE DE SON, *extrait de la partition, enregistrée par France Gall en 1965.*

Je suis une poupée de cire
Une poupée de son
Mon cœur est gravé
Dans mes chansons
Poupée de cire poupée de son
Suis-je meilleure suis-je pire
Qu'une poupée de salon
Je vois la vie en rose bonbon
Poupée de cire poupée de son

Denis Bourgeois, éditeur de la chanson et ancien directeur artistique de Serge, est à l'origine de sa rencontre avec France Gall. C'est lui qui a l'idée de demander à Serge de retranscrire cet extrait de la partition de la chanson victorieuse du concours de l'Eurovision 1965, pour la reproduire au dos d'une pochette qu'il fait imprimer pour les marchands de « petits formats ». Les petits formats sont des partitions qui proposent généralement une version simplifiée de la chanson, dont la première page est illustrée d'une photo de l'interprète. Seul moyen de pouvoir apprendre une chanson entendue à la radio avant l'apparition du microsillon, ils sont encore d'usage dans les années 1960.

une poupée de son
Serge Gainsbourg

ELLE S'APPELLE REVIENS,
inédit.

Quand du regard on m'déshabille
J'attrape un rhume de cerveau
Est tellement jalouse
Que si j'étais gardien de phare
Elle éteindrait tout
Pour plus de sécurité
Elle aime tant les dollars
Elle est tellement radin
Que quand je jette les miens par les fenêtres
Elle attend devant l'saloon pour les ramasser
Quand on oublie l'pourboire
Comme ça t'arrivera peut-être
J'te prête Daisy
Mais elle s'appelle Reviens
Prends-en bien soin
1- Comme si c'était la tienne
2- Jusqu'à demain
(indication : *bis*)
Tellement fragile
Elle n'a pas froid aux yeux
Quand du r'gard on la déshabille
Tellement pudique
Ça suffit pour la voir aussitôt enrhumée
Pas ça qui lui donnerait un rhume de cerveau
Elle en fait une histoire à tout casser
Quand j'l'emmène
Elle ramass' les pourboires
Avant d'les distribuer
Elle est si cavaleuse
Que si je l'amenais aux courses
Elle prendrait l'mors aux dents
Et m'f'rait gagner l'tiercé

Serge s'apprête à écrire la chanson *Mamadou*, satire de la colonisation, pour Sacha Distel. Il en note le début en haut à gauche de cette autre chanson. Cette indication laisse supposer que ce texte inédit lui était peut-être destiné. *Elle s'appelle Reviens* deviendra *Il s'appelle Reviens*, chantée par Régine en 1965 sur le 45 tours *Les P'tits Papiers*. Dans la version enregistrée par Régine, où une femme prête son mari et se plaint de ne pas le retrouver dans l'état où elle l'avait laissé, les couplets ont disparu. Ils sont remplacés par la reprise du thème musical du refrain, joué par le même piano bastringue que celui de *Bubble Gum*. Ici, il s'agit bien évidemment de vers en cours d'élaboration, et la transcription nécessaire à la lecture du manuscrit ne se veut en aucun cas définitive. Gainsbourg écrit dans un désordre que lui seul maîtrise et, sans connaître les versions définitives, il serait présomptueux de décider de l' organisation de ces vers, même si le refrain s'approche de la version qu'interprétera Régine, sans qu'il y ait d'autres points communs avec ce brouillon :

J'te prête Charlie
Mais il s'appelle Reviens
Prends-en bien soin
Comme si c'était le tien
Et n'oublie pas ma chérie
Que j'y tiens
Ramène-le-moi
Sans faute demain matin
(*Il s'appelle Reviens*)

Il existe également une version de cette chanson enregistrée en novembre 1972 pour un show télévisé. Le texte sera encore modifié à cette occasion et deviendra un trio entre Régine, Serge Gainsbourg et Marie Laforêt.

mamadou ma dit
quand du regard on m escabelle
j attrappe un rhume de cerveau

est tellement jalouse
que si j etais gardien de phare
elle ~~me ferait~~ eteindrait ~~la lumiere~~ tout
pour plus de securite

elle aime ~~tellement~~ ~~tant~~ les dollars les miens
est tellement radin que quand ~~je~~ on les jette elle ~~mes dollars~~ ~~l argent~~ par les fenetres
elle attends ~~sur le trottoir~~ devant l saloon ~~aller~~ pour les ramasser
quand on oublie l pourboire comme ca l arrivera tout etre
je le prete ~~ma femme~~ assis
mais elle s a elle reviens ~~...~~
prends en bien soin
1 comme si c etait la tienne
2 jusqu a demain ?
bis

tellement ~~pudique~~ fragile ell n a pas froid aux yeux
quand ~~on jette~~ du regard ~~la~~ on deshabille
~~ca met~~ tasca ~~et~~ ca suffit pour chacun
tellement ~~fragile~~ pudique qui ~~la~~ l avoir aussitot donnerait un rhume de ce
elle en fait une histoire a tout casser

quand j l enrumerai
ell ramass les pourboires avant d les distribuer

ell est si cavaleuse
que si je l amenait aux courses
ell prendrait l mors aux dents
et m ferait gagner l tierce

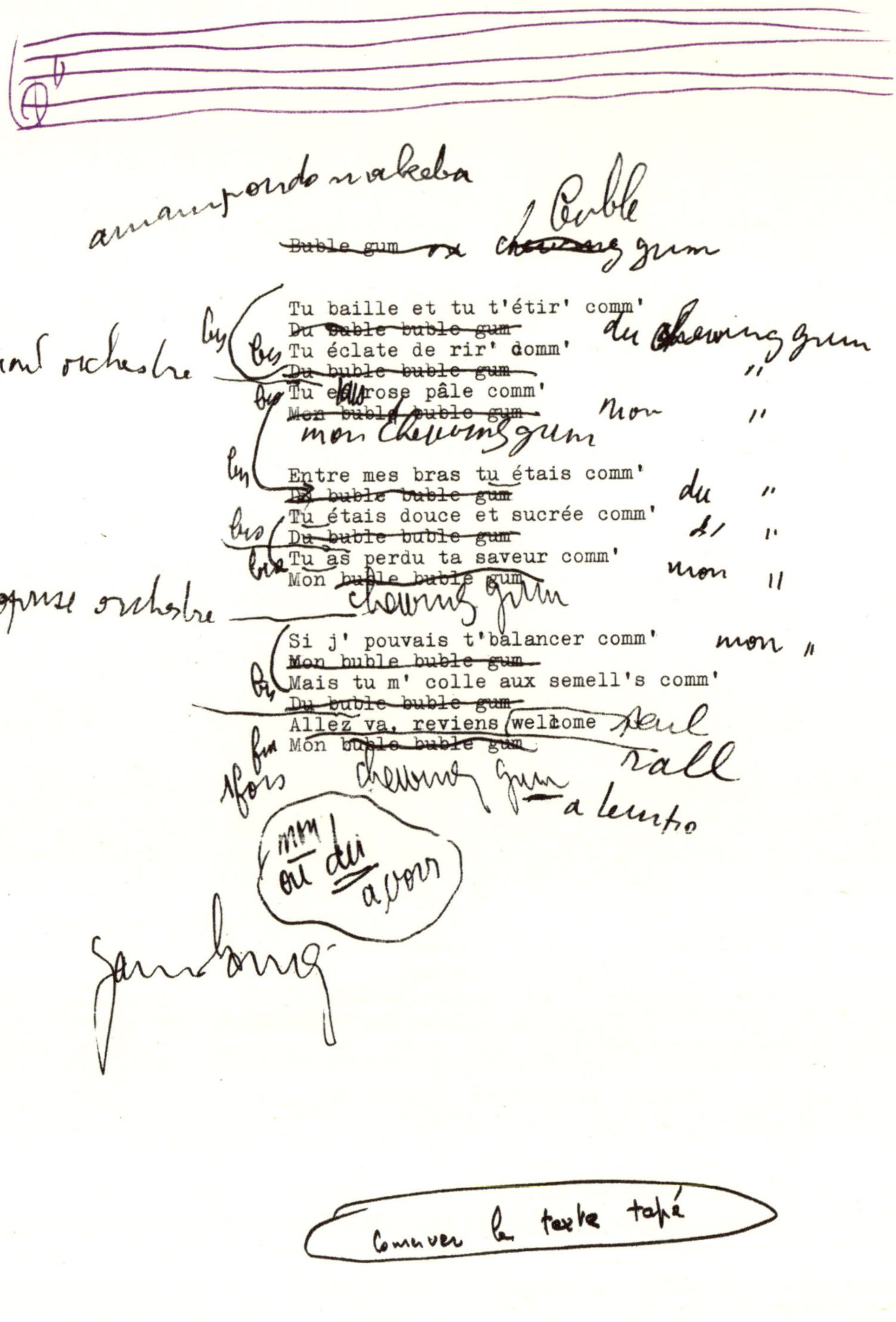

~~Buble gum~~ ou chewing gum

Tu baille et tu t'étir' comm'
~~Du buble buble gum~~
Tu éclate de rir' comm'
~~Du buble buble gum~~
Tu es rose pâle comm'
~~Mon buble buble gum~~

Entre mes bras tu étais comm'
~~Du buble buble gum~~
Tu étais douce et sucrée comm'
~~Du buble buble gum~~
Tu as perdu ta saveur comm'
Mon ~~buble buble gum~~

Si j' pouvais t'balancer comm'
~~Mon buble buble gum~~
Mais tu m' colle aux semell's comm'
~~Du buble buble gum~~
Allez va, reviens welcome
Mon ~~buble buble gum~~

Conserver le texte tapé

BUBBLE GUM, *enregistrée en 1966 par Brigitte Bardot.*

Sous la portée, on peut lire le titre de la chanson *Amampondo* enregistrée par Myriam Makeba, une artiste africaine sur le point de connaître la gloire avec *Pata pata*. Il corrige le tapuscrit pour remplacer le mot bubble gum par chewing-gum. Il consigne les interventions de l'orchestre, dont le piano bastringue répond à Bardot sur le mode du duo. En définitive, il conservera l'état du texte précédant les corrections, variantes et autres biffures, comme l'indique la mention conserver le texte tapé. Il retiendra par conséquent le titre *Bubble Gum*.

SERGE
GAINSBOURG

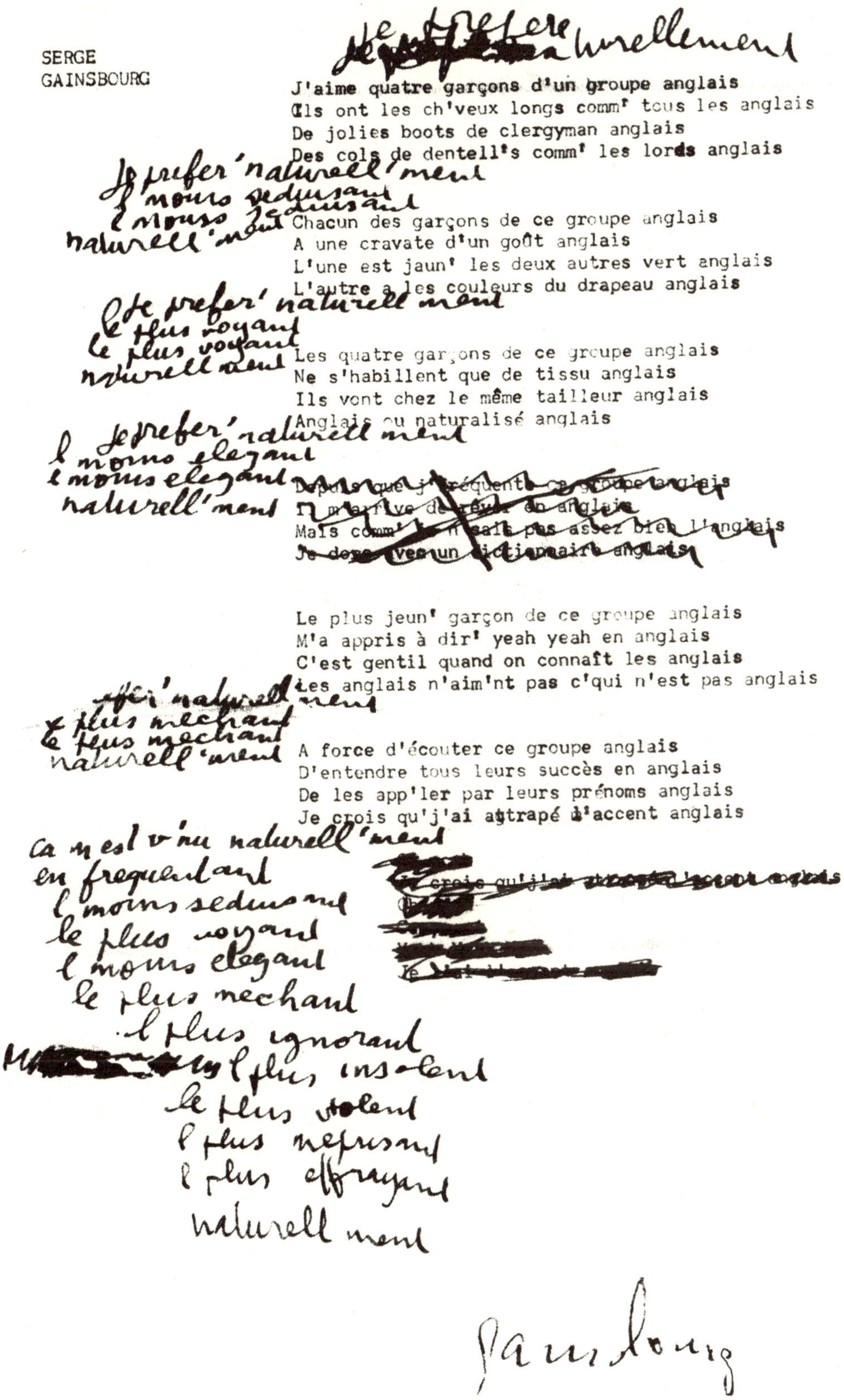

Je préfère naturellement

J'aime quatre garçons d'un groupe anglais
Ils ont les ch'veux longs comm' tous les anglais
De jolies boots de clergyman anglais
Des cols de dentell's comm' les lords anglais

Je préfer' naturell'ment
l'moins séduisant
l'moins séduisant
naturell'ment

Chacun des garçons de ce groupe anglais
A une cravate d'un goût anglais
L'une est jaun' les deux autres vert anglais
L'autre a les couleurs du drapeau anglais

Je préfer' naturell'ment
le plus voyant
le plus voyant
naturell'ment

Les quatre garçons de ce groupe anglais
Ne s'habillent que de tissu anglais
Ils vont chez le même tailleur anglais
Anglais ou naturalisé anglais

Je préfer' naturell'ment
l'moins élégant
l'moins élégant
naturell'ment

~~Depuis que j'fréquente ce groupe anglais~~
~~Il m'arrive de rêver en anglais~~
~~Mais comm' je n'sais pas assez bien l'anglais~~
~~Je dors avec un dictionnaire anglais~~

Le plus jeun' garçon de ce groupe anglais
M'a appris à dir' yeah yeah en anglais
C'est gentil quand on connaît les anglais
Les anglais n'aim'nt pas c'qui n'est pas anglais

…éfér' naturell'ment
le plus méchant
le plus méchant
naturell'ment

A force d'écouter ce groupe anglais
D'entendre tous leurs succès en anglais
De les app'ler par leurs prénoms anglais
Je crois qu'j'ai attrapé l'accent anglais

Ça m'est v'nu naturell'ment
en fréquentant
l'moins séduisant
le plus voyant
l'moins élégant
le plus méchant
l'plus ignorant
[redacted] l'plus insolent
le plus violent
l'plus méprisant
l'plus effrayant
naturell'ment

[redacted]

Gainsbourg

JE PRÉFÈRE NATURELLEMENT,
enregistrée en 1966 par Dalida.

Refrains manuscrits :
Je préfèr' naturell'ment
L'moins séduisant
L'moins séduisant
Naturell'ment
Je préfèr' naturell'ment
Le plus voyant
Le plus voyant
Naturell'ment
Je préfèr' naturell'ment
L'moins élégant
L'moins élégant
Naturell'ment
Je préfèr' naturell'ment
Le plus méchant
Le plus méchant
Naturell'ment
Ça m'est v'nu naturell'ment
En fréquentant
L'moins séduisant
Le plus voyant
L'moins élégant
Le plus méchant
L'plus ignorant
L'plus insolent
Le plus violent
L'plus méprisant
L'plus effrayant
Naturell'ment

Cette chanson présente un tapuscrit raturé sur lequel Gainsbourg supprime un couplet et propose de nouveaux refrains. On voit que celui qu'il avait d'abord écrit a été complètement biffé au bas de la page. Les nouveaux refrains correspondent à la version enregistrée à une nuance près, mais de taille : Gainsbourg souhaitait que Dalida succombe à l'Anglais le moins séduisant, le plus voyant, le moins élégant, etc. Lorsqu'elle enregistre la chanson, Dalida clame à l'envi et à l'inverse qu'elle préfère le plus séduisant, le moins voyant, le plus élégant, etc. Ce changement grotesque a ôté à ce texte tout le second degré qui en faisait son intérêt.

PREMIÈRE PORTÉE DE *LES PAPILLONS NOIRS*,
enregistrée par Michèle Arnaud et Serge Gainsbourg en 1966.

Cette chanson sera reprise par le groupe Bijou en duo avec Serge Gainsbourg sur leur album *OK Carol* en 1978. C'est à cette occasion que Serge renouera avec la scène, répondant à l'invitation du groupe.

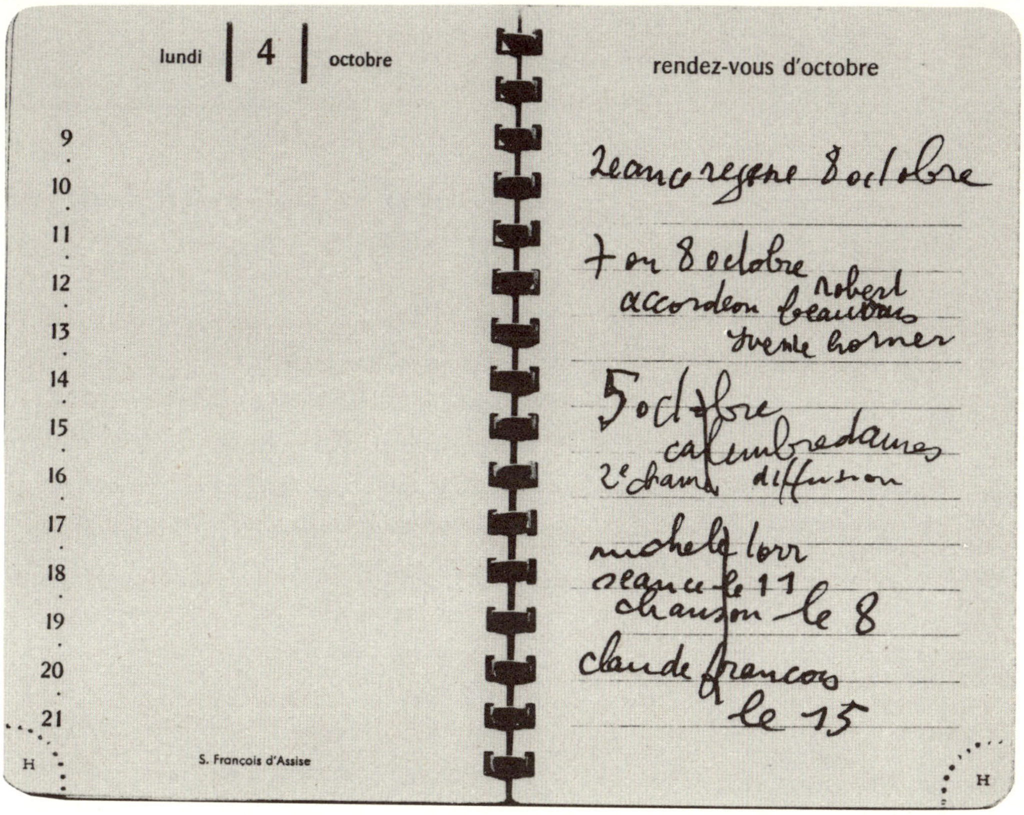

AGENDA, *de Serge Gainsbourg, octobre 1965.*

Serge consigne une séance d'enregistrement avec Régine pour le 8 octobre et prévoit la présence de l'accordéoniste Yvette Horner. Il note également la diffusion de sa participation à l'émission télévisée *Calembredaines* sur la deuxième chaîne, ainsi que des séances avec Michèle Torr (le 11, chanson le 8) et Claude François le 15. Il est difficile de savoir quelles séances ont réellement eu lieu, Michèle Torr ayant publié une chanson de Gainsbourg en 1966, Claude François en 1967 et Régine en 1968...

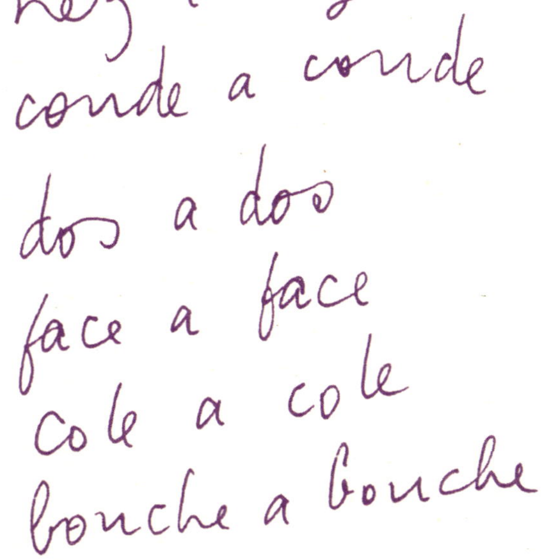
corps a corps
nez a nez
coude a coude
dos a dos
face a face
cote a cote
bouche a bouche

LISTE D'EXPRESSIONS MIROIRS, *document inédit non daté.*

Corps à corps
Nez à nez
Coude à coude
Dos à dos
Face à face
Côte à côte
Bouche à bouche

UNE PETITE TASSE D'ANXIÉTÉ,
inédit, écrite en 1966
pour Juliette Gréco.

En 1963, à l'occasion d'une émission de télé, Serge Gainsbourg chante en duo avec Gillian Hills une chanson intitulée *Une petite tasse d'anxiété*, jamais publiée sur disque. En 1966, un reporter de *Paris Presse – L'Intransigeant – France Soir* s'invite au domicile de Juliette Gréco, rue de Verneuil à Paris, pour rendre compte des répétitions de la chanteuse qui prépare sa rentrée à l'Olympia pour le 11 mai. L'échotier précise que huit nouvelles chansons seront au programme, dont celle qu'il entend ce jour-là, *Une petite tasse d'anxiété*. Bien qu'elle porte le même titre, il s'agit d'une autre chanson, dont le texte dactylographié contient des modifications de Serge sur le dernier couplet :

Je suis assez pressée
De te voir filer eh eh
Avale vit' ta petit' tass' d'anxiété
Et puis va-t'en
C'était
C'était
C'était charmant
Allez quoi
N'm'en veux pas
À la prochain' fois ah ah

Juliette Gréco n'enregistra pas ce titre sur disque, au point que d'aucuns ont longtemps cru que cette chanson n'avait jamais vu le jour. En 1972, à nouveau pour un show télé, Serge écrit la chanson *Pour des haricots* à l'occasion d'un duo entre Sylvie Vartan et Jane Birkin. Cette dernière chantera :

Moi j'sifflerais bien un litre
De beaujolais
Mais je n'ai qu'une petite
Tasse d'anxiété

Ce duo non plus ne sera jamais gravé sur disque !

Une PETITE TASSE D'ANXIETE

Tu prendras bien une petit' tass' d'anxiété
Chine ou Ceylan
C'est é
C'est é
C'est excellent
Ne sois pas si pressé
De te faire aimer eh eh
Tu prendras bien une petit'tass' d'anxiété
Chine ou Ceylan
C'est é
C'est é
C'est excellent
Ne sois pas
Comme ça
Garde ton sang froid ah ah

Tu prendras bien une autre tasse d'anxiété
Sur le divan
C'était
C'était
C'était fumant
Ne sois pas si pressé
De tout abimer eh eh
Tu prendras bien une autre tasse d'anxiété
Sur le divan
C'était
C'était
C'était fumant
Ne sois pas
Comme ça
Garde ton sang froid ah ah

Tu prendras bien une dernier' tass' d'anxiété
Quelqu'un t'attend
C'est é
C'est é
C'est évident

~~Ne sois pas si pressé~~

~~De-en t'en aller eh eh~~

Tu prendras bien une dernier' tass' d'anxiété

Quelqu'un t'attend

C'est é

C'est é

C'est évident

Ne sois pas comme ça

Garde ton sang froid ah ah

Parlé : un sucre ou deux ?

Je suis assez pressée

de te voir filer eh eh

avales vit' ta petit' tass' d'anxieté

et puis va-t-en

c etait c ~~etait ce~~

c etait

c etait charmant

~~ne sois pas~~ allez quoi

~~comme ça~~ n'm'en veux pas

a la prochain' fois ah ah

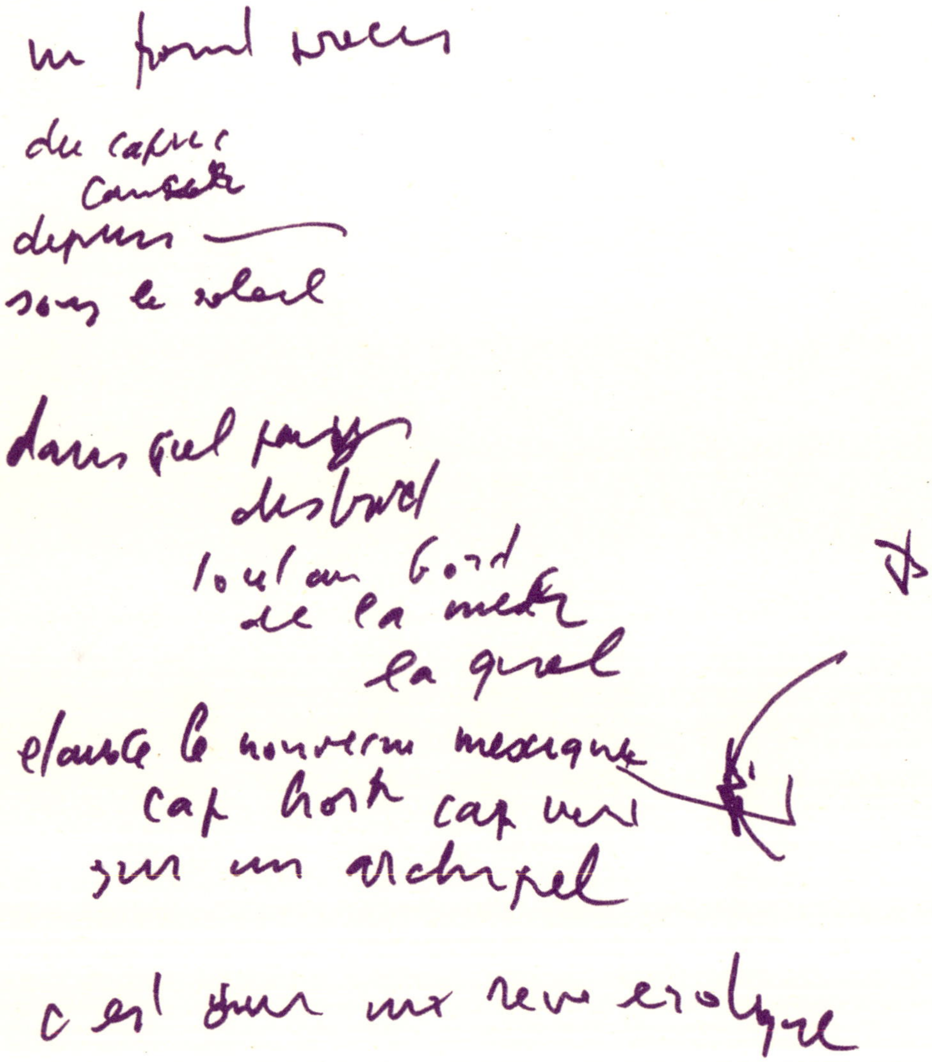

un point precis
du capric
cancer
depuis
sous le soleil
dans quel pays
district
tout au bord
de la mer
la quel
etaisce le nouveau mexique
cap horn cap vert
sur un archipel
c'est sur un reve erotique

SOUS LE SOLEIL EXACTEMENT,
enregistrée en 1966 par Anna Karina pour la comédie musicale Anna *de Pierre Koralnik (1967).*

Un point précis
Du Capric...
Cancer
Depuis...
Sous le soleil
Dans quel pays
District
Tout au bord
De la mer
Laquelle
Étais-ce le Nouveau-Mexique
Cap Horn Cap Vert
Sur un archipel
C'est sur un rêve érotique

Cette ébauche de texte est probablement un pense-bête dont se servira Gainsbourg lorsqu'il enregistrera sa propre version de *Sous le soleil exactement*. La difficulté du texte final de cette chanson réside dans son schéma rimique : chaque couplet est un miroir du suivant (a, b, c/ a, b, c...). C'est en tout cas le seul manuscrit de Gainsbourg à contenir des vers et mots épars extraits d'une chanson, sans aucune indication.

BASE-BALL, *enregistrée par Eddy Mitchell en 1966 pour la comédie musicale* Anna *de Pierre Koralnik (1967).*

1.4
Tu es dure avec moi
Ouais ! encore plus dure
Qu'une balle de base-ball
Une balle de base-ball
2
Tu es dure avec moi
Tu vas de l'un à l'autre
Comme un' balle de base-ball
Une balle de base-ball
3
Je crois te tenir
Pas du tout
J'veux te retenir
Rien à faire
(indication : 4 mesures orchestre)
5
Tu es dure avec moi
Et y'a longtemps qu'ça dure
Ton petit jeu de base-ball
Ton petit jeu de base-ball
Ton petit jeu de base-ball
(Sous la portée :)
Ton petit jeu de base-ball base-ball
Ça c'est sûr

Base ball rock

tu es dure avec moi
ouais! ~~tu es~~ ~~tu as~~ [illegible] encor plus dure
que une balle de base ball ~~de base ball~~
1 4 une balle de base ball ~~base ball~~
tu es dure avec moi
2 tu vas de l'un a l'autre
comme un' balle de base ball ~~base ball~~
une balle de base ball ~~base ball~~

je crois le tenir
3 ~~[illegible]~~ pas du tout
j'veux le retenir
rien a faire → 4 mesures orch

~~jouez~~ tu es dure avec moi
5 et y a longtemps qu ça dure
ton petit jeu de base ball ~~base ball~~
ton petit jeu de base ball ~~base ball~~
ton ~~drôle~~ petit jeu de base ball

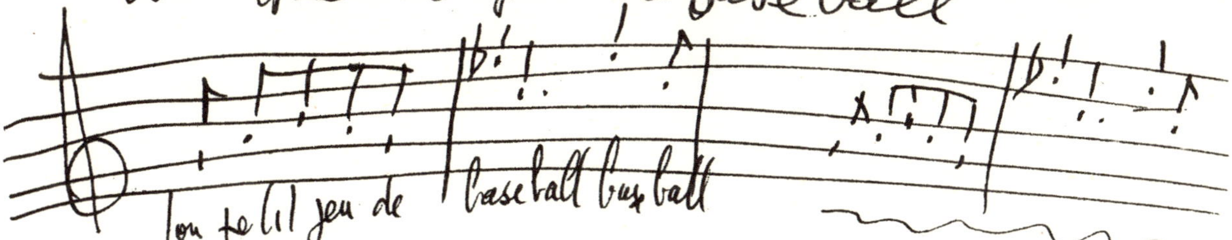

~~tu es~~ ça c'est sûr

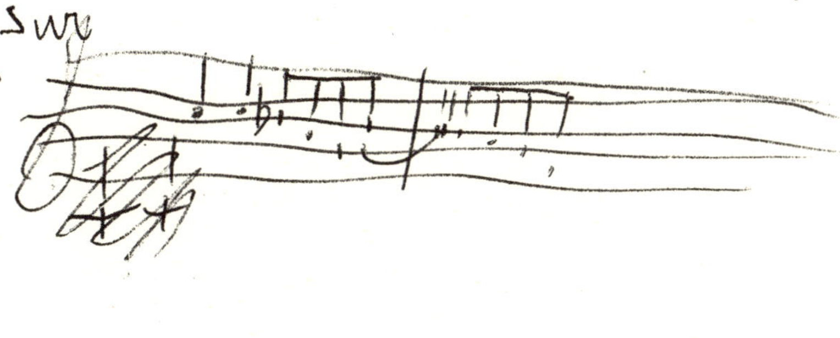

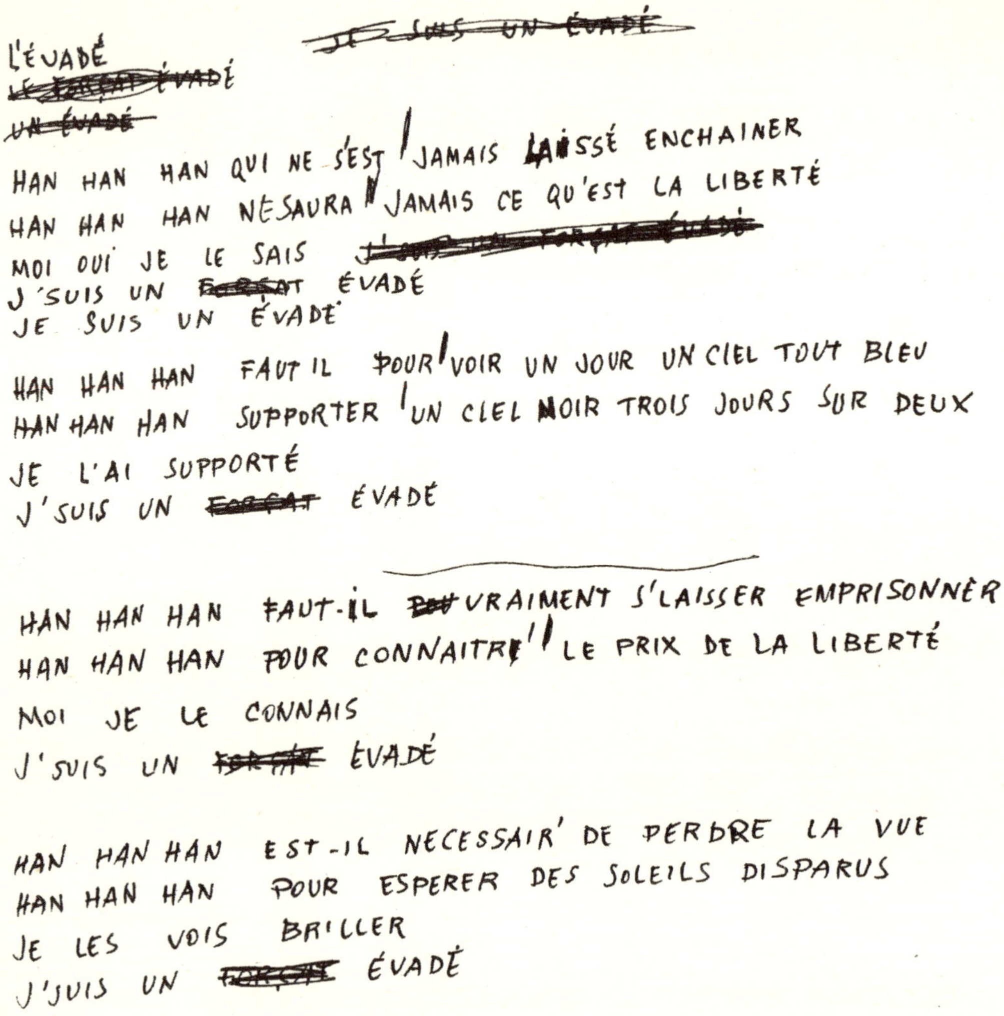

L'ÉVADÉ ~~JE SUIS UN ÉVADÉ~~
~~LE FORÇAT ÉVADÉ~~
~~UN ÉVADÉ~~

HAN HAN HAN QUI NE S'EST / JAMAIS LAISSÉ ENCHAINER
HAN HAN HAN NE SAURA / JAMAIS CE QU'EST LA LIBERTÉ
MOI OUI JE LE SAIS ~~JE SUIS UN FORÇAT ÉVADÉ~~
J'SUIS UN ~~FORÇAT~~ ÉVADÉ
JE SUIS UN ÉVADÉ

HAN HAN HAN FAUT IL POUR / VOIR UN JOUR UN CIEL TOUT BLEU
HAN HAN HAN SUPPORTER / UN CIEL NOIR TROIS JOURS SUR DEUX
JE L'AI SUPPORTÉ
J'SUIS UN ~~FORÇAT~~ ÉVADÉ

HAN HAN HAN FAUT-IL ~~POUR~~ VRAIMENT S'LAISSER EMPRISONNER
HAN HAN HAN POUR CONNAITRE' / LE PRIX DE LA LIBERTÉ
MOI JE LE CONNAIS
J'SUIS UN ~~FORÇAT~~ ÉVADÉ

HAN HAN HAN EST-IL NECESSAIR' DE PERDRE LA VUE
HAN HAN HAN POUR ESPERER DES SOLEILS DISPARUS
JE LES VOIS BRILLER
J'SUIS UN ~~FORÇAT~~ ÉVADÉ

CHANSON DU FORÇAT,
enregistrée par Serge Gainsbourg en 1966 pour la série télévisée Vidocq *de Marcel Bluwal et Claude Loursais (1967).*

Titres biffés :
Je suis un évadé
Le forçat évadé
Un évadé
Titre provisoire du manuscrit :
L'évadé
Han han han
Qui ne s'est jamais
Laissé enchaîner
Han han han
Ne saura jamais
Ce qu'est la liberté
Moi oui je le sais
J'suis un évadé
Je suis un évadé
Han han han
Faut-il pour voir un jour
Un ciel tout bleu
Han han han
Supporter un ciel noir
Trois jours sur deux
Je l'ai supporté
J'suis un évadé
Han han han
Faut-il vraiment
S'laisser emprisonner
Han han han
Pour connaîtr'
Le prix de la liberté
Moi je le connais
J'suis un évadé
Han han han
Est-il nécessair'
De perdre la vue
Han han han
Pour espérer
Des soleils disparus
Je les vois briller
J'suis un évadé

Serge Gainsbourg a supprimé de son manuscrit le mot « forçat », qu'il va néanmoins conserver pour le titre de sa chanson. Dans ce brouillon, la chanson s'intitule encore *L'Évadé*. Sur la carte de visite de l'auteur et éditeur Jacques Plait, Serge a couché les harmonies du blues. Il s'y référera lorsqu'on l'accusera d'avoir plagié Bob Dylan pour *La Chanson du forçat*, qui sert de générique à la série télévisée *Vidocq*.
Écrit en lettres majuscules très lisibles, ce manuscrit est soit destiné au dépôt de l'œuvre à la Sacem, soit destiné à un interprète, ce qui expliquerait la tonalité un peu élevée de ce titre pour la tessiture de Gainsbourg.

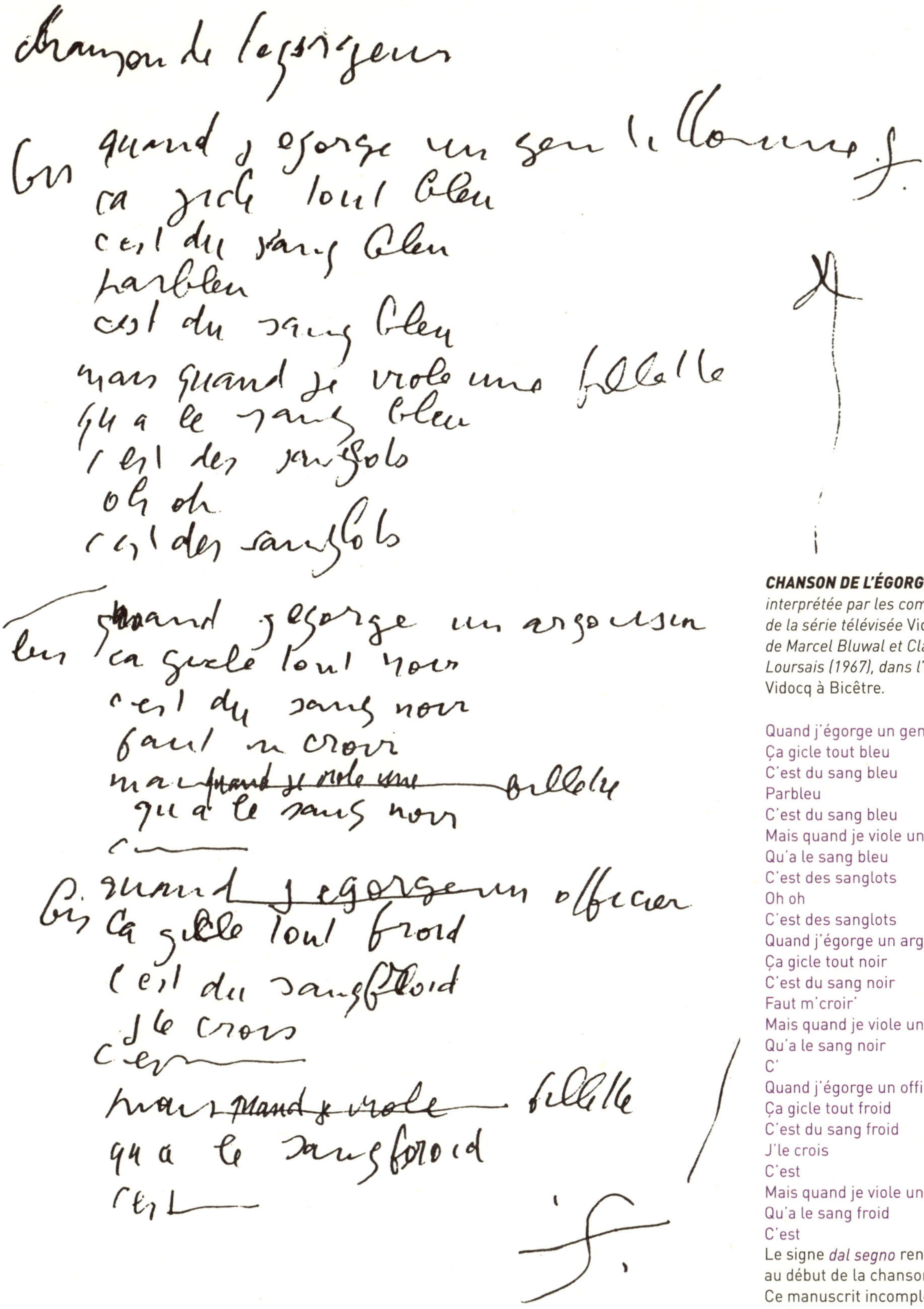

CHANSON DE L'ÉGORGEUR,
interprétée par les comédiens de la série télévisée Vidocq *de Marcel Bluwal et Claude Loursais (1967), dans l'épisode* Vidocq à Bicêtre.

Quand j'égorge un gentilhomme
Ça gicle tout bleu
C'est du sang bleu
Parbleu
C'est du sang bleu
Mais quand je viole une fillette
Qu'a le sang bleu
C'est des sanglots
Oh oh
C'est des sanglots
Quand j'égorge un argousin
Ça gicle tout noir
C'est du sang noir
Faut m'croir'
Mais quand je viole une fillette
Qu'a le sang noir
C'
Quand j'égorge un officier
Ça gicle tout froid
C'est du sang froid
J'le crois
C'est
Mais quand je viole une fillette
Qu'a le sang froid
C'est

Le signe *dal segno* renvoie au début de la chanson.
Ce manuscrit incomplet doit se lire avec les lignes horizontales qu'utilise Serge Gainsbourg et qui signifient qu'il faut reprendre tel que précédemment. Ainsi, tous les couplets sont construits à l'identique des deux premiers.

BYE BYE MISTER SPY,
interprétée par Serge Gainsbourg vers 1965 pour le film L'Inconnu de Shandigor *de Jean-Louis Roy (1967).*

Bye bye
Mister Spy
Va-t'en retrouver Ar-
Gus prince aux cent regards
Mister Spy
Bye bye
Mister Spy
Va au pays où se
Sont tus les silencieux
Mister Spy
Bye bye
Bye bye
Mister Spy
Fais preuve d'intelli-
Gence avec l'ennemi
Mister Spy
Bye bye
Mister Spy
Du royaume de Satan
Dérobe-moi les plans
Mister Spy
Bye bye
Quand tu iras au bal
Au bal au bal du mal
Mister Spy
Bye bye
Mister Spy
Arrache à Lucifer
Le voile du mystère
Mister Spy
Bye bye

Le film *L'Inconnu de Shandigor* de Jean-Louis Roy reste difficile à voir aujourd'hui. Gainsbourg a signé la musique et joué un rôle dans ce long-métrage présenté au festival de Cannes en 1967. La chanson *Bye bye Mister Spy* n'a jamais été enregistrée sur disque.

bye bye
mister spy
vas t'en retrouver ar
gus prince aux cent regards
mister spy
~~bye bye~~
bye bye
mister spy
va au pays où se
sont tus les silencieuse
mister spy
bye bye

bye bye
mister spy
fais preuve d'intelli
gence avec l'ennemi
mister spy
~~bye bye~~
bye bye
mister spy
du royaume de satan
derobe moi les plans
mister spy
bye bye

quand tu iras au bal
lau bal au bal du vid
mister spy

bye bye
mister spy
arrache a lucifer
le voile du mystere
mister spy
bye bye

ecoutes les orgues qui jouent pour toi

~~n est pas qu~~ hein il est terrible cet air la

j esper que tu aimes

c est ~~beau~~ assez bath non

c est le requiem

pour un con ouais

§:

en ~~prison~~

ca ~~te flatt~~ speccialement pour toi

je l ai compose ~~avec mon browning~~

la memoire de scelerat

~~a la memoire de scelerat~~

~~la veille de son assassinat~~

~~pour moi~~ c est idem de la ~~blême~~ gueule

~~que ca te flatte ou non~~

~~c est le requiem~~

~~pour un con~~

coule a gros bouillons

meme

moi meme

c est un joli theme

c est un ~~joli theme~~

tu ne trouve pas non

semblable a toi meme

pauvre con

ah tu as voulu faire couler le sang

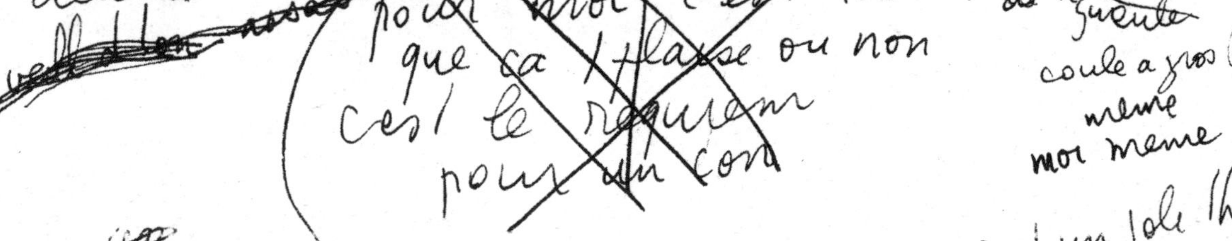

- musique anna fin
- les cœurs verts ~~le~~ fini
- carre de dames pour Layton a faire
- la cheminee 4 a faire
  rambaud wag 0113
  chapol
- merimee tele dorleac a faire ?
- theme pour tati
  piano

REQUIEM POUR UN CON,
enregistrée par Serge Gainsbourg en 1967 pour le film Le Pacha *de Georges Lautner (1967).*

Écoute les orgues
qui jouent pour toi
Hein il est terrible cet air-là
J'espèr' que tu aimes
C'est assez bath non
C'est le requiem
Pour un con
Vers biffés :
En prison
Ça te plaît
Je l'ai composé
Spécialement pour toi
(biffé : avec mon browning)
À ta mémoire de scélérat
Vers biffés :
Pour moi c'est idem
Que ça t'plaise ou non
C'est le requiem
Pour un con
De ta gueule blême
Coule à gros bouillons
Même
Moi-même
C'est un joli thème
Vers biffés :
C'est un joli thème
Tu ne trouves pas non
Semblable à toi-même
Pauvre con
Ah tu as voulu faire couler le sang
Les deux couplets biffés sont ceux que Gainsbourg interprète dans la version enregistrée.

NOTES ÉPARSES, *vers 1967.*

– Musique *Anna* fin
– *Les Cœurs verts* fini
– *Carré de dames pour Layton* à faire
– *La Cheminée 4* à faire
– Mérimée télé Dorléac à faire ?
– Thème piano pour Tati

Si les trois premiers projets ont bien eu leur musique signée Gainsbourg (*Carré de dames pour Layton* sortira sous le titre *Carré de dames pour un as*, Layton étant le nom du personnage incarné par Roger Hanin), les trois autres semblent n'avoir pas abouti. Serge n'a pas travaillé pour Tati et n'a pas composé la musique du téléfilm *Julie de Chaverny* d'après la nouvelle de Prosper Mérimée dont Françoise Dorléac, sœur aînée de Catherine Deneuve, joue le rôle principal. Le film *Les Cœurs verts* inspirera à Serge une musique dont il réutilisera bientôt le thème pour la chanson *Je t'aime… moi non plus*.

LA BEAUTÉ DU DIABLE

1967/1968

Ils se sont déjà croisés plusieurs fois. Lors du film réalisé par Michel Boisrond, *Voulez-vous danser avec moi ?*, Brigitte Bardot frôle de sa jupe vichy l'ombre de Gainsbourg. Quand la star se lance dans la chanson, Serge lui écrit *L'Appareil à sous, Les Omnibus, Bubble Gum*... B.B. n'a pas prêté attention à ce garçon timide, lui n'a pas été sensible à l'icône qui incarne le désir et la liberté. En 1967, Bardot est au zénith de sa beauté et de sa renommée internationale.
Trois mois à peine. C'est le temps qu'il faut pour que Serge Gainsbourg et Brigitte Bardot s'abandonnent à la passion, puis que l'actrice y renônce. La belle tombe amoureuse du garçon qui se trouvait laid. Un show télé inoubliable, des chansons mythiques, un tube mondial interdit de publication... Cette histoire fulgurante laissera Serge dévasté.

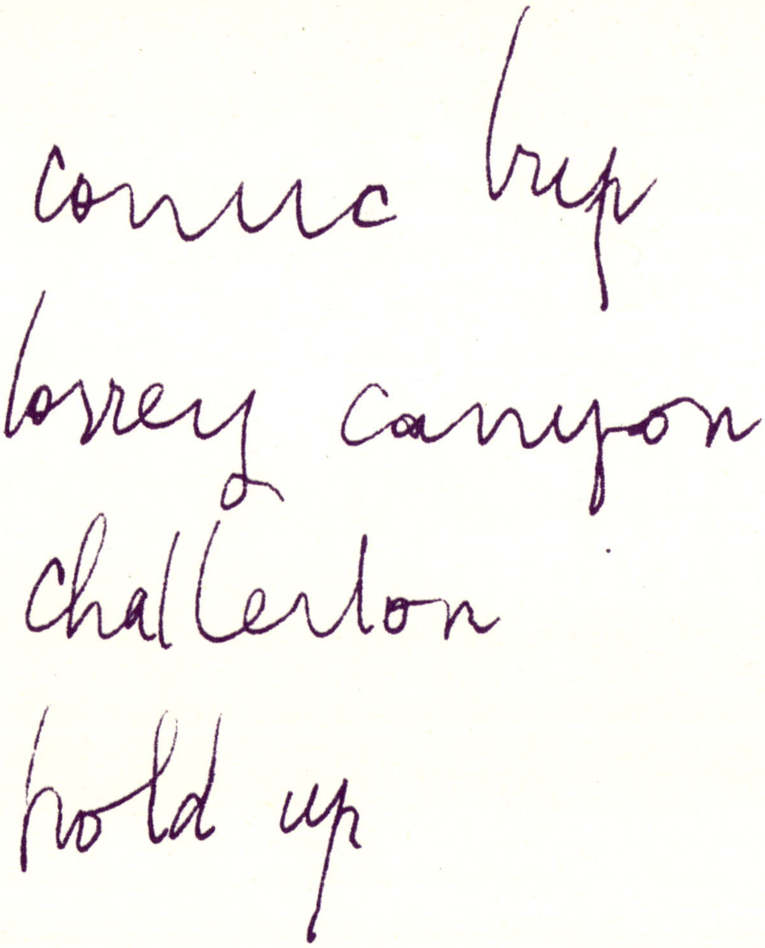
comic trip
torrey canyon
chatterton
hold up

LISTE DE TITRES, *non datée.*

Comic trip
Torrey Canyon
Chatterton
Hold up

COMIC STRIP, *version anglaise, enregistrée par Serge Gainsbourg et Brigitte Bardot en 1967.*

Come with me let's get together
In my comic strip
Let's talk in bubbles
Let's go bang and zip
Forget your troubles and go
I'm the hero and when I'm fighting
I go bam
And boff and have a ball, so
Wham an' vlam
And zonk an' zip and also
If you want to fly above the city
Follow me
And pfhhht just like a feather
Waoush and wheee
We'll fly along together
So my dear come here
Hang on to me splash
I am near smash
Just remember this crash
Have no fear and crack
Give me a kiss smack

come with me lets get together
in my comic strip
lets talk in bubbles
lets go bang an zip
forget your troubles and go

I'm the hero and when I am fighting
I go bam
and boff and have a ball, so
wham an vlam
and zonk an zap and also

if you want to fly above the city
follow me
and pfhhht just like a feather
whoosh and wheee
we'll fly along together

so my dear come here hang on to me splash
I am near smash
just remember this crash
have no fear and crack
give me a kiss smack

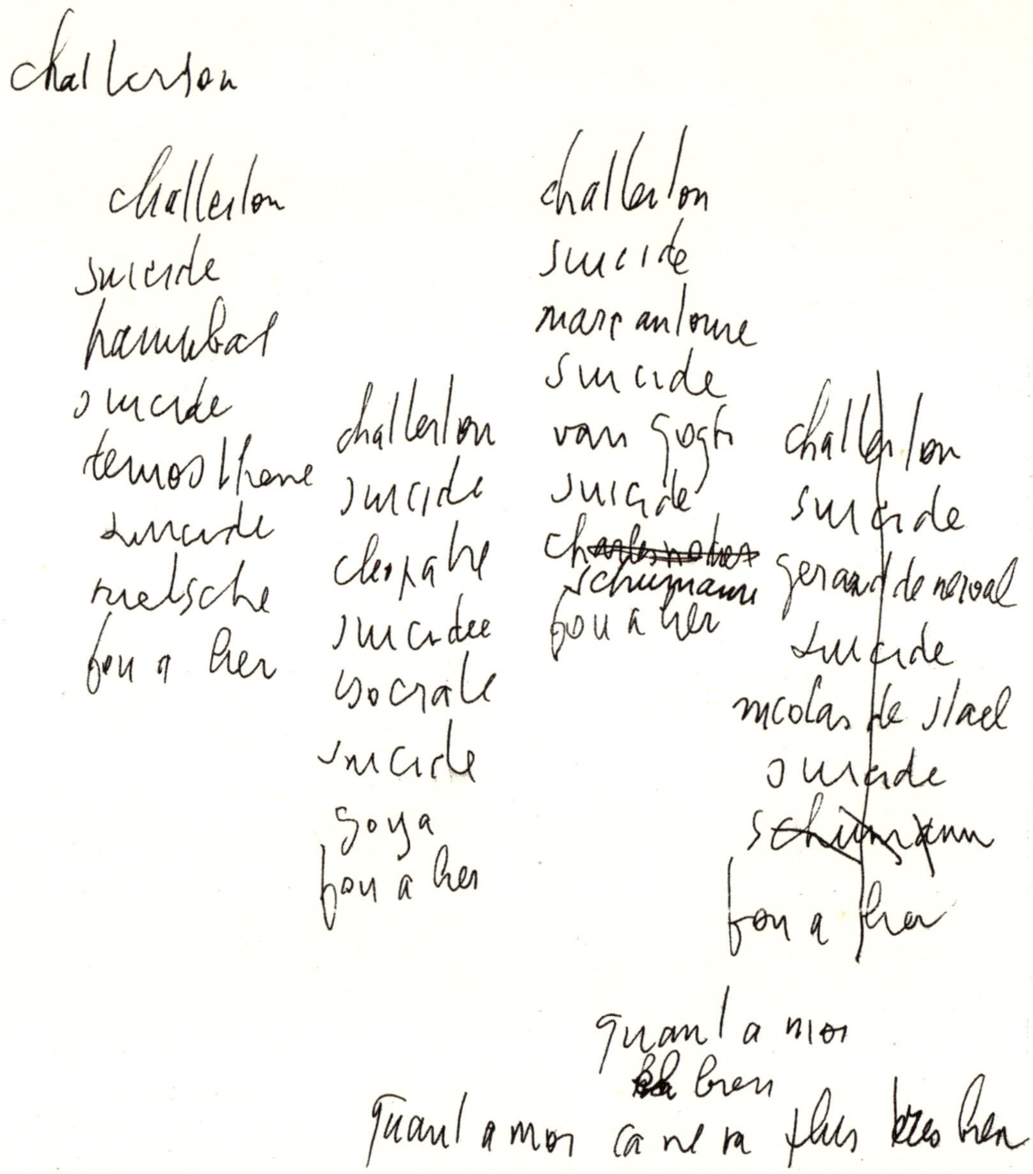

CHATTERTON, *enregistrée par Serge Gainsbourg en 1967.*

Chatterton
Suicidé
Hannibal
Suicidé
Démosthène
Suicidé
Nietzsche
Fou à lier
Chatterton
Suicidé
Cléopâtre
Suicidée
Socrate
Suicidé
Goya
Fou à lier
Chatterton
Suicidé
Marc Antoine
Suicidé
Van Gogh
Suicidé
Schumann
Fou à lier
Quant moi
Eh bien
Quant à moi ça ne va plus très bien

Couplet biffé :
Chatterton
Suicidé
Gérard de Nerval
Suicidé
Nicolas de Staël
Suicidé
Schumann
Fou à lier

Ce titre figure sur le 45 tours *Comic Strip*. Gainsbourg se réfère ici à une pièce de théâtre écrite en 1835 par Alfred de Vigny, mettant en scène le poète anglais du XVIIIe siècle, Thomas Chatterton, qui se suicida parce qu'il n'était pas reconnu pour son œuvre et parce que sa condition sociale lui interdisait de vivre son amour pour la fille de son propriétaire. C'est un poète doublement maudit, comme Gainsbourg, qui ne cesse de gratter son mal et d'ensanglanter sa plaie : « Qu'est-ce que c'est, "réussir" ? Gagner de l'argent ? J'en gagne assez, suffisamment pour vivre sans compter. Mais il paraît que réussir c'est réaliser ses rêves de jeunesse. Alors là, je n'ai certainement pas réussi. J'ai échoué puisque je rêvais de devenir peintre et que j'ai lâché la peinture. » Le dernier couplet, biffé, ne sera pas retenu. Il est intéressant de constater que Gainsbourg a substitué dans le troisième couplet Schumann à Charles Nodier. Ce poète romantique, souvent associé à Gérard de Nerval que Gainsbourg a déjà mis en musique, est présent aussi dans le couplet inédit aux côtés du peintre Nicolas de Staël. Gainsbourg s'offre ici une compagnie des plus illustre mêlant peintres célèbres, figures historiques et grands artistes. Il est à noter que Gérard de Nerval et Charles Nodier sont publiés par José Corti, éditeur de nombreux auteurs qui ont influencé Gainsbourg comme Georges Fourest et des romantiques alors méconnus comme Radcliffe et Beckford.

2 greco le cinema du pauvre

qui se souvient de chessmann

2 moi baby jai le big beat

1 france

1 regine les enfants de la chance

1 francoise

NOTES ÉPARSES, *non datées.*

Pour Juliette Gréco, Gainsbourg prévoit deux chansons, dont *Le Cinéma du pauvre* qui n'a probablement jamais été écrite, pas plus que *Baby, j'ai le big beat* qu'il se réserve. En revanche, il a bien enregistré *Qui se souvient de Chessman ?*, en hommage à Caryl Chessman, exécuté aux États-Unis en 1960 après avoir été accusé de dix-sept viols et enlèvements. Clamant son innocence, Chessman écrivit cinq livres pendant ses douze années de détention. Son cas souleva l'indignation chez les intellectuels opposés à la peine de mort à travers le monde. Le titre *Les Enfants de la chance* prévu pour Régine va rester dans la mémoire de Serge jusqu'en 1987. Il en fera pour lui-même une chanson contre la drogue, sur son ultime album.

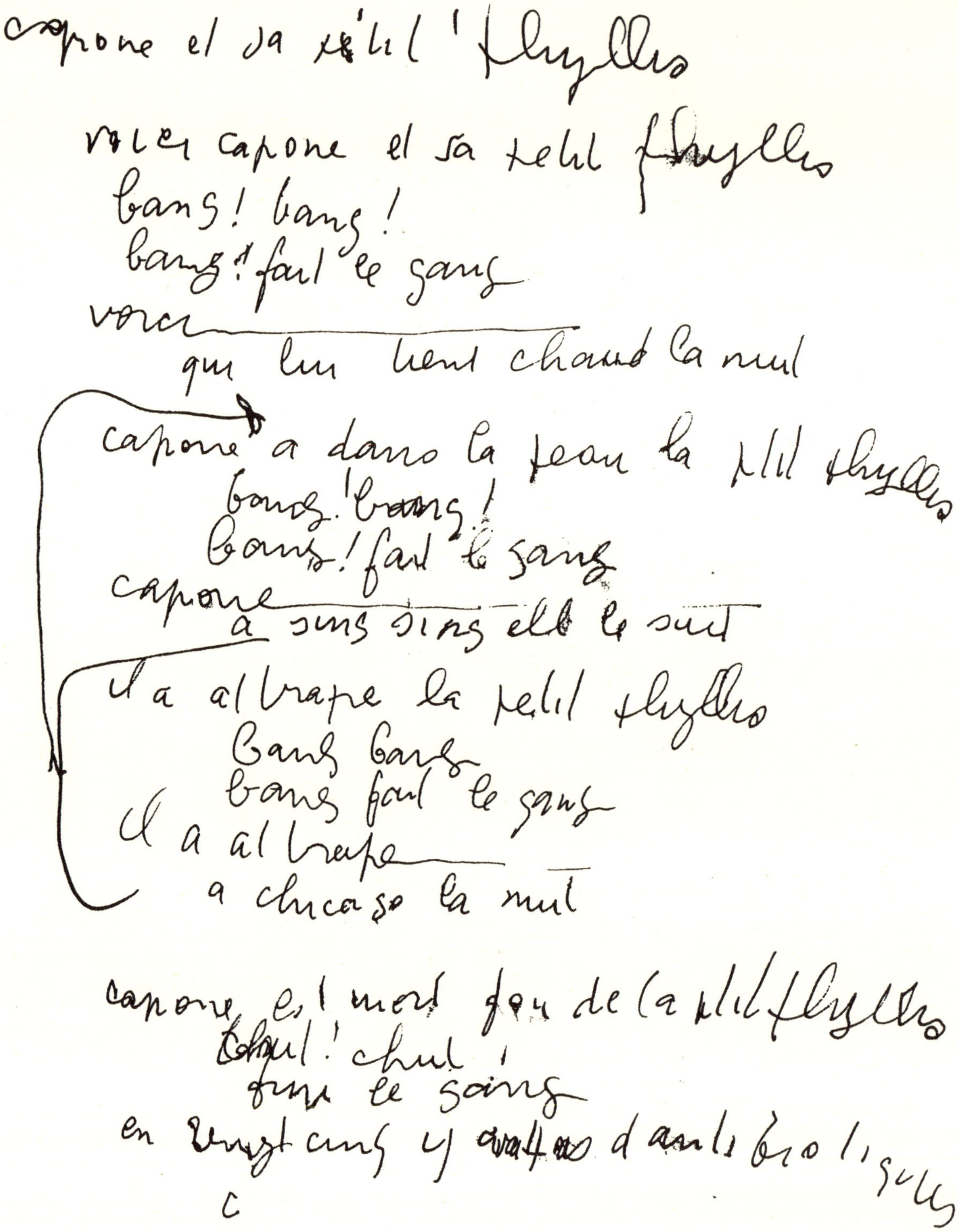
capone et sa petit' phyllis

voici capone et sa petit phyllis
bang! bang!
bang! fait le gang
voici
qui lui tient chaud la nuit

capone a dans la peau la p'tit phyllis
bang! bang!
bang! fait le gang
capone
a sing sing elle le suit
il a attrapé la petit phyllis
bang bang
bang fait le gang
il a attrapé
a chicago la nuit

capone est mort fou de la p'tit phyllis
chut! chut!
fini le gang
en vingt cinq y avait pas d'antibiotiques
c

CAPONE ET SA P'TITE PHYLLIS,
enregistrée par Régine en 1967.

Voici Capone et sa petit' Phyllis
Bang ! bang !
Bang ! fait le gang
Voici...
Qui lui tient chaud la nuit
Il a attrapé la petit' Phyllis
Bang ! bang !
Bang ! fait le gang
Il a attrapé...
À Chicago la nuit
Capone a dans la peau la p'tit' Phyllis
Bang ! bang !
Bang ! fait le gang
Capone...
À Sing Sing elle le suit
Capone est mort fou de la p'tit' Phyllis
Chut ! chut !
Fini le gang
En vingt-cinq y'avait pas d'antibiotiques
C.

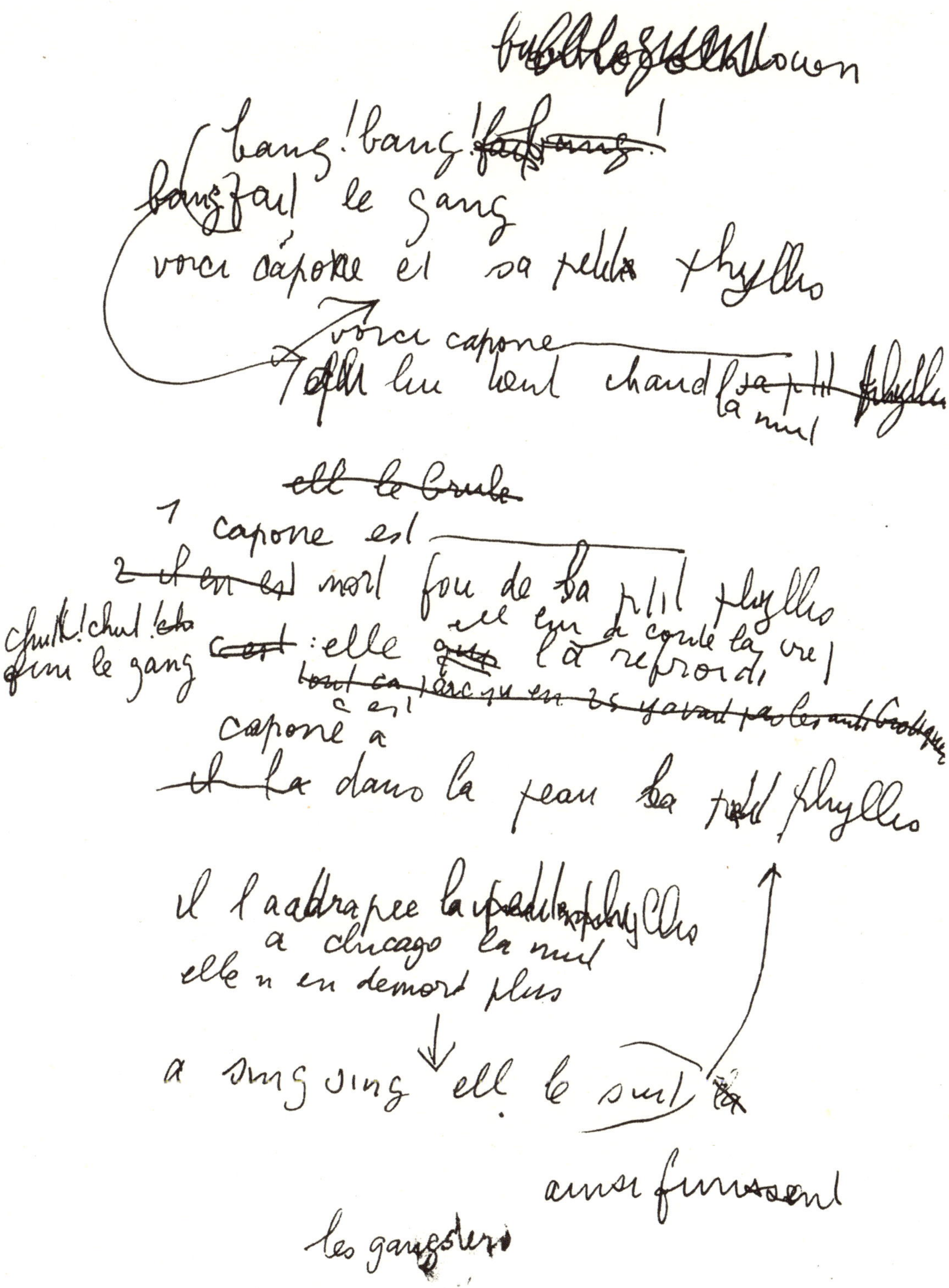
bang! bang!
bang fait le gang
voici capone et sa petite phyllis
voici capone
qui lui tient chaud la nuit
1 capone est
2 il en est mort fou de sa p'tit phyllis
chut! chut!
fini le gang
elle lui a couté la vie
elle l'a refroidi
tout ça c'est qu'en 25 y avait pas les antibiotiques
capone a
il l'a dans la peau sa p'tit phyllis
il l'a attrapée la p'tit phyllis
à chicago la nuit
elle n'en démord plus
à sing sing elle le suit
ainsi finissent
les gangsters

Voici Capone et sa petit' Phyllis
Bang ! bang !
Bang ! fait le gang
Voici Capone...
Qui lui tient chaud la nuit
Capone est mort fou de la p'tit' Phyllis
Chut ! chut !
Fini le gang
Elle lui a coûté la vie
Elle l'a refroidi
Capone a dans la peau la p'tit' Phyllis
Il l'a attrapée la petit' Phyllis
À Chicago la nuit
Elle n'en démord plus
À Sing Sing elle le suit
Les gangsters ainsi finissent

On peut deviner en haut du manuscrit la mention Bubble Gum ce qui laisse penser que ce texte a pu être rédigé vers 1965. Gainsbourg ironise sur le gangster Al Capone, roi du crime organisé à Chicago pendant la prohibition. Surnommé « Scarface », il fut libéré de la prison d'Alcatraz (et non pas de Sing Sing) et mourut rongé par la syphilis : En 25, y'avait pas d'antibiotiques, comme l'écrit Gainsbourg.

OUVRE LA BOUCHE ET FERME LES YEUX — Serge GAINSBOURG

Te souviens-tu quand tu n'étais qu'un' mioche
C' que t'étais moche
Dans ton berceau
Sais-tu ce que te chantait ~~ta~~ grand' ~~soeur~~ frere
Quand c'était l'heure
De ton bib'ron

Ouvr' la bouche
Ferm' les yeux
~~Ma chérie~~ et tu verras tout ira mieux bis
~~Ouvr' la bouche~~
~~Et ferm' les yeux~~
~~T'en fais pas pour si peu~~ tu verras tout en bleu
~~enfant ne prends pas~~

ouvrez les guillemets
si les mouches
entrent un peu
fermez les guillemets
ne prends pas la mouche
pour si peu

Un peu plus tard tu étais si chétive
Que sur tes quilles
Tu tenais pas
Pour fair' passer l'huile de foie de morue
Hors de ta vue
Je r'mettais ça

Ouvr' la bouche
Ferm' les yeux
~~Ma chérie~~ et tu verras tout ira mieux bis
ouvre la bouch
ferme les yeux
~~T'en fais pas pour si peu~~ tu verras tout en bleu

Aujourd'hui tu n'es toujours pas jojote
Mais j'ai un pote
Qui pense à toi
~~[illegible]~~
C'est pas le rêve ~~rien qu'de penser à toi~~ bien sur a voir sa gueule
Mais toi non plus le cœur ~~[illegible]~~ leve

Ouvr' la bouche
Ferm' les yeux
~~Ma chérie~~ et tu verras tout ira mieux bis
ouvre la bouch
ferme les yeux
~~T'en fais pas pour si peu~~ et tu verras tout en bleu

si les mouch
entrent un peu
ne prends pas la
mouch pour si peu

Gainsbourg

OUVRE LA BOUCHE ET FERME LES YEUX, *enregistrée par Régine en 1967.*

Te souviens-tu quand tu n'étais qu'un' mioche
C'que t'étais moche
Dans ton berceau
Sais-tu ce que te chantait ton grand frère
Quand c'était l'heure
De ton bib'ron
Ouvrez les guillemets
Ouvr' la bouche
Et ferm' les yeux
Tu verras tout ira mieux (indication : *bis*)
Si les mouches
Entrent un peu
(Biffé : Tu verras tout en bleu)
Fermez les guillemets
Ne prends pas la mouch'
Pour si peu
Un peu plus tard tu étais si chétive
Que sur tes quilles
Tu tenais pas
Pour fair' passer l'huil' de foie de morue
Hors de ta vue
Je r'mettais ça
Ouvr' la bouche
Et ferm' les yeux
Tu verras tout ira mieux (indication : *bis*)
Ouvr' la bouche
Ferm' les yeux
Tu verras tout en bleu
Aujourd'hui tu n'es toujours pas jojote
Mais j'ai un pote
Qui pense à toi
Bien sûr à voir sa gueule le cœur se lève
C'est pas le rêve
Mais toi non plus
Ouvr' la bouche
Et ferm' les yeux
Tu verras tout ira mieux (indication : *bis*)
Si les mouches
Entr'nt un peu
Ne prends pas la
mouch' pour si peu
Ouvr' la bouche
Ferm' les yeux
Et tu verras tout en bleu

Cette version masculine est très éloignée de celle que chantera Régine. Hormis le refrain, légèrement remanié, les couplets, d'une cruauté peu courante chez Gainsbourg, évoqueront pour Régine les soldats au front. Serge glisse les formules ouvrez les guillemets et fermez les guillemets qu'il réutilisera pour une autre chanson.

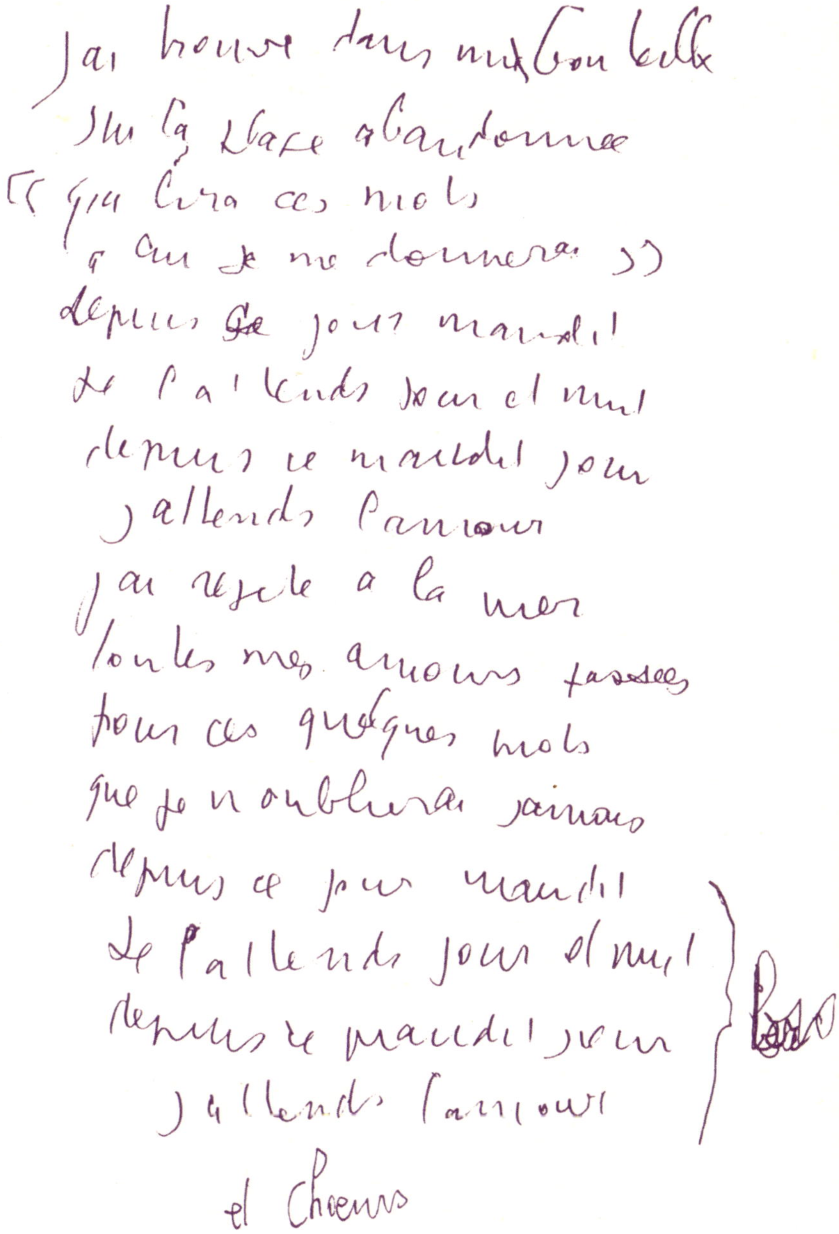
J'ai trouvé dans un' bouteille
Sur la plage abandonnée
« Qui lira ces mots
À qui je me donnerai »
depuis ce jour maudit
Je l'attends jour et nuit
depuis ce maudit jour
J'attends l'amour
J'ai rejeté à la mer
toutes mes amours passées
Pour ces quelques mots
que je n'oublierai jamais
depuis ce jour maudit
Je l'attends jour et nuit
depuis ce maudit jour
J'attends l'amour
bis
et Choeurs

QUI LIRA CES MOTS ?, *enregistrée par Dominique Walter en 1967.*

J'ai trouvé dans un' bouteille
Sur la plage abandonnée
« Qui lira ces mots
À lui je me donnerai »
Depuis ce jour maudit
Je l'attends jour et nuit
Depuis ce maudit jour
J'attends l'amour
J'ai rejeté à la mer
Toutes mes amours passées
Pour ces quelques mots
Que je n'oublierai jamais
Depuis ce jour maudit
Je l'attends jour et nuit
Depuis ce maudit jour
J'attends l'amour
(indication : *bis* et chœurs)

Ce manuscrit ne contient pas les quatre vers du second couplet.

Johnsine et Kossygone
sont deux petits mignonnes
mais non rien à faire
je ~~reste aussi~~ célibataire
je reste ~~seul~~

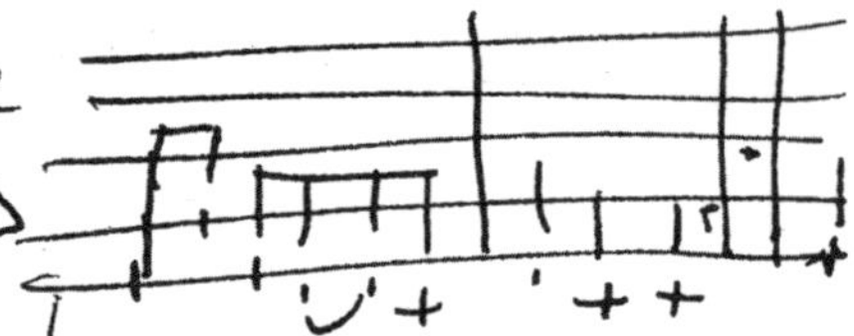

~~mignonne~~

1.3. Kossygone
j'm'en tamponne
et Johnsine
me bassine

2. Kossygone
se cramponne
et Johnsine
j'agglutine

1. ~~#~~ leurs avances
j'm'en balance
leurs clins d'œil
~~qu'elles me veuillent~~
j'm'en bat l'œil

~~ell m'relancent~~
~~j'm'en balance~~
~~qu'ells me veuillent~~
~~j'm'en bat l'œil~~

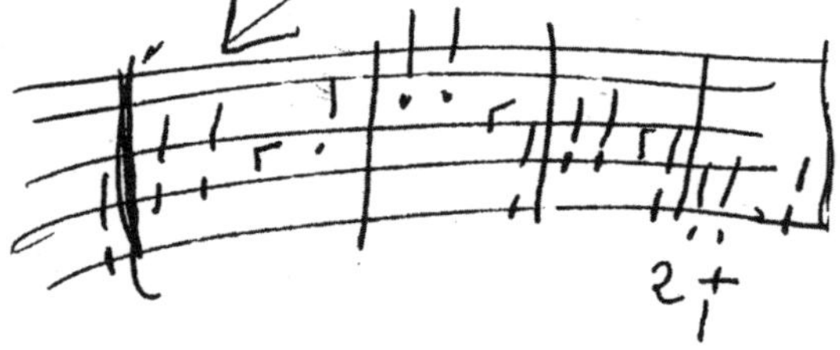

2. ell m'relapent
je m'en tape
qu'~~ells pleurnichent~~
je ~~m'en fiche~~
~~ell~~ me provoquent
je m'en moque

3. qu'ell pleurnichent
je m'en fiche
leurs bisous
je m'en fous

~~de leurs mioches~~
~~je me fiche~~
~~à leurs bisous~~
~~je me fous~~

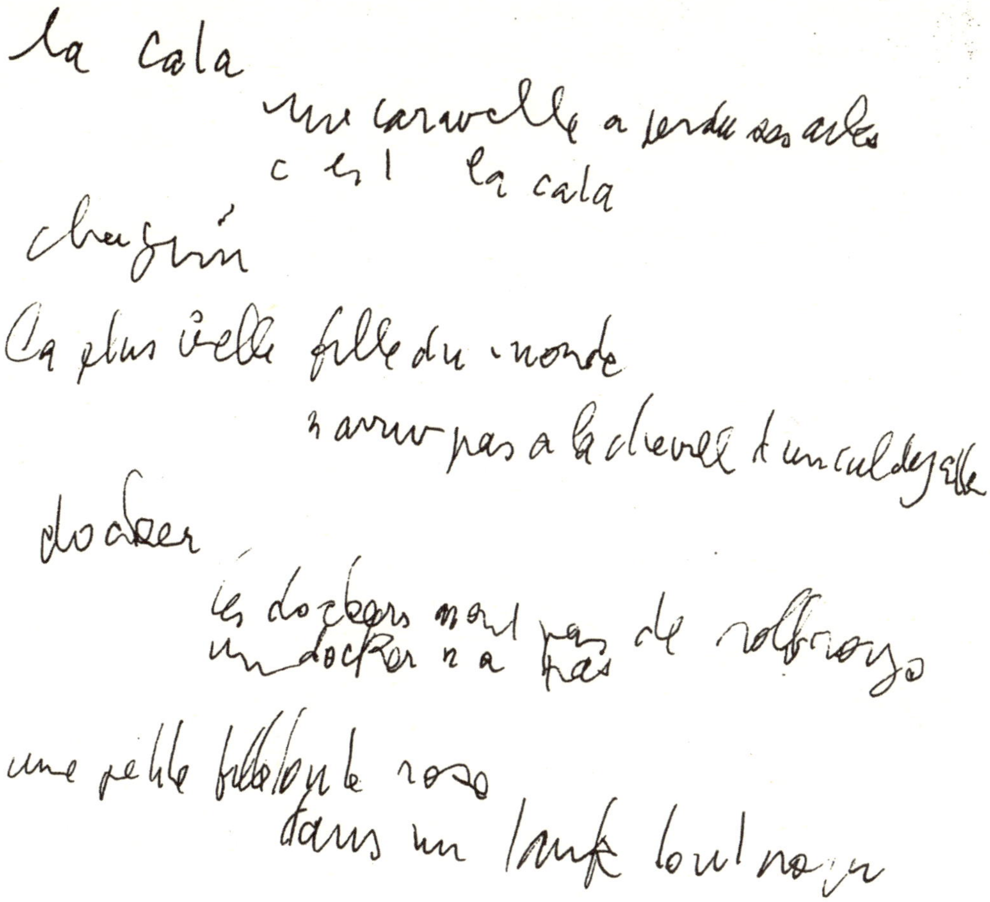
la cata
une caravelle a perdu ses ailes
c'est la cata
chagrin
La plus belle fille du monde
n'arrive pas à la cheville d'un cul de jatte
docker
les dockers n'ont pas de rolls royce
un docker n'a pas
une petite fille toute rose
dans un tank tout noir

JOHNSYNE ET KOSSIGONE,
enregistrée par Dominique Walter en 1967.

Johnsine et Kossygone
Sont deux petit' mignonnes
Mais non rien à faire
Je resterai célibataire
2.
Kossygone
Se cramponne
Et Johnsine
S'agglutine
1.3.
Kossygone
J'm'en tamponne
Et Johnsine
Me bassine
1.
Leurs avances
J'm'en balance
Leurs clins d'œil
J'm'en bats l'œil
2.
Ell' m'retapent
Je m'en tape
Me provoquent
Je m'en moque
3.
Qu'ell' pleurnichent
Je m'en fiche
Leurs bisous
Je m'en fous
Couplets biffés :
Ell' m'relancent
J'm'en balance
Qu'ell' me veuillent
J'm'en bats l'œil
De leurs miches
Je me fiche
D'leurs bisous
Je me fous
Les couplets sont numérotés deux fois du même chiffre, car chaque couplet est divisé en deux parties. Ainsi, le couplet n° 1 est repris en guise de début au couplet n° 3. Les deux couplets biffés n'ont pas été retenus. L'introduction musicale n'évoque pas pour rien les musiques de parades américaines, puisque le titre est une contrepèterie des noms du président américain Lyndon Johnson et du dirigeant soviétique Alexeï Kossyguine, dont la rencontre en juin 1967 était censée aboutir à la fin de la guerre au Vietnam. Gainsbourg n'emprunte pas vraiment la pente politique. Ce n'est qu'une boutade qui lui permet de créer deux prénoms aux consonances inédites dont l'orthographe va se peaufiner, puisque les lettres « i » et « y » seront finalement inversées :
Kossigone j'm'en tamponne
Et Johnsyne me bassine.

NOTES ÉPARSES, *non datées.*

De ces idées de chansons notées en vrac, seule *La plus belle fille du monde n'arrive pas à la cheville d'un cul-de-jatte* donnera une chanson interprétée par Dominique Walter.
La Cata
Une caravelle a perdu ses ailes
C'est la cata,
Chagrin, Docker
Les dockers n'ont pas de Rolls Royce
Un docker n'a pas…
et *Une petite fille toute rose dans un tank tout noir* ne seront pas reprises ailleurs.
Il est toutefois possible de penser que la caravelle va donner lieu à la chanson *Rêves et caravelles* qu'il écrira pour Michèle Arnaud en 1969.

forte en theme ou bien forte en mathes
en grec (gym) ou en droit
élevée ou non dans la ouate

acrobate
chatte
delicate
flatte
patte
aristocrate
rouriere ou
ou fille a papa

ingrate
patate
cravate
savate
qu'elle se déhanche
ou qu'elle boite
qu'elle marche droit
qu'elle soit de gauche ou de droite
de n'importe quoi
adroite
etroite
convoite

viva zapata
Kazan

LA PLUS BELLE FILLE DU MONDE N'ARRIVE PAS À LA CHEVILLE D'UN CUL-DE-JATTE, *enregistrée par Dominique Walter en 1968.*

Forte en thème
Ou bien forte en maths
En grec ou en droit
ou : en Gym
Élevée ou non dans la ouate

Première liste de rimes à gauche dont la dernière phrase sera utilisée pour le refrain n° 2 :

Acrobate
Chatte
Délicate
Flatte
Patte
Roturière ou aristocrate
ou fille à papa

Seconde liste au centre du document dont différentes parties vont servirà élaborer les refrains nos 3 et 4 :

Ingrate
Patate
Cravate
Savate
Qu'elle se déhanche
Ou qu'elle boite
Qu'elle marche droit
Qu'elle soit de gauche ou de droite
De n'importe quoi
Adroite
Étroite
Convoite

Gainsbourg égrène les mots pouvant rimer avec « cul-de-jatte ». Au bas de la page, il note une idée de chanson autour du réalisateur Elia Kazan sur lequel il commencera plus tard une chanson restée inachevée (voir cahier 3, p. 442) :
Viva Zapata/Kazan.

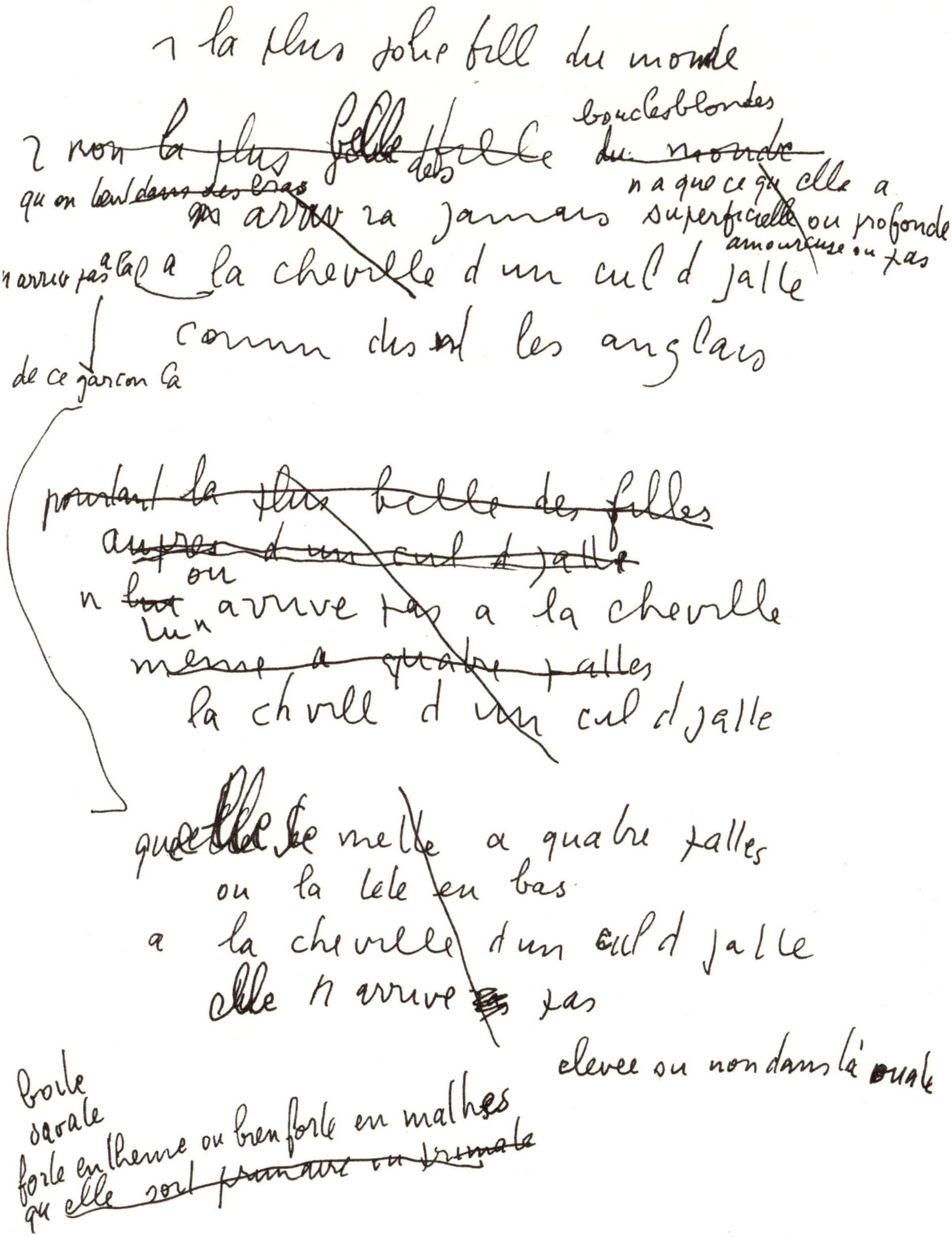

En haut à droite du document, on peut lire un couplet en partie biffé :
La plus jolie fill' du monde
N'a que ce qu'elle a
Superficielle ou profonde
Amoureuse ou pas
Dans sa version définitive, le premier couplet débute ainsi :
La plus jolie fille du monde
Amoureuse ou pas
Superficielle ou profonde
N'a que ce qu'elle a
Il faut ensuite aller chercher le second couplet tout à fait à gauche du manuscrit :
Non la plus belle des filles
Qu'on tient dans ses bras
N'arrive pas à la cheville
De ce garçon-là
Une flèche renvoie au refrain qui, bien que biffé, sera conservé :
Qu'elle se mette à quatre pattes
Ou la tête en bas
À la cheville d'un cul-d'jatte
Elle n'arrive pas
Au bas du feuillet, on peut lire :
Boîte
Savate
Forte en thème
ou bien forte en math
Qu'elle soit primaire
ou primate (vers biffé)
Élevée ou non dans la ouate.

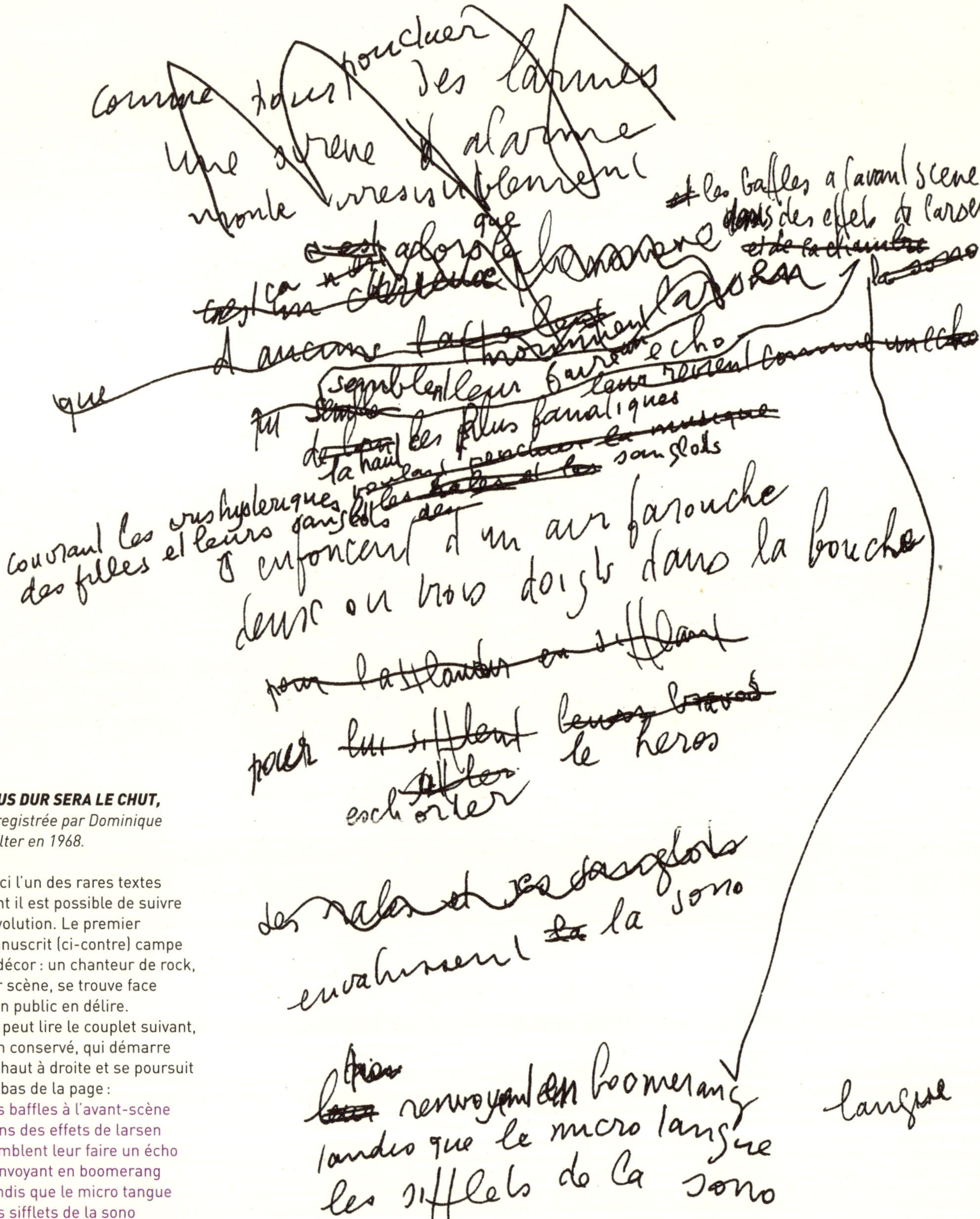

PLUS DUR SERA LE CHUT,
enregistrée par Dominique Walter en 1968.

Voici l'un des rares textes dont il est possible de suivre l'évolution. Le premier manuscrit (ci-contre) campe le décor : un chanteur de rock, sur scène, se trouve face à un public en délire.
On peut lire le couplet suivant, non conservé, qui démarre en haut à droite et se poursuit au bas de la page :
Les baffles à l'avant-scène
Dans des effets de larsen
Semblent leur faire un écho
Renvoyant en boomerang
Tandis que le micro tangue
Les sifflets de la sono
Puis au centre, cet autre, qui ne figurera pas non plus dans la version enregistrée :
Là-haut les plus fanatiques
Couvrant les cris hystériques
Des filles et leurs sanglots
S'enfoncent d'un air farouche
Deux ou trois doigts dans la bouche
Pour exhorter le héros

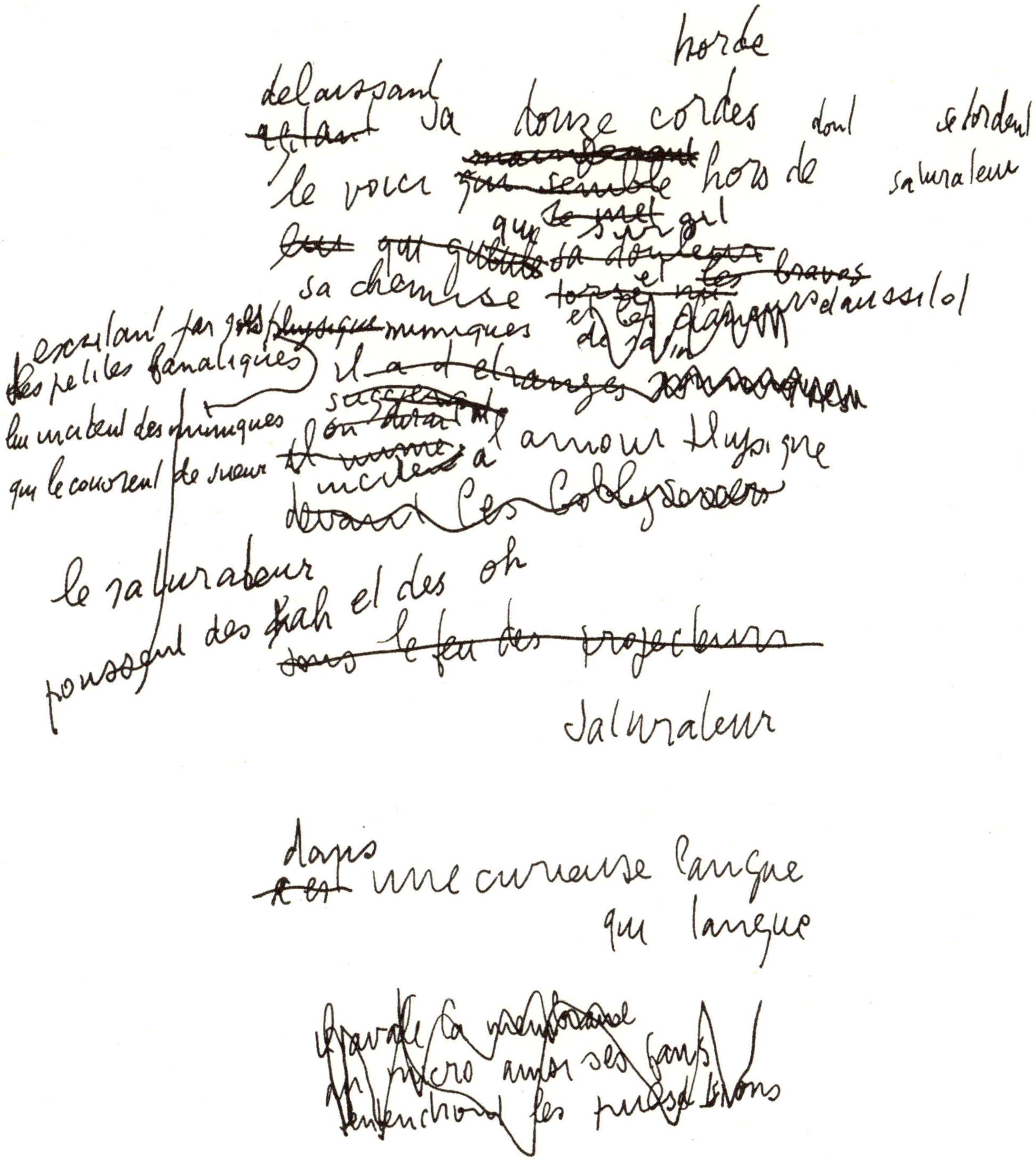

Le second manuscrit contient une séquence « érotique » non conservée qui échappe aux ratures :

Délaissant sa douze-cordes
Le voici qui surgit hors de
Sa chemise et aussitôt
Excitant par ses mimiques
Des petites fanatiques
Poussent des ah ! et des oh !

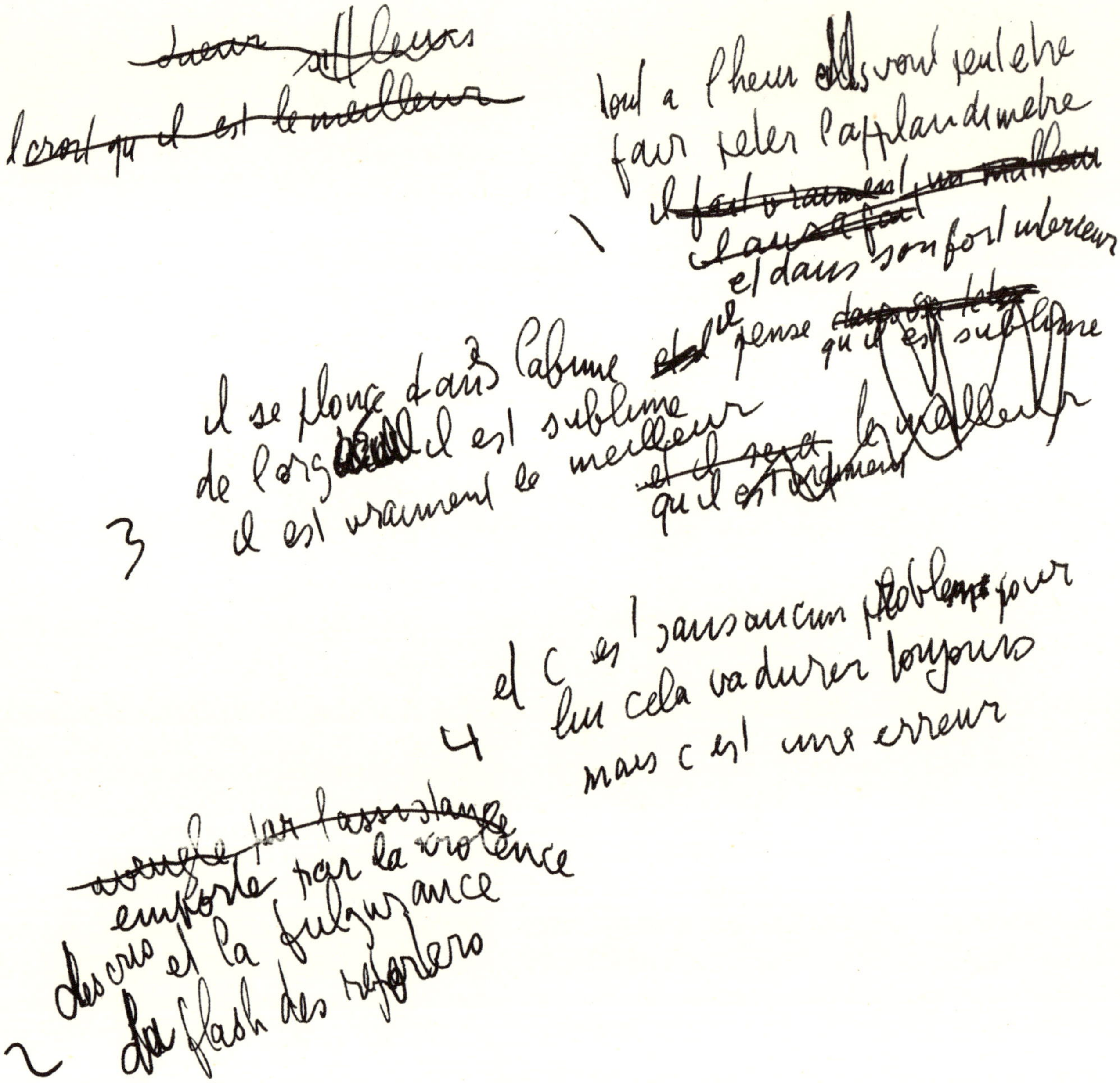

1
Tout à l'heure ell's vont peut-être
Fair' péter l'applaudimètre
Et dans son for intérieur
3
Il se plonge dans l'abîme
De l'orgueil il est sublime
Il est vraiment le meilleur
4
Et c'est sans aucun problème pour
Lui cela va durer toujours
Mais c'est une erreur
2
Emporté par la violence
Des cris et la fulgurance
Du flash des reporters

Ces troisième et quatrième couplets figureront tels quels dans la version définitive.

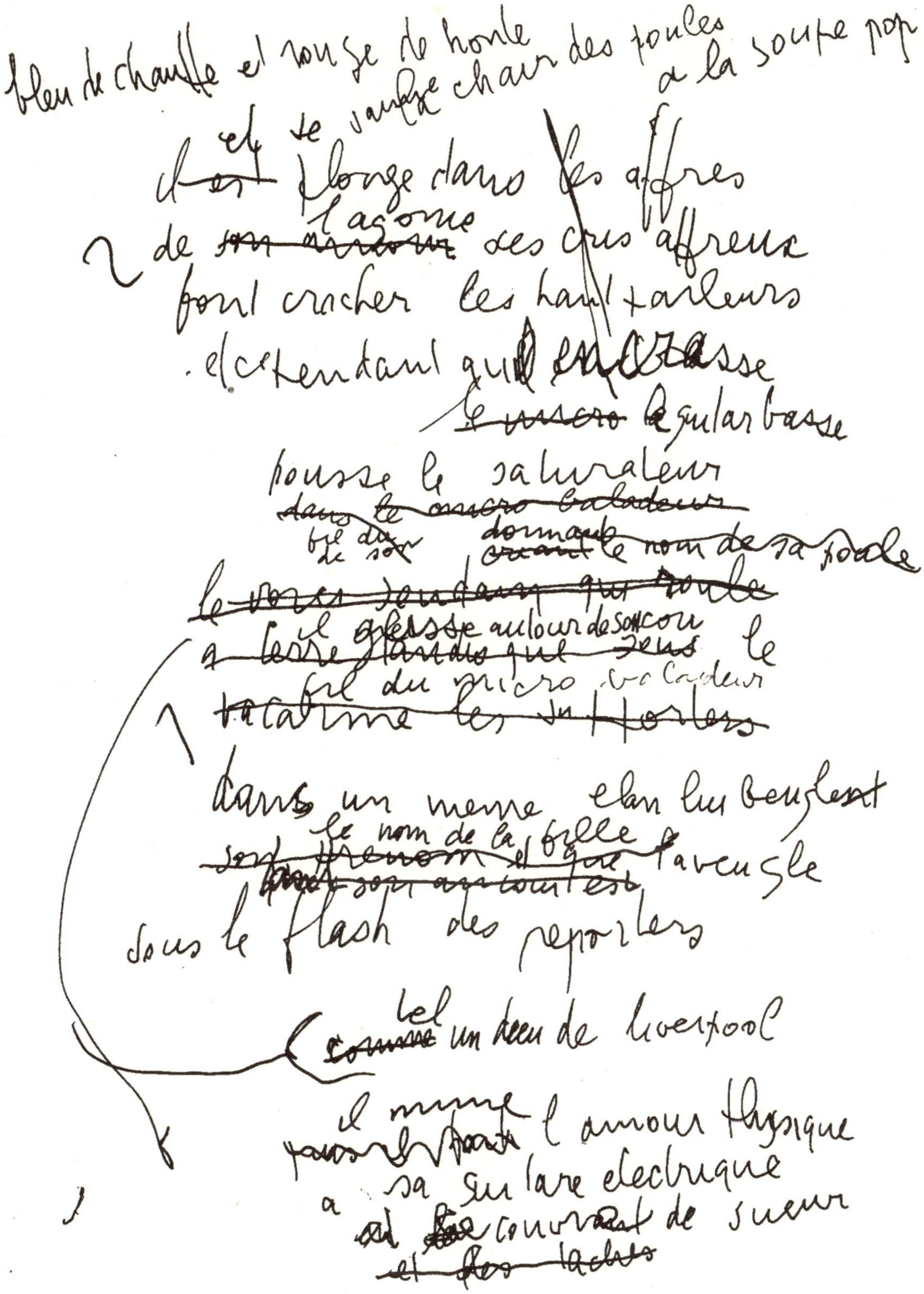
bleu de chauffe et rouge de honte
la chair des poules
à la soupe pop
et se plonge dans les affres
2 de l'agonie des cris affreux
font cracher les haut parleurs
et cependant qu'il embrasse
le guitar basse
pousse le saturateur
donnant le nom de sa poule
il glisse autour de son cou le
fil du micro baladeur
1
dans un meme elan lui beugle
le nom de la fille l'aveugle
sous le flash des reporters
tel un dieu de Liverpool
il mime l'amour physique
a sa guitare electrique
couvrant de sueur

Au quatrième feuillet, Gainsbourg note en haut de la page, comme c'est le cas fréquemment, des idées qui surgissent : Bleu de chauffe et rouge de honte et La chair des poules à la soupe pop, qui sont probablement des idées de titres pour de futurs textes. On commence à trouver ici des termes qui resteront dans la version définitive du titre, notamment ces premiers couplets à lire selon les indications de renvois et de numérotation :

Tel un dieu de Liverpool
Il glisse autour de son cou le
Fil du micro baladeur
Dans un même élan lui beugle
Le nom de la fille aveugle
Sous le flash des reporters
Il se plonge dans les affres
De l'agonie des cris affreux
Font cracher les haut-parleurs
Et cependant qu'il embrasse
Le micro (biffé), le guitare basse
Pousse le saturateur
Il mime l'amour physique
À sa guitare électrique
Et se couvre de sueur

je dors comme
un petit chat en boule

le baiser
dans un baiser il y a

de rêves de orles
du lait caillé

il glisse ses mains autour de son cou le
fil du micro baladeur
et s'engonce dans les affres
du rock'n roll
ses cris affreux
font vibrer les haut-parleurs

et landes que

dans la fièvre
dans les transes mais c'est

et la fulgurance
des flash des reporters

aux yeux de ses supporters

sous la herse
il verse
et des larmes de sueur

brian jones et quelques mingo

il est mick jagger otis redding avec

yeux de tous ses supporters

les douze cordes se mouillent
de ses gouttes de sueur

plus dur sera le chut

À la cinquième tentative, le premier couplet est trouvé. Le second est en cours. Serge cherche comment placer la suggestion de l'acte sexuel, comme on peut le deviner sous les ratures en milieu de feuillet :

Il se voudrait romantique
Il mime l'amour physique
Aux yeux de ses supporters

Enfin, avant de conclure la page par le titre de la chanson qui va en devenir le refrain, il trouve la fin du second couplet :

Il est Brian Jones et Ringo
Mick Jagger Otis Redding
Aux yeux de tous ses supporters

Ici encore, il jette quelques idées en haut de la page, quelques vers qui n'iront pas plus loin :

Je dors comme
Un petit chat en boule
De rêves étoilés
Du lait caillé

Et :

Le baiser,
Dans un baiser il y a

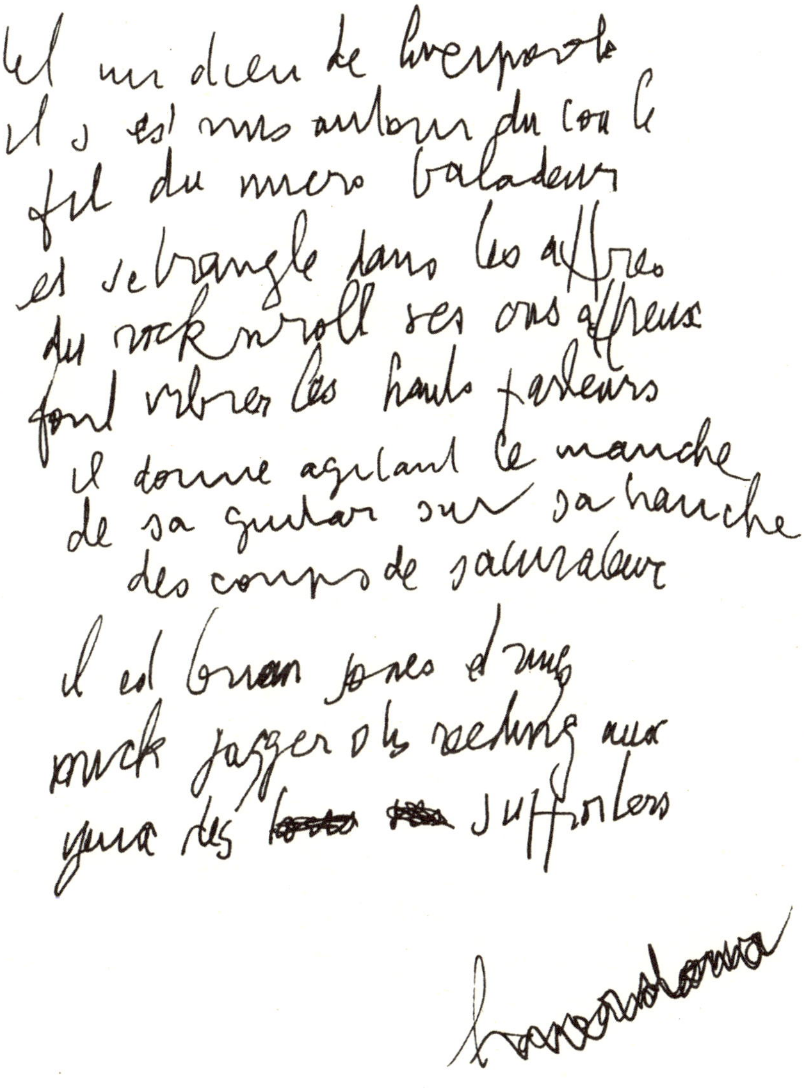

Tel un dieu de Liverpool
Il s'est mis autour du cou le
Fil du micro baladeur
Et s'étrangle dans les affres
Du rock'n roll ses cris affreux
Font vibrer les haut-parleurs
Il donne agitant le manche
De sa guitare sur sa hanche
Des coups de saturateur
Il est Brian Jones et Ringo
Mick Jagger Otis Redding aux
Yeux des supporters

Ce dernier manuscrit, qui comporte les deux premiers couplets sur les cinq enregistrés, montre que Gainsbourg termine la chanson avec beaucoup plus d'aisance. En témoignent les rares ratures. En revanche, nulle trace du dernier couplet, qui a peut-être été rédigé en studio, car aucun des termes utilisés pour celui-ci ne figure dans les ébauches ici rassemblées. *Plus dur sera le chut* est un génial avant-goût à la fois de *Ex-fan des sixties* pour l'égrenage des noms de stars du rock, et de *Harley-Davidson*, la guitare tenant ici le futur rôle de la moto :

Il donne agitant le manche
De sa guitare sur sa hanche
Des coups de saturateur.

"The Story of Bonnie and Clyde"
You've heard the story of Jesse James—
Of how he lived and died:
If you're still in need
Of something to read
Here's the story of Bonnie and Clyde.

Now, Bonnie and Clyde are the Barrow Gang
I'm sure you all have read
How they rob and steal
And those who squeal
Are usually found dying or dead.

They call them cold-hearted killers;
They say they are heartless and mean;
But I say this, with pride,
~~That I once knew Clyde~~
When he was honest and upright and clean.

But the laws fooled around,
Kept taking him down
And locking him up in a cell,
Till he said to me, "I'll never be free
So I'll meet a few of them in hell."

The road was so dimly lighted;
There were no highway signs to guide;
But they made up their minds
If all roads were blind,
They wouldn't give up till they died.

The road gets dimmer and dimmer;
Sometimes you can hardly see;
But it's fight man to man,
And do all you can,
For they know they can never be free.

From heartbreak some people have suffered;
From weariness some people have died;
But take it all in all,
Our troubles are small,
Till we get like Bonnie and Clyde.

If a policeman is killed in Dallas,
And they have no clue or guide;
If they can't find a fiend,
They just wipe their slate clean
And hang it on Bonnie and Clyde.

If they try to act like citizens
And rent them a nice little flat
About the third night
They're invited to fight
By a sub-gun's rat-tat-tat.

Some day they'll go down together;
They'll bury them side by side;
To few it'll be grief—
To the law a relief—
But it's death for Bonnie and Clyde.

BONNIE AND CLYDE,
enregistrée par Serge Gainsbourg en 1967. Tapuscript annoté de la version anglaise.

Gainsbourg s'est inspiré du texte original de Bonnie Parker intitulé *The Trail's End*, connu sous le titre *The Story of Bonnie and Clyde*, dont des extraits sont reproduits ici et annotés de la main de Gainsbourg, qui transcrit phonétiquement certaines prononciations (pour le mot *clue* prononcer clou, pour le mot *guide* prononcer gaïde...). Il enregistrera cette version anglaise seul.

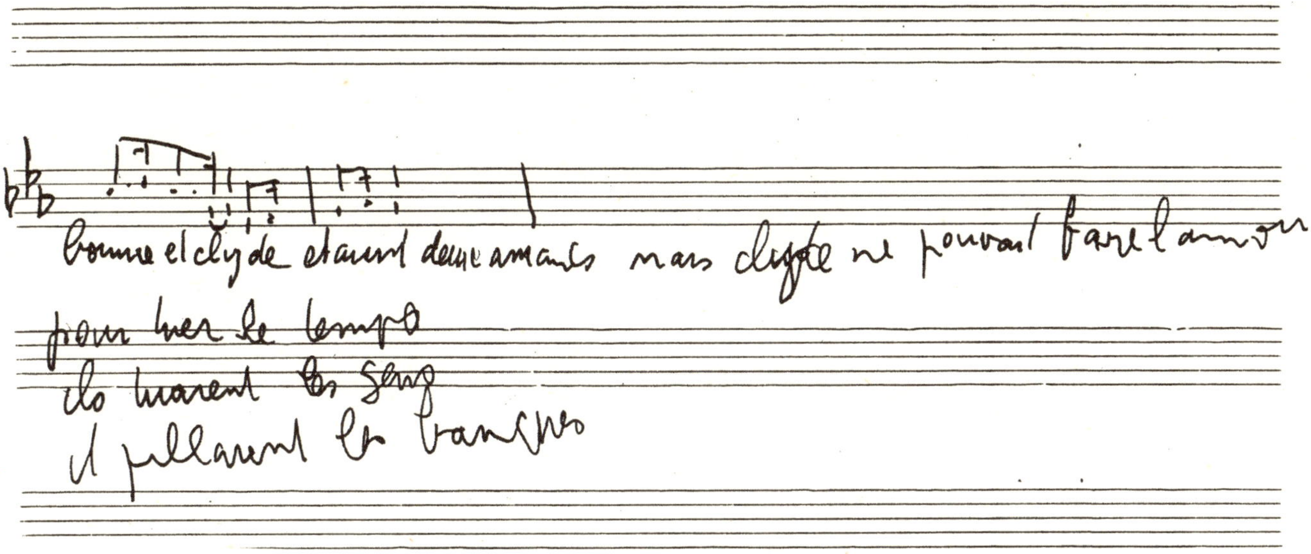

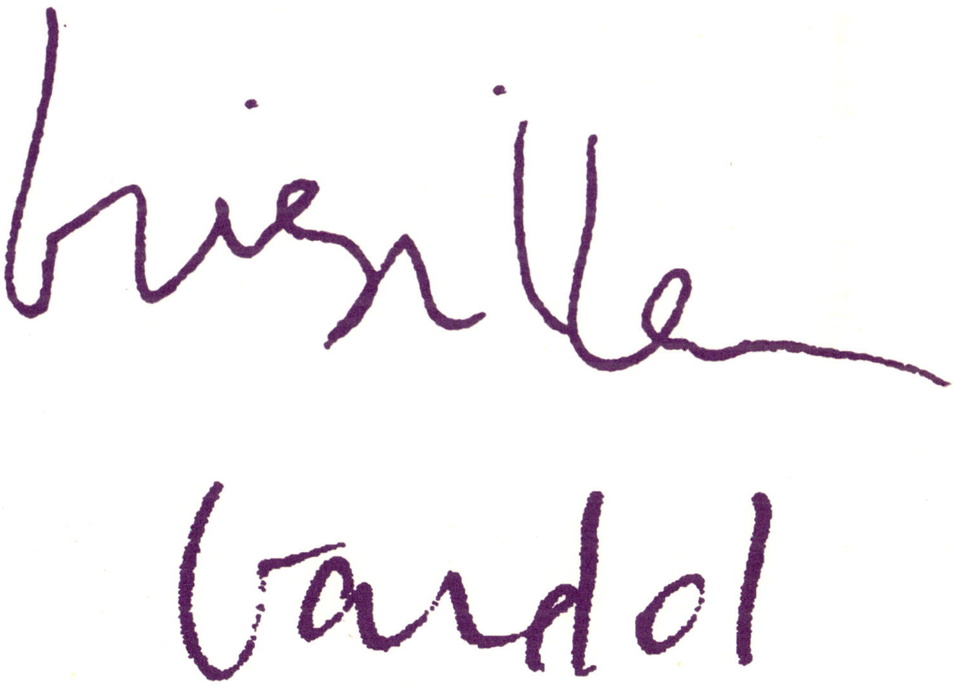

PORTÉE DE *BONNIE AND CLYDE*,
enregistrée par Serge Gainsbourg et Brigitte Bardot en 1967.

La phrase Clyde ne pouvait faire l'amour provient du témoignage de William Daniel Jones, membre du gang Barrow. Arrêté par la police en novembre 1933, le jeune homme certifia, parmi une foultitude d'autres « révélations » qui lui épargnèrent la chaise électrique, avoir été embringué de force par Clyde pour servir d'amant à Bonnie. Le film d'Arthur Penn en 1967, avec Faye Dunaway et Warren Beatty, se fonde sur cette déposition et présente Clyde Barrow comme un impuissant. Gainsbourg construit sa chanson de façon complètement atypique, s'écartant en cela du poème de Bonnie Parker. Brigitte Bardot et lui deviennent les narrateurs d'une histoire dont ils sont les héros et mêlent témoignages aux réflexions personnelles.

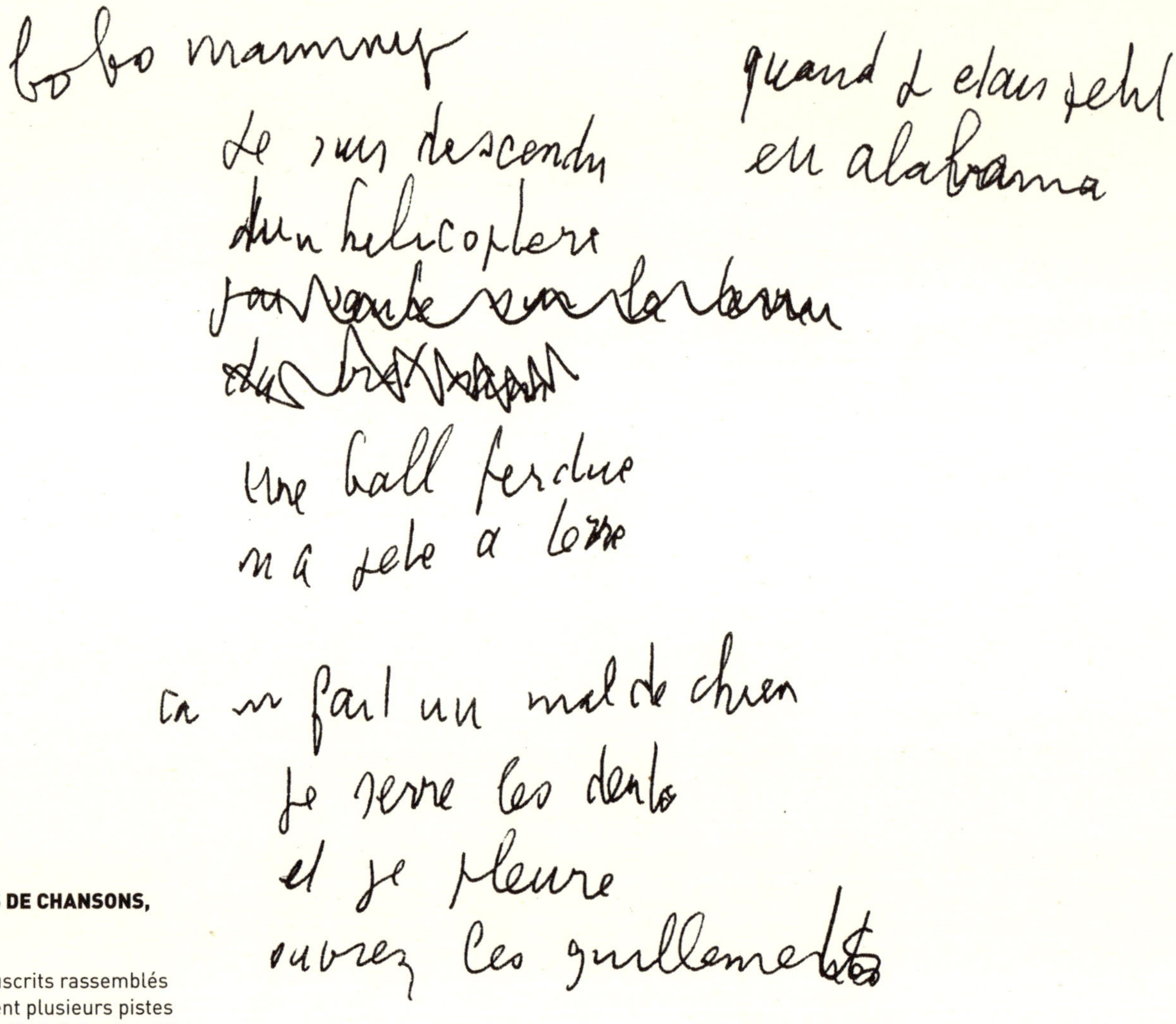

bobo mammy

quand je étais petit
en alabama

je suis descendu
d'un hélicoptère
[illegible]
[illegible]

une ball perdue
m'a jeté à terre

ça m'fait un mal de chien
je serre les dents
et je pleure
ouvrez les guillemets

DÉPARTS DE CHANSONS,
1967.

Les manuscrits rassemblés contiennent plusieurs pistes de travail. Tout d'abord, le titre *Bobo mammy* qui ne donnera en définitive aucune chanson. La phrase Quand j'étais petit en Alabama correspond aux obsessions américaines de Gainsbourg à cette époque (qui écrit parallèlement *Mais oui, mais ouais, Mae West, Buffalo Bill, G.I. Joe, Bonnie and Clyde*, etc.).
Enfin, la chanson entamée
Je suis descendu
D'un hélicoptère
Une ball' perdue
M'a jeté à terre
Ça m'fait un mal de chien
Je serre les dents
Et je pleure
Ouvrez les guillemets
recèle deux idées qui seront reprises bientôt. *Hélicoptère*, titre provisoire de *Jane B.* en 1968, sera celui d'une chanson pour Mireille Darc en 1969, et *Ouvrez les guillemets*, comme le montre le manuscrit de droite, un projet de chanson pour le *Sacha Show* de 1967.

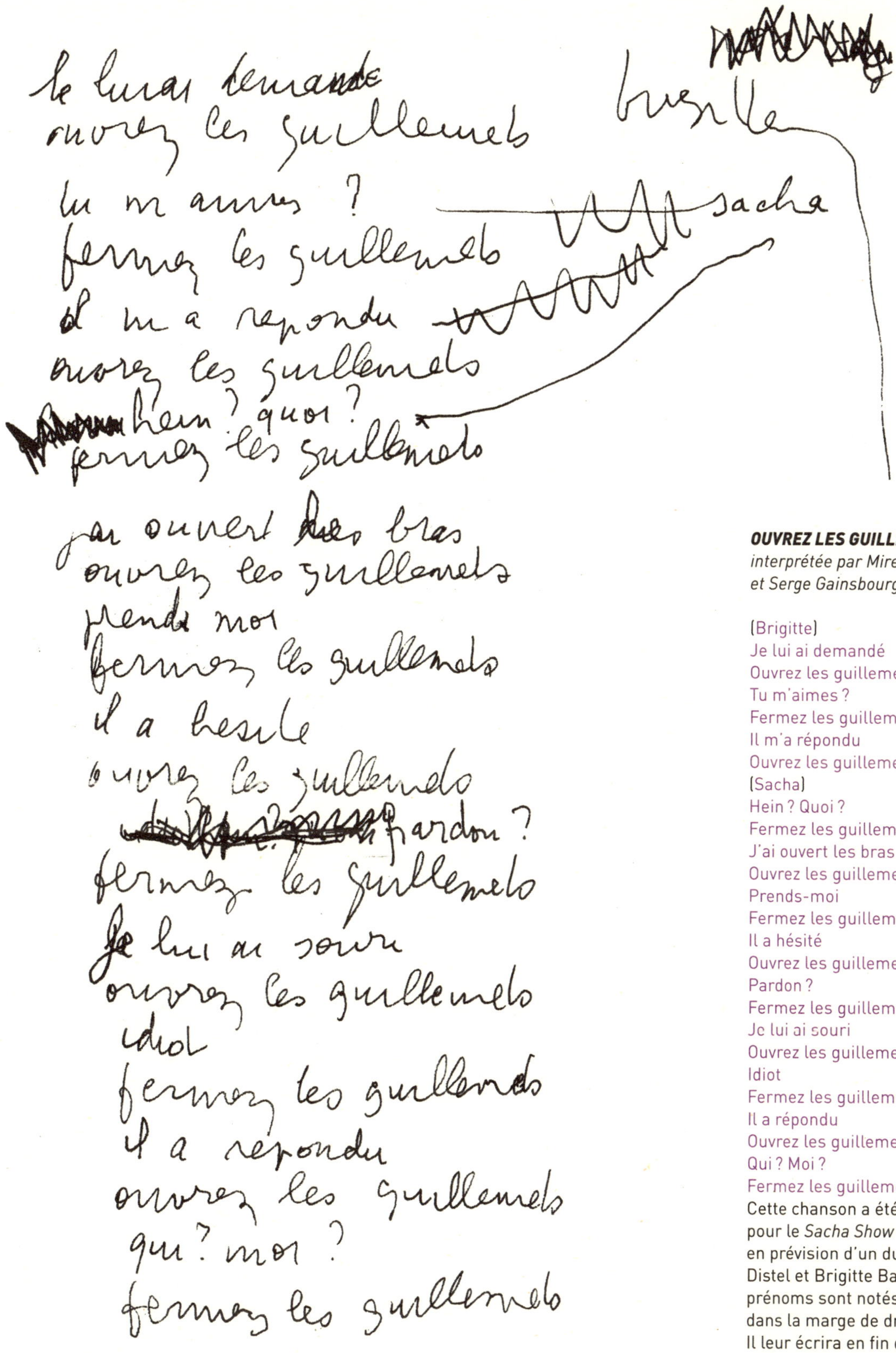

OUVREZ LES GUILLEMETS,
interprétée par Mireille Darc et Serge Gainsbourg en 1967.

(Brigitte)
Je lui ai demandé
Ouvrez les guillemets
Tu m'aimes ?
Fermez les guillemets
Il m'a répondu
Ouvrez les guillemets
(Sacha)
Hein ? Quoi ?
Fermez les guillemets
J'ai ouvert les bras
Ouvrez les guillemets
Prends-moi
Fermez les guillemets
Il a hésité
Ouvrez les guillemets
Pardon ?
Fermez les guillemets
Je lui ai souri
Ouvrez les guillemets
Idiot
Fermez les guillemets
Il a répondu
Ouvrez les guillemets
Qui ? Moi ?
Fermez les guillemets

Cette chanson a été conçue pour le *Sacha Show* de 1967 en prévision d'un duo Sacha Distel et Brigitte Bardot (leurs prénoms sont notés par Serge dans la marge de droite). Il leur écrira en fin de compte une chanson intitulée *La Bise aux hippies* et va s'inspirer de ce brouillon ci-contre pour un duo qu'il interprétera lui-même avec Mireille Darc pour un show télévisé diffusé un mois avant le *Sacha Show*.

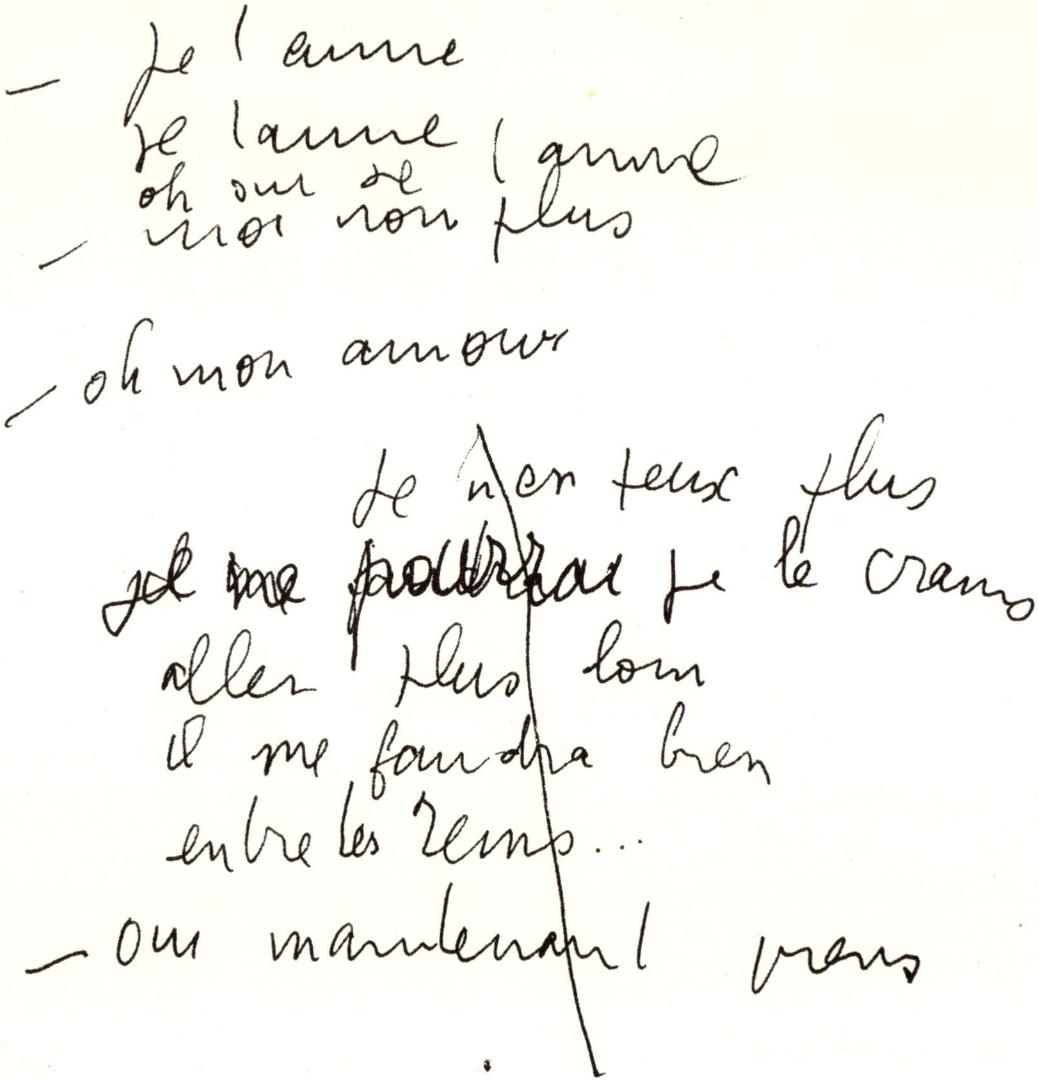
– Je t'aime
Je t'aime oh oui je t'aime
– moi non plus
– oh mon amour
Je n'en peux plus
je ne pourrai je le crains
aller plus loin
il me faudra bien
entre tes reins...
– oui maintenant viens

JE T'AIME... MOI NON PLUS,
enregistrée par Brigitte Bardot et Serge Gainsbourg en 1967.

– Je t'aime
Je t'aime
Oh oui je t'aime
– Moi non plus
– Oh mon amour
Je n'en peux plus
Je ne pourrai je le crains
Aller plus loin
Il me faudra bien
Entre tes reins...
– Oui maintenant viens

LETTRE DE SERGE GAINSBOURG À LOUIS HAZAN, *PDG de la société Philips, datée du 22 décembre 1967.*

Conformément à la volonté de Brigitte Bardot, Serge demande à sa maison de disques de ne pas publier le titre *Je t'aime... moi non plus*, huit jours avant la diffusion du show télévisé pour lequel il a composé *Harley-Davidson*, *Bonnie and Clyde*, etc. Ce titre mythique (non seulement dans l'histoire de la chanson mais aussi dans l'histoire personnelle de Gainsbourg) restera inédit dans sa version interprétée par Brigitte Bardot jusqu'en 1986.

Serge GAINSBOURG
I8, rue de l'Hotel de Ville
PARIS Ier

PARIS, le 22 DECEMBRE 1967

Société PHILIPS
6-8, rue Jenner
PARIS I3e

A l'attention de Monsieur Louis HAZAN

Recommandée avec A.R.

Monsieur,

Je vous confirme, par la présente, que conformément aux désidérata exprimés par Madame BRIGITTE BARDOT, je m'oppose expressement à la publication du titre "JE T'AIME, MOI NON PLUS" enregistré par Madame B. BARDOT et moi-même.

Je vous serais très obligé de vouloir bien me confirmer votre accord sur les termes de la présente.

A vous lire,

Je vous prie d'agréer, Monsieur, l'expression de mes sentiments distingués.

SERGE GAINSBOURG

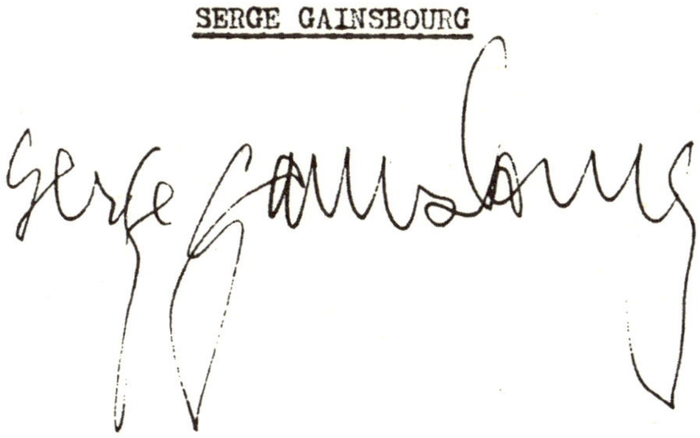

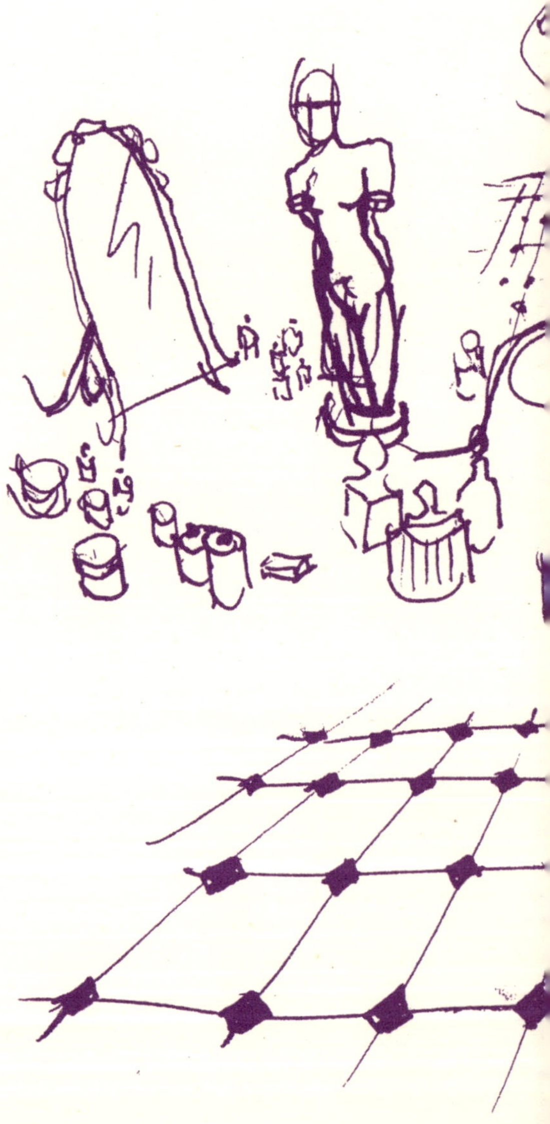

PROJET DE SALLE DE BAINS
rue de Verneuil, dessiné par Serge Gainsbourg.

Peut-être statue noir et or portant flambeau ou torche électrique.
La salle de bains, minuscule, recèle effectivement des dizaines de flacons contenant quantité de senteurs rares et autres fragrances délicates. L'idée de la statuaire sera reprise dans *Hôtel particulier* sur l'album *Histoire de Melody Nelson* en 1974 :
Les colonnes du lit
de style rococo
Sont des nègres portant
des flambeaux
Le carrelage en damier recouvrira le sol du rez-de-chaussée de la maison.

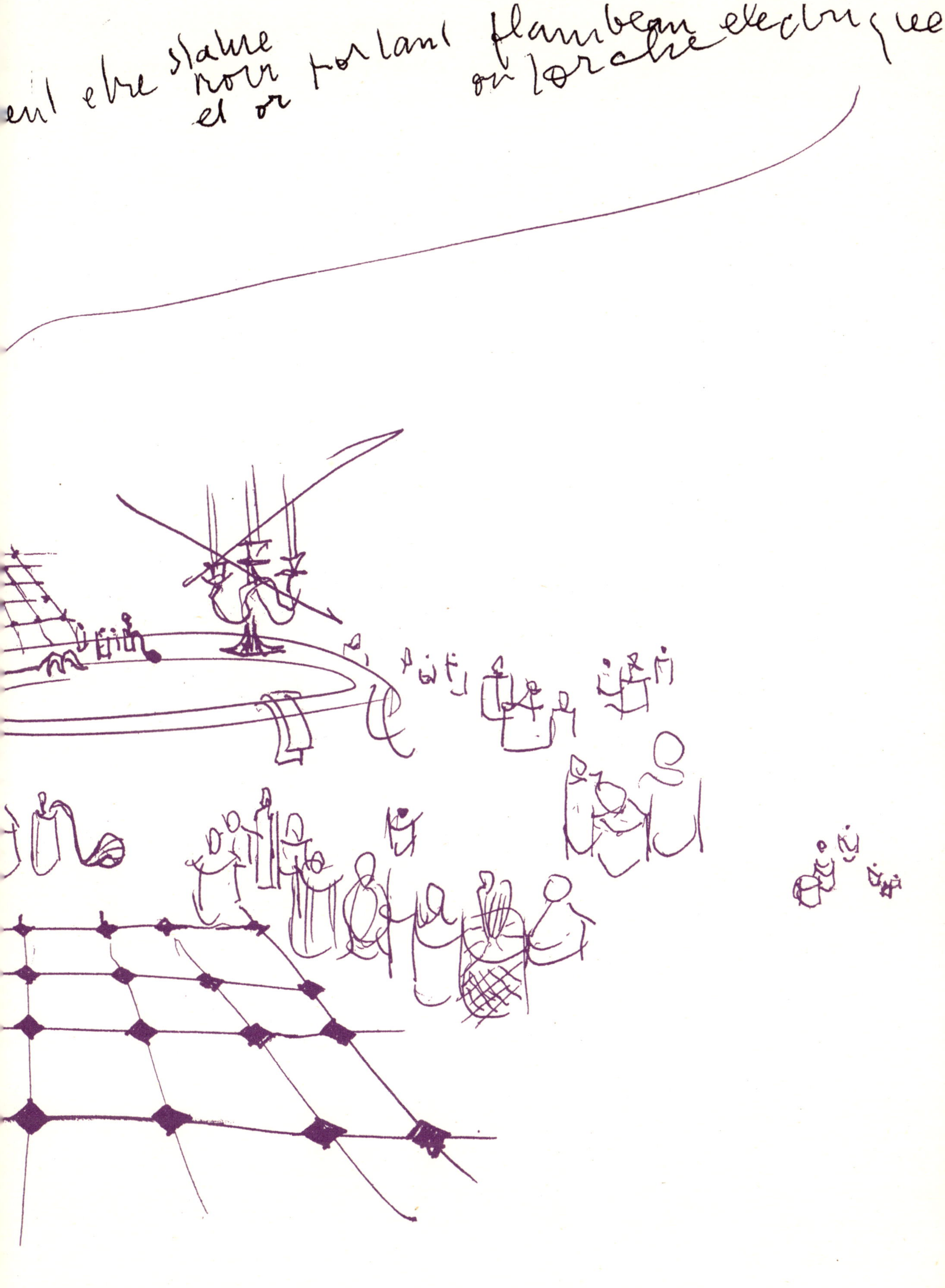
ent etre statue noir et or portant flambeau electrique ou torche

***INITIALS B.B.**, enregistrée par Serge Gainsbourg en 1968.*

Initials B.B.
Une nuit que j'étais
À me morfondre

Afin de rendre hommage à Bardot, Gainsbourg se lance dans l'élaboration épique du titre *Initials B.B.* C'est d'abord le titre qui donne l'impulsion et le ton. La découpe est ensuite induite par une première idée de composition. Il s'agit ici de *La Symphonie du Nouveau Monde* de Dvorak. Cette nouvelle indication permet de rythmer la découpe des pieds de chaque couplet et refrain. C'est enfin au tour du poète de laisser divaguer sa plume, à l'affût de rimes riches et d'évocations précises. Il arrive que Gainsbourg, souvent insatisfait, abandonne une idée qu'il reprendra finalement telle quelle après avoir exploré d'autres pistes. La création de *Initials B.B.* a fait l'objet en 1968 d'un court-métrage passionnant d'Yves Lefebvre, *Essai sur la naissance d'une chanson : Initials B.B.*, auquel ces manuscrits font joliment écho…

De ce premier couplet seront conservés les quatre premiers vers :
Une nuit que j'étais
À me morfondre
Dans quelque pub anglais
Du cœur de Londres
Les quatre suivants :
Voici que la spirale
De mon cigare
Traça deux initiales
Dans l'air du soir
seront remplacés par :
Parcourant *L'Amour monstre* de Pauwels
Me vint une vision
Dans l'eau de Seltz
Non que Louis Pauwels, journaliste au *Figaro*, fût une référence littéraire de Gainsbourg, mais Brigitte Bardot aurait offert à Serge un exemplaire de cet ouvrage.

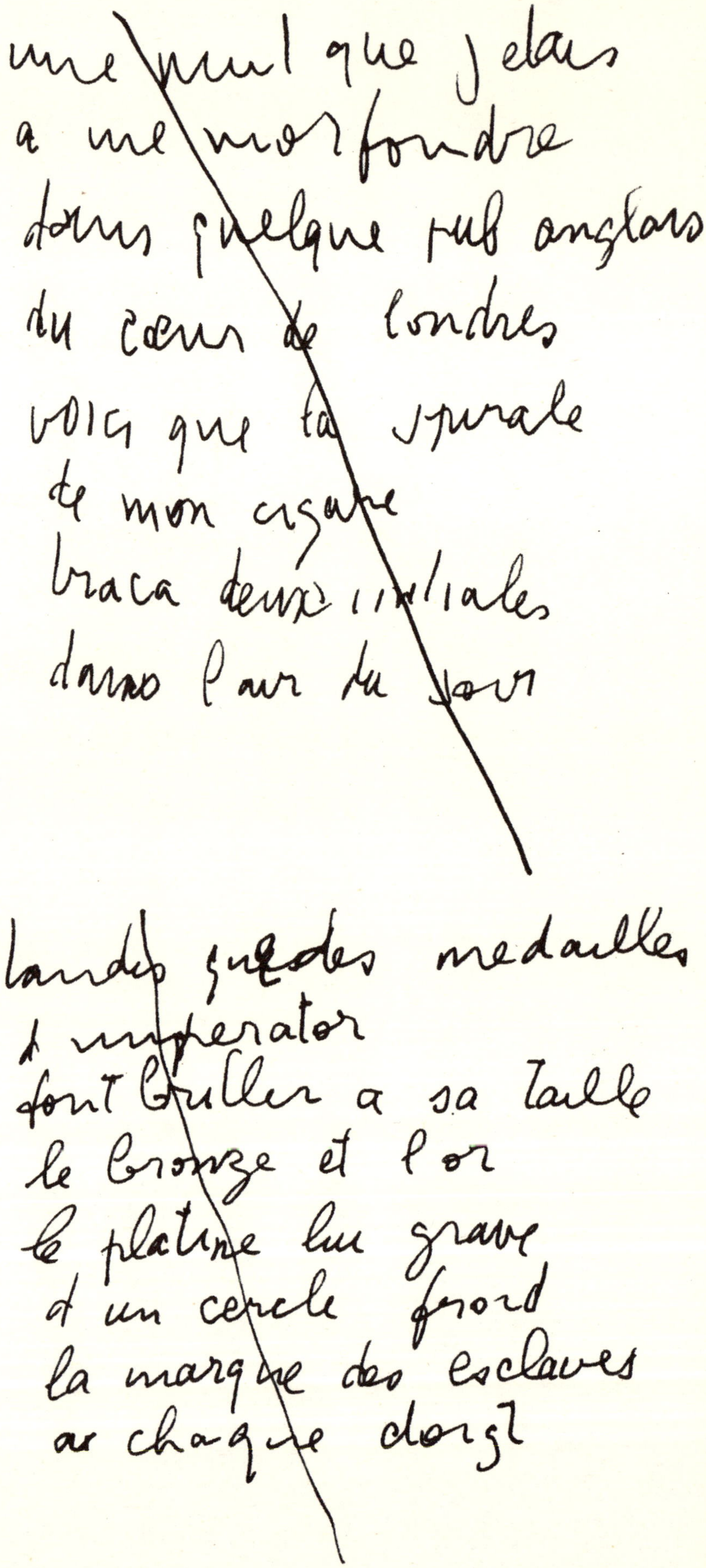
une nuit que jetais
a me morfondre
dans quelque pub anglais
du cœur de londres
voici que la spirale
de mon cigare
traca deux initiales
dans l'air du soir

tandis que des medailles
d'imperator
font briller a sa taille
le bronze et l'or
le platine lui grave
d'un cercle froid
la marque des esclaves
a chaque doigt

Le deuxième couplet sera interprété tel quel, bien qu'il soit intégralement biffé d'un trait de plume :
Tandis que des médailles
D'imperator
Font briller à sa taille
Le bronze et l'or
Le platine lui grave
D'un cercle froid
La marque des esclaves
À chaque doigt

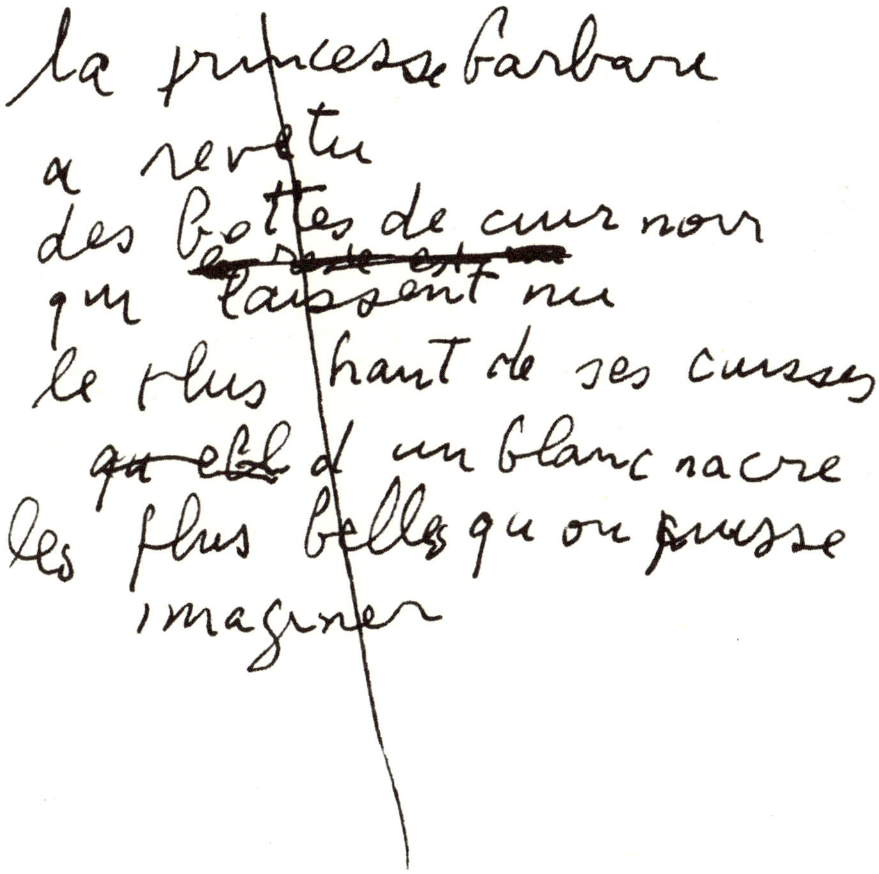

la princesse barbare
a revêtu
des bottes de cuir noir
qui laissent nu
le plus haut de ses cuisses
d'un blanc nacré
les plus belles qu'on puisse
imaginer

De ce troisième couplet, Gainsbourg ne retiendra que l'évocation des cuissardes, forme de clin d'œil à B.B. enfourchant la Harley-Davidson, image allégorique de l'érotisme :

La princesse barbare
A revêtu
Des bottes de cuir noir
Qui laissent nu
Le plus haut de ses cuisses
D'un blanc nacré
Les plus belles qu'on puisse
Imaginer

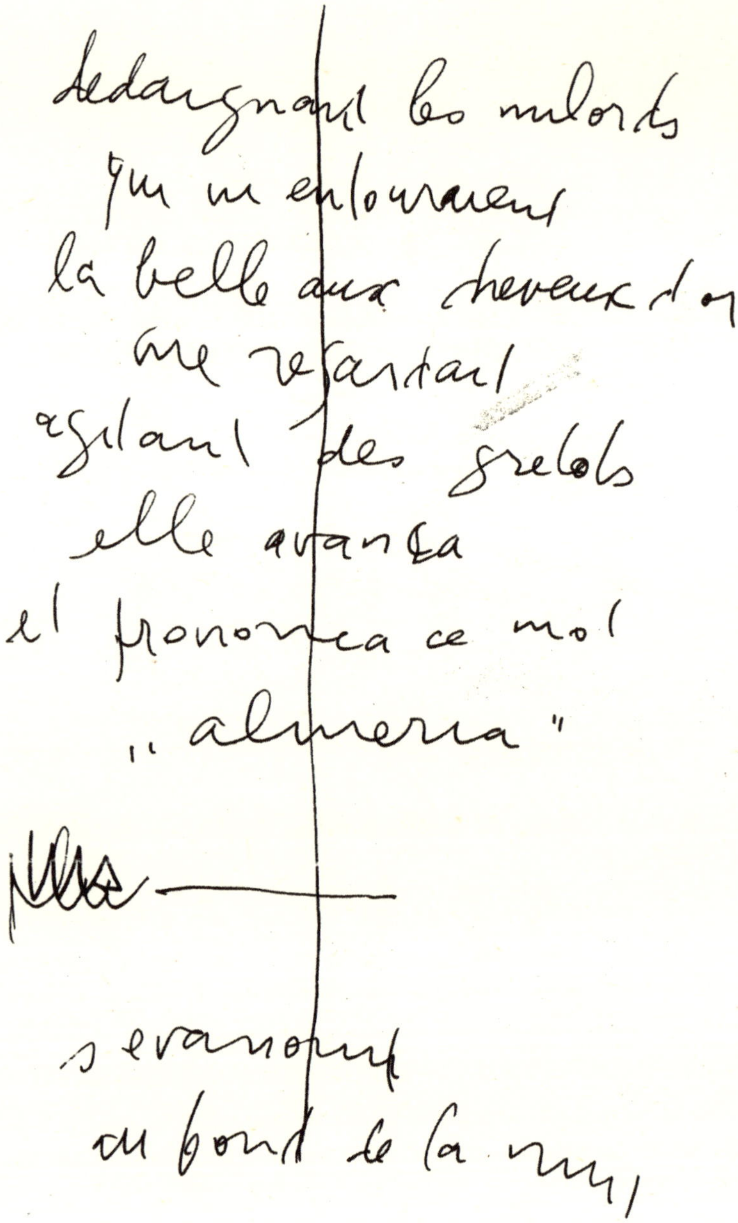
dedaignant les milords
qui m entouraient
la belle aux cheveux d or
me regardait
agitant des grelots
elle avança
et prononça ce mot
„ almeria "

s evanouit
au fond de la nuit

De ce dernier couplet, Gainsbourg ne retiendra pas le début :
Dédaignant les milords
Qui m'entouraient
La belle aux cheveux d'or
Me regardait
puisque, dans la version finale, la scène ne se déroule plus dans la réalité : le personnage de B.B. apparaît sous la forme d'une vision. Serge conserve la seconde partie du couplet :
Agitant des grelots
Elle avança
Et prononça ce mot
« Almeria »
Le mot Almeria évoque la ville d'Espagne où Brigitte Bardot est partie, début 1968, tourner le film *Shalako* d'Edward Dymtryk. La liaison passionnelle entre l'actrice et le chanteur ne survivra pas à ce tournage, d'où cette chute non conservée :
S'évanouit
Au fond de la nuit

~~dédaignant les ??? abords~~
~~qui m'enlaçait~~
~~la belle aux cheveux d'or~~
~~me regardait~~

~~la belle aux cheveux d'or~~

elle avait des ~~clochettes~~
autour du cou

a chaque mouvement
on entendait
~~les~~ clochettes d'argent
~~de ses poignets~~
~~qui résonnaient~~
de ses poignets
agitant ~~ses~~ grelots
elle avança
et prononça ce mot
„almeria"
puis la plus belle
entre toutes les belles
s'évanouit
au fond de la nuit

la princesse barbare
~~me regardait~~ faisait tinter ~~bizarre~~
des clochettes ~~barbares~~
comme à regret à ses poignets

clochettes

Gainsbourg retravaille dans ce feuillet le manuscrit précédent. Il introduit dans son tableau onirique un paysage sonore composé du tintement des grelots et clochettes que la belle porte aux poignets. Cette association fait écho au film de Luis Buñuel *Belle de jour*, sorti en 1967. Lorsque le personnage incarné par Catherine Deneuve fantasme, des clochettes et des grelots retentissent. Ce feuillet propose par ailleurs une fin alternative qui ne sera pas retenue par Gainsbourg. Elle se lit en partant de la gauche du document :

À chaque mouvement
On entendait
Les clochettes d'argent
De ses poignets
Agitant ses grelots
Elle avança
Et prononça ce mot
« Almeria »
Puis la plus belle
Entre toutes les belles
S'évanouit
Au fond de la nuit

***FORD MUSTANG,** enregistrée par Serge Gainsbourg en 1968.*

Gainsbourg cherche sa mélodie à mesure qu'il écrit. Il trouve d'abord assez vite le début du texte de la chanson :
On s'fait des langues
En Ford Mustang
Et bang
On embrasse les platanes
Mais ne conserve pas la suite :
On se caresse
En Mercedes
Sous la portée, il visualise le platane par deux traits de plume, objet de la scission en deux parties du véhicule :
Mus à gauche
Tang à droite
Le platane au milieu
Entre nous deux

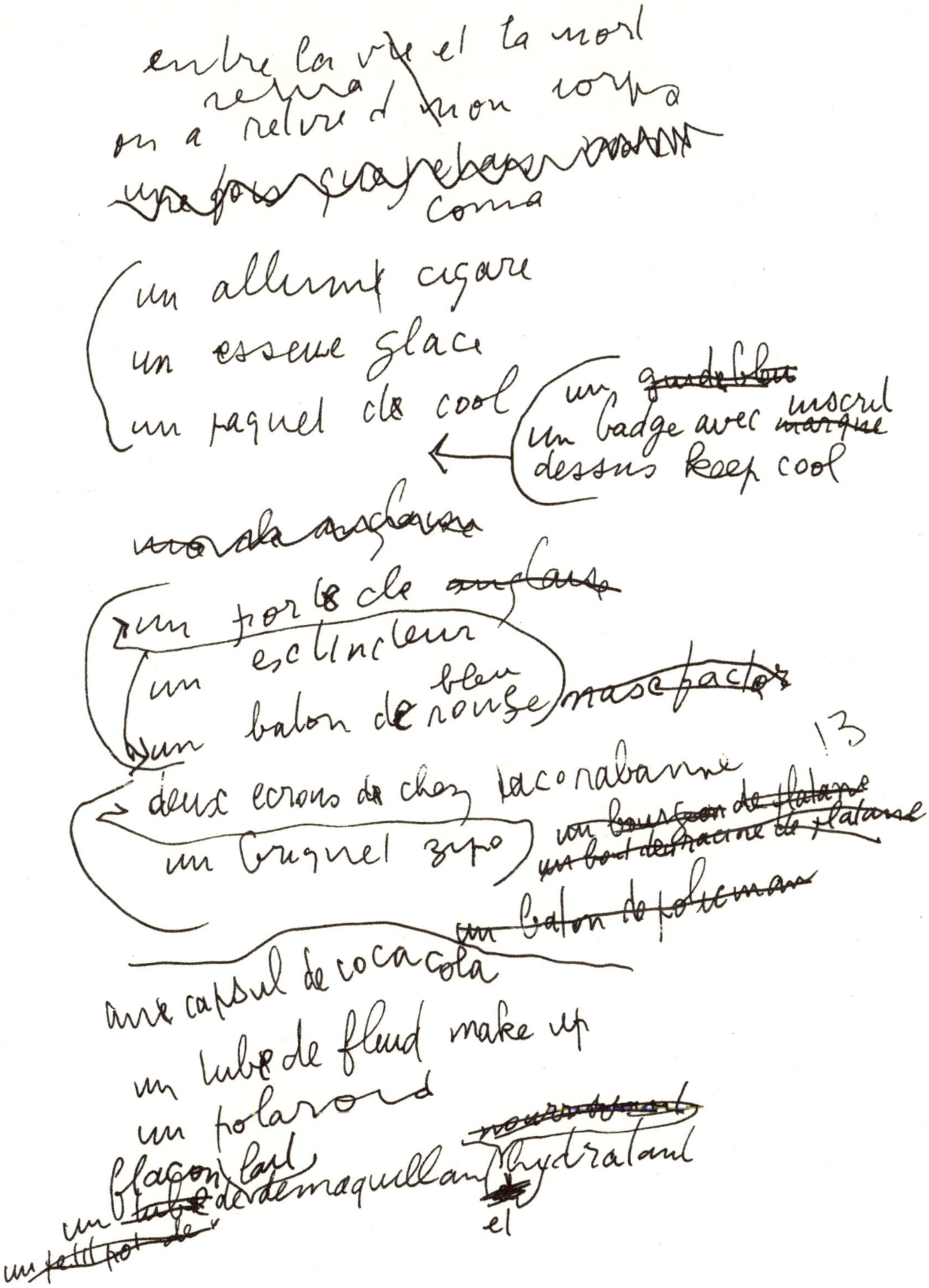
entre la vie et la mort
on a retiré d'mon corps
coma
un allum' cigare
un essuie glace
un paquet de cool
un badge avec inscrit
dessus Keep cool
un porte clé
un extincteur
un bâton de rouge bleu
deux écrous de chez pacorabanne
un briquet zipo
une capsul de cocacola
un tube de fluid make up
un polaroid
un flacon lait démaquillant hydratant
et
13

On peut lire en haut de la page le début du couplet suivant non conservé :
Entre la vie et la mort
On a retiré d'mon corps
Jusque-là, on pouvait penser que la liste d'objets désignait le contenu de la voiture, éparpillé par l'accident. Mais cette indication révèle une dimension bien plus poétique, nimbée de surréalisme : l'inventaire aux accents prévertiens qui compose le feuillet renvoie directement à ce qui a été extrait du corps accidenté :
Un allum' cigare
Un essuie-glace
Un paquet d'Cool
Un badge avec inscrit
Dessus Keep cool
Un extincteur
Un bâton de rouge (ou : bleu)
Un briquet Zippo
Deux écrous de chez Paco
Rabanne
Un' capsule de Coca-Cola
Un tube de fluid make-up
Un Polaroid
Un flacon de lait démaquillant
et hydratant

POPULAR MUSTANG OPTIONS

Interior Decor Group includes: courtesy door lights; smart grille design in lower door interior trim panels; roof console with twin map lights and switches on Hardtop and 2+2; simulated wood-grained steering wheel; bright accent on pedals; simulated wood-grained instrument panel and roof console applique; T-bar shift lever with vinyl grip insert when equipped with Cruise-O-Matic; seat back insert trim buttons; electric clock; padded quarter trim panels (Hardtop only) □ Floating Caliper-Type Power Front Disc Brakes with Power Drum-Type Rear Brakes □ Power Steering □ Power Convertible Top □ AM Radio □ AM/FM Stereo Radio □ Stereo-Sonic Tape System with AM Radio □ SelectAire Conditioner □ Two-Tone Hood □ Console (available with AM Radio, AM/FM Stereo Radio or Stereo-Sonic Tape System with AM Radio) □ Electric Clock □ Styled Steel Wheels □ Wide-Oval, Bias Ply WSW Tires (with V-8 only) □ Radial Ply WSW Tires □ Wide-Oval, Radial Ply WSW Tires □ White Sidewall Tires □ Vinyl Roof (Hardtop only) □ Accent Paint Stripe □ Full-Width Front Seat □ Comfort-Weave "Breathable" Vinyl Seat Upholstery □ Headrests □ Deluxe Wheel Covers □ Tilt-Away Steering Wheel □ Convenience Group □ Tachometer and Reset Odometer □ Remote-Control Outside Rearview Mirror □ Deluxe Seat Belts □ Rear Shoulder Belts □ Convertible Glass Backlite □ Rear Window Defogger (Hardtop, Fastback) □ Fingertip Speed Control (with V-8 and Cruise-O-Matic only) □ Folding Rear Seat (2+2 only) □ Choice of four V-8's (from 195 hp to 390 hp) □ SelectShift Cruise-O-Matic Drive □ 4-Speed Manual Transmission □ Collapsible Spare Tire □ Heavy-Duty Suspension □ Heavy-Duty Battery □ Tinted Glass □ Limited-Slip Differential □ Performance Rear Axle Ratio □ Extra Cooling Package □ Reflective Group (with GT Equipment Group only) —see page 9 □ Courtesy Light Group.

"BETTER IDEAS"

Throughout the '68 Mustangs are Ford's *better ideas* that mean more driving pleasure to you now . . . more resale value at trade-in. Better ideas include: double-sided keys and "keyless locking," suspended accelerator, brake and clutch pedals, center-fill fueling, 5-ply vinyl-coated convertible top, "floating" rearview mirror, parallel-action windshield wipers, "red line" (above 70 mph) speedometer, in-line muffler system, 2-position front door checks, counterbalanced hood and rear deck lid and many, many more.

MUSTANG STANDARD EQUIPMENT

All Models: Power Team—200-cu. in., 115-hp Six and Synchro-Smooth Drive (fully synchronized 3-speed manual transmission) □ Hood Louvers with Integral Turn Signals □ Choice of 16 Super Diamond Lustre Enamel Colors □ Choice of 8 All-Vinyl Interior Colors □ Individually Adjustable Deep-Foam Bucket Seats □ Color-Keyed 100% Nylon Loop Pile Carpeting □ Courtesy Lighting □ Cigarette Lighter and [redacted] □ Reversible Keys, "Keyless" Locking □ Suspended Accelerator Pedal □ Heater-Defroster □ Curved Side Glass □ Outside Rearview Mirror □ Center Fill Fueling □ Bright Deck Lid and Quarter Panel Extension Moldings □ Rocker Panel Molding □ Anodized Aluminum Scuff Plates □ Floor-Mounted Shift Lever with All Transmissions □ Bright Bumper Guards, Front □ Coat Hooks □ Dual Sun Visors □ Twice-a-Year Maintenance □ Plus the Standard Ford Motor Company Lifeguard Design Safety Features listed in next column.

Fastback 2+2: In addition to the equipment that is listed above for all models, the Mustang 2+2 includes—Silent-Flo Ventilation (fresh air with windows up!) with Roof Quarter Panel Air Outlets □ Full-Sweep Tinted Glass Back Window.

Convertible: In addition to the equipment that is listed above for all models, the Mustang Convertible includes—Extra Durable 5-Ply Vinyl Top □ Stretch-Taut, Color-Keyed Boot □ Easy-Action Top Fastening Latches □ Clear Vinyl Back Window.

TRAILER TOWING

For all the information about trailer towing with your '68 Mustang, see your Ford Dealer. He can advise you on the special equipment recommended for towing trailers of all types and sizes. And be sure to ask him for a copy of the 1968

allume cigare

Ford Car and Truck Recreation brochure. It's filled with all kinds of suggestions and helpful information on the subject.

1968 FORD MOTOR COMPANY LIFEGUARD DESIGN SAFETY FEATURES

There is no better idea than safety, and Ford cars have been engineered and built with that in mind. Here are some of the many safety features you'll find in every Ford-built car for 1968.

- Dual hydraulic brake system with warning light
- Glare-reduced instrument panel padding, windshield wiper arms, steering wheel hub, horn ring, rearview mirror and windshield pillars
- Energy absorbing steering column and steering wheel
- Energy absorbing arm rests and safety-designed door handles
- Front and rear seat belts with front outboard retractors
- ~~Turn indicators~~ with lane-change signal feature
- Inside day/night, yield-away, windshield-mounted rearview mirror
- Energy absorbing instrument panel with padding
- Padded safety sun visors
- Padded windshield pillars
- ~~Two-speed~~ or variable-speed windshield wipers
- Windshield washers
- Double-thick laminate safety glass windshield
- Double-yoke safety door latches and safety hinges
- ~~Positive door lock buttons~~
- 4-way emergency flasher
- Backup lights
- Side marker lights or reflectors
- Energy absorbing front seat backs with padding
- Self-locking folding seats
- Shoulder belts for outboard front seat passengers (except convertibles)
- Vehicle structure designed to limit steering column displacement
- Safety-designed coat hooks
- Safety-designed window regulator knobs
- Safety-designed radio control push buttons
- Padding on back of second seat in station wagons
- Outside rearview mirror, driver's side
- Safety rim wheels and load-rated tires
- Corrosion-resistant brake lines
- Uniform transmission shift quadrant

15

CATALOGUE DE LA FORD MUSTANG, *1968, annotée par Serge Gainsbourg.*

Reprenant le catalogue de la Ford Mustang 1968, Serge tente un couplet dédié aux différentes options du véhicule qu'il avait soigneusement relevées. On peut lire au centre de la page suivante :

Un se-
Lect shift cruise-
O-matic drive
Un sté-
Réo-so-
Nic tape system
Un ciga-
Rett' lighter
Un speedometer

Incompréhensible pour un auditeur français : les rejets coupent les syllabes de presque chacun des mots. Gainsbourg va donc chercher, sur le même manuscrit, des termes anglais plus faciles d'accès pour un auditeur non anglophone. Il souligne les termes anglo-saxons, en vue de les faire chanter par une seconde voix (une choriste anglaise). Libérées de la terminologie purement technique, les images fusent dans tous les sens et Serge numérote les parties de texte pour les reconstituer dans un ordre qu'il est seul à visualiser mais qui correspond aux manuscrits suivants et à la chanson telle qu'elle a été enregistrée. Dans le couplet qui porte le n° 2 en haut à gauche (p. 126), on peut noter qu'une photo de James Dean devait accompagner celle de Marilyn. Il faudra attendre que Serge réalise le film *Stan the Flasher* en 1990 pour retrouver les deux acteurs mythiques au mur de la chambre du personnage incarné par Élodie Bouchez.
Il recopie ensuite proprement les couplets dans l'ordre qu'il maintiendra jusqu'à l'enregistrement (p. 127).

Un essuie-glace
Un paquet d'Cool
Un badge
Avec in-
Scrit d'ssus Keep cool
Un' barr' de
Chocolat
Un Coca-Cola

Les mots soulignés sont ceux chantés par la choriste anglaise.

2
Une bouteille
De fluid make-up
Un flash
Un browning
Et un pick-up
Un livre
D'Edgar Poe
Un briquet Zippo

Dans la version finale, le mot livre sera remplacé par recueil.

3
Un numéro
De Superman
Un é-
Crou de chez
Paco Rabanne
Un' photo
D'Marilyn
Un tub' d'aspirine
(indication : Orchestre)

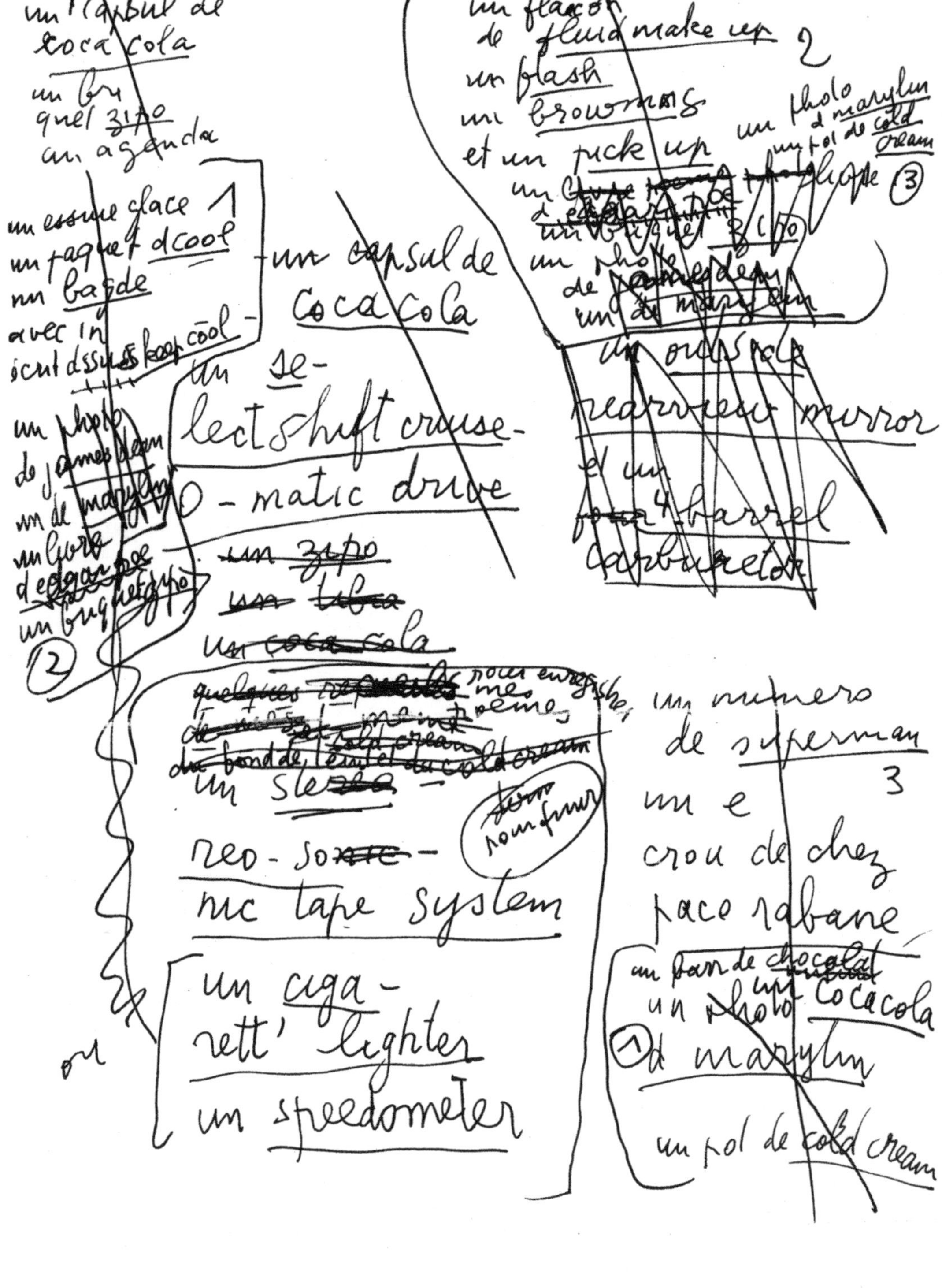

un capsul de
coca cola
un bri
quel zippo
un agenda
un essuie glace 1
un paquet d cool
un badge
avec in
écrit dessus keep cool
un photo
de james dean
un de marylin
un livre
d edgar poe
un briquet zippo
(2)

un capsul de
coca cola
un se-
lect shift cruise-
o-matic drive
un zippo
un coca cola
mes poèmes
un ste-
reo-so-
nic tape system
un ciga-
rett' lighter
un speedometer
ou
nom fumeur

un flacon
de fluid make up
un flash
un brownings
et un pick up
un photo d marylin
un pot de cold cream
(3)
un photo
de james dean
un de marylin
un outside
rearview mirror
et un
4-barrel
carburetor
2

un numero
de superman
3
un e
crou de chez
paco rabane
un bar de chocolat
un cocacola
un photo
d marylin
un pot de cold cream
(1)

1

un esquimo glace
un paquet d'cool
un badge
avec un
scout dans keep cool
un' barr' de
chocolat
un coca cola

2

~~une flacon~~ bouteille
de blend make up
un flash
un browning
et un pick up
un livre
d'edgar poe
un briquet zipo

3

un numero
de superman
un e
crou de chez
paco rabane
un' photo
d marylin
un ~~bidt de cola dream~~ d'aspirine

orchestre

mascim 83

n ecoutes pas les idoles
les petits boudins
mamadou
attends ou va t en
je pratique la politique...
les goemons
la recette de l amour fou
la chanson de prevert
les femmes c est du chinois
machins choses
la cavaleuse
si t attends qu les diamants
comic strip
les sucettes
baby pop
accordeon
il s appelle reviens
la gadoue
bubble gum
qui est in qui est out
docteur jekyll
teenie weenie boppie
pauvre lola
sous le soleil
personne
la javanaise
hier ou demain
intoxicated man
l eau a la bouche
du jazz dans le ravin
les cigarillos
les demenageurs
pyjama
bonnie and clyde
ce mortel ennui
la femme des uns
sois belle et tais toi
en relisant ta lettre
l appareil a sous
les p tits papiers
harley davidson
desesperado
~~la~~ la fille au rasoir
torrey canyon
laetitia
a celle qui couche
une negresse
sympathies
je t aime moi non plus
ford mustang
ces petits riens
manon
sait on jamais ou ... va une femme quand elle vous quitte

le copyright des inedits est reserve a l auteur

LISTE DE TITRES, *1968.*

Serge sélectionne les œuvres qui seront rassemblées dans le recueil de ses textes intitulé *Chansons cruelles*, publié aux éditions Tchou.

Maxim's
N'écoute pas les idoles
Les Petits Boudins
Mamadou
Attends ou va-t'en
Je pratique la politique
Les Goémons
La Recette de l'amour fou
La Chanson de Prévert
Les Femmes c'est du chinois
Machins choses
La Cavaleuse
Si t'attends qu'les diamants
Comic Strip
Les Sucettes
Baby Pop
Accordéon
Il s'appelle Reviens
La Gadoue
Bubble Gum
Qui est in qui est out
Docteur Jekyll
Teenie Weenie Boppie
Pauvre Lola
Sous le soleil
Personne
La Javanaise
Hier ou demain
Intoxicated Man
L'Eau à la bouche
Le Jazz dans le ravin
Les Cigarillos
Les Déménageurs
Pyjama
Bonnie and Clyde
Ce mortel ennui
Les Femmes des uns
Sois belle et tais-toi
En relisant ta lettre
L'Appareil à sous
Les P'tits Papiers
Harley-Davidson
Desesperado
La Fille au rasoir
Torrey Canyon
Lætitia
À celle qui louche
Une négresse
Sympathies
Je t'aime... moi non plus
Ford Mustang
Ces Petits Riens
Manon
Sait-on jamais où va une femme quand elle vous quitte.

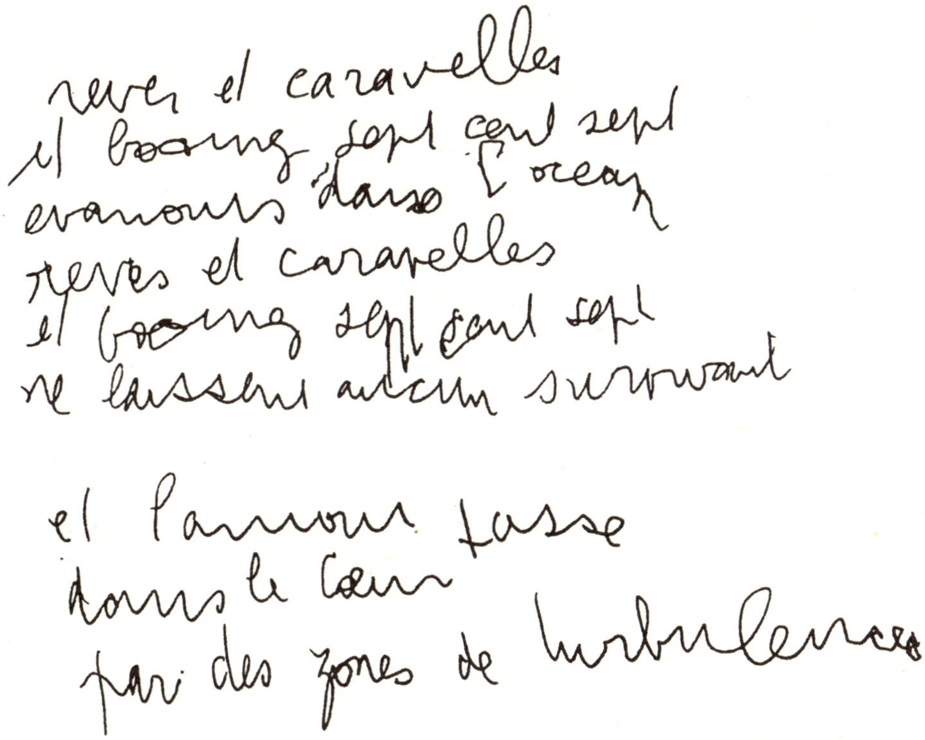
reves et caravelles
et boeing sept cent sept
evanouis dans l'ocean
reves et caravelles
et boeing sept cent sept
ne laissent aucun survivant

et l'amour passe
dans le cœur
par des zones de turbulences

RÊVES ET CARAVELLES,
enregistrée par Michèle Arnaud en 1968.

Ce manuscrit donne une version désespérée de la chanson, qui sera beaucoup plus nuancée au final.
Là où le manuscrit indique :
Rêves et caravelles
Et Boeing sept cent sept
Évanouis dans l'océan
Rêves et caravelles
Et Boeing sept cent sept
Ne laissent aucun survivant
Et l'amour passe
Dans le cœur
Par des zones de turbulences
la chanson définitive proposera :
Rêves et caravelles
Et Boeing sept cent sept
Parcourent les nuages
De l'été
Rêves et caravelles
Et Boeing sept cent sept
Traversent les orages de l'hiver
Et l'amour passe
Dans le cœur
Par des zones
De turbulences
Et l'amour passe
Dans le cœur.

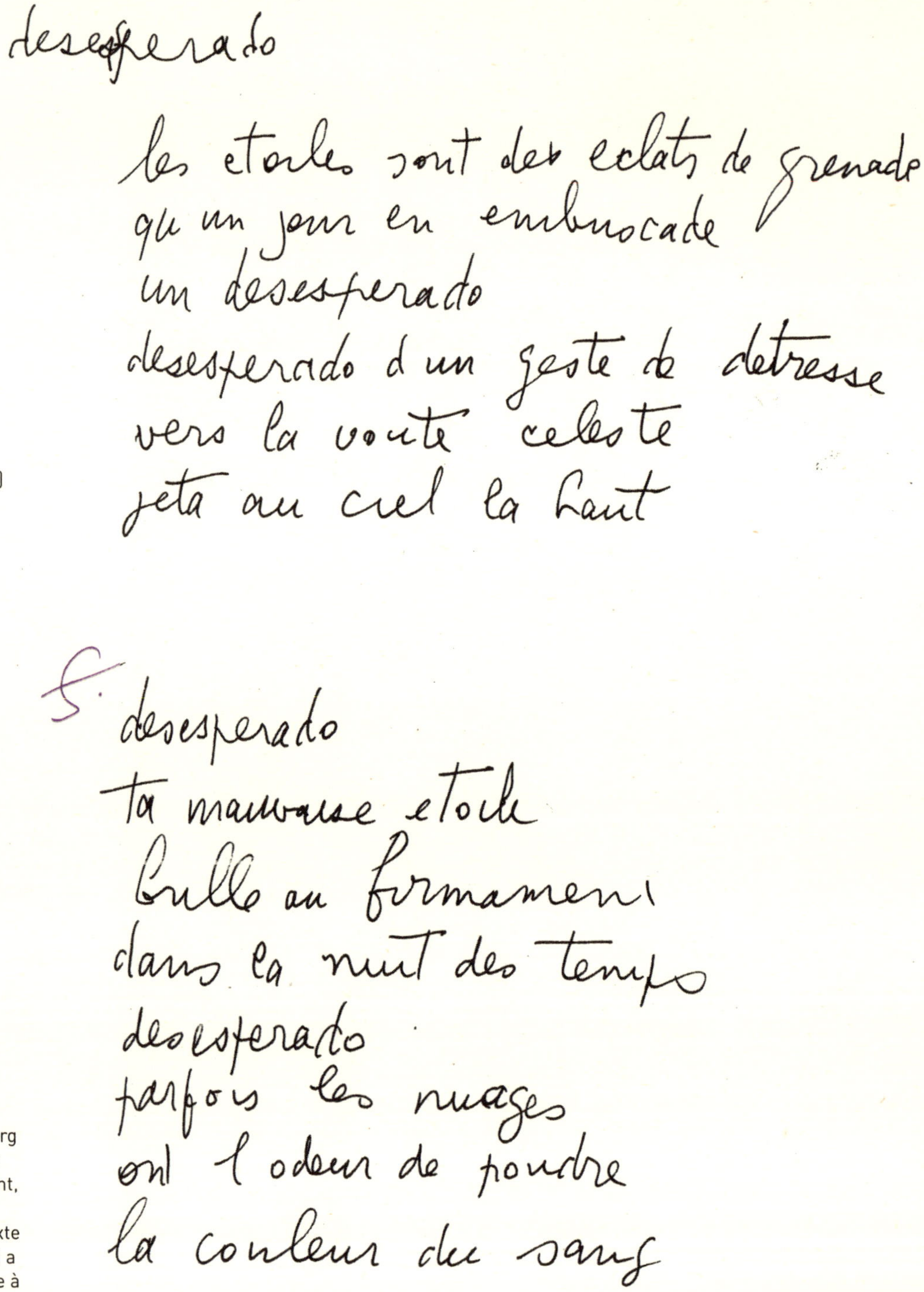

desesperado

les etoiles sont des eclats de grenade
qu un jour en embuscade
un desesperado
desesperado d un geste de detresse
vers la voute celeste
jeta au ciel la haut

S.
desesperado
ta mauvaise etoile
brille au firmament
dans la nuit des temps
desesperado
parfois les nuages
ont l odeur de poudre
la couleur du sang

DESESPERADO, *enregistrée par Dario Moreno en 1968.*

Les étoiles sont des éclats
de grenade
Qu'un jour en embuscade
Un desesperado
Desesperado d'un geste
de détresse
Vers la voûte céleste
Jeta au ciel là-haut
(le signe *dal segno* indique que le refrain est à reprendre)
Desesperado
Ta mauvaise étoile
Brille au firmament
Dans la nuit des temps
Desesperado
Parfois les nuages
Ont l'odeur de poudre
La couleur du sang
Serrant dans ses dents
L'anneau de sa grenade
Voici que par bravade
Le desesperado
Desesperado
Prenant la nuit pour cible
Le ciel entier se crible
Du geste du héros
Les étoiles sont des éclats
de grenade
Qu'un jour en embuscade
Un desesperado
Desesperado
Dans un geste sublime
Rejeta vers les cimes
Comme un oiseau de feu

Ce manuscrit est emblématique des efforts graphiques que fait Gainsbourg lorsque son écriture doit être lue par un tiers. Généralement, il s'applique pour ses interprètes. Il a recopié ce texte soit pour Mireille Mathieu qui a enregistré une version inédite à ce jour, soit pour Dario Moreno. Ce titre rejoint la fascination enfantine de Gainsbourg pour l'imagerie romantique des films de western qui se déroule en Amérique Centrale ou du Sud. Il a déjà exploré ce thème avec *Viva Villa*, mais aussi avec *La Guérilla* pour Valérie Lagrange, et cultivé l'ambiance western avec *Vilaine fille, mauvais garçon* pour Petula Clark et *Un violon, un jambon* à une époque où il posait volontiers en chapeau de cow-boy, colt au poing.

2

serrant dans ses dents
l'anneau de sa grenade
voici que par bravade
le desesperado

desesperado
prenant la nuit pour cible
le ciel entier se crible
du geste du heros

les etoiles ~~sont des~~ sont des eclats de grenade
qu'un jour en embuscade
un desesperado

desesperado
dans un geste sublime
rejeta vers les cîmes
comme un oiseau de feu

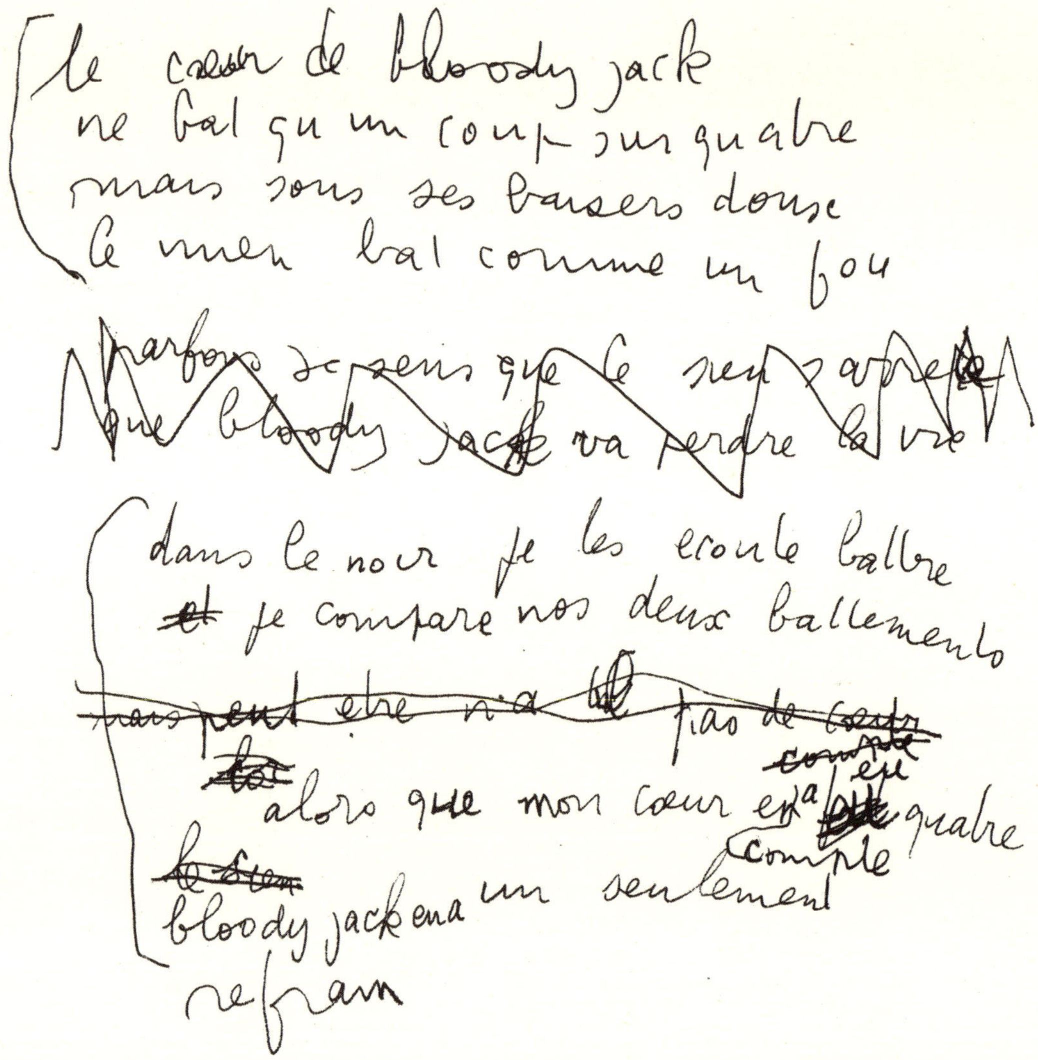

le cœur de bloody jack
ne bat qu'un coup sur quatre
mais sous ses baisers douse
le mien bat comme un fou

~~parfois je sens que le sien s'arrête~~
~~que bloody jack va perdre la vie~~

dans le noir je les écoute battre
~~et~~ je compare nos deux battements
~~mais peut être n'a t'il pas de cœur~~
alors que mon cœur en a eu quatre (compte)
bloody jack en a un seulement
refrain

BLOODY JACK, *enregistrée par Zizi Jeanmaire en 1968.*

Ce texte a d'abord été écrit sur la musique de Teenie Weenie Boopie. France Gall a enregistré la chanson en 1967, mais cette version a été abandonnée et est restée inédite jusqu'en 2003. Pour Zizi Jeanmaire, Serge compose une nouvelle musique. Il reprendra enfin la chanson à son compte en masculinisant les paroles.

Sur ce brouillon, seule la phrase biffée a été supprimée des versions enregistrées :
Parfois je sens que le sien s'arrête
Que Bloody Jack va perdre la vie
Le reste du manuscrit a bien été conservé :
Le cœur de Bloody Jack
Ne bat qu'un coup sur quatre
Mais sous ses baisers doux
Le mien bat comme un fou (...)
Dans le noir je les écoute battre
Je compare nos deux battements
Alors que mon cœur en a eu (ou : compte) quatre
Bloody Jack en a un seulement.

Je t'aime et je crains
de m'égarer

Je t'aime et je crains
de m'égarer

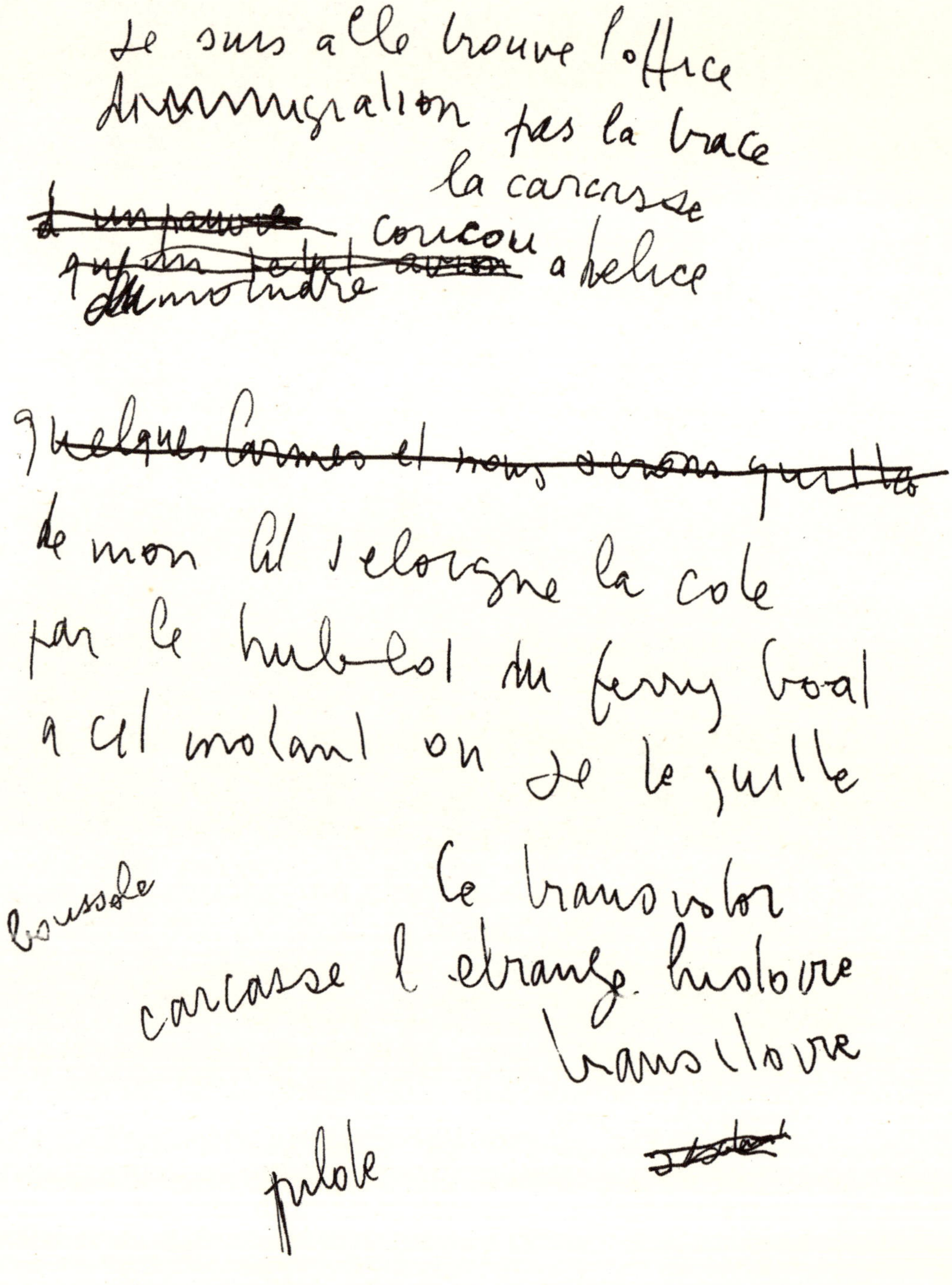
Je suis allé trouver l'office
D'immigration pas la trace
la carcasse
~~d'un pauvre~~ coucou
~~qu'un petit avion~~ a hélice
du moindre

~~quelques larmes et nous serons quittes~~
de mon lit s'éloigne la côte
par le hublot du ferry boat
a cet instant où je te quitte

boussole
Ce transistor
carcasse l'étrange histoire
transitoire

pilote

L'ANAMOUR, *enregistrée par Françoise Hardy en 1968.*

Cette série de manuscrits révèle la difficulté qu'a eu Gainsbourg à accoucher de ce texte. Sur le premier feuillet, figurent trois parties dont deux d'entre elles vont donner naissance à deux chansons différentes, puisqu'on retrouve à la fois des bribes de *L'Anamour* :

Ce transistor
L'étrange histoire
Transitoire

et d'autres mots qui figureront dans le texte de *69, année érotique* :

De mon lit s'éloigne la côte
Par le hublot du ferry-boat
À cet instant où je te quitte

L'histoire débute visiblement par un désir d'exil du narrateur :

Je suis allé trouver l'office
D'immigration, pas la trace
La carcasse
Du moindre coucou à hélice

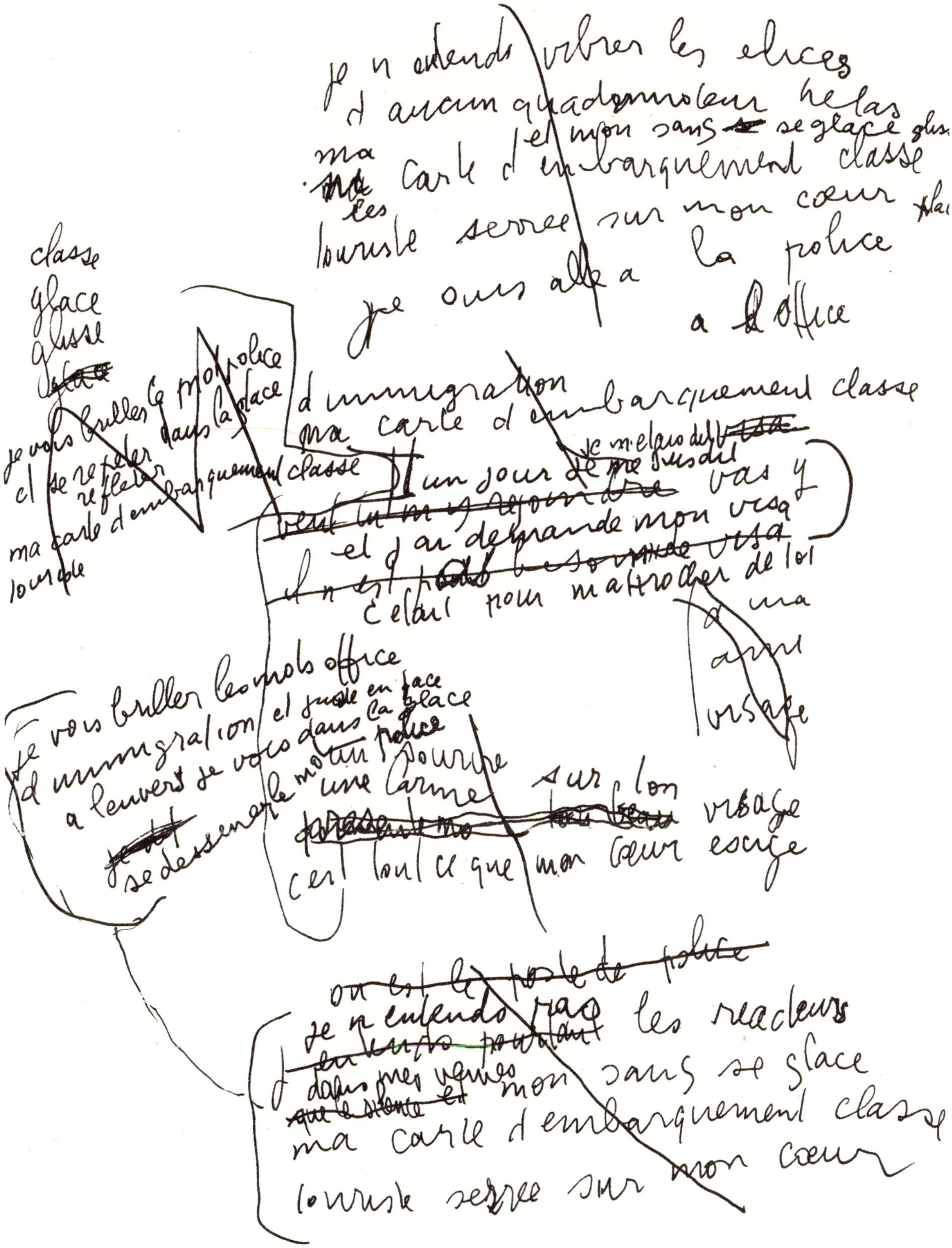

Six couplets sont ici en cours d'élaboration. Aucun ne figurera dans la version définitive même si les deux premiers vers, amenés différemment, s'y trouveront. Sous les biffures, on peut déchiffrer de haut en bas :

Je n'entends vibrer les hélices
D'aucun quadrimoteur hélas
Et mon sang se glace
Ma carte d'embarquement classe
Touriste serrée sur mon cœur
Je suis allé à la police
Je vois briller le mot police
Et se refléter dans la glace
Ma carte d'embarquement classe
Touriste
Un jour je m'étais dit vas-y
Et j'ai demandé mon visa
C'était pour m'approcher de toi
Je vois briller les mots office
D'immigration et juste en face
À l'envers je vois dans la glace
Se dessiner le mot police
Une larme sur ton visage
C'est tout ce que mon cœur exige
Je n'entends pas les réacteurs
Dans mes veines mon sang se glace
Ma carte d'embarquement classe
Touriste serrée sur mon cœur

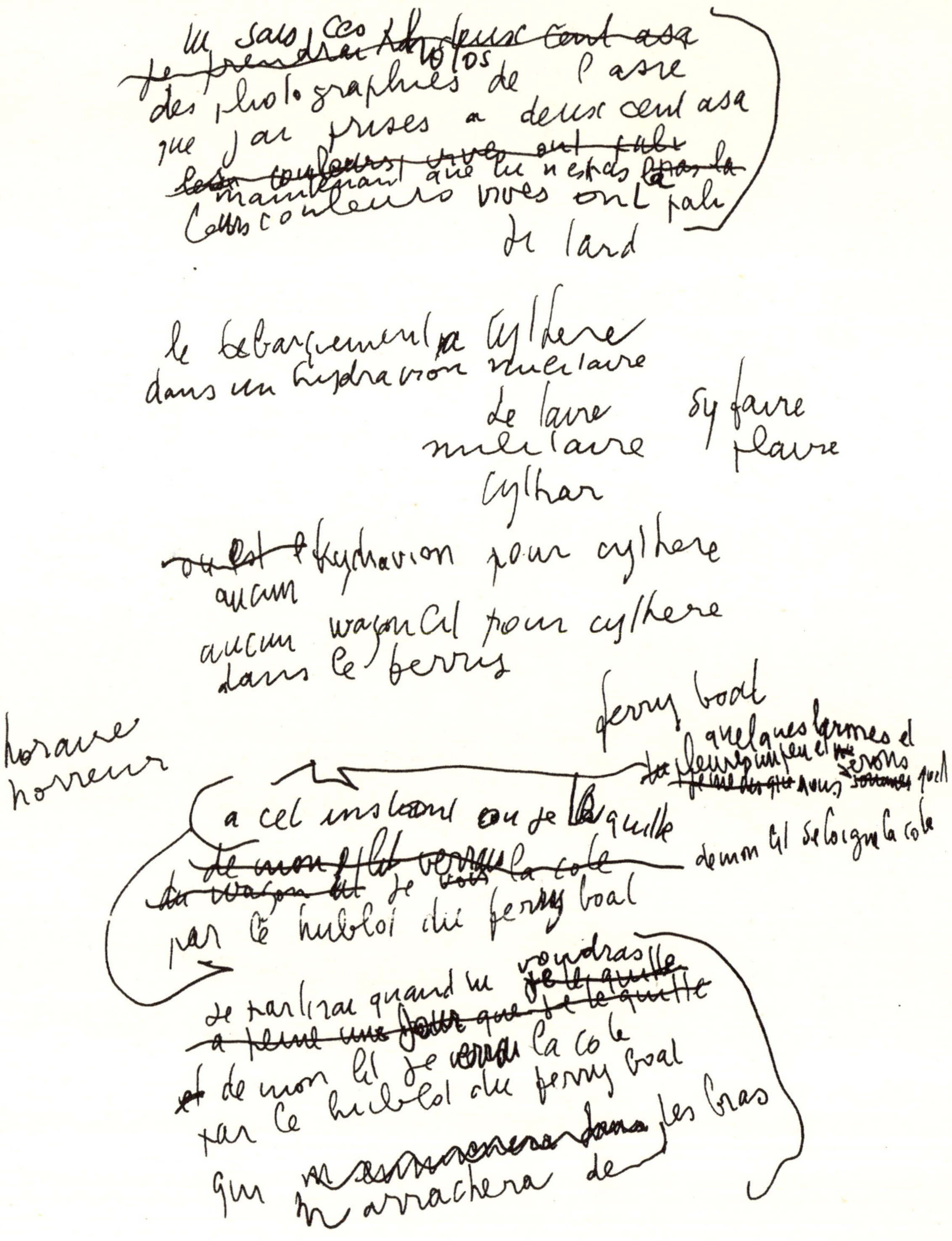
des photographies de passé
que j'ai prises à deux cent asa
maintenant que tu n'es pas là
les couleurs vives ont pâli
de l'art

le débarquement à cythère
dans un hydravion nucléaire
de laire
nucléaire
cythar
sy faire
plaire

aucun hydravion pour cythère
aucun wagon-lit pour cythère
dans le ferry
ferry boat

horaire
horreur

quelques larmes et

à cet instant où je te quitte
de mon lit s'éloigne la côte
par le hublot du ferry boat

je partirai quand tu voudras
de mon lit je verrai la côte
par le hublot du ferry boat
qui m'arrachera de tes bras

Le deuxième couplet est ici sous sa forme définitive, mais Gainsbourg cherche encore comment commencer la chanson. Il revient à ses idées de départ et bute sur le mot Cythère qu'il essaie de placer dans différentes phrases, de haut en bas :
Le débarquement à Cythère
Dans un hydravion nucléaire
Aucun hydravion pour Cythère
Aucun wagon-lit pour Cythère
puis il revient à l'idée du ferry-boat qu'il reprendra pour *69, année érotique* :
De mon lit s'éloigne la côte
Par le hublot du ferry-boat
À cet instant où je te quitte
Je partirai quand tu voudras
De mon lit, je verrai la côte
Par le hublot du ferry-boat
Qui m'arrachera de tes bras

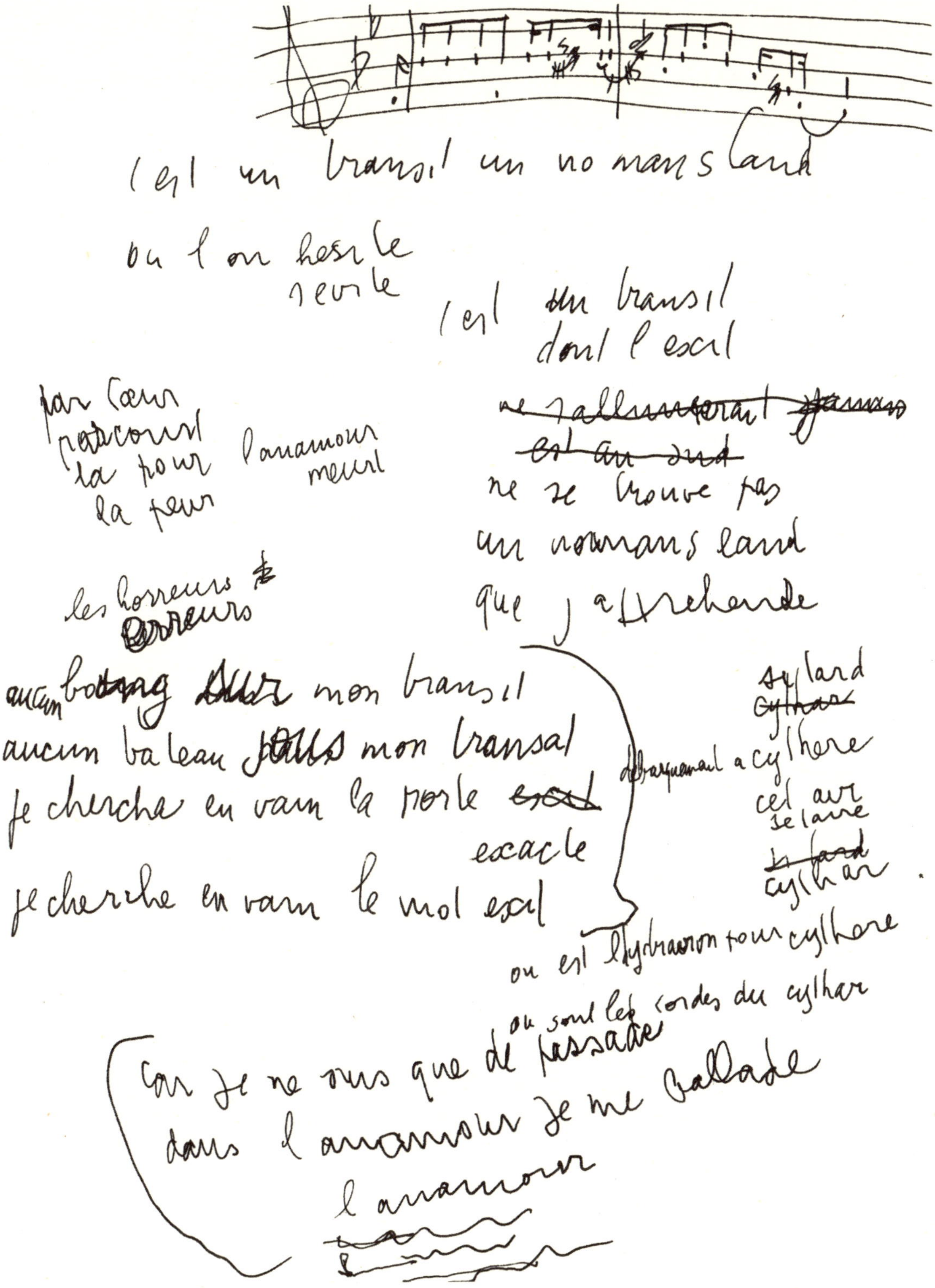

Sous la portée, on peut lire :
C'est un transit un no man's land
Où l'on hésite
C'est un transit
Dont l'exit
Ne se trouve pas
Un no man's land
Que j'appréhende
Cela suggère que *L'Anamour* pour Gainsbourg prend la forme d'un pays, ou d'un paysage, ce que confirme l'essai de refrain au bas du manuscrit.
Après quelques recherches d'assonances :
Par cœur
Parcourt
La pour
La peur
L'anamour meurt
Les horreurs
Erreurs
Serge trouve son premier couplet :
Aucun Boeing sur mon transit
Aucun bateau sous mon transat
Je cherche en vain la porte exacte
Je cherche en vain le mot exit
Après quelques digressions où il tente de placer l'hydravion pour Cythère :
Si tard
Débarquement à Cythère
Cet air
Se taire
Cythar
le néologisme « anamour » qui donnera son titre à la chanson, apparaît. Il s'attaque désormais au refrain dont la première tentative n'est pas la bonne :
Car je ne suis que de passade
Dans l'anamour je me balade
L'anamour

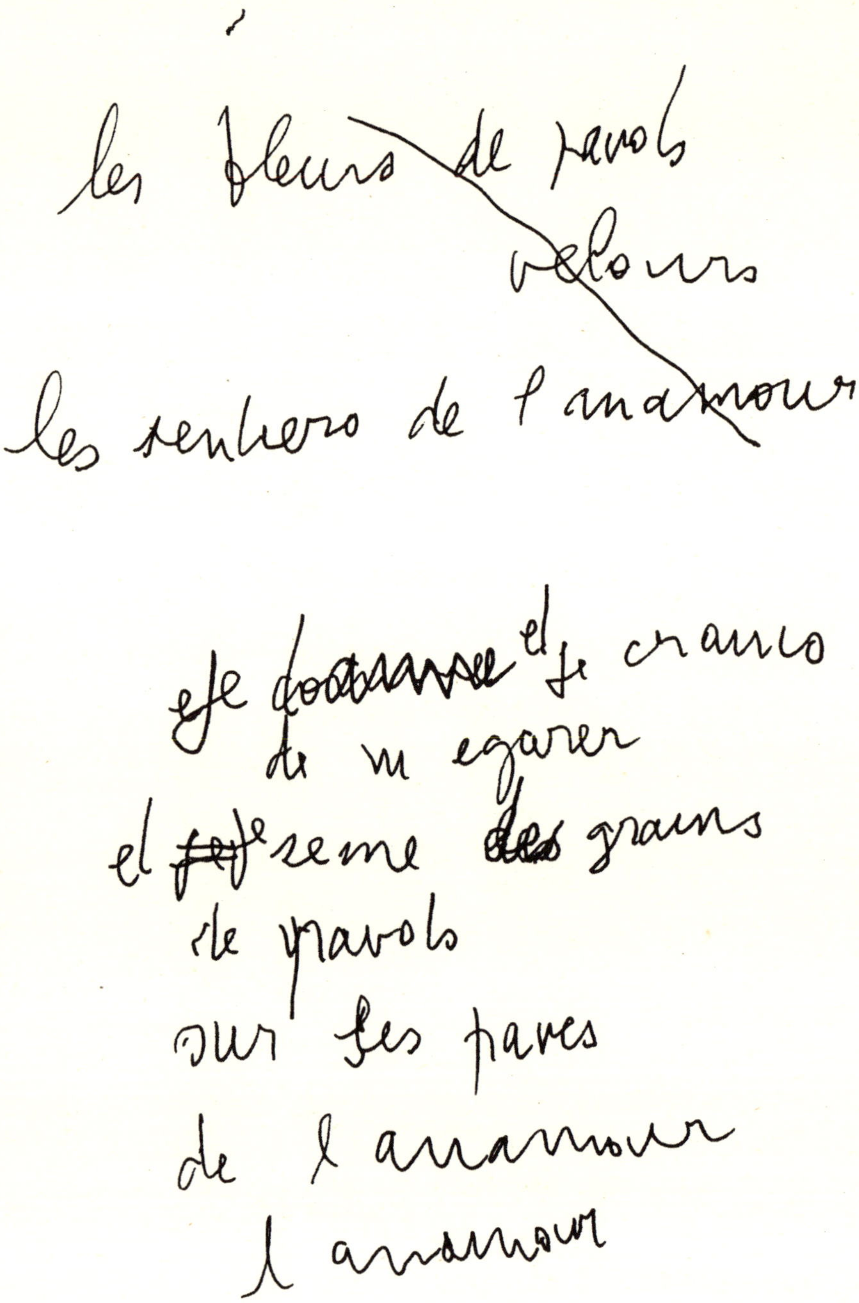

Les fleurs de pavots
Velours
Les sentiers de l'anamour
Je t'aime et je crains
De m'égarer
Et je sème des grains
De pavots
Sur les pavés
De l'anamour
L'anamour

1

aucun boeing sur mon transit
aucun bateau sous mon transat
je cherche en vain la porte exacte
je cherche en vain le mot "exit"

au refrain

Après d'autres recherches non reproduites ici, Gainsbourg finit par trouver son refrain. Puis, comme il en a l'habitude, il recopie la chanson dans l'ordre en numérotant les pages avec lesquelles il se rend en studio.

1

Aucun Boeing sur mon transit
Aucun bateau sous mon transat
Je cherche en vain la porte exacte
Je cherche en vain le mot « exit »
(Au refrain)

2

Je chante pour les transistors
le recit de l'etrange histoire
de mes anamours transitoires
de belle au bois dormant qui dort

au refrain

2
Je chante pour les transistors
Le récit de l'étrange histoire
De mes anamours transitoires
De belle au bois dormant qui dort
(Au refrain)

3

tu sais ces photos de l'asie
que j ai pris 's a deux cents asa
maintenant que tu n es pas la
leurs couleurs vives ont pali

au refrain

3
Tu sais ces photos de l'Asie
Que j'ai pris's à deux cents asa
Maintenant que tu n'es pas là
Leurs couleurs vives ont pâli
(Au refrain)

4

J ai cru entendre les helices
d un quadrimoteur mais helas
c est un ventilateur qui passe
au ciel du poste de police

au refrain

4
J'ai cru entendre les hélices
D'un quadrimoteur mais hélas
C'est un ventilateur qui passe
Au ciel du poste de police
(Au refrain)

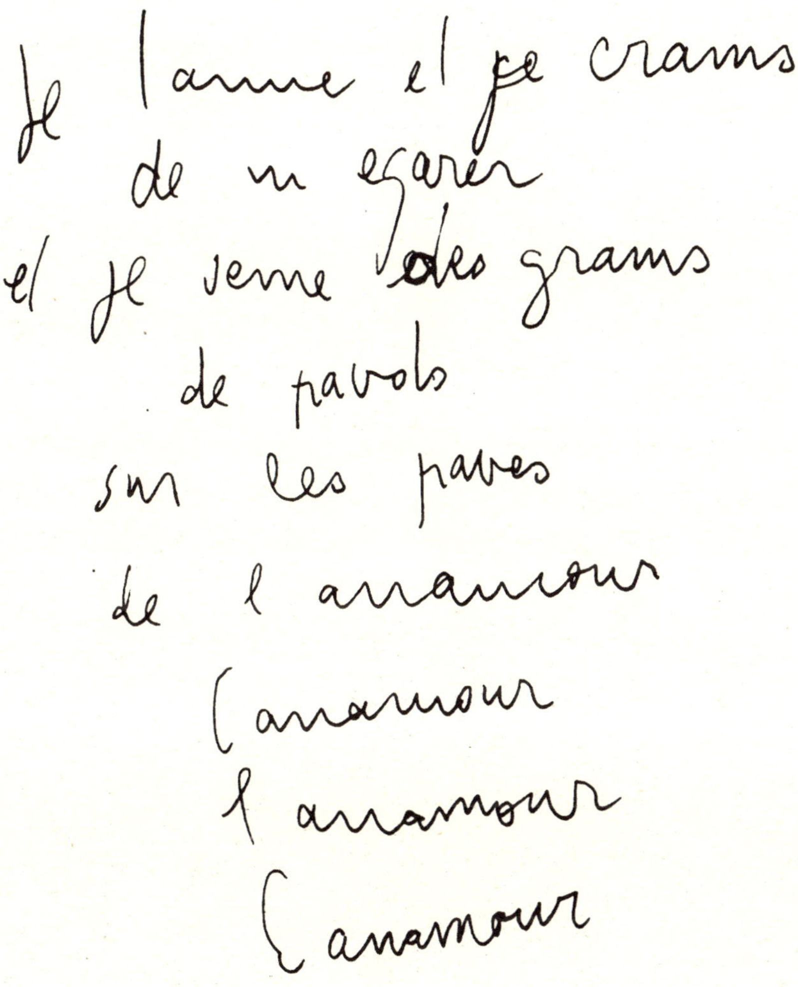
refrain
Je t'aime et je crains
de m égarer
et je seme des grains
de pavots
sur les paves
de l anamour
l anamour
l anamour
l anamour

(Refrain)
Je t'aime et je crains
De m'égarer
Et je sème des grains
De pavots
Sur les pavés
De l'anamour
L'anamour
L'anamour
L'anamour

Serge Gainsbourg aime cette chanson qu'il a eu du mal à écrire. Contrarié que ce titre ne figure qu'en face B du 45 tours de Françoise Hardy, il en enregistrera bientôt sa propre version.

1950/1968
ETRE OU NE PAS NAITRE : QUESTION/ REPONSE

DU PINCEAU AU PIANO 1950/1956

LE PEINTRE CHANTEUR

Ayant compris que son œuvre ne s'inscrirait pas en lettres de feu dans l'histoire de l'art, le peintre Lucien Ginsburg a brûlé la presque totalité de ses œuvres dans les années 1950-1960. Ce qu'il en subsiste n'en a que davantage de valeur, quelques toiles et pas mal de dessins. Entre 1950 et 1952, Lucien est moniteur à Champsfleur, un centre d'éducation pour les enfants rescapés des camps de concentration au Mesnil-le-Roi. Régulièrement, il croque ses petits élèves. À l'occasion, il s'occupe de la chorale, chantant avec le groupe ou les accompagnant à la guitare ou au piano. Il s'émeut d'entendre ces voix juvéniles s'envoler aussi haut que leur tessiture épargnée par la mue le leur permet. Peut-être retrouvera-t-il cette émotion lorsque Jane Birkin entonnera *Je t'aime... moi non plus* à l'octave ? Peut-être est-ce pour cela qu'il demandera ensuite à ses interprètes féminines de voyager au plus haut dans les aigus ? À Champsfleur, Lucien crée ses propres chansons qu'il propose lors des veillées. Et bien sûr, il peint. La signature de ce Lucien de vingt-deux ans porte déjà la marque de la graphie qu'il conservera toute sa vie : volontaire, nerveuse, épaisse.

LES PREMIÈRES CHANSONS

Lucien a le don pour trousser des chansons et il réussit son examen pour être admis à la Sacem (société qui collecte et répartit les droits des auteurs, compositeurs et éditeurs de musique), sur le thème imposé « Notre premier baiser », ce qui lui permet de déposer ses premières œuvres. Il les signe du nom de Julien Gris, pseudonyme qui viendrait de son admiration pour le peintre Juan Gris et pour le héros du *Rouge et le Noir* de Stendhal, Julien Sorel. Sa décision est irrévocable : les chansons ne porteront jamais le nom du peintre Lucien Ginsburg. Les thèmes sont curieusement désabusés pour un jeune homme de vingt-cinq ans, qui plus est en 1954 où le music-hall porte aux nues Philippe Clay, Annie Cordy et Gilbert Bécaud dans des couplets plutôt joyeux. Pas un couple ne survit aux trois minutes de chaque titre de Julien Gris :

A, B, C, D, E, F, G, M, E, R, D, E,
Sur le mur je viens d'effacer
Le cœur que j'avais dessiné
(Défense d'afficher)

Mes amours perdues
Hantent toujours mes nuits
Et dans des bras inconnus
Je retrouverai l'oubli
(Les Amours perdues)

C'est un auteur qui trimballe sa mélancolie et, bien que les textes soient écrits au masculin, il n'est guère surprenant qu'ils fassent écho à l'univers de Juliette Gréco, celle qui refuse de chanter l'amour-toujours. La chanteuse s'appropriera deux de ces œuvres de jeunesse plus tard. Lucien est alors coloriste. Il se souviendra toujours avoir peint en rouge, des centaines de fois et pour un franc la photo, les lèvres de Marilyn Monroe posant devant les chutes pour la promotion du film *Niagara*. Marilyn va rester l'une des icônes favorites de l'artiste. Il recouvrira notamment l'escalier de son hôtel particulier, rue de Verneuil, de photos en noir et blanc de la star hollywoodienne.

Lucien s'éloigne de sa première femme, Élisabeth Levitsky, épousée en 1951, et multiplie les aventures au Touquet où il assure au piano les saisons touristiques. C'est sous le nom de Julien Grix qu'il rencontre un certain Diego Altez, lequel a des velléités d'auteur. Ensemble, ils conçoivent une dizaine de chansons, qu'ils tentent de placer auprès d'interprètes en vogue... sans succès. Lucien et Diego rêvent de Juliette Gréco dont ils ne parviennent pas encore à capter l'attention. C'est un peu tôt encore...

MADAME ARTHUR

Dans les années 1950, il est plutôt facile pour un musicien de trouver des engagements. Les cabarets sont nombreux et proposent tous plusieurs artistes dans la même soirée. C'est une époque où le chanteur, le comique et l'illusionniste travaillent avec un orchestre choisi par le patron des lieux. En dehors des récitals, l'artiste principal n'a pas son mot à dire sur les musiciens qui l'accompagnent. Il n'est donc pas rare qu'un même musicien se produise dans plusieurs lieux en même temps, comme il est de coutume pour un chanteur de proposer son talent à plusieurs publics tant que les distances et les horaires le lui permettent. Les Parisiens sont alors friands de découvertes. Quand bien même ils n'aiment pas l'artiste programmé, les numéros ne durent pas plus de quinze à vingt minutes maximum. Chaque jour, les musiciens qui n'ont pas de lieu de travail attitré peuvent se rendre près de la place Pigalle où se tient le « marché des musiciens ». Les cabarets y recrutent pour le soir même, et Lucien Ginsburg y trouve de quoi occuper ses soirées, lorsque ce n'est pas son père Joseph qui le renseigne sur telle ou telle opportunité. Situé rue des Martyrs, à Pigalle, le cabaret Madame Arthur fait partie des lieux pour lesquels Joseph dirige régulièrement l'orchestre. Aussi, c'est tout naturellement qu'il recommande son fils à Louis Laibe, directeur artistique de ce cabaret où se produisent des travestis dans d'excentriques numéros qui lui confèrent une renommée demeurée intacte de nos jours. Louis Laibe et Julien Grix vont écrire ensemble une partie des revues de la saison 1955-1956. Le registre oscille entre la chanson réaliste, comme *Antoine le casseur*, les chansons d'amoureux délaissés (*Pourquoi*, *Tragique cinq à sept*...) et les variations autour d'un thème imposé. En février, la revue évoque l'univers du cirque avec *Zita la panthère* interprétée par Maslowa, *Arthur Circus* ou *Panthère blues*. En mars et avril, Madame Arthur propose au public un voyage exotique en Amérique du Sud avec *Mambo de puebla*, *Locura Negra* ou *Meximambo*, avant de retourner dès le mois de juin sous un chapiteau avec *Jonglerie chinoise*, *La Trapéziste*, *L'Haltérophile* ou *La Danseuse de corde*. De toutes ces œuvres ne subsistent que les premières mesures ayant servi pour les dépôts Sacem, et le témoignage de Louis Laibe recueilli par Gilles Verlant, le journaliste qui, le premier, découvrit ces trésors après, hélas, la mort de Gainsbourg.

LE CHOC VIAN

L'année 1956 est décisive pour Lucien Ginsburg. Alors qu'il écrit sa dernière chanson pour les travestis de Madame Arthur, *On m'siffle dans la rue*, son père lui trouve un engagement de guitariste et pianiste au Milord l'Arsouille. Cette cave située derrière le théâtre du Palais-Royal existe depuis le XVIIe siècle. C'est là que *La Marseillaise* fut chantée pour la première fois. Propriétaires des lieux depuis 1949, M. et Mme Jordan la baptisent Milord l'Arsouille en souvenir d'un client de l'époque du Directoire, Lord Seymour, mi-noble, mi-débauché. Francis Claude, qui a brillamment animé les nuits du Quod Libet et écrit certaines pièces maîtresses du répertoire de Léo Ferré, est chargé de la programmation du Milord. Ainsi, Léo Ferré, Catherine Sauvage, Guy Béart font défiler un répertoire qui appartient aujourd'hui au patrimoine national. Lucien joue du piano entre les numéros de Francis Claude et de Jacques Dufilho, puis accompagne à la guitare une interprète aussi élégante qu'intelligente, Michèle Arnaud.

1956 est également l'année qui bouleverse son approche de la chanson : « Je méprisais complètement cet art que je dirais mineur. Boris Vian arrive un soir, avec une gueule blême, avec un éclairage en "surex" en terme photographique ou de metteur en scène. Et quand j'ai entendu Vian chanter des choses extraordinaires, comme ça avec un mépris... non, je ne dirais pas mépris parce que c'était pas un méchant..., je me suis dit : merde ! Y a peut-être quelque chose à faire là-dedans quand même ! C'est intelligent ! C'est pas un art mineur ! Et là, je me suis mis à écrire. C'est Vian qui m'a motivé[4]. »

L'auteur-compositeur reprend donc la plume délaissée depuis quelques mois et s'attelle à la tâche. *La Trentaine* est signée Serge Gainsbourg, pseudonyme qu'il a adopté lors de son engagement au Milord : « Lucien commençait à me gonfler, je voyais partout "Chez Lucien, coiffeur pour hommes", "Lucien, coiffeur pour dames". (...) Sur le moment, Serge m'a paru bien, ça sonnait russe ; quant au "a" et au "o" rajoutés à Ginsburg, c'est en souvenir de ces profs de lycée qui écorchaient mon nom[5]... »

En quelques mois, le garçon chétif et égaré a réuni tous les ingrédients nécessaires à sa mutation. Ne manque plus que le déclic qui lui fera franchir le pas décisif. Il, ou plutôt elle, est déjà dans la place. Elle n'est autre que... Michèle Arnaud.

UN ENFANT DU SIÈCLE 1957/1964

LES MOTS DE GAINSBOURG

En découvrant Boris Vian, Serge Gainsbourg découvre le pouvoir des chansons, pouvoir dont il ne soupçonnait pas l'existence. Vian chante *Je bois*, *J'suis snob*, *Le Déserteur*, des sujets en résonance complète avec l'époque, écrites dans un langage courant. C'est l'exact opposé de Georges Brassens qui, pour s'attaquer à des thèmes semblables, utilise une forme classique et, souvent, un décor désuet afin de rendre son propos universel. Cette révélation va profondément modifier l'écriture de Gainsbourg. Si Brassens ressuscite le parler moyenâgeux de Villon en mettant en musique sa *Ballade des dames du temps jadis*, Gainsbourg injecte son XXe siècle à plein poumons en détournant Jean de La Fontaine :

À Pigalle ayant chanté tout l'été
Désirée se trouva fort dépourvue
Quand sans habits se vit nue
(La Cigale et la Fourmi)

ou en répondant à la *Mignonne* de Ronsard sur un texte de Serge Barthélemy :

C'est le seul miroir où tu n's'ras pas moche
Il est garanti pour l'éternité
Le vieux père Ronsard n'était pas une cloche
Quand il disait ça à sa mijaurée
(Ronsard 58)

Le sexe fait fi des convenances, et l'auteur laisse poindre un réel mépris pour l'hypocrite société qui sait mais feint de ne pas savoir :

Toi qui as la bague au doigt
Si ça te gêne enlève-la
Et tu pourras au lit
Oublier ton mari (...)
Puisque tu sais que c'est du bidon
Tu n'as qu'à pas te donner à fond
(Mes p'tites odalisques)

Il le sait, s'il veut débuter dans la chanson à presque trente ans, Gainsbourg ne doit pas manquer son coup. Il est inimaginable de passer inaperçu. Les sujets des chansons, s'ils sont concevables dans le cadre intime d'un cabaret, peuvent défriser plus d'un censeur auxquels la radiotélédiffusion française est alors soumise. Mais avant de songer à enregistrer un disque, il faut franchir le pas qui conduit le pianiste de son tabouret au devant de la scène, derrière le micro. Michèle Arnaud, la troublante chanteuse qu'il accompagne chaque soir, et dont il avouera plus tard avoir été éperdument et secrètement amoureux, se passionne pour la peinture. En catimini, Serge avoue s'adonner à cet art et propose à la belle de venir voir ses tableaux. Ce n'est qu'à son domicile qu'elle aperçoit, posées sur le piano, des partitions signées Serge Gainsbourg. Sous ses aspects de bourgeoise bien mise, Michèle Arnaud bouscule les spectateurs du Milord l'Arsouille avec un répertoire qu'on ne l'imagine pas défendre. Elle chante *Ne vous mariez pas les filles* de Boris Vian, *Une jolie fleur (dans une peau de vache)* de Brassens, *La Vie d'artiste* de Francis Claude et Léo Ferré et offre un récital réservé a priori aux interprètes masculins. Elle devient dès lors la première interprète de Serge Gainsbourg, choisissant les provocantes *Douze belles dans la peau*, *La Femme des uns sous le corps des autres* ou encore *La Recette de l'amour fou*, mais elle va aussi pousser ce grand timide à chanter devant le public du Milord.

Ceux qui ont eu l'occasion de voir Boris Vian chanter aux Trois Baudets ou à la Fontaine des Quatre Saisons sont saisis par l'identique sentiment de malaise qui se dégage de Serge Gainsbourg. C'est tout pour le mimétisme. Là où Vian articulait, Gainsbourg desserre à peine les dents. Là où Vian déployait ses ailes de géant, Gainsbourg tergiverse avec un corps qui l'encombre. Les couplets s'enchaînent face à un public mi-intrigué, mi-effrayé, l'humour noir, le désespoir et la misogynie composant la totalité du répertoire. Gainsbourg dérange, mais provoque l'effet escompté. On diffuse son nom au sein des chroniqueurs de la presse écrite et auprès d'interprètes à la recherche de nouveaux auteurs-compositeurs. L'année 1957 s'achève sur la promesse d'un personnage qui perturbe une chanson française déjà secouée depuis près de dix ans par des bouleversements historiques.

DU CHANT À LA UNE !

En 1958, le jeune Hugues Aufray interprète *Mes p'tites odalisques* ainsi que *Le Poinçonneur des Lilas* qu'il partage avec les Frères Jacques, les premiers à l'avoir enregistrée, et Jean-Claude Pascal, séducteur du cinéma français qui a triomphé en incarnant *Le Fils de Caroline chérie* et... Lord Seymour dans le film *Milord l'Arsouille*. Nul doute, la palette des interprètes propose d'emblée un choix de coloris assez vaste. Michèle Arnaud, de son côté, publie son quatrième album, qui comprend *Douze belles dans la peau* et *La Recette de l'amour fou*. Ne reste que Gainsbourg qui, à trente ans, n'a pas encore enregistré ses propres œuvres. C'est chose faite lorsque le directeur artistique de Philips, Denis Bourgeois, se rend un soir au Milord l'Arsouille et convainc son patron, Jacques Canetti, de réaliser une maquette de quelques titres.

Débutant chez Polydor dans les années 1930, Jacques Canetti a fondé après la guerre le théâtre des Trois Baudets, près de la place de Clichy, et a produit, en tant que patron du label Philips, les premiers disques de Georges Brassens, Jacques Brel, Philippe Clay, Boris Vian, Les Frères Jacques, et tant d'autres.

Canetti a une entière confiance en Denis Bourgeois. Ce dernier revient enchanté avec cinq maquettes de Serge Gainsbourg, enregistrées à la mi-février en moins de dix minutes au total, avec un seul piano pour accompagnement, comme au Milord. Bien qu'il ne soit pas particulièrement ému par l'artiste, Canetti valide la signature d'un contrat pour plusieurs disques. Gainsbourg s'inscrivant dans la lignée de Boris Vian, Denis Bourgeois choisit Alain Goraguer, l'un des compositeurs et accompagnateurs de cet autre génie, pour signer les arrangements musicaux des chansons de l'album *Du chant à la une !* qui sortira en septembre 1958. Il suffit d'écouter les autres versions des mêmes chansons par Michèle Arnaud ou les Frères Jacques pour capter toute la magie et l'intelligence du travail de Goraguer. Le jazzman, originaire de Nice, bâtit des harmonies subtiles qui portent la voix de Gainsbourg et soulignent magnifiquement la singularité de son écriture. La guitare électrique et les cuivres de *Ronsard 58* jouent comme s'ils chantaient en duo avec Gainsbourg tout en proposant une seconde ligne mélodique. La sublime version de *L'Alcool* annonce déjà l'ambiance que les deux comparses développeront l'année suivante dans *L'Eau à la bouche*, déboussolant l'auditeur qui croit entendre un crooner américain alors que le chanteur balance un texte évoquant davantage la Gervaise de Zola que Dean Martin. Le xylophone et la contrebasse plantent le décor de polar nécessaire au titre *Le Jazz dans le ravin* pour créer le suspens dans ce court-métrage constitué d'un monologue et d'un récitatif.

C'est l'un des meilleurs enregistrements de jazz de cette année-là. Le hic, c'est que Gainsbourg est un artiste de variétés. La photo qui illustre le 33 tours l'enferme dans une imagerie torturée, surlignée par le texte de présentation de Marcel Aymé, auteur considéré comme misanthrope et cynique. L'explication souvent apportée à l'échec de cet album est la subversion des textes de Serge Gainsbourg. Il faut se rappeler qu'à la même époque, Georges Brassens, avec sa bouille de camarade de comptoir, vend des milliers de disques en chantant *Le Vin*, qui fait écho à *L'Alcool*, mais aussi *La Femme d'Hector*, soit le même motif que *La Femme des uns sous le corps des autres*, ou bien encore *La Ronde des jurons* ou *Le Pornographe*, qui n'ont pas encore d'équivalent chez Gainsbourg. Ses enregistrements sont également interdits de radiodiffusion. Gainsbourg, à l'instar de Vian, est plus probablement victime d'un délit de faciès. Les rares articles de l'époque évoquent son physique en termes indélicats, à l'exception notable d'un article dithyrambique du *Canard enchaîné*, signé justement... Boris Vian !

Réaction touchante de Gainsbourg, il prend une gomme et s'enorgueillit de voir que son nom ne s'efface pas du journal.

59, ANNÉE PROLIFIQUE

Juliette Gréco était une vedette avant d'être une artiste. Elle raconte même s'être mise à chanter pour justifier la notoriété qui faisait d'elle l'icône du Saint-Germain-des-Prés d'après-guerre. Serge Gainsbourg, fasciné par la femme autant que par l'interprète, rêve de s'entendre chanté par elle. Comme ils partagent la même maison de disques, un rendez-vous est organisé alors que Gainsbourg enregistre son deuxième album. Gréco choisit quatre chansons qui sortent en 1959 sous le titre *Juliette Gréco chante Serge Gainsbourg*. Cette incroyable promotion, doublée de l'obtention du Grand Prix du disque de l'Académie Charles-Cros pour son premier album, contribue à l'émergence d'un Gainsbourg auteur-compositeur distinct du Gainsbourg chanteur. Pia Colombo et Michèle Arnaud enregistrent également ses chansons cette année-là.

1959 marque aussi l'arrivée du cinéma dans la vie de Gainsbourg. En tant qu'acteur, il joue un petit rôle dans *Voulez-vous danser avec moi ?* de Michel Boisrond aux côtés de Brigitte Bardot, et en tant que compositeur, il est en charge, avec son complice Alain Goraguer, des bandes originales des *Loups dans la bergerie* de Hervé Bromberger, mais surtout de *L'Eau à la bouche* de Jacques Doniol-Valcroze, dont il interprète la chanson éponyme. Ces nouvelles casquettes permettent d'atténuer le malaise provoqué par des ventes de disques qui ne décollent pas malgré un deuxième album dans lequel il convoque Musset et visite les rythmes latino-américains. Il multiplie les prestations scéniques, convenables à Paris, houleuses en province où il se fait régulièrement siffler par le public. En 1960, il joue dans un péplum en Italie, aux côtés de Dario Moreno. Pour son troisième album, *L'Étonnant Serge Gainsbourg*, il écrit également un nouveau titre *La Chanson de Prévert*, évocation des *Feuilles mortes*, et va, pour cela, demander à Jacques Prévert l'autorisation d'utiliser son nom...

Gainsbourg résiste à la mièvrerie ambiante, amplifiée en 1961 par le rock'n roll et les premiers pas des futurs yé-yé. Provocateur avec *Sois belle et tais-toi*, il essaie également d'adopter les rythmes nouveaux et d'y coller un poème de Gérard de Nerval, maladroitement intitulé *Le Rock de Nerval*. Rien n'y fait. Même *La Chanson de Prévert* ne lui apporte pas la gloire, bien qu'elle soit enregistrée par Michèle Arnaud, Isabelle Aubret ou Gloria Lasso. Quand il n'est pas sur scène, Gainsbourg compose, écrit, pour lui, pour d'autres, pour le cinéma, ou fait l'acteur.

L'année 1962 accueille son quatrième album par un silence gêné. Ses textes n'ont aucune prise sur la génération en train d'éclore qui se déhanche sur « Twist and twist/ Vous y viendrez tous/ Twist and twist », « Je l'ai connu là, là/ En twistant le ya ya/ han han han, han han » et autres « Est-ce que tu le sais ?/ Dis-moi/ wow ». Il doit y avoir une solution. De plus, son directeur artistique, Denis Bourgeois, s'entiche de sa nouvelle signature qui vient de triompher suite à un passage télévisé. Il a le même âge que Gainsbourg, parle des femmes avec le même vocabulaire assassin, s'est adjoint Jimmy Walter, l'autre compositeur fétiche de Boris Vian et chante le jazz que lui compose un Michel Legrand au sommet de son art. Il est Toulousain et s'appelle Claude Nougaro.

UNE NOUVELLE VAGUE

À partir de 1962, la France entame l'évolution qui la conduira aux événements de Mai 68. Désormais, le président de la République est élu au suffrage universel. En Algérie, la guerre se conclut avec le vote de l'Indépendance. Un jeune couturier, Yves Saint Laurent, présente sa première collection. La nouvelle vague s'impose au cinéma, où *Jules et Jim* de François Truffaut, *Vivre sa vie* de Jean-Luc Godard et *Cléo de 5 à 7* d'Agnès Varda affichent sur les murs de Paris les visages de trois jeunes femmes indissociables de cette mouvance : Jeanne Moreau, Anna Karina et Corinne Marchand. Côté chanson, il s'agit plutôt d'un raz-de-marée qui emporte tout sur son passage, symbolisé par trois adolescentes débutantes, Sylvie Vartan, Sheila et Françoise Hardy. L'émission *Salut les copains* et son magazine font exploser les ventes de disques auprès d'une jeunesse qui découvre sa propre existence. Et quand le cinéma et la chanson se mêlent, cela donne le film à sketches *Les Parisiennes*, où se croisent Johnny Hallyday et Catherine Deneuve, Dany Saval et Les Chaussettes Noires, sur des chansons de Charles Aznavour, un vieillard de trente huit ans !

Gainsbourg connaît bien Aznavour, dont il chantait *Parce que* quand il était pianiste de bar. Il observe certainement le parcours de ce garçon de la même génération que lui, capable d'écrire aussi bien pour Édith Piaf que pour Johnny Hallyday, de composer des musiques de films avec son beau-frère Georges Garvarentz et de faire l'acteur dès qu'une occasion se présente. Être adopté par les yé-yé signifie la fin des années de galère pour Aznavour, qui triomphe avec *Retiens la nuit* chantée par Johnny et *Les Comédiens* qu'il interprète lui-même. Alors qu'il maintient une cadence d'enregistrement qui peut sembler disproportionnée en regard de ses ventes (en trois ans, Philips a commercialisé quatre albums, huit 45 tours EP et deux bandes originales de films), Gainsbourg harponne une génération qui risque, sinon, de le balayer d'un revers de « wap dou wap ». Les Mercenaires, un groupe dans la lignée des Chats Sauvages, reprennent *Quand tu t'y mets*, Petula Clark accepte d'enregistrer *Vilaine fille, mauvais garçon* et Brigitte Bardot se lance dans la chanson avec *L'Appareil à sous*, première tentative de la technique du rejet que Gainsbourg utilisera à l'envi par la suite :

Tu n'es qu'un appareil à sou-
Pirs
Un appareil à sou-
Rire

Parallèlement, il demeure pourvoyeur de pierres précieuses pour les chanteurs « rive gauche », Michèle Arnaud, Juliette Gréco et Jean-Claude Pascal. C'est au tour de l'une des muses de Léo Ferré de publier un 45 tours EP dédié au surdoué : *Catherine Sauvage chante Serge Gainsbourg*. Elle s'accapare quatre titres dont *L'Assassinat de Franz Lehár*. Courageusement, Gainsbourg assure la promotion de son quatrième album, qui contient un texte signé Francis Claude, programmateur du Milord l'Arsouille, *Ce grand méchant vous*. Il est facile d'imaginer le dépit avec lequel il doit se rendre à la Foire de Paris où il partage l'affiche avec l'accordéoniste Aimable ou au bal des étudiants en droit de Paris aux côtés de Jean-Marie Proslier. Gainsbourg cherche à se distinguer et trouve une parade, à l'occasion d'une émission de télé conçue par Francis Claude et Jacques Canetti sur l'histoire du cabaret Les Trois Baudets. Il déclare ainsi à la presse : « Je termine huit chansons érotiques que je vais graver prochainement. (...) Évidemment, mon disque sera interdit... J'y compte bien, et je trouverais que c'est du dernier mauvais goût envers moi si on se permettait de le vendre librement. » Ce que l'on appellerait aujourd'hui du teasing semble signaler une préoccupation présente dans l'esprit créatif de Gainsbourg : pourquoi pas, en effet, un album thématique... L'idée est à creuser.

SUR TOUS LES FRONTS

Le nom de Gainsbourg résonne dans toutes les têtes en cette année 1963. Il glisse au cœur d'un 45 tours EP la chanson qui deviendra son hymne, la seule dont le refrain soit, de nos jours, connu par toutes les générations, *La Javanaise*. Juliette Gréco l'inscrit immédiatement à son répertoire et la portera dans les nombreux pays où elle est invitée à chanter. Il compose pour Micheline Presle à l'occasion d'un téléfilm, puis, avec Goraguer, il signe la musique de *Strip-Tease* de Jacques Poitrenaud. Il en fait d'abord chanter le thème par Nico, quatre ans avant sa singulière participation à l'album du Velvet Underground, mais lui préfère la version interprétée par Juliette Gréco. Serge Gainsbourg chante ensuite lui-même la chanson du film *Comment trouvez-vous ma sœur ?* de Michel Boisrond puis *Escroc* pour le film à sketches *Les Plus Belles Escroqueries du monde*. On l'entend aussi dans des dramatiques radiophoniques et on le voit aux côtés de Dalida dans le film *L'Inconnue de Hong Kong* de Poitrenaud. À la télévision, Zizi Jeanmaire, Jean-Pierre Cassel et Sacha Distel lui demandent des titres pour leurs shows de variétés. Dans les bacs des disquaires, Gainsbourg est présent sur les vinyles de Bardot, Gréco, Jean-Claude Pascal, Isabelle Aubret, Petula Clark et Nana Mouskouri. Il est à deux doigts du succès. Il le frôle. Il suffirait pour cela d'un nouveau disque davantage dans l'air du temps, avec des violons, des choristes, et l'affaire serait peut-être jouée... Il va faire précisément l'inverse et se lancer dans l'une des aventures les plus ambitieuses de sa carrière naissante.

CONFIDENTIEL

Ce cinquième album, *Confidentiel*, développe un style d'écriture complètement nouveau.
Gainsbourg triture la langue française, l'assouplit, s'offre quelques licences poétiques et procède à un mariage de raison avec quelques anglicismes :

J'avais en ma possession un talkie-walkie
Made in Japan

Prenant soudainement des libertés d'écriture, l'auteur dépèce les mots, décompose leurs lettres et les observe comme un enfant qui n'aurait pas encore appris à associer deux lettres pour former un son, et cela donne *Élaeudanla Téïtéïa* pour le prénom Lætitia. Les objets sont désignés par leur marque : la Remington portative, le Rolleiflex, la Jaguar. Perturbé par les onomatopées des yé-yé, Serge Gainsbourg les détourne pour leur offrir un sens inattendu et insolite. Il n'hésite pas à jouer par exemple sur la proximité du bal doom doom, très sixties, et des balles dum-dum utilisées au Vietnam :

Ni les tam-tams du yé yé yé
Ni les gris-gris que tu portais
Da doo ron ron que tu écoutais
Au bal doom doom où tu dansais
Non rien n'aura raison de moi
J'irai te chercher ma Lolita
Chez les yé-yé
(Chez les yé-yé)

Gainsbourg a trouvé le style qui va le différencier de tous les auteurs français sans exception. Musicalement, il s'agit d'un retour au jazz dans une forme complètement dépouillée. C'est l'unité du disque : la guitare électrique d'Elek Bacsik et la contrebasse de Michel Gaudry. Ces deux-là se sont fréquentés au Mars Club, jouant deux ans avec Art Simmons. Ils ont le même âge que Gainsbourg. Pour s'assurer que le trio fonctionne à la perfection, rien ne vaut quelques concerts. En retravaillant les arrangements du répertoire de Gainsbourg, en partageant son trac et son public, Bacsik et Gaudry forment avec Gainsbourg un vrai groupe, au lieu de se positionner comme simples accompagnateurs. L'enregistrement public de cette série de trois concerts au théâtre des Capucines, miraculeusement conservé, permet de constater à quel point Gainsbourg a trouvé sa voie et sa voix. Il swingue comme jamais, croone comme un Amerloque et, parfois, il n'hésite pas à « dire » son texte selon un principe qu'il va développer au fil des ans, le talk-over. La démarche est si atypique qu'elle peut être considérée comme suicidaire pour un artiste encore confidentiel. D'ailleurs, *Confidentiel* est choisi comme titre de l'album, histoire de bien annoncer la couleur.
Peu avant la sortie du disque, Gainsbourg épouse Béatrice Pancrazzi. Elle est enceinte de la première fille de Serge, Natacha.

DU VIAN DANS MON CRÂNE

Inutile d'insister sur les ventes de l'album *Confidentiel* qui porte bien son nom. En revanche, dans la presse, les chroniques sont nombreuses et plutôt enthousiastes. On reconnaît désormais que Gainsbourg est un artiste qui a sa place dans le paysage et, chose curieuse, il devient une référence pour ses confrères. Ainsi, Mouloudji s'indigne de voir Seghers consacrer son quatrième volume de la collection « Poésie et chansons » à Charles Aznavour, à qui il aurait préféré « sur le plan typographique, Trenet, indiscutablement. C'est charmant, insolite. Il y en a d'autres... Gainsbourg... Et puis enfin ils auraient peut-être pu mettre Boris Vian[6] ». Le tandem Vian-Gainsbourg séduit également l'interprète de *Jolie petite Sheila*, le yé-yé Lucky Blondo qui voit en Boris Vian « un des plus grands poètes de notre temps. (...) Boris Vian est à la littérature moderne ce que Serge Gainsbourg est à la chanson[7] ». D'ailleurs, Serge Reggiani, qui vient de démarrer une carrière de chanteur avec un album consacré à Vian, prépare un deuxième disque dans lequel il reprend *Maxim's*, une des chansons de *Confidentiel*, et va, à cette occasion, demander à Gainsbourg de composer une musique sur un texte de Vian, *Quand j'aurai du vent dans mon crâne*. Voilà enfin réunis à jamais le maître et le disciple.

PERCUTANT

En 1964, alors que Petula Clark alimente toujours son répertoire de nouveaux titres de Gainsbourg, une nouvelle interprète fait son apparition. Elle va bientôt bouleverser la vie de son auteur-compositeur. Elle s'appelle France Gall et vient de rejoindre le cercle des adolescents dont les disques s'arrachent, avec le tube *Sacré Charlemagne*. Elle est présentée à Serge par Denis Bourgeois, qui a quitté Philips pour fonder une maison d'éditions musicales. La gamine est immédiatement séduite par les chansons de Gainsbourg. Il lui concocte un répertoire plus en phase avec son âge et moins lisse que celui de ses consœurs. Quand Sylvie chante qu'elle veut être « La plus belle pour aller danser/ Pour mieux évincer toutes celles que tu as aimées », France rétorque :

Laisse tomber les filles
Tu le paieras un de ces jours
On ne joue pas impunément
Avec un cœur innocent
(laisse tomber les filles)

Que Sheila supplie *Écoute ce disque,* et France assène *N'écoute pas les idoles*. Gainsbourg offre à France Gall des mots graves :

À peine sorti
De la nuit
Et tu parles sans rire
De mourir
Attends un peu
Ce n'est pas le
Moment de partir
(Attends ou va-t'en)

Dans la foulée de *Confidentiel*, Serge Gainsbourg décide d'enregistrer rapidement un nouvel album. Partant du raisonnement que « l'art abstrait a fait éclater la peinture : quand en musique, on fait éclater les formes, il ne reste que les percussions, au désavantage de l'harmonie[8] », le concept de l'album reposera donc sur les percussions. Alors que *Confidentiel* avait été enregistré en trois jours avec deux musiciens, *Percussions* nécessite sept journées de studio, dix musiciens dont cinq percussionnistes, douze choristes, et le rire de France Gall en bonus. C'est dire la confiance de Philips et de Claude Dejacques, le directeur artistique, en l'avenir de leur poulain. Gainsbourg se surpasse. Il compose sur des rythmes africains empruntés à Babatunde Olatunji, sur des rythmes sud-américains, utilise des bruitages, tente des expériences sonores déroutantes... Les arrangements d'Alain Goraguer permettent aux musiciens Pierre Michelot, Michel Portal et Christian Garros de s'en donner à « chœur joie » sur *Quand mon 6.35 me fait les yeux doux*. L'orgue d'Eddy Louiss tapisse un lit d'accords sur *Machins choses*, dans lequel viennent se lover la voix de Gainsbourg et le sax de Portal dans un échange d'une puissance érotique phénoménale. Les textes de Gainsbourg franchissent encore un pas vers le dépouillement et la recherche de sonorités inédites. Dans *New York, USA*, l'énoncé des noms de buildings est simplement commenté par la phrase Oh, c'est haut !, *Machins choses* joue sur les mots « chose », « machin » et « machine », tout comme *Ces petits riens* composent des assonances et des associations incongrues et émouvantes avec les mots « riens » et « tout ». Les choristes fredonnent les refrains de *Couleur café*, *New York, USA*, *Tatoué Jérémie*, etc., procédé qui deviendra une habitude à chaque fois que les chansons de Gainsbourg recourront à la langue anglaise.

À la sortie de l'album, *La Tribune de Genève* consacre un article à trois nouveaux talents, Claude Nougaro, Michel Legrand et Serge Gainsbourg : « Des harmonies nouvelles, des trouvailles mélodiques, des textes peu conventionnels : ils cherchent... Parfois, ils passent à côté du but. C'est inévitable. Souvent ils réussissent et la chanson avance d'un pas[9]. »

CHANGEMENT DE CAP

En 1964, Gainsbourg est très présent à la télévision. Il sait travailler vite et bien, aussi, Maritie

et Gilbert Carpentier lui confient une partie du show qu'ils consacrent à Jean-Pierre Cassel, pour lequel il écrit quelques perles loufoques comme *Ouh lalalala*, qui narre les déboires d'un clown ayant installé un klaxon au fond de son pantalon, ou encore *Viva la pizza*, une tarentelle chantée dans un italien d'opérette. Il reprend *L'Assassinat de Franz Lehár* en duo avec Philippe Clay pour l'émission *Ni figue, ni raisin*, produite par… Michèle Arnaud, qui poursuit toutefois sa carrière de chanteuse à Bobino en première partie de Georges Brassens. On retrouve également Gainsbourg acteur dans la série culte *Les Cinq Dernières Minutes*. Denise Glaser l'accueille dans son *Discorama*, une émission qui invite un artiste à présenter des extraits de son nouvel album, puis enchaîne avec un entretien, souvent passionnant :
« Denise Glaser : Un jour nous avions parlé des yé-yé et du rock (…) et vous m'aviez dit : "Qu'ils aillent donc s'acheter des wagons de sucettes." Qu'est-ce que vous pensez maintenant qu'ils ont vieilli ?
Serge Gainsbourg : J'ai retourné ma veste parce que je me suis aperçu que la doublure était en vison, et puis euh…, je trouve que cette nouvelle vague a fait un bien énorme à la chanson parce qu'elle a permis d'éliminer toute sorte de choses assez pénibles dans le métier. (…) Je trouve qu'il est plus acceptable de faire du rock sans prétention littéraire que de faire de la mauvaise chanson à prétention littéraire, et ça, c'est vraiment pénible. J'ai entendu pas mal de gars qui en sont restés à la rive gauche, eh bien ils crèveront comme ça, ils ne sont plus dans le coup, et ce n'est pas parce qu'ils ont une apparence d'intellectualisme que c'est valable. Moi, alors là, je préfère carrément le rock[10]. »
Barbara, avec qui il se produit au théâtre de l'Est parisien, lui avoue son admiration à l'occasion de l'émission *Moi, j'aime*. Et puisqu'elle aime Gainsbourg, elle lui propose dans la foulée de partager l'affiche avec elle pour une tournée qui débute en janvier 1965. Serge accepte. Ce seront ses derniers récitals. Serge Gainsbourg va se couper du milieu du music-hall pour se tourner vers l'univers, plus clinquant, de la pop music. Il pense y trouver la reconnaissance et la réussite.

1965/1967

UN EUROVISION EN VISON

L'APPAREIL À SOUS

L'album *Percussions* est salué par les médias, mais s'affiche discrètement chez les disquaires. Serge Gainsbourg en assure la promotion tout en poursuivant son travail d'auteur-compositeur pour la jeune France Gall. Il est déjà ailleurs : « Je me suis rendu compte que c'étaient mes chansons les plus faciles qui avaient le plus de succès. Je vais donc me lancer dans le rock, le vrai rock. (…) Cela me permettra de devenir célèbre cette année. Voilà six ans que j'attends, ça suffit[11]. »
Gainsbourg est impatient d'effectuer, comme Bob Dylan, sa révolution électrique. Il est malheureux. Le public du music-hall lui réserve un accueil aussi perplexe que celui des cabarets. Fin 1964, il avait quitté la scène du Milord l'Arsouille en plein récital, humilié par les bavardages des spectateurs. En 1965, il chante avec Barbara à Nancy, Marseille, Saint-Étienne, Bordeaux. Chaque fois, il est mort de trac et malmené par le public. Il interrompt la tournée qui devait l'emmener au Canada et, à deux ou trois exceptions près, ne remontera plus sur scène avant 1979. Sa vie privée connaît quelques troubles et il commence à boire. Un peu, puis beaucoup.
En mars, Gainsbourg accomplit sa récente prédiction, mais pas vraiment comme prévu. La gloire, c'est la môme de dix-sept ans qui va la lui apporter. Le titre de Serge que France Gall a enregistré en janvier est sélectionné pour représenter le Luxembourg (!) à l'Eurovision. Les trois « G », Goraguer, Gainsbourg et Gall s'envolent pour Naples. Le soir du 20 mars, la blondinette lance aux téléspectateurs européens son anti-bluette :

Seule parfois je soupire
Je me dis : à quoi bon
Chanter ainsi l'amour sans raison
Sans rien connaître des garçons
(*Poupée de cire, poupée de son*)

Le concours donne Bobby Solo comme favori puisqu'il chante à domicile et que sa chanson vient de remporter le 1er prix de San Remo. Guy Mardel est l'outsider avec le titre écrit par Françoise Dorin, *N'avoue jamais*, qui représente la France. *Poupée de cire, poupée de son* remporte le concours haut la main avec 32 points contre 22 pour Mardel. En moins d'un mois, il se vend plus d'un million de 45 tours en France ; le titre est adapté en allemand, en japonais, en anglais, en italien, en espagnol, en hébreu...

Le carnet de commandes de Serge Gainsbourg est plein à craquer. En un an et demi, il écrit pour Bardot, plusieurs titres pour Régine dont le standard *Les P'tits Papiers*, pour Dalida, pour Valérie Lagrange, Sacha Distel, Isabelle Aubret (pour laquelle il utilise pour la première fois un thème classique, une danse hongroise de Brahms dans *Pour aimer il faut être trois*), Claude François et Michèle Torr ainsi que, à l'occasion de shows télévisés, pour Annie Girardot, Juliette Gréco et Jean-Pierre Cassel. L'album pop-rock qui devait faire sa gloire d'interprète est sans cesse reporté. Il lui faut attendre décembre 1965 pour gagner Londres et graver un 45 tours EP. Gainsbourg tient ses promesses et revient en France avec un son que tous ses concurrents mettront quelques ferry-boats à aller chercher outre-Manche. *Qui est in, qui est out*, *Docteur Jekyll et Monsieur Hyde*, *Shoo ba doo ba loo ba* et *Marilu* placent Gainsbourg aux côtés des mômes de l'année 1966, Jacques Dutronc, Nino Ferrer et Michel Polnareff, les seuls de cette génération à naviguer sur les mêmes eaux. À trente-huit ans, Gainsbourg s'ancre dans la tradition tout en flairant génialement son époque. La vapeur s'est enfin inversée et continue à propulser la locomotive sur les rails du succès.

ANNA

Accaparée par sa fonction de productrice de télévision, Michèle Arnaud n'avait plus chanté de nouveaux titres de son ancien pianiste depuis trois ans. Elle va rattraper le temps perdu en gravant, en 1966, deux sublimes chansons, la *Ballade des oiseaux de croix* et, en duo avec Serge, *Les Papillons noirs*, véritable titre pop orchestré par Michel Colombier, détonnant dans la discographie de cette chanteuse qui jusqu'alors n'avait jamais croisé ni guitare électrique ni batterie. Avant-gardiste, elle propose aux téléspectateurs des émissions de variétés de grande qualité et va se lancer dans une expérience assez audacieuse. Elle commande à Gainsbourg une comédie musicale inspirée de la Nouvelle Vague et en confie la réalisation à Pierre Koralnik. Les deux hommes relèvent le défi. Deux comédiens fétiches de Jean-Luc Godard vont incarner ces anti-héros : Jean-Claude Brialy et Anna Karina, Serge s'octroyant un rôle très proche de son propre personnage. L'argument de *Anna* est un conte de fées moderne : un publicitaire tombe amoureux d'un visage qui recouvre les murs de Paris. Il ne voit pas qu'il s'agit de la jeune fille qu'il vient d'embaucher à cause du chignon et des lunettes dont elle s'affuble et il va passer tout le film à chercher cet idéal féminin qu'il a en face de lui chaque jour. Anna Karina a déjà l'expérience des enregistrements en studio grâce aux nombreux films où son délicieux accent danois a séduit tant de spectateurs, sur des chansons de Bassiak, de Michel Legrand ou de Duhamel. Pour Brialy, c'est une première. Pour s'excuser de ne pas lui avoir livré une chanson qu'il lui avait commandée, Gainsbourg offre le titre *Base-ball* à Eddy Mitchell qui vient faire une apparition. Une autre invitée se voit dotée d'un petit bijou, c'est Marianne Faithfull qui, pour la première fois, chante en français sur *Hier ou demain*. Le téléfilm emprunte au pop art ses références, à des années-lumière des *musicals* américaines, et son accueil lors de sa diffusion en 1967 sera très réservé. Il faudra plus de vingt ans pour que cette comédie musicale trouve son public et devienne un film culte.

Comme pour toutes les comédies musicales, l'enregistrement des chansons doit avoir lieu avant le tournage des séquences : « J'allais répéter chez Serge, à la Cité des arts, se souvient Anna Karina. Il se mettait au piano et me donnait les chansons au fur et à mesure. Tout ça s'est déroulé dans une ambiance extrêmement joyeuse. On riait beaucoup. Serge masquait son sourire en mettant sa main devant sa bouche. J'étais folle de joie de faire ça, je me demandais pourquoi c'était moi qu'on avait choisie. En studio, il fallait aller à une vitesse dingue. Dans le même studio, Mireille Mathieu enregistrait et on devait terminer tôt chaque jour, pour lui céder la place[12]. » La voix d'Anna est l'une des plus convaincantes que Gainsbourg ait pu diriger. Le titre phare du film, *Sous le soleil exactement,* est un véritable exercice de style : les rimes n'interviennent qu'au couplet suivant, les mots sont découpés en syllabes distinctes et le refrain monte crescendo. Pour couronner le tout, l'interprète doit suggérer du rêve et de la sensualité. Plus d'une chanteuse de métier s'y serait cassé les dents. Gainsbourg est si content de la performance d'Anna qu'il lui promet, sitôt le tournage achevé, un album de douze titres. L'arrivée de Brigitte Bardot dans sa vie sentimentale le détournera de ce projet...

À PROFUSION...

Cette période de suractivité créatrice est riche de nombreux films pour lesquels Gainsbourg compose ou fait l'acteur. *Les Cœurs verts* d'Édouard Luntz ne seraient pas restés dans les annales sans le thème de bal que Gainsbourg reprendra bientôt pour en faire *Je t'aime... moi non plus*. Devant l'affluence des sollicitations, Gainsbourg a recours à l'autoplagiat, voire à certains emprunts. C'est ainsi que bon nombre de ses compositions serviront pour plusieurs artistes ou pour différents desseins. Car ce ne sont pas moins d'une quinzaine de films, téléfilms, courts-métrages, émissions TV qui se partagent les talents de Gainsbourg entre 1966 et 1967, dont, pour les plus notables, le premier film de Bertrand Blier, *Breakdown,* et le classique de Georges Lautner, *Le Pacha*.
À la télévision, Serge interprète lui-même le générique de la série *Vidocq,* pour lequel on l'accuse d'avoir plagié Dylan. « En fait, ce que j'ai piqué, c'est la pulsation rythmique, derrière. Mais c'est me reprocher de repiquer la marche harmonique d'un blues. Faut pas charrier. Parce que mélodiquement, c'est pas ça[13] », rétorque-t-il. Tout cela, bien sûr, n'est qu'une partie des projets de Gainsbourg ayant abouti. Nombre d'autres resteront sous la forme de promesses ou d'ébauches.

LA BEAUTÉ DU DIABLE 1967/1968

LE FRANGLAIS

Cette fois, ça ne prend pas. Représentant la principauté de Monaco, Minouche Barelli postule pour le grand prix de l'Eurovision en mars 1967 avec *Boum Badaboum*, dont l'enregistrement débute par la voix de Serge qui procède au compte à rebours. Deux mois plus tard, au festival de Cannes, *Blow up*, le film de Michelangelo Antonioni, rafle la Palme d'or. Au générique, une jeune actrice anglaise scandalise la Grande-Bretagne lors d'une séquence où elle joue nue. Elle est la fille de l'actrice Judy Campbell et la femme du compositeur des *James Bond*, John Barry, dont elle vient d'avoir une fille, Kate. Elle s'appelle Jane Birkin.
Londres, justement, Serge y retourne en juin enregistrer un 45 tours EP, seconde étape de son album anglais censé lui apporter la gloire. Son écriture est désormais complètement anglicisée, preuve en sont les titres des chansons de consonance anglaise, *Chatterton, Torrey Canyon*. Le titre *Comic Strip*, qui évoque les bandes dessinées américaines, connaîtra même une version *british* qu'il enregistrera à la fin de l'année avec Brigitte Bardot.

Plus surprenant, il enregistre une chanson à la demande de l'attaché culturel israélien à Paris, lors de la guerre des Six Jours, pour soutenir l'État d'Israël :
Je défendrai le sable d'Israël
Les villes d'Israël, le pays d'Israël
Quitte à mourir pour le sable d'Israël
(*Le Sable et le Soldat*)
La chanson n'est pas diffusée en France jusqu'à ce que Radio J la sorte de l'oubli en 2003, à la suite des relents d'antisémitisme qui traversent alors l'Hexagone.

AUX INNOCENTS LES MAINS PLEINES

Devant l'afflux des demandes, demeure une donnée inconnue. Selon quels critères Serge

Gainsbourg choisit-il de donner telle chanson à tel interprète ou de ne pas donner suite à tel autre ? Une chose est certaine, les ventes de disques n'en sont pas un. Sheila et Johnny sont par exemple restés bredouilles en regard d'une Michèle Arnaud ou d'une Zizi Jeanmaire qui enregistrent pourtant des résultats plus confidentiels. Ce ne sont pas non plus les choix artistiques qui sont décisifs, puisqu'il est de notoriété publique que Serge respecte davantage l'univers de Johnny Hallyday que celui de Claude François. Alors quoi ?

À cette époque, Gainsbourg écrit des chansons à la cadence avec laquelle Philips fabrique ce nouveau support à la mode : la cassette audio. Et comme tout travail à la chaîne, il y a parfois des petits ratés. Ainsi, Christine Delaroche, la révélation du feuilleton télé *Belphégor* avec Juliette Gréco et Yves Regnier, refuse-t-elle *Buffalo Bill* que Stone (pas encore pourvue de son futur Charden) récupère illico presto. Idem pour Mireille Mathieu qui enregistre la chanson *Desesperado* mais laissera peu après Dario Moreno l'interpréter à sa place.

Il est vraisemblable également que Serge n'a pas eu le temps d'honorer toutes les commandes. À la fin des années 1960, les disques s'enregistrent rapidement et les interprètes sont assaillis par les auteurs et compositeurs qui vivent là leur âge d'or. Une chanson commandée doit être livrée immédiatement et Gainsbourg, s'il écrit sur mesure pour les femmes, a du mal à écrire pour les interprètes masculins. Déjà, pour lui-même, il peine sur les textes qu'il achève généralement à la dernière minute. À l'inverse, d'autres sont prêts à chanter n'importe quoi tant que c'est signé Gainsbourg. Seulement, tous n'ont pas les mensurations de rêve indispensables pour revêtir un modèle de haute couture, du moins ils feignent de ne pas s'apercevoir qu'il leur arrive au-dessus du genou. Le public assiste alors, médusé, à des numéros de majorettes là où il attendait un défilé de Saint Laurent. Fébriles, les groupies se demandent quel événement terrible a pu survenir dans la vie de Claude François pour qu'il se mette à ricaner nerveusement :

Une seule est dans mon cœur
Pourtant s'il lui arrivait malheur
Je dirais hip hip hip hourrah

Ceux qui avaient enfin adopté l'accent si particulier de Dalida s'effondrent en l'écoutant parodier l'accent anglais lorsqu'elle assène :

Je puéfère natuwellement
Le plousss sédouisssant
Le plousss élékant

Quant à la partie du public de Michèle Torr qui époussette chaque soir son portrait délicatement posé sur un napperon crocheté, elle en avale son missel lorsque son idole se métamorphose en reine des catins, hululant :

Moi je dis ouiiiiiii
Toujours ouiiiiii
Oui, oui, à tous les garçons

Pour les contre-emplois, mission accomplie, et ce n'est qu'un début !

Serge Gainsbourg est un môme espiègle. Il est facile de l'imaginer retenant son rire à l'idée de laisser s'empêtrer des chanteurs dont le répertoire manque d'ambition et de profondeur. Obtenir le meilleur de Gainsbourg se mérite, l'artiste commanditaire fût-il Alain Delon. D'ailleurs, ce dernier voulait une chanson de Serge, mais la commande ne sera jamais honorée. Est-ce par crainte de ne pouvoir laisser libre cours à sa facétie ? Gainsbourg ne se gêne pas pour Dominique Walter, dont chaque chanson s'avère plus difficile à défendre que la précédente.

Dominique Walter est un très beau garçon dont la maman n'est autre que Michèle Arnaud, la première interprète officielle de Serge. Il vient de se carboniser au concours de l'Eurovision 1966, rapportant en tout et pour tout à la France *one point* avec une bluette, *Chez nous*, signée Claude Carrère, le producteur de Sheila, sur des paroles lamentables de Jacques Plante. Désespérée, Michèle Arnaud s'adresse à Serge pour secourir son fils. Elle a juste négligé un détail. Jusqu'à présent, les interprètes masculins de Gainsbourg avaient des « gueules », de Serge Reggiani à Philippe Clay, cohérentes avec sa prose atypique, et les beaux gosses, de Sacha Distel à Jean-Pierre Cassel, faisaient preuve de l'autodérision suffisante pour s'aventurer dans des loufoqueries comme *Viva la pizza* et autre *Cheval hirondelle*. Gainsbourg reste en effet très complexé par son physique et semble prendre un malin plaisir à ridiculiser les bellâtres, à l'exception, bien sûr, de ceux, comme Jean-Claude Pascal, qui ont puisé dans ses œuvres de l'époque rive gauche. Avec Dominique Walter, pas moyen d'utiliser l'humour. Le garçon s'inscrit dans la tradition des chanteurs à minettes et le moindre sourire le positionnerait sur-le-champ entre Dutronc et Antoine, dont il n'a pas la carrure. Gainsbourg commence gentiment avec un titre un peu niais *Qui lira ces mots ?* C'est un flop. La maison de disques de Walter s'accroche et Gainsbourg se lâche davantage avec *Johnsyne et Kossigone*, contrepèterie des noms de Lyndon Johnson et Alexei Kossyguine. Difficile pour Dominique Walter de jouer les héros romantiques avec ce texte :

Kossigone j'm'en tamponne
Et Johnsyne j'm'en bassine
Leurs avances j'm'en balance
Leurs clins d'œil j'm'en bats l'œil

Mais le meilleur reste à venir avec une chanson qui deviendra un tube en 1987 dans la version de Robert Farel produite par Étienne Daho, *Les Petits Boudins*, dont est extrait le passage suivant :

Ça n'sait pas dire non c'est ça qu'j'aime bien
Chez les p'tits boudins
Ça n'pose pas d'questions, ça ne mange pas de pain
La conclusion
T'as rien de commun
Avec les petits boudins

parvient à peine à calmer le choc tectonique qui voit le continent Walter s'éloigner de l'Éden tant convoité. Enfin, s'il restait au chanteur un quelconque espoir d'attirer vers lui les dernières filles téméraires, agrippées à ses chevilles, Gainsbourg lui (et leur !) assène le coup de grâce avec – tout est dans le titre, digne d'un film d'Audiard – *La plus belle fille du monde n'arrive pas à la cheville d'un cul-de-jatte* et l'ineffable vers :

Qu'elle se mette à quatre pattes
Ou la tête en bas
À la cheville d'un cul-de-jatte
Elle n'arrive pas

Avec une telle matière, Dutronc aurait fait un malheur. Dominique Walter s'en sort plutôt bien : il part en tournée avec Claude François dont les fans lui arrachent ses chemises comme s'il était Brian Jones, Ringo Starr ou Otis Redding, que Gainsbourg place dans la bouche de Walter dix ans avant celle de Birkin dans *Ex-fan des sixties*.

UNE PAGE D'AMOUR

La femme de Serge attend un second enfant, Paul, qui naîtra en avril 1968 alors qu'ils sont divorcés. Gainsbourg compense son mal-être par des textes, des musiques, des rôles. Il retrouve Poitrenaud qui réalise *Ce sacré grand-père*, où il s'autorise le bonheur de chanter en duo avec Michel Simon la chanson du film, *L'Herbe tendre*. En octobre 1967, il accepte de rencontrer Brigitte Bardot qui peine à achever un show télévisé prévu pour une diffusion le 1er janvier 1968. Il lui propose *Harley-Davidson*. Le soir de l'enregistrement, les deux artistes mêleront leurs solitudes dans une passion romantique, enrichissante et douloureuse. Bardot est dans les affres d'une vie conjugale compliquée. Le milliardaire allemand Gunther Sachs l'a épousée au même titre que s'il s'était offert un bijou précieux. Star planétaire depuis *Et Dieu créa la femme* de Roger Vadim en 1956, Brigitte Bardot vit au quotidien dans l'objectif des paparazzi.

Pour la première fois, Gainsbourg découvre sa propre beauté. Son visage s'est transformé en une gueule émouvante et sensuelle. Et c'est la plus belle femme du monde qui le lui fait comprendre. Quant à Bardot, elle rencontre enfin quelqu'un qui veut la sublimer et non pas l'asservir ou se servir d'elle. Le *Show Bardot* sera le témoignage de cette page d'amour. À l'image de Bonnie and Clyde, malfrats américains des années 1930 remis au goût du jour par le cinéaste Arthur Penn, ils vont s'aimer à la folie et en commettre une. La même nuit, Serge écrit *Bonnie and Clyde*, d'après le véritable poème que Bonnie Parker a laissé à sa mère moins d'un mois avant sa mort, et récupère le thème musical de bal du film *Les Cœurs verts* pour le sublimer en *Je t'aime... moi non plus*. « Il passait ses nuits à composer des merveilles sur mon vieux piano Pleyel, raconte Brigitte Bardot. Un matin, il me joua son cadeau d'amour : *Je t'aime... moi non plus*. Il pleurait, moi aussi, le piano non plus[14]. » Après l'enregistrement du titre, la rumeur se propage que Gainsbourg et Bardot ont interprété une chanson érotique. La presse à scandales s'empare de l'affaire : Gunther Sachs menace Bardot des pires maux si le disque est publié. L'agent de B.B. s'emporte. Perdue, l'actrice demande à Gainsbourg de stopper la sortie du disque. Il obtempère. Il sait qu'il vient de passer à côté du titre qui aurait marqué à jamais l'histoire de la chanson française. Il ne sait pas encore que cette décision sera suivie d'une rupture aussi déchirante pour lui que pour elle. Bardot tranche. Sa vie se poursuivra sans Gainsbourg, bien qu'ils viennent de visiter une maison qui aurait dû devenir leur nid d'amour, située au 5 *bis* rue de Verneuil à Paris. Serge drapera de noir les murs de cet hôtel particulier, symbole du deuil de cet amour.

L'ALBUM ANGLAIS

Afin de rendre hommage à celle qui a refusé de publier leur chant d'amour, Gainsbourg se lance dans l'élaboration épique d'un titre, *Initials B.B.* La caméra d'Yves Lefebvre suit le créateur dès janvier 1968, rue de Verneuil à Paris. Le documentaire trace les différentes étapes de la chanson, des premiers manuscrits à l'enregistrement londonien en avril. C'est l'occasion pour Serge de mettre un point final à cet album anglais en chantier depuis maintenant quatre ans. Au mois de mai 1968, délaissant les manifestations estudiantines, il retrouve à Londres l'arrangeur Arthur Greenslade. Au générique, ses récentes compositions, *Marilu, Docteur Jekyll et Monsieur Hyde, Torrey Canyon, Bloody Jack...*, mais bien qu'il y ajoute le duo avec Bardot *Bonnie and Clyde*, cela reste tout de même chiche pour un album. Se saisissant sur place du nouveau catalogue Ford, il surligne les termes anglais désignant les options et les équipements automobiles dont les noms « sonnent » pour écrire *Ford Mustang*. L'album enfin terminé sort en France en juin 1968, juste après un premier recueil des textes de Gains bourg publié aux éditions Tchou sous le titre *Chansons cruelles*. Entre-temps, il vient de passer des essais pour un film dans lequel il doit bientôt jouer (*Slogan*), avec une actrice anglaise inconnue. Elle s'appelle Jane et il l'a déjà fait pleurer lors des répétitions.

QUAND GAINSBOURG FAIT CHANTER LES FILLES...

Depuis trois ans, Serge Gainsbourg s'est imposé comme l'unique représentant de sa génération capable de séduire un public élitiste et curieux tout en fascinant les *kids* qui s'identifient à ce créateur qui bouscule les convenances et exprime ses propres contradictions. En 1966, quand il a déjoué la censure, il n'y avait bien que France Gall pour ne pas saisir le double sens de la chanson *Les Sucettes* :

Lorsque le sucre d'orge
Parfumé à l'anis
Coule dans la gorge d'Annie
Elle est au paradis

À son pays en pleine libération sexuelle, Gainsbourg fournit les icônes. Brigitte Bardot en cuissardes chevauchant sa Harley et scandant :

Quand je sens en chemin
Les trépidations de ma machine
Il me monte des désirs
Dans le creux de mes reins

est une apparition excessivement troublante pour le public de 1968. À la même période, France Gall avec *Nous ne sommes pas des anges* pointe du doigt les changements de cette société :

Les garçons on dirait des filles
Avec leurs cheveux longs
Quant à nous les filles, on dirait des garçons
Des filles en pantalon

Elle devient l'une des premières chanteuses françaises de variétés à évoquer les drogues :

Tennie Weenie Boopie
A pris du LSD
Un sucre et la voici
Au bord de la folie

On sait maintenant qui se cache derrière ces textes incisifs : on ne dit plus « une chanson de tel interprète », mais bien « Untel va chanter un titre de Gainsbourg ».

Gainsbourg invente une marque qui porte son nom et son visage, symbolise avec Polnareff une pop qui n'a rien à envier aux Anglo-Saxons, crée la mode masculine du dandy désabusé

pour une frange de la population qui ne se reconnaît ni dans le conservatisme de Michel Sardou ni dans le babacoolisme de Julien Clerc, les deux révélations musicales de cette année 1968. Il écrit toujours pour ses interprètes de la première heure, Michèle Arnaud et Juliette Gréco, et s'amuse avec Régine, une des rares qui peut tout se permettre. À l'occasion du gala de l'union 1967, il lui avait concocté *Mais oui, mais ouais, Mae West,* qu'elle interprétait en petite tenue, accompagnée de body-builders du meilleur goût pour une cérémonie qui se déroulait à l'Opéra Garnier sous la présidence de Son Altesse la princesse Grace de Monaco.
L'accueil du public fut polaire, voire hostile. En coulisses, Anna Karina et Serge Gainsbourg se tordaient de rire comme des gamins.
Autre gouaille, autre légende, la danseuse Zizi Jeanmaire enregistre *Bloody Jack* presque en même temps que Serge. Enfin, juste avant de disparaître, Dario Moreno récupère le titre *Desesperado,* laissé vacant par Mireille Mathieu, qui n'est pas sans rappeler étrangement *La Quête* que Jacques Brel vient d'adapter en français, dans sa propre version de *L'Homme de la Mancha* qu'il joue en Belgique avec Dario dans le rôle de Sancho Pança. Moreno décédera juste avant les représentations prévues à Paris.
Une nouvelle interprète vient frapper à la porte de Gainsbourg en 1968. D'une beauté à couper le souffle, elle est la seule de tous les yé-yé dont le nom a franchi les frontières. Elle fréquente Mick Jagger et le Swinging London et affiche un bonheur tout neuf avec son amoureux Jacques Dutronc. Bien qu'auteure et compositrice, Françoise Hardy fait régulièrement appel aux talents d'artistes qu'elle admire. Si elle ressemble à Gainsbourg dont elle partage la timidité, l'humour, le goût des nouvelles techniques d'enregistrement et la faculté d'aller de l'avant sans céder à la facilité, les deux artistes ont pourtant assez peu collaboré. Pour leurs premiers pas ensemble, Françoise a choisi un instrumental qui deviendra *Comment te dire adieu* et Serge lui propose un titre dont elle n'est pas fanatique, *L'Anamour*, mais qu'elle enregistre cependant.

Fabrication : Sylvie Blanchette, fab@editionstextuel.com

Achevé d'imprimer en février 2006
sur les presses de Kapp à Évreux (27)
N° d'édition : 512
Dépôt légal mars 2006
Imprimé en France

LES MANUSCRITS DE SERGE GAINSBOURG

BROUILLONS, DESSINS ET INÉDITS

ÉDITION ÉTABLIE ET COMMENTÉE PAR LAURENT BALANDRAS

48, rue Vivienne
75002 Paris
www.editionstextuel.com

Graphisme : Caroline Keppy, Sandrine Roux
Photo du coffret : © Lord Snowdown
Reproduction des documents :
Stefano Bianchetti / Leemage

ISBN : 2-84597-176-1
Dépôt légal : mars 2006

LES MANUSCRITS DE SERGE GAINSBOURG

1968/1979

LES IMPUDEURS D'UN TIMIDE

textuel

SOMMAIRE

« Ses maladies à lui sont infiniment
plus intéressantes que la santé des autres... »
Jane Birkin
in Gilles Verlant, *Gainsbourg*, Albin Michel, 2000

UN DANDY AUX DENTS DE LOUP

En dix ans, Serge Gainsbourg aura donc dessiné les contours d'un personnage qui est sur le point de marquer la chanson française au fer rouge. S'il s'inscrivait à ses débuts dans la lignée des chansonniers dits « rive gauche », selon l'expression consacrée, Gainsbourg était persuadé de la supériorité de son talent en regard de ses contemporains qui n'avaient ni sa culture ni son recul. Dans ses costumes sombres, ce Gainsbourg première époque dissimulait son besoin de reconnaissance derrière un masque qui n'incitait guère à la sympathie ni à la communication. Les échecs successifs de ses albums tendaient à le replier davantage sur lui-même : « Je veux bien être incompris pour la peinture, disait-il à *France Observateur*, pas pour la chanson. »

Les années 1960 lui permettent d'esquisser un nouveau personnage grâce à la diversité des interprètes pour lesquels il travaille, dont le succès rejaillit sur lui. De France Gall en 1965 avec *Poupée de cire, poupée de son* à Brigitte Bardot en 1967 avec *Harley-Davidson*, en passant par *Les P'tits Papiers* pour Régine, *Sous le soleil exactement* pour Anna Karina et *La Gadoue* pour Petula Clark, le nom de Serge Gainsbourg devient synonyme de succès bien qu'il n'en bénéficie presque pas pour ses propres interprétations. Ces tubes lui donnent confiance en son potentiel commercial. Il n'arbore plus la coupe de cheveux d'un appelé du contingent, ose la couleur dans ses vêtements, sourit parfois en interview et multiplie les projets.

À quarante ans, Gainsbourg illustre le renouveau du dandysme, en opposition avec la vague déferlante des hippies. C'est pourtant lui qui va le mieux incarner l'érotisme dans cette période de libération des mœurs. Ses conquêtes féminines dont la presse se fait l'écho l'auréolent d'une réputation de séducteur qui sied à l'époque. Son visage sévère s'adoucit, laissant apparaître sa photogénie et son charisme : « ... ça s'est arrangé avec les

Stones et d'autres qui ont fait des pochettes vraiment destroy, et là j'ai commencé à avoir une gueule qu'on n'a plus attaquée[15]. » Le nombre impressionnant de chansons que Gainsbourg écrit en quelques années lui sert d'atelier de création. Il s'essaie au franglais et développe le principe stylistique du rejet qu'il va pousser aux extrêmes limites :

Un essuie-glace
Un paquet d'Cool
Un badge avec in-
Scrit d'ssus keep cool
(Ford Mustang)

Tel un dieu de Liverpool
Il s'est mis autour du cou le
Fil du micro baladeur
(Plus dur sera le chut)

Sous aucun prétex-
Te je ne veux
Devant toi surex-
Poser mes yeux
(Comment te dire adieu)

Il se démarque ainsi complètement de la génération dont il est issu, par ses textes comme par sa musique. Il est l'un des premiers Français à traverser la Manche pour aller chercher ce son de pop anglaise que lui seul parviendra à adapter par le truchement d'anglicismes (*Docteur Jekyll et Monsieur Hyde*,

Comic Strip, *Bloody Jack*), alors que la majorité des paroliers hexagonaux se contentent de traductions plus ou moins heureuses (comme *Ces bottes sont faites pour marcher*, *Le Sous-Marin vert* (!) ou *Des bises de moi pour toi*).
C'est au travers de sa collaboration artistique avec Jane Birkin, que Gainsbourg va accoucher du génie qui est en lui.

UN COUPLE CLASSIEUX

1968/1970

La fraîcheur des vingt ans de Jane Birkin nourrit l'inspiration de cet artiste prolifique. Le Pygmalion qui est en Gainsbourg a trouvé la Lolita qu'il cherchait depuis longtemps. Par admiration, elle va se prêter à tous les désirs de Serge et connaître une renommée internationale en enregistrant le fameux *Je t'aime... moi non plus*. À son contact, Gainsbourg s'épanouit et s'affirme. L'ultratimide laisse la place à un exhibitionniste habité d'un immense besoin d'amour et de reconnaissance.

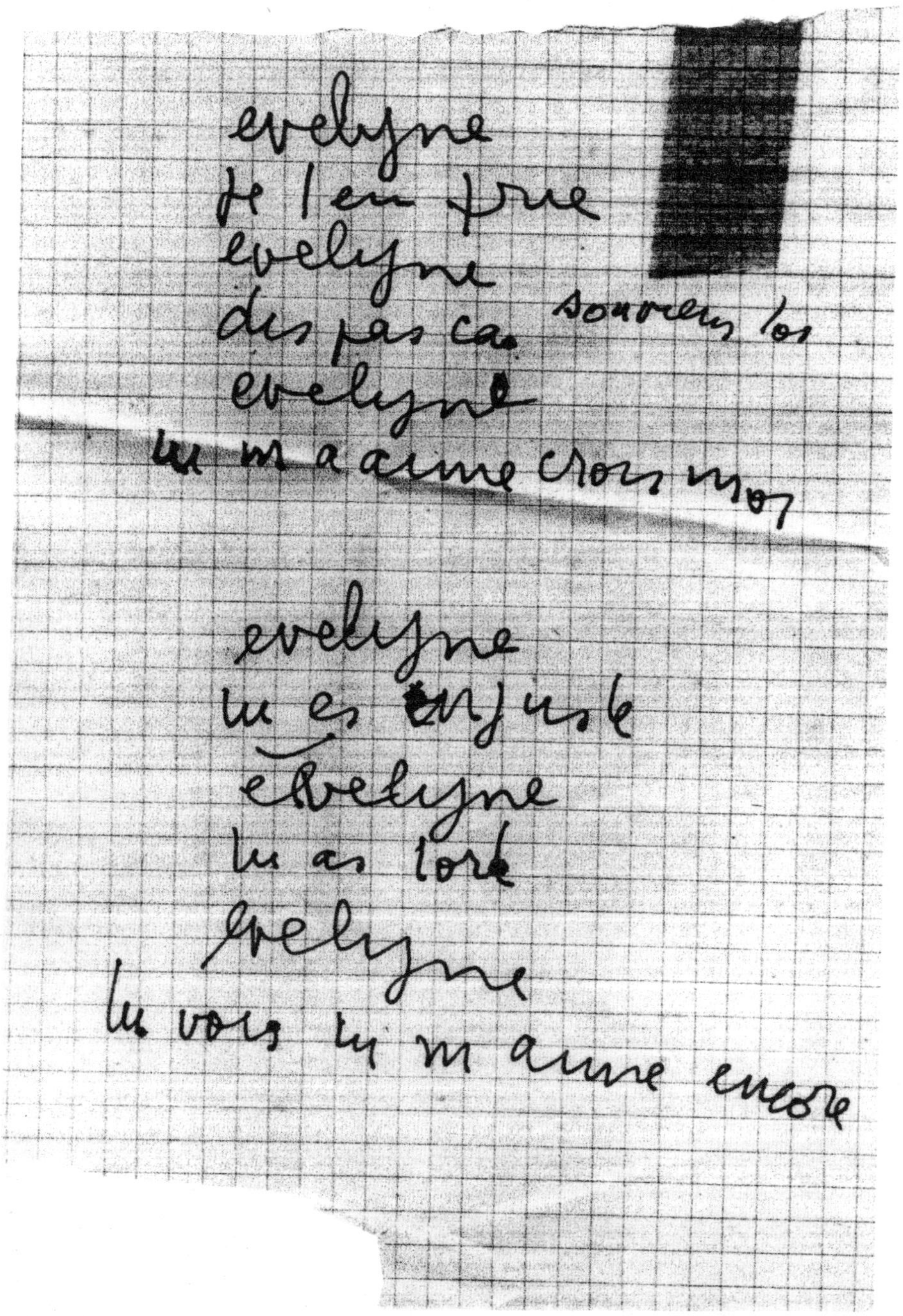
[redacted]
evelyne
je t'en prie
evelyne
dis pas ca souviens toi
evelyne
tu m a aime crois moi

evelyne
tu es injuste
evelyne
tu as tort
evelyne
tu vois tu m aime encore

LA CHANSON DE SLOGAN,
enregistrée par Serge Gainsbourg et Jane Birkin en 1969.

Évelyne
Je t'en prie
Évelyne
Dis pas ça souviens-toi
Évelyne
Tu m'as aimé crois-moi
Évelyne
Tu es injuste
Évelyne
Tu as tort
Évelyne
Tu vois tu m'aimes encore
Il s'agit là des paroles dites par Serge Gainsbourg.
À droite :
Tu es faible
Tu es fourbe
Tu es fou
Tu es froid
Tu es faux
Tu t'en fous
Reprise
Évelyne
Je t'en prie
Évelyne
Dis pas ça
Évelyne
Tu m'as aimé crois-moi
Tu es vil
Tu es veule
Tu es vain
Tu es vieux
Tu es vide
Tu n'es rien
Ce manuscrit est le seul de ceux qui sont rassemblés ici à comporter l'écriture de Jane et celle de Serge. Il est probable que Serge a recopié les phrases de Jane pour lui montrer l'orthographe exacte de certains mots. Le texte a été rédigé à l'hôtel des Beaux-Arts où Serge et Jane attendent la fin des travaux de leur future maison de la rue de Verneuil.

L'HOTEL

G.L. Dubouicheron

tu es faible tu es faible
tu es fourbe tu es fourbe
tu es fou tu es fou
tu es froid tu es froid
tu es faux tu es faux
tu t'en fous tu t'en fous

tu es vile tu es vil
tu es veule tu es veule
tu es vain tu es vain
tu es vieux tu es vieux
tu es vide tu es vide
tu n'es rien tu n'es rien

reprise

evelyne
de l'empire
evelyne
dis pas ça
evelyne
crois-moi

13 RUE DES BEAUX-AR

SOCIÉTÉ ANONYME CAPITAL 300.000 F · R.C.SEINE

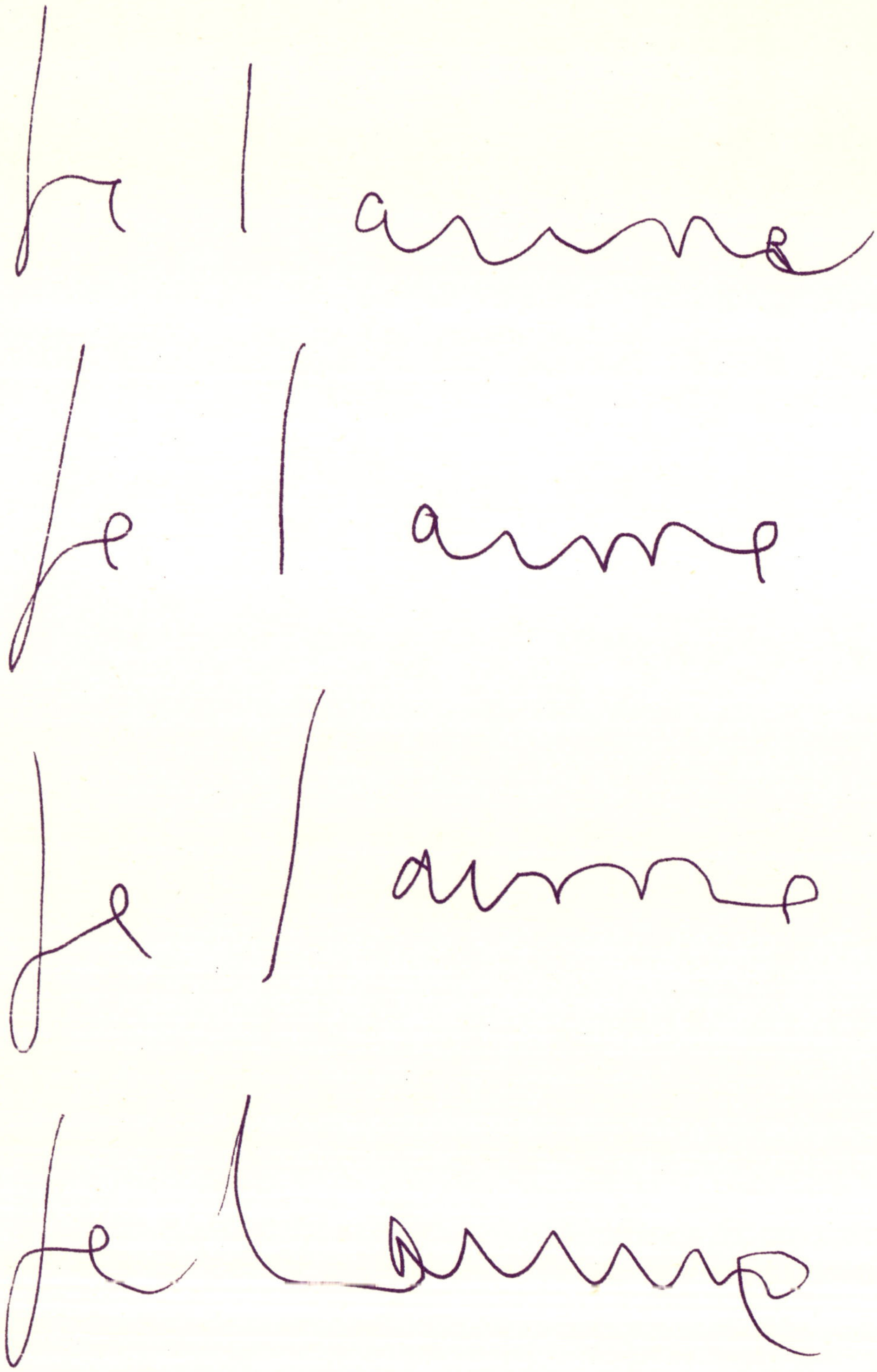
Je t'aime
Je t'aime
Je t'aime
Je t'aime

JE T'AIME... MOI NON PLUS,
enregistrée par Jane Birkin et Serge Gainsbourg en 1968.

Je t'aime
Je t'aime
Je t'aime
Je t'aime
1 Comme la vague irrésolue
2 Tu es la vague moi l'île nue
3 Comme la vague irrésolue
4 Soupirs et elle
5 L'amour physique est sans issue
non maintenant viens et soupirs
Ce document est probablement un pense-bête de Serge qui connaît suffisamment bien son texte pour n'avoir pas besoin de le consulter dans sa totalité.

Je t'aime moi non plus
bleus

1 comme la vague irrésolue

2 tu es la vague moi l'île nue

3 comme la vague irrésolue

4 soupirs
et elle

5 l'amour physique est sans issue

non maintenant viens
et soupirs

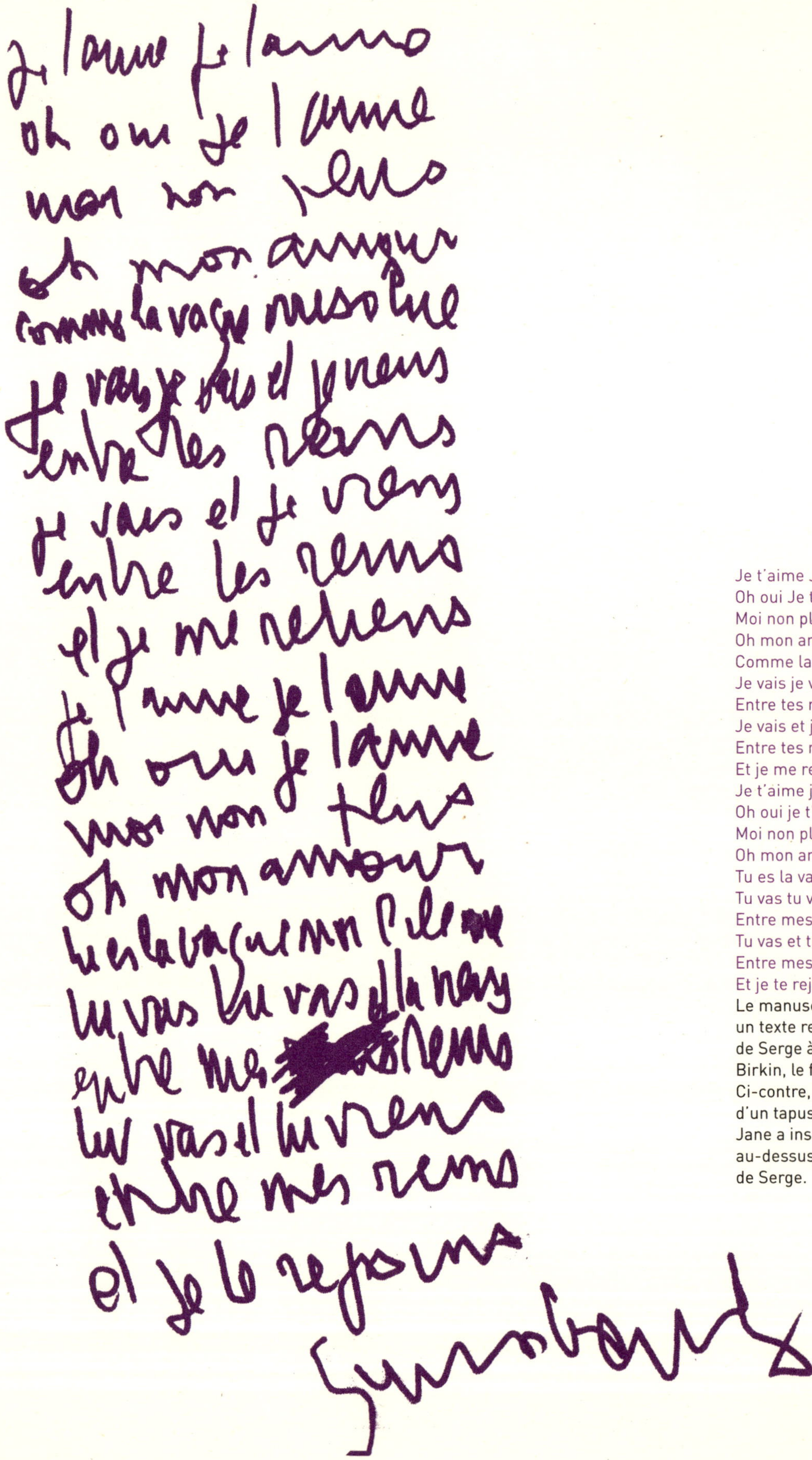

Je t'aime Je t'aime
Oh oui Je t'aime
Moi non plus
Oh mon amour
Comme la vague irrésolue
Je vais je vais et je viens
Entre tes reins
Je vais et je viens
Entre tes reins
Et je me retiens
Je t'aime je t'aime
Oh oui je t'aime
Moi non plus
Oh mon amour
Tu es la vague moi l'île nue
Tu vas tu vas et tu viens
Entre mes reins
Tu vas et tu viens
Entre mes reins
Et je te rejoins

Le manuscrit reproduit ici est un texte recopié de la main de Serge à l'intention d'Andrew Birkin, le frère de Jane. Ci-contre, il s'agit d'un tapuscrit sur lequel Jane a inscrit « Je t'aime » au-dessus de la signature de Serge.

JE T'AIME, MOI NON PLUS

\- Je t'aime
Je t'aime
Oh oui ! je t'aime
\- Moi non plus
\- Oh mon Amour !
\- Comme la vague irrésolue
Je vais je vais et je viens
entre tes reins
Je vais et je viens
entre tes reins
et je
me re
tiens

\- Je t'aime
Je t'aime
Oh oui ! je t'aime
\- Moi non plus
\- Oh mon Amour !
tu es la vagu', moi l'île nue
tu vas tu vas et tu viens
entre mes reins
tu vas et tu viens
entre mes reins
et je
te re
joins

\- Je t'aime
Je t'aime
Oh oui ! je t'aime
\- Moi non plus
Oh mon Amour !
L'amour physique est sans issue
Je vais je vais et je viens
Entre tes reins
Je vais et je viens
Je me retiens
\- Non main-
tenant
Viens...

Je t'aime

Gainsbourg

helicoptere
suspendue au dessus de toi
dans un helicop

PRÉLUDES DE CHOPIN
partitions *appartenant à Serge Gainsbourg.*

L'un des préludes est annoté, en vue de devenir *Jane B.* Cette chanson a été intitulée dans un premier temps *Hélicoptère*, titre dont Serge se servira finalement pour une chanson pour Mireille Darc. Clin d'œil délicat, Charlotte chantera *Lemon Incest* d'après une étude de Chopin.

10
Largo
4.
p espressivo
stretto
f
dim.
p
Ped.
smorz.
pp

JANE B., *enregistrée par Jane Birkin en 1968.*

Cette première version est une description des accessoires de Jane qui
Ne sort jamais sans
Un panier en osier tressé
et
Signe particulier : ne s'est
Jamais séparée
D'une clé
Qu'elle a sur son cœur
Il s'agit de la clé qu'elle porte autour du cou, cadeau porte-bonheur de Serge qui arbore la même. On peut deviner dans la partie inférieure les mots suivants :
Je lis
Ce qui est écrit
Sur le passeport de Jane B.
Jane B.
Ne s'est
Jamais
Séparée
C'est un signe particulier
D'un cœur
D'une clé
Que lui a donnés
L'amour l'amour (mots biffés)
Pendus au cou de Jane B.

signe ~~bleu~~ particulier ne s'est
jamais
séparée
d'une clé
il ne s'est ~~jam~~ jamais séparée

ne sort jamais sans ~~sa~~
~~signe particulier~~ un panier
tressé
en osier

qu'elle ~~porte~~ a ~~sur~~ son ~~cœur~~ Jane B
autour du cou de Jane B
~~ce~~ ~~lu~~ ce ~~qui~~ ~~était~~ est écrit [ce lis / ce qu'on dit
ce lis
sur le passeport de Jane B
dans Jane B ne s'est jamais séparée   cheveux dorés / yeux bleus

~~est~~ c'est un signe ~~bleu~~ particulier
d'un ~~cou~~ cœur   que lui a donné ~~[illegible]~~
d'une clé
pendue au cou de Jane B   de Jane B

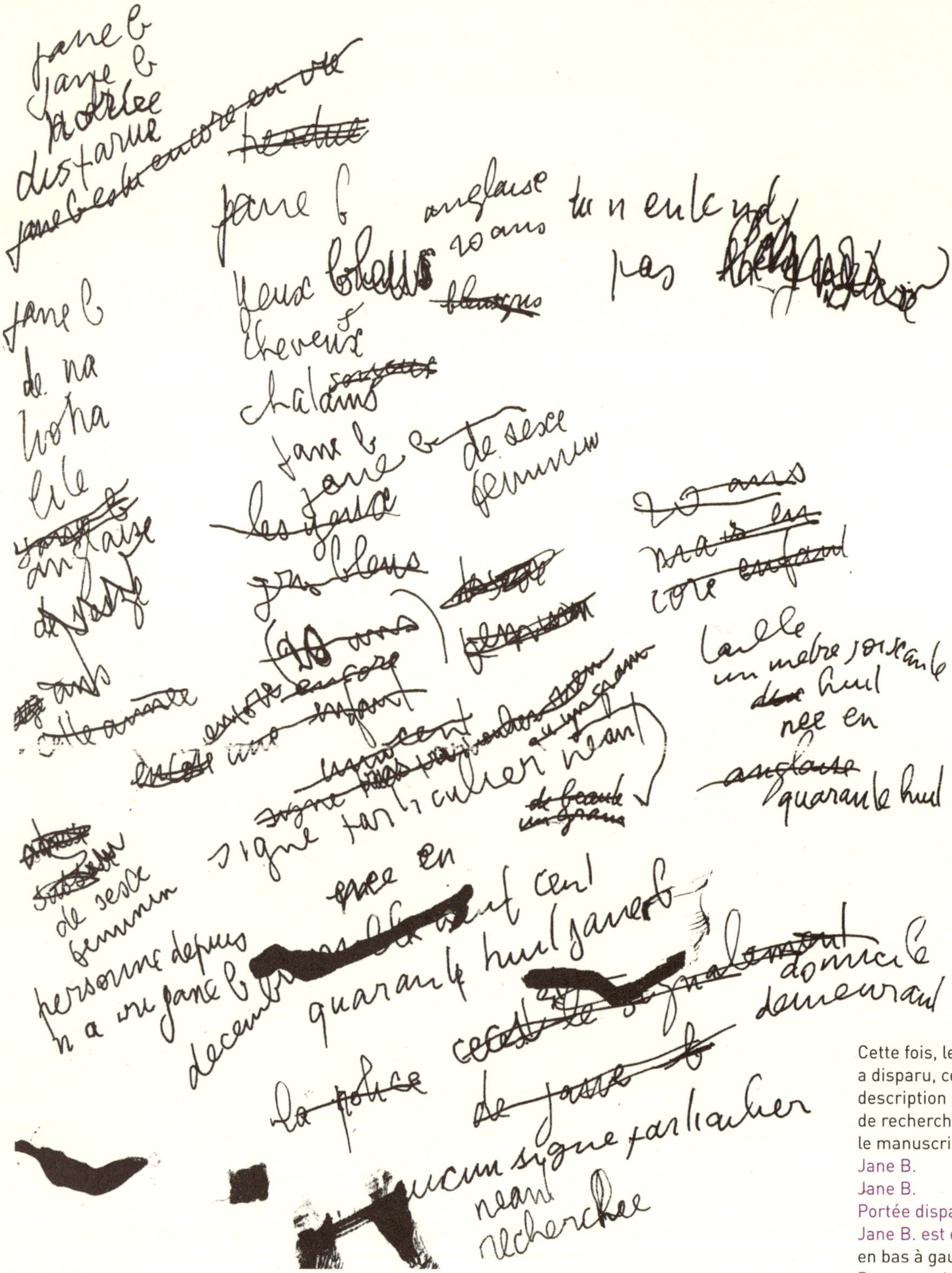

Cette fois, le personnage
a disparu, ce n'est plus une
description mais un avis
de recherche, comme le stipule
le manuscrit en haut à gauche :
Jane B.
Jane B.
Portée disparue
Jane B. est encore en vie
en bas à gauche :
Personne depuis
N'a vu Jane B.
et à droite :
Aucun signe particulier
Néant
Recherchée
Le style devient télégraphique,
clinique, comme un rapport
de police déclinant une
identité : les yeux, la taille,
les cheveux, l'âge
et la nationalité. Pour la rime,
Jane B. a deux ans de moins
que Jane Birkin :
Taille un mètre soixante-huit
Née en quarante-huit

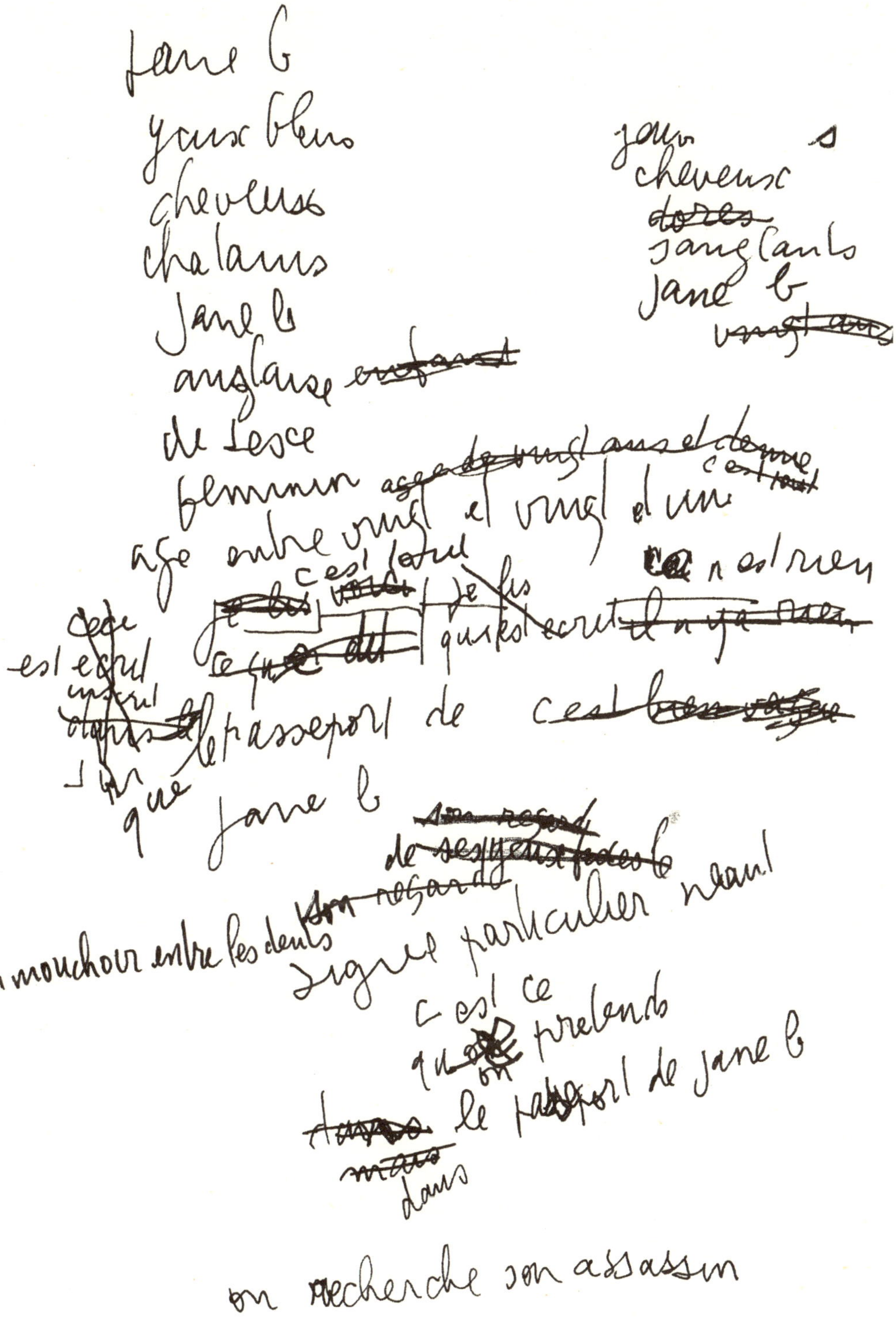

Jane B.
Yeux bleus
Cheveux
Châtains
Jane B.
Anglaise
De sexe
Féminin
Âge entre vingt et vingt et un
C'est écrit
Sur le passeport de Jane B.
Dort un mouchoir entre les dents
Signe particulier néant
C'est ce
Que prétend
Le passeport de Jane B.
On recherche son assassin
Jane B. est morte (en haut) :
cheveux sanglants,
(en bas) :
On recherche son assassin.
Pour l'âge de la victime,
Gainsbourg trouve une formule
qu'il va conserver :
âge entre vingt et vingt et un.

Dans ce feuillet, Serge reprend le début de sa chanson :
Signalement :
Yeux bleus
Cheveux
Châtains
Jane B.
Anglaise
De sexe
Féminin
et travaille sur un couplet qu'il ne va pas conserver :
Qu'as-tu fait
Et dans ta robe déchirée
Dors-tu
À jamais
Car le corps de la victime a été retrouvé :
Dors un mouchoir
Entre les dents
Signe particulier du sang
S'écoule
Lentement
De la bouche de Jane B.
L'indication en bas *reprise avec l'orchestre* laisse supposer que Gainsbourg est en studio d'enregistrement lorsqu'il écrit ces versions, ou bien que la partie orchestrée existe déjà (il a effectivement pour habitude d'enregistrer d'abord les play-back, puis d'y greffer les textes au moment d'enregistrer les voix).

~~oreilles~~
~~avion~~

~~Jane B~~ signalement :
yeux bleus
cheveux
chatains
Jane B
anglaise
de sexe
feminin
signe particulier neant
c'est ce
que pretend
le passeport de

signe particulier neant
on recherche ~~Jane B~~ vainement
yeux bleus
cheveux ~~chatains~~
~~sanglants~~
Jane B
sanglants
chatains

qu'as tu fait
et dans la robe dechiree
dors tu
à jamais
~~dans un mouchoir~~
~~entre les dents~~
~~signe particulier du sang~~
secoule
lentement
de la ~~bouche de Jane B~~

~~des tra~~
~~ces de sang~~
~~sur le passeport de Jane B~~

age entre vingt et vingt et un
c'est tout on ne sait plus rien
parlee
disparue
ce que l'on sait d'une ~~fille nommee Jane B~~
~~que le passeport de~~
le signalement
on recherche
signalement ~~repose~~ ~~...~~ anglais
au ~~...~~ l'orchestre

Cette fois, les paroles sont complètes, mais disséminées comme un puzzle. Après avoir hésité sur les causes de la mort (on peut déchiffrer sur le côté droit :)

La gorge tranchée
Étranglée
Violentée
La jupe
Déchirée
Arrachée
Retroussée

il opte pour une image moins crue du viol et du meurtre :

Le couteau de ton assassin
Au creux de tes reins
Jane B.
Tu dors
Au bord
Du chemin

Étrangement, ce sont ces lignes qu'il dépose à la Sacem, alors que la version enregistrée par Birkin se termine par :

Une fleur
De sang
À la main

Il est donc probable qu'une fois rentré à Paris, Serge a effectué cette modification de dernière minute à l'écoute du titre, comme un hommage au *Dormeur du Val* de Rimbaud.

le couteau de l'assassin
au creux de ses reins

signalement:
yeux bleus
cheveux
chatains
Jane B
anglaise
de sexe
féminin
âge: entre vingt et vingt et un
~~âge: entre vingt et vingt et un~~

Jane B
au bord
du chemin

yeux bleus
cheveux chatains

nez
aquilin

violentée

la jupe
retroussée

appréhende
le dessin

signe particulier: néant

née en décembre quarante huit
un mètre
soixante huit

née en
décembre

signe particulier rien

~~taille: un mètre soixante huit~~

~~née en~~
~~quarante huit~~

portée
disparue

domiciliée chez ses parents
~~signe particulier: néant~~
yeux bleus
cheveux
chatains
Jane B
le nez aquilin
portée
disparue

ce matin à cinq heures moins vingt

Tout le monde veut ma femme

LISTE DE TITRES, *1968.*

L'anamour
Je t'aime… moi non plus
Jane B.
Les sucettes
Sous le soleil exactement
Élisa
Orang-outan
Le canari est sur le balcon
Les petits lolos de Lola
Ulysse
Il était une fois Adison

Gainsbourg note en bas de page de téléphoner à Jack Baverstock, le directeur artistique de Fontana à Londres, pour lui communiquer les instruments dont il aura besoin pour les sessions de décembre 1968. Il désire procéder à un nouveau mixage sans les violons de *L'Anamour,* qu'il a enregistrée un mois plus tôt, et va utiliser la pédale ouah ouah ou wawa (qu'il appelle wawa box) pour sa version des *Sucettes*. Il souhaite d'ailleurs aussi reprendre *Sous le soleil exactement,* immortalisée par Anna Karina, et *Élisa*, extraite de la bande originale du film *L'Horizon*. On voit déjà apparaître les titres de chansons plus tardives comme *La Décadanse* (1972) ou *Les Petits Lolos de Lola* (1974), et d'autres qui resteront à l'état de projets et qui conserveront leur mystère comme *Ulysse*. *Il était une fois Adison* renvoie au jazzman français Fred Adison dont l'orchestre jouait chez Maxim's. Joseph Ginsburg, le père de Serge, a rejoint cette formation en 1932.

refaire mixage sans violons

l'anamour ***

je t'aime moi non plus ***

jane B *

les sucettes *

cymbales à pied

sous le soleil exactement *

elisa *

orang-outan *

enreg de chant de canari

le canari est sur le balcon *

les petits lolos de lola *

ulysse

~~la décadanse~~

il était une fois à dijon *

wawa bose

no girls

steel guitar

et 12 cordes

cythar?

tuba pour elisa

tel jack gavenstock

LE CANARI EST SUR LE BALCON, *enregistrée par Jane Birkin en 1968.*

Avant d'ouvrir le gaz
Elle pense à son canari
Avant d'en finir
Une fois pour toute avec la vie
Elle prend
La cage et va sur le balcon
Le vent
De l'hiver la saisit
(Sur l'enregistrement, le couplet se termine ainsi :
Le vent glacé de l'hiver l'a saisie
Lui donne des frissons)
Elle a ouvert le gaz
Et s'allonge sur son lit
Sur le pick-up elle a mis
Son disque favori
Déjà
Ell' n'a plus toute sa raison
Elle voit
D'étranges fleurs, des fleurs
bizarres et des papillons

Le second couplet ne sera pas modifié par rapport au brouillon. Une recherche de rimes est inscrite à droite du feuillet :

Il pleut
Le bleu
Un peu
De feu
Le feu
De sa vie s'éteint lentement
Adieu

S'ensuit une série de vers dont voici une transcription possible :

La mort se penchant sur ses
cheveux blonds
La ramène vers d'autres horizons
L'empor-
Te avec
Elle vers d'autres cieux
D'autres horizons
Elle voit
Au dehors – chante le canari
Sans vie

Puis un nouveau couplet prend forme :

Tout près d'elle sur la table de nuit
On peut
Lire griffonnés au crayon
Rien que
Ces quelques mots
Le canari est sur le balcon
Et tandis qu'au-dehors lentement
Descend la nuit
Sur le guéridon auprès (ou : au
chevet) de la fille endormie

Sur l'enregistrement, le couplet se conclut ainsi :

Tandis que sur Londres
lentement descend la nuit
Sur le guéridon auprès
de la fille endormie
On peut lire griffonnés au crayon
Rien que ces quelques mots
« le canari est sur le balcon »

Tout comme *Je t'aime... moi non plus*, Serge a écrit ce texte sur une des musiques du film *Les Cœurs verts* d'Édouard Luntz, dont il composa la musique en 1966, texte qui semble venir avec facilité. Presque rien ne viendra modifier ce manuscrit, bien que Gainsbourg cherche son dernier couplet dans lequel il souhaite évoquer la mort de la jeune fille. Finalement, il préfère laisser l'auditeur deviner la sombre conclusion de cette fable plutôt que d'en nommer explicitement l'issue. C'est la deuxième chanson écrite pour Jane Birkin qui voit mourir une jeune Anglaise, après *Jane B.*

avant d'ouvrir le gaz
— ell pense à son canari
avant d'en finir
une fois pour toutes avec la vie
~~prends~~ elle prends la cage et va sur le balcon
~~il pleut~~ le vent
de l'hiver la saisit

elle a ouvert le gaz
— et s'allonge sur son lit
sur le pick up elle a mis
son disque favori
ell n'a ~~plus~~ déjà toute sa raison
ell voit
d'étranges fleurs des fleurs bizarres et des papillons ~~sur le guéridon~~
~~dans la cage l'oiseau s'est tu~~ dehors
ell dort
~~dehors~~
~~l'oiseau~~
la mort se penchant sur ses cheveux blonds
de sa vie s'éloignent lentement
~~la caravane~~ ~~tempête~~ vers d'autres horizons
adieu
sa chanson
~~déjà~~ ~~ses yeux~~
~~elle n'a plus toute sa raison~~
~~ell voit~~ ~~ses yeux~~ ell voit
~~se ferment une larme se perd dans ses cheveux blonds~~
au dehors sans vie
tout près d'elle ~~un message~~ sur la table de nuit
~~et il~~ on peut
lire
~~tracé~~ griffonnés au crayon
~~lire~~ ~~vous~~ rien que
~~adieu~~
Ces quelques mots le canari est sur le balcon
~~et tandis qu'au dehors~~ et tandis qu'au dehors lentement
~~la sur~~ au chevet de descend la nuit
~~tout près~~ la fille endormie
sur le guéridon ~~tout~~ auprès de

le bleu
le bleu
un peu
de feu
de feu
l'enfer
le avec
d'autres horizons
elle vers d'autres cieux
chante le canari

~~la plupart~~

~~Tous ceux-là~~ qui dansaient ça
tous ceux-là

maintenant
~~aujourd'hui~~ ne sont plus là

(1)

ils sont morts
ils ~~sont~~ ~~crevés~~ → reprise le one step le black bottom
le fox la dedion bouton
et enterrés
tous ces ~~...~~ lacols ... les
Tous crevés
~~enterrés~~

(3) (7) pneus crevés

mais c'est la vie qui veut ça

(4) (8) on ~~peut~~ ~~pas~~ être toujours là
et on ~~tous~~ on finira

par crever

le ~~one step~~ le charleston
le ~~fox trot~~ le black bottom

~~le jazz band la new orleans~~

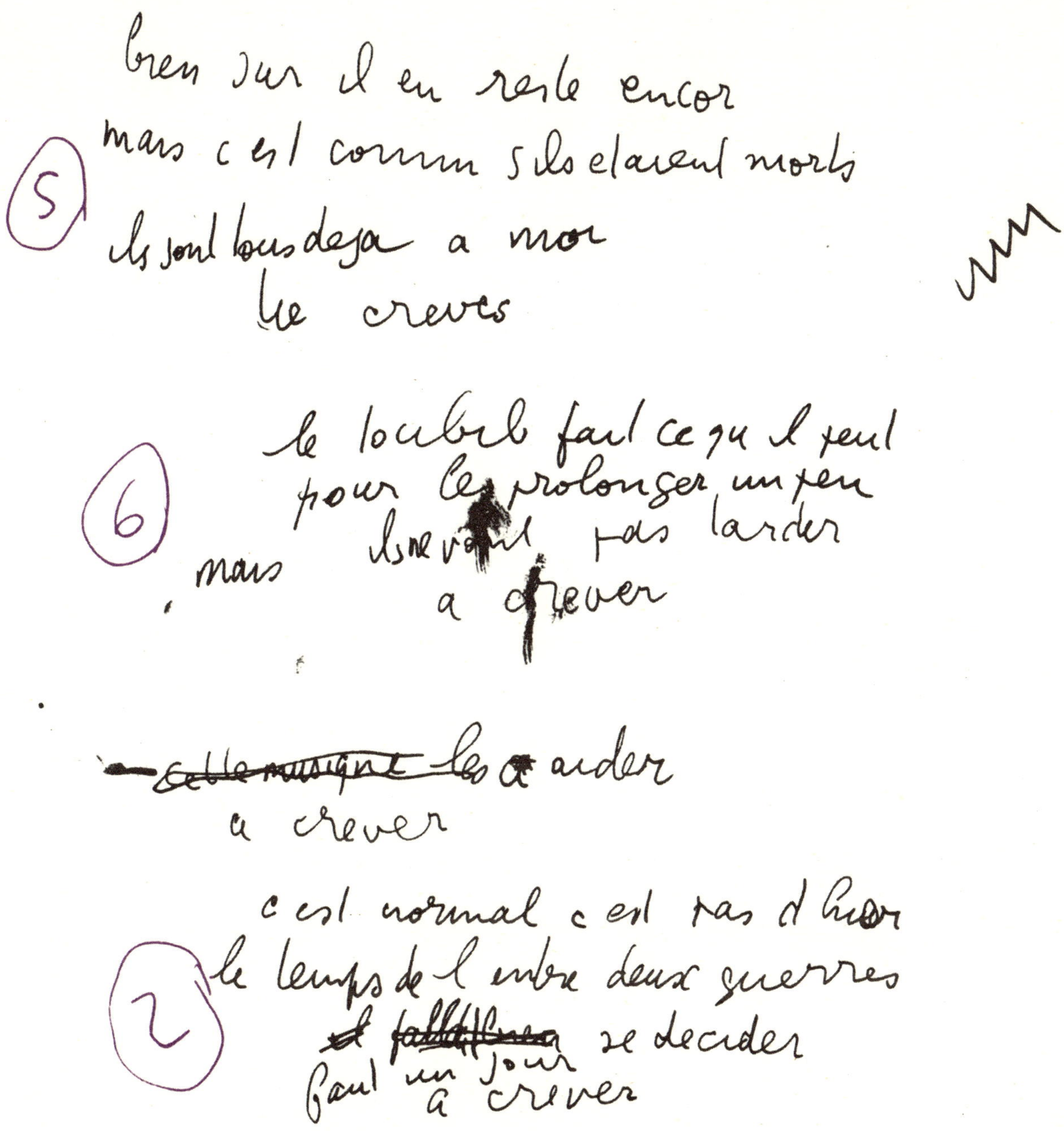

***18-39**, enregistrée par Jane Birkin en 1968.*

Ce savant désordre est remis en place par Gainsbourg lui-même qui numérote ses couplets au sein de son brouillon, pratiquement sans ratures. La chanson se lit donc ainsi :

1
Tous ceux-là qui dansaient ça
Maintenant ne sont plus là
Ils sont morts et enterrés
Tous crevés
2
C'est normal, c'est pas d'hier
Le temps de l'entre-deux-guerres
Faut un jour se décider
À crever
3 & 7 (indication : reprise)
Le one-step, le black-bottom
Le fox, la De Dion-Bouton
Tous ces tacots ont les
Pneus crevés
4 & 8
Mais c'est la vie qui veut ça
On peut pas êtr' toujours là
Eh oui tous on finira
Par crever
5
Bien sûr il en reste encor'
Mais c'est comme s'ils étaient morts
Ils sont tous déjà à moi-
Tié crevés
6
Le toubib fait ce qu'il peut
Pour les prolonger un peu
Mais ils ne vont pas tarder
À crever

Cette chanson évoque les Années folles sur un air de charleston. Son constat est implacable : ceux qui ont connu cette époque sont tous morts et enterrés. Dans l'album *Jane Birkin-Serge Gainsbourg*, la seule chanson interprétée par Jane qui n'évoque pas la mort est *Orang-outan*, un titre en hommage à la peluche préférée de Jane, celle avec laquelle elle masquera plus tard son ventre sur la pochette de *Histoire de Melody Nelson*.

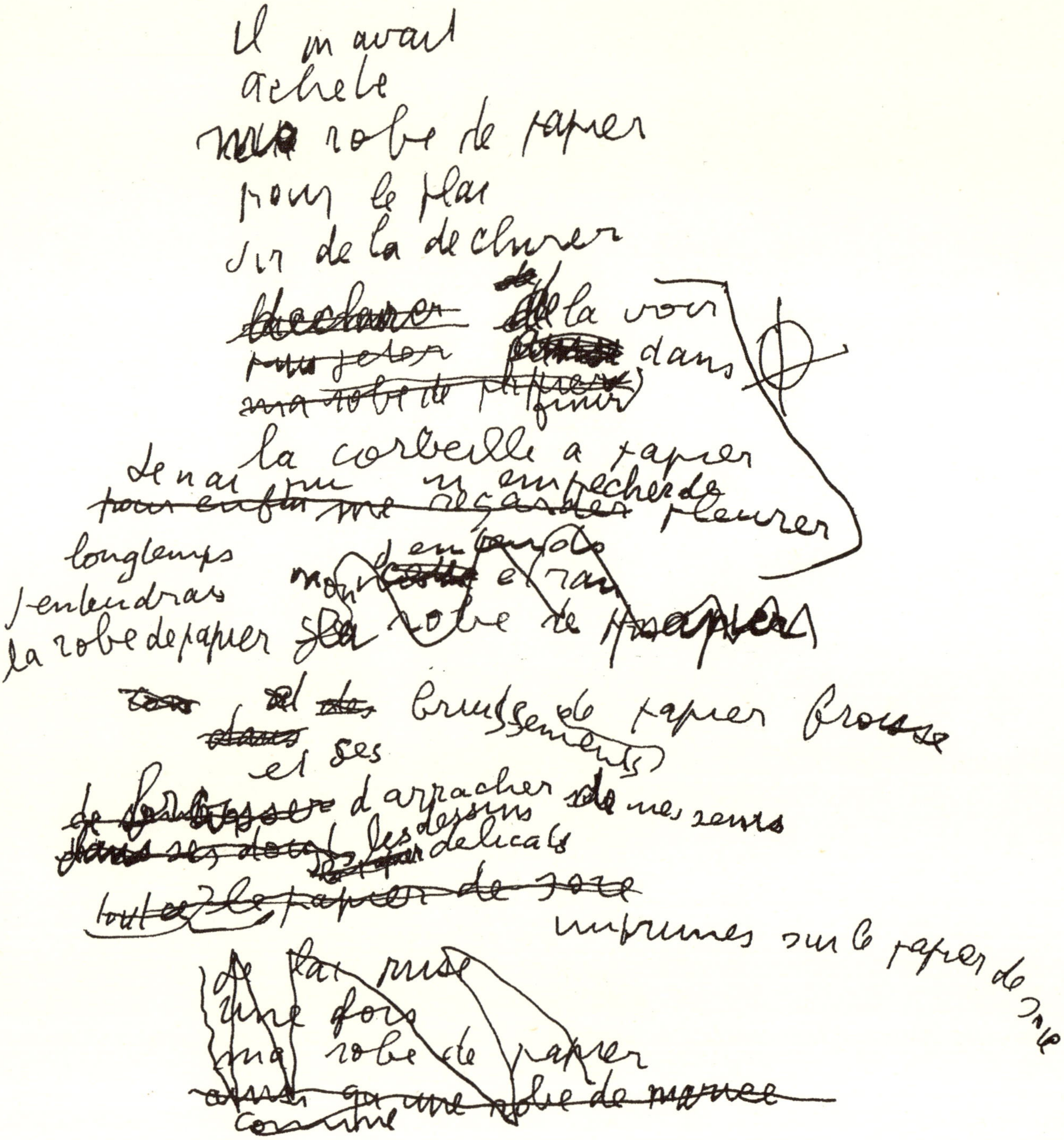

Il m'avait
achete
ma robe de papier
pour le plai
sir de la dechirer
de la voir
dans
finir
la corbeille a papier
Je n'ai pu m'empecher de
pleurer
longtemps
j'entendrai
la robe de papier
et ses bruissements de papier froisse
d'arracher de mes seins
les dessins
delicats
imprimes sur le papier de soie
Je l'ai mise
une fois
ma robe de papier
comme une robe de mariee

LA ROBE DE PAPIER, *enregistrée par Nicole Darde, Philippe Monet et Michel Colombier en 1969.*

Il m'avait
Acheté
Ma robe de papier
Pour le plai-
Sir de la déchirer
De la voir
Finir dans
La corbeille à papiers
Je n'ai pu m'empêcher de pleurer
Longtemps
J'entendrai
La robe de papier
Et ses bruissements
De papier froissé
D'arracher de mes seins
Les dessins délicats
Imprimés sur le papier de soie

Texte biffé mais dont l'idée sera reprise dans le texte final :

Je l'ai mise
Une fois
Ma robe de papier
Ainsi qu'une robe de mariée

Ce brouillon contient le texte pratiquement définitif de la chanson. *La Robe de papier* et *Turlututu capot pointu* figurent sur un album de Michel Colombier, arrangeur des chansons de Serge Gainsbourg entre 1964 et 1968 et cocompositeur de *Élisa*.

TURLUTUTU CAPOT POINTU,
enregistrée par Michel Colombier, José Bartel et Nicole Darde en 1969.

Avec ta voiture Lulu
Ta voiture Lulu tu tues
Avec ta voiture Lulu tu tues
(indication : *bis*)
Capot pointu

Les quelques lignes de ce feuillet constituent les prémices du refrain définitif de la chanson. Celle-ci reprend une phrase déjà présente dans *Anna* et qui deviendra un aphorisme célèbre de Gainsbourg :

Au compteur 100
À la borne 100
Effusion de sang

Dans *Anna*, le compteur indiquait « 180 » et la borne « 190 ». Dans son aphorisme, il reprend les termes d'*Anna* mais conclut en écrivant « effusion 200 ». La voiture assassine est présente dès le premier album de Serge en 1959 avec la chanson *Du jazz dans le ravin*. On la retrouve ensuite dans *Ford Mustang* en 1968.

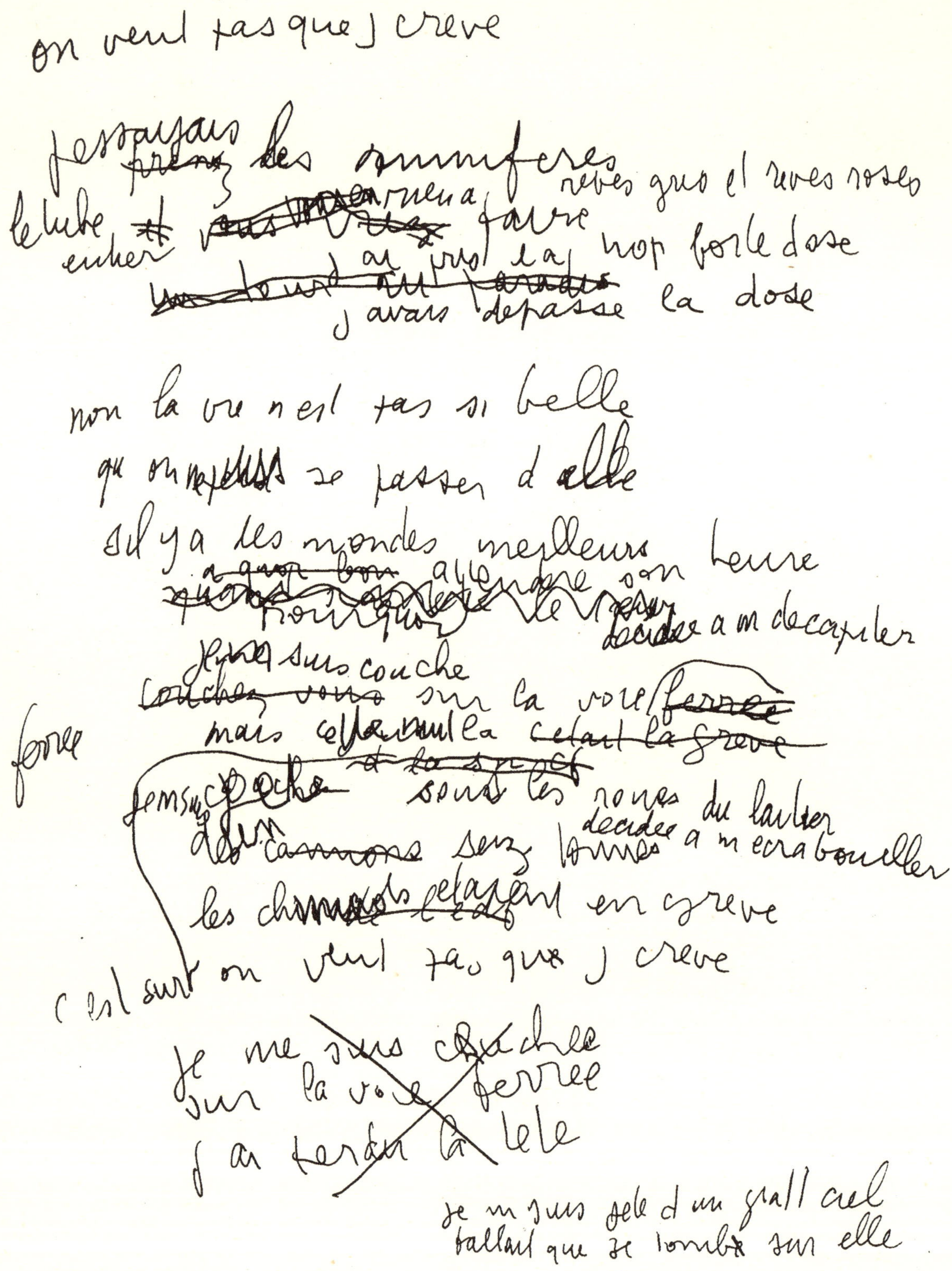
on veut pas que j crève

j'essayais les somnifères
le tube entier rien à faire
rêves gris et rêves roses
j'ai pris la trop forte dose
j'avais dépassé la dose

non la vie n'est pas si belle
qu'on ne peut se passer d'elle
s'il y a des mondes meilleurs
pourquoi attendre son heure
décidée à m décapiter
je suis couchée sur la voie
mais cette nuit-là c'était la grève
je me suis couchée sous les roues du laitier
décidée à m écrabouiller
d'un seize tonnes
les cheminots étaient en grève
c'est sûr on veut pas que j crève

je me suis couchée
sur la voie ferrée
j'ai perdu la tête

je m suis jeté d un gratt ciel
fallait que je tombe sur elle

ON VEUT PAS QUE J'CRÈVE,
inédit, 1969.

On veut pas que j'crève
J'essayais les somnifères
Le tube entier rien à faire
J'ai pris la trop forte dose
J'avais dépassé la dose
Non la vie n'est pas si belle
Qu'on ne peut se passer d'elle
S'il y a des mondes meilleurs
Pourquoi attendre son heure
Décidée à m'décapiter
Je m'suis couchée sur la voie
(ferrée : mot biffé)
Mais cette nuit-là
(c'était la grève : vers biffés)
C'est sûr on veut pas que j'crève
Sous les roues du laitier
Décidée à m'écrabouiller
Je m'suis jetée d'un seize tonnes
(vers biffés :) Je me suis couchée
Sur la voie ferrée
J'ai perdu la tête
Je m'suis jetée d'un gratt'ciel
Fallait que je tomb' sur elle

Cette première version de *La vie est une belle tartine* est écrite au féminin. Dans la chanson qu'il va écrire pour Dominique Walter, Serge va conserver l'idée du suicide sur la voie ferrée. Le suicide est un thème récurrent chez lui, depuis *Le Poinçonneur des Lilas* en 1958 jusqu'à *Sorry Angel* en 1984.

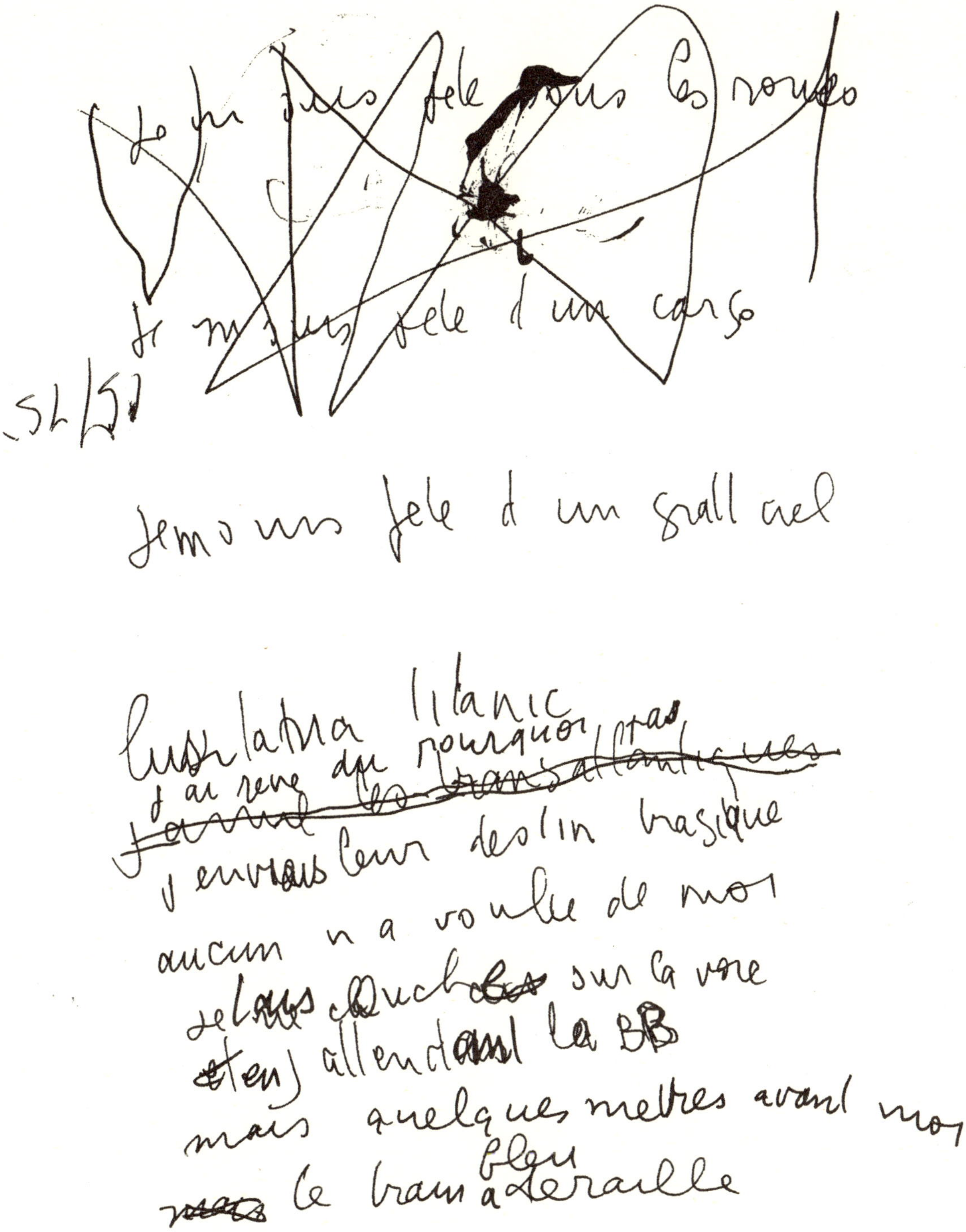

LA VIE EST UNE BELLE TARTINE, *enregistrée par Dominique Walter en 1969.*

(Les deux vers suivants sont biffés :)
Je m'suis jeté sous les roues
Je m'suis jeté d'un cargo
Je m'suis jeté d'un gratt'ciel
Lusitania Titanic
J'ai rêvé du pourquoi pas
(le vers suivant est biffé :)
J'aime les transatlantiques
J'enviais leur destin tragique
Aucun n'a voulu de moi
J'étais couché sur la voie
En attendant la BB
Mais quelques mètres avant moi
Le train bleu a déraillé

Il s'agit des deux premiers couplets de la chanson. Le mot Transatlantique est remplacé par Pourquoi pas, traduction du surnom « Why not » dont sont affublés les paquebots. La « BB » est le nom d'une locomotive qui évoque bien sûr les célèbres initiales de Bardot. Bien que Dominique Walter ait créé ce titre après *Initials B.B.*, ces deux morceaux sont bourrés de points communs, au point que leurs arrangements sont semblables et que leur structure est identique. De la même façon, Walter utilise le talk-over sur les couplets. La différence réside dans le thème même, puisque *Initials B.B.* rendait hommage à Bardot tandis que *La vie est une belle tartine* narre les errances d'un amant qui tente de se suicider après avoir « tué » sa petite amie.

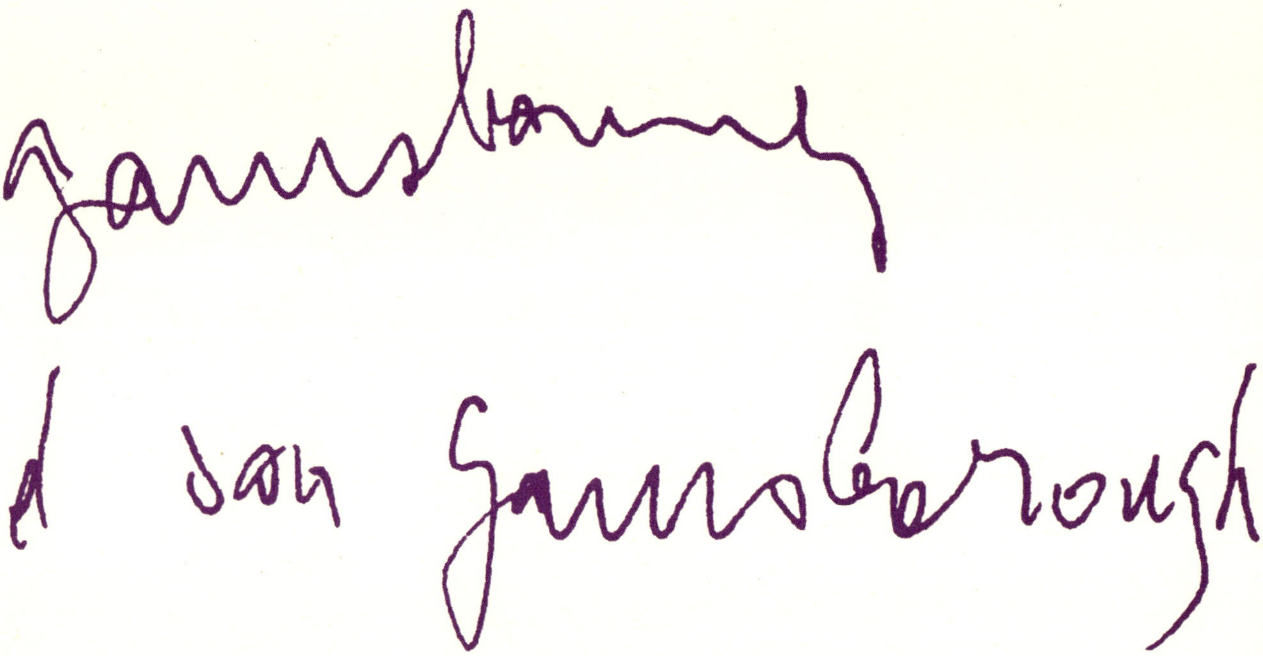

69, ANNÉE ÉROTIQUE,
enregistrée par Jane Birkin et Serge Gainsbourg en 1968.

Gainsbourg et son Gainsborough
Ont pris le ferry-boat
De leur lit par le hublot
Ils regardent la côte
Ils s'aiment et la traversée
Durera toute une année
Ils vaincront les maléfices
Jusqu'en soixante-dix
Gainsbourg et son Gainsborough
Vont rejoindre Paris
Ils ont laissé derrière eux
La Tamise et Chelsea
Ils s'aiment et la traversée
Durera toute une année
Et que les dieux les bénissent
Jusqu'en soixante-dix
(Indication : orchestre)
Ils s'aiment et la traversée
Durera toute une année
Il pardonn'ra ses caprices
Jusqu'en soixante-dix

Cette chanson constitue la face B d'un 45 tours, sur la face A duquel Serge reprend *L'Anamour*, d'abord interprétée par Françoise Hardy. Les notes en haut du feuillet attestent que la chanson a bien été écrite en Angleterre où Jane et Serge ont enregistré leur album, comme en témoignent le numéro de téléphone griffonné : Waterloo 51 51 extension 35 10 et la mention avant 8 heures les billets. La chanson est lisible dans son intégralité à l'exception du titre qui est aussi le refrain : *69, année érotique*. Cela ne correspond pas aux habitudes d'écriture de Gainsbourg qui généralement part du titre, « noyau » contenant souvent l'argument du texte à venir.

waterloo 5151 extention 3510

victoria car 2 5-7

avant 8 heures les billets

Gainsbourg et Jan Gainsborough

~~une petite anglaise~~

ont ~~pris~~

~~prennent~~ le ferry boat

~~de~~ leur oeil par le hublot

~~ils voient s'éloigner~~ la cote

- ils regardent

ils s'aiment et la traversee

durera toute une annee

- ~~elle sera sa complice~~ ils vaincront les malefices

et s'il a son ~~[illegible]~~ jusqu'en 70 fla[illegible]

~~jusqu au debut~~ soixante dix

jusqu en

Gainsbourg et Jan Gainsborough

vont rejoindre Paris

~~ont pris la car~~

~~s'approchent de dunkerque~~

ils ont laisse derriere eux

ils ~~regardent~~ Chelsea

la Tamise et

ils s'aiment et la traversee

~~[illegible]~~ durera toute une annee

et que les ~~[illegible]~~

jusqu en soixante dix

orchestre

ils s'aiment et la traversee

durera [illegible] annee pardonnera ses caprices

elle garde sa cicatrice

jusqu en soixante dixe

jusqu'en ~~soixante~~ dix

LA FILLE QUI FAIT TCHIC-TI-TCHIC, *enregistrée par Michèle Mercier en 1969.*

La fille qui fait tchhh
Je suis la fille qui fait
Ma rob' de métal fait
Oui c'est elle qui fait
À chaque mouv'ment qu'je fais
Quand tu n'l'entendras plus
Quand ell' se sera tue
C'est que je n'aurai plus
Ma p'tit' rob' en alu

C'est avec Jean-Claude Vannier que Gainsbourg compose la musique d'*Une veuve en or* de Michel Audiard. L'actrice principale, Michèle Mercier, est accrochée à son costume d'*Angélique marquise des anges* ; cette chanson, probablement inspirée de la robe que Paco Rabanne avait créée et que portait Françoise Hardy en concert, rajeunit alors son image, mais ni le film ni le 45 tours ne connaîtront le succès. Seul le premier couplet de la chanson figure sur le manuscrit.

la fille qui fait [illegible]

je suis la fille qui fait
ma robe de métal fait
oui c'est elle qui fait
à chaque mouvement que je fais
quand tu n'l'entendras plus
quand elle se sera tu
c'est que je n'aurai plus
ma p'tite robe en alu

UN PETIT GARÇON NOMMÉ CHARLIE BROWN, *enregistrée par Serge Gainsbourg en 1970.*

Le texte semble avoir été recopié pour l'enregistrement sur un document dont on se sert afin de noter les différentes prises d'un morceau pour choisir ensuite celles à conserver. Il ne manque que la dernière partie, pour laquelle Gainsbourg a juste indiqué les amorces des phrases comme points de repère :

Un petit garçon comme Charlie
À qui jamais rien ne réussit
Ça s'cass' la figure
À tous les coins d'la vie
Dieu que la vie est dure
Pour Charlie
Mais ce petit garçon qu'est Charlie
Qui n'récolt' jamais que des ennuis
Qui les prend pourtant
Avec philosophie
C'est l'image d'un enfant d'aujourd'hui
Moi-même
Semblable
Je grimpais à la corde
Afin
Mais voici que
Seul
Encore un
Retiens les larmes de Charlie Brown

SCRIPT

Studio :
Artistique :
Date :
Technique :

Base Direct Rerecording

complet ou F. D.	Valeur	Observations
		un petit garcon comme Charlie a qui jamais rien ne reussit qui s cass la figure a tous les coins d la vie dieu que la vie est dure pour charlie mais ce petit garcon qui est charlie qui n recolt jamais que des ennuis qui les prends pourtant avec philosophie c est l image d un enfant d aujourdhui moi meme semblable je grimpais a la corde afin mais voici que seul encor un retenu les larmes de charlie Brown [illegible]

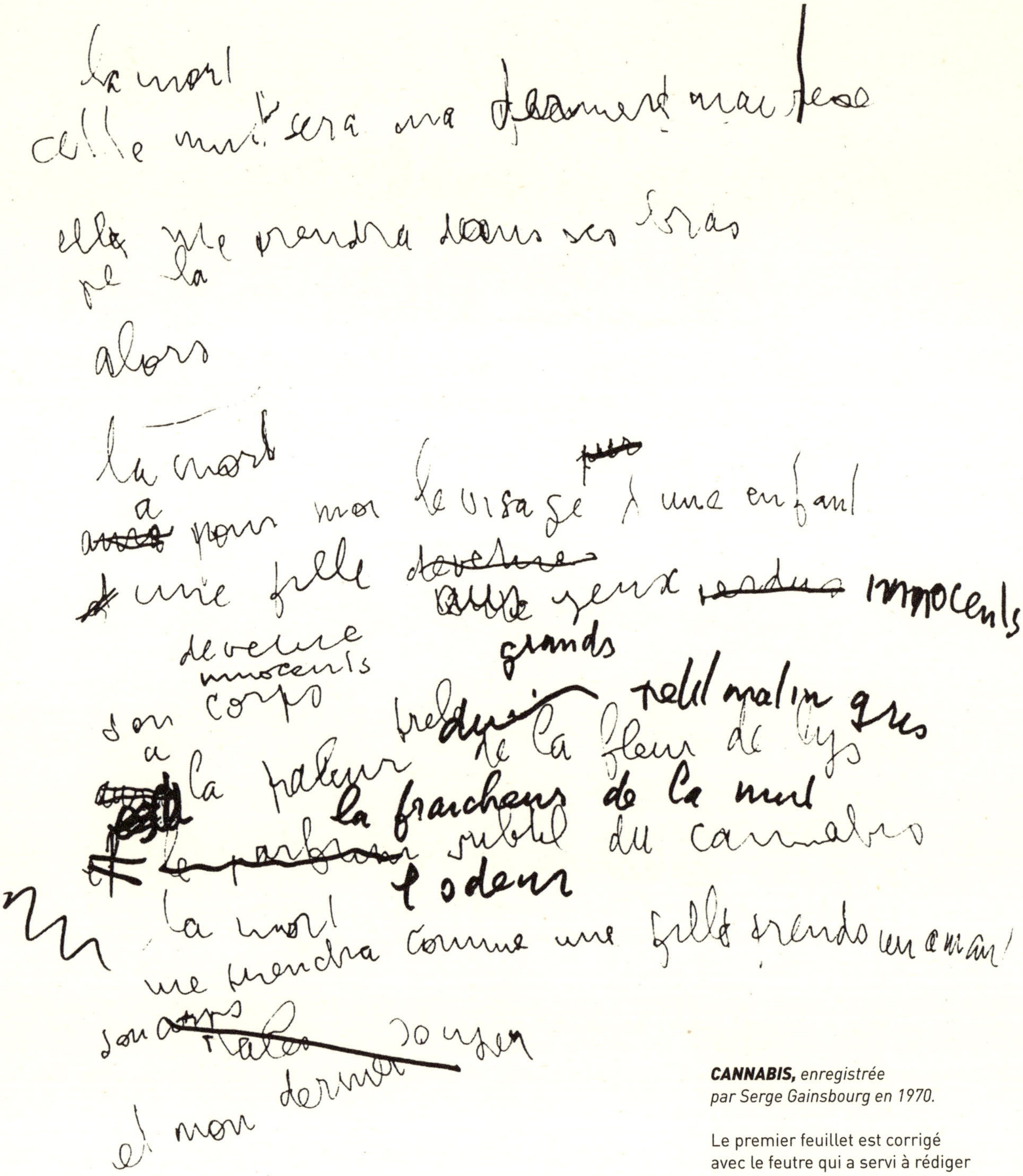

***CANNABIS,** enregistrée par Serge Gainsbourg en 1970.*

Le premier feuillet est corrigé avec le feutre qui a servi à rédiger le second couplet et le refrain.
Sur le premier manuscrit, on peut déchiffrer :
La mort
Cette nuit sera ma dernière maîtresse
Elle me (ou : Je la) prendra dans ses bras
Alors
La mort
A pour moi le visage d'une enfant
Une fille dévêtue aux grands yeux innocents
Son corps frêle
A la pâleur d'un petit matin gris
(ou: de la fleur de lys)
La fraîcheur de la nuit
L'odeur subtile du cannabis
La mort
Me prendra comme une fille prend un amant
Et mon dernier soupir

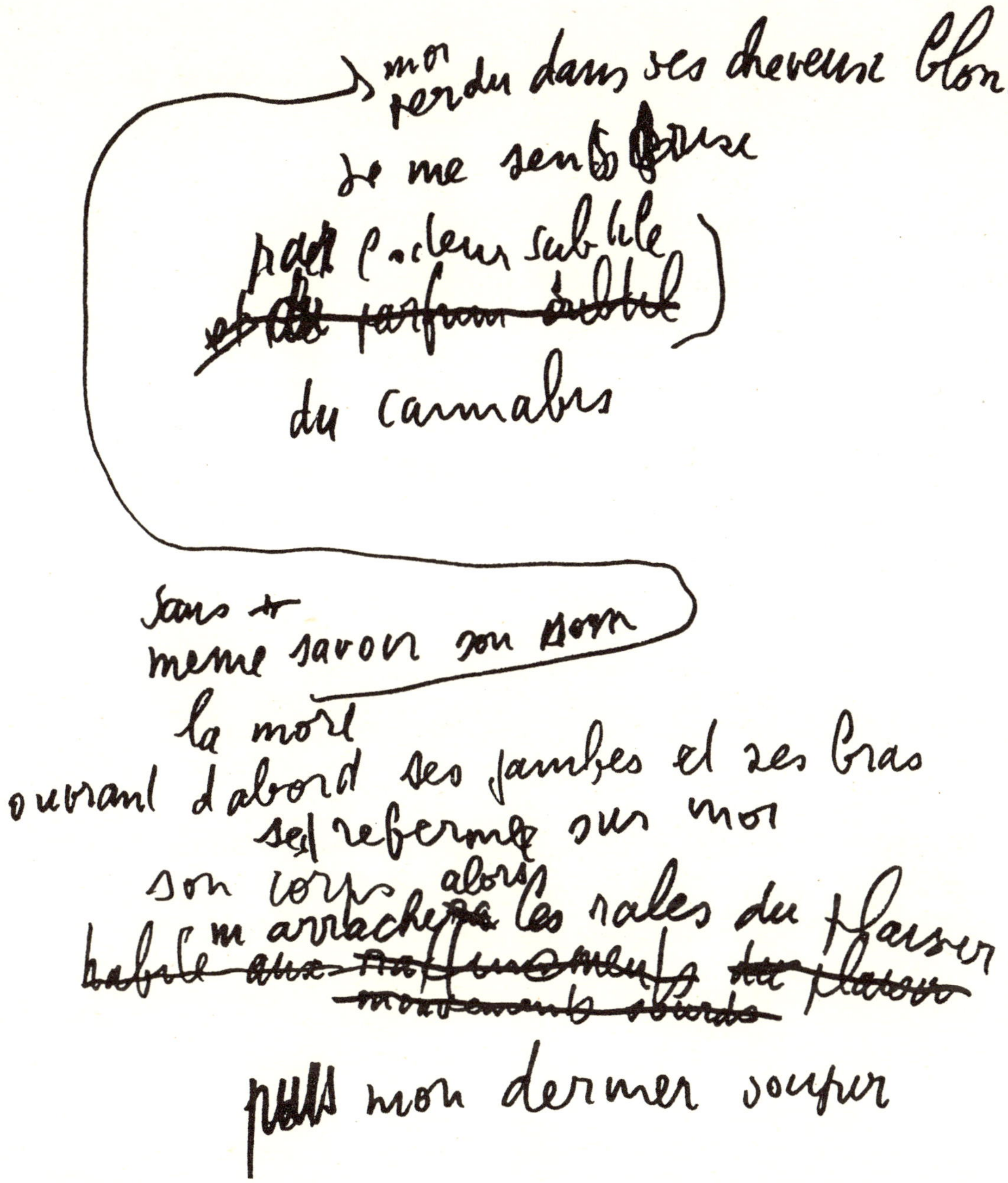

moi
perdu dans ses cheveux blonds
je me sens grisé
par l'odeur subtile
du cannabis
sans
même savoir son nom
la mort
ouvrant d'abord ses jambes et ses bras
s'est refermée sur moi
son corps alors
m'arrache les râles du plaisir
puis mon dernier soupir

Ce feuillet se lit selon
les indications de renvois :
Sans
Même savoir son nom
Moi
Perdu dans ses cheveux blonds
Je me sens grisé
Par l'odeur subtile
Du cannabis
La mort
Ouvrant d'abord ses jambes et ses bras
S'est refermée sur moi
Son corps
M'arrache alors les râles du plaisir
Puis mon dernier soupir
Le brouillon de ce dernier couplet
est très proche de la version finale,
qui se conclut par :
Son corps
M'arrache enfin les râles du plaisir
Et mon dernier soupir

LA NOYÉE

from the motion picture "Romance of a Horsethief"

VALSE LENTE

words and music by Serge Gainsbourg

ROMANCE OF A HORSETHIEF,
film d'Abraham Polonsky.
Page de scénario annotée par Serge Gainsbourg, 1971.

Serge joue le rôle de Sigmund, aux côtés de Yul Brynner et de Jane Birkin. Sur cette page du scénario, maîtrisant mal l'anglais, il consigne la traduction de ses répliques : … sans préparation politique préalable est aventureuse. Je ne recommande pas une distribution de tracts sans une discussion préliminaire avec les leaders de la classe paysanne et ceux de la classe ouvrière.
En bas de la page :
Cette ville n'est pas prête pour une telle action. Cela n'amènerait qu'à l'arrestation et l'emprisonnement des chefs révolutionnaires. Le tournoi aura lieu à l'intérieur des casernes cosaques. Il est pratiquement impossible pour vous de réussir.
Sur ce tournage, Jane et Serge se lient avec Yul Brynner, qui deviendra le parrain de Charlotte Gainsbourg dont Jane est alors enceinte.

sans préparation politique préalable
est aventureuse - je ne recommande pas une distribution de tracts sans une discussion préliminaire avec

76. CONTINUED:

SIGMUND (cont.)
without political preparation
is adventurist. I recommend no
distribution of leaflets without
preliminary discussion with
leading elements of the peasantry
and working class.

avec les leaders de la classe paysanne
et ceux de la classe ouvrière

He sits back, cuts off a slice of Polish sausage and pops it into his mouth. NAOMI looks unhappy and very beautiful.

CLOSE SHOT OF ZANVILL
listening and watching. The voices go on.

FIRST POLISH STUDENT
What did you say he said?

NAOMI'S VOICE
He says it's bad politics to hand
out our leaflets at the tournament
tomorrow.

POLISH STUDENT (SECOND)
He's crazy.

NAOMI
(in French)
The Polish comrades say you're
crazy.

ZANVILL rolls over on his back, closes his eyes against the sun and listens.

CLOSE MOVING SHOT HIGH ANGLE
SIGMUND stands up indignantly.

SIGMUND
(in French)
This town is too backward for
such action. It'll lead to the
arrest and imprisonment of the
leading revolutionary cadre.
That tournament is being held
inside the Cossack barracks. It's
theoretically impossible for you
to succeed.

cette ville n'est pas prête pour une telle action - cela n'amènerait que à l'arrestation et l'emprisonnement des chefs révolutionnaires
le tournoi aura lieu à l'intérieur des casernes cosaques
il est pratiquement impossible pour vous de réussir

FULL SHOT LOW ANGLE
Past NAOMI and POLES to SIGMUND standing like a prophet against the sky.

(CONTINUED)

j'etais à rever sur la rive
lorsqu'ophelie à la derive

OPHÉLIE À LA DÉRIVE, *non daté.*

J'étais à rêver sur la rive
Lorsqu'Ophélie à la dérive

À la même époque où il écrit *La Noyée, Serge* entame une chanson qui restera inachevée sur la mort d'Ophélie telle qu'elle est décrite dans *Hamlet* de William Shakespeare. Il reprendra cette idée en 1990 pour l'album de Vanessa Paradis.

LA NOYÉE, *interprétée par Serge Gainsbourg en 1971.*

Tu t'en vas à la dérive
Sur la rivièr' du souv'nir
Et moi courant sur la rive
Je te crie de revenir
Mais lentement tu t'éloignes
Et dans ma course éperdue
Peu à peu je te regagne
Un peu du terrain perdu
De temps en temps tu t'enfonces
Dans le liquide mouvant
Ou bien frôlant quelques ronces
Tu hésites et tu m'attends
En te cachant la figure
Dans ta robe retroussée
De peur que n'te défigurent
Et la honte et les regrets
Tu n'es plus qu'un' pauvre épave
Chienn' crevée au fil de l'eau
Mais je reste ton esclave
Et plonge dans le ruisseau
Quand le souvenir s'arrête
Et l'océan de l'oubli
Brisant nos cœurs et nos têtes
À jamais nous réunit

Serge cherchera à placer cette valse auprès d'Yves Montand qui ne donnera pas suite. Anna Karina l'enregistrera en 1973, dans une version épurée des vers les plus violents, lorsqu'elle réalisera son premier long-métrage *Vivre ensemble*. Malheureusement à court de budget, elle ne pourra en acquérir les droits. La chanson enregistrée restera inédite en dehors du film *Romance of a Horsethief* d'Abraham Polonsky, jusqu'au livre-disque *Gainsbourg et cætera* qui publiera une version chantée par Gainsbourg en 1972 à la télévision. Il faudra attendre 2001 pour que soit publiée la version d'Anna Karina. Yann Tiersen et Carla Bruni la choisiront pour leurs répertoires respectifs dans la version de Serge Gainsbourg.

683758
Services Musicaux
"CB"
A joindre au dossier du Film
LA NOYÉE
from the motion picture "Romance of a Horsethief"
Words and music by Serge Gainsbourg
VALSE LENTE
C Emin Amin F Dmin G Dmin G
1. tu t'en vas à la dé-ri-ve sur la ri-vièr' du souv'nir
2. de temps en temps tu t'en-fon-ces dans le li-quide mou-vant
3. tu n'es plus qu'une pauvre épave chienn' crevée au fil de l'eau
C Emin Amin F Dmin G Dmin G
et moi courant sur la ri-ve je te crie de re-ve-nir
ou bien frôlant quelques roseaux tu hésites et tu m'attends
mais je reste ton esclave et plonge dans le ruisseau
RALL
Gmin A7 Dmin Fmin C D G Dmin G7
mais len-te-ment tu t'é-loi-gnes et dans ma course éperdue
en te ca-chant la fi-gu-re dans ta ro-be re-troussée
quand le sou-ve-nir s'arrête et l'o-céan de l'oubli
RALL
A TEMPO
C Emin Amin F Dmin G Dmin G C
peu à peu je te regagne un peu du ter-rain per-du
de peur que n'te dé-fi-gurent et la honte et les regrets
bri-sant nos cœurs et nos têtes à jamais nous ré-unit
Gainsbourg

SYNOPSIS *rédigé par Serge Gainsbourg en vue d'un projet de film qui ne verra pas le jour.*

Cinq heures du matin à l'aube
naissante salle de restaurant
déserte d'un hôtel de première
catégorie un à un arrivent
les acteurs ensommeillés
et le visage défait on tourne
un film sur la guerre de 14-18
acteurs minables
figuration prise sur les lieux
production sans capitaux
maquillage dans un coin
de la salle près de la fenêtre
Petit-déjeuner...
Par la fenêtre départ des
figurants soldats
drame psychologique
discussion du scénario
et lectures de dialogues à table
retour de projection des rushes
jalousies et angoisses

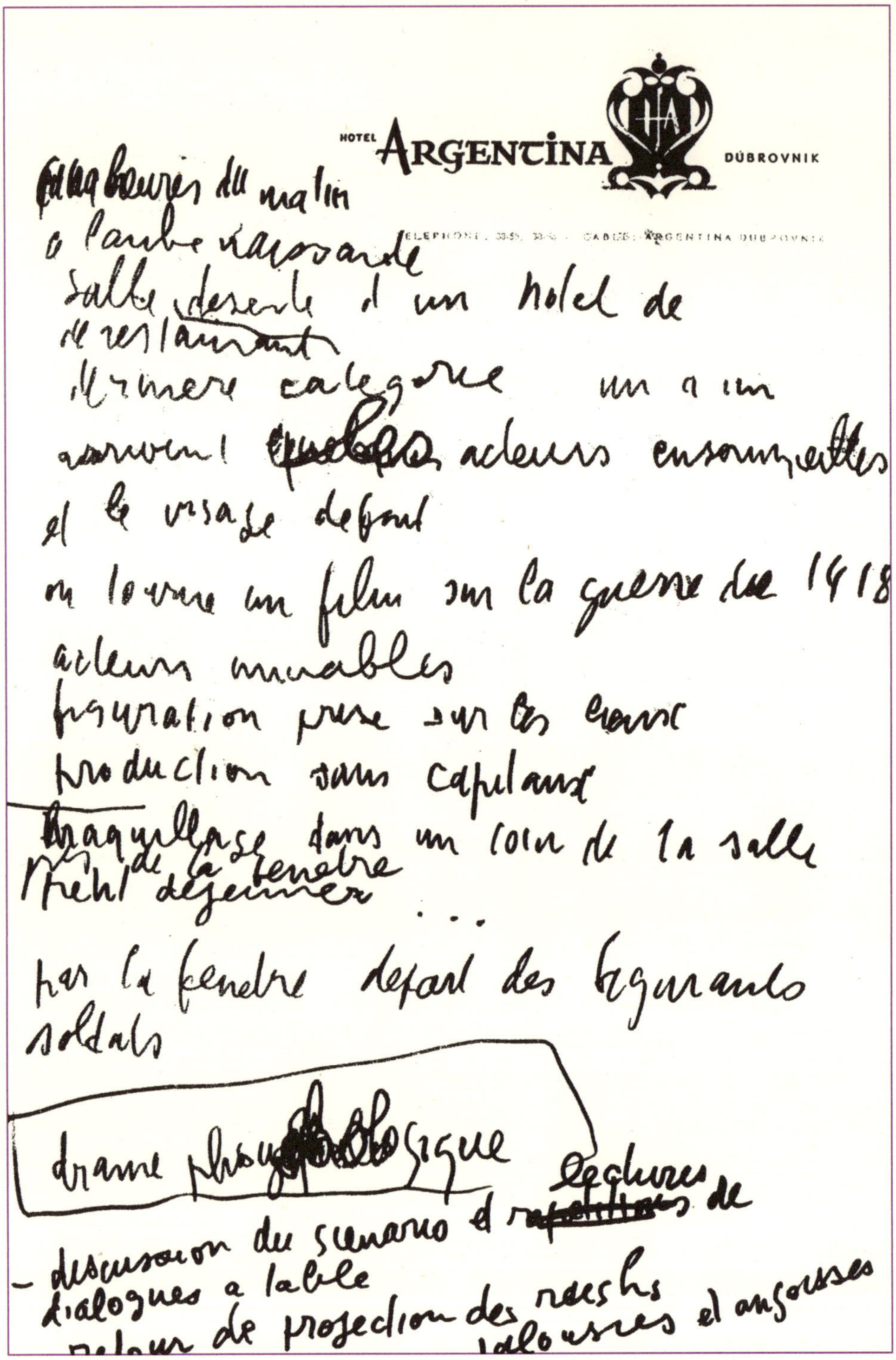
HOTEL ARGENTINA DUBROVNIK

Cinq heures du matin
à l'aube naissante
salle déserte d'un hôtel de
de restaurant
première catégorie un à un
arrivent ~~quelques~~ acteurs ensommeillés
et le visage défait
on tourne un film sur la guerre de 14 18
acteurs minables
figuration prise sur les lieux
production sans capitaux
maquillage dans un coin de la salle
près de la fenêtre
Petit déjeuner
...
par la fenêtre départ des figurants
soldats
drame psychologique
– discussion du scénario et ~~répétitions~~ lectures de
dialogues à table
retour de projection des rushes
jalousies et angoisses

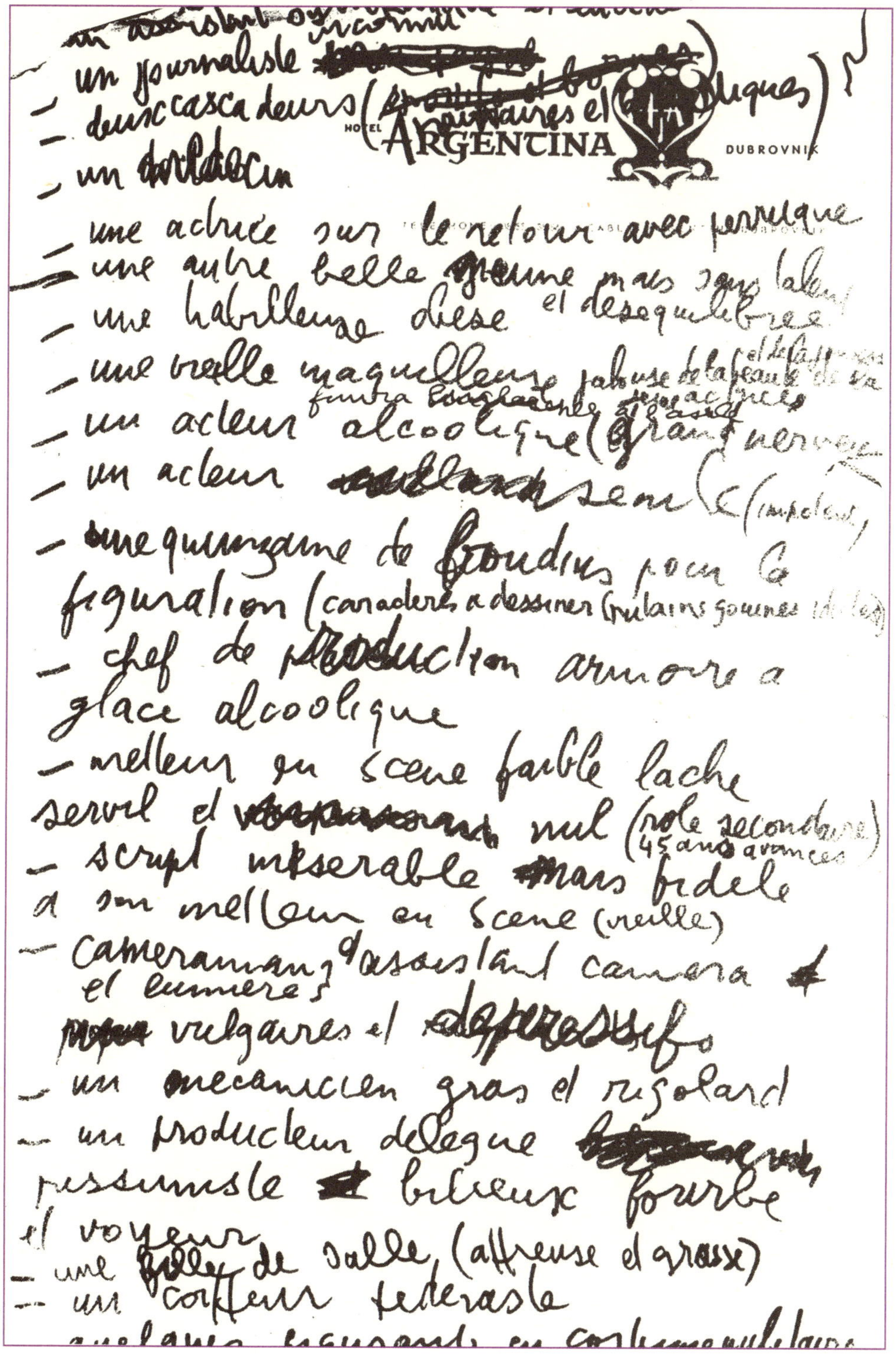

- un assistant XX
- un journaliste inconnu
- deux cascadeurs (primaires et alcooliques)
- un médecin
- une actrice sur le retour avec perruque
- une autre belle jeune mais sans talent et déséquilibrée
- une habilleuse obèse
- une vieille maquilleuse jalouse de la beauté et de la jeunesse de la jeune actrice finira enchaînée à l'asile
- un acteur alcoolique (grand nerveux)
- un acteur sénile (impotent)
- une quinzaine de boudins pour la figuration (caractères à dessiner putains gouines idiotes)
- chef de production armoire à glace alcoolique
- metteur en scène faible lâche servile et nul (rôle secondaire 45 ans avancés)
- script misérable mais fidèle à son metteur en scène (vieille)
- cameraman et assistant caméra et lumières vulgaires et dépressifs
- un mécanicien gras et rigolard
- un producteur délégué pessimiste bilieux fourbe et voyeur
- une fille de salle (affreuse et grasse)
- un coiffeur pédéraste
- quelques figurants en costumes militaires

Exercice artistique ou esquisse d'un désir réel, ces quelques lignes d'humour noir annoncent les envies de cinéma de Serge.

LISTE MANUSCRITE DE TITRES, *1968.*

Je t'aime... moi non plus
Jane B.
Manon – mixage stéréo ?
L'Anamour – refaire mixage
Sous le soleil exactement
Les Sucettes
La Gadoue
Les P'tits Papiers
L'enfant qui dort
Les Petits Lolos de Lola
Le canari est sur le balcon
Cette liste de titres correspond à l'album intitulé *Jane Birkin-Serge Gainsbourg* enregistré fin 1968. *La Gadoue* et *Les P'tits Papiers* ne seront pas enregistrées par Serge. La chanson *Les Petits Lolos de Lola* deviendra une publicité pour Martini en 1970, avant d'être modifiée en chanson pour Jane Birkin, Jacques Dutronc et Serge en 1974. Quant à *L'Enfant qui dort*, tout laisse à croire que ce projet de chanson donnera naissance à *Histoire de Melody Nelson.*

Je t'aime moi non plus
Jane B
Manon mixage stereo?
l'anamour refaire mixage

sous le soleil exactement
les sucettes
la gadoue
les p'tits papiers

l'enfant qui dort
les petits lolos de Lola
le canari est sur le balcon

***L'ENFANT QUI DORT**, inédit, composée par Serge Gainsbourg vers 1968.*

Au fur et à mesure des brouillons se dessinent en filigrane deux textes distincts : *Hélicoptère* et *Valse de Melody*. Sur cette première mouture, on peut déchiffrer :

C'est une enfant qui rêve
(ou : dort) le pouce
Entre les dents
Elle est vêtue d'un tee-shirt blanc
Sur les hanches elle a des bleus
Comme une fille de *Lui*
Ses rêves érotiques
Elle survole la mer
Dans un hélicoptère
Le soleil a dessiné autour de ses reins
Des traces de maillot de bain
Et des bleus
Quelques traces de griffes
Lui font des hiéroglyphes

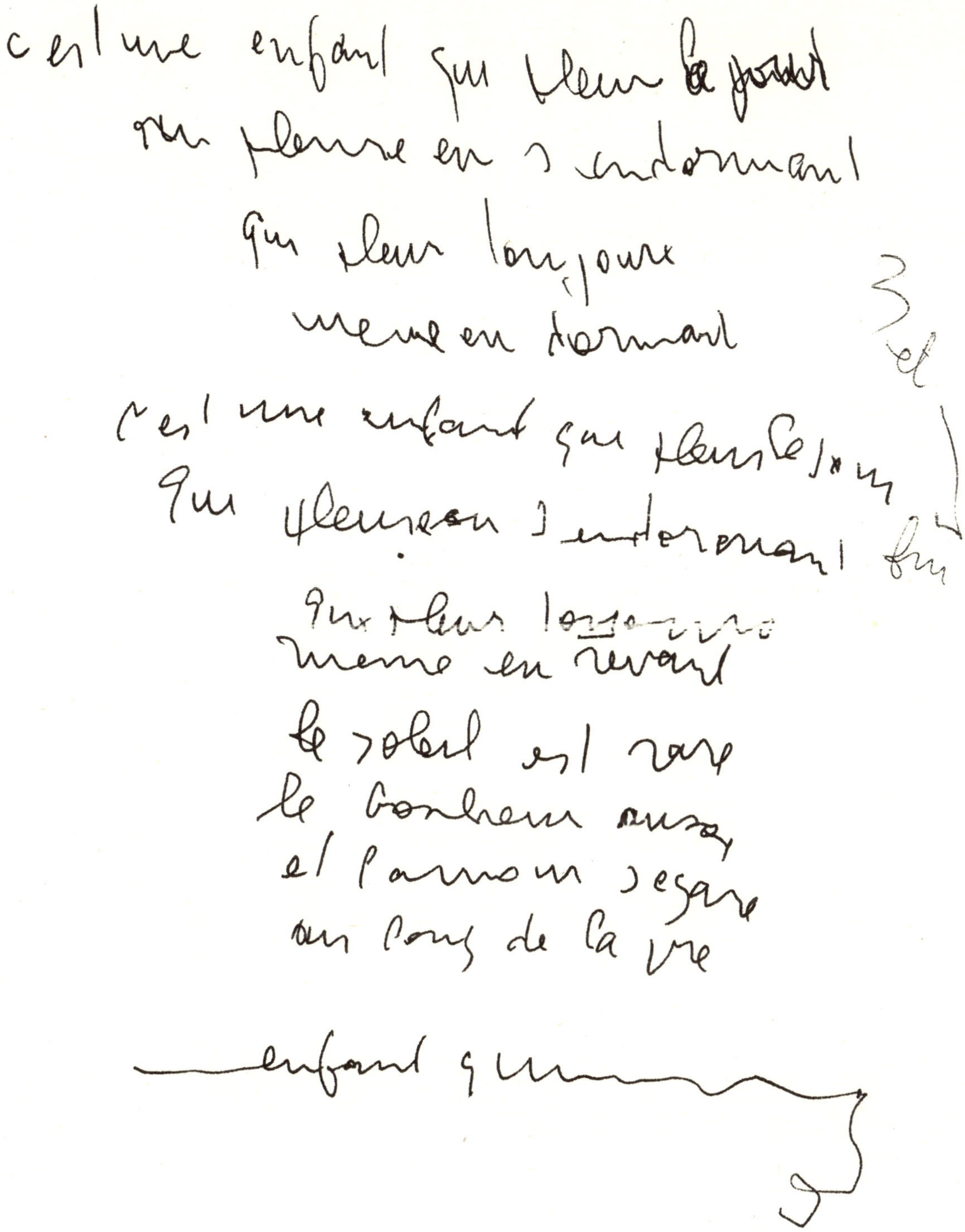

C'est une enfant qui pleur' le jour
Qui pleure en s'endormant
Qui pleur' toujours
Même en dormant
C'est une enfant qui pleur' le jour
Qui pleure en s'endormant
Qui pleur' toujours
Même en rêvant
Le soleil est rare
Le bonheur aussi
Et l'amour s'égare
Au long de la vie
Enfant qui.

ART MAJEUR

1971/1972

Gainsbourg compose l'*Histoire de Melody Nelson*, justifiant ainsi l'abandon de la peinture au profit de la musique. Cet album conceptuel lui confère dès lors une place à part dans le monde de la chanson, hissant le genre au rang d'art majeur. Si l'album ne devient pas un succès populaire, il demeure une référence incontournable. Gainsbourg adopte un principe qu'il va désormais appliquer à tous ses albums, celui de l'unité textuelle, en plus de l'unité musicale qui le distinguait déjà depuis *Confidentiel* en 1963. De son côté, Jane Birkin enchaîne les projets de films, de disques, et les émissions de télévision. Cette période est également marquée par la naissance de Charlotte et le décès de Joseph Ginsburg, le père de Serge.

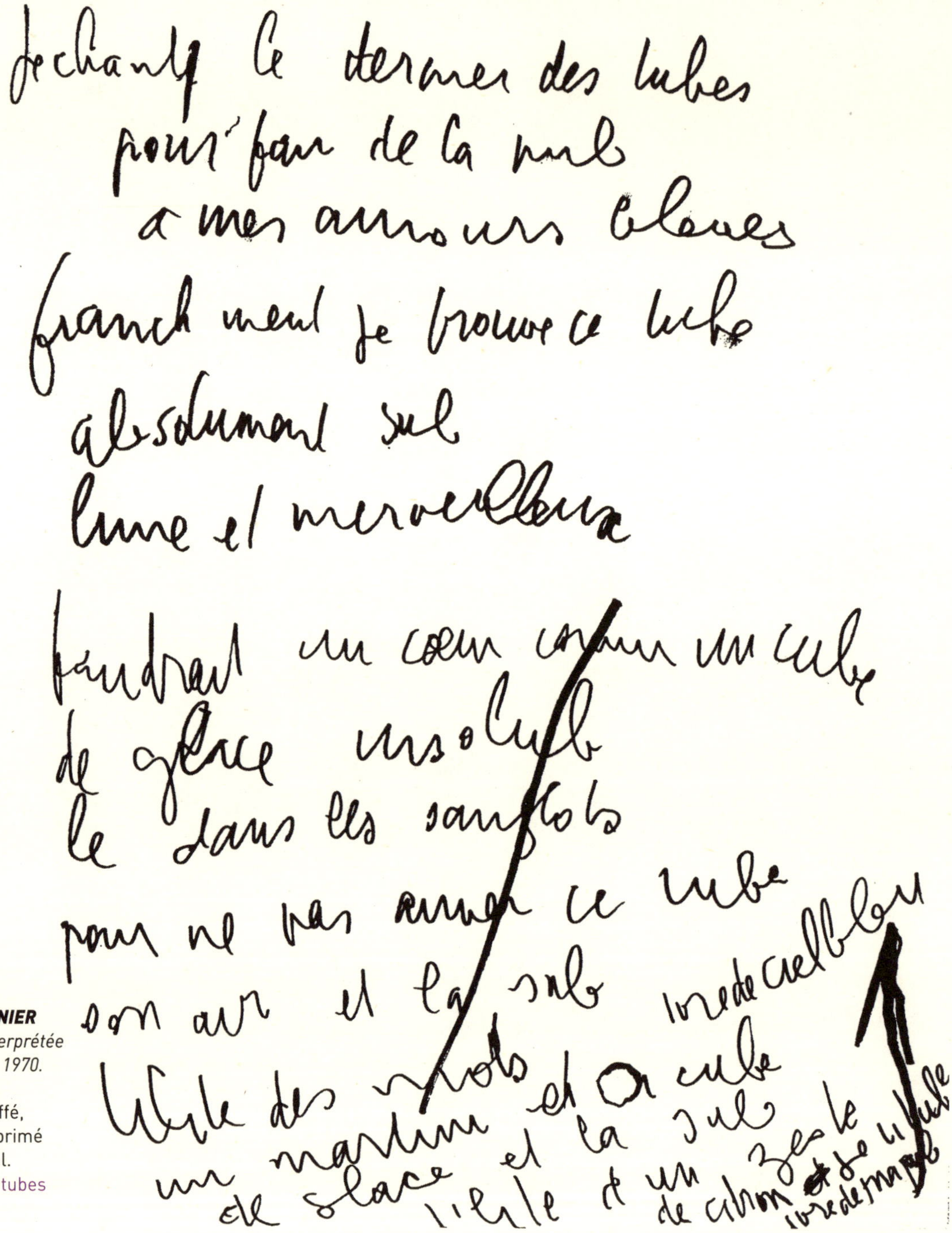

ON THE SEA* DIT *LE DERNIER DES TUBES, *publicité interprétée par Serge Gainsbourg en 1970.*

Le deuxième couplet, biffé, a effectivement été supprimé de l'enregistrement final.

Je chant' le dernier des tubes
Pour fair' de la pub
À mes amours bleues
Franch'ment je trouve ce tube
Absolument sub-
Lime et merveilleux
Faudrait un cœur comm' un cube
De glace insolub-
Le dans les sanglots
Pour ne pas aimer ce tube
Son air et la sub-
Tilité des mots
Un Martini et un cube
De glace et la sub-
Tilité d'un zeste
De citron je titube
Ivre de ma pub
Ivre de ciel bleu

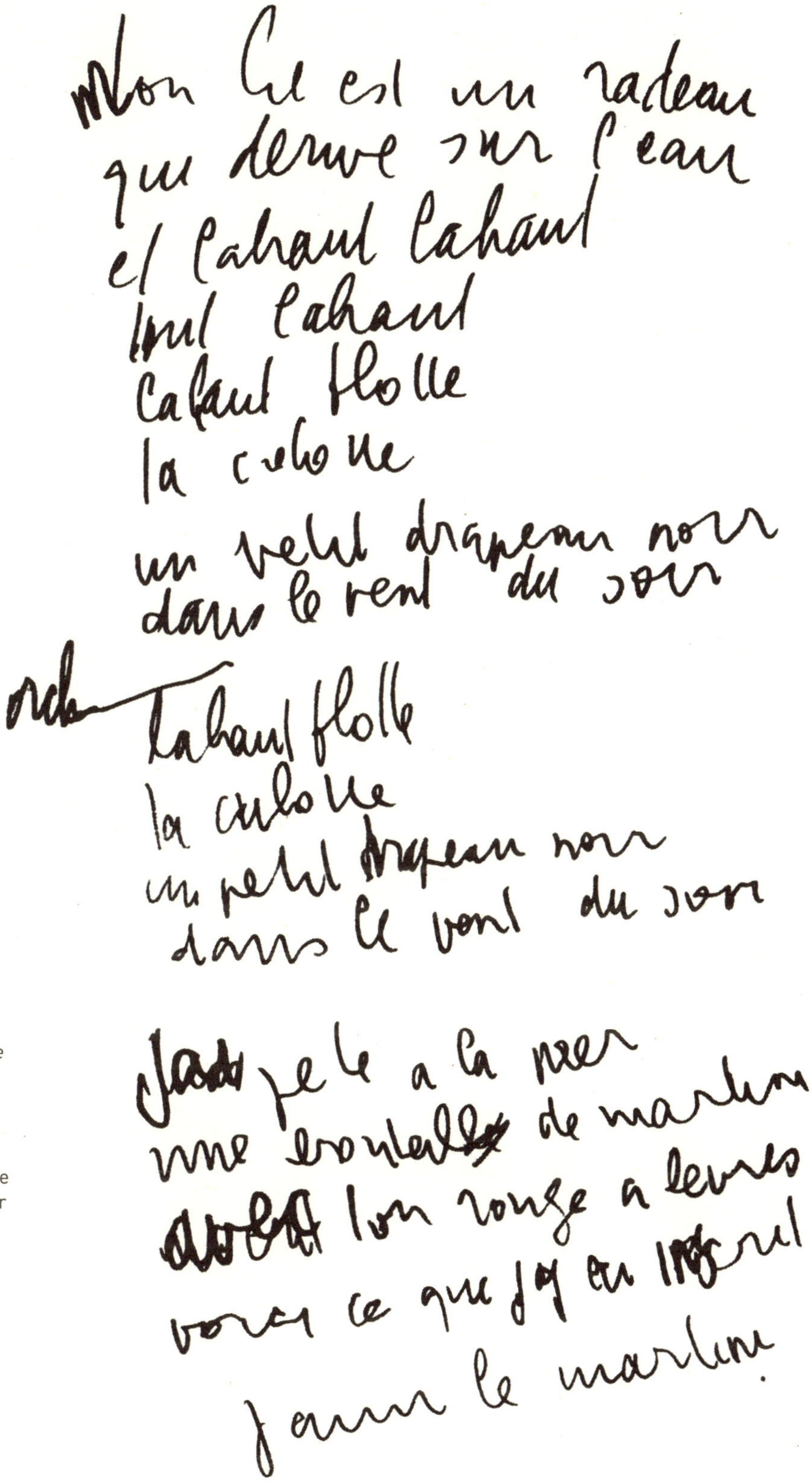
Mon lit est un radeau
qui dérive sur l'eau
et là-haut là-haut
tout là-haut
là-haut flotte
ta culotte
un petit drapeau noir
dans le vent du soir
orch
là-haut flotte
ta culotte
un petit drapeau noir
dans le vent du soir
j'ai jeté à la mer
une bouteille de martini
avec ton rouge à lèvres
voici ce que j'y ai inscrit
j'aime le martini.

***LE DRAPEAU NOIR* DIT *UNE BOUTEILLE DE MARTINI À LA MER*,** *interprétée par Serge Gainsbourg en 1970.*

Ici, Gainsbourg a utilisé la chanson *Le Drapeau noir*, enregistrée en 1969 par Mireille Darc, dont il reprend le premier couplet et le refrain :
Mon lit est un radeau
Qui dérive sur l'eau
Et là-haut là-haut
Tout là-haut
Là-haut flotte
Ta culotte
Un petit drapeau noir
Dans le vent du soir
(indication : orchestre)
Là-haut flotte
Ta culotte
Un petit drapeau noir
Dans le vent du soir
J'ai jeté à la mer
Une bouteill' de Martini
Avec ton rouge à lèvres
Voici ce que j'y ai inscrit :
J'aim' le Martini

a celle qui couche le hérisson

~~tous les garçons que j'aime se déchirent entre eux~~

petits coussins pour mes migraines
les petits lolos de Cola ~~délicieux~~ oeufs sur le plat
que deviendrais-je s'ils ne m'aidaient pas la
pour finir
les petits lolos de Cola

parfumés de sa douce haleine
ces deux petits flans de licalo
tremblent au moindre mouvement de Cola
les petits lolos de Cola

le pâtissier a pris la peine
pour achever ses deux babas
de les décorer de fraises des bois
les petits lolos de Cola
ils sont faits de sucre et de crème
chantilly et de tapioca
avec un léger soupçon de moka
les petits lolos de Cola

LES PETITS LOLOS DE LOLA,
publicité enregistrée
par Serge Gainsbourg en 1970.

Ce manuscrit d'une des publicités pour Martini contient un premier couplet qui a été biffé puis remplacé par un autre situé en bas de la page.
Le couplet non conservé est lisible comme suit :
1
Petits coussins
pour mes migraines
Les petits lolos de Lola
Délicieux œufs sur le plat
Que deviendrais-je
s'ils n'étaient pas là
Les petits lolos de Lola
Puis le texte se poursuit et évolue vers la version conservée pour la publicité finale, avec au bas du document un nouveau premier couplet qui vient remplacer le précédent :
2
Parfumés de sa douce haleine
Ces deux petits flans délicats
Tremblent (ou : frémissent) au
moindre mouv'ment de Lola
Les petits lolos de Lola
3
Le pâtissier a pris la peine
Pour achever ses deux babas
De les décorer de fraises des bois
Les petits lolos de Lola
1
Ils sont faits de sucre et de crème
Chantilly et de tapioca
Avec un léger soupçon de moka
Les petits lolos de Lola
À celle qui louche et *Le Hérisson*, notés en haut du manuscrit, sont les titres de deux courts textes publiés en 1968 dans le recueil de textes de Serge Gainsbourg, *Chansons cruelles*.
Les vers biffés
Tous les garçons que j'aime
Se déchirent entre eux
forment sans doute un début de chanson abandonné.

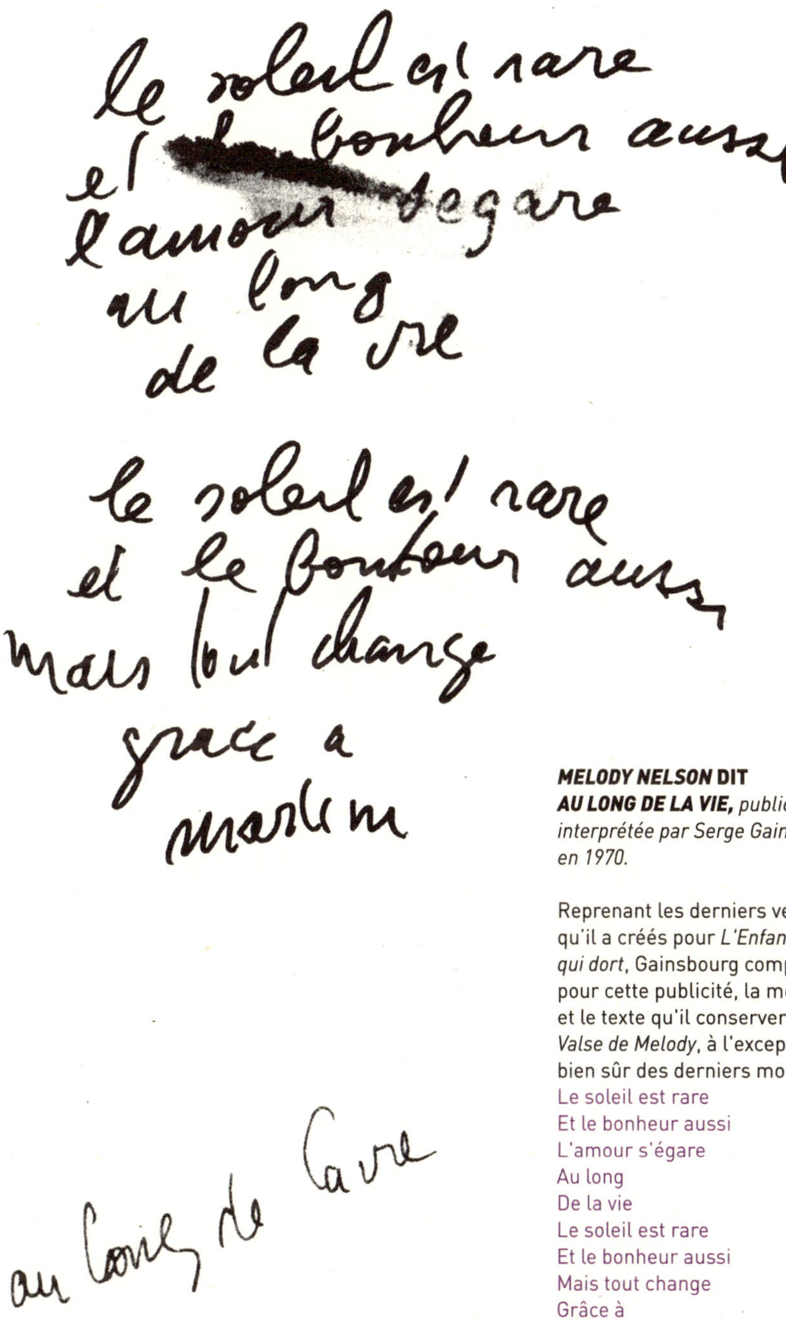
le soleil est rare
et le bonheur aussi
l'amour s'égare
au long
de la vie

le soleil est rare
et le bonheur aussi
mais tout change
grace a
martini

au long de la vie

***MELODY NELSON* DIT**
AU LONG DE LA VIE, *publicité interprétée par Serge Gainsbourg en 1970.*

Reprenant les derniers vers qu'il a créés pour *L'Enfant qui dort*, Gainsbourg compose, pour cette publicité, la mélodie et le texte qu'il conservera pour *Valse de Melody*, à l'exception bien sûr des derniers mots :
Le soleil est rare
Et le bonheur aussi
L'amour s'égare
Au long
De la vie
Le soleil est rare
Et le bonheur aussi
Mais tout change
Grâce à
Martini
Les derniers vers deviendront :
Mais tout bouge
Au bras de
Melody.

La chanson est
et mineur

La chanson est un art aimable
et mineur

un art aimable

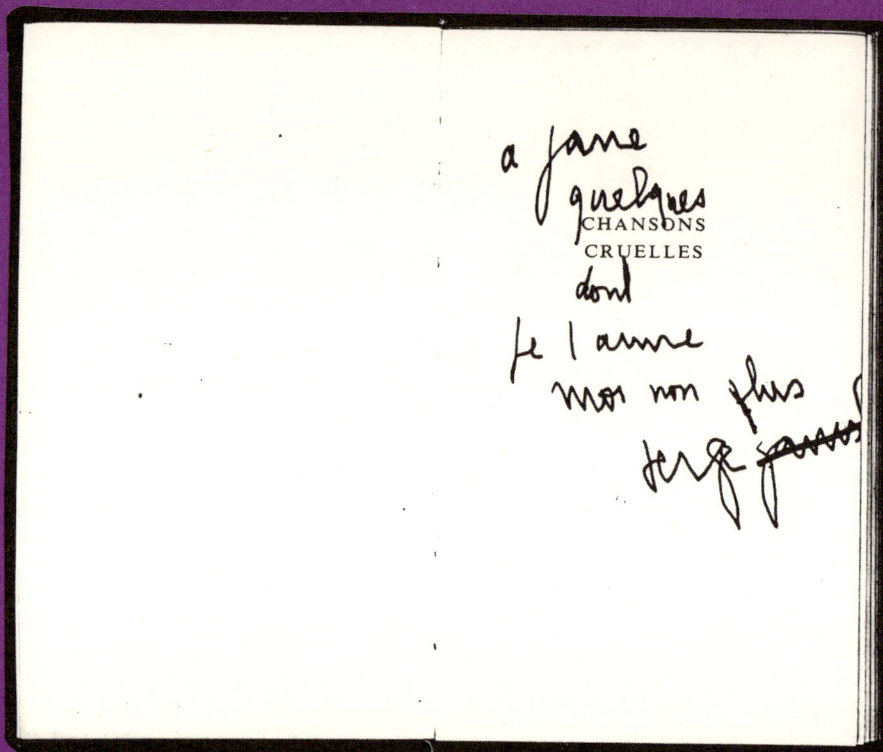

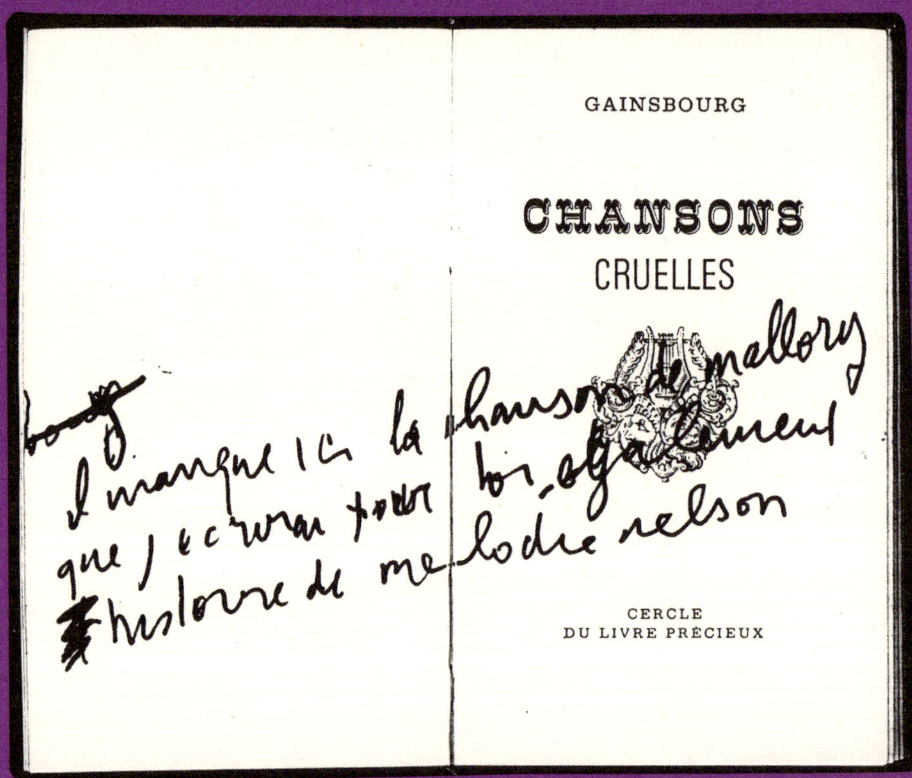

CHANSONS CRUELLES, *recueil de textes de Serge Gainsbourg publié en 1968.*

A Jane, quelques CHANSONS CRUELLES dont *Je t'aime…moi non plus.*
Serge (Gainsbourg : nom biffé)
Il manque ici la *Chanson de Mallory* que j'écrirai pour toi, également *Histoire de Melody Nelson.*
En 1969, Serge offre à Jane ce recueil de ses textes, paru aux éditions Tchou. « Ça l'énervait que je ne sache pas à quel point il était un auteur talentueux et que je ne connaisse pas ses chansons », explique Jane Birkin. On voit que le titre *Histoire de Melody Nelson* est déjà dans l'esprit de Serge deux ans avant sa publication. Mallory est le deuxième prénom de Jane. C'est finalement Régine qui chantera le titre *Mallo-Mallory* en 1971.

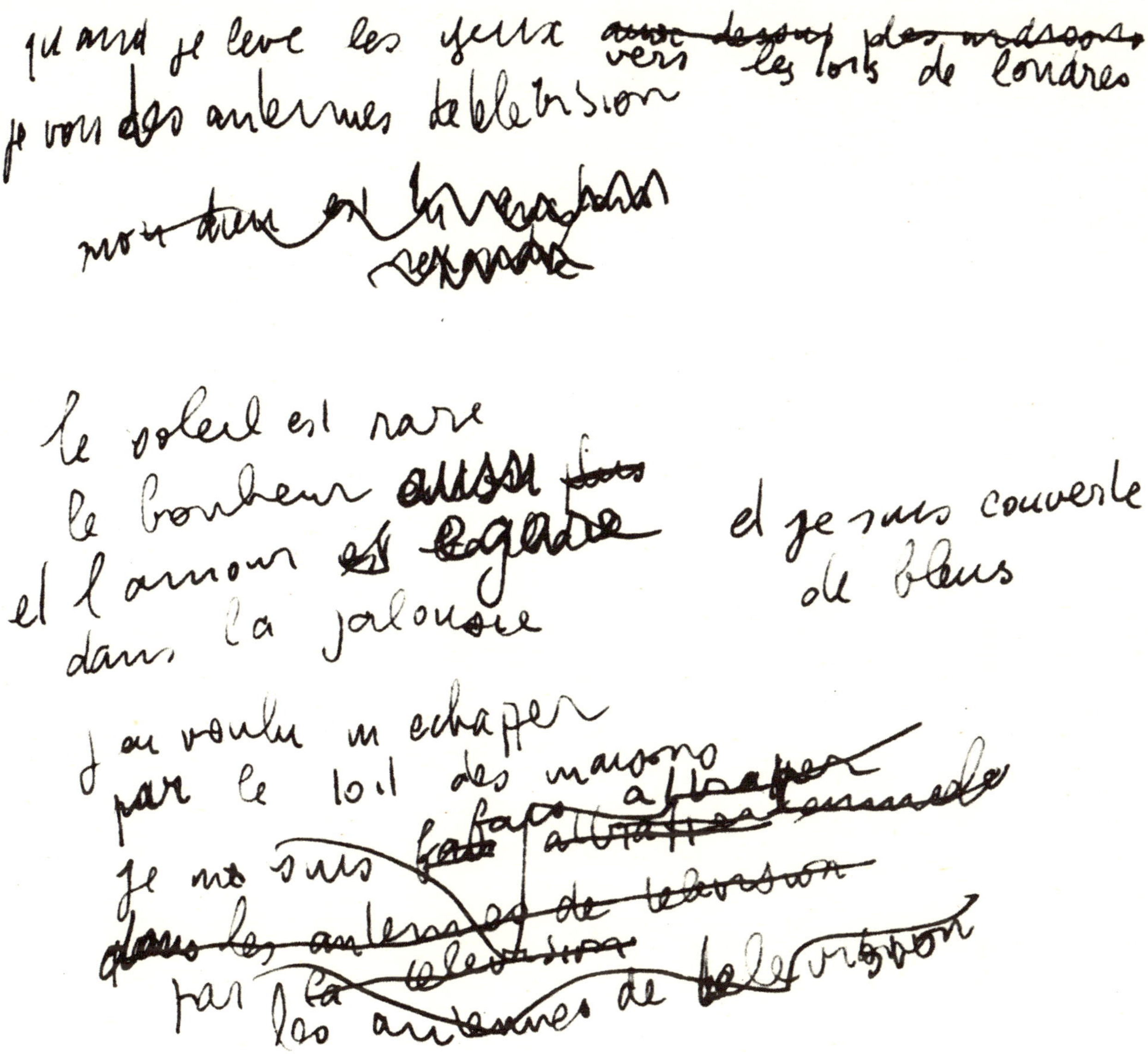

***VALSE DE MELODY,** enregistrée par Serge Gainsbourg en 1971.*

Quand je lève les yeux
vers les toits de Londres
(vers biffé: au-dessus
des maisons)
Je vois des antennes
de télévision
Le soleil est rare
Le bonheur aussi
Et l'amour s'égare
Dans la jalousie
(ou : Et je suis couverte de bleus)
J'ai voulu m'échapper par le toit
des maisons (vers biffé)
Je me suis fait attrapé
Dans les antennes de télévision
(ou : par les antennes
de télévision)

C'est sur ce document que semblent naître les premiers vers de *Valse de Melody*. Le texte est écrit au féminin, l'action se déroule à Londres. Jane Birkin apparaît comme la destinatrice évidente de ce début de chanson. Étrangement, la télévision, évoquée ici, n'a guère inspiré Serge Gainsbourg. Il existe un titre, *Telle est la télé*, composé à l'occasion de la fin de l'ORTF en 1974. Non diffusé pour cause de grève, le titre est resté inédit jusqu'en 1994.

Les vers
Le soleil est rare
Et le bonheur aussi
Et l'amour s'égare
Dans la jalousie
figurent sur de nombreux brouillons ou départs de chansons avant d'être repris et améliorés pour la publicité Martini puis, bien sûr, pour *Histoire de Melody Nelson*.

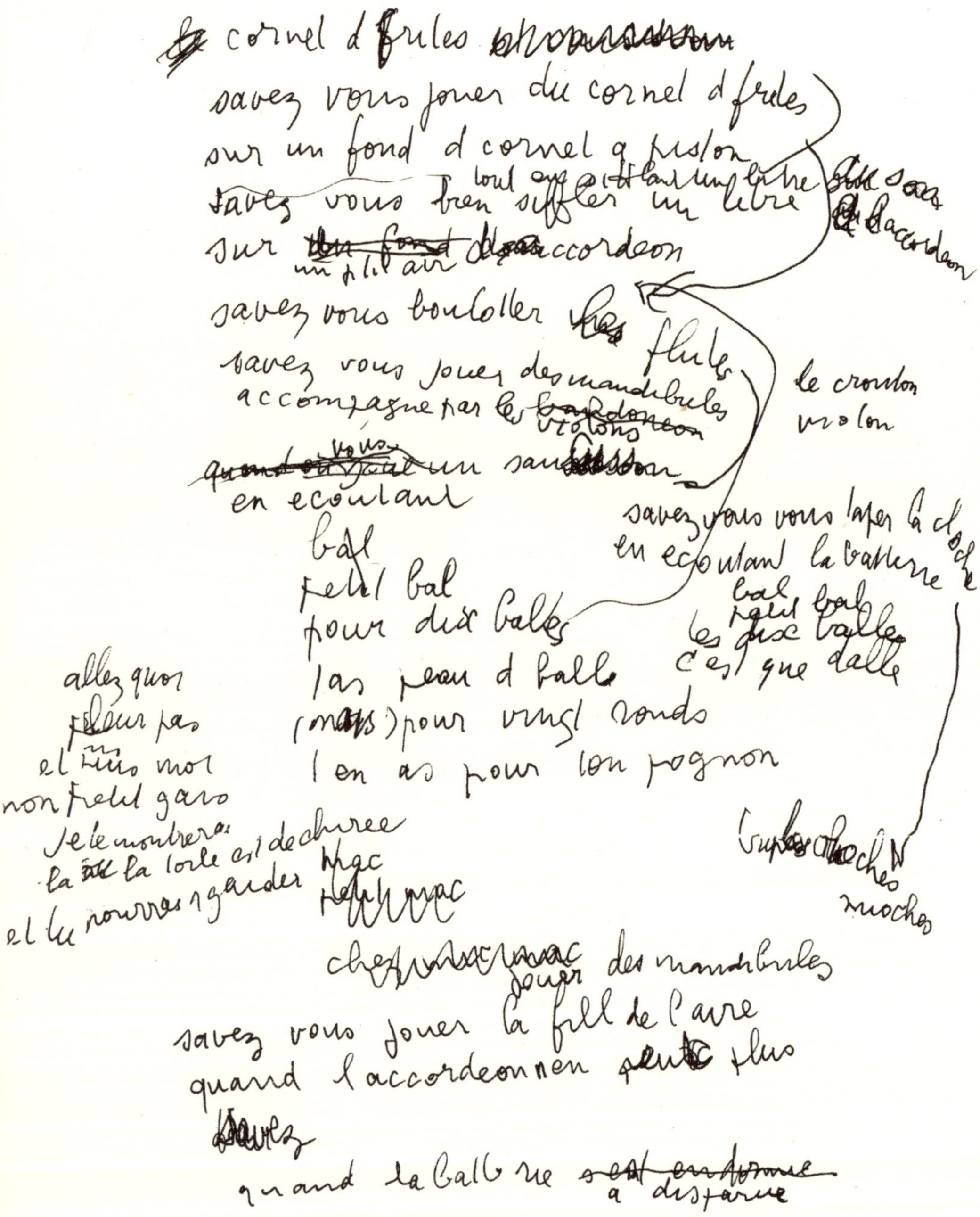

TOUT LE MONDE EST MUSICIEN,
enregistrée par Zizi Jeanmaire en 1972.

Cornet d' frites
Savez-vous jouer du cornet d'frites
Sur un fond d'cornet à piston
Savez-vous bien siffler un litre
(ou : tout en sifflant un litre)
Sur un p'tit air d'accordéon
(ou : au son d'l'accordéon)
Savez-vous boulotter les flûtes
Savez-vous jouer des mandibules
Accompagné par les violons
En écoutant un saucisson
Savez-vous vous taper la cloche
En écoutant la batterie

Cette première ébauche comprend un refrain qui sera modifié plus tard. Celui du manuscrit évoque, probablement sans que Gainsbourg en ait conscience, la chanson *Bal, petit bal* de Francis Lemarque :

Bal
Petit bal
Pour dix balles
(ou : tes dix balles)
T'as peau de balle
(ou : c'est que dalle)
(Mais) pour vingt ronds
T'en as pour ton pognon

Tout à fait à gauche, une autre partie déchiffrable ne sera pas non plus conservée :

Allez quoi
Pleur' pas
Et suis-moi
Mon petit gars
Je te montrerai
Là où la toile est déchirée
Et tu pourras regarder

Puis, sous une reprise alternative du refrain qui a été biffée :

Mac
Petit mac
Chez mic-mac

on peut lire :

Jouer des mandibules
Savez-vous jouer la fill' de l'air
Quand l'accordéon n'en peut plus
Quand la batterie a disparu.

***ÉLISA,** enregistrée par Zizi Jeanmaire en 1972.*

Serge Gainsbourg reprend le thème musical du film *L'Horizon* de Jacques Rouffio, qu'il a composé en 1967. Pour la revue du Casino de Paris, Zizi Jeanmaire chante sa propre version, créée à la télévision en 1969, puis une version en duo avec Serge en 1971 toujours pour le petit écran, date probable de ce manuscrit puisqu'il s'agit ici d'une version intermédiaire entre celle enregistrée par Gainsbourg fin 1968 et celle de Zizi et Serge en 1971, comme en témoigne le couplet :
N'oublie pas
Élisa
Celle qui te sautait au cou
N'oublie pas
Élisa
Celle qui te cherchait des poux
N'oublie pas ses caresses
Soldat ne l'oublie pas
Dans l'ivresse
Du départ au combat
C'est la guerre
En haut du manuscrit, à droite, Serge a noté le jour, l'heure et le lieu du rendez-vous avec Zizi pour les répétitions de la chanson, puis un début de texte biffé qui figurera pourtant en partie dans la version enregistrée :
Élisa
Élisa
Moi je reste et toi tu t'en vas
Nos amours se confondent
Dans le bleu horizon
Déjà grondent
Les canons.

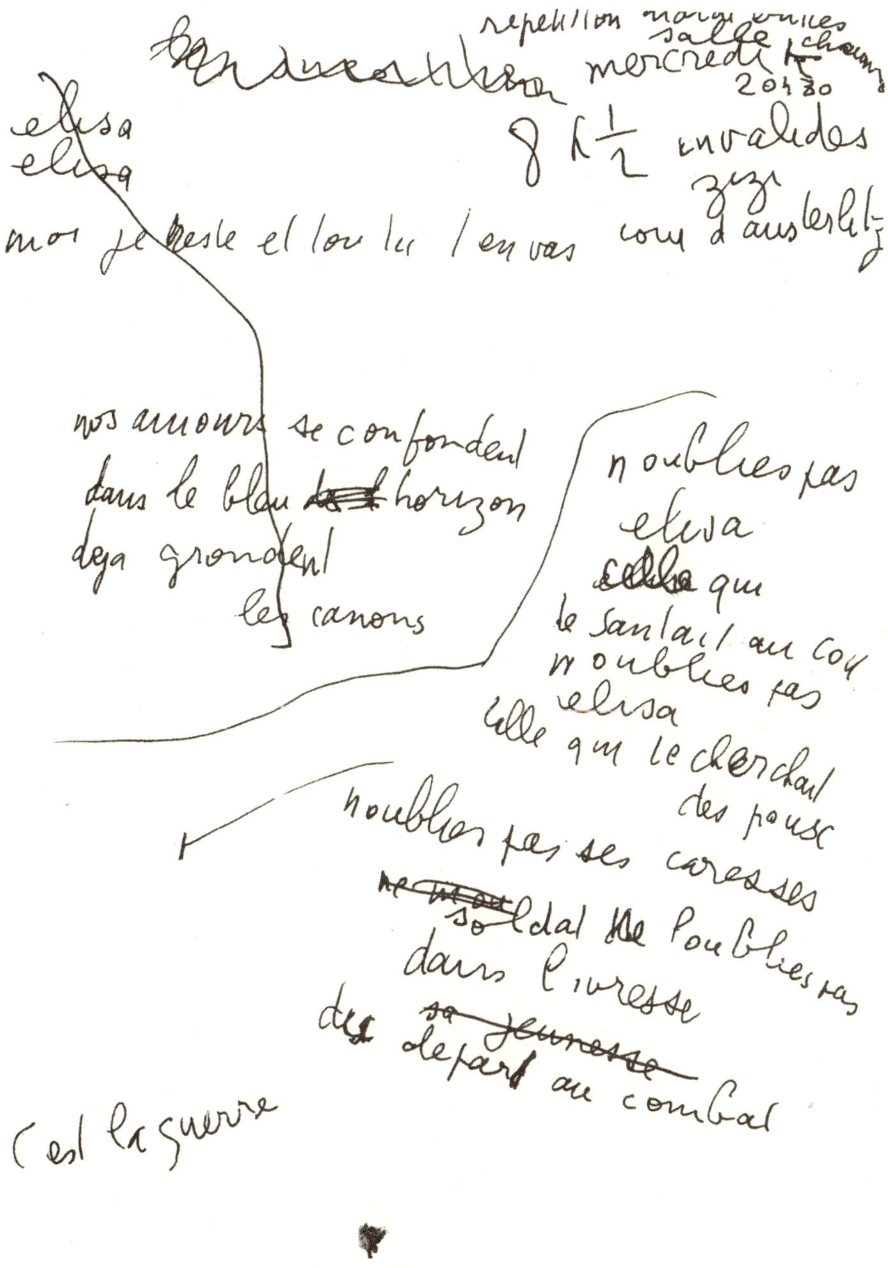

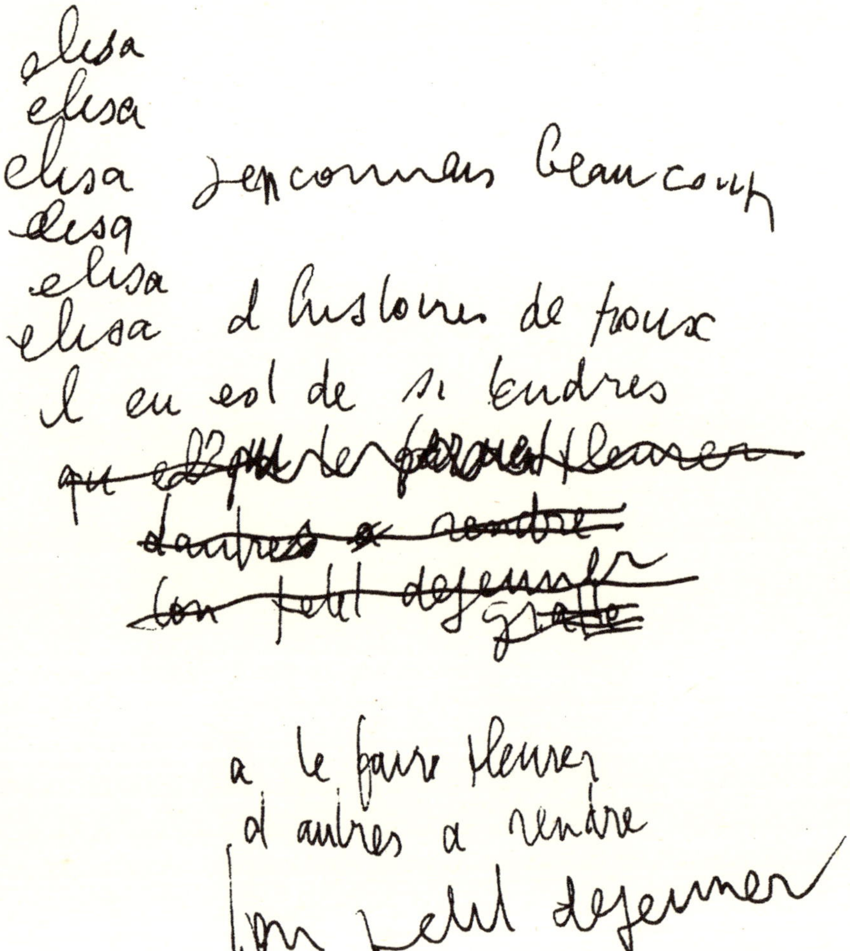
elisa
elisa
elisa j'en connais beaucoup
elisa
elisa
elisa d'histoires de poux
Il en est de si tendres
~~d'autres à rendre~~
~~ton petit dejeuner~~
à te faire pleurer
d'autres à rendre
ton petit dejeuner

ÉLISA, *non daté.*

Élisa
Élisa
Élisa j'en connais beaucoup
Élisa
Élisa
Élisa d'histoires de poux
Il en est de si tendres
À te faire pleurer
D'autres à rendre
Ton petit-déjeuner

Il n'y a aucune certitude sur la date de ce manuscrit. Il est vraisemblable qu'il est antérieur à 1969 et il pourrait s'avérer une première tentative de mise en texte de la musique du film *L'Horizon* de Jacques Rouffio, en 1967.

ÉLISA, *enregistrée par Zizi Jeanmaire en 1971.*

Élisa
Élisa
Élisa saute-nous au cou
Élisa
Élisa
Lisa on t'emmène avec nous
Tu s'ras notre infirmière
Notre fille à soldats
À la guerre
Comme à la guerre Lisa

Il s'agit d'un des manuscrits recopiés par Serge à l'intention des choristes qui l'accompagnent ainsi que Zizi Jeanmaire lors du show télévisé de 1971, afin qu'ils puissent facilement lire leur texte. La chanson est scénarisée par Roland Petit. L'action se déroule dans une caserne, des soldats partent au front et Zizi Jeanmaire vient leur dire adieu. Gainsbourg figure parmi les soldats qui partent au combat. C'est cette version que Zizi va chanter sur scène en 1972, mais sans Gainsbourg.

ELISA
ELISA
ELISA SAUTE NOUS AU COU
ELISA
ELISA
LISA ON T'EMMENE AVEC NOUS
TU S'RAS NOTRE INFIRMIERE
~~ET~~ NOTRE FILLE A SOLDAT
A LA GUERRE
COMME A GUERRE LISA

pour regine
mister fauchman

~~mister fauchman
est riche a millions
mais pour les milliardaires
~~il est fauche~~
il est sans un rond~~

~~on~~ mister fauchman
n as pas un rond
~~il n a~~ que sa bell gueule
pour toul pognon
mister fauchman

MISTER FAUCHMAN, *inédite, vers 1971.*

Pour Régine
Mister Fauchman
Mister Fauchman
Est riche à millions
Mais pour les milliardaires
Il est sans un rond
Mister Fauchman
N'a pas un rond
Que sa bell' gueule
Pour tout pognon
Mister Fauchman

Écrite pour Régine, cette chanson est restée inachevée. Peut-être faut-il y lire les prémices de la chanson *Les Millionnaires* qu'il écrira en 1971 pour Zizi Jeanmaire ?

À droite :
Mister Fauchman
N'a pas un rond
Que sa belle gueule
Pour tout pognon

avec choeurs filles
2e fois
reprise 1fois
passera

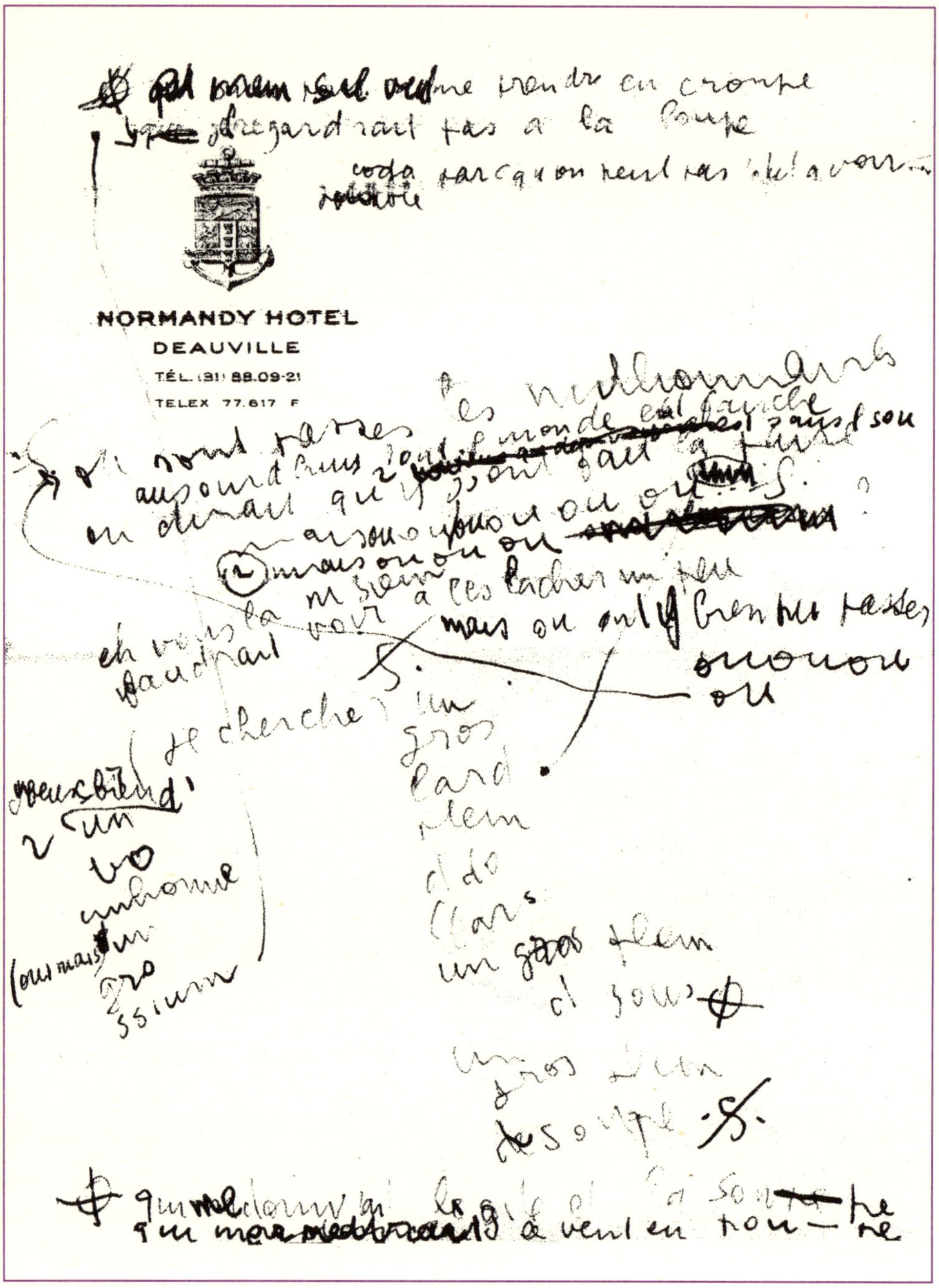

LES MILLIONNAIRES,
enregistrée par Zizi Jeanmaire en 1972.

Après la première représentation de la revue de Zizi Jeanmaire en janvier 1972, Serge part au Casino de Deauville. L'ambiance des salles de jeux lui souffle le thème des *Millionnaires*. Sur l'ébauche à gauche, le premier couplet sera transformé en refrain :

Où sont passés les millionnaires
Aujourd'hui tout le monde
Est fauché sans le sou
On dirait qu'ils s'sont fait la paire
Mais où où où où où
Mais où où où

De même que le refrain servira de base au premier couplet de la version chantée par Zizi Jeanmaire :

Je cherche un
Gros
Lard
Plein
D'do-
Llars
Un gros plein
D'sous
Un gros plein
D'soupe
Qui me donn'rait le gîte et la soupe
Qui me r'mettrait le vent en poupe

Il faut aller chercher la suite du couplet sur le côté gauche du manuscrit et la fin tout en haut :

J'veux bien d'
Un
Bo-
Nhomme
Oui mais un
Gro-
Ssium
Et mêm' s'il veut me prendre en croupe
Je l'regard'rais pas à la loupe

À droite on peut lire :

J'en ai plein
L'dos
J'en ai marre
D'être avec un
Si gros
Lard
Un
Gros
Lard
Plein
D'do-
Llars
Ou : tu n'es
Qu'un
Gros
Lard
Plein
D'do-
Llars
Un gros plein
D'sous
Un gros plein
D'soupe
Un
Gros
Lard
Plein
D'do-
Llars
Tous les génies sont des fous

Serge tente ici de replacer le début de *Hip hip hip hourrah* que Claude François avait chanté cinq ans plus tôt, qui ne retrouvera une place qu'en 1987 dans le recueil de textes intitulé *Mon propre rôle* :

Je pratique
La politique
De la femme brûlée
Derrière moi
Il ne doit plus rien pousser

J en ai plein
l dos
j en ai marre
d dre avec un
si gros
lard
un
gros
lard
pleim
d dos
llards

on lui n as
qu un
gros
Lard
plein
d des
clards

un gros plein d Cbus
un gros plein d soupe

un
gros
lard
plein
d dos
llards

tous les gonnes sont dessous

la pratique
la politique
de la femme bulbe
derrière moi
il n fout plus rien pousser

PAMELA POPO, *enregistrée par Serge Gainsbourg en 1973.*

À la vue de ces premiers essais, on se rend compte que la chanson ne vient pas facilement sous la plume de Gainsbourg. Il décrit la séance de strip-tease à laquelle assiste le narrateur.

On peut déchiffrer :

Et chaque soir
Je connais
Dans une (cette) boît' de Soho
Une fille nommée
Oh Pamela Popo
Je reviens pour Pamela Popo
Sur une musique de rock oko
Il faut voir frémir ses deux lolos
Cacao
Quand elle a fini son numéro
Numéro
Chaud
Bravo
K.O.
Congo
Une de ces nanas dont la peau
Est plus noire qu'un conte d'Edgar Poe
Et l'on s'entasse dans ce tripot
Pour voir cette Pamela Popo

pamela popo

chaque soir dans cell

je ... une boît de ... ko

bar

je reviens pour pamela popo

nommee oh pamela popo

rock oko

sur une musique de Colos

deux

cacao

quand elle a fini son numero

numero

chaud bravo

K o

celle dont la peau ← fin

congo

il plus noir qu'un conte d'Edgar Poe

et l'on s'enlasse dans ce lieu

pour avoir celle pamela popo

1
Je connais dans un' boîte de Soho
Une nommée Pamela Popo
Une de ces p'tites nanas
(ou : p'tites mignonnes)
Dont la peau
Est plus noire qu'un conte
d'Edgar Allan Poe
Pamela Popo
2
Sur une musique de rockcoco
Cett' petit' Pamela Popo
A mis au point un de ces numéros
À vous fair' froid dans le dos
De strip-tease oh lala
Ouais Pamela Popo
6
Chaqu' soir dans cett' boît' de Soho
À la même heure je reviens
pour Pamela Popo
Cette petit' nana dont la peau
Est plus noire qu'un conte
d'Edgar Allan Poe
Pamela Popo

Ce deuxième manuscrit donne naissance aux deux premiers couplets de la chanson. Il manque visiblement un second feuillet comprenant les couplets numérotés de 3 à 5 puisqu'on peut lire ici ceux qui sont numérotés 1, 2 et 6, le dernier ayant été supprimé par la suite. En haut à droite, Gainsbourg note des rimes en [o]. Aucune d'entre elles ne sera utilisée dans la chanson :

Manque de pot
Ouvrir le capot
Zéro
Dodo
Yoyo
Zorro
Noyau
Rigolo

Au centre on distingue les vers biffés suivants :

Ses dents sont des touch'
de piano
Pas un dièse en clé de do
Ses yeux deux boules de coco.

plus ~~brillante~~ ~~une~~ plume de corbeau
de pamela popo
~~dont~~ est
et ses yeux ou devant des fausc

manque de pol
ouour le capol
zero
dodo
yoyo
zorro
noyau
ngolo

mouvre

dans une musique de rockcoco 2
~~il faut voir~~ pamela popo
cette petite a un front un de ces numeros
froid dans le dos pamela popo
a nous a vous faire
de super classe ou lala

je connais dans une boite de Soho 1
une nommee pamela popo
une de ces petites nanas dont la peau
est plus noire qu'un conte d'edgar allan poe
pamela popo

ses dents sont des touches de piano
ses yeux deux noix de coco
pamela popo

chaque soir dans cette boite de soho 6
je reviens pour pamela popo
cette petite nana dont la peau
est plus noire qu'un conte d'edgar allan poe
pamela popo

l'amene heure

LA FAMILLE HARDY-DUTRONC 1973/1974

Derrière ses faux airs de Barbara, Denise Glaser, présentatrice de l'émission *Discorama*, évoque avec Serge Gainsbourg en 1965 le personnage de Georges Brassens. Concentrée sur ses ongles, elle pose ses questions sans en avoir l'air et lance alors : « Il a l'amitié silencieuse. Vous aussi je pense ? » Le sourire s'atténue sur le visage de Gainsbourg, qui rétorque : « Je n'ai pas le sens de l'amitié. » Il est vrai qu'à l'inverse du barde sétois, Gainsbourg n'est pas entouré de courtisans. Il cultive la solitude, qu'il contourne parfois avec les fraternités anonymes de comptoir et d'un soir. Il existe pourtant une « bande à Gainsbourg ». Ils ne sont pas toujours fourrés ensemble, ne s'invitent pas forcément à dîner chez l'un ou chez l'autre, mais cultivent un identique sens de la dérision et une distanciation équivalente à l'égard de leur image et de leur métier. « Ils », c'est la famille Hardy-Dutronc.

MOT ADRESSÉ À FRANÇOISE HARDY, *1973.*

Alors que Serge est hospitalisé pour un infarctus à l'Hôpital américain, Françoise Hardy et Jacques Dutronc donnent naissance à leur fils, Thomas. Serge adresse ce petit mot à Françoise :
S'il est timide, ce sera un petit Thomas à la tomate.

The American Hospital of Paris

Incorporated in U.S.A. by Act of Congress January 30, 1913 — Reconnu d'utilité publique le 19 Mars 1918

Ad. Tél. AMHOSPMA - PARIS
C.C.P. PARIS 2027 - 91
Téléphone : 637 - 72 - 00

BOITE POSTALE 109
63, Boulevard Victor - Hugo
92202 - Neuilly - sur - Seine

S'il est blonde ce sera
un petit Thomas à la
tomate

[illegible]

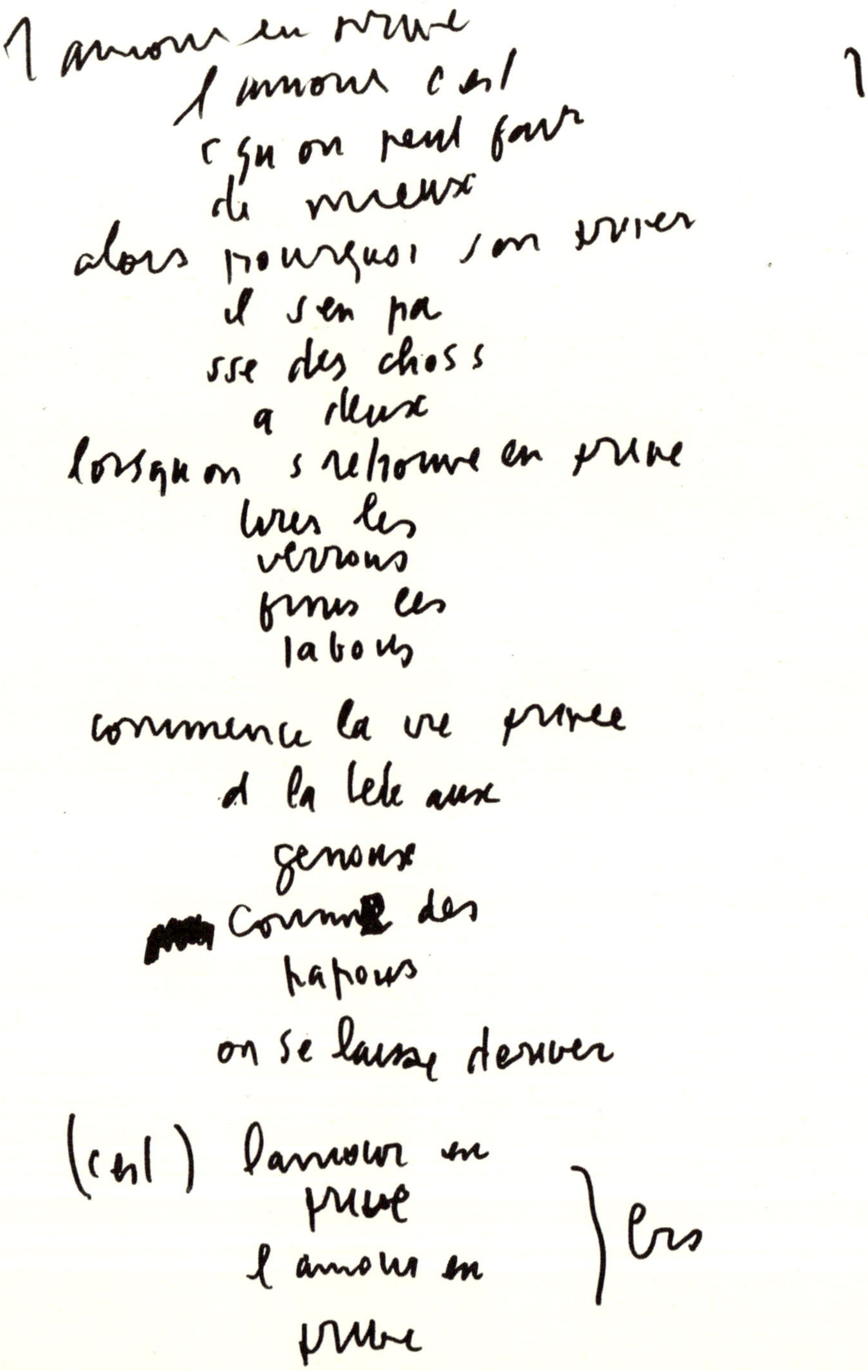

l'amour en privé
l'amour c'est
c'qu'on peut fair
de mieux
alors pourquoi s'en priver
il s'en pa
sse des chos's
à deux
lorsqu'on s'retrouve en privé
tirer les
verrous
finis les
tabous
commence la vie privée
d'la tête aux
genoux
comme des
papous
on se laisse dériver
(c'est) l'amour en
privé
l'amour en
privé
} bis

L'AMOUR EN PRIVÉ, *enregistrée par Françoise Hardy en 1973.*

L'amour en privé
L'amour c'est
C'qu'on peut fair'
De mieux
Alors pourquoi s'en priver
Il s'en pa-
Sse des chos's
À deux
Lorsqu'on s'retrouve en privé
Tirer les
Verrous
Finis les
Tabous
Commence la vie privée
D'la tête aux
Genoux
Comme des
Papous
On se laisse dériver
(C'est) L'amour en
Privé
L'amour en
Privé
(indication pour le refrain : *bis*)

Il s'agit d'un texte recopié pour l'enregistrement en studio de Françoise Hardy. Ce manuscrit ne contient que le premier couplet et le premier refrain de la chanson.

LETTRE DE SERGE GAINSBOURG À JACQUES DUTRONC, *sans date.*

Les lettres de Serge sont très rares. Il adresse à son ami Jacques Dutronc l'un de ses aphorismes favoris :
L'envers vaut l'androgyne
dans une enveloppe libellée
To TroncDu from Lulu
les noms étant évidemment celui de Dutronc en verlan et le surnom de Lucien Ginsburg, Lulu.

l envers vaut
l androgyne
LE BEAU RIVAGE
PALACE
CH-1000 LAUSANNE 6

LES ROSES FANÉES, *interprétée par Jacques Dutronc, Jane Birkin et Serge Gainsbourg en 1974.*

Le signe *dal segno* indique qu'il s'agit du refrain. La mention en fa indique la tonalité.

J'aim' les roses
J'aim' les roses
J'aim' les roses fanées
Les vieill's peaux
Les vieill's peaux
J'aim' les vieill's paumées
(indication pour le refrain : fin)
Ceux qui boudent
Les vieux boudes
N'y connaissent rien
Aux dans's de l'enfer
Je préfère
(Vas-y mémère !)
Le fox-trot des années vingt
J'aim' les vioques
Qui débloquent
J'aim' les vieill's guenons
(Poil au menton !)
Ces vieill's chouettes
Ça sent chouette
L'after-shave lotion
Ell's se piquent
(C'est vrai qu'ça pique)
Les vieill's biques
D'avoir de beaux restes
Vieux fossiles
Leurs faux-cils
Cach'nt des pensées lestes

Le texte est ici recopié pour l'enregistrement en studio de la chanson, à l'occasion d'un show télévisé. Le titre sera ensuite enregistré sur disque par Dutronc et Birkin, sans la participation vocale de Gainsbourg. Il manque le mot « gigolo », chanté par Jane tout au long de la chanson.

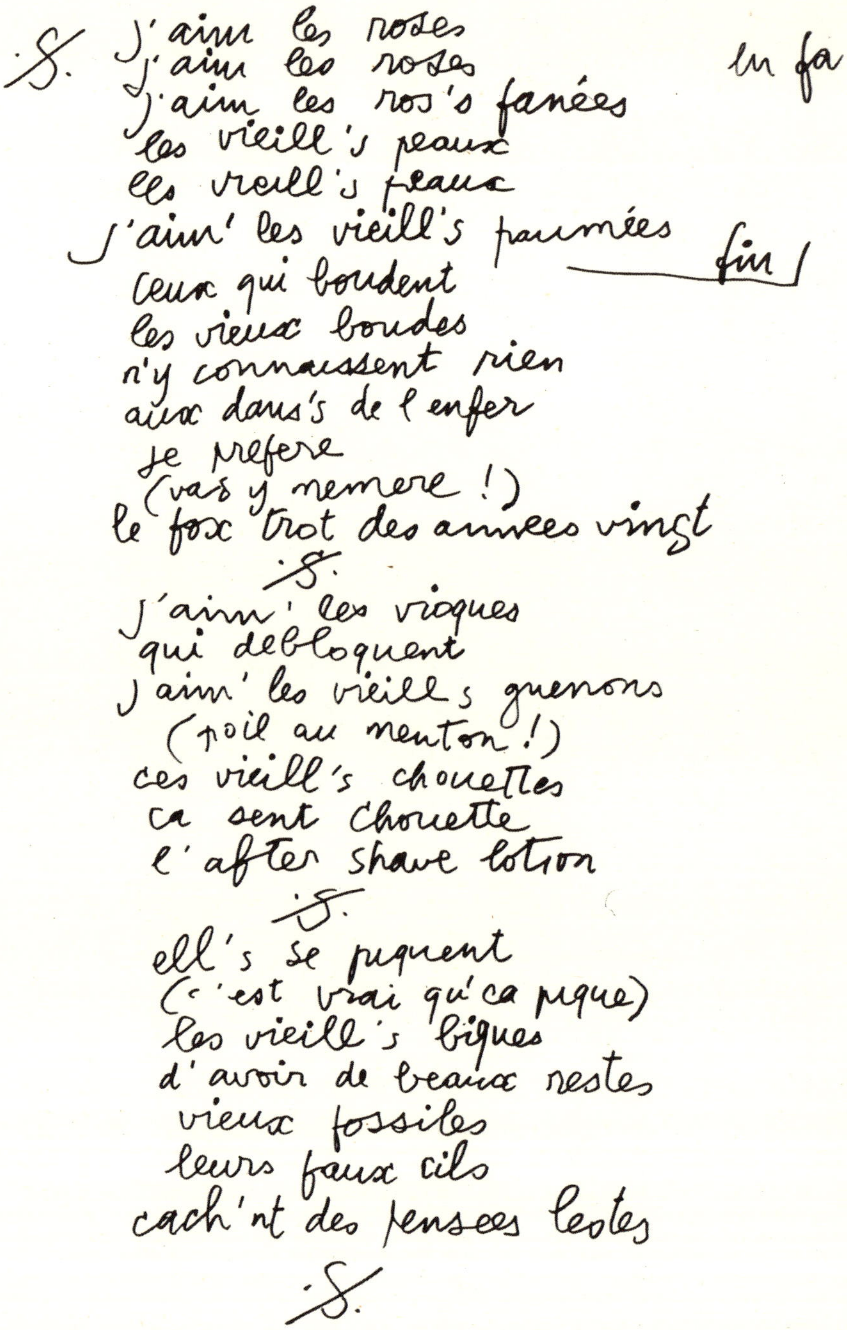
:S. J'aim les roses
J'aim les roses
J'aim les ros's fanées
les vieill's peaux
les vieill's peaux
J'aim' les vieill's paumées
en fa
fin
Ceux qui boudent
les vieux boudes
n'y connaissent rien
aux dans's de l'enfer
je prefere
(vas y memere !)
le fox trot des annees vingt
:S.
J'aim' les vioques
qui debloquent
J'aim' les vieill's guenons
(poil au menton !)
ces vieill's chouettes
ca sent chouette
l'after shave lotion
:S.
ell's se piquent
(c'est vrai qu'ca pique)
les vieill's biques
d'avoir de beaux restes
vieux fossiles
leurs faux cils
cach'nt des pensees lestes
:S.

les fills c'est un flipper qu on se
cou ou oue
ca tremble entre les mains des voy
ou ou ous
mais attention
de n pas trop les bousculer sinon
ca va fair' tilt
les fills c est un flipper qu on se
cou ou oue
c est sensible ca sallum' de par
tou ou out
pour fair' le max
il faut etre super relax
pas fair' tilt
les fill's c est un flipper qu on se
cou ou oue
dis machine' n 'est c' pas qu' t'aim' bien les
cou ou oups
orchestre
les fill's c est un flipper qu on se
cou ou oue
si tu perd la boul' ell' t' prend tes
sou ou ous
coco bel œil
j' fais mes parties a l œil
jamais tilt

LES FILLES C'EST DU FLIPPER,
interprétée par Jacques Dutronc en 1974.

Les fill's c'est un flipper qu'on se-
Cou ou oue
Ça tremble entre les mains des voy-
Ou ou ous
Mais attention
De n'pas trop les bousculer sinon
Ça va fair' tilt
Les filles c'est un flipper qu'on se-
Cou ou oue
C'est sensible ça s'allum' de par-
Tou ou out
Pour fair' le max
Il faut être super relax
Pas fair' tilt
Les fill's c'est un flipper qu'on se-
Cou ou oue
Dis machin' n'est-c' pas
qu't'aim' bien les
Cou ou oups
(indication : orchestre)
Les fill's c'est un flipper qu'on se-
Cou ou oue
Si tu perds la boul' ell't'prend tes
Sou ou ous
Coco bel œil
J'fais mes parties à l'œil
Jamais tilt

Le texte est ici recopié pour l'enregistrement en studio du titre, à l'occasion d'un show télévisé où elle est chantée par Jacques Dutronc en play-back. Cette chanson est à ce jour inédite sur disque.

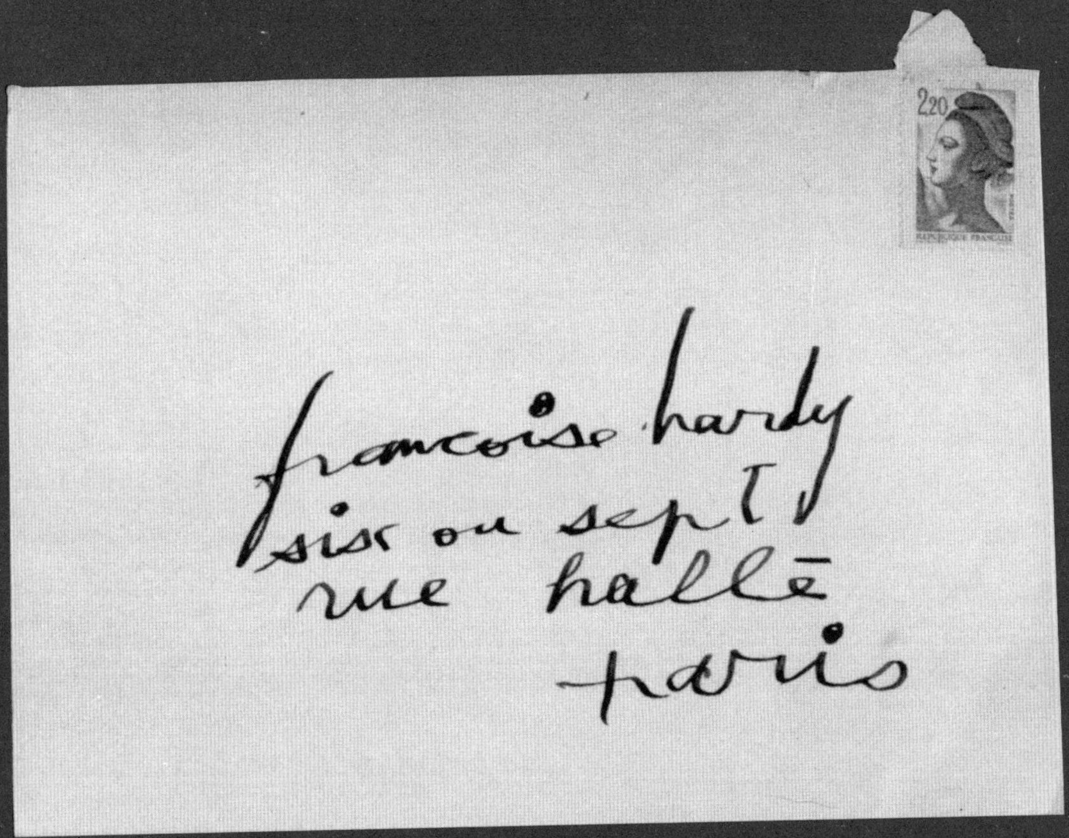
2,20
francoise hardy
six ou sept
rue hallē
paris

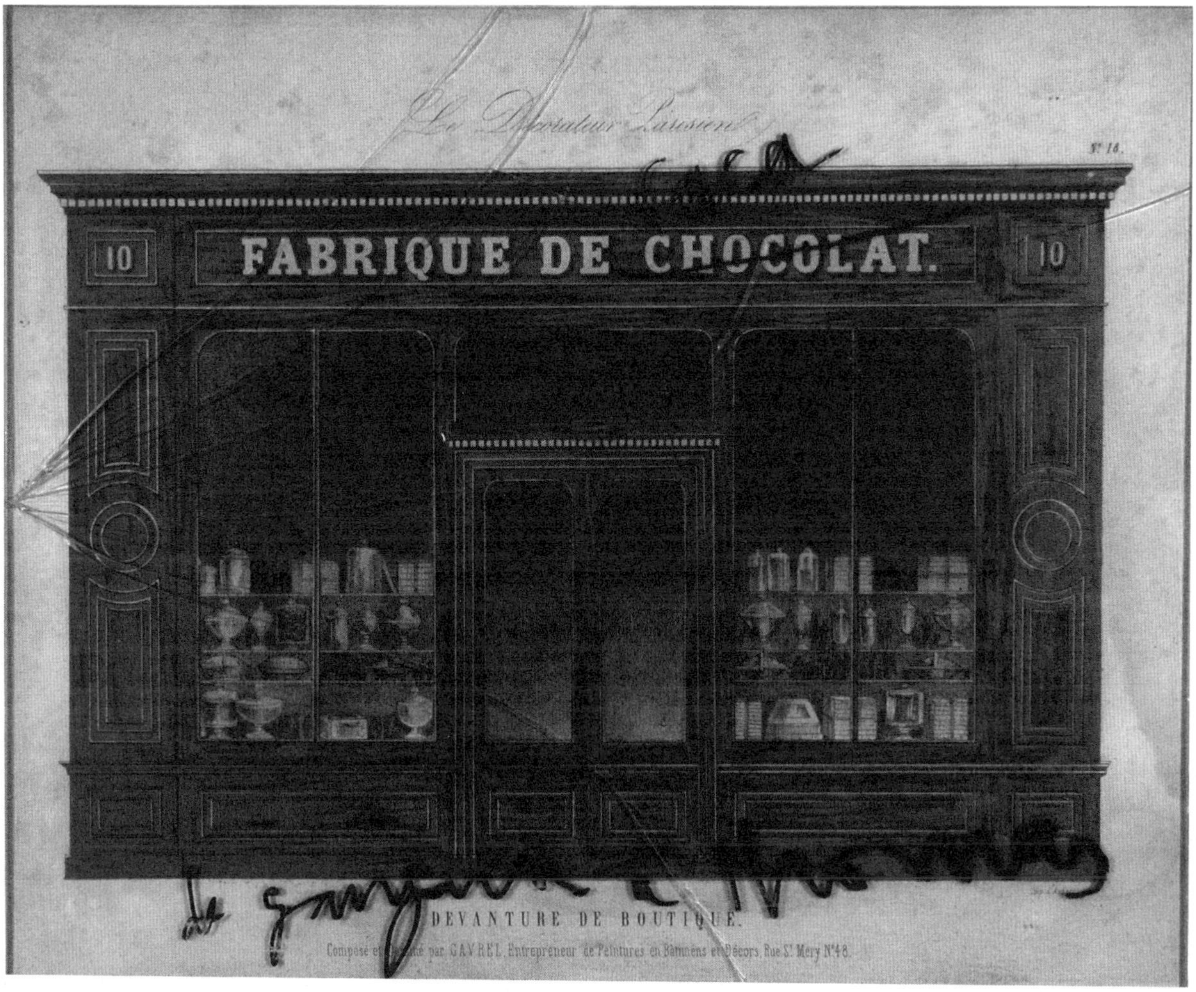

LETTRE ADRESSÉE
À FRANÇOISE HARDY,
non datée.

LA FABRIQUE DE CACA,
gravure « corrigée » par Serge Gainsbourg, adressée à Thomas Dutronc, non datée.

HIER OU DEMAIN 1974/1979

La fin des années 1970 permet à Gainsbourg de revenir sur une partie de sa vie jusque-là occultée, l'occupation de la France par les nazis. Comme lui seul peut se le permettre, il tourne le IIIe Reich en dérision.
Puis il va se diriger vers deux nouvelles formes d'expression qui trouvent grâce à ses yeux, le cinéma et la littérature. Avec *L'Homme à tête de chou*, il s'offre son album le plus ambitieux depuis *Histoire de Melody Nelson*. Il contribue à la popularité de Jane Birkin en lui composant un disque somptueux couronné de succès et entame ses collaborations avec Isabelle Adjani, Alain Chamfort et le groupe Bijou. Ces derniers vont redorer le blason de Gainsbourg, dont la notoriété est inversement proportionnelle à la vente de ses disques, et le pousser à remonter sur scène, près de vingt ans après ses dernières représentations en public.

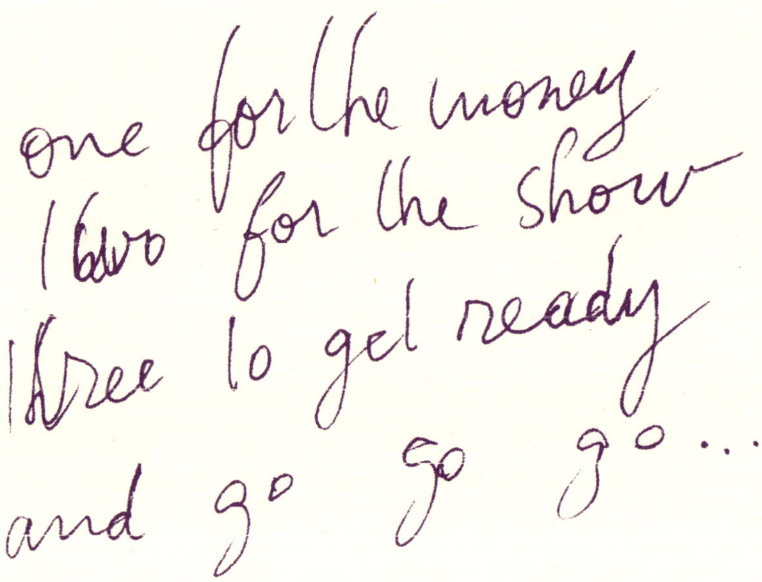
one for the money
two for the show
three to get ready
and go go go...

NOTE MANUSCRITE,
non datée.

Ce court texte est le célèbre début de la chanson *Blue Suede Shoes* de Carl Perkins.
One for the money
Two for the show
Three to get ready
And go go go...

ROCKING-CHAIR, *interprétée par Isabelle Adjani en 1974.*

Serge Gainsbourg prévoit un dernier couplet, rédigé ici à la main sur le tapuscrit de la chanson :
J'aimerais faire
Un' partie de jambes en l'air
Et danser le rocking-chair
Isabelle Adjani chantera finalement un couplet plus pudique :
Je m'f'rai légère
Comme du polyester
Pour danser le rocking-chair
On imagine Adjani feuilleter le *Tropique du cancer* de Henry Miller, *Les Onze Mille Verges* d'Apollinaire, Baudelaire et, bien sûr, *Lolita* de Nabokov, dont Humbert Humbert est le personnage clé. Quatre ans plus tard, Jane Birkin enregistrera sa propre version de ce titre, légèrement modifiée, sans le dernier couplet.

rocking-chair

"amour pervers"
me susurre henry miller
dans son tropiqu' du cancer
baudelaire
me donne ce soir la chair
de poulette littéraire

~~rocking-chair~~
rock rocking-chair

apollinaire
en a aussi des sévères
et des pas mûr's dans ses vers
onz' mille vers
je me sens à bout de nerfs
agitée comme un shaker

~~rocking-chair~~
rock rocking-chair

est-ce en mystère
vingt ou en hélicoptère
que viendra humbert humbert ?
je m'f'rai légère
comme du polyester
entre les bras de ce cher

~~rocking-chair~~
rock rocking-chair

~~rocking-chair~~
rock rocking-chair

J'aimerais faire
une partie de jambe en l'air
et [illegible] ce rocking chair

gainsbourg

AUTOPORTRAIT, *1974.*

À l'occasion de l'album *Rock around the Bunker*, album qui revient sur la sombre période de l'Allemagne nazie, Serge réalise un autoportrait. Pour la deuxième fois de sa carrière (la première étant le 45 tours EP contenant *La Jambe de bois (Friedland)* en 1959 et la troisième sera l'album *Amour des feintes* de Jane Birkin en 1990), Gainsbourg dessine à la plume une pochette de disque. L'autoportrait semble revendiquer le fait que cette histoire tragique qu'il tourne en dérision est bien la sienne.

AROUND THE BUNKER
Gainsbourg

~~[illegible]~~ une bière de vous être ~~[illegible]~~
~~[illegible] et [illegible]~~

la fille
~~[illegible]~~ un thé citron et des toasts

Johnny tirant la bière à la pression
je fais pas les toasts

la fille
comment vous n'faites pas les toasts

Johnny
je fais pas les toasts

~~Kruss snack~~

la fille
c'est un monde ça

Kruss ~~[illegible] et quitte le snack~~
~~l'homme et en [illegible] regarde les jambes de la fille~~ la fille au type ça commence bien !
~~la fille à l'homme~~
~~ça commence bien~~

on passe derrière le comptoir caméra à la main
l'homme ~~passe la~~ passe sa main entre les cuisses de la fille

~~on détaille~~
la fille à voix basse
l'argent d'abord

l'homme idem ~~maintenant ok~~ la moitié OK ?
~~la moitié .. maintenant~~
il déchire une liasse de billets
~~la fille~~ et lui glisse ~~dans~~ entre le bas et la jambe mais fantaisie hein !
on entend le moteur du camion

56

~~JOHNNY s'approche et met la main sur la table.~~

JOHNNY mécanique.

~~- Oeuf sur le plat, omelette, saucisse, hamburger.~~

~~Lui détaillant JOHNNY~~

~~- Que voulez-vous chérie ?~~

l'emmerder

→ dit's donc espèce de pute vous allez longtemps

LA FILLE du bout des lèvres

- Redites un peu pour voir...

l'homme pardon ?

Krass se lève brutalement et va sur lui

JOHNNY idem

~~- Oeuf sur le plat, omelette, saucisse, hamburger.~~

tête à tête l'homme se met à trembler

Krass soudain tire sur son noeud pap

LA FILLE délicate comme un cristal

~~- Mm ... oui, je vois ... je prendrai un thé citron et des toasts.~~

l'autre sursaute

Krass à johnny

JOHNNY toujours appuyé sur la table.

- Je fais pas les toasts.

J'te sors ce soir, y a...

SCÉNARIO DE *JE T'AIME MOI NON PLUS*, *de Serge Gainsbourg, séquence inédite, 1976.*

- Une bière je vous prie
La fille :
- Un thé citron et des toasts
Johnny *(tirant la bière à la pression)* :
- Je fais pas les toasts
La fille :
- Comment vous ne faites pas les toasts ?
Johnny :
- Je fais pas les toasts
La fille :
- C'est un monde ça
Krass :
- Dit's donc espèce de pute, vous allez l'emmerder longtemps ?
L'homme :
- Pardon ?
(Krass se lève brutalement et va sur lui. Tête à tête. L'homme se met à trembler. Krass soudain tire sur son nœud pap'. L'autre sursaute.)
Krass *(à Johnny)* :
- J'te sors ce soir, y a...
La fille *(au type)* :
- ça commence bien !
(Passe derrière le comptoir, caméra à la main. L'homme passe sa main ente les cuisses de la fille)
La fille *(à voix basse)* :
- L'argent d'abord.
L'homme *(idem)* :
- La moitié, OK ?
(Il déchire une liasse de billets et lui glisse entre le bas et la jambe)
Mais fantaisies, hein !
(On entend le moteur du camion).

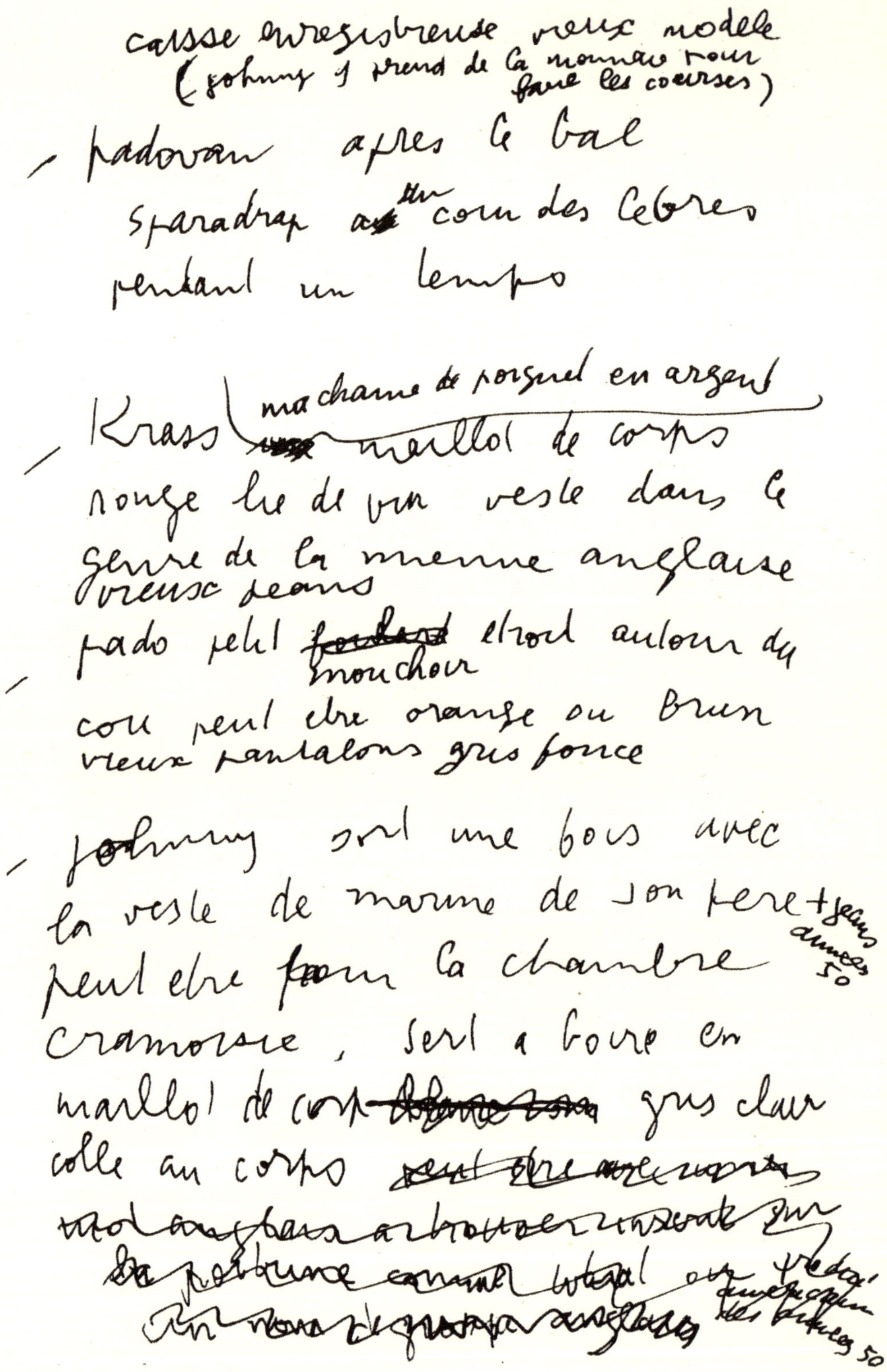
caisse enregistreuse vieux modele
(Johnny y prend de la monnaie pour faire les courses)
- padovan apres le bal
sparadrap au coin des levres
pendant un temps
- Krass ma chaine de poignet en argent maillot de corps
rouge lie de vin veste dans le
genre de la mienne anglaise
vieux jeans
- pado petit ~~foulard~~ etroit autour du mouchoir
cou peut etre orange ou brun
vieux pantalons gris fonce
- Johnny sort une fois avec
la veste de marine de son pere + jeans années 50
peut etre ~~pour~~ la chambre
cramoisie, sert a boire en
maillot de corp gris clair
colle au corps

NOTES POUR LE FILM
JE T'AIME MOI NON PLUS,
de Serge Gainsbourg, 1974.

Caisse enregistreuse
vieux modèle
(Johnny y prend de la monnaie
pour faire les courses)
- Padovan après le bal,
sparadrap au coin des lèvres
pendant un temps
- Krass, ma chaîne de poignet
en argent, maillot de corps
rouge lie-de-vin, veste dans le
genre de la mienne, anglaise,
vieux jeans
- Pado, petit mouchoir étroit
autour du cou, peut être orange
ou brun, vieux pantalon gris
foncé
- Johnny sort une fois avec
la veste de marine de son père
+ jeans années 50, peut-être
pour la chambre
cramoisie, sert à boire en
maillot de corps gris clair
colle au corps

Gainsbourg dresse une liste d'accessoires et de vêtements portés par les personnages du film, Krass, Padovan et Johnny. Très impliqué dans la préparation de son long-métrage, il fait porter aux personnages des objets ou vêtements personnels (sa chaîne de poignet, la veste du père de Jane, etc.).

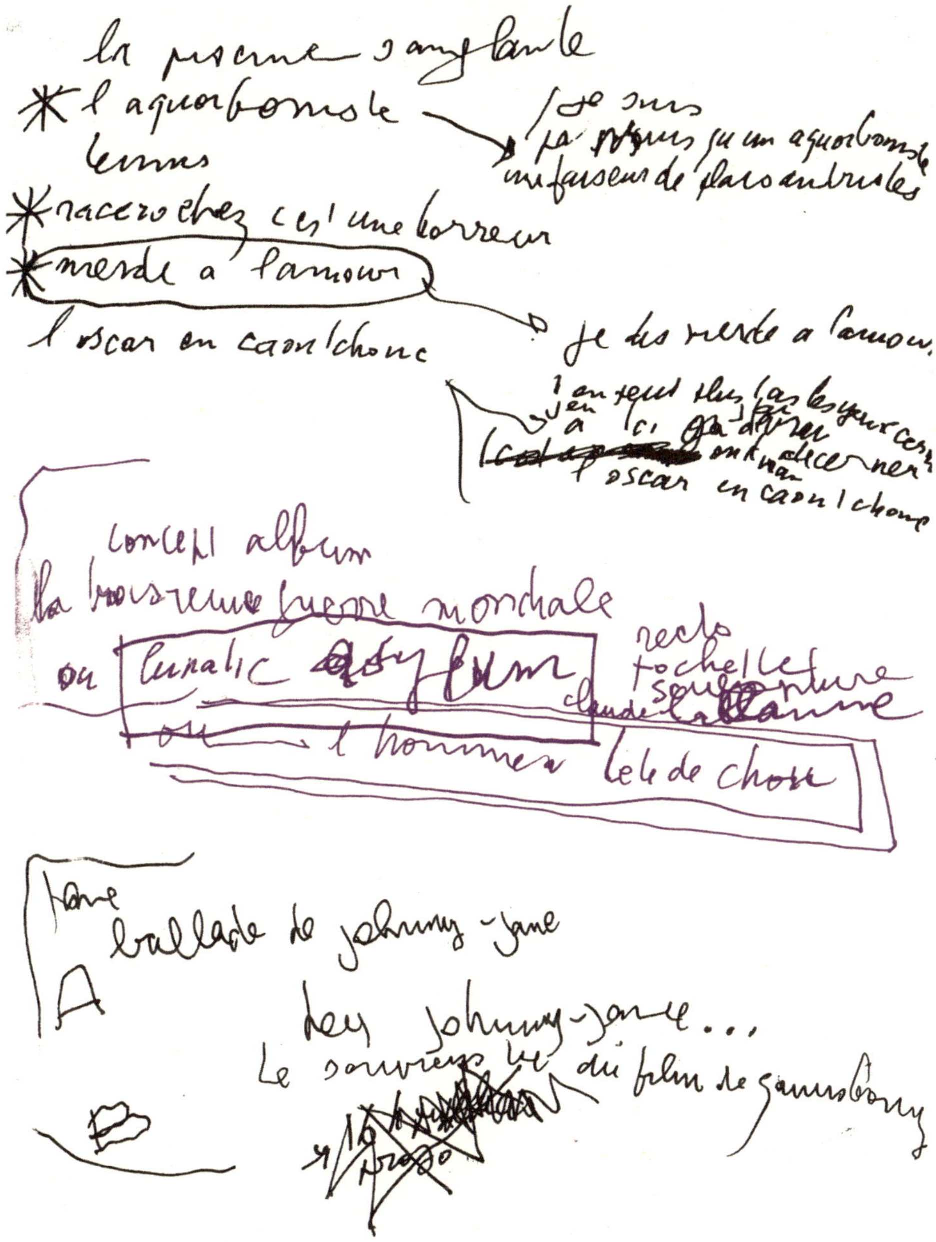
la piscine sanglante
* l'aquoiboniste → je suis qu'un aquoiboniste un faiseur de plaisantristes
* raccrochez c'est une horreur
* merde à l'amour → je dis merde à l'amour
l'oscar en caoutchouc → j'en peux plus t'as les yeux cernés à toi on devrait décerner l'oscar en caoutchouc
concept album
la troisième guerre mondiale
ou Lunatic Asylum
recto
pochette
sculpture
Claude Lalanne
ou l'homme à tête de chou
Jane
ballade de johnny-Jane
A
hey johnny-Jane...
te souviens-tu du film de gainsbourg

NOTES, *1976.*

La première partie du manuscrit est une liste de titres dont deux contiennent des débuts de chansons :
La Piscine sanglante
L'Aquoiboniste –
Je n'suis qu'un aquoiboniste
un faiseur de plaisantristes
XX
Raccrochez c'est une horreur
Merde à l'amour –
Je dis merde à l'amour
L'Oscar en caoutchouc –
J'en peux plus t'as les yeux cernés
À toi on devrait décerner
L'oscar en caoutchouc
Puis, un projet d'album :
Concept album
La troisième guerre mondiale
ou *Lunatic Asylum*
Recto
Pochette
Sculpture
Claude Lalanne
Ou *L'Homme à tête de chou*
Puis un autre début de chanson :
Jane
A *Ballade de Johnny Jane*
B Hey Johnny Jane...
Te souviens-tu du film
de Gainsbourg

L'Aquoiboniste, écrite pour Jacques Dutronc, sera enregistrée par Jane Birkin, rejoignant la liste des néologismes poétiques dont Serge raffole (*Les Sambassadeurs, L'Anamour, L'Hippopodame*). *Merde à l'amour* figurera au répertoire de Zizi Jeanmaire. L'album-variation autour de la sculpture *L'Homme à tête de chou* que Serge vient d'acheter deviendra deux ans plus tard l'un des albums les plus importants de sa carrière, au point que la presse l'affublera parfois du sobriquet éponyme. Inspiré par le film *Je t'aime moi non plus*, Serge écrira la *Ballade de Johnny Jane* sur l'un des thèmes musicaux du film. *Raccrochez c'est une horreur* deviendra un duo entre Serge et Jane ; quant à *La Piscine sanglante* et *L'Oscar en caoutchouc*, prévues respectivement pour Jane Birkin et Zizi Jeanmaire, elles resteront à l'état de projets.

l'homme a tete de chou
je suis l'homme a tete de chou

L'homme à tête de chou
Je suis l'homme à tête de chou

L'HOMME À TÊTE DE CHOU,
argumentaire publicitaire de l'album, 1976.

J'ai croisé L'HOMME À LA TÊTE DE CHOU à la vitrine d'une galerie d'art contemporain. Quinze fois je suis revenu sur mes pas puis sous hypnose j'ai poussé la porte, payé cash, et l'ai fait livrer à mon domicile. Au début, il m'a fait la gueule, ensuite il s'est dégelé et m'a raconté son histoire. Journaliste à scandales tombé amoureux d'une petite shampouineuse assez CHOU pour le tromper avec des rockers, il la tue à coups d'extincteur, sombre peu à peu dans la folie et perd la tête qui devient CHOU.

Cette page manuscrite, envoyée aux journalistes à l'occasion de la sortie de l'album *L'Homme à tête de chou* et qui en raconte la genèse, est l'une des premières exploitations ostentatoires de la graphie de Serge Gainsbourg. À partir de ce moment, Serge va communiquer au public l'étrangeté de son écriture, comme une facette supplémentaire de son personnage. Dans le coffret de disques publié en 1978 à l'occasion de ses vingt ans de carrière, on trouve les reproductions des manuscrits de *My lady héroïne* et de *Variations sur Marilou*, ainsi qu'une reproduction de l'autoportrait qui figure sur la pochette de l'album *Rock around the Bunker*.

SORTIE DU NOUVEAU 30 cm de GAINSBOURG
"L'HOMME A TETE DE CHOU"

30 cm PHILIPS N° 9101 097

MUSICASSETTE N° 7102 542

j ai crosse L'HOMME A TETE DE CHOU a la vitrine d une galerie d art contemporain. quinze fois je suis revenu sur mes pas puis sous hypnose j ai pousse la porte paye cash et l ai fait livrer a mon domicile.
au debut il m a fait la gueule ensuite il s est degele et m a raconte son histoire.
journaliste a scandales tombe amoureux d une petite shampooineuse assez CHOU pour le tromper avec des rockers il la tue a coups d extincteur sombre peu a peu dans la folie et perd la tete qui devient CHOU.

gainsbourg

c'est une publication phonogram

L'HOMME À TÊTE DE CHOU,
enregistrée par Serge Gainsbourg en 1976.

1
L'homme à tête de chou
Je suis l'homme à tête de chou
Un quart légume
et trois quarts mec
Pour les beaux yeux de Marilou
Je suis allé porter au clou
Ma Remington
et puis mon break
Et
Ainsi
J'étais à fond de cale à bout
De nerfs j'avais plus un kopeck
Du jour où je me mis avec
Elle je perdis à peu près tout
Mon job à la feuille de chou
À scandales qui me donnait
le bifteck
Et mes cheveux sur le caillou
Qui et où suis-je chou ici ou
Dans la blanche écume varech
Sur la plage de Malibu
(indication sur le couplet :
finir avec ça)
J'étais fini foutu échec
Et mat aux yeux de Marilou
Agaçant
Les doigts de pied de Marilou
Qui me traitait
comme un blanc-bec
Et me rendait à moitié fou

Ce manuscrit contient une bonne partie du texte pratiquement inchangé de la chanson définitive. Il manque cependant les parties intermédiaires dans lesquelles le narrateur interpelle directement l'auditeur ainsi que tout un couplet qui viendra plus tard.

7 l'homme a tete de chou

je suis l'homme a tete de chou

~~moitié~~ un quart légume et trois quarts ~~moitié~~ mec

pour les beaux yeux de Marilou

je suis alle porter au clou

ma Remington et mon break

puis

et

ainsi

j'etais a fond de cale a bout

~~plus un radis~~ plus du ~~dix~~ kopeck

~~ainsi~~ un rate ~~plus~~ ~~sans~~

de nerfs j'avais plus ~~depuis que je suis~~ avec

~~depuis que je suis mis~~ du jour ou je mis

elle j'ai perdu ~~au~~ tres tout

ajouter

mon job ~~dans~~ a la feuille de chou

a scandale qui me donnait le bifteck

mes cheveux ~~...~~ sur le caillou

qu'est ou suis je chou ici

dans la blanche ecume

le chou ... de varech

sur la ~~plage~~ de Malibu

plage j'etais fini foutu echec

et mal

agacant ~~les~~ les doigts de pied de ~~...~~ Marilou ? aussi

~~pour les beaux~~ ses yeux de Marilou

~~qui~~ me rendait ~~...~~ a moitie fou

~~qui~~ me traitait comme un blanc bec

renifler

finir avec ca

VARIATIONS SUR MARILOU,
enregistrée par Serge Gainsbourg en 1976.

Il s'agit du brouillon du quatrième couplet. La transcription, incomplète, tente de suivre, au plus proche, la version enregistrée par l'auteur. Le vers biffé Tandis qu'elle se masturbe indique l'action que l'auteur va décrire sans être aussi explicite :

Quand les songes (ou : ses rêves) absurdes
Et que ses doigts s'absorbent
ou :
De ses rêves absurdes
Marilou se résorbe
De son (ou : dans un) coma
l'absorbent
Que je la sens absente
ou:
De sa pupille absente
Que dans l'iris absinthe
ou:
Et son iris absinthe
ou :
Qu'avec l'iris absinthe
Par l'envie se teinte

En face, un couplet alternatif :

Quand son iris jacinthe
Dans son coma se teinte
Du jade de l'absinthe
Que sa pupille absente
Et tandis qu'elle exhale – exil
Son soupir au menthol
ou :
D'un halo de menthol
Ma débile mentale
Rêve d'îles et de corail
ou : et d'atoll
Jouant avec le métal
De son zip ment-elle
ou : hante-t-elle
ou : invente-t-elle
Dans son regard le vice
Et la petite raie
ou : la minuscule raie
De quelque agence Havas
Donne un côté salace

En face, un couplet alternatif :

Elle rêve la java
Ou bien de La Havane
Ou les agences Havas
Un peu du bleu lavasse
De sa paire de Levi's
Et son doigt cocacolle
Et elle fait en sorte
Que sa pupille absente
Et son iris absinthe
Sous son plaisir se teinte
ou :
Dans son rêve se teinte
De brumes inquiétantes
D'extases sous-jacentes
Et me voici Lewis
Caroll avec Alice
Au pays des délices
Elle me cocacolle
Un baiser

Particulièrement fier d'avoir écrit le premier « chorus sur le plan de la prosodie », Serge publiera un fac-similé de ce manuscrit dans le coffret de disques publié à l'occasion de ses vingt ans de carrière, ainsi que dans le recueil de ses textes intitulé *Mon propre rôle*, volume 1, paru en 1987 chez Denoël.

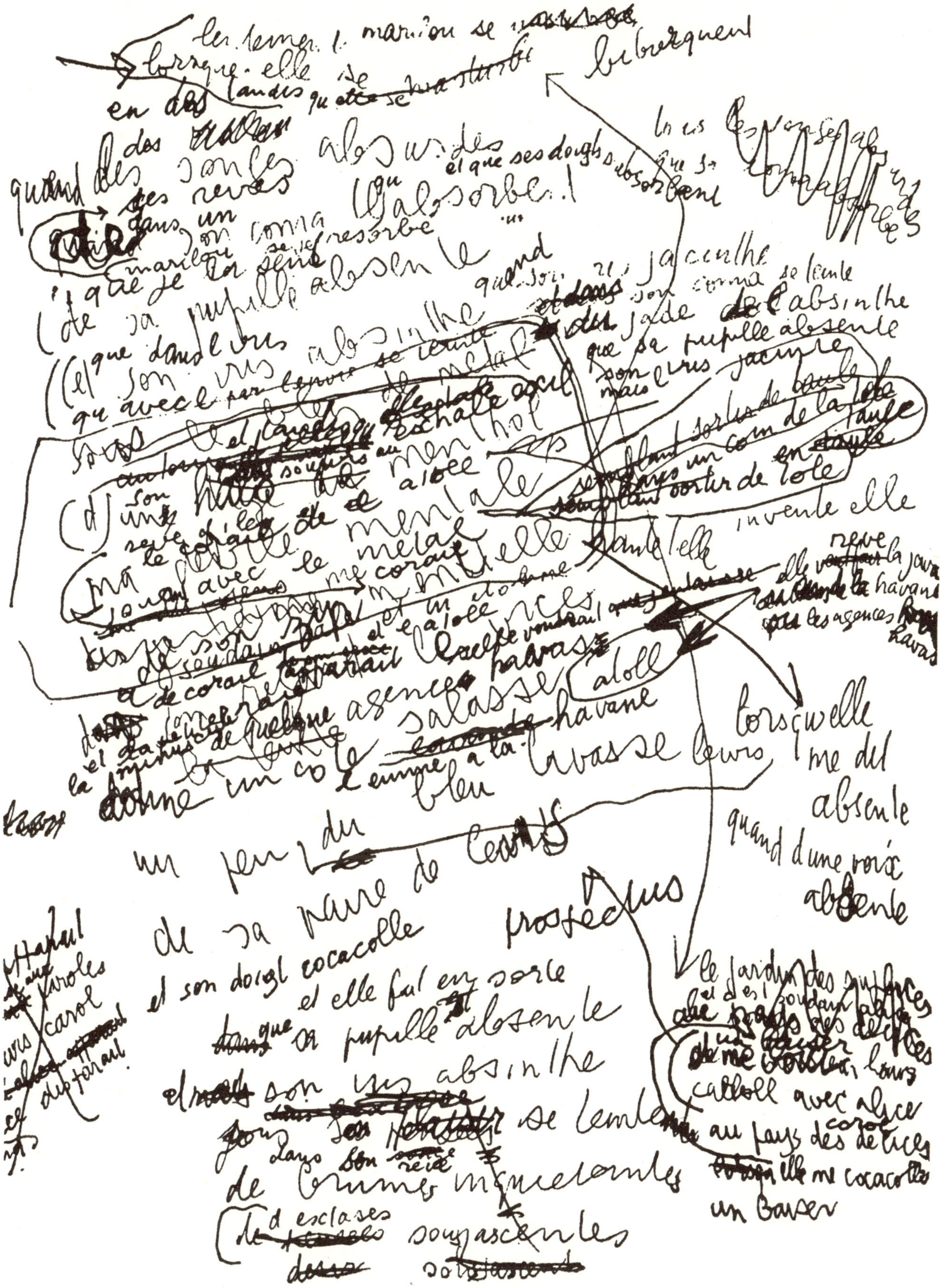

les temps . marion se
lorsque elle se
bilboquent
en des landes
quand des sondes absurdes
et que ses doigts absorbent
des rêves
absorbe
dans un coma se résorbe
que je la sens
de sa pupille absente
quand son iris jacinthe
son coma se lente
de l'absinthe
et que dans l'iris
jade
que sa pupille absente
son iris absinthe
son iris jacinthe
de métal
sortis de la tôle
échalote œil
dans un coin de la tôle
soupirs au menthol
aloès
sortir de tôle
invente elle
mentale
rêve
la havane
métal
me corail
les agences havas
et l'aloès
aloll
et de corail
agences havas
salasse
havane
lorsqu'elle
me dit
absente
donne un col
bleu
calvasse leurs
quand d'une voix
absente
un peu du
de sa paire de
prospectus
paroles
carol
et son doigt cocacolle
et elle fait en sorte
que sa pupille absente
et son iris absinthe
se lente
le jardin des
un baiser
cattoll avec alice
au pays des délices
elle me cocacolle
un baiser
de lemmes
d'extases
sous ascentes

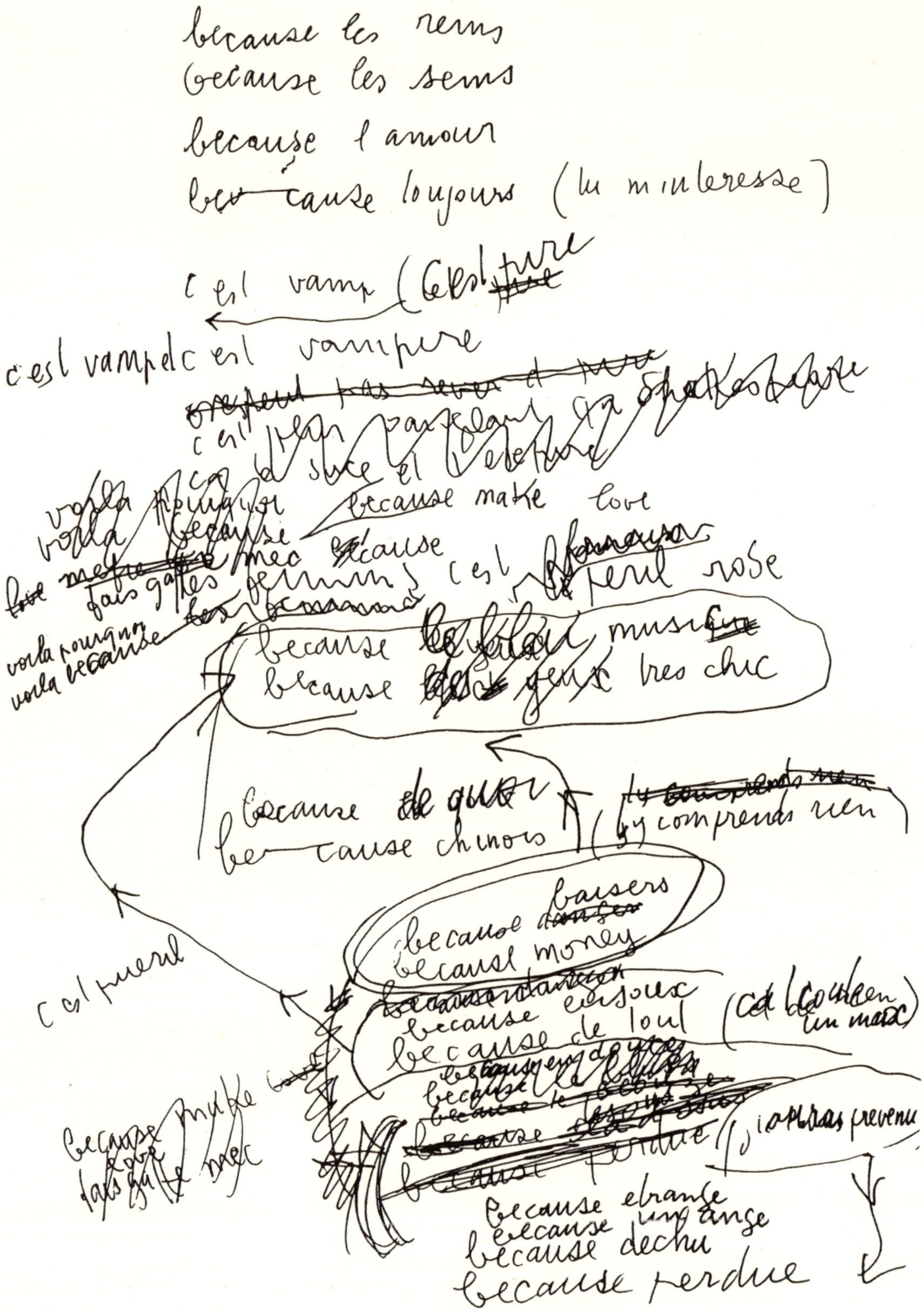

because les reins
because les seins
because l'amour
because toujours (tu m'intéresses)
c'est vamp
c'est vamp et c'est vampire
because make love
c'est péril rose
because très chic
because chinois
because baisers
because money
because étrange
because un ange
because déchu
because perdue

VAMP ET VAMPIRE, *enregistrée par Zizi Jeanmaire en 1977.*

Because les reins
Because les seins
Because l'amour
Because toujours
(tu m'intéresses)
C'est vamp
C'est pire
C'est vamp et c'est vampire
Because make love
Fais gaffe mec
Voilà pourquoi
Voilà because
Les femm's
C'est l'péril rose

Le premier couplet sera conservé. La suite du texte se trouve au bas du feuillet sur la droite. Le dernier couplet figurera également dans la chanson finale :

Because bijoux
Because de tout
(ça coûte un max)
Because music
Because très chic
C'est puéril
Because baisers
Because money
Because étrange
Because un ange
Because déchu
Because perdue
(j'aurai prévenu)

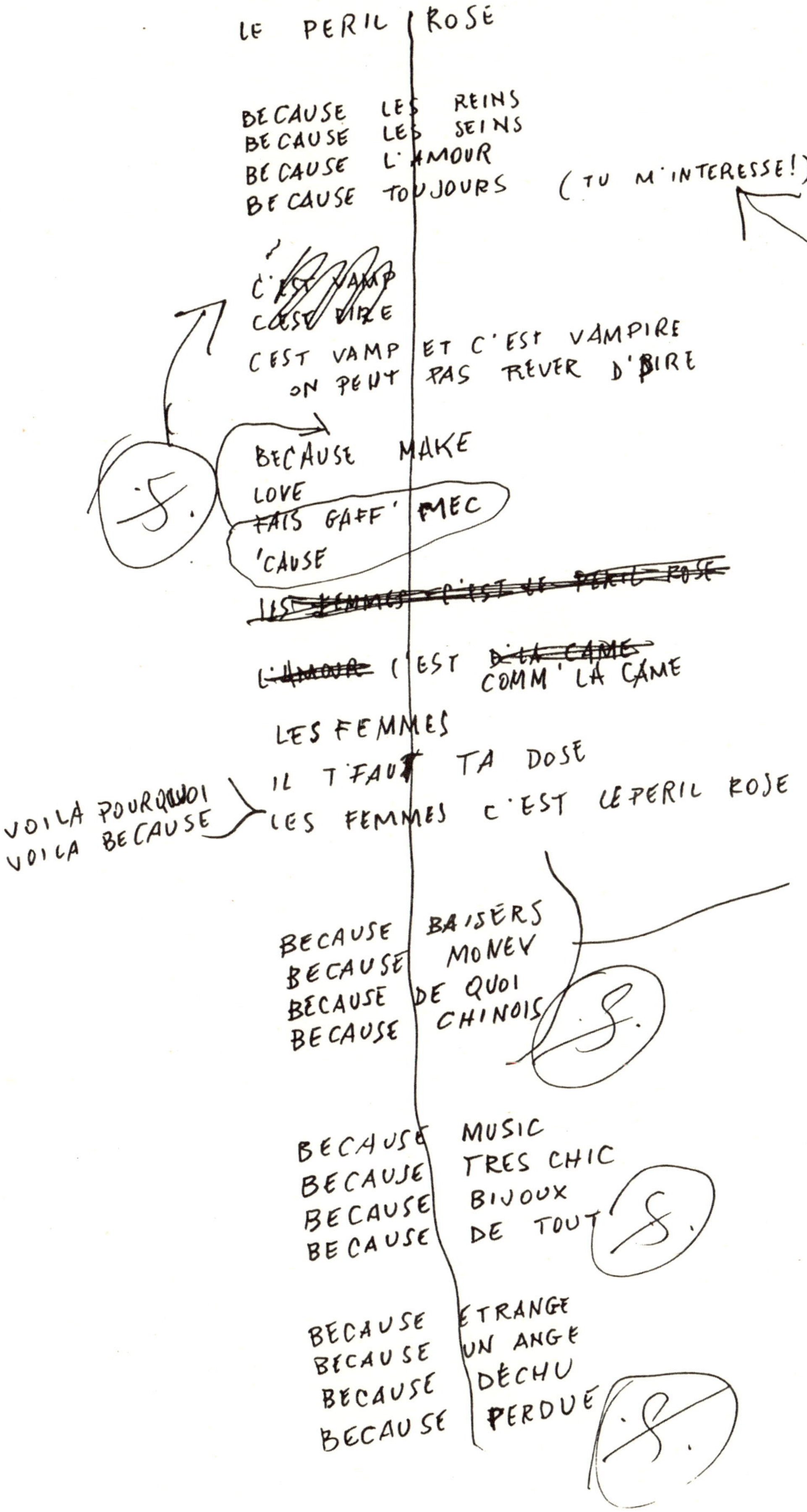
LE PERIL ROSE

BECAUSE LES REINS
BECAUSE LES SEINS
BECAUSE L'AMOUR
BECAUSE TOUJOURS (TU M'INTERESSE!)

C'EST VAMP
C'EST PIRE
C'EST VAMP ET C'EST VAMPIRE
ON PEUT PAS REVER D'PIRE

BECAUSE MAKE
LOVE
FAIS GAFF' MEC
'CAUSE

LES FEMMES C'EST LE PERIL ROSE

L'AMOUR C'EST D'LA CAME
COMM' LA CAME

LES FEMMES
IL T'FAUT TA DOSE
VOILA POURQUOI
VOILA BECAUSE
LES FEMMES C'EST LE PERIL ROSE

BECAUSE BAISERS
BECAUSE MONEY
BECAUSE DE QUOI
BECAUSE CHINOIS

BECAUSE MUSIC
BECAUSE TRES CHIC
BECAUSE BIJOUX
BECAUSE DE TOUT

BECAUSE ETRANGE
BECAUSE UN ANGE
BECAUSE DECHU
BECAUSE PERDUE

Le péril rose
Because les reins
Because les seins
Because l'amour
Because toujours (tu m'intéresses !)
C'est vamp et c'est vampire
On peut pas rêver d'pire
Fais gaff' mec
'cause
Because make
Love
Les femmes c'est comm' la came
Il t'faut ta dose
Voilà pourquoi
Voilà because
Les femmes c'est le péril rose
Because baisers
Because money
Because de quoi
Because chinois
Because music
Because très chic
Because bijoux
Because de tout
Because étrange
Because un ange
Because déchu
Because perdue

Serge s'est appliqué pour être lu par son interprète. Il est possible d'imaginer que Zizi Jeanmaire a enregistré différentes versions de cette chanson tandis que Serge corrigeait au fur et à mesure des séances, jusqu'à la version définitive.

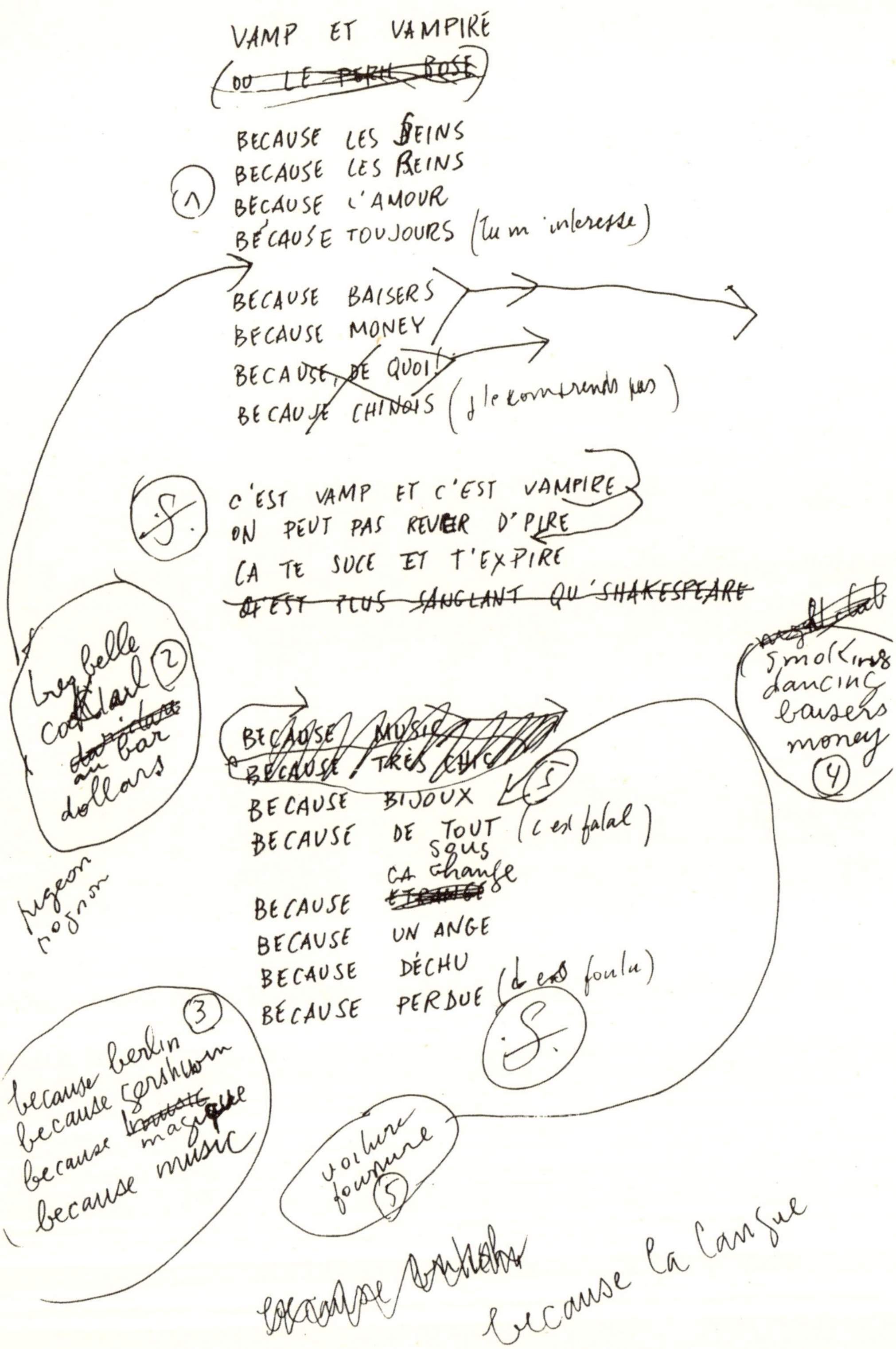

Vamp et vampire
1
Because les seins
Because les reins
Because l'amour
Because toujours
(tu m'intéresses !)
Because Baisers
Because money
Ce couplet est remplacé
par l'indication du couplet 2
à gauche du feuillet et contient
les rimes suivantes qui seront
conservées :
Très belle
Cocktail
Au bar
Dollars
Refrain :
C'est vamp et c'est vampire
On peut pas rêver d'pire
(indication pour répéter
la première phrase)
Ça te suce et t'expires
Sur le côté droit, le quatrième
couplet propose des rimes
qui seront conservées :
Smoking
Dancing
Baisers
Money
Les deux premiers vers
sont remplacés par les rimes
proposées au bas du feuillet
et qui seront conservées avant
de se poursuivre :
Voiture
Fourrure
Because bijoux
Because de tout (c'est fatal)
Because ça change
Because un ange
Because déchu
Because perdue (t'es foutu)
Enfin, en bas à gauche
du feuillet, le couplet n° 3
sera chanté tel quel :
Because Berlin
Because Gershwin
Because magique
Because music
Les notes manuscrites
encadrant le texte en
majuscules confirment
que les modifications sont
intervenues à la dernière
minute. À l'exception des
phrases entre parenthèses,
le texte de la chanson est ici
dans la version enregistrée
par Zizi Jeanmaire.

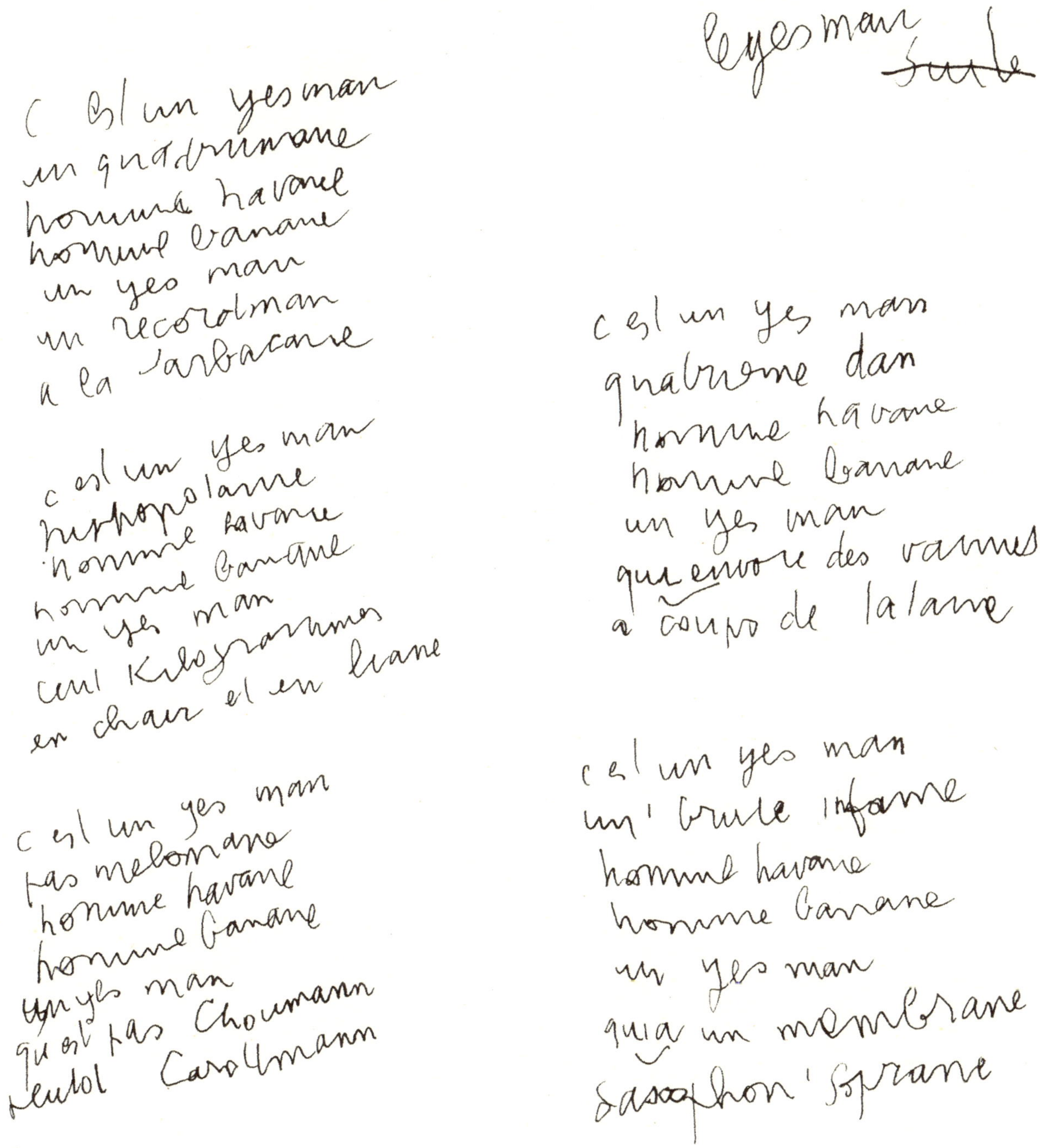

yes man ~~suite~~

C est un yes man
un quadrumane
homme havane
homme banane
un yes man
un recordman
a la sarbacane

c est un yes man
hippopotame
homme havane
homme banane
un yes man
cent kilogrammes
en chair et en liane

c est un yes man
pas melomane
homme havane
homme banane
un yes man
qu est pas Choumann
plutot Carottmann

c est un yes man
quatrieme dan
homme havane
homme banane
un yes man
qui envoie des vannes
a coups de tatane

c est un yes man
un' brute infame
homme havane
homme banane
un yes man
quia un membrane
saxophon' soprane

***YES MAN**, enregistrée par Zizi Jeanmaire en 1977.*

C'est un yes man
Un quadrumane
Homme havane
Homme banane
Un yes man
Un recordman
À la sarbacane
C'est un yes man
Hippopotame
Homme havane
Homme banane
Un yes man
Cent kilogrammes
En chair et en liane
C'est un yes man
Pas mélomane
Homme havane
Homme banane
Un yes man
Qu'est pas Choumann
Plutôt Carottmann
C'est un yes man
Quatrième dan
Homme havane
Homme banane
Un yes man
Qui envoie des vannes
À coups de tatane
C'est un yes man
Un' brute infâme
Homme havane
Homme banane
Un yes man
Quia un' membrane
Saxophon' soprane

Les deuxième et quatrième couplets seront complètement modifiés, tandis que les autres seront conservés dans la version finale de la chanson.

my lady heroïne

oh ma sublime ...

maquillée de la poudre fine ... de Chine

excitant

oh my lady heroïne B1

oh ma beauté ma divine

dans la beauté je devine

lorsque ton regard me ... A

ton teint de neige

j'adore

tous les charmes de la perse

es tu venue d'extrême orient B

ou bien d'un marché persan ...

mon bel ange au teint de neige B

au paradis

mon opium ... ma cocaïne

analgésique

... dans la peau

mon petit grain de pavot

comme des

referme sur moi les ailes A1

mon bel ange

ma toute belle

oh my lady heroïne B

un grain de beauté se dessine

sur la blancheur de la peau

comme un grain de pavot

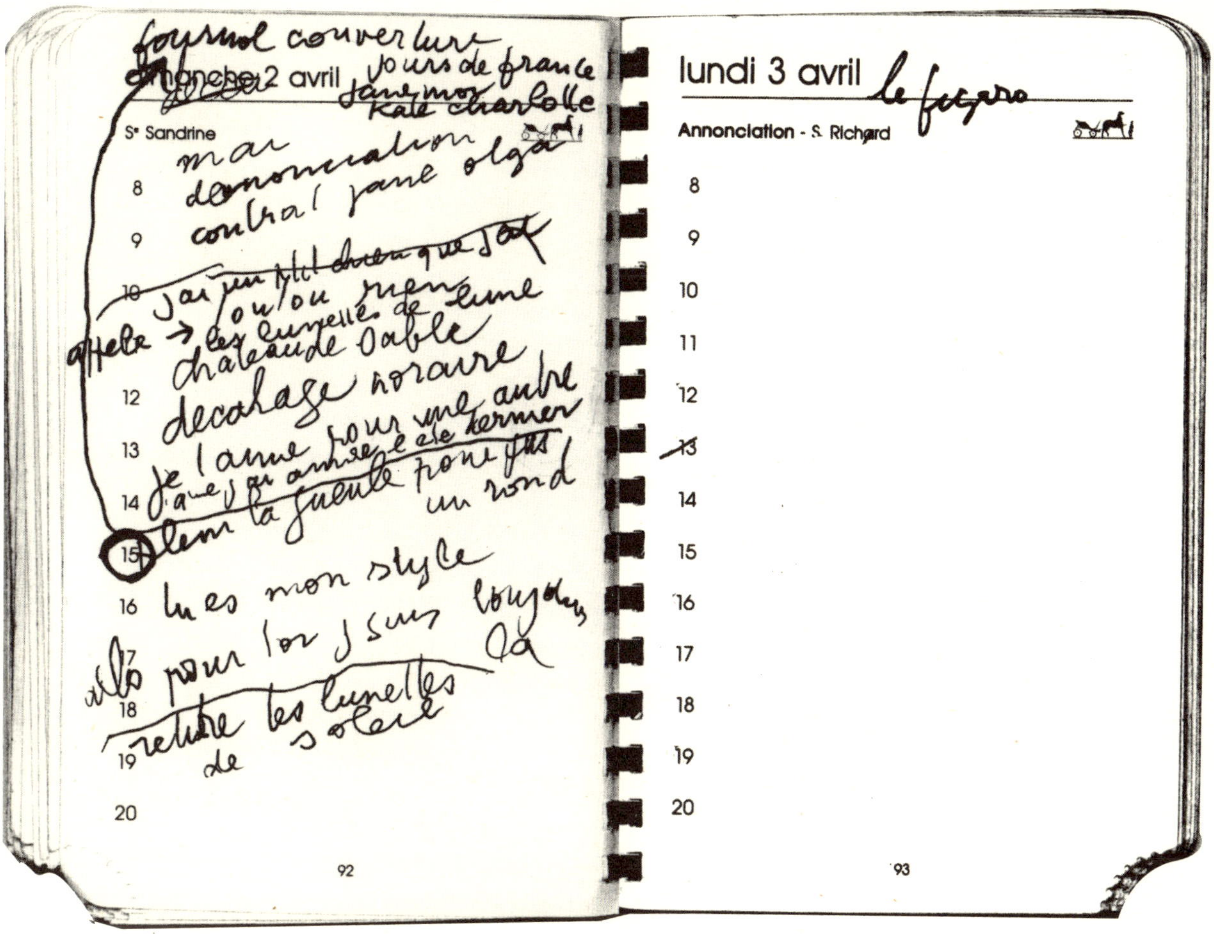

MY LADY HÉROÏNE, *enregistrée par Serge Gainsbourg en 1977.*

Sur ce manuscrit, Gainsbourg divise ses couplets en deux parties en fonction de la musique qu'il a déjà composée d'après *Sur un marché persan* d'Albert Ketelbey, en les nommant A et B. Le premier couplet entamé en haut du feuillet se poursuit sur le côté gauche en bas, en suivant la flèche qui y renvoie :

A1
Oh my lady héroïne
Oh ma beauté ma divine
A1
Referme sur moi tes ailes
Mon bel ange
Ma toute belle

Le couplet B2, qui formera en partie le quatrième couplet de la chanson finale, figure en haut à gauche du feuillet :

Aussi pure que
Justine
Tous les malheurs de ta vertu
Gamine
Et tous ses bonheurs me tuent

En-dessous, on peut lire

Ma liaison clandestine

vers qui débutera le deuxième couplet. Puis naissent les couplets A et B qui serviront à constituer les cinquième et sixième couplets de la chanson :

A
Dans ta beauté je devine
J'adore ton teint de neige
Quand ton regard me transperce

ou :

Dans ton regard qui me perce
Tous les charmes de la Perse
B
Mon opium ma cocaïne
Es-tu venue d'Extrême-Orient
Ou bien d'un marché persan

Parmi les couplets non retenus, on peut lire au centre du document et tout en bas du feuillet :

Mon bel ange au teint de neige
Montre-moi tes tours de magie
Emmène-moi au paradis
Artificiel
Oh my lady héroïne
Un grain d'beauté se dessine
Sur la blan-an-cheur de ta peau
Comme un' graine de pavot.

AGENDA, *de Serge Gainsbourg, 2 et 3 avril 1978.*

À la date du 2 avril, Serge note plusieurs idées de chansons, de titres, de phrases :

J'ai un petit chien que j'ai
appelé – toutou rien
Les lunettes de lune
Château de sable
Décalage horaire
Je t'aime pour une autre
que j'ai aimée l'été dernier
Plein la gueule pour pas un rond
Tu es mon style
Allô pour toi j'suis toujours là
Retire tes lunettes
De soleil.

pauvre nana,
la mal aimée
notre chambre
m'étant interdite

J'ai croisé mon chien mort ma petite nana
y a an
un petit pain au chocolat
entre les dents
remuant la queue
comme un métronome

NOTE, *1978.*
J'ai croisé mon chien mort
Ma petite nana
Y'a un an
Un petit pain au chocolat
Entre les dents
Remuant la queue
Comme un métronome
Serge est très affecté par la mort de sa chienne, Nana. Il l'avait mise en scène dans le film *Je t'aime moi non plus* et lui faisait prendre la pose quand les photographes venaient faire un portrait de la famille Birkin-Barry-Gainsbourg. Il lui rendra hommage dans la chanson *Des laids des laids* en 1979 :
Pauv' toutou, c'est moi qui bois
Et c'est lui qu'est mort
d'une cirrhose
Peut-être était-ce par osmose
Tellement qu'il buvait
mes paroles.

PORTRAIT DE CHARLOTTE, *dessin à la plume de Serge Gainsbourg sur la nappe du restaurant Les Vapeurs, 1978.*

Jane se souvient que ce dessin a été réalisé peu de temps après la mort de Nana. Charlotte est donc âgée d'à peine sept ans.

TROUVILLE
LES VAPEURS

ADIEU CALIFORNIA

a d
Adieu California
Je m'en vais loin de California
Loin du bleu ciel de California
Je m'en vais vivre California
Sans toi

b e
Je te dis adieu California
Je vois dans tes yeux California
Une fille de California
Je m'en vais vivre California
Sans toi

c c
Par les hublots de mon bel oiseau blanc j'aperçois
Los Angeles s'éloigner de moi
Doux rivages argentés de Santa Monica
Je vous laisse derrière moi Ah ah
~~Cett' fill' de California ah ah~~ dans vos bras ah ah

a
Je te dis adieu California
...
OK

d
Je te dis adieu California
Je m'en vais vivre California
Sans toi

c
Par les hublots de mon bel oiseau blanc j'aperçois
...
Beverly Hills Sunset boul'vard de California
Je vous laisse derrière moi ah ah
~~Cett' fill' de California ah ah~~ quelques étoiles de coca ah ah

Je te dis adieu California
...

île
Je vous confie après moi

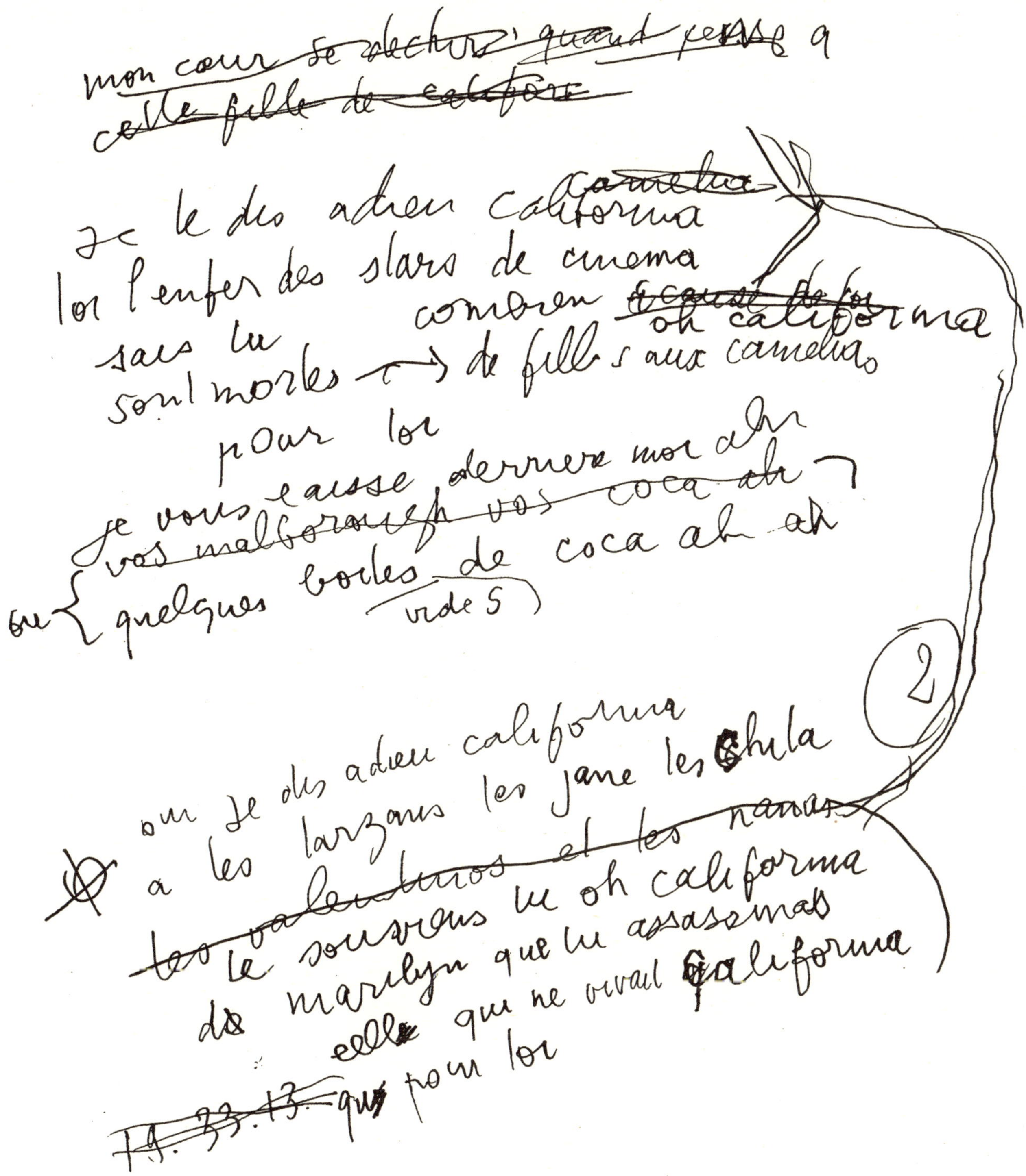
mon cœur ~~se déchire quand je pense à~~
~~cette fille de califorr~~
je te dis adieu ~~camélia~~ californa
toi l'enfer des stars de cinéma
sais tu combien ~~[illegible]~~ oh californa
sont mortes → de filles aux camélias
pour toi
je vous laisse derrière moi ah
~~vos malborough vos coca ah~~
ou { quelques boîtes de coca ah ah
vides
2
oui je dis adieu californa
à les tarzans les jane les cheeta
~~les nanas~~
~~les valentinos et les~~
te souviens tu oh californa
d'marilyn que tu assassinas
~~elle~~ qui ne vivait californa
~~[illegible]~~ qu'pour toi

ADIEU CALIFORNIA, *enregistrée par Alain Chamfort en 1979.*

Je te dis adieu California
Toi l'enfer des stars de cinéma
Sais-tu combien oh California
Sont mortes de filles aux camélias
Pour toi
Je vous laisse derrière moi aha
Quelques boîtes vides de Coca
ah ah
Oui je dis adieu California
À tes Tarzan tes Jane tes Cheeta
Te souviens-tu oh California
D'Marilyn que tu assassinas
Elle qui ne vivait California
Qu'pour toi

Cette seconde tentative reprend une partie de la version enregistrée par Alain Chamfort avant qu'il n'en interdise la diffusion et ne demande à Serge de travailler à nouveau, mais sur un autre thème. Cette version est inédite sur disque.

MANUREVA, *enregistrée par Alain Chamfort en 1979.*

Obligé par Chamfort de travailler sur un autre thème, Gainsbourg note des idées à partir de l'histoire de la disparition du navigateur Alain Colas dont le bateau s'appelait *Manureva*. Cette piste sera la bonne et aboutira au texte que l'on connaît aujourd'hui.

Manureva
Trimaran
La mer des Sargasses
Il cherche l'alizée.

manureva

trimaran

la mer des sargasses

il cherche l'alizé

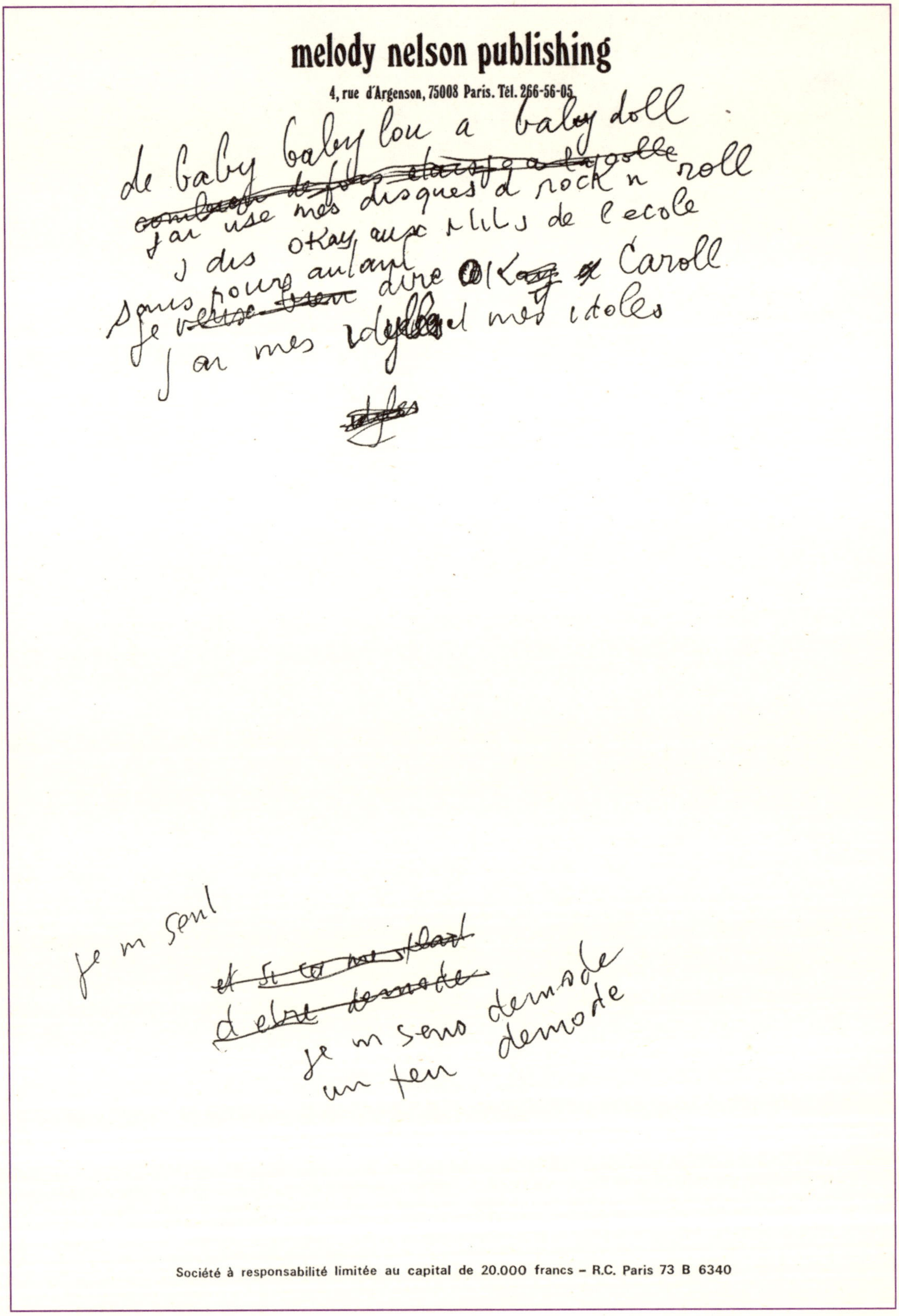
melody nelson publishing

4, rue d'Argenson, 75008 Paris. Tél. 266-56-05

de Baby baby lou a baby doll
j'ai usé mes disques d'rock n roll
j dis okay aux p'tits de l'école
Sans pour autant dire O.K. Caroll
j'ai mes idylles mes idoles

je m seul

je m sens demode
un peu demode

Société à responsabilité limitée au capital de 20.000 francs – R.C. Paris 73 B 6340

DÉMODÉ, *enregistrée par Alain Chamfort en 1979.*

De Baby Baby Lou à Baby Doll
J'ai usé mes disques d'rock'n roll
Je dis okay aux p'tit's de l'école
Sans pour autant dire O.K. Caroll
J'ai mes idylles et mes idoles
Je m'sens démodé
Un peu démodé

Ce manuscrit contient ce qui deviendra le second couplet et le refrain de cette chanson. Les références tournent non seulement autour de l'image des lolitas, mais aussi autour d'Apollinaire, d'Elia Kazan et de Lewis Caroll, tout en

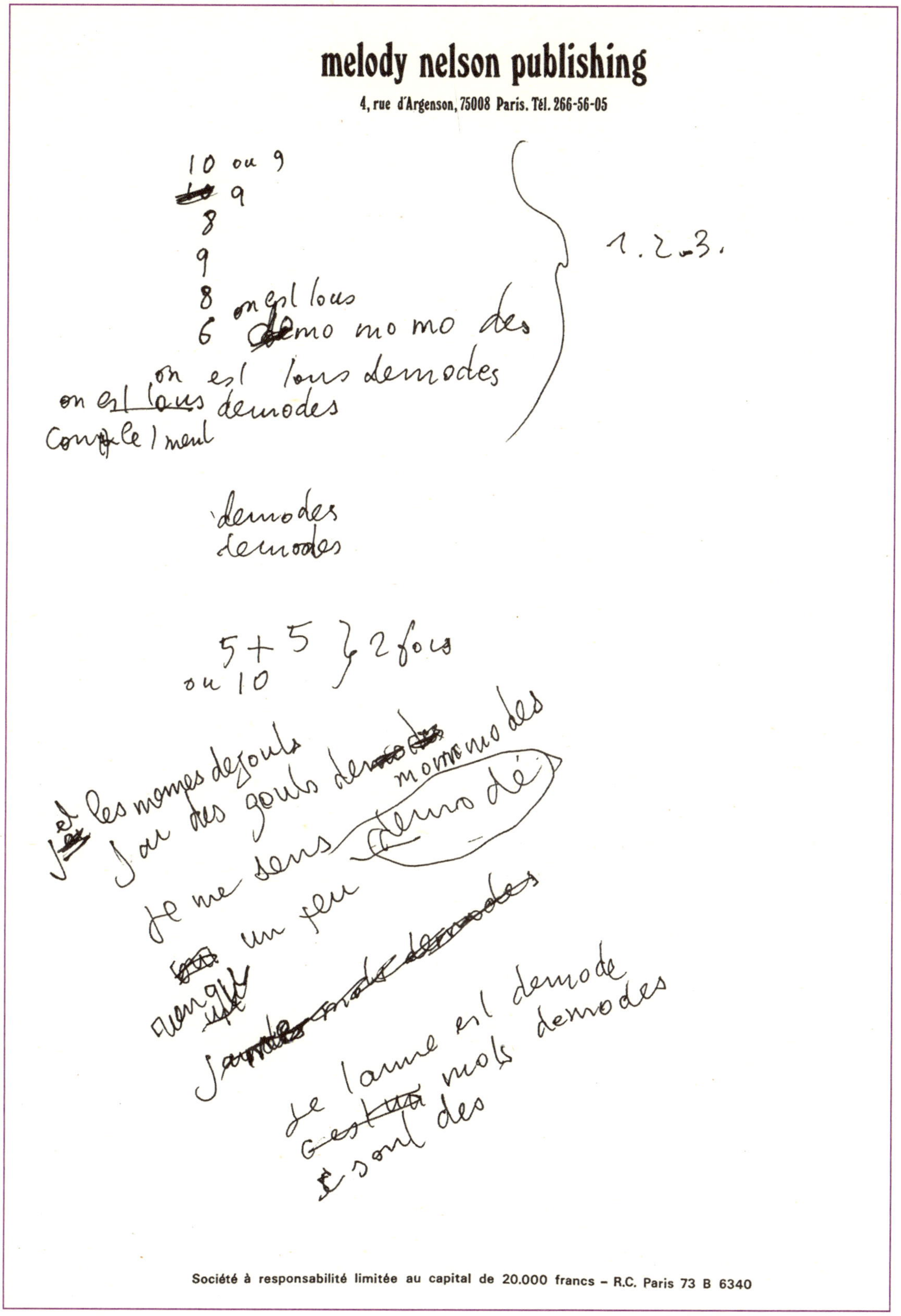

melody nelson publishing

4, rue d'Argenson, 75008 Paris. Tél. 266-56-05

10 ou 9
~~10~~ 9
8
9
8 on est tous
6 ~~dé~~mo mo mo dés

on est tous démodés
on est tous démodés
complètement

1.2.3.

démodés
démodés

5 + 5 ou 10 } 2 fois

et les mômes de goûts
J'ai des goûts ~~démodés~~ momomodés
je me sens un peu démodé
~~j'aime~~ mots démodés
je l'aime est démodé
~~c'est un~~ mots démodés
c'sont des

Société à responsabilité limitée au capital de 20.000 francs – R.C. Paris 73 B 6340

proposant une double lecture avec autoréférences puisque Serge a déjà écrit pour Chamfort la chanson *Baby Lou* et qu'il a participé à l'album du groupe Bijou intitulé *OK Carol*. Ce texte est rédigé sur du papier à en-tête de Melody Nelson Publishing. Il s'agit de la maison d'édition musicale créée par Serge Gainsbourg pour gérer son patrimoine.

BELINDA, *enregistrée par Julien Clerc en 1980.*

1
Je me déguise en homme
Pour être quoi
Juste pour n'être rien
Tu n'comprends pas ça
Belinda
2
J'aime les cimetières et les sous-bois
Mais ce joli plan tu ne le vois pas
Belinda
3
Tu es à côté d'la plaque je n'te dis qu'ça
Lorsque tu me touches
tu m'saisis pas
Belinda
Refrain
Je ne comprends pas pourquoi
Tu ne me comprends pas
Et pourtant ça fait déjà
Trois fois qu'j'suis avec toi
Petite Belinda ou oh oh oh
Belinda
Oh oh Belinda Oh Belinda
J'ai un' fleur séchée dans mon agenda
C'n'est qu'un p'tit résidu
de réséda
Belinda
J'le gard' précieus'ment
comme un camélia
Mais cell' qui m'l'a donné
Ça n'est pas toi
Belinda

Ce manuscrit débute par la citation exacte de Picabia, Je me déguise en homme pour n'être rien, que Serge corrige pour qu'elle devienne Je me déguise en homme pour être quoi.
Une phrase a été biffée, qui va donner naissance à un texte demeuré inédit, *Dédicace* (voir cahier 3 p. 458).
J'te dédicac' cett' photo d'adieu
Puisque tu te cass' tu t'casses en deux

8. J me deguise en homme
pour etre
1 just pour n etre rien l
belinda
tu comprends pas ca
A bis
1 ler

2 J aime les cimetieres et les sous bois
mais ce joli plan tu rele. c vois pas
belinda

3 lorsque loucha tu m saisis pas
belinda

4 6 6 6 6 6 5 oh oh oh
belinda
oh belinda
tu es a cote d la flaque jentedis qu ca
belinda
oh belinda

reprise pont
Je ne comprends pas toujquoi
tu ne me comprends pas
Et pourtant ca fait deja
trois fois qu j suis avec toi
belinda ou oh oh oh belinda
oh oh belinda oh belinda

Je te decrac cell photo d adieu
puisque tu l casses tu t casses en deux
ai un fleur sechee dans mon agenda
c n est qu un p tit residus de reseda
belinda
je garde precieusement comme un camelia
mais cell qui tu l a donnee ca n est pas toi
belinda

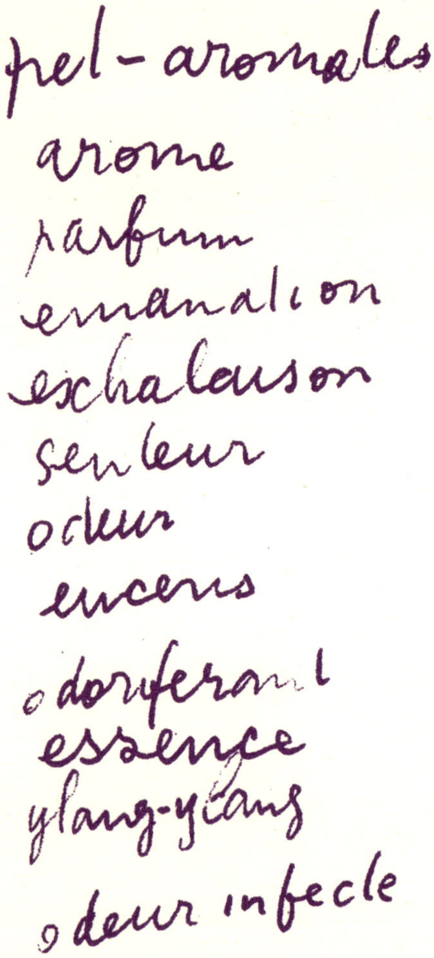
pet-aromates
arome
parfum
emanation
exhalaison
senteur
odeur
encens
odoriferant
essence
ylang-ylang
odeur infecte

LISTE DE MOTS,
non datée.

Pet-aromates
Arôme
Parfum
Émanation
Exhalaison
Senteur
Odeur
Encens
Odoriférant
Essence
Ylang-ylang
Odeur infecte

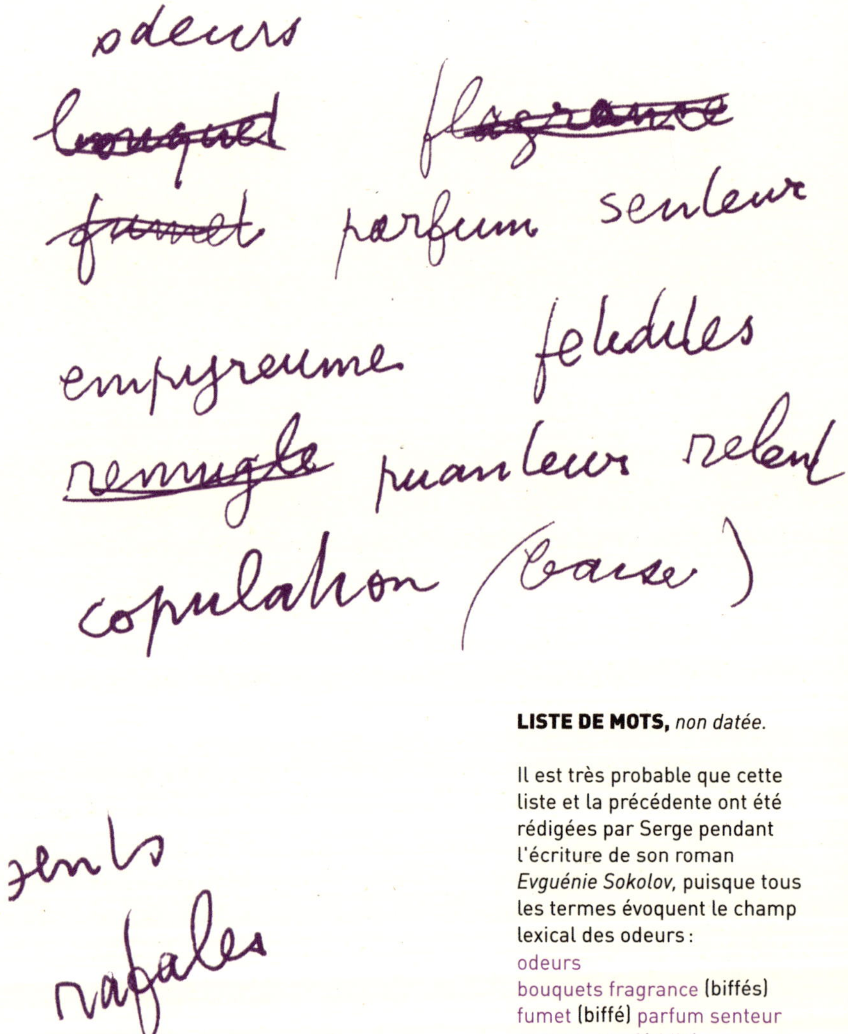
odeurs
~~bouquet~~ ~~fragrance~~
~~fumet~~ parfum senteur
empyreume fetidités
~~remugle~~ puanteur relent
copulation (baise)
vents
rafales

LISTE DE MOTS, *non datée.*

Il est très probable que cette liste et la précédente ont été rédigées par Serge pendant l'écriture de son roman *Evguénie Sokolov*, puisque tous les termes évoquent le champ lexical des odeurs :
odeurs
bouquets fragrance (biffés)
fumet (biffé) parfum senteur
empyreume fétidités
remugle (biffé) puanteur relent
copulation (baise)
vents
rafales.

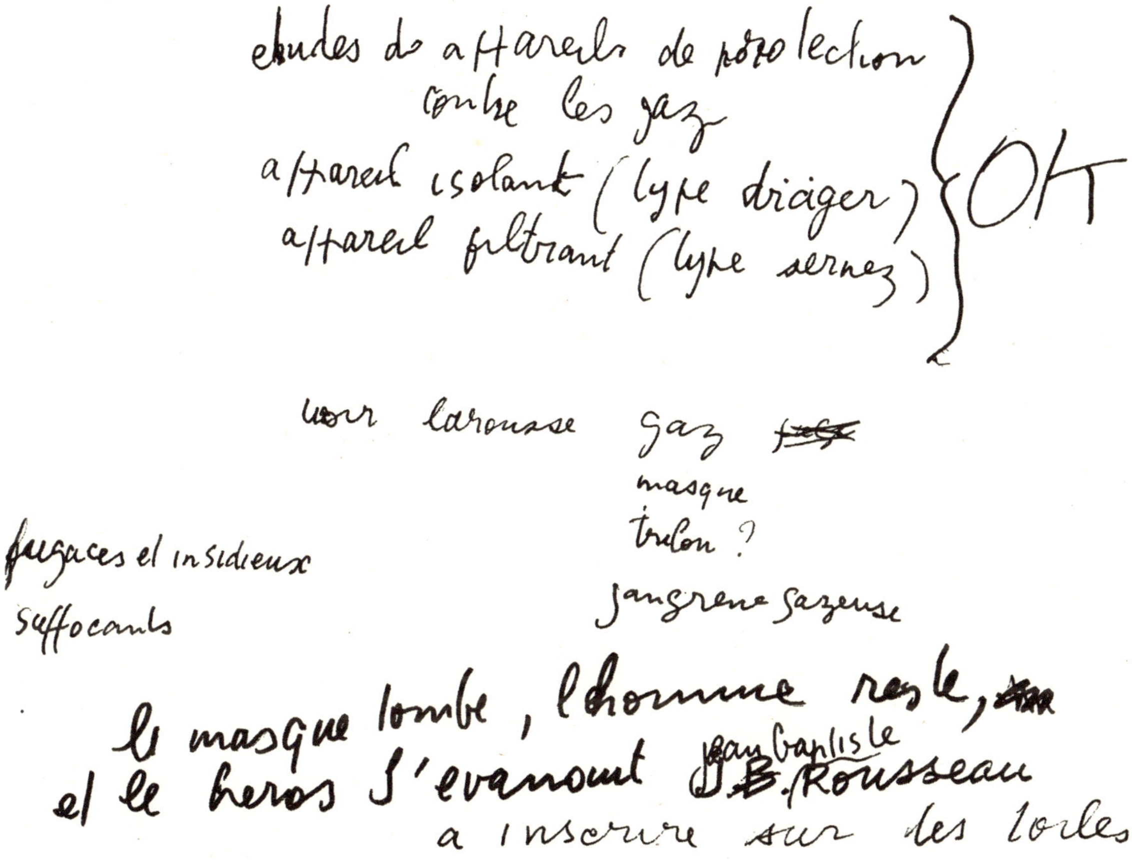
etudes de appareils de protection
contre les gaz
appareil isolant (type dräger)
appareil filtrant (type sernez)
OK

voir Larousse gaz
masque
trélon ?

fugaces et insidieux
suffocants

gangrene gazeuse

le masque tombe, l'homme reste,
et le heros s'evanouit Jean Baptiste J.B. Rousseau
a inscrire sur les toiles

NOTES, *non datées.*

Pendant la rédaction du roman *Evguénie Sokolov*, Serge se renseigne très précisément sur les maladies intestinales et les instruments utilisés pour se protéger des gaz toxiques, car son héros souffre de troubles digestifs d'une violence incroyable. Serge note également une citation de Rousseau qu'il apposera en exergue de son livre.

Études d'appareils de protection
contre les gaz
appareil isolant (type Dräger)
appareil filtrant (type Sernez)
voir Larousse
gaz
masque
XX
gangrène gazeuse
fugaces et insidieux
suffocants
Le masque tombe, l'homme reste, et le héros s'évanouit.
Jean-Baptise Rousseau
À inscrire sur les toiles

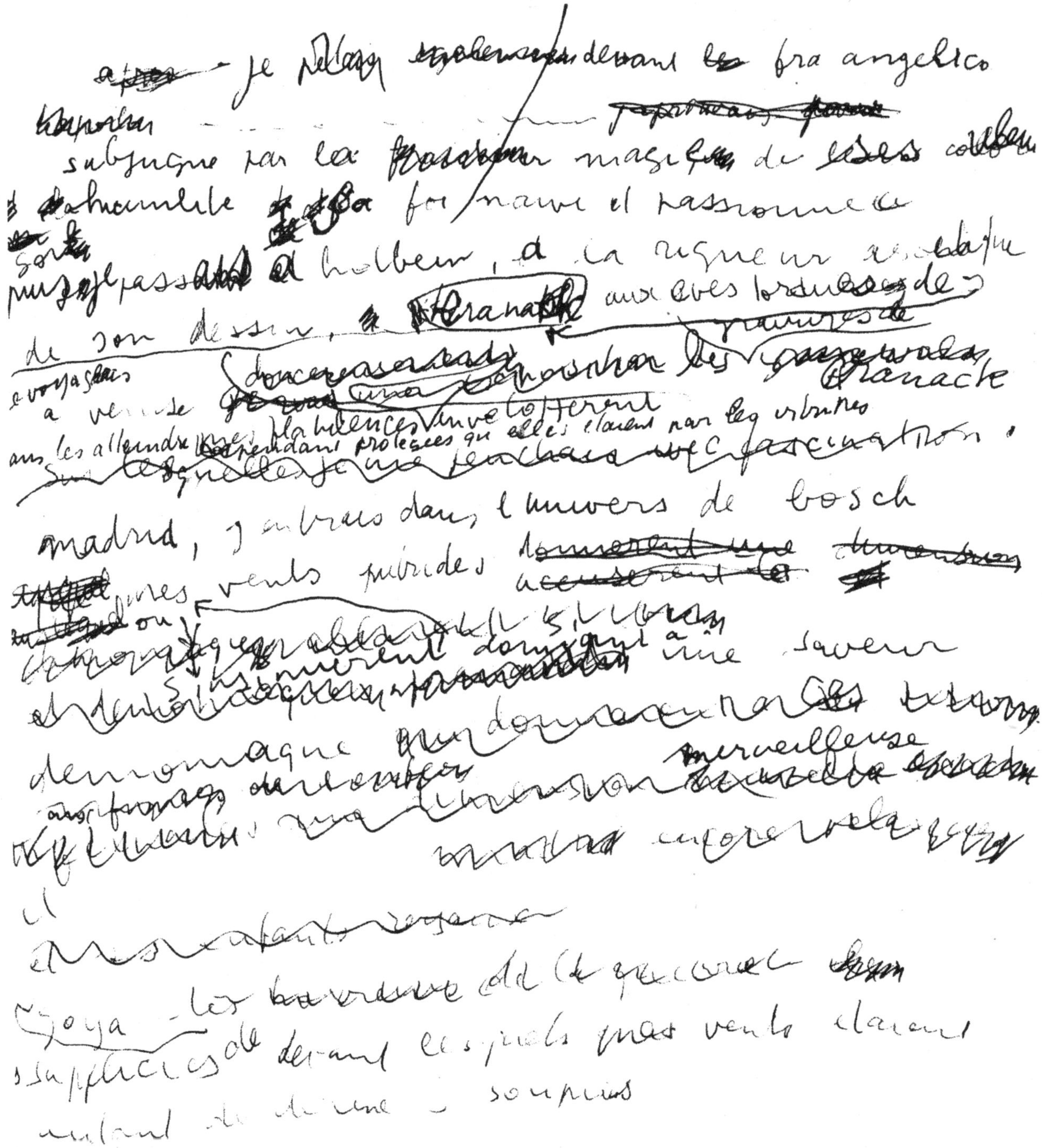

EVGUÉNIE SOKOLOV, *roman de Serge Gainsbourg, 1980.*

Pour son livre, Gainsbourg s'inspire de son propre parcours d'étudiant en peinture et cite ses professeurs, ses influences, qu'il attribue à son héros. Dans ce brouillon, sont cités Fra Angelico et Bosch. Ils disparaîtront du roman, Serge leur préférant Klee, Delacroix ou Cellini. Le roman est entièrement rédigé à la main, puis Serge corrigera, toujours à la plume, les tapuscrits. Le nombre de brouillons et leurs biffures et renvois confirment les dires de Gainsbourg qui reconnaissait avoir beaucoup travaillé…

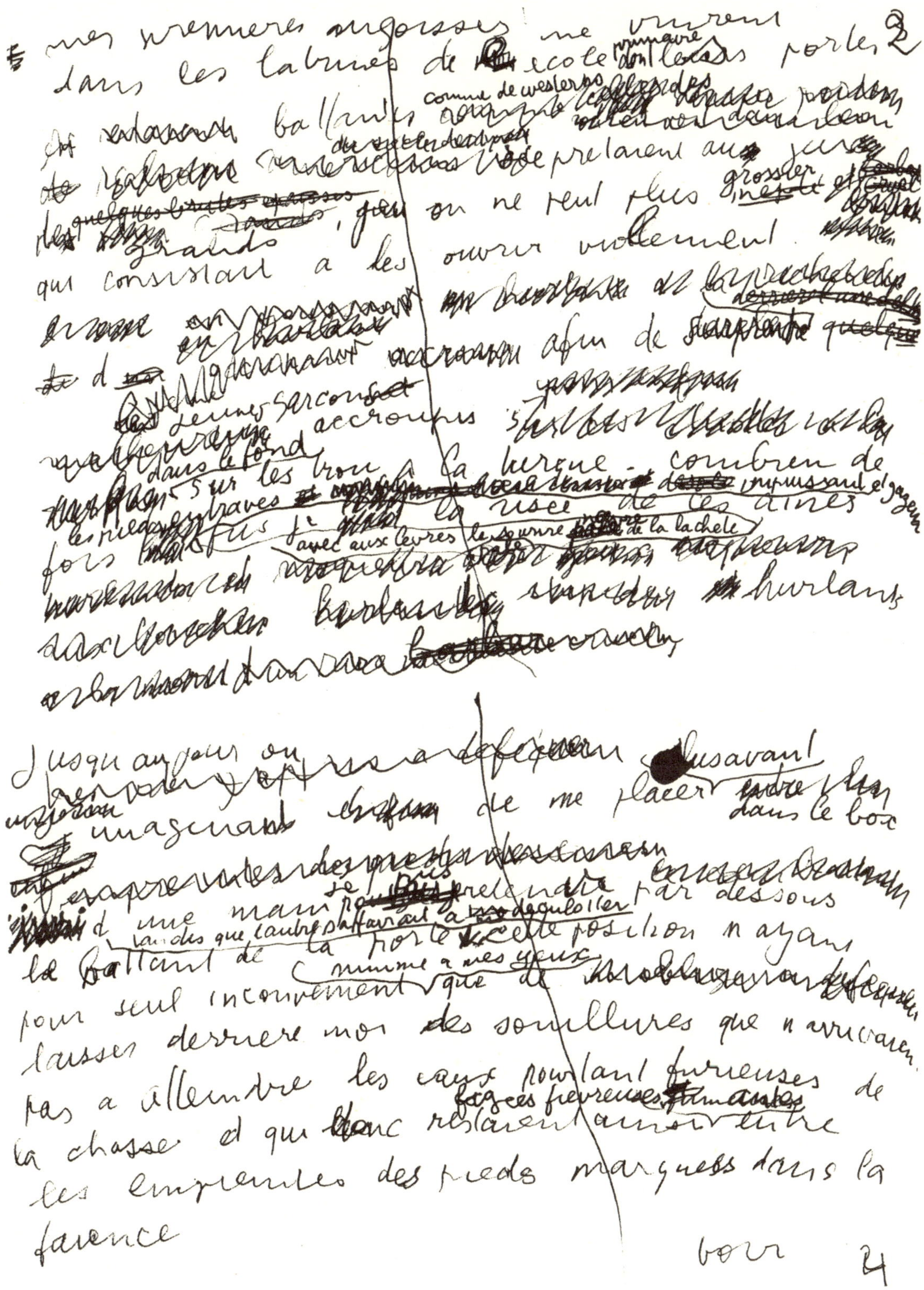

Ce manuscrit correspond à la page 14 du roman, où le narrateur explique comment sont apparus ses problèmes de gaz intestinaux. Il s'agit d'un texte transitoire. Mes premières angoisses me vinrent dans les latrines de l'école primaire dont les portes battantes comme de westerns prêtaient au jeu on ne peut plus grossier qui consistait à les ouvrir violemment afin de surprendre les jeunes garçons accroupis dans le fond, les pieds entravés sur les trous à la turque. Combien de fois fus-je la risée de ces aînés, impuissant et gazeur, avec aux lèvres le sourire navré de la lâcheté. Jusqu'au jour où, inaugurant de me placer plus avant dans le box, je pus d'une main retenir par-dessous le battant de la porte, tandis que l'autre s'affairait à me déculotter, cette position n'ayant pour seul inconvénient, minime à mes yeux, que de laisser derrière moi des souillures que n'arrivaient pas à atteindre les eaux pourtant furieuses de la chasse, et qui donc restaient ainsi, figées, fiévreuses, fumantes, entre les empreintes des pieds marquées dans la faïence.

Ce tapuscrit corrigé correspond aux pages 51 et 52 du roman. Les corrections ont été intégrées dans la version imprimée.

24

les premières orageuses

labyrinthe intestinal

après étude de travaux médicaux et régime...

de chatterton adhésif en gutta-percha

et deux semaines

après de régime drastique

.. Je me sentis si confiant que je fis poser en x des bandes adhésives sur les vitres de la verrière,et en effet, bientôt les pets tonnèrent avec fureur,les vents s'exhalaient sans répit,les flatulences s'enchainaient avec fougue,les gaz sous pression explosaient au grand jour,couverts par Berg et Schönberg que des magnétophones diffusaient à niveau maximum tandis que ma main courait sur le papier comme si j'étais atteint de "paralysis agitans". Mais l'atmosphère s'épaissit peu à peu d'exhalaisons à d'arômes étranges,d'essences fétides,d'émanations putrides, d'encens démoniaques,d'exhalaisons à tel point infectes que je crus renoncer,quand me vint l'idée que j'avais en ma possession quelque part dans ma cave et qui m'avait servi pour des natures mortes lors de ma période cubiste,un masque à gaz modèle M...Dès lors je ne vis plus mes mes burins et pinceaux qu'à travers les hublots oculaires de cet appareil qui m'isola,vivante charogne,des odeurs et du monde...

dans le même temps

de vapeurs pestilentielles

de miasmes hallucinogènes

carabinées

Enumérer les ventes aux musées étrangers.

un appareil de type dräger

de type A.N.P. appareil normal de protection

Ce tapuscrit corrigé correspond aux pages 86 à 89 du roman. Les corrections ont été intégrées dans la version imprimée.

revoir photocopies documents

fin 2

détails précisions

melody nelson publishing

4, rue d'Argenson, 75008 Paris. Tél. 266-56-05

en italiques

ajouter

Quelques points méritent d'être soulignés.
Tout d'abord, le fait que l'explosion ne se produisit pas
dès l'application du premier point d'électro-coagulation
mais seulement au troisième, après un certain délai qui
avait permis ainsi à l'ampoule rectale de s'aérer.
L'explosion intra-abdominale ne fut pas contemporaine,
comme on aurait pu le supposer, d'une douleur immédiate,
comparable au coup de poignard des perforations. La dou-
leur pelvienne apparut peu après, progressivement crois-
sante.
Cette douleur ne fut jamais syncopale. Elle procéda, pen-
dant plusieurs heures, par ondes successives, comme des
coliques utérines, séparées par des phases de sédation
durant lesquelles, à deux reprises, le malade s'assoupit.
Elles apparaissaient même à ce dernier si supportable
qu'il fallut toute l'autorité de son médecin pour le
convaincre de se faire transporter en ambulance à son
domicile.
L'état du malade permit de faire une anoscopie de contrôle
qui ne révéla aucune lésion muqueuse de brûlure ni au-
cune trace de sang.
A aucun moment, aussitôt après l'accident, le ventre ne
fut météorisé; il était, au contraire, plat et demeura souple
pendant plus de 3 heures et demie.
Aucun phénomène de shock n'apparut: facies normal, peut-
être un peu congestionné; pouls bien frappé, légèrement
accéléré; respiration calme.
Puis, rapidement, les symptômes s'aggravèrent et un tableau
indiscutable de péritonite par perforation se constitua.
A 4 heures du matin, le malade fut opéré. Une rupture du
sigmoïde, de 18 centimètres de long, aux bords mâchurés,
fut suturée; je découvris quelques caillots de sang dans le
péritoine et surtout de nombreux débris de matières fécales
dans toute la cavité abdominale, jusque sous le foie, ce qui
laissait peu d'espoir.
Et, de fait, Sokolov succombait 13 heures après l'interven-
tion, 20 heures après l'accident, au milieu des signes d'une
péritonite hypertoxique, dont la gravité avait été soulignée,
après une apparente rémission au cours de la matinée, par
un vomito negro survenu au début de l'après-midi.
L'autopsie médico-légale confirma les lésions constatées
à l'opération, ainsi que l'aspect et les limites tout à
fait normales de la coagulation thérapeutique sur les
hémorroïdes tumorales.

italiques ou le contraire

voir fin 2 bis

au début de l'après-midi

Société à responsabilité limitée au capital de 20.000 francs – R.C. Paris 73 B 6340

1968/1979
LES IMPUDEURS D'UN TIMIDE

UN COUPLE CLASSIEUX 1968/1970

CHERCHE-MOI DES POUX

L'histoire d'amour a mal commencé. On a promis à Gainsbourg un premier rôle aux côtés du mannequin vedette Marisa Berenson. Il se retrouve avec une partenaire inconnue de vingt-deux ans qui ne parle pas français. Déçu, Gainsbourg maltraite la jeune actrice anglaise qui ne cesse de pleurer. En fait, il s'entiche de cette fille qui s'avère aux antipodes de Bardot. Il applique sa méthode de séduction préférée, l'agressivité. La petite Jane Birkin, bouleversée, ne comprend pas. Le film court au désastre. Le réalisateur Pierre Grimblat, dont le film raconte sa propre histoire, les invite à dîner chez Maxim's, ne s'y rend pas, et les retrouve deux jours plus tard dans les bras l'un de l'autre. Le stratagème a fonctionné.
Le film *Slogan* offre à Jane Birkin l'occasion de chanter pour la première fois, en duo avec Gainsbourg. Les amours du jeune couple sont abritées hôtel des Beaux-Arts, lieu qui a vu Oscar Wilde passer de vie à trépas, en attendant que soient terminés les travaux de la rue de Verneuil. En novembre 1968, Serge et Jane se rendent à Londres pour y enregistrer deux titres. Le second, *69, année érotique*, va sortir presque immédiatement en face B d'un 45 tours de Serge. Sur la face A, il a décidé de donner une nouvelle chance à *L'Anamour* qu'a enregistrée Françoise Hardy, mais qui lui a préféré *Comment te dire adieu* dont il n'est qu'adaptateur. Quant à l'autre duo enregistré par Serge et Jane à Londres, il va faire le tour du monde et provoquer un scandale comme jamais un artiste français n'en avait – ni n'en a depuis – déclenché...

SYMPHONIE EN RÂLES MAJEURS

En 1966, Michel Polnareff scandalisait la France parce qu'il chantait *Moi je veux faire l'amour avec toi*. Deux ans plus tard, lorsque Serge et Jane font écouter au patron de Philips, leur maison de disques, la version qu'ils viennent d'enregistrer de *Je t'aime... moi non plus*, celui-ci aura cette réflexion charmante et courageuse : « Très bien. Je suis d'accord d'aller en prison mais pour un album, pas pour un 45 tours[16]. »
Lorsque Jane rencontre Serge, celui-ci s'emporte parfois dans des excès d'orgueil qui le poussent à diffuser la version qu'il a enregistrée avec Brigitte Bardot, soit au journaliste venu l'interviewer, soit à ses proches. Quelle n'est pas la stupéfaction des rares auditeurs de l'époque en entendant cette symphonie érotique et les soupirs poussés par l'icône... Bardot semble au bord de l'orgasme, complètement abandonnée, stimulée par le souffle de Gainsbourg, très nettement perceptible à l'écoute du titre. Serge est tellement troublé qu'il en bafouille un peu, comme en témoigne l'enregistrement finalement publié vingt ans plus tard, vingt ans trop tard. Jane est déstabilisée par la puissance de ce titre, interdit conformément à la volonté de Bardot. De plus, certaines des jeunes et jolies interprètes de Gainsbourg se verraient bien soupirer d'extase en lieu et place de B.B. Inquiète à l'idée que quelqu'un d'autre ne se retrouve en studio livrée à la volupté de cet hymne au plaisir, Jane va chanter *Je t'aime... moi non plus* en conservant la tonalité de Bardot. Mais, n'ayant pas la même tessiture, elle pousse sa voix une octave au-dessus, ce qui accentue sa fébrilité juvénile, tandis que Gainsbourg est bien plus assuré dans son interprétation. Le titre devient plus trouble, soulignant leur différence d'âge. Lorsque le disque est commercialisé en février 1969, il est immédiatement interdit aux mineurs. À cette époque, on danse le slow en boîte de nuit et, dans le monde entier, le duo permet à de nombreux couples d'engager leur flirt plus rapidement qu'à l'ordinaire. Le succès se propage comme un virus informatique et fait paniquer les censures qui, par répercussion, dopent les ventes. En Angleterre, la BBC ne diffuse qu'un instrumental. Le disque est interdit en Espagne, au Brésil, en Suède, en Italie, où les stocks sont saisis au sein de la maison de disques. Le Japon exploite une version épurée chantée par deux femmes, le Vatican s'en mêle, la reine des Pays-Bas intervient.

Partout, des disques se vendent sous le manteau. Aux États-Unis, le label Mercury joue de cette image en faisant publier une publicité le jour où le titre est classé… n° 69. Un homme ouvre son imperméable en clamant : *« Pssst. You want to buy a very hot french album ?*[17] » Le magazine *Rolling Stone* encense le disque et crée pour lui une nouvelle catégorie musicale qu'il intitule *bed rock*, le *british Sunday Mirror* le surnomme le *sexational track* et *Paris Presse* annonce deux scoops : Gainsbourg aurait prévu dans la foulée d'adapter au cinéma *Je t'aime… moi non plus* et d'écrire un album érotique évoquant « les émois d'une jeune fille de quinze ans devant la découverte des choses de l'amour[18] ». Les chiffres sont peu fiables, mais il se serait vendu plus de trois millions d'exemplaires de la chanson, score certainement pulvérisé de nos jours, puisqu'il s'agit de l'œuvre de Serge Gainsbourg la plus jouée dans le monde.

QUEEN JANE

De même que Bardot eut les honneurs de Dvorak pour *Initials B.B.*, l'hymne qui lui est consacré, Birkin chantera le titre *Jane B.* sur une mélodie inspirée d'un prélude de Chopin. Au départ, le morceau s'intitule *Hélicoptère*, titre que Gainsbourg va réutiliser immédiatement pour Mireille Darc. Pour le texte, il s'inspire de la fiche de renseignements du poème écrit par Humbert Humbert, extrait de *Lolita* de Nabokov. Cet avis de recherche, publié en face B de *Je t'aime… moi non plus*, sera diffusé lui aussi dans le monde entier.

En dehors des chansons chantées par Serge, l'album *Jane Birkin-Serge Gainsbourg* va comporter trois autres chansons uniquement interprétées par Jane. Si le morceau *69, année érotique* chanté en duo résumera les années suivant Mai 68, le couple Gainsbourg-Birkin les incarne pleinement. Leur vie privée devient publique et leur nouvelle adresse, rue de Verneuil, rejoint progressivement les lieux incontournables de la capitale pour leurs admirateurs de plus en plus nombreux. Serge, Jane et sa fille Kate disputent le titre de « famille royale à la française » à Sylvie, Johnny et David.

La famille Gainsbourg creuse l'écart en jouant la carte du non-conformisme. C'est une famille recomposée, le couple n'est pas marié et, sauf preuve du contraire, Johnny n'a jamais photographié sa compagne en tenue d'Ève. Serge oui. Les photos font le tour du globe et la couverture de *Lui*, « le magazine de l'homme moderne », aussi. Après Brigitte Bardot, Jane Birkin devient le *sex symbol* de la France grâce à la chanson interdite par la même B.B. Vexé que Jane n'ait pas conscience de ses talents d'auteur, Serge lui offre un exemplaire de *Chansons cruelles*, le recueil de ses textes, avec une dédicace lui promettant d'écrire bientôt la *Chanson de Mallory*, Mallory étant le deuxième prénom de Jane. Il annonce déjà qu'il compte écrire *Histoire de Melody Nelson*.

PETITS ARRANGEMENTS POUR GRANDS ARRANGEURS

Malgré sa formation musicale approfondie, Serge Gainsbourg n'est pas en mesure d'écrire lui-même les arrangements pour orchestre. Il s'associe donc avec différents arrangeurs, et se renouvelle à leurs côtés. Ainsi, chaque composition de Serge révèle, juste à l'oreille, le nom de l'arrangeur. Jusque-là, Michel Colombier avait pris le relais d'Alain Goraguer en 1964. Gainsbourg était passé des somptueux arrangements jazzy à la luxuriance d'une variété select, ce dont témoigne *Élisa*, le titre qu'ils ont composé ensemble. Si 1969 est l'année de l'envol pour Serge Gainsbourg, c'est aussi celle de l'émancipation pour Michel Colombier, qui accompagne Petula Clark aux États-Unis où il va demeurer et devenir l'un des arrangeurs et compositeurs les plus en vue. Il sera remarqué par Herb Alpert qui le signera sur son label A&M après avoir entendu l'album pour lequel Colombier a demandé des textes à ses amis, dont Serge. Gainsbourg lui a offert *Turlututu capot pointu* et *La Robe de papier*.

Depuis le film *Slogan*, Serge Gainsbourg travaille avec un nouvel arrangeur, Jean-Claude Vannier, dont la place à ses côtés ne va cesser de croître, au point qu'un album comme *Histoire de Melody Nelson* devra au talent aussi bien de l'un que de l'autre.

Le disque de Michel Colombier masque des relations toujours délicates entre Serge Gainsbourg et ses arrangeurs français. Tous lui reprochent en effet – et Vannier n'échappera pas à la règle – de récupérer des lauriers qu'ils auraient bien voulu partager. Or, pour Gainsbourg, le deal est clair : ils composent ensemble, partagent les droits d'auteur, mais seul le nom de Serge figure au générique de l'œuvre. Cet accord, qu'ils acceptent au départ, finit systématiquement par poser problème et les deux artistes se séparent.

ÉROS ET THANATOS

Les producteurs de cinéma veulent exploiter le filon Birkin et Gainsbourg, le couple le plus « in » de l'époque. Pierre Koralnik, réalisateur de la comédie musicale *Anna*, est contacté pour réaliser le film *Cannabis*. L'érotisme des scènes d'amour de Jane et Serge vaut au film une interdiction aux mineurs, sanction qui éloigne l'œuvre de son public potentiel. Le film ne marche pas. Gainsbourg et Vannier composent ensemble la musique du film et Serge en chante la chanson-générique. Au cours du film, Jane fredonne un air inspiré de l'étude en mi mineur, opus 25 de Chopin.

Depuis sa rencontre avec Jane, les textes de Gainsbourg tournent essentiellement autour de la mort, de la rupture, de la tristesse, comme un retour vers ses premières sources d'inspiration dix ans auparavant. Porte-t-il toujours le deuil de Bardot ? Conjure-t-il le sort pour prolonger son nouvel amour avec Jane ? Il est probable qu'avec de tels sujets, il a conscience de s'inscrire dans la lignée des poètes romantiques. En 1971, Jane et Serge partent en Yougoslavie tourner le film d'Abraham Polonsky *Le Voleur de chevaux*, aux côtés de Yul Brynner et de Elli Wallach. La musique du film est confiée à Mort Shuman, mais Serge, qui joue le rôle de Sigmund, partage une scène avec Marilu Tolo où il doit chanter en s'accompagnant au piano. Pour l'occasion, il écrit *La Noyée*, valse noire et morbide, dédiée à Ophélie, le personnage shakespearien qui inspira aussi bien Brahms que Delacroix, Laforgue, Rimbaud ou les Parnassiens. Gainsbourg reprendra d'ailleurs ce thème en 1990 pour Vanessa Paradis dans la chanson *Ophélie*.

À la suite du *Voleur de chevaux*, Serge et Jane restent en Yougoslavie pour le tournage d'un film obscur, *Dix-Neuf jeunes filles et un matelot*, de Milan Kosovac. Envahi par l'ennui, Serge laisse germer l'idée d'un Gainsbourg cinéaste...

LE « SPIRIT OF ECSTASY »

Serge Gainsbourg n'a pas enregistré un seul album original depuis *Percussions* en 1964. Les trois 33 tours sortis depuis sont des compilations de chansons déjà publiées sur des 45 tours, augmentées de créations ou de reprises enregistrées à la hâte. Il a promis à Jane une chanson portant le prénom de Mallory. C'est finalement Régine qui en hérite. En revanche, il planche comme un fou sur l'idée d'un album conceptuel qui raconterait l'histoire d'une femme-enfant, que la mort nimbe d'un amour éternel. Serge avait probablement déjà l'un des premiers titres en tête (*L'Enfant qui dort*) lors des enregistrements londoniens de son album avec Jane, puisque l'on trouve dans le manuscrit de ce titre les vers de *Valse de Melody*. Bien qu'il n'ait jamais passé son permis de conduire, Gainsbourg s'achète une Rolls. Il s'éprend du bouchon du radiateur et rend hommage au « spirit of ecstasy », objet qu'il conservera lorsqu'il revendra la voiture et qui deviendra un des accessoires du film *Charlotte for ever* en 1986. Serge a déjà enregistré les bases rythmiques de *Histoire de Melody Nelson* quelques mois plus tôt et vient d'accepter une série de publicités radiophoniques pour la marque d'apéritifs Martini.

ART MAJEUR 1971/1972

DE MARTINI À MELODY

Le Martini n'est pas la boisson que l'on associe spontanément à Gainsbourg. En matière d'apéritifs, son goût pour le pastis est connu et il arrive que Serge recopie les recettes de cocktails plus sophistiqués sur ses agendas Hermès ou sur le premier papier qui lui passe sous la main. Martini va pourtant compter à plus d'un titre dans son œuvre. Tout d'abord avec un rendez-vous manqué...

En 1961, alors qu'il passe la soirée chez Philippe Clay avec Jean-Roger Caussimon et Claude Nougaro, les quatre garçons sont obnubilés par une publicité clignotante pour Martini qu'ils voient par la fenêtre. Imaginant un couple en train de faire l'amour, gêné par le flash régulier du néon rouge, Nougaro lance l'idée d'une chanson que Gainsbourg se propose de composer. Le titre *Le Rouge et le Noir* incombera finalement à Michel Legrand.

En 1970, la célèbre marque commande à Serge une série de publicités radiophoniques pour lesquelles il a « carte blanche ». Ces publicités sont conçues comme de véritables chansons avec couplets et refrains, parfois additionnés d'un slogan dit par Serge, et portent des titres distincts.

Ainsi, la pub qui s'intitule *On the Sea* ne contient-elle qu'une fois le mot Martini, perdu au milieu d'une composition originale d'une minute trente. Gainsbourg réutilise des mélodies comme *Sous le soleil exactement* pour une pub intitulée *Anna* ou *Le Drapeau noir* que chantait Mireille Darc, dont le titre est conservé pour la réclame. Deux de ces publicités donnent des indications précises sur l'état d'avancement du projet *Histoire de Melody Nelson* que Gainsbourg et Vannier ont déjà entamé. Comme souvent, Serge recycle et il utilise son travail pour un jingle publicitaire alors que l'œuvre n'est pas terminée. La publicité intitulée *Melody Nelson* indique donc que l'héroïne a trouvé son nom de baptême et que les vers et la musique de *Valse de Melody* sont en partie rédigés. L'ambiance musicale conçue par Jean-Claude Vannier avec sa basse soutenue, les violons vindicatifs et ses breaks de batterie, tout comme le texte du spot radiophonique *Pleure-moi un verre*

Quand tu m'auras pleuré tout un camion citerne
Remplis les soutes d'un cargo

annoncent les futurs titres de l'album *Histoire de Melody Nelson*. Peut-être s'agit-il d'un des morceaux finalement non retenus pour l'album ?

CARGO CULTE

Les moyens mis à la disposition de l'enregistrement d'*Histoire de Melody Nelson* sont à la hauteur de l'ambition du projet. Début 1971, un orchestre symphonique et soixante-dix choristes viennent s'ajouter aux bases rythmiques classiquement rock (guitare, basse, batterie) déjà enregistrées. Jane vient jouer le rôle de Melody, qui, comme Lolita, n'a qu'une quinzaine d'années après sa séparation avec Humbert Humbert. Poème onirique mâtiné de rock symphonique, entremêlé de chansons de facture traditionnelle (ballade, valse), *Histoire de Melody Nelson* ne ressemble à aucune œuvre déjà existante. Des groupes comme The Who avec *Tommy* et Pink Floyd avec *More* ont certes posé les bases de l'opéra-rock, mais le style littéraire de Gainsbourg, le parti pris d'être à la fois le narrateur et le protagoniste de son œuvre, son interprétation qui oscille entre textes parlés et chansons, confèrent à l'album un caractère d'achèvement jamais atteint jusque-là et l'imposent comme chef-d'œuvre. L'histoire, inspirée de *Lolita*, débute en Rolls-Royce et se clôt par un accident d'avion, obsédante thématique des transports dans l'œuvre de Gainsbourg (*Harley-Davidson* pour Bardot, *Roller Girl* pour Anna Karina, *Hélicoptère* pour Mireille Darc, le ferry-boat de *69, année érotique*, la voiture meurtrière de *Turlututu capot pointu* pour Michel Colombier, *Ford Mustang*, le Boeing et le bateau de *L'Anamour*, etc.).

L'adaptation télévisuelle de Jean-Christophe Averty convoque les surréalistes séance tenante. Jane et Serge évoluent au travers du *Bain turquoise* de Félix Labisse ou de *Persistance de la mémoire* de Salvador Dalí.

Mais l'œuvre de Gainsbourg n'intéresse que les curieux. Comme disait Picabia : « Pour que vous aimiez quelque chose il faut que vous l'ayez vu et entendu depuis longtemps, tas d'idiots. » L'album magistral est publié un mois avant la mort par hémorragie de Joseph Ginsburg, quatre mois avant la naissance de Charlotte. Ces trois événements vont avoir une importance considérable sur l'homme et le créateur.

RECHERCHE TUBE DÉSESPÉRÉMENT

Définitivement affranchi du regard paternel qu'il pensait d'une sévère intransigeance (Serge découvrira trop tard que son père était son plus grand admirateur, conservant les articles de journaux et écrivant aux journalistes indélicats avec son fils), Serge Gainsbourg laisse Jane Birkin façonner sa nouvelle image publique. Elle lui demande de laisser pousser ses cheveux et de ne plus se raser tous les jours. Ainsi, lorsqu'il apparaît à la télévision, Serge, dont le public a conservé une image de dandy impeccable, propose un personnage savamment négligé et, de fait, beaucoup plus familier et accessible. Il ne se réfugie plus derrière l'arrogance feinte mais s'abandonne aux confidences mutines.

Il retrouve en cette fin d'année 1971 l'une de ses interprètes fétiches, Juliette Géco, pour deux chansons de désamour, *Paris d'papa*, et un titre qui égrène les moyens de transport, *Un peu moins que tout à l'heure*, musicalement dans la lignée de la chanson *Le Sixième Sens* que Gréco a enregistrée l'année précédente. L'interprète rompt son contrat avec sa maison de disques la même année, laissant ces deux titres inédits jusqu'en 2003.

Le semi-échec de *Histoire de Melody Nelson* encourage Serge à tenter un « coup » digne de ceux que concocte Eddy Barclay. Chaque été voit fleurir le slow sur lequel les couples s'enlacent. Souhaitant réitérer le succès de *Je t'aime... moi non plus*, Serge conçoit sur une mélodie imparable un « slow conceptuel ». Il s'agit d'un couple de danseurs tous deux tournés dans la même direction, le partenaire masculin se postant derrière sa partenaire, se serrant contre elle, ses mains délicatement posées sur sa poitrine. Comme pour *Je t'aime... moi non plus*, Jane figure seule sur la pochette du 45 tours. Lancé au marché du disque de Cannes, le Midem, *La Décadanse* produit son petit effet et sera publié dans plusieurs pays européens sans, bien évidemment, réitérer le succès de *Je t'aime...* La nouvelle danse ne passera pas l'année, faute d'adeptes.

Alors que le couple est au summum de sa popularité, multipliant les unes de magazines et remplissant des pages de journaux que l'on n'appelle pas encore « people », c'est contre toute attente à Zizi Jeanmaire et Régine que va profiter l'inspiration de Gainsbourg. La reine de la nuit chante *Laisses-en un peu pour les autres* avec la participation de Serge pour les refrains, et hérite de la chanson intitulée du deuxième prénom de Jane, *Mallo Mallory*, bien trop réaliste pour être chantée par une lolita. Zizi Jeanmaire lui demande d'écrire une revue dans la tradition du music-hall, belle occasion d'un retour aux sources pour Serge qui n'a plus fait de cabaret depuis Madame Arthur, quinze ans auparavant. Il se défoule aussi bien dans le flonflon avec *Tout l'monde est musicien* que dans la marche militaire avec une nouvelle version de *Élisa*, évoque ses lectures de gosse, *Tarzan*, *Jim la Jungle* et *Luc Bradefer* dans *King Kong*, est à l'aise dans le truc *À poil et à plumes* impératif pour toute revue digne de ce nom, et accouche d'un petit bijou, *Les Bleus*.

LES CARPENTIER

Maritie et Gilbert Carpentier, les rois de la variété télévisuelle en France, concepteurs des *Sacha Shows*, *Top à...* et autre *Numéro un*, sont friands des chansons et des sketches de Gainsbourg. Les émissions sont tournées rapidement avec les moyens du bord, et les artistes se prêtent, sans souci de leur image ou de leur promotion, au jeu du déguisement. Ils interprètent des chansons conçues spécialement pour le show en duo, en trio ou en troupe, et qui, comme les revues de music-hall, nécessitent décors et accessoires spécifiques à chaque tableau. Toutes les vedettes se précipitent dans ces tournages qui ne se prennent pas au sérieux. Elles côtoient à l'occasion de jeunes débutants et, parfois, devant le plébiscite des téléspectateurs, commercialisent une chanson du show télé. Serge travaille rapidement et propose des séquences toujours décalées, ce qui lui vaut d'être particulièrement sollicité. Il en profite pour tester certains titres ou en recycler d'autres. Il chante *Il s'appelle Reviens* avec Régine et Marie Laforêt, écrit *Une fille à la mer* pour Jacques Dutronc et Petula Clark, *Les filles n'ont aucun dégoût* qu'il chante aux côtés de Jane Birkin et Sylvie Vartan, repique la musique des *Incorruptibles* pour une chorale composée de Dalida, Petula, Claude François et lui-même dans un numéro d'anthologie intitulé *Les Anthropophages*, et *Comic Strip*, la chanson préférée de Maritie Carpentier, est reprise régulièrement dans des shows pour lesquels Serge n'est pas disponible. Il réutilise aussi une musique écrite pour le film *Trop jolies pour être honnêtes* de Richard Balducci, dans une chanson intitulée *Close Combat*, pour Sylvie Vartan et Jane Birkin.

LE FLOU ARTISTIQUE

Jane Birkin est d'abord une actrice. Avec Gainsbourg, elle va devenir chanteuse. Gainsbourg va travailler et développer son souffle sensuel en dégageant la voix de tout instrument susceptible de la recouvrir ou de l'étouffer, technique qu'il utilisait jusque-là pour des interprètes plus assurées vocalement. Confortablement posée sur ses coussins ouatés, Birkin susurre à l'oreille de l'auditeur :

Les autres filles ont de beaux nichons
Et moi, moi je reste aussi plate qu'un garçon
(*Di doo dah*)

Le premier album de Jane débute par cet autoportrait en forme de comptine avant de basculer sur un personnage à la sexualité trouble, franchement allumeuse, un peu fille facile, toujours très anglaise. Ce premier balbutiement ne laisse guère présager de l'intensité que prendra la chanteuse Birkin dans les années à venir, mais le disque conserve tout de même une fraîcheur intacte. Il est aussi le dernier album gainsbourien dont Jean-Claude Vannier signe les arrangements. Car Serge et lui se fâchent et, pour la première fois, Gainsbourg se lance dans l'élaboration d'un album sans savoir avec qui il va finaliser son travail. L'époque est aux couples d'artistes de variétés qui chantent en duo : Stone et Charden, Sheila et Ringo, Johnny et Sylvie, même Guy Bedos et Sophie Daumier, qui voient leur sketch *La Drague* devenir un des tubes de l'été. La musique est le cadet des soucis des chanteurs français en cette période qui entend faire pleurer les violons. Le public se jette sur la rengaine, quel que soit l'emballage. Gainsbourg et Polnareff ont raté leur coup. Le son pop qu'ils croyaient imposer dans la chanson française reste l'apanage de quelques artistes marginaux comme Gérard Manset. Il se profile bien une débutante nommée Véronique Sanson, dont l'album *Amoureuse* est produit par Michel Berger, mais cette génération nourrie à la pop anglaise déchire à peine sa chrysalide et ne prête aucune attention à Gainsbourg. C'est dommage, car l'album *Vu de l'extérieur*, sorti en 1973, ressemble à un disque inachevé. Les chansons souffrent d'un manque d'habillage harmonique, s'usent sur des mélodies en boucle, faute de break ou de pont musical. Du coup, la moitié des titres est shunté, procédé qui consiste à diminuer progressivement le volume sonore d'une chanson jusqu'à sa fin, sans quoi la chanson ne se termine jamais. Les thèmes abordés ici sont pourtant riches et annoncent une partie des œuvres à venir. Le disque s'ouvre et se ferme sur une rupture, comme la mise en pratique de cette phrase que Gainsbourg écrira plus tard pour Jane Birkin : *Fuir le bonheur de peur qu'il ne se sauve*. Il y a là le premier hommage à sa petite Charlotte. *La Poupée qui fait* évoque un père démuni devant la fragilité de son enfant.

« Prendre les femmes pour ce qu'elles ne sont pas et les laisser pour ce qu'elles sont » est une formule qu'il utilisera comme aphorisme et sur l'album de Catherine Deneuve dans une version féminine.

Vu de l'extérieur apparaît comme le premier hymne à la sodomie (ou second selon comme l'on entend *Je t'aime... moi non plus*). Gainsbourg revient sur les gaz intestinaux qui vont le préoccuper pendant dix ans, jusqu'à la publication de son roman *Evguénie Sokolov*, avec *Des vents, des pets, des poums* et joue avec les excréments dans *La Poupée qui fait* et *Pamela Popo*. Il conserve néanmoins des références littéraires : Verlaine, à qui il emprunte le vent mauvais, les sanglots longs et l'heure qui sonne à la *Chanson d'automne* dans *Je suis venu te dire que je m'en vais*. L'album mérite davantage d'intérêt qu'il n'en suscite aujourd'hui. Il amorce le personnage de Gainsbarre, désinhibé, avec ses gamineries provocantes. L'enregistrement en est interrompu le 15 mai 1973 lorsque Gainsbourg fait un infarctus.

LA FAMILLE HARDY-DUTRONC 1973/1974

TONTON CACA

Alors qu'elle tourne sous la direction de François Leterrier dans *Projection privée*, dont Gainsbourg et Vannier doivent, pour une ultime collaboration, signer la musique, Jane apprend l'accident cardiaque de Serge. Dans tous ses états, elle se rue à l'Hôpital américain où elle trouve « Lucien Ginsburg, le gosse qui fait des farces : il s'amusait à enlever son bip cardiaque pour faire courir les infirmières qui le croyaient mort. Et quand elles arrivaient, il leur faisait des grimaces[19]. » À quelques chambres de là, côté maternité, Françoise Hardy et Jacques Dutronc choisissent le prénom de leur fils. Ce sera Thomas. Bien qu'ils aient peu travaillé ensemble, ces artistes se respectent. À leur sortie de l'Hôpital américain, Serge va retrouver Françoise puisque c'est elle qui chantera le générique du film *Projection privée*. En leur fils, Thomas Dutronc, Serge trouvera un complice, une sorte de Charlotte en mec, avec lequel il vagabondera, de pitreries en excès. Ce « tonton caca », comme le surnomme Thomas, couvre le jeune garçon de cadeaux « souvent terriblement encombrants », selon l'aveu de Françoise Hardy. « Je tentais de le freiner car je me retrouvais avec des objets dont on ne savait plus que faire et qui coûtaient tout de même extrêmement cher[20]. » La fidélité du petit Thomas ne sera jamais démentie, en témoigne l'une des ultimes photos de Serge, alors malade et en convalescence, signée par le jeune homme, une des très rares personnes qui avaient alors l'autorisation de lui rendre visite.

EX-FAN DES SIXTIES

Françoise Hardy et Jacques Dutronc sont nés artistiquement en pleine période yé-yé, dont ils furent les emblèmes du côté chic (le côté choc étant alors occupé par Johnny, Sylvie, Sheila et Cloclo). Pourtant, même si Françoise a débuté en chantant des bluettes sans ambition, ils se distinguent tous les deux très rapidement de leurs collègues. Dutronc propose un univers au second degré, grâce aux textes de Jacques Lanzmann qui voisinent avec le politiquement incorrect (*Et moi, et moi, et moi…*, *On nous cache tout, on nous dit rien*, *L'Opportuniste*, *La Publicité*, etc.). Quant à Françoise, elle détonne en affichant une culture musicale et une curiosité qu'elle conserve aujourd'hui. Elle développe ses talents d'auteur d'une désespérance romantique : *Je veux qu'il revienne*, *Et même*, *Tu ressembles à tous ceux qui ont du chagrin*, etc. Parallèlement, elle va puiser dans des répertoires exigeants : *Il n'y a pas d'amour heureux* d'Aragon et Brassens, *Suzanne* de Leonard Cohen, *Let it be me* de Bécaud, *La Mésange* de Carlos Jobim et Chico Buarque, *There but for Fortune* de Phil Ochs. Sa beauté est à la hauteur de son succès et elle devient la seule artiste de sa génération à fasciner Mick Jagger et Bob Dylan. Enfin, elle fait appel à des auteurs et compositeurs étonnants. L'écrivain Patrick Modiano, Jacques Dutronc bien avant leur rencontre amoureuse, et Serge Gainsbourg.
La première collaboration avec ce dernier sur *Comment te dire adieu* et *L'Anamour* en 1968 avait donné à Serge l'occasion de rencontrer celui qui est devenu son meilleur ami, Jacques Wolfsohn, éditeur musical de Fançoise Hardy et de Jacques Dutronc. Il est logique que Serge adopte ces deux ovnis. La beauté mélancolique de Françoise et l'humour cynique de Dutronc trouvent là amateur. Ces trois-là ont un même recul sur leur activité professionnelle, aux antipodes du show-biz clinquant et des compromis douteux. Gainsbourg et Dutronc sont des sortes de frères jumeaux, à la fois provocants et réservés, déconneurs et buveurs, passant quelques fins de soirée bien arrosées au commissariat du VIIe arrondissement où ils se dressent des procès-verbaux dadaïstes (déclarations sibyllines, dialogues abscons…). Ils se sont loupés dans les années 1960, accaparé qu'était Dutronc par Lanzmans, son trousseur de mots (ah, s'il avait pu chanter quelques-uns des titres confiés à Dominique Walter !). Ils vont rattraper le temps perdu au long des deux décennies suivantes, avec, entre autres, *Les Roses fanées*, chanson pour laquelle Jane

Birkin assure les chœurs, *Les Filles, c'est du flipper*, créée pour un show télévisé, ou encore *Les Beaux Lolos de Lola*, trio avec Serge et Jane. Pour les albums de Jacques, Serge écrira onze textes entre 1972 et 1980, tous plus insolents les uns que les autres. Les Carpentier invitent souvent Jacques, Serge, Jane et Françoise pour des duos et des trios où ils revisitent *Les P'tits Papiers*, *Comment te dire adieu*...
Régulièrement, Gainsbourg parsème la boîte aux lettres de Françoise Hardy et Jacques Dutronc de petits mots.

HIER OU DEMAIN 1974/1979

L'INGÉNUE ET LES GÉANTS

Maritie et Gilbert Carpentier prennent le risque de proposer un *Top à Serge Gainsbourg* en 1974. La mauvaise audience et les réactions conservatrices de la presse télévisée qui n'aime plus ce garçon mal rasé qui fume, s'habille négligemment et chante à côté de ses play-back, n'affaiblissent aucunement la confiance et l'admiration que porte le couple de producteurs à l'artiste. Ils lui demandent même d'écrire une chanson pour les premiers pas d'Isabelle Adjani dans la variété, à l'occasion d'un *Top à Sacha Distel*. Ce sera *Rockin' chair*.
« J'étais toute nouvelle pensionnaire à la Comédie-Française, ingénue de service, et j'avais dix-sept-dix-huit ans quand j'ai chanté *Rocking-chair* que Serge Gainsbourg avait écrit pour moi, se souvient Isabelle Adjani. Justement une chanson de fausse ingénue, une version parmi d'autres de sa vision de *Lolita* qu'il a explorée tout au long de sa carrière. C'est un texte que j'ai toujours trouvé exceptionnel, sur la perversité de l'innocence dans l'image cinématographique, entre littérature – voir Nabokov et Apollinaire – et cinéma – la *Lolita* de Stanley Kubrick bien sûr, mais aussi la *Baby Doll* d'Elia Kazan. J'étais si fière : il était un de mes héros secrets de mes émois d'adolescente. J'étais très excitée de devenir pour quelques jours son fantasme, celui de la jeune muse sulfureuse. Je ne savais pas chanter, je ne sais toujours pas chanter, et c'est bien sûr ça qui a toujours plu à Serge chez les actrices. J'ai le souvenir d'appels téléphoniques où il me lisait les vers au fur et à mesure qu'ils lui venaient, et c'étaient des petits instants magiques pour moi. J'ai piqué un fard au téléphone un jour où il me demandait si l'enchaînement Onze mille vers/ Je me sens à bout de nerfs ne me gênait pas. Je suis allée chez lui, rue de Verneuil. Il m'a fait répéter au piano et j'étais, je me souviens, très gênée et très troublée par son intensité, son regard attendri et narquois, son élégance, son excentricité discrète mais sensible, bref son style absolument inoubliable. J'ai enregistré puis chanté à la télévision cette chanson, me sentant, pour mon plus grand bonheur, complètement décalée par rapport à mes "emplois" plutôt sages au théâtre et au cinéma à ce moment-là, et même si elle est très peu connue, c'est un classique, je veux dire par là qu'elle est définitivement moderne[21]. »
À la même époque, Claude Nougaro chante *La Javanaise* dans un album qu'il consacre aux géants de la chanson française. Sublime hommage, Gainsbourg côtoie Trenet, Brassens, Ferré, Brel et... Prévert. Sur Europe 1, Nougaro, fasciné, invite Gainsbourg à chanter son standard avec lui. Serge retourne en studio à la fin de l'année pour un album dont la thématique fera couler plus d'encre qu'il ne s'écoulera d'albums chez les disquaires, le nazisme...

L'EXORCISME

Concernant l'Occupation dont il garde des souvenirs indélébiles, Serge ne s'est encore jamais exprimé publiquement. Lucien Ginsburg a douze ans lorsque les nazis défilent dans Paris. Treize ans lorsque son père, qui peine à travailler à cause des lois antisémites, l'inscrit à l'Académie de peinture. Quatorze ans lorsqu'une tuberculose menace sa vie et nécessite de l'envoyer dans la Sarthe. Quatorze ans encore quand, de retour à Paris, il lui faut épingler une étoile jaune barrée du mot « Juif » et que Joseph, son père, franchit la ligne de démarcation pour chercher du travail. Quatorze ans toujours lorsque le frère de sa maman Olga est arrêté par la police française et déporté à Auschwitz dont il ne reviendra pas. Seize ans quand, réfugiés à Limoges, les parents de Lucien sont arrêtés par la milice puis relâchés quarante-huit heures plus tard grâce au sang-froid d'Olga et à l'intervention d'un des employeurs de Joseph. Seize ans enfin lorsque Paris regagne sa liberté et que la famille Ginsburg est à nouveau réunie. Autre séquelle, Lucien conservera le souvenir des enfants réfugiés dont il s'occupera au début des années 1950 à Champsfleur.

Sur des rockabillys, des twists, des slows, Gainsbourg évoque le IIIe Reich décadent, décrit par Visconti en 1969 dans son film *Les Damnés*. Les nazis revêtent des bas noirs fixés par des porte-jarretelles et, maquillés de rouge, dansent le *Nazi rock*. Otto, la *Tata teutonne*, s'adonne au masochisme, tandis qu'Adolf refuse de comprendre que son règne s'achève. Hitler avait interdit la musique américaine, mais laissait sa compagne Eva Braun en écouter. Gainsbourg chante *Smoke gets in your Eyes*, composée par Jerome Kern, symbole des comédies musicales new-yorkaises popularisées par Hollywood, lieu de refuge de nombreux artistes juifs. Enfin, *S.S. in Uruguay* évoque tous ces paisibles nazis retraités, protégés par quelques États, essentiellement sud-américains, dont une bonne partie finiront leurs jours sans jamais être inquiétés. Gainsbourg a qualifié l'écriture de son disque d'« exorcisme ».

Il attaque Hitler comme le fit Chaplin dans *Le Dictateur*, avec l'humour pour seule arme. Une partie du public (limité à l'époque pour Gainsbourg, il est vrai) s'en trouvera choquée par cette démarche, car Serge ne tient pas à mettre en avant les humiliations et les dangers subis par sa famille. Il préfère simuler la fierté d'avoir porté la *Yellow Star*, racontant à qui veut l'entendre qu'il fut le premier à aller la chercher. Selon son adage, il utilise les armes de ses ennemis pour s'en parer comme de décorations, comme lorsqu'il met en chansons les réflexions désagréables sur son physique. Il ne s'exprimera vraiment sur l'antisémitisme qu'il continue à subir qu'au moment de la polémique soulevée par sa *Marseillaise*, quand les relents collaborationnistes seront trop assourdissants pour n'être pris qu'en dérision.

LES DÉCHARGES PUBLIQUES SONT DES ATLANTIDES

Serge Gainsbourg est célèbre. Serge Gainsbourg est riche. Serge Gainsbourg a du talent, mais ça, peu de monde s'en rend compte en 1975. L'artiste fait la une des journaux parce qu'il a fréquenté Bardot, parce que la chanson *Je t'aime... moi non plus* a provoqué un scandale international, parce que Jane est célèbre et qu'ils acceptent de poser en famille pour les photographes, mais à cette époque, le créateur n'est pris au sérieux que par une infime partie de la critique et ses albums sont des échecs commerciaux. Les radios diffusent très peu de ses chansons et il n'a plus écrit de tube depuis *Je t'aime... moi non plus*. Ses interprètes ont bu à d'autres sources, sa carrière d'acteur est réduite à de simples apparitions et Jane Birkin est distraite par la sienne. Elle est devenue une valeur sûre du box-office dans des comédies où elle joue l'Anglaise un peu bébête, ce qui vaut au couple Gainsbourg-Birkin une visibilité médiatique relativement constante. Mais Serge est un suractif que le manque de projets angoisse. Il se lance alors dans une histoire qui ne sera pas un disque mais un film, bien qu'il ne dispose d'aucune expérience en termes d'écriture scénaristique ou de réalisation.

Le sujet est une transposition très libre de son sulfureux « tube », *Je t'aime... moi non plus*. Krass, éboueur homosexuel, s'éprend de Johnny, jeune fille androgyne qui travaille dans un fast-food. Les amours sodomites dont il l'honore provoquent des cris de jouissance tels qu'ils sont contraints de faire l'amour loin de toute présence humaine : dans sa benne à ordures.

Ce sublime poème d'amour fait des deux héros des Roméo et Juliette des Temps modernes. Si Shakespeare implante ses amants dans un contexte romantique et favorisé, Gainsbourg projette ses amoureux dans un no man's land désolé, abandonné depuis des lustres, comme un écho aux *Misfits* de John Huston. Gainsbourg aime le cinéma américain. Tout, dans son film, évoque les États-Unis : le truck que conduit Krass, le fast-food où travaille Johnny, le dancing, le motel, les strip-tease, les hot-meals et les hamburgers, le prénom de Johnny et, enfin, l'acteur qui joue Krass, Joe Dallesandro, icône égarée et sensuelle, interprète fétiche de Paul Morrissey et d'Andy Warhol. Deux thèmes musicaux entêtants scandent le film : la *Ballade de Johnny Jane* et *Je t'aime... moi non plus*, dont certaines envolées font appel aux instruments du folklore américain, le banjo et l'harmonica.

Le peintre qui sommeillait en Gainsbourg se réveille. Il se soucie de tous les détails de composition : costumes, décors et accessoires. Tout est pensé, calculé. Birkin se révèle une actrice dense, dont le tragique jure avec les comédies populaires auxquelles elle est cantonnée. Son personnage, meurtri, explore les tréfonds de l'âme lorsque la peur de perdre l'amour lui fait murmurer « Je suis un garçon », illustrant ce vers de *La Javanaise* : « La vie ne vaut d'être vécue sans amour. »

Le film sort en salles en mars 1976. Il est laminé par la presse, la critique la plus drôle étant sans doute celle du journal catholique *La Croix* : « N'ayant l'habitude de fréquenter les décharges publiques que pour y déposer des ordures, je m'abstiendrai de tout commentaire. »

François Truffaut, Henry Chapier et Robert Chazal de *France-Soir* défendent quant à eux un film qui les a bouleversés.

Le film provoque des réactions de haine et, par répercussion, une pratique commence à poindre qui bientôt s'érigera en institution : rue de Verneuil, au domicile de Jane et Serge, les murs accueillent des graffitis, pour l'instant orduriers (et provenant probablement de personnes n'ayant pas vu le long-métrage), mais plus pour très longtemps. En revanche, le film *Je t'aime moi non plus* va hypothéquer quelque temps la carrière d'actrice de Birkin. Ce film, pourtant, deviendra un classique du cinéma d'art et d'essai.

LA FOLIE CRÉATRICE : DE L'EASY À L'ASILE

En 1975, Gainsbourg cède à la facilité en retravaillant un texte qu'il avait écrit pour Sacha Distel lors d'un show télévisé, *L'Ami Caouette*, le temps d'un 45 tours pour l'été et puis s'en va. Histoire de ne pas trop se compromettre, il rend hommage aux surréalistes en face B avec l'un de leurs jeux préférés, *Le Cadavre exquis*. Le disque remporte son petit succès, contrairement au deuxième album de Jane Birkin sorti dans une quasi-indifférence. Pire, la chanson qu'il vient d'écrire pour représenter la France au concours de l'Eurovision, interprétée par Dani, a été refusée par le jury qui la trouve « provocatrice ». *Comme un boomerang* fera carrière beaucoup plus tard, en 2003, produite et interprétée par Étienne Daho et sa créatrice.

Serge vient de rencontrer un certain Philippe Lerichomme, nommé directeur artistique pour Jane et lui. À nouveau cadré par quelqu'un qui lui fixe des échéances et l'épaule dans sa création, Gainsbourg retrouve le goût d'écrire et de composer. Il projette un album pour Jane, un pour lui et des titres pour Zizi Jeanmaire. Pour Jane, il reprend le thème du film *Je t'aime moi non plus* et pose un texte superbe sur la *Ballade de Johnny Jane* afin de formuler lui-même ce qu'il a voulu filmer :

Tes décharges publiques sont des Atlantides
Que survolent les mouches cantharides
Hey Johnny Jane
Tous les camions à benne
Viennent y déverser bien des peines infanticides

En face B, Jane joue en duo avec Serge le titre *Raccrochez c'est une horreur*.

Le génie gainsbourien est à nouveau en branle. L'idée d'un nouvel album conceptuel germe, *L'Homme à tête de chou*, qui conte l'histoire de cette sculpture de Claude Lalanne qu'il a achetée. Trésor de composition et de virtuosité, l'album débute par un tintement délicat de porte. Le piano inquiétant, que viennent surprendre guitare, batterie et synthé dans un effet hitchcockien, accompagne la narration. Comme pour *Histoire de Melody Nelson*, Gainsbourg campe le personnage principal dont il narre l'histoire, mêlant de façon identique textes en talk-over et chansons.

Journaliste, le héros du fait-divers explique les raisons de sa particularité physique (la tête de chou). Il est tombé amoureux de Marilou, shampouineuse dansant le reggae. Mais, si Melody n'avait jamais connu l'amour, Marilou dispose d'une solide formation en la matière. Surprise par son amant alors que ses orifices sont comblés simultanément par

Deux macaques
Du genre festival à Woodstock

elle réplique à la jalousie par des insultes qui occasionnent les premiers troubles du narrateur. Sur une guimbarde hypnotique, ses oreilles se transforment en feuilles de chou. Il la menace de représailles sur une sonate de Beethoven, mais la belle n'en a cure et répond aux menaces en posant sur son pick-up des disques d'Elvis Presley ou de Lou Reed sur les voix desquels elle se procure du plaisir. Rongé par la jalousie, l'homme lui fracasse le crâne d'un coup d'extincteur d'incendie et recouvre son corps de neige carbonique. Rendu à la folie, il finit en asile psychiatrique, obsédé *ad vitam æternam* par le souvenir de Marilou.

Philippe Lerichomme explique que, contrairement à son habitude, Gainsbourg a rédigé tous les textes de l'album avant de composer. Le disque regorge d'autoréférences, de *Comic Strip* à *Élaeudanla téïtéïa* en passant par *Plus dur sera le chut*, *Par hasard et pas rasé* et bien sûr *Histoire de Melody Nelson*. Nul doute qu'avec *Cargo culte*, les *Variations sur Marilou* sont l'un de ses plus beaux textes.

TAILLEUR DE COSTUMES

C'est à Claude Nougaro que Zizi Jeanmaire demande d'écrire des titres pour sa revue millésimée 1977. Le genre n'est pas la spécialité du « petit taureau », qui lui livre tout de même le troublant *Frileuse* et une adaptation de *I got it bad* de Duke Ellington à défaut de ladite revue. Alors, Zizi se tourne vers Gainsbourg, le seul qui soit capable de livrer dans les délais un spectacle complet. En point d'orgue, Zizi entonne un *Merde à l'amour* digne des revues d'antan. Elle alterne une fois encore les rengaines que sa gouaille défend avec aplomb, *Rétro Song* et *Mesdames, mesdemoiselles, mes yeux*, deux petits bijoux, et s'amuse dans les exercices de style *Yes Man* et *Tic, tac, toe*. Gainsbourg adapte le standard de Harold Arlen *Stormy Weather* et fait groover Zizi sur *Le Péril rose*, qui deviendra *Vamp et vampire*, car la vamp, comme le vampire, ça te suce et t'expires.

Bien qu'il écrive régulièrement pour Dutronc, Gainsbourg n'a guère d'interprètes masculins à se mettre sous la dent durant les années 1970. Compte tenu des « horreurs » qu'il a écrites pour Claude François et Dominique Walter, il n'y a guère de volontaires... Aussi saugrenu que cela puisse paraître, un bel éphèbe produit jusque-là justement par Claude François le sollicite. Il s'appelle Alain Chamfort et se sent à l'étroit dans son costume de chanteur pour minettes. Il va être servi ! D'autant que Chamfort prend le risque insensé de travailler avec Gainsbourg sur un album entier. Comme le désormais ex-chanteur Dominique Walter, Serge va jouer avec le physique de son interprète et s'en servir pour quelques « misogyneries » bien senties. Le disque démarre très fort avec *Joujou à la casse* :

Moi des joujous j'en ai des caisses
Des comme toi y'en a des masses
Si tu attends que je me baisse
Et que je te ramasse
Compte, compte là-dessus
Amuse-toi à y croire
Tu ne seras pas déçue

C'est une révolution culturelle pour celui qui fredonnait des ballades à l'eau de rose. Grâce aux textes de Serge, il voit ses amours d'été ravagées par l'automne, plaie qu'un DJ ravive à la demande de l'intéressé dans *Disc-jockey*. Quand il veut retrouver sa copine au Rock Palladium, des cerbères lui refusent l'entrée (*Privé*). De toute façon,

La vie est cruelle
Et les filles sont infidèles

(*Sparadrap*).

Pour ajouter du piquant, si Dominique Walter faisait la fine bouche entre *Johnsyne et Kossigone*, Alain Chamfort adopte avec *Lucette et Lucie* la méthode Marilou et virevolte de l'une à l'autre, l'une après l'autre ou l'une avec l'autre :

On fait l'amour en stéréophonie
Et nous vivons en parfaite harmonie

Baby Lou, que s'approprieront ensuite Lio, future compagne de Chamfort, et Jane Birkin, qui offrira ce prénom à sa troisième fille, parcourt la sublime désespérance d'un couple à la dérive. L'homme finit par trouver la compagne idéale sur le dernier morceau de l'album : la solitude, avec laquelle il va finir ses jours, sur un texte d'une superbe noirceur que visitent Rimbaud et Edgar Poe en exergue :

J'ai le mal de vivre
Oui j'ai de la peine à me suivre (...)
Rayer tous les disques
Quitte à prendre le risque
Lourd de conséquences
De me perdre dans le silence
(*Le Vide au cœur*)

Les rapports entre les deux hommes sont assez houleux. Pour la première fois de sa vie d'auteur, Gainsbourg se trouve face à un interprète qui ne se laisse pas faire et donne son point de vue sur les textes. Chamfort commence par refuser *Lucette et Lucie*, discute les thèmes, les phrases. Serge s'était déjà vu refuser une chanson, mais voir son talent d'auteur débattu, c'est une première. Cette attitude vaudra à Chamfort de réussir son come-back. Non pas avec cet album qui ne séduit pas le public, mais avec les suivants, auxquels Gainsbourg collaborera, preuve que la franchise du beau gosse a fait mouche.

Après *L'Ami Caouette*, Gainsbourg publie pour l'été 1977 un 45 tours comprenant *My lady héroïne*, négatif de la photo *Aux enfants de la chance* qu'il écrira en 1987, sur une mélodie inspirée de *Sur un marché persan* de Ketelbey.

CINQUANTE BALAIS

Le cinquantième anniversaire de Serge coïncide avec ses vingt ans de carrière qu'il célèbre en mai sur TF1. Sa maison de disques sort un coffret, noir comme l'appartement rue de Verneuil, qui résume sa carrière et sa vie : « J'ai eu cinquante ans et ça m'a complètement démoralisé[21] », avoue-t-il.

C'est une année de bilan pour Serge qui replonge dans des titres qu'il n'avait plus chantés depuis des lustres. Il est le plus populaire de ses contemporains, invité régulier des plateaux de télévision, s'affichant à la une des magazines. Pourtant, son œuvre ne figure pas au Panthéon de la chanson française. Une partie de la jeunesse se trémousse sur des rythmes disco sans remarquer l'existence de Serge.

Sa chienne, le bull-terrier Nana, passe l'arme à gauche. Elle était un membre de la famille à part entière, ayant droit aux honneurs des photographes, dévoilant même ses talents d'actrice dans le film *Je t'aime moi non plus*. Profondément triste, Serge va chercher consolation auprès de Coluche, rue Gazan. Les deux hommes sont devenus amis. Coluche aime la musique et la photographie. Ils ont composé ensemble deux chansons pour le film écrit, réalisé et interprété par Coluche, *Vous n'aurez pas l'Alsace et la Lorraine*, et Gainsbourg vient régulièrement chez son pote, photographe amateur, poser devant l'objectif. Coluche a installé chez lui du matériel de musique pour réaliser un de ses fantasmes, chanter du rock'n roll, mais il ne possède pas de piano. Or, Gainsbourg ne compose qu'au clavier. Comme ils envisagent d'écrire un album que chanterait Coluche, Serge apporte la guitare acoustique dont il se servait au Milord l'Arsouille. Les deux garçons se lancent dans ce projet qui, hélas, ne verra pas le jour...

LES OMBRES DE WALTER

Depuis des années, Gainsbourg triture une suite de noms propres, des stars du rock, sans parvenir à en faire un sujet de chanson. Dominique Walter a chanté :

Il est Brian Jones et Ringo
Mick Jagger, Otis Redding
Devant les supporters
(*Plus dur sera le chut*)

Marilou a rendu chou la tête de son homme en se masturbant sur :

Jimi Hendrix, Elvis
Presley, T-Rex, Alice
Cooper, Lou Reed, Les Roll-
Ing Stones elle en est folle
(*Variations sur Marilou*)

Pour Jane, il va s'inspirer de ce procédé et lui concocter *Ex-fan des sixties*, qui va devenir le premier véritable tube de Birkin :

Disparus Brian Jones
Jim Morrisson
Eddy Cochran Buddy Holly
Idem Jimi Hendrix
Otis Redding

Janis Joplin
T-Rex Elvis

Pure merveille, après avoir révélé une actrice dramatique, Gainsbourg dévoile une chanteuse émouvante dont le spectre vocal et l'intensité n'étaient pas soupçonnables jusqu'alors. On est loin de la petite Anglaise mutine et perverse qui susurrait *Di doo dah*. Ce nouveau répertoire permet à Birkin de composer différents personnages, de jouer certains textes qui ne sont pas chantés mais parlés selon la méthode du talk-over, comme dans *Vie, mort et résurrection d'un amour-passion*. Serge lui confie un texte ambitieux, *Le Velours des vierges*, étonnant en regard des œuvres écrites à cette période :

Cohortes en rangs serrés
S'éloignent les filles d'Ève
À la lueur de ton glaive
Va-t'en compter les blessés
Là-bas l'un s'est relevé
Et te supplie dans ton rêve
De l'achever

Voilà bien longtemps que Serge n'a pas raccroché les wagons avec une nouvelle génération d'artistes. Les années 1970 ont couronné Michel Berger et sa femme, France Gall, bien loin des années Gainsbourg ; Alain Souchon et Laurent Voulzy ont réussi à imposer une pop à la française à la place de Serge ; Michel Jonasz et Louis Chédid ont modernisé le jazz et le swing ; Maxime Le Forestier et Renaud se sont engouffrés dans la chanson engagée, brèche ouverte par Jean Ferrat. Ce n'est pas en écrivant pour Régine, Nana Mouskouri ou Pierre Louki que Gainsbourg peut espérer séduire les mômes.

Sa tentative avec Chamfort est passée presque inaperçue, pourtant, celui-ci revient à l'attaque. Il a composé une mélodie très efficace pour laquelle Gainsbourg écrit *Adieu California*. Après l'avoir enregistrée, Alain Chamfort regrette. Il trouve le texte trop anecdotique. Alors que le 45 tours est sous presse, le chanteur supplie Gainsbourg de se remettre au travail et demande à sa maison de disques de stopper les machines. Le nouveau texte de Gainsbourg évoque le navigateur Alain Colas, disparu en mer en décembre 1978 à bord du *Manureva*. La chanson sera le tube de l'hiver 1979-1980.

Comble du bonheur, puisque Chamfort est devenu plus exigeant sur les textes, voici que tombe du ciel Julien Clerc, archange aux boucles brunes, à travers lequel Gainsbourg va poursuivre sa croisade contre les garçons aux belles gueules. D'un coup d'un seul, il lui assène deux missiles, *Mangos*, qui narre les intentions libidineuses d'un amoureux se prenant pour un macaque désireux de

Mordre dans les noix de coco
Qu'tu balances là-haut

et *Belinda*, sorte de règlement de comptes en bonne et due forme :

T'es à côté d'la plaque je n'te dis qu'ça
Lorsque tu me touches tu ne me saisis pas
Belinda

Les deux textes jurent un peu avec le reste de l'album où Julien Clerc reprend *La Quête* de Jacques Brel et chante une diatribe contre la peine de mort signée Jean-Loup Dabadie, *L'Assassin assassiné*.

LE ROMAN D'UN GÉNIE

Les gaz intestinaux parsèment l'œuvre de Gainsbourg depuis quelques années déjà. La chanson *Des vents, des pets, des poums* publiée en 1973 précède de peu la signature d'un contrat passé avec Gallimard pour un roman. Pendant des années, l'éditeur maintient (avec diplomatie !) la pression sur Serge qui se refuse à livrer son manuscrit. Il travaille beaucoup, se documente en consultant de nombreux précis de pathologie médicale, décryptant symptômes et termes appropriés au handicap dont son héros, *Evguénie Sokolov*, est affligé. Les rafales odorifères avaient troublé le falzard de la Zazie d'*Exercice en forme de Z*, provoqué des déflagrations du gros pétard d'Otto, la *Tata teutonne*, empesté le snack-bar de Johnny Jane à cause de ce porc de Boris dans le film *Je t'aime moi non plus*... elles vont permettre à Sokolov de livrer une œuvre picturale hors du commun. La jeunesse du peintre est en tous points conforme à celle de Gainsbourg. Evguénie apprend le dessin, lit Catulle, entre aux Beaux-Arts où les professeurs et les modèles ressemblent aux personnages que le jeune Lucien Ginsburg a côtoyés, fréquente le musée du Louvre où il s'extasie devant Mantegna, subit l'influence d'Ingres, de Goya, puis de Klee, adopte un bull-terrier et crée un personnage de comic-strip sous un pseudonyme, car seul l'art mineur nourrit son homme. Un jour, Sokolov découvre que ses flatulences conduisent son bras à inaugurer de nouvelles formes abstraites qui confèrent à son œuvre des perspectives nouvelles. Sa notoriété explose. Tout à son bonheur d'être considéré à l'égal de Klee ou de Picabia, fier d'avoir inventer le mouvement hyperabstrait, le peintre sous-estime ses désagréments intestinaux. Il meurt des suites d'une électrocoagulation intrarectale, doublée d'une péritonite. L'œuvre de Sokolov est passée à la postérité.

Le roman est publié en mars 1980. Les médias l'accueillent comme une nouvelle provocation de Serge, refusant d'y voir un travail littéraire. Bernard Pivot le boude à *Apostrophes*, mais le reçoit dans son émission d'été au titre ironique *Ah! Vous écrivez?*; *Paris Match* croit faire de l'esprit en notant que « la sage maison Gallimard a pris soin de l'envelopper sous une pudique couverture noire ». Seul ou presque, Bernard Heitz du *Progrès* évoque une « parabole explosive, écrite dans une langue superbe, avec un humour en demi-teintes et une richesse de vocabulaire étonnante[23] ». Quant aux revues littéraires, elles ne font que mentionner la parution de l'ouvrage, sans se risquer au commentaire...

Fabrication : Sylvie Blanchette, fab@editionstextuel.com

Achevé d'imprimer en février 2006
sur les presses de Kapp à Évreux (27)
N° d'édition : 512
Dépôt légal mars 2006
Imprimé en France

LES MANUSCRITS DE SERGE GAINSBOURG

BROUILLONS, DESSINS ET INÉDITS

ÉDITION ÉTABLIE ET COMMENTÉE PAR LAURENT BALANDRAS

48, rue Vivienne
75002 Paris
www.editionstextuel.com

Graphisme : Caroline Keppy, Sandrine Roux
Photo du coffret : © Lord Snowdown
Reproduction des documents :
Stefano Bianchetti / Leemage

ISBN : 2-84597-176-1
Dépôt légal : mars 2006

LES MANUSCRITS DE SERGE GAINSBOURG

1979/1990 VIEILLE CANAILLE

+ BONUS TRACKS

textuel

SOMMAIRE

« Je suis un insoumis(...) »
Serge Gainsbourg
le 4 janvier 1980 à Strasbourg

ET S'IL N'EN RESTE QU'UN...

Depuis 1965, Serge Gainsbourg attend l'album qui lui apportera la gloire. Bien que ses deux œuvres majeures, *Histoire de Melody Nelson* et *L'Homme à tête de chou*, soient derrière lui, il va emprunter le sentier du succès populaire, celui qui adoube réellement un artiste. Jusque-là, il était un personnage public, invité des plateaux de télévision pour son non-conformisme, chéri des journaux people. Il bénéficiait du succès de Jane Birkin, adoptée par la France comme la jolie Anglaise un peu désinvolte, enchaînant les comédies légères reines du box-office. Avec le triomphe de l'album *Aux armes et cætera*, Gainsbourg devient l'égal des grands noms de la chanson française. Il se connecte enfin avec la jeunesse, qui se déplace aux concerts, fréquente les disquaires et s'éduque *via* la télévision. Son œuvre est « redécouverte » et ses contemporains saisissent l'apport précieux que ce trublion a offert au patrimoine culturel hexagonal. Il s'invente un double, Gainsbarre, qui se permettra ce que Gainsbourg n'osait jamais. Irrévérencieux, facétieux, grossier, Gainsbarre offre à Gainsbourg une seconde jeunesse et lui autorise tous les excès. Cet élève potache va perturber les cours de l'école du show-biz en se servant merveilleusement de l'outil télévisuel pour choquer les ménagères. Parfois inconscient de la portée de ses gestes, il s'offusque des tempêtes qu'il déclenche sciemment et clame à qui veut l'entendre qu'il est incompris. Avec Coluche, il devient alors le personnage le plus adulé et le plus méprisé de ses contemporains.

Artistiquement, il est le seul survivant d'une génération qui n'a plus prise sur le public. Brel est mort, Brassens n'a plus que quelques mois à vivre, et les autres sont momentanément oubliés. Trenet n'est plus qu'un générique d'émission télé, Barbara rebondit avec l'arrivée de la gauche au pouvoir puis s'absente de la scène publique pendant cinq longues

années, Nougaro débute une traversée du désert qui se prolongera jusqu'au choc *Nougayork* en 1987, Aznavour ne brille plus qu'à l'étranger, Ferré prépare son *Testament phonographique*, Salvador et Moustaki poursuivent on ne peut plus discrètement leur carrière, et Guy Béart se fait laminer en direct à la télé par Gainsbourg qui, plus que jamais, clame haut et fort que la chanson n'est qu'un art mineur.
De tous ces auteurs-compositeurs, Gainsbourg est le seul à renouveler en permanence son champ lexical, ses inspirations musicales et son personnage public, exploitant son image autant que sa musique. Il accepte toutes les interviews. Fier, il envoie son homme de confiance, Fulbert, chercher les journaux dès qu'un article le mentionne. Quand un événement survient dans sa vie, il panique si les médias n'en parlent pas. Lorsqu'il eut son premier accident cardiaque en 1973, Jane raconte que « trois jours après, il était si triste que personne ne soit au courant qu'il a lui-même téléphoné au journaliste de *France-Soir* pour lui accorder une interview exclusive de son lit d'hôpital. Il voulait que les gens sachent qu'il avait failli mourir. Il m'a fait acheter toutes les éditions pour être sûr qu'aucun événement mondial ne l'avait chassé en troisième page ».

Gainsbourg est aussi le seul qui soit capable d'écrire pour toutes les générations d'artistes. Il reste à l'affût de toute collaboration, ne refusant pratiquement jamais les sollicitations et les commandes, quoi qu'il en dise.
En 1980, sa rupture avec Jane est largement médiatisée, lui permettant d'épancher sa douleur en public. Les collaborations prestigieuses qu'il multiplie au cours des années 1980 lui confèrent une aura à laquelle aucun de ses « confrères » ne peut prétendre : Isabelle Adjani, Catherine Deneuve, et, plus tard, Vanessa Paradis. En 1984, à plus de cinquante-cinq ans, il

s'affiche en travesti, chante *Lemon Incest* avec sa fille Charlotte. Lorsqu'il réalise le clip de Renaud ou celui d'Indochine, c'est autour de lui que s'établit la communication et se focalise l'attention. Il tourne des publicités télévisées qu'il signe comme des œuvres d'art. Gainsbourg devient un label, tout comme sa signature, une griffe connue de tous.

HAINE POUR AIME

1979/1980

Enregistré en Jamaïque, l'album *Aux armes et cætera* est celui de tous les succès et de tous les excès. Les ventes de disques de Serge augmentent à la même cadence, vertigineuse, que ses déboires avec Jane. Lolita est sur le point de quitter Humbert Humbert. Le pygmalion est enfin reconnu pour son œuvre, pour lui-même. Le scandale provoqué par sa version reggae de *La Marseillaise* divise la France entre partisans et opposants farouches, faisant ressurgir des relents d'antisémitisme que la lessive républicaine avait mal nettoyés après la Libération. Gainsbourg, respectueux de sa patrie et de ses institutions, crée Gainsbarre, le sale gosse qui ne respecte rien, et joue de cette dualité pour se permettre à la fois le pire et le meilleur.

LISTE DE TITRES, *1979.*

Parmi les titres non retenus pour l'album *Aux armes et cætera*, on remarque *Les Papiers qui collent aux bonbons.* Ce titre avait été révélé par un journaliste de *France-Soir* en septembre 1973 comme devant figurer au générique de l'album *Vu de l'extérieur.* Mais le début de texte que l'on peut lire page suivante n'a rien du poème baroque annoncé par le journaliste. Il semble donc que Gainsbourg ait voulu réutiliser ce titre et écrire un nouveau texte dans la lignée des sucreries à double sens qu'il a déjà proposées (*Les Sucettes* que chanta France Gall, *Bubble Gum* interprétée par Brigitte Bardot, *Les Langues de chat* chantée par Jane Birkin ou *Les Petits Lolos de Lola* pour les publicités Martini) :

Bon bon bon
À Kingston Jamaica
Bon chaud bon
J'ai les papiers qui collent
aux bonbons

Dans le même état d'esprit, le titre *Monster Rubberbum* a été biffé. Le début de texte qui figure aussi sur le manuscrit suivant renvoie à la matière plastique utilisée par les marchands de farces et attrapes pour fabriquer les faux seins et fausses fesses :

Monster Rubberbum
A les fesses en bubble gum
A les noix en boules de gomme

Serge écrira par ailleurs pour le groupe Martin Circus *USSR USA*, mais n'ira pas plus loin dans son projet de synopsis intitulé *Jack et Jane*. Rue de Verneuil, les filles sont mises à contribution. Chacune doit donner son opinion, et le maestro appose l'astérisque salvateur ou biffe la mention qui ne recueille aucun suffrage, ce qui explique les petites étoiles régulièrement présentes sur ces listes. Vraisemblablement, *Lingerie fine, nouveautés* est envisagé pour Catherine Deneuve dont Serge mentionne le prénom. *Suicide pour l'exemple* et *Attention travaux*, sont biffés bien que Diane Dufresne enregistrera *Suicide* en 1982 et qu'un tapuscrit de *Attention travaux* ait été retrouvé dans les archives de Serge :

J'm'en vais t'défoncer la chaussée
Au marteau-piqueur.

Le Rhum agricole a vraisemblablement été enregistré, puisqu'il existe un manuscrit comportant des indications musicales ; en revanche nulle trace de *Vingt-cinq centimètres de bonheur*, d'*Alambic bic boum*, pas plus que de la réponse à *Je t'aime... moi non plus* intitulée *Je ne... moi aussi,* sauf à considérer qu'elle ait pu devenir *Je ne t'aime plus,* dont il sera question au moment des mixes de l'album. En revanche, il existera bien une *Javanaise Remake*, mais qui reprendra pour partie la version originale, loin du départ de texte que l'on peut lire ici à gauche, démarque de *La Javanaise* originale, qui n'évoque plus un histoire d'amour défunte, mais une déclaration d'amitié à un homme :

Souviens-toi mec
D'la Javanaise remake
Toi j't'ai aimé
Le temps d'un reggae.

* PAS LONG FEU

voir melodie

** J'S'RAI CONTENT QUAND TU S'RAS MORT VIEILLE CANAILLE

** MARILOU REGGAE relever paroles ou prendre extrait coffret

* USSR USA

* LES LOCATAIRES relever Larousse

** AUX ARMES ET CÆTERA relever paroles Larousse

** EAU ET GAZ A TOUS LES ETAGES

* LOLA RASTAQUOUERE

* DES LAIDS DES LAIDS

* RELAXE BEBE SOIS COOL Kay Bee

* ~~LES PAPIERS QUI COLLENT AUX BONBONS~~

~~MONSTER RUBBERBUM~~ le rhum agricole *

LINGERIE FINE, NOUVEAUTES catherine

* DAISY TEMPLE

JACK AND JANE, SYNOPSIS

~~SUICIDE POUR L'EXEMPLE~~ ~~mon p'tit~~ alambic bic boum

~~ATTENTION TRAVAUX~~

souviens toi mec

~~la javanaise~~ remake *

remake

~~toi~~ j'aime

le tempo d'un reggae

Pas long feu ~~...~~

~~...~~ ~~moi aussi~~

~~le rhum agricole~~

vingt cinq cent~~imes de bonbons~~

Je ne... moi aussi

~~Docteur Jekyll~~

je l'aime ~~moi non plus~~

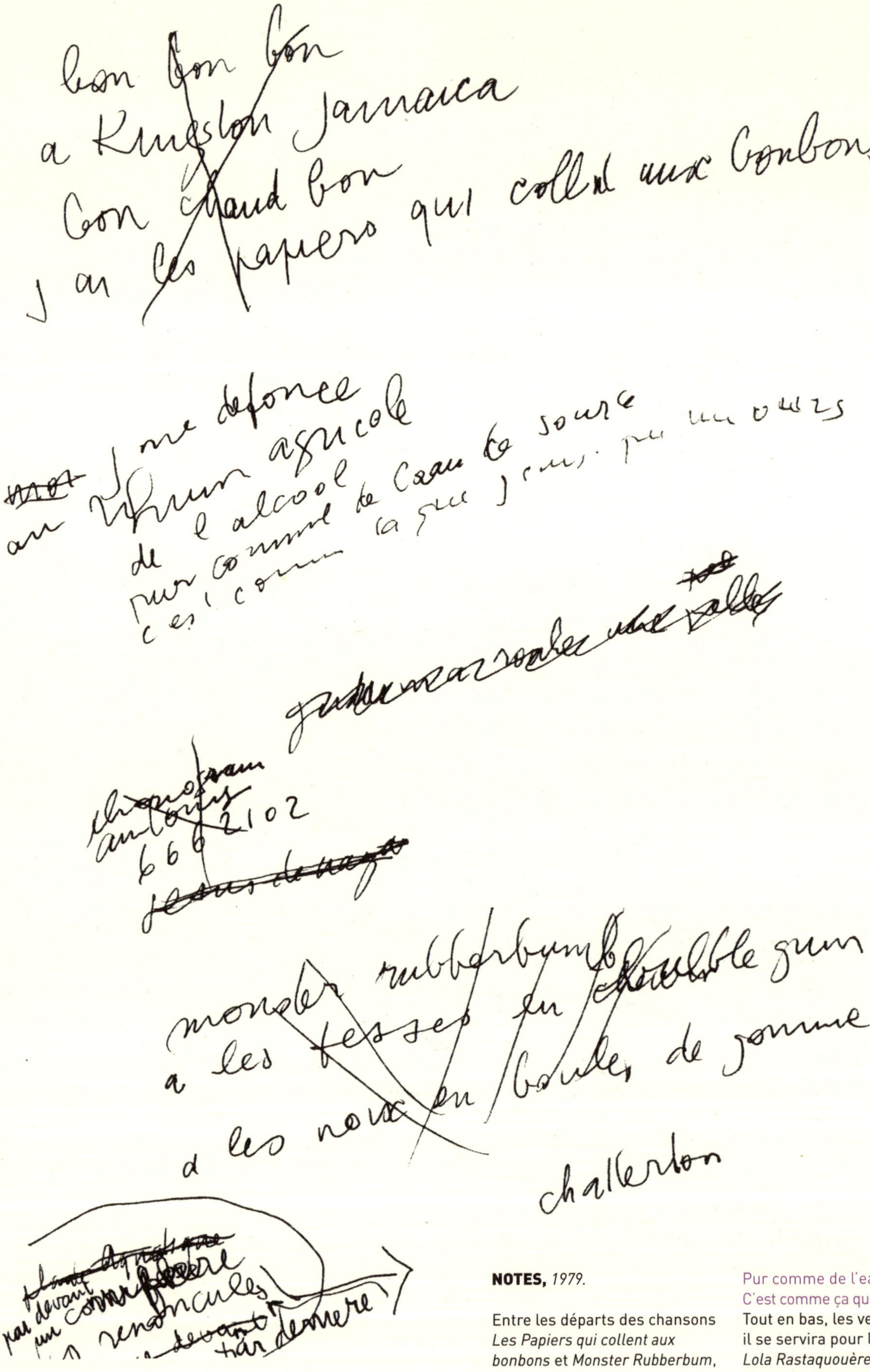
bon bon bon
a Kingston Jamaica
bon chaud bon
J'ai les papiers qui collent aux bonbons

J'me défonce
au rhum agricole
de l'alcool
pur comme de l'eau de source
c'est comme ça que j'suis pu un ours

amstram
666 2102

monster rubberbum
a les fesses en bubble gum
et les noix en boules de gomme
chatterton

par devant
un conifère
des renoncules
par derrière

NOTES, *1979.*

Entre les départs des chansons *Les Papiers qui collent aux bonbons* et *Monster Rubberbum*, Serge commence *Rhum agricole* :
J'me défonce
Au rhum agricole
De l'alcool
Pur comme de l'eau de source
C'est comme ça que j'suis pus un ours
Tout en bas, les vers dont il se servira pour la chanson *Lola Rastaquouère* :
Par-devant
Un conifère
Des renoncules
Par-derrière

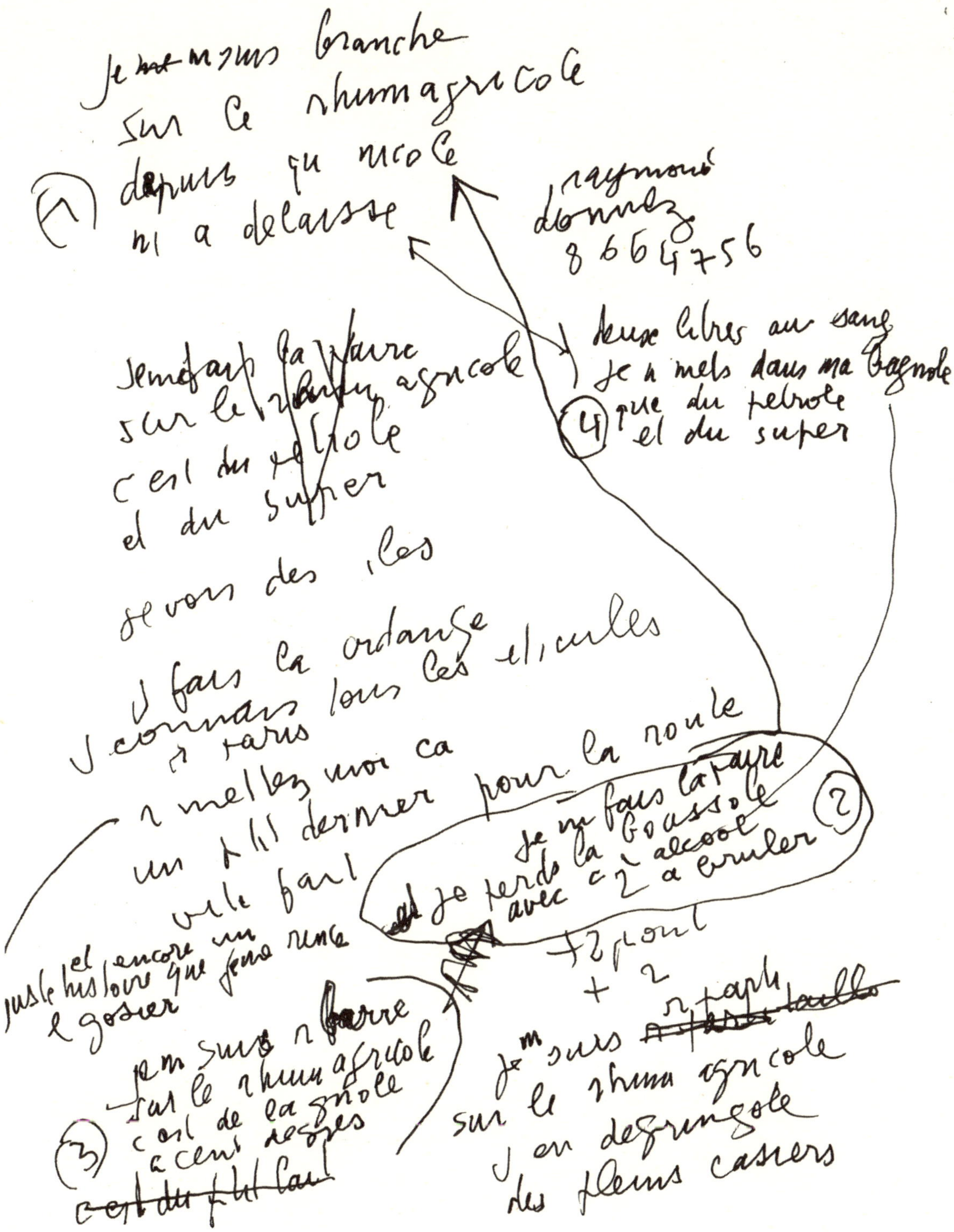

RHUM AGRICOLE, *inédit, 1979.*

Dans le désordre de sa création, Gainsbourg note un agencement possible pour ce texte dont il est fort probable qu'il existe une maquette. La régularité des couplets et l'indication + 2 ponts fait supposer qu'il a écrit ce texte sur une musique déjà enregistrée. Le terme rhum agricole figurera dans la chanson *Toi mourir* sur l'album suivant ainsi que dans le titre qu'il écrira pour Julien Clerc, *Moi j'te connais comme si j't'avais défaite*.

Je m'suis branché
Sur le rhum agricole
Depuis qu'Nicole
M'a délaissé
J'me fais la paire
Et je perds la boussole
Avec c't'alcool
À brûler
Je m'suis r'barré
Sur le rhum agricole
C'est de la gnole
À cent degrés
Deux litres au sang
Je n'mets dans ma bagnole
Que du pétrole
Et du super

Ce couplet remplace celui qui a été biffé :

Je m'fais la paire
Sur le rhum aricole
C'est du pétrole
Et du super

Puis : Je suis r'parti
Sur le rhum agricole
J'en dégringole
Des pleins casiers

Parmi les ébauches d'autres couplets on peut lire :

Je vois des îles
J'fais la vidange
J'connais tous les véhicules
À Paris
R'mettez-moi ça
Un p'tit dernier pour la route
Vite fait
Et encore un
Juste histoire que je me rince
L'gosier

JAVANAISE REMAKE,
enregistrée par Serge Gainsbourg en 1979.

Sur ses notes précédentes, Gainsbourg avait tenté de remanier ce titre de 1962. Finalement, il utilise le texte original, écrivant sur le livret inclus dans le coffret publié à l'occasion de ses vingt ans de carrière, et lui fait subir quelques modifications en remplaçant le mot « amour » qui conclut chaque couplet. Dans un premier temps, il prévoit de bisser l'avant-dernier vers, puis opte pour le mot « love ». Il supprime le refrain après avoir hésité à le remplacer par
Pourtant c'était gai
L'temps d'un reggae
Enfin, il rajoute un nouveau couplet qui se ponctue sur le mot « salope » en javanais :
Navré
D'avoir
Ouvert
Mes veines
Love
Pour une vraie
Sava
Lavo
Pave
Love

DISQUE 2

LA JAVANAISE

J'avoue
J'en ai
Bavé
Pas vous
~~Mon amour~~ love
Avant
d'avoir
Eu vent
De vous
~~Mon amour.~~ love

A votre
Avis
Qu'avons-
Nous vu
~~De l'amour~~ love
De vous
A moi
Vous m'a-
vez eu
~~Mon amour~~ love

Hélas
Avril
En vain
Me voue
~~A l'amour~~ love
J'avais
Envie
De voir
En vous
~~Cet amour.~~ love

La vie
Ne vaut
D'être
Vécue
~~Sans amour~~ love
Mais c'est
Vous qui
L'avez
voulu
~~Mon amour~~ love

~~Ne vous déplaise~~
~~En dansant la Javanaise~~
~~Nous nous aimions~~
~~Le temps d'une chanson.~~

~~Avec l'aimable autorisation~~
~~des Éditions INTERSONG - PARIS~~

Pourtant c'était gai
le temps d'un reggae

navre
d'avoir
ouvert
mes veines
love
pour une vraie
sava
lavo
pave
love

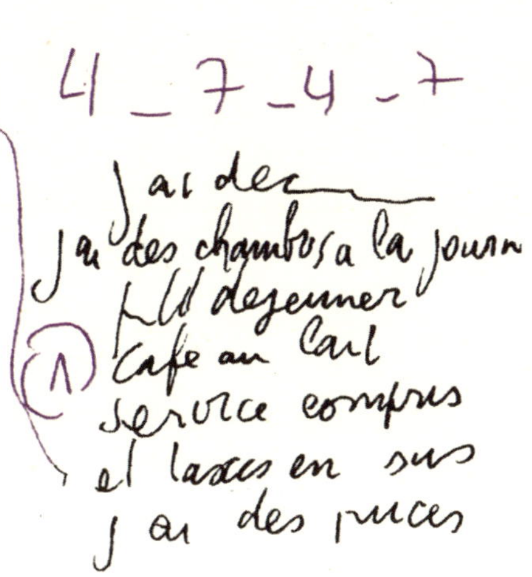

4_7_4_7
J'ai des ——
J'ai des chambres à la journ
P'tit dejeuner
(1) Cafe au lait
Service compris
et taxes en sus
J'ai des puces

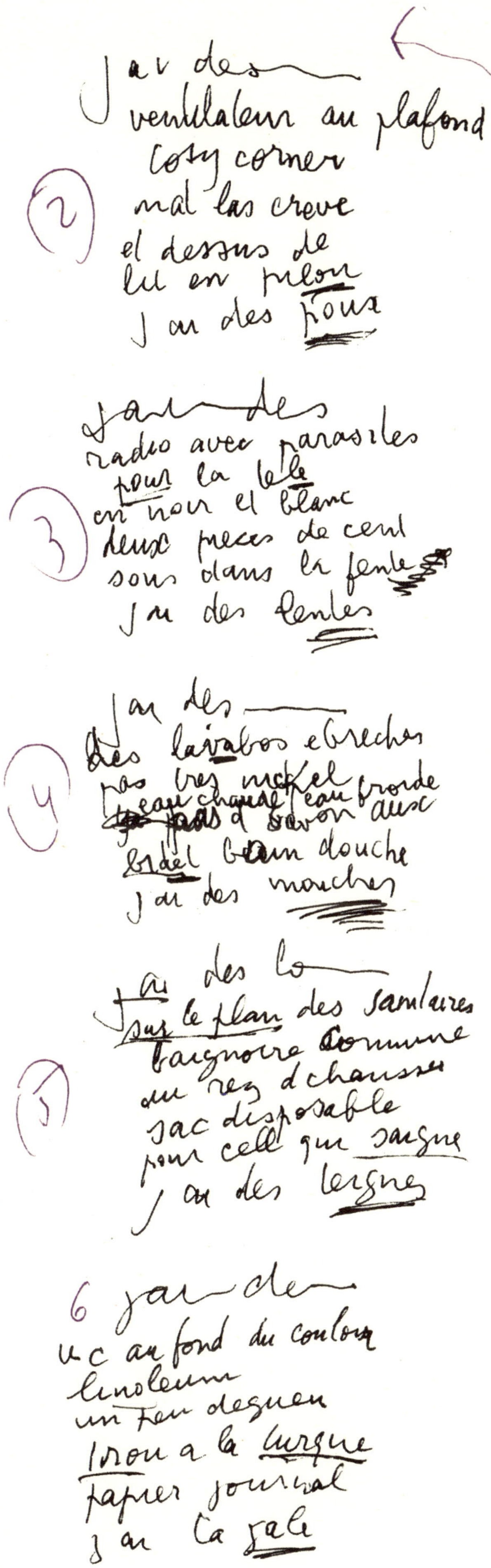

J'ai des ——
ventilateur au plafond
cosy corner
(2) mat'las creve
et dessus de
lit en pilou
J'ai des poux

J'ai des
radio avec parasites
pour la tele
(3) en noir et blanc
deux pieces de cent
sous dans la fente
J'ai des lentes

J'ai des ——
Des lavabos ebrechés
(4) pas tres nickel
eau chaude eau froide
pas d'savon aux
bidet bain douche
J'ai des mouches

J'ai des lo——
sur le plan des sanitaires
baignoire commune
(5) au rez d'chaussee
sac disposable
pour celle qui saigne
J'ai des teignes

6 J'ai des ——
WC au fond du couloir
linoleum
un peu degueu
trou a la turque
papier journal
J'ai la gale

LES LOCATAIRES, *enregistrée par Serge Gainsbourg en 1979.*

1
J'ai des
J'ai des chambres à la journée
P'tit déjeuner
Café au lait
Service compris
Et taxes en sus
J'ai des puces
2
J'ai des
Ventilateur au plafond
Cosy-corner
Mat'las crevé
Et dessus-de-
Lit en pilou
J'ai des poux
3
J'ai des
Radio avec parasites
Pour la télé
En noir et blanc
Deux pièces de cent
Sous dans la fente
J'ai des lentes
4
J'ai des
Des lavabos ébréchés
Pas très nickel
Eau chaude eau froide
Pas d'savon aux
Bidet bain douche
J'ai des mouches
5
J'ai des
Sur le plan des sanitaires
Baignoire commune
Au rez-d'chaussée
Sac disposable
Pour celle qui saigne
J'ai des teignes
6
J'ai des
WC au fond du couloir
Linoléum
Un peu dégueu
Trou à la turque
Papier journal
J'ai la gale

Il s'agit probablement d'une version recopiée de la chanson pour l'enregistrement studio, car le manuscrit ne comporte qu'une seule rature et les couplets sont dans l'ordre définitif. Serge ne recopie pas la phrase d'ouverture de chaque couplet, mais se contente d'une ligne tracée qui, dans son langage manuscrit, signifie une répétition d'un même terme ou d'une même phrase.
Cette chanson un peu provoc' joue de son image publique, volontairement négligée, dont d'indélicats téléspectateurs suspectent l'hygiène.
Et fait écho à ses premières chansons, telles *Laissez-moi tranquille* ou la *Chanson de Maglia*, dans lesquelles il mettait en scène son physique jugé difficile.
Il le fera d'ailleurs à nouveau dans cet album avec le titre *Des laids des laids* :
Quand on m'dit qu'j'suis moche
J'me marre doucement pour
pas te réveiller
Il avait sorti cette réplique extraite de la chanson en 1971 lors d'un *Discorama* de Denise Glaser.

LA MARSEILLAISE, *non daté.*

Allons enfants de la patrie
Le jour de gloire est arrivé
Contre nous de la tyrannie
L'étendard sanglant est levé
L'étendard sanglant est levé
Entendez-vous dans nos campagnes
Mugir ces féroces soldats
Ils viennent jusque dans nos bras
Égorger nos fils nos compagnes
Aux armes citoyens
Formez vos bataillons
Marchons, marchons
Qu'un sang impur
Abreuve nos sillons

Il n'y a aucune information
relative à ce feuillet sur lequel
Serge a recopié les premiers
couplets et le refrain complet
de *La Marseillaise*.
Cela coïncide toutefois
avec l'extrait de l'hymne national
qu'il chante le poing levé
devant les paras à Strasbourg
le 4 janvier 1980.

allons enfants de la patrie
le jour de gloire est arrive
contre nous de la tyrannie
l etendart sanglant est leve
l etendart sanglant est leve

entendez vous dans nos campagne
mugir ces feroces soldats
ils viennent jusque dans nos bras
egorger nos fils nos compagnes
aux armes citoyens
formez vos bataillons
marchons marchons
qu un sang impur
abreuve nos sillons

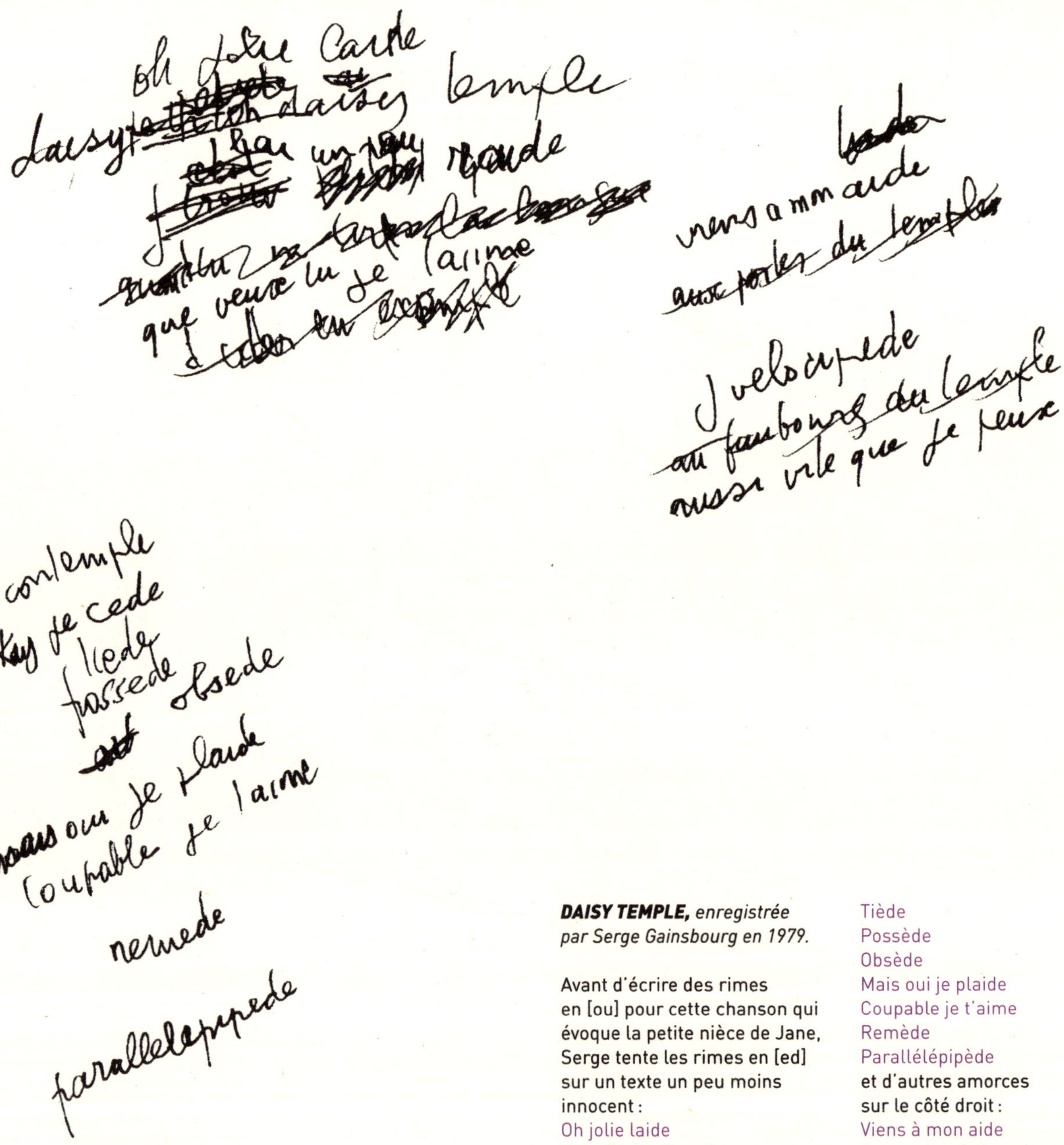

***DAISY TEMPLE,** enregistrée par Serge Gainsbourg en 1979.*

Avant d'écrire des rimes en [ou] pour cette chanson qui évoque la petite nièce de Jane, Serge tente les rimes en [ed] sur un texte un peu moins innocent :

Oh jolie laide
Daisy Daisy Temple
J'l'ai un peu raide
Que veux-tu je t'aime

De ces vers, Gainsbourg va réutiliser *Jolie laide* pour Alain Chamfort et le vers J'l'ai un peu raide pour *Lola Rastaquouère*. S'ensuit une recherche de rimes :

Contemple
Okay je cède
Tiède
Possède
Obsède
Mais oui je plaide
Coupable je t'aime
Remède
Parallélépipède

et d'autres amorces sur le côté droit :

Viens à mon aide
Aux portes du temple
J'vélocipède
Au Faubourg-du-Temple
Aussi vite que je peux

Daisy Temple célèbre une cousine du côté du grand-oncle de Jane, dont Serge aime le nom et la petite trogne qu'il croise de temps à autre à Saint-Germain-des-Prés où elle vit avec sa maman, Emma.

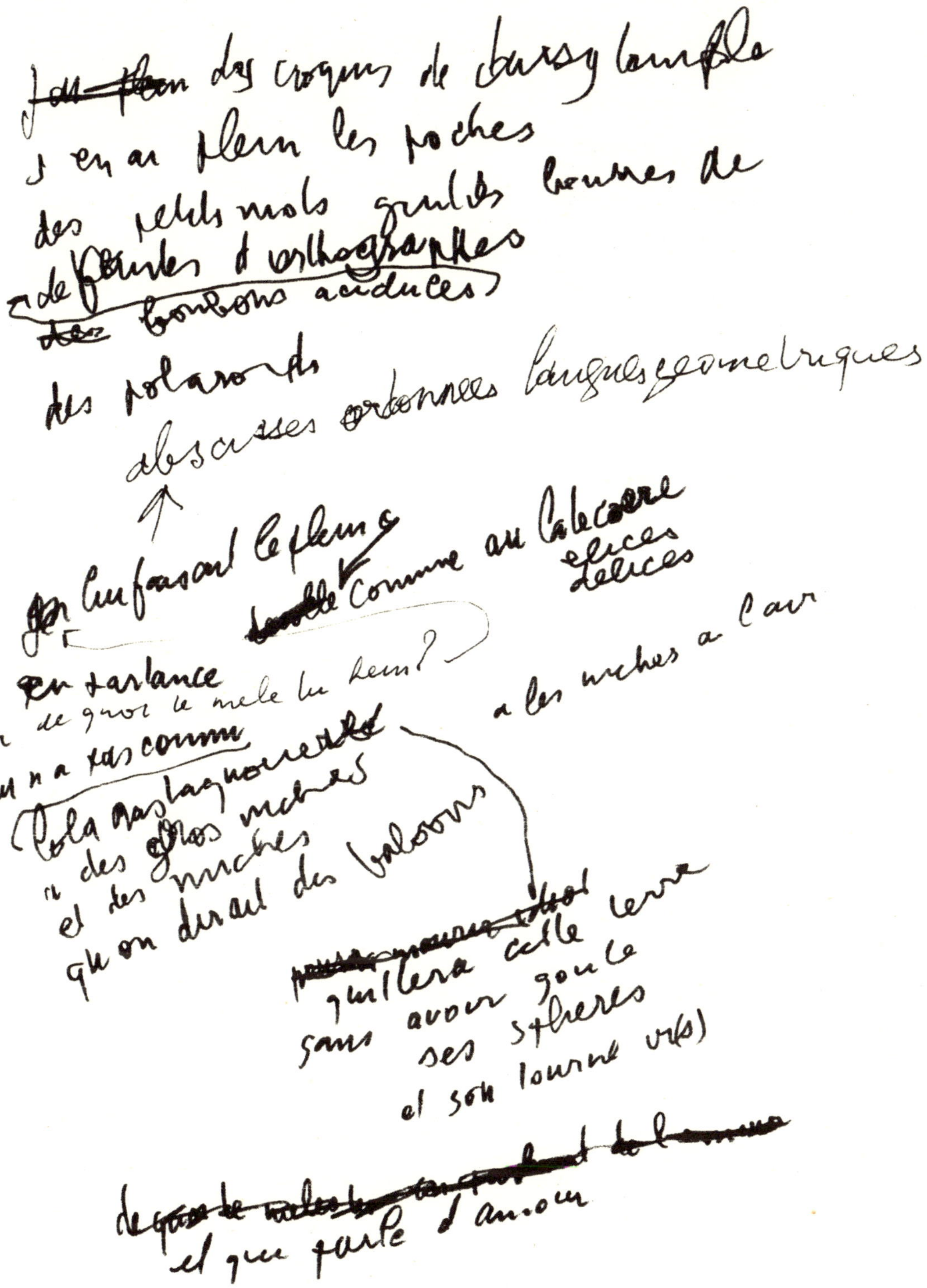

NOTES, *1979.*

Sur ce feuillet figurent deux débuts de chansons : *Daisy Temple* et *Lola Rastaquouère*. Le vocabulaire utilisé pour *Daisy Temple* est complètement différent de la tentative précédente. Ici, c'est bien l'enfant qu'il évoque et non la Lolita :

Des croquis de Daisy Temple
J'en ai plein les poches
Des petits mots gentils bourrés de
Bonbons acidulés
De fautes d'orthographe
Des Polaroid

Pour *Lola Rastaquouère*, Gainsbourg trouve ici la phrase

On lui faisait le plein
comme au Latécoère

et cette interpellation interrogative qui donnera le début du texte :

De quoi te mêles-tu hein ?
Qui n'a pas connu Lola
Rastaquouère

qui, imbriqué avec la dernière phrase au bas du feuillet

Et qui parle d'amour

donnera les deux premiers vers de la chanson définitive :

Comment oses-tu m'parler
d'amour toi, hein
Toi qui n'as pas connu Lola
Rastaquouèr

Le reste ne sera pas conservé :

Lola Rastaquouère
A des gross' miches
Et des miches
Qu'on dirait des ballons
Lola Rastaquouère
Quittera cette terre
Sans avoir goûté
Ses sphères
Et son tourne-vi(s)

Sans doute amusé par le terme « rasta » qui désigne la communauté (composée en partie de Jamaïcains) qui s'est installée en Éthiopie à l'invitation d'Hailé Sélassié, Gainsbourg récupère le mot « rastaquouère » chez Picabia et lui associe la Lola-Lolita de Nabokov pour inventer cette *Lola Rastaquouère* qui monnaie ses charmes.

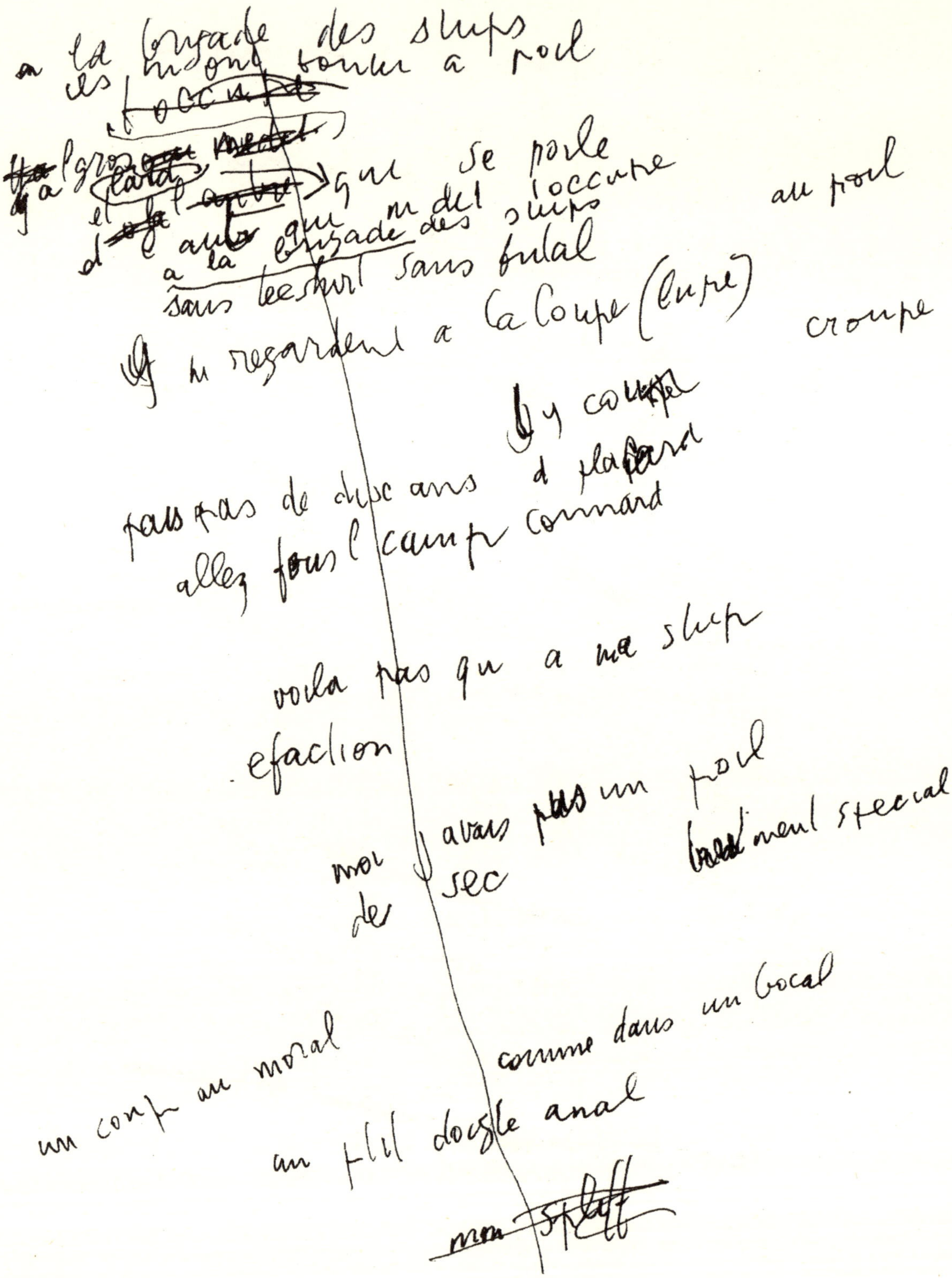

BRIGADE DES STUPS,
enregistrée par Serge Gainsbourg en 1979.

Cette ébauche non conservée se conclut par un mot complètement biffé, mon spliff, qui sera le seul à être utilisé dans la version définitive de ce texte :
À la brigade des stups
Ils m'ont foutu à poil
Y'a l'gros lard qui se poile
Et l'autr' qui m'dit t'occupe
À la brigade des stups
Ils m'ont foutu à poil
(Le long trait signifie chez Gainsbourg qu'il s'agit d'une répétition d'une phrase déjà citée ou parfois du titre de l'œuvre)
Sans tee-shirt sans futal
Y m'regardent à la loupe
Gainsbourg note entre paranthèse la prononciation lupe pour que le mot rime avec stups. S'ensuivent plusieurs phrases non liées en couplet :
T'y coup
Pais pas de dix ans d'placard
Allez fous l'camp connard
Voilà pas qu'à ma stup-
Éfaction
Moi j'avais pus un poil
De sec
Trait'ment spécial
Un coup au moral
Comme dans un bocal
Un p'tit doigté anal
Brigade des stups a failli décrire une fouille au corps par le menu. En définitive, le texte ressemblera davantage aux véritables excursions de Serge (parfois accompagné par l'ami Jacques Dutronc), destination le commissariat du VIIe arrondissement qu'il affectionne, seul lieu ouvert non-stop toute l'année…

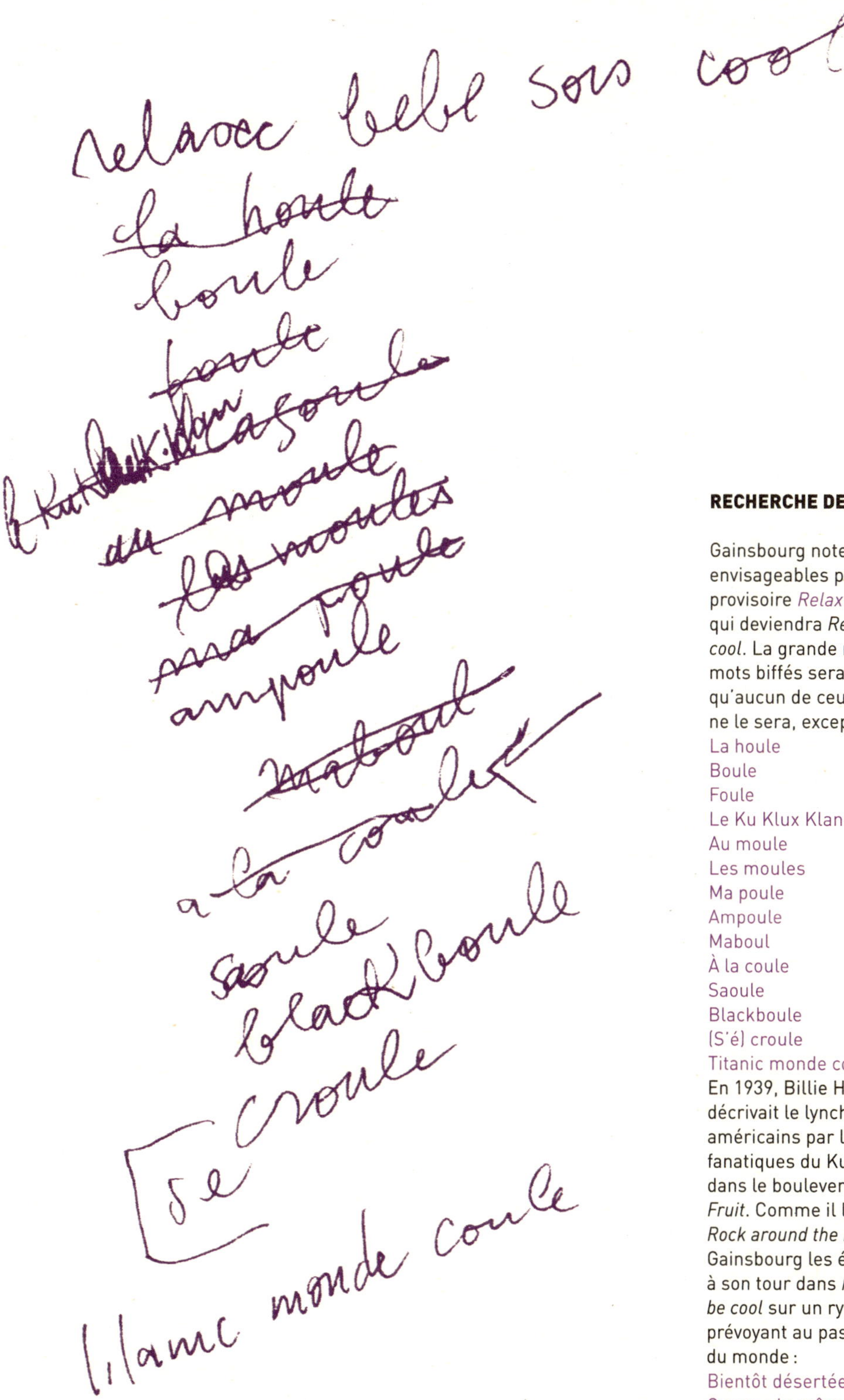

RECHERCHE DE RIMES, *1979.*

Gainsbourg note les rimes envisageables pour le titre provisoire *Relax bébé sois cool* qui deviendra *Relax baby be cool*. La grande majorité des mots biffés sera utilisée, alors qu'aucun de ceux non biffés ne le sera, excepté boule.

La houle
Boule
Foule
Le Ku Klux Klan - la cagoule
Au moule
Les moules
Ma poule
Ampoule
Maboul
À la coule
Saoule
Blackboule
(S'é) croule
Titanic monde coule

En 1939, Billie Holiday décrivait le lynchage des Noirs américains par les adeptes fanatiques du Ku Klux Klan, dans le bouleversant *Strange Fruit*. Comme il le fit avec *Rock around the Bunker*, Gainsbourg les évoque à son tour dans *Relax baby be cool* sur un rythme enjoué, prévoyant au passage la fin du monde :

Bientôt désertée la boule
Comme le crâne de Yul Brynner

sans se douter que l'album qu'il vient d'enregistrer va remuer, en France, les égouts dans lesquels croupissent les nostalgiques de la collaboration.

carrément en dégoûtes »*

froidement

rudement

→ ou va t on nous

(2)

(3)

quant à moi

me sens

vaguement

cruellement

éternellement

c'est tellement qu'est ce que c'est chouette

enfin

si on lui

pense que

seulement ça chatouille

facilement c'est foutu*

(1)

enfin pas dire

que tu es

véritablement

véritablement

infailliblement

dans le fond

pas

c'est

sensiblement

simplement

doucement

presque

en peu plus

véritablement

ou presque

et dans ma tête je suis toujours

et je n'frai

(4)

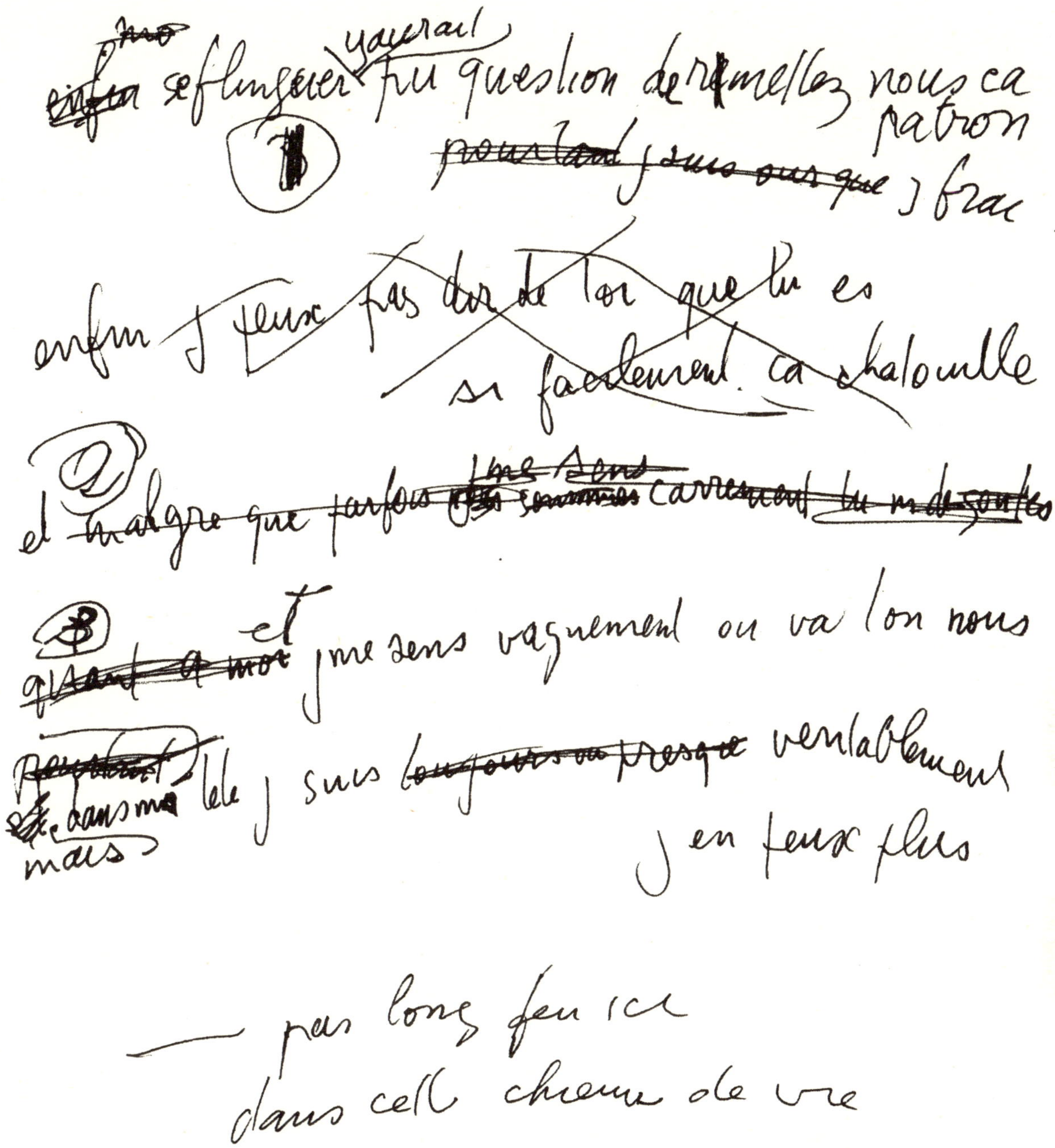

***PAS LONG FEU,** enregistrée par Serge Gainsbourg en 1979.*

Serge établit une liste de rimes composées d'adverbes, autour desquelles il cherche ses phrases :

Que parfois carrément
tu m'dégoûtes
Froidement
Rudement
Quant à moi j'me sens
Vaguement où va-t-on nous
Cruellement
Éternellement
Enfin si toi tu penses que faire
c'est tellement qu'est c'que
c'est chouette
Seulement
Enfin j'peux pas dire de toi que
tu es si facilement ça chatouille
Véritablement
Dans l'fond c'est Inévitablement
c'est foutu
Infailliblement
Sensiblement
Simplement
Doucement
Tandis qu'moi
Presque
Et dans ma tête j'suis toujours
ou presque véritablement j'en
peux plus
Et je n'f'rai

Pas long feu

On trouve les premières traces de ce titre dans le film *Je t'aime moi non plus*, trois ans auparavant. Cette chanson reprend ces conversations de fin de nuit où l'abus d'alcool finit par empêtrer le vocabulaire dans des phrases qui ne savent plus rien de la syntaxe et oublient de se terminer.

1
Se flinguer y'aurait pus
question de r'mettez-nous
ça patron
(biffé : Pourtant j'suis sûr que)
j'f'rais
Enfin j'peux pas dir' de toi que
tu es si facilement ça chatouille
2
Et malgré que parfois j'me sens
carrément tu m'dégoûtes
3
(biffé : Quant à moi)
Et j'me sens vaguement
où va-t-on nous
Mais dans ma tête j'suis
(biffé : Toujours ou presque)
véritablement j'en peux plus
– pas long feu ici
Dans cette chienne de vie

Le brouillon ci-dessus correspond au troisième couplet de la chanson finale.

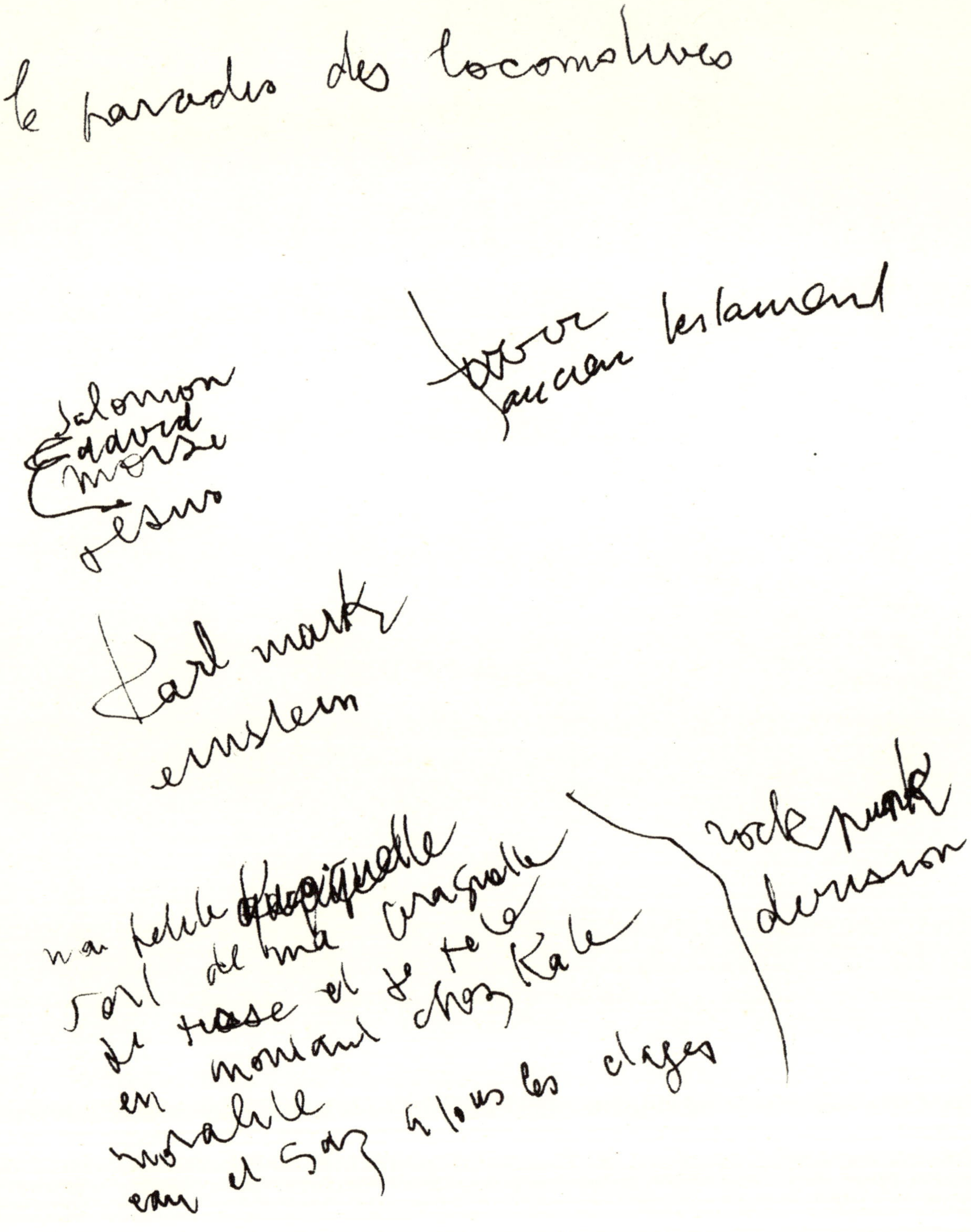

EAU ET GAZ À TOUS LES ÉTAGES, *enregistrée par Serge Gainsbourg en 1979.*

Ma petite quéquette
Sort de ma braguette
Je pisse et je pète
En montant chez Kate
Moralité
Eau et gaz à tous les étages

Contrairement à ce qu'il note à côté de son texte, Gainsbourg ne composera pas pour ce titre un rock punk dérision, mais bel et bien un reggae comme pour le reste de l'album. Sur ce même manuscrit, quelques idées sont notées en vrac. Un titre, *Le Paradis des locomotives,* restera à l'état de projet. En revanche, les noms de Karl Marx, Einstein et Jésus figureront dans l'album suivant, *Mauvaises nouvelles des étoiles*, dans la chanson *Juif et dieu*, et Moïse sera cité sur le même disque dans le titre *Negusta Nagast*. Face à la dynastie Salomon, David, Moïse et Jésus, Serge indique Ancien testament. Le titre *Juif et dieu* a peut-être été envisagé pour l'album *Aux armes et cætera...*

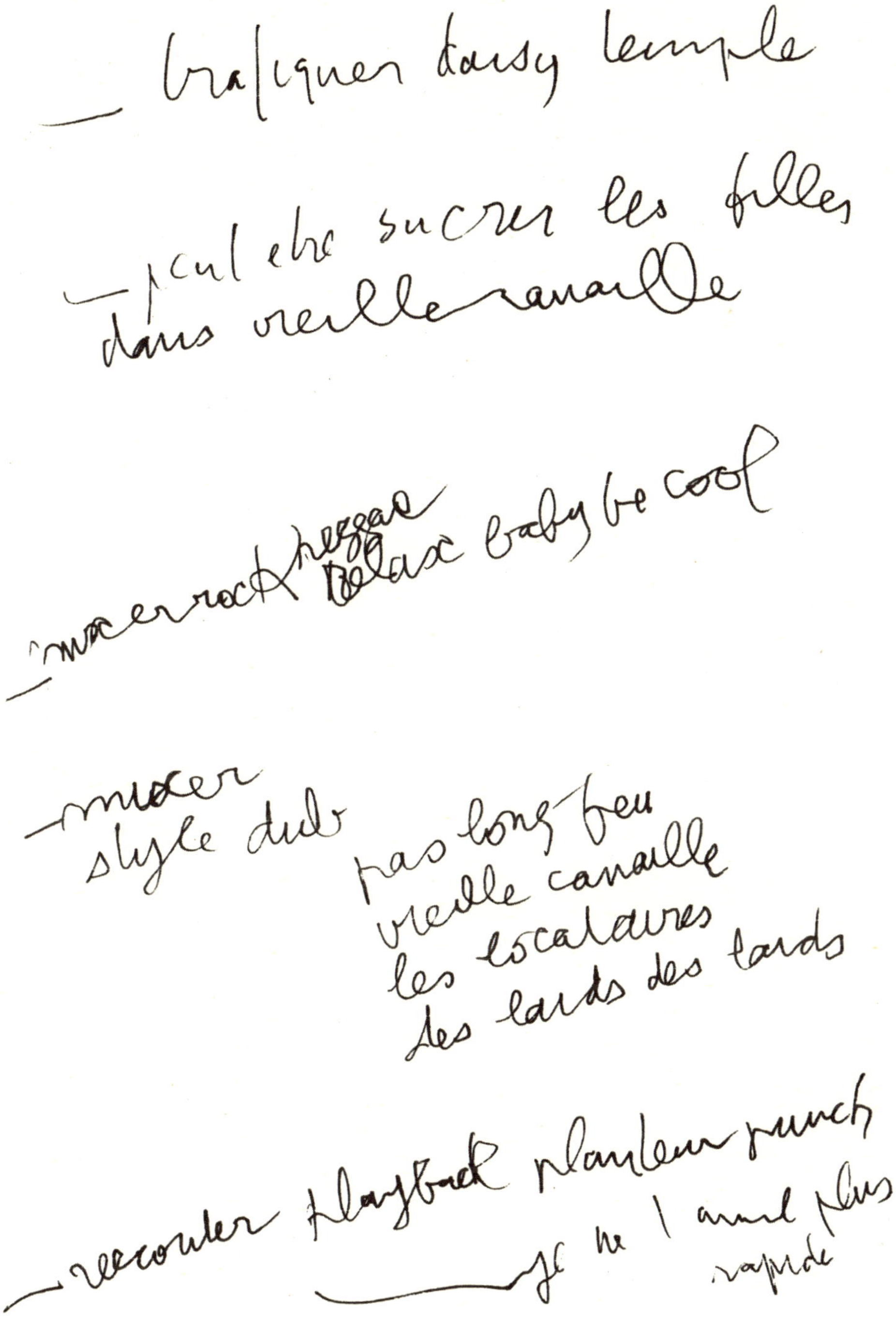

— trafiquer daisy temple

— peut être sucrer les filles dans vieille canaille

— mixer rock reggae Relax baby be cool

— mixer style dub

pas long feu
vieille canaille
les locataires
des laids des laids

— réécouter playback planteur punch
— je ne t'aime plus rapide

NOTES, *1979.*

Une fois les enregistrements effectués, un artiste réécoute son travail puis décide des corrections et ajustements à apporter.
Ces modifications interviennent généralement avant le mixage, qui consiste à doser les différents éléments enregistrés (la voix, les instruments, les chœurs).
C'est là qu'un titre peut prendre une orientation différente.
Ici, Gainsbourg note ses remarques, plus ou moins précises mais il peut s'agir d'un pense-bête dont il aura précédemment discuté ou au sujet duquel il va s'entretenir avec son directeur artistique. Une directive comme trafiquer *Daisy Temple* ne peut se comprendre telle quelle sans davantage d'explications. En revanche, peut-être sucrer les filles dans *Vieille Canaille* doit s'entendre comme une suggestion pour supprimer les chœurs féminins enregistrés pour ce titre. Un compromis semble avoir été trouvé puisque les choristes restent audibles sur cette chanson, mais leurs voix sont en retrait, loin derrière celle de Gainsbourg, contrairement aux autres titres de l'album où elles assurent seules les refrains.
Mixer rock reggae *Relax baby be cool* s'entend par le fait qu'une rythmique rock a été adoptée pour ce titre, générée par la batterie, les percussions et la guitare basse. À l'inverse, mixer style dub *Pas long feu, Vieille canaille, Les Locataires, Des laids des laids* insiste sur le rythme reggae qui doit être accentué, en rehaussant les basses et en donnant un écho à certains instruments, ce qui prolonge artificiellement certaines notes et en développe le côté « planant ».
Enfin, réécouter play-back *Planteur punch* et *Je ne t'aime, plus rapide* indique que ces deux titres ont été supprimés de l'album lors d'une nouvelle écoute des enregistrements ou qu'ils ont été enregistrés sous d'autres titres. Pour *Planteur punch*, il n'en subsiste qu'un refrain, réapparu en 2003 sur une version de remixes de l'album *Aux armes et cætera*. Quant à *Je ne t'aime*, il s'agit vraisemblablement de *Je ne... moi aussi* que Serge place dans sa liste de titres, et pour lequel il n'a pas conservé de trace écrite.

PORTRAIT DE CHARLOTTE GAINSBOURG, *dessin à la plume de Serge Gainsbourg, 1979.*

LE PIRE DANS LE MEILLEUR LE MEILLEUR DANS LE PIRE 1980/1982

Serge Gainsbourg est l'objet d'attentions particulières, d'affections nouvelles. Jane n'a plus pour elle seule le garçon que personne ne comprend. Elle doit le partager avec ceux dont l'amour est proportionnel au succès qu'il reçoit. Et le succès commence tout juste à s'intéresser à Serge...
Jane quitte Serge à l'automne. Ce dernier traverse alors une période de dépression éprouvante dont Catherine Deneuve tentera de l'extirper. Il rencontre Bambou peu après. Ensemble, ils vivront une relation compliquée, mais elle l'accompagnera jusqu'au bout. Sa récente gloire lui permet d'écrire et de composer des albums complets pour d'autres artistes que Jane, même si, il faut se rendre à l'évidence, c'est toujours à Jane que Serge destinera le meilleur de lui-même.

JE PENSE QUEUE

(Serge GAINSBOURG)

1.) Je pense queue
Je pense queue

parlé [J'adore les cadores
Les ptites chiennes en calor

2. Je pense queue
Je pense queue

parlé [Je les prends les ptites bebettes
Teckel chow-chow en levrette

3.) Je pense queue
Je pense queue

parlé [Clébards en colliers
Batardes sans pédigré

4.) Je pense queue
Je pense queue

parlé [Donne la papatte
Susucre, allez coucher

5.) Je pense queue
Je pense queue
instrumental

6.) Je pense queue
Je pense queue
instrumental

7.) Je pense queue
Je pense queue

parlé [Et j'finis toujours par leur donner
mon nonos à moelle

8.) Je pense queue
Je pense queue
instrumental] ad lib

***JE PENSE QUEUE,** enregistrée par Serge Gainsbourg en 1980.*

Dans le film *Je vous aime* de Claude Berri, Catherine Deneuve joue le rôle d'Alice, une journaliste qui vient interviewer un chanteur, Simon, joué par Serge Gainsbourg.
Elle assiste au tournage du clip de *Je pense queue*.
« Alice : Quand vous dites que les femmes sont des chiennes, c'est un compliment ?
Simon : Absolument !
Alice : Pour les chiens ?
Simon : Vous êtes con ou quoi ? Pour les femmes ! »
Le texte dactylographié contient les indications de la main de Serge pour la séance d'enregistrement en studio. Les couplets sont parlés et l'indication *ad lib* signifie que la chanson se termine par un instrumental, comme il est précisé, qui va diminuer d'intensité pour provoquer artificiellement sa conclusion.

UN MALAISE EN MALAISIE,
inédit, 1980.

Comme il est d'usage, Gainsbourg s'engage dans une chanson dès lors qu'il a trouvé un titre suffisamment évocateur pour lui permettre de créer. Ici, il commence à composer *Un malaise en Malaisie*. Alain Chamfort héritera du titre mais pas de la mélodie, puisqu'il compose lui-même les chansons qu'il interprète.

NOTES, *1981.*

Serge travaille sur l'album d'Alain Chamfort *Amour année zéro*. Ici, le début du second couplet de *Poupée, poupée*, dont les phrases sont inversées, porte le numéro trois :
Dans ta maison de poupée
Je viendrai tout casser
En numéro quatre, on retrouve des phrases de *Malaise en Malaisie* :
J'ai comme un
Malaise en Malaisie
Tu m'as dit allez-y
Ces vers deviendront :
J'ai comme un
Malaise en Malaisie
C'est commun
Comme si
La fièvre m'avait saisi
Tu m'as dit
Je vous aime allez-y

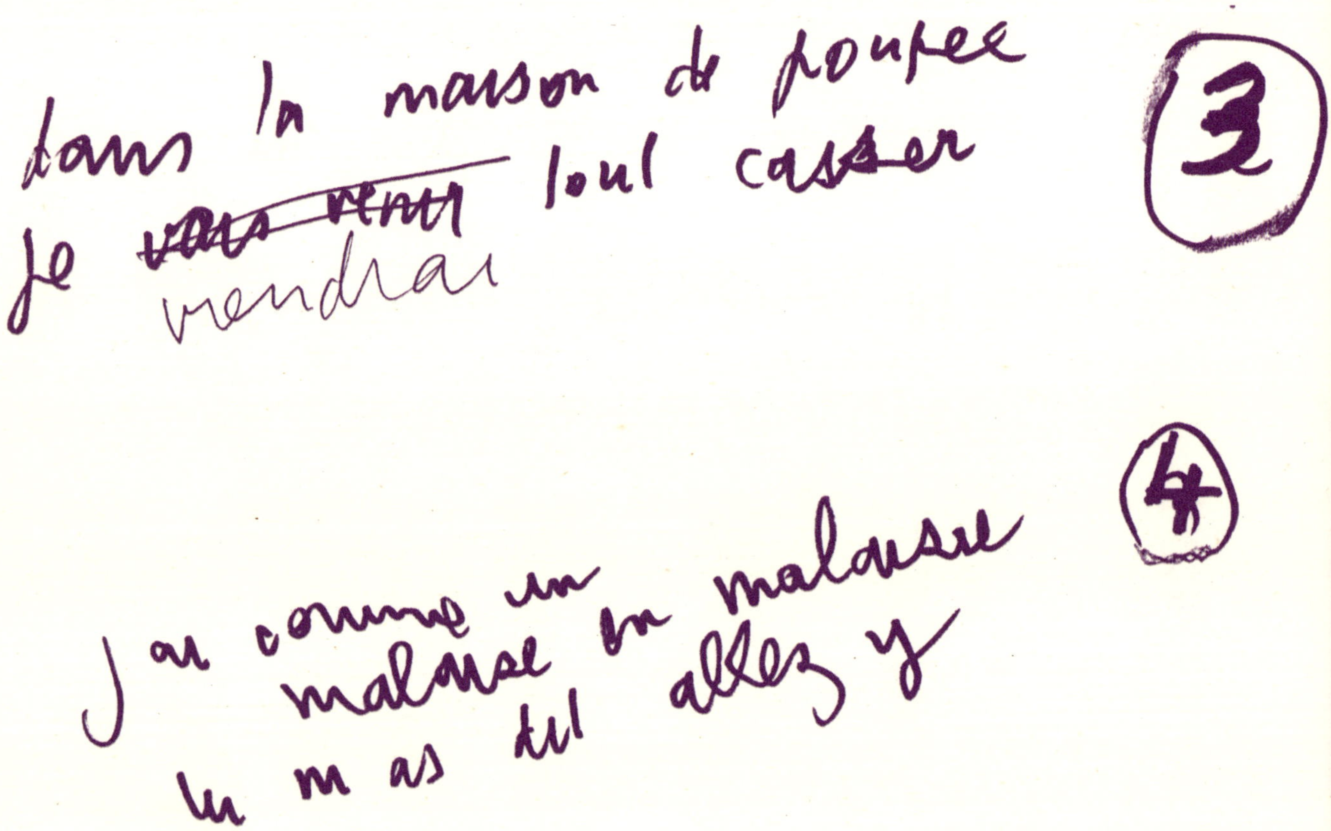
dans la maison de poupee
je ~~vais venir~~ viendrai tout casser
3

J ai comme un malaise en malaisie
tu m as dit allez y
4

LISTE DE TITRES POUR *AMOUR ANNÉE ZÉRO*, *l'album d'Alain Chamfort, 1980.*

Amour année zéro
Malaise en Malaisie
Dépression au-dessus du jardin
Chasseur d'ivoire
Dormir une chance de rêver
Fille de paille
Souviens-toi de m'oublier
Jet Society
Le problème est de vivre
Maison de poupée
Les Silences de Bambou

Serge part à Los Angeles avec Bambou rejoindre Alain Chamfort qui enregistre son nouvel album. Il s'agit de leur troisième collaboration. Serge voyage avec une liste de titres comme à l'accoutumée, pour écrire sur place les textes en fonction des musiques enregistrées. Six chansons de cette liste seront effectivement interprétées par Alain Chamfort, *Maison de poupée* devenant *Poupée, poupée* et *Les Silences de Bambou* tout simplement *Bambou*. Serge n'est pas dans son élément, reclus dans une villa luxueuse avec piscine, et Chamfort prend son temps pour travailler. Parallèlement, Catherine Deneuve est à Los Angeles pour promouvoir le film de François Truffaut, *Le Dernier Métro*. Serge en profite pour aller la voir et lui propose d'enregistrer un album, ce qu'elle accepte avec plaisir. C'est ainsi que les titres *Dépression au-dessus du jardin* et *Souviens-toi de m'oublier*, initialement destinés à Chamfort, se retrouvent chantés par Catherine Deneuve sur l'album que Serge va lui écrire.

amour année zéro

malaise en malaisie

dépression au dessus du jardin

chasseur d'ivoire

donne une chance de rêver

fille de paille

souviens toi de m'oublier

jet society

~~le problème est de vivre~~

maison de poupée

les silences de bambou

catherine deneuve

LISTE DE TITRES *pour l'album de Catherine Deneuve, 1980.*

Les titres concernent les chansons de l'album enregistré par Catherine Deneuve, précédés de la note manuscrite au grec qui se réfère à la lettre epsilon (le E grec), titre d'une des chansons, et les lettres Bb sont la notation en anglais du si bémol. Gainsbourg a quitté le studio où Alain Chamfort avait commencé à enregistrer l'album *Amour année zéro*. L'auteur est parti travailler pour Catherine Deneuve, emportant avec lui une partie des titres qu'il avait envisagés pour Chamfort. Sur cette liste, on trouve huit titres qui figureront tels quels sur l'album de Deneuve ainsi que trois qui redeviendront des textes pour Chamfort, *Jolie laide* et les deux titres biffés *Amour, année zéro* et *Maison de poupée*. Serge Gainsbourg adore détourner des proverbes, maximes ou expressions du langage courant, pour leur insuffler un peu de poésie. Il utilise ce procédé depuis 1950 avec *Il était une oie*, et l'a adopté pour *Ce grand méchant vous, Dieu que les hommes sont méchantes, La plus jolie fille du monde n'arrive pas à la cheville d'un cul-de-jatte, Plus dur sera le chut, Je t'aime… moi non plus, Mesdames, mesdemoiselles, mes yeux*, etc.
Parle à mon corps ma tête est malade, est bien sur un clin d'œil à l'expression populaire « Parle à mon cul, ma tête est malade ». « C'était l'une des expressions favorites de ma sœur Françoise Dorléac, se souvient Catherine Deneuve en regardant cette liste de titres la concernant. Je l'ai certainement raconté à Serge. Je pense, par contre, que je n'aurais pas chanté une chanson avec un titre comme *Les Peluches de Chiara*, c'est trop direct[24]. »
Le titre *Télégramme en instance* deviendra *Overseas Telegram*. Ce texte a déjà été publié dans le recueil de chansons de Serge *Au pays des malices*, paru un an plus tôt. Son histoire est singulière, puisqu'il s'agit d'un mot écrit par Serge pour Jane à l'occasion de leur rencontre. Lorsqu'elle a quitté la rue de Verneuil, Jane a rendu ce mot à Serge. Catherine Deneuve devient porteuse d'un message lourd de sens. Sur cette liste figurent également les débuts de chansons intitulée *Sweet'n low* et *Charlotte a craqué*, qui se fondront ainsi dans le refrain de *What tu dis, qu'est-ce tu say* :
Tu es black
Tu es cool
Tu es flaque
Et je coule
J'te sens trop
Trop sweet'n low
La phrase
Avec son fantasme
Un grand Africain
Qui luit
servira, modifiée pour la chanson *Alice hélas*.
Les autres titres notés ici ont été soit écartés, soit jamais écrits. Seul *Haine pour aime* donnera naissance à une chanson pour Jane Birkin en 1983, mais, pour l'instant, il s'agit d'un départ de chanson sur un aphorisme de Serge qui sera inclus dans *Digital Delay*. Quant à *Picasso, Picabia*, ils seront bientôt au générique de la chanson *Parisiana* que Serge écrira pour Zizi Jeanmaire.

au grec

Bb =

SOUVIENS TOI DE M'OUBLIER

MARINE BAND TREMOLO

DIGITAL DELAY → didgital

WHAT TU DIS QU'EST-CE TU SAY

JET SOCIETY

HAINE POUR AIME

DEPRESSION AU DESSUS DU JARDIN

JOLIE LAIDE

TELEGRAMME EN INSTANCE ?

EPSILON

ALICE HELAS

~~AMOUR ANNEE ZERO~~

~~JE MOI-MEME ET MOI~~

~~MAISON DE POUPEE~~

LINGERIE FINE, NOUVEAUTES

LES PELUCHES DE CHIARA

~~DORMIR, UNE CHANCE DE REVER~~

~~AFFAIRE CLASSEE~~

~~JIVARO~~

parle a mon corps ma tete est malade

AMOUR D'ACCORD TOUJOURS POURQUOI

fantasme
avec son un grand africain
qui

mona varna et miss duncan

picasso picabia

sweet'n low → tu es si
que j'aime ça
des claques percussion
pour
réveiller
secouer

charlotte a craque
a croquer
elle craque
elle est flaque

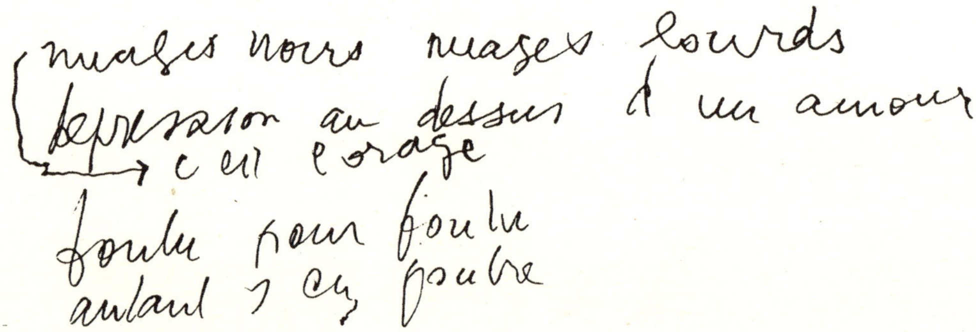

nuages noirs nuages lourds
depression au dessus d un amour
→ c'est l'orage
foutu pour foutu
autant s'en foutre

NOTES, *1980.*

Il s'agit d'une ébauche de *Dépression au-dessus du jardin.*
Nuages noirs nuages lourds
Dépression au-dessus d'un amour
C'est l'orage
Les vers
Foutu pour foutu
Autant s'en foutre
ne participent pas nécessairement au même texte. Il peut s'agir de deux idées distinctes.

NOTES, *1980.*

Haine pour aime
Amour ne prend jamais
qu'un seul « m »
Faute de frappe on écrit
haine pour aime
Il s'agit de l'ébauche de *Digital Delay* pour Catherine Deneuve, qui donnera en 1983 la chanson *Haine pour aime* pour Jane Birkin et que l'on retrouvera en clin d'œil dans le début de la chanson *Tandem* pour Vanessa Paradis en 1990.
La portée fait état des premières notes de la mélodie du troisième mouvement de la *Troisième Symphonie* de Brahms dont Serge se servira en 1983 pour *Baby alone in Babylone* interprétée par Jane Birkin.
Avant la sortie de l'album, Serge et Catherine donneront une autre version de *Digital Delay* à la télévision, avec un autre refrain et sur une autre mélodie :
Dès qu'on les aime
C'est qu'on admet
Amour jamais

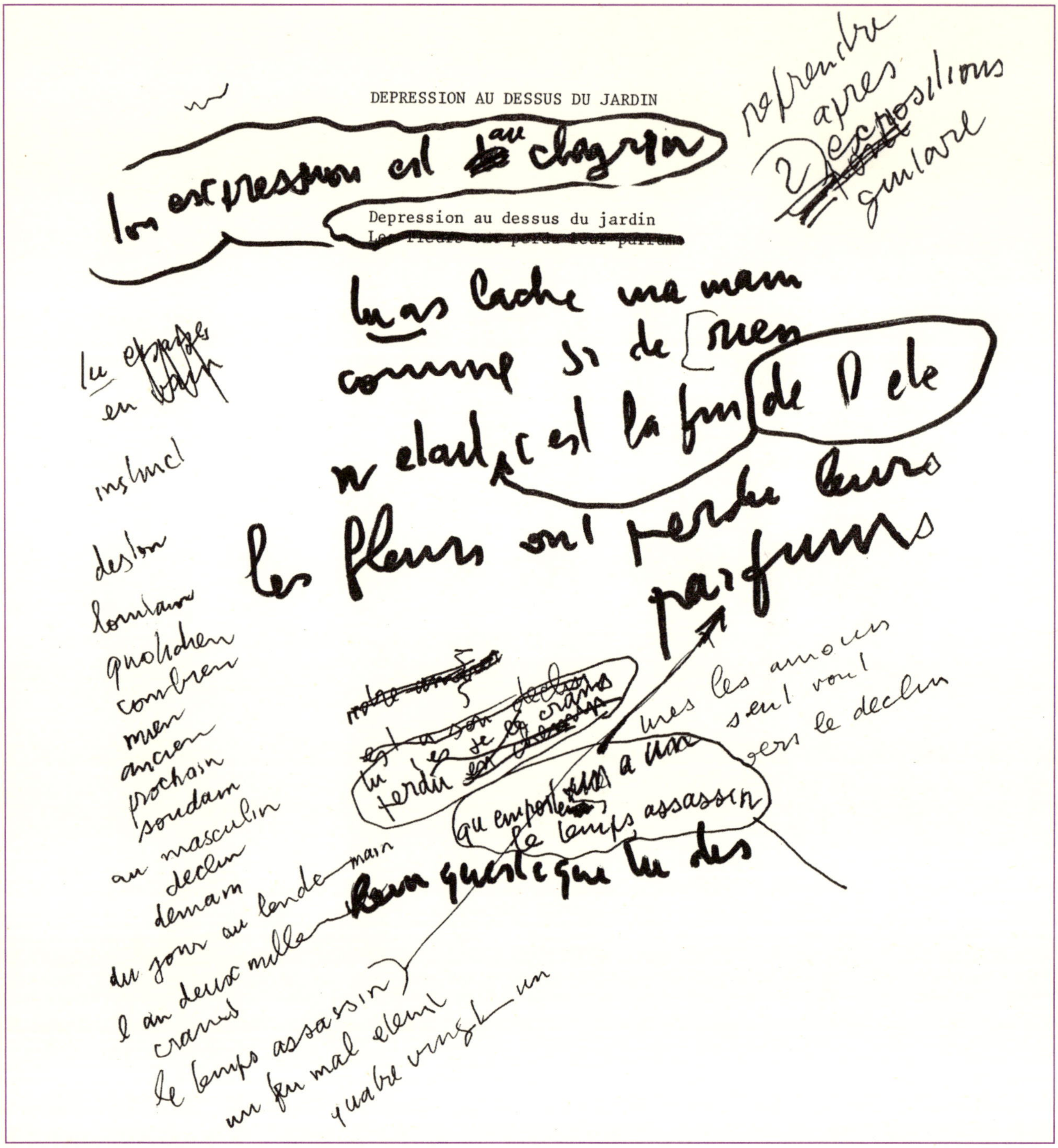

DEPRESSION AU DESSUS DU JARDIN

ton expression est au chagrin

Depression au dessus du jardin

~~Les fleurs ont perdu leur parfum~~

tu as lache ma main

comme si de rien

n'etait c'est la fin de l'ete

les fleurs ont perdu leurs parfums

qu'emporte un a un

le temps assassin

les amours s'en vont vers le declin

instinct

destin

lointain

quotidien

combien

mien

ancien

prochain

soudain

au masculin

declin

demain

du jour au lendemain

l'an deux mille un

craint

le temps assassin

un feu mal eteint

quatre vingt un

reprendre apres

(2) exposition guitare

DÉPRESSION AU-DESSUS DU JARDIN, *enregistrée par Catherine Deneuve en 1981.*

Dépression au-dessus du jardin
Ton expression est au chagrin
Tu as lâché ma main
Comme si de rien
N'était de l'été c'est la fin
Les fleurs ont perdu leurs parfums
Qu'emporte un à un
Le temps assassin

On trouve ici la totalité du premier couplet de la chanson qui en comporte deux. À droite, l'indication (2) reprendre après expositions guitare signifie que le second couplet de ce titre intervient après un chorus de guitare.
Les vers biffés
Tu t'es je le crains
Perdu en chemin
serviront pour le seconde partie du deuxième couplet, tandis que les vers
Les amours
S'en vont vers le déclin
seront écartés.
Sur ce brouillon du premier couplet de la chanson, on peut voir à gauche une liste de rimes en [in] dont seul Le temps assassin sera utilisé pour le premier couplet.

Instinct
Destin
Lointain
Quotidien
Combien
Mien
Ancien
Prochain
Soudain
Au masculin
Déclin
Demain
Du jour au lendemain
L'an deux mille un
Craint
Le temps assassin
Un feu mal éteint
Quatre-vingt-un

Serge reprendra cette chanson lors de son spectacle au Casino de Paris en 1986.

A fin pour B il ne reste...

MARINE BAND TREMOLO

Intro quelques mesures de God save the queen

A
Marine band tremolo
Un navire battant pavillon anglais 10
Marine band tremolo
Est en train de ~~chavirer~~ couler de prendre l'eau 10
Flegmatiqu' Marine ~~band tremolo~~
L'orchestre continue de jouer 10
Marine band tremolo
B ~~Le guitariste a~~ les cuivres ont déjà les pieds dans l'eau 10

(3)

~~Gr le piano~~

MARINE BAND TREMOLO,
enregistrée par Catherine Deneuve en 1981.

Gainsbourg divise ses couplets en deux parties distinctes A et B qui correspondent à la reprise du même thème musical. Le texte dactylographié et corrigé à la main est celui du premier couplet de la chanson. Les corrections manuscrites seront prises en compte pour la version finale de cette chanson.
Ainsi, le couplet A se conclut par :
Est en train de couler
de prendre l'eau
Le couplet B débute par :
Flegmatiqu' l'orchestr' continue de jouer
et se termine par :
Les cuivres ont déjà les pieds dans l'eau
En revanche, contrairement à l'indication z et au surlignage du s du mot cuivres, la liaison ne sera pas sonore.

ALICE HELAS

Alice
Alice hélas
Est seule
Chaque nuit
Avec
~~Ses fantasmes~~ et ses fantasmes
~~Un grand africain~~ bel
~~Qui luit~~

~~Alice~~
~~Alice hélas~~

5 + 4
(9)

elle rêve d'un bel ...

et ses insomnies

qui lui
fait des choses
des choses
en métal

Wakizis

qui la pléonasment

qui la pénètre et qui lui fait
pénètrent qui font mal

ALICE HÉLAS, *enregistrée par Catherine Deneuve en 1981.*

Sur le texte dactylographié, Gainsbourg a rédigé une version qui ne sera pas retenue des fantasmes d'Alice :

Elle rêve d'un bel Africain
Qui luit
Qui lui
Fait des choses
Des choses
En métal
Qui la pléonasment
Qui la pénètrent et qui lui font mal

à droite

Alice
Alice hélas
Est seule
Chaque nuit
Avec
Ses fantasmes
Ses idées fixes et ses insomnies
Alice
Alice hélas
N'a que
Des envies
De fièvres
Et de spasmes
De Congolais et de Watuzis

Serge a recopié le texte pour la séance studio de Catherine Deneuve. Le feuillet reprend le refrain et le dernier couplet de la chanson. La mention orch signifie que l'orchestre reprend seul le thème instrumental jusqu'à la fin du titre.
On retrouve dans ce texte un personnage voisin de *Monna Vanna et Miss Duncan*, autre chanson de cet album, dans laquelle une femme qui explore sa sexualité trouble à la nuit tombée. Ici, Alice ne réalise pas ses fantasmes. Bien que cela n'ait aucun rapport avec le personnage décrit dans ce texte, ce prénom est celui que porte Catherine Deneuve dans le film de Claude Berri *Je vous aime*, sur le tournage duquel Serge et elle se sont rencontrés.
À la fin du deuxième couplet, le vers Passé le treizième coup de minuit évoque l'univers des contes de fées et il est probable que Gainsbourg a songé au personnage de Lewis Caroll qu'il affectionne.

(2)

alice
alice hélas
est seule
chaque nuit
avec
ses fantasmes
ses idées fixes et ses insomnies

alice
alice hélas
n'a que
des envies
de fièvres
et de spasmes
de congolais et de watuzis

[signature]

WHAT TU DIS, QU'EST-CE TU SAY ?, *enregistrée par Catherine Deneuve en 1981.*

What tu dis
Qu'est-ce tu say
On s'comprenait yesterday
What tu dis
Qu'est-ce que tu say
What I want
Qu'est-ce t'en sais
On s'comprenait but today
What I want
Qu'est-ce que t'en sais
What tu cherches qu'est-ce tu do
Je n't'understand plus du tout
What tu cherches
Qu'est-ce que tu do
La suite de la chanson
se trouve tout en haut
du feuillet :
Je n'sais what what to do
Quand tu files tout doux tout doux
J'me dis what
What can I do
Suit un couplet biffé
qui n'a pas été retenu :
J'suis OK
Tu es KO
Tu as des bas et des hauts
J'suis OK
Tu es KO
Le refrain se situe en bas
à droite :
Tu es black
Tu es cool
Tu es flaque
Et je coule
J'te sens trop
Trop sweet'n low
Puis, au centre à gauche,
on trouve le dernier couplet
de la chanson :
Tu es dans l'mood
J'n'y suis pas
Hollywood
Ça n'est plus ça
Tu es dans l'mood
Je n'te suis pas
Ce tapuscrit corrigé de façon
particulièrement spectaculaire
et dans un désordre total
contient l'intégralité
de la chanson enregistrée
en définitive.
Un couplet, en bas à droite,
n'a pas été conservé :
Tu dis yes
Je dis no
Je n'sais plus où est-ce
Que tu go
Tu dis yes
Moi je dis no

WHAT TU DIS QU'EST-CE TU SAY

What tu dis qu'est-ce tu say
On s'se comprendra jamais
What tu dis
Qu'est-ce tu say
What I want qu'est-ce t'en sais
On s'comprenais yesterday
Aujourd'hui
Qu'est-ce t'en sais

What tu dis qu'est-ce tu do
On n'se comprend plus du tout
What tu
Qu'est-ce tu do

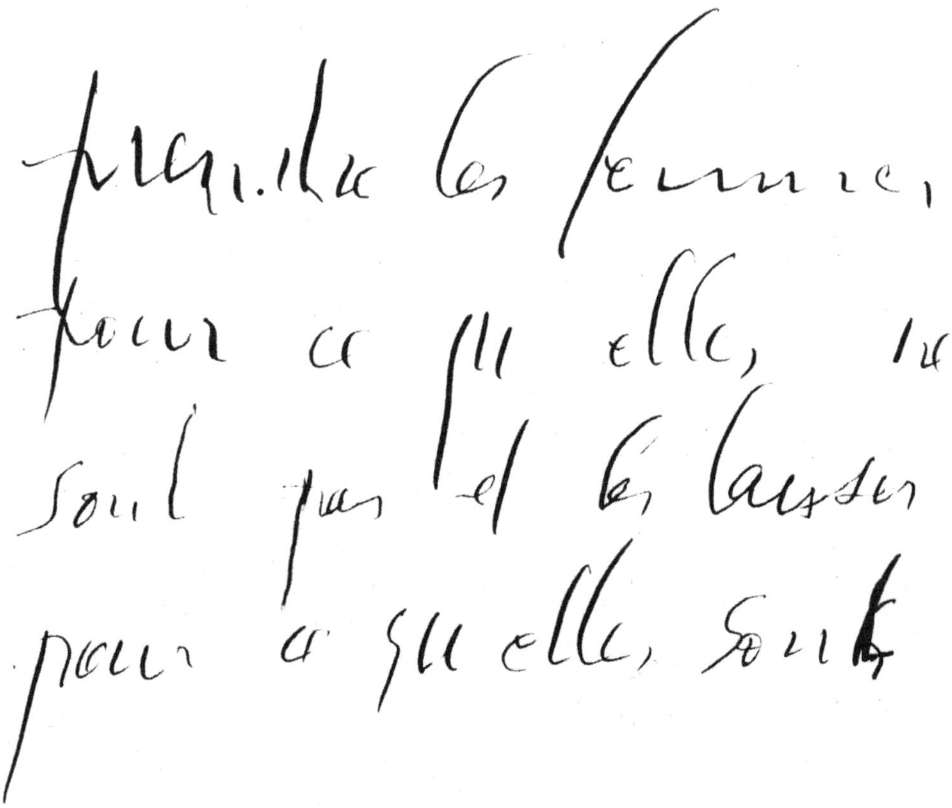

prendre les femmes
pour ce qu'elles ne
sont pas et les laisser
pour ce qu'elles sont

APHORISME, *non daté.*

Prendre les femmes
pour ce qu'elles ne
sont pas et les laisser
pour ce qu'elles sont.

NOTES, *1981.*

Isabelle
Je fuis
Je fuis le bonheur pour
Qu'il ne sauve pas
Compter le malheur sur
Mes/ nos/ tes vingt doigts
Picasso Picabia
Qui lui a piqué ses cubes
À lui son dada
Tu n'étais pas prévu au
programme

isabelle

fuis
Je fuis le bonheur pour
qu'il ne se sauve pas

et compter le ~~malheur~~
sur ~~mes~~ ~~vingt~~ doigts
nos
les

Picasso Picabia
qui lui a piqué ses cubes
à lui et son dada

Un éclair (pas prévu au programme)

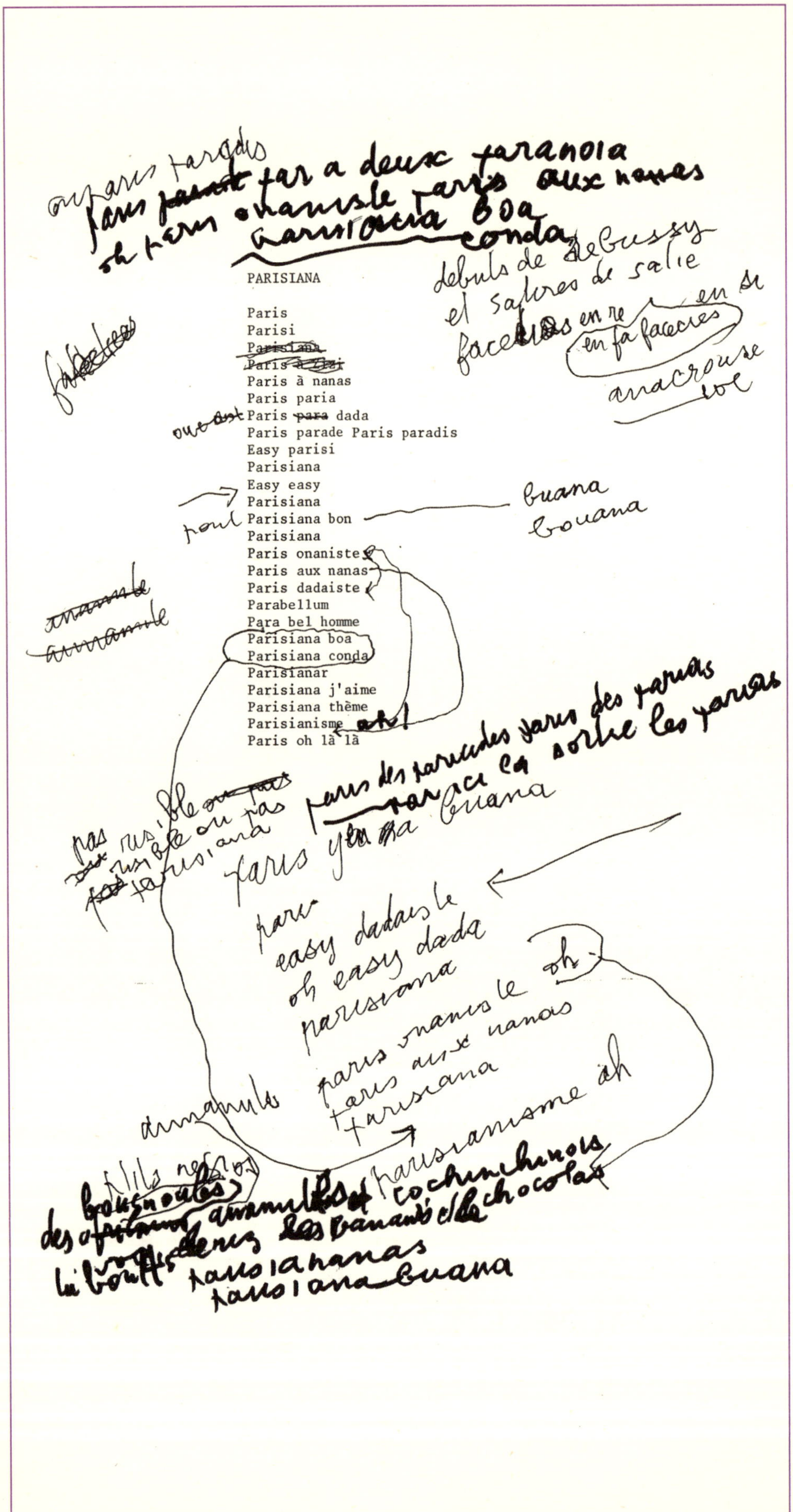

PARISIANA

Paris
Parisi
~~Parisiana~~
~~Paris à Zizi~~
Paris à nanas
Paris paria
Paris ~~para~~ dada
Paris parade Paris paradis
Easy parisi
Parisiana
Easy easy
Parisiana
Parisiana bon
Parisiana
Paris onaniste
Paris aux nanas
Paris dadaiste
Parabellum
Para bel homme
Parisiana boa
Parisiana conda
Parisianar
Parisiana j'aime
Parisiana thème
Parisianisme
Paris oh là là

***PARISIANA,** interprétée par Zizi Jeanmaire en 1981.*

Cette chanson est composée dans le cadre d'une émission de télé censée évoquer le Paris des Années folles. Serge Gainsbourg épuise tout d'abord les clichés dans un texte non reproduit ici car non manuscrit, intitulé *Paris si parisien* :

Paris
J'parie
Qu'tu seras toujours Paris

Puis il s'amuse avec le titre de l'émission *Parisiana 1925* pour laquelle Zizi Jeanmaire lui a demandé cette chanson. Le mot « Parisiana » l'inspire davantage et il se lance dans de nouvelles directions.
Ce texte qui a failli être expédié en moins de deux devient ludique. Serge s'amuse à en explorer tous les recoins, puise dans sa source d'inspiration préférée, les cubistes, dadaïstes et surréalistes.
Il tente à plusieurs reprises d'y glisser des allusions aux colonies, comme on le voit au bas du feuillet :

P'tits négros
Des bougnoules
Annamites et Cochinchinois
Tu bouff' le riz les bananes
et le chocolat
Parisiananas Parisianabuana

Il s'essaie aux jeux de mots, en témoigne le haut du feuillet :

Paris Paradis
Paris par à deux paranoïa
Oh Paris onaniste Paris aux nanas
Parisiana boa
Parisianaconda

Clin d'œil aux compositeurs de l'époque, ces vers situés juste en-dessous :

Débuts de Debussy
Et satires de Satie
Facéties en ré en fa facéties en si

Puis, sous le texte dactylographié, on peut lire :

Pas risible
Risible ou pas
Parisiana
Paris des parricides
Paris des parias
Paris par ici la sortie les parias
Paris y'en a buana
Paris
Easy dadaïste
Oh easy dada
Parisiana
Paris onaniste
Paris aux nanas
Parisiana
Parisianisme ah.

Ce texte est consacré aux peintres cubistes que Serge vénère :
Pablo Picasso
Francis Picabia
Parisiana
Encubiste-toi
On devient Dada
Au Parisiana
Il parvient enfin à placer ses vers :
Qui lui a piqué
Ses cubes
À lui son dada.

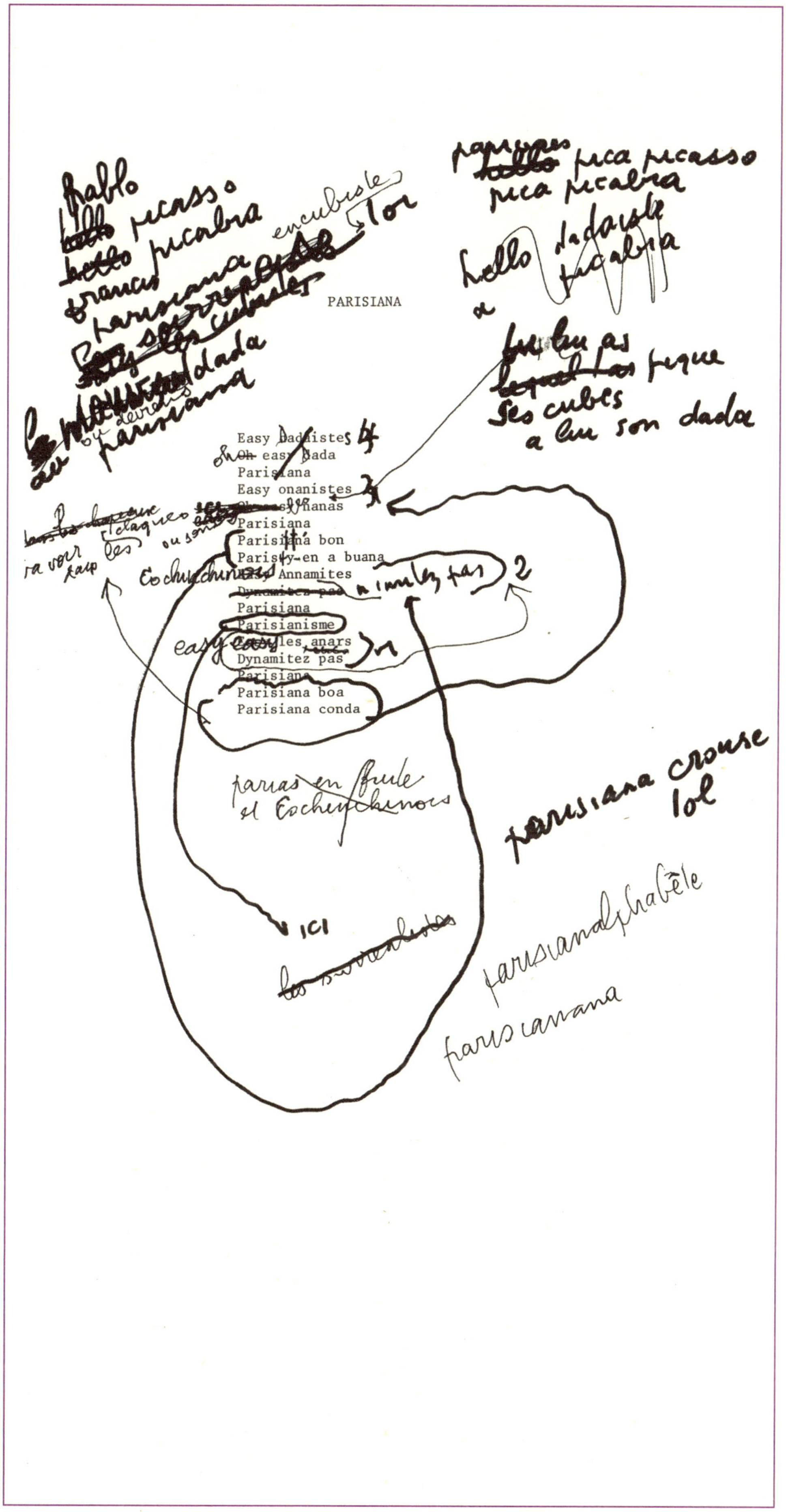
PARISIANA

Easy Dadaïstes
Oh easy Dada
Parisiana
Easy onanistes
Oh easy nanas
Parisiana
Parisiana bon
Parisy en a buana
Easy Annamites
Dynamitez pas
Parisiana
Parisianisme
Easy les anars
Dynamitez pas
Parisiana
Parisiana boa
Parisiana conda

PARISIANA

Pica Pica Picasso Pica Picabia
Parisiana
Qui lui a piqué ses cubes, à lui son dada?
Parisiana
Parisiana~~chronique~~
~~Débute~~ de Debussy ~~et~~ satires de Satie
Parisiana
Facéties en ... en ..., facéties en ...
Parisiana~~rouse~~
Parisiana~~tole~~
Easy easy les anars dynamitez pas
Parisiana
Par i par içi la sortie les parias
Parisiana
Parisiana quoi
Parisiana~~rchip~~
Des p'tits négros ~~Annamites Cochinchinois~~
Parisiana
~~Tu bouffes le riz~~ les ~~bananes et le chocolat~~
Parisiana
Parisiana quoi ?
Parisiananas ~~paradis~~
~~Paris~~ paradis par à deux paranoïa
Parisiana
~~Paris onaniste Paris~~
Parisianisme ~~onaniste et aux nanas nues~~
Parisiana
Parisiana boa
Parisianaconda
Pica Pica ...

aux nenes nus des nanas

pa a risi a na

Le texte prend forme.
Il commence par la peinture, la musique, la politique, les colonies dont il modifie les vers :
Des colonies de p'tits négros
ni gros ni gras
Parisiana
T'apport'nt des banan' le cacao
l'ananas
La chanson se terminera sur :
Le Paris music-hall
Aux nénés nus des nanas.

Le tapuscrit contient la chanson pratiquement achevée. Serge modifie encore une fois le vers sur les colonies : T'apportent du cacao des colis de cola et édulcore le couplet sur les anarchistes en trouvant une image à double sens : Laissez-lui faire la bombe faire la nouba.

PARISIANA

Pica Pica Picasso Pica Picabia
Parisiana
Qui lui a piqué ses cub's, à lui son dada ?
Parisiana
Pa a ri si a na
Pa a ri si a na

Satyr's de Debussy, satir's qu'Satie cita
Parisiana
Facéti's en fa ~~fa en la~~ facéti's en fa
septième
Parisiana
Pa a ri si a na
Pa a ri si a na

Des coloni's de p'tits négros ni gros ni gras
Parisiana
T'apportent ~~des~~ du cacao des colis de cola
T'apportent ~~des banan's de~~ cacao ~~d'l'ananas~~ ~~la noix de cola~~
~~les bananes~~ l'ananas
Parisiana
Pa a ri si a na
Pa a ri si a na

Easy easy les anars, dynamitez pas
Parisiana
~~Par i par içi la sortie des parias~~ Laissez lui faire la bomb faire la nouba
Parisiana
Pa a ri si a na
Pa a ri si a na

Paradis parad' par à deux paranoïa
Parisiana
Parisianisme aux nénés nus des nanas
Parisiana
Pa a ri si a na
Pa a ri si a na

Pica Pica Picasso Pica Picabia
Parisiana
Qui lui a piqué ses cub's, à lui son dada ?
Parisiana
Pa a ri si a na
Pa a ri si a na

SI LES POUBELLES POUVAIENT PARLER, *inédit, 1981.*

Si les poubelles pouvaient parler
Ell's nous balanc'raient des ordures
Des œufs pourris des tomates mûres
À la gueule de l'humanité
Elles nous diraient je cherche un homme
Comme Diogène dans son tonneau
Si les poubelles pouvaient parler
En vomissant (ou : dégueulant) des mots d'argot
Elles refouleraient du goulot
Et elles sentiraient des pieds

Selon ses notes, Serge a écrit ce début de texte pour un duo entre Zizi Jeanmaire et sa fille, Valentine Petit, qui n'a en fin de compte pas vu le jour.

si les poubelles pouvaient parler
elles nous balanceraient des ordures
des oeufs pourris des tomates mures
a la gueule de l humanité

elles nous diraient je cherche un homme
comme diogene dans son tonneau

si les poubelles pouvaient parler
elles refouleraient du goulot
en vomissant des mots d argot
degueulant
et elles sentiraient des pieds

BAMBOU ET LES POUPÉES,
extraits du livre de Serge Gainsbourg, publié en 1981 chez Hachette Filipacchi.

Mercredi quinze heures. Arrivée des Dolly Sisters. Bambou sent le musc et la gomme-résine, les trois autres, l'élastomère de synthèse, latex pour les intimes. Imbaisables à mon sens. Use des mannequins tel un photostoppeur. Rectifié diagonale du double ceinturon de Bambou et cherché cadrages en plongées et contre-plongées. Speed Krug. Dogy glass pour demain.
À droite :
Jeudi quinze heure trente cinq. Repos entre deux prises, entend le glas de Back in Black, Hell's Bells, A.C./D.C. et pense à Bon Scott tandis que Bambou prend une overdose de marshmallows. On remet ça. Je me risque dans les coins du studio comme Picabia « fuyant le bonheur pour qu'il ne se sauve pas ».
Serge se servira bientôt de cette citation de Picabia pour une chanson qu'interprètera Jane Birkin. L'ouvrage *Bambou et les poupées* s'ouvre par une sorte de journal de bord que tient Serge d'où sont extraits les manuscrits ci-dessus. Il commente également quelques-unes des ses photographies de Bambou, au milieu de mannequins désarticulés, identiques à ceux des vitrines de magasins de vêtements. L'exercice s'inspire du travail de Hans Bellmer. Le clin d'œil est dadaïste mais aussi personnel puisqu'on y retrouve le lit-cage, objet de fantasme présent dans différentes œuvres de Gainsbourg. Fil conducteur, l'écriture de Serge est mise en scène tout au long de l'ouvrage.

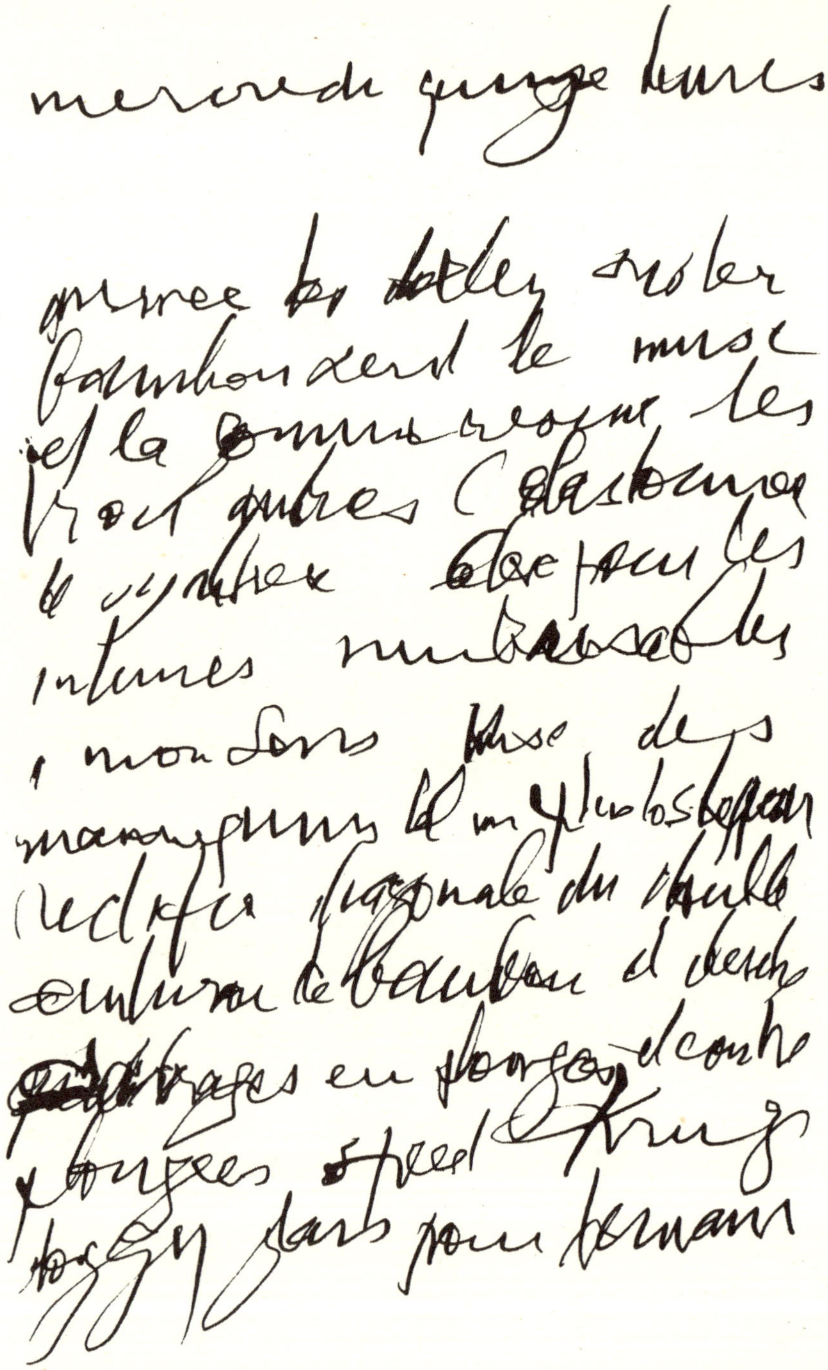

jeu de quinze heures trente cinq

repos entre deux prises en bas
le gars de back in black hells
bells a c. d. c. joue a
bon scott tandis que bambou
prend une overdose de marsh
mallows aux runnels ça je
me risque dans les coins
obscurs du studio comme
fabrication figurant le bonheur
pour qu'il ne se sauve pas

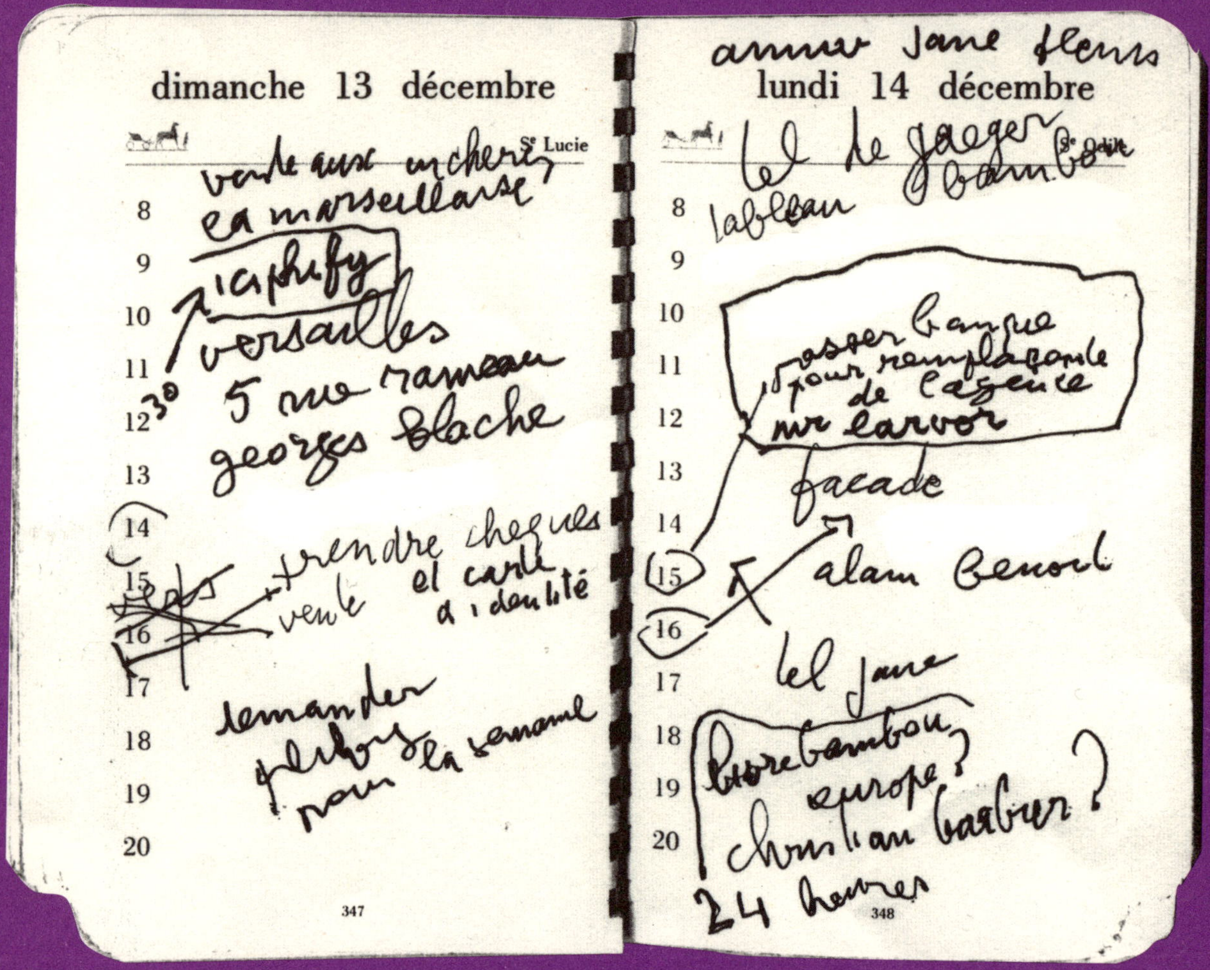

AGENDA, *de Serge Gainsbourg, 13 et 14 décembre 1981.*

Serge réserve sa journée complète du 13 décembre 1981 pour la vente aux enchères de *La Marseillaise* à Versailles, pour laquelle il note prendre chèques et carte d'identité. Pas très rassuré depuis les menaces des paras qu'il a subies en tournée, il juge prudent de demander Phify pour la semaine, lequel n'est autre qu'un des gardes du corps du Palace. Le lendemain, jour anniversaire de Jane Birkin, il assure la promotion de son livre de photos *Bambou et les poupées* sur Europe 1.

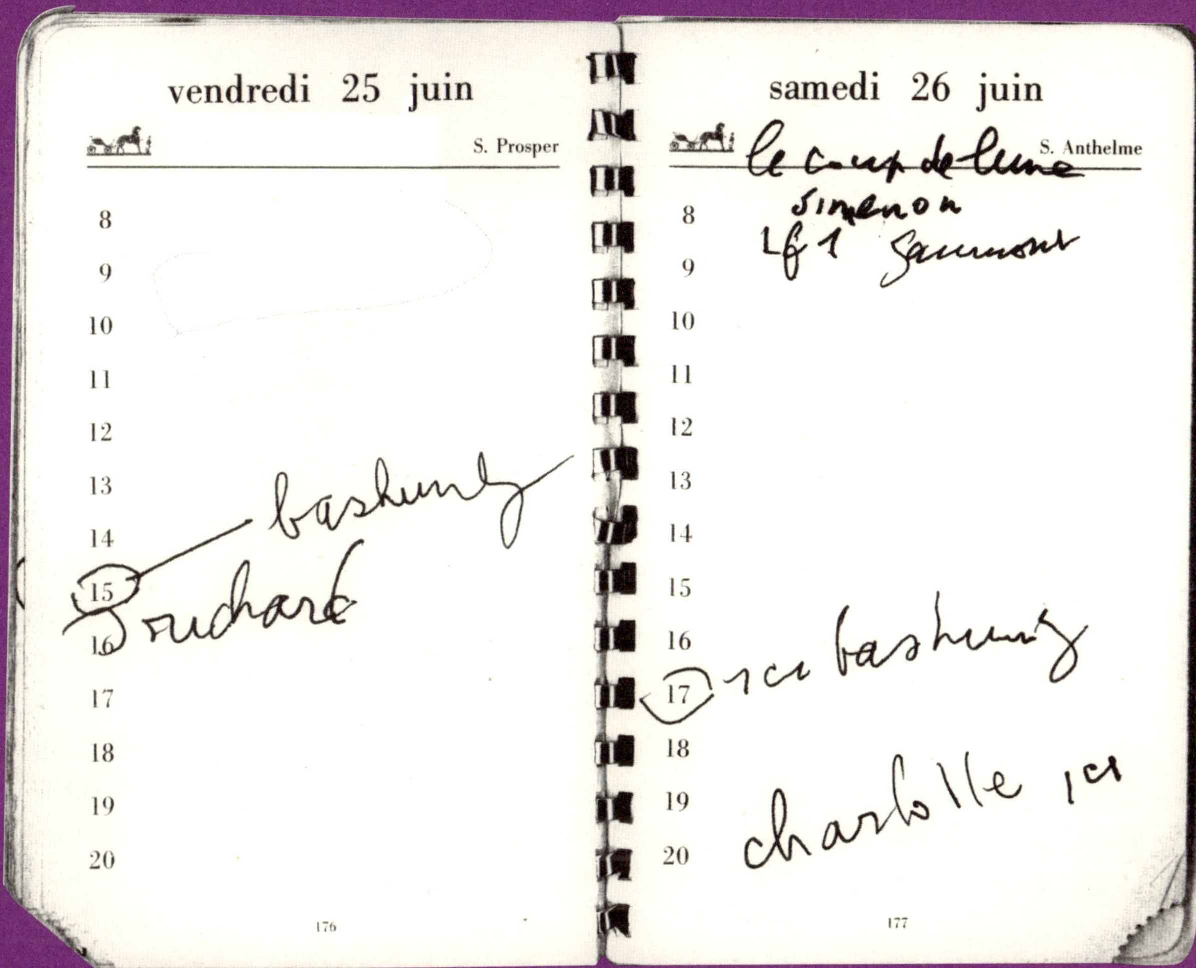

AGENDA, *de Serge Gainsbourg, 25 et 26 juin 1982.*

Le 25 juin 1982, Serge a rendez-vous avec Alain Bashung. Ensemble, ils vont concevoir l'album *Play blessures*.

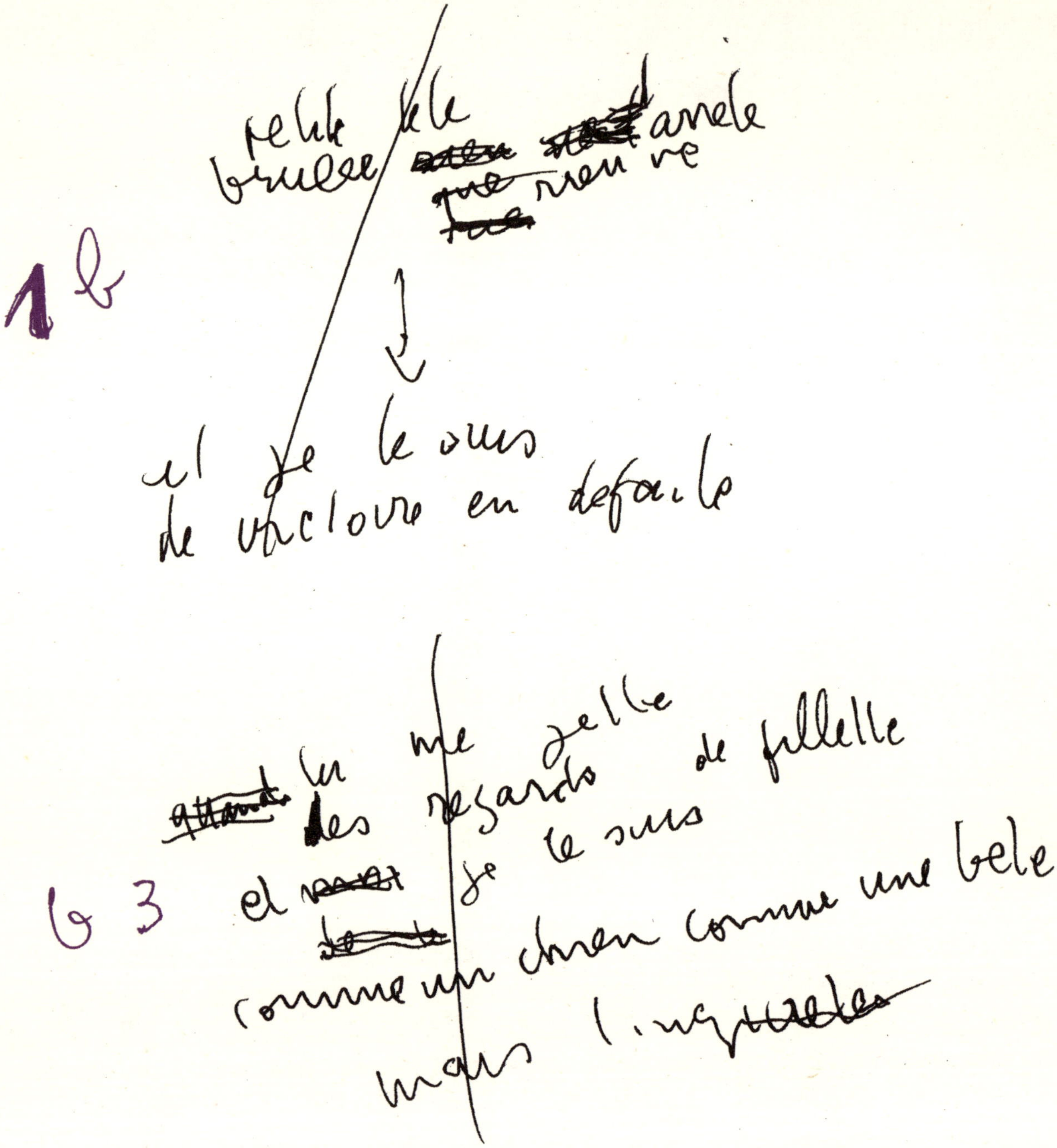

MOI J'TE CONNAIS COMME SI J'T'AVAIS DÉFAITE, *enregistrée par Julien Clerc en 1982.*

Sur ces ébauches du texte pour Julien Clerc, seul le dernier couplet correspond à la version enregistrée. On peut lire :

1b
Petite tête
Brûlée rien ne t'arrête
Et je te suis
De victoire en défaite
b3
Tu me jettes
Des regards de fillette
Et je te suis
Comme un chien comme une bête
Mais t'inquiète
a2
P'tite arrête
De jouer aux devinettes
Moi j'te connais
b2
P'tite arrête
De jouer aux allumettes
Si c'est pour moi
La dernière cigarette
3a
Dans ma tête
Tu es ma p'tit' sœur cadette
Oui j'te
Vous m'faites crier
Mais vous restez muettes
A4
Vous fillettes
Toutes autant que vous êtes
Vous n'savez pas
Le mal que vous nous faites

p tite / arretes
a 3 de jouer aux devinettes
mon / le ~~[illegible]~~

p tite arretes
b 2 de jouer aux allumettes
si c'est pour moi
la derniere / cigarette

vous fillettes
toutes autant que vous etes
dans ma tete
3 a tu es ma ~~petit~~ jour cadette
oui je crier
vous tu ~~voudrais~~ faites muettes
mais ~~les restez~~ vous restez

A 4

vous n vavez pas
le mal que vous nous faites

DONNEZ-MOI UNE STAR QUE J'EN FASSE UNE INCONNUE

1983/1985

En deux ans vont éclore trois albums majeurs. Tout d'abord un disque pour Isabelle Adjani, la seule de ses artistes interprètes à avoir collaboré activement à son album. Parallèlement, Gainsbourg confectionne le plus bel opus de Jane Birkin, *Baby alone in Babylone*, qui scelle les retrouvailles artistiques du couple mythique. Enfin, poursuivant son exploration des musiques blacks, Gainsbourg s'initie au funk, et livre l'homo-érotisant *Love on the Beat*, qui recèle un bijou précieux, le duo *Lemon Incest* avec sa fille Charlotte.

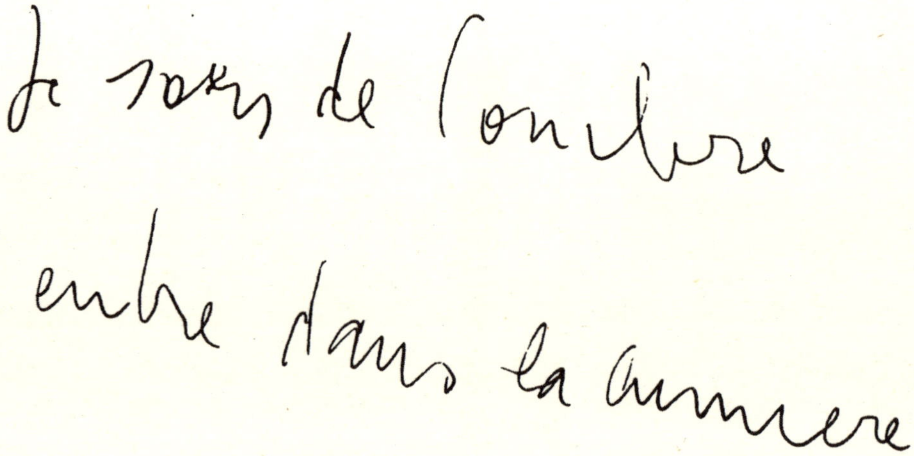
Je sors de l'ombre
j'entre dans la lumiere

APHORISME, *non daté.*

Je sors de l'ombre
J'entre dans la lumière

AGENDA, *de Serge Gainsbourg, 4 janvier 1983.*

Dès son retour du Gabon, Gainsbourg note quelques idées de chansons sur son agenda, dont *Norma Jean Baker* qu'il pense proposer à Jane Birkin, et *Les Clous de cercueil de Humphrey* d'après le surnom que Humphrey Bogart donnait aux cigarettes, *Coffin's nail*, anecdote que Serge racontait souvent.

Pour Jane ou
Norma Jean Baker
(nom réel de Monroe Marilyn)
Baby alone in Babylone
Les Clous de cercueil
De Humphrey
Ça m'effraie
Sommation sans frais
Comme un dément armé
D'un rasoir
Voir livre *Les Destins tragiques du cinéma*.

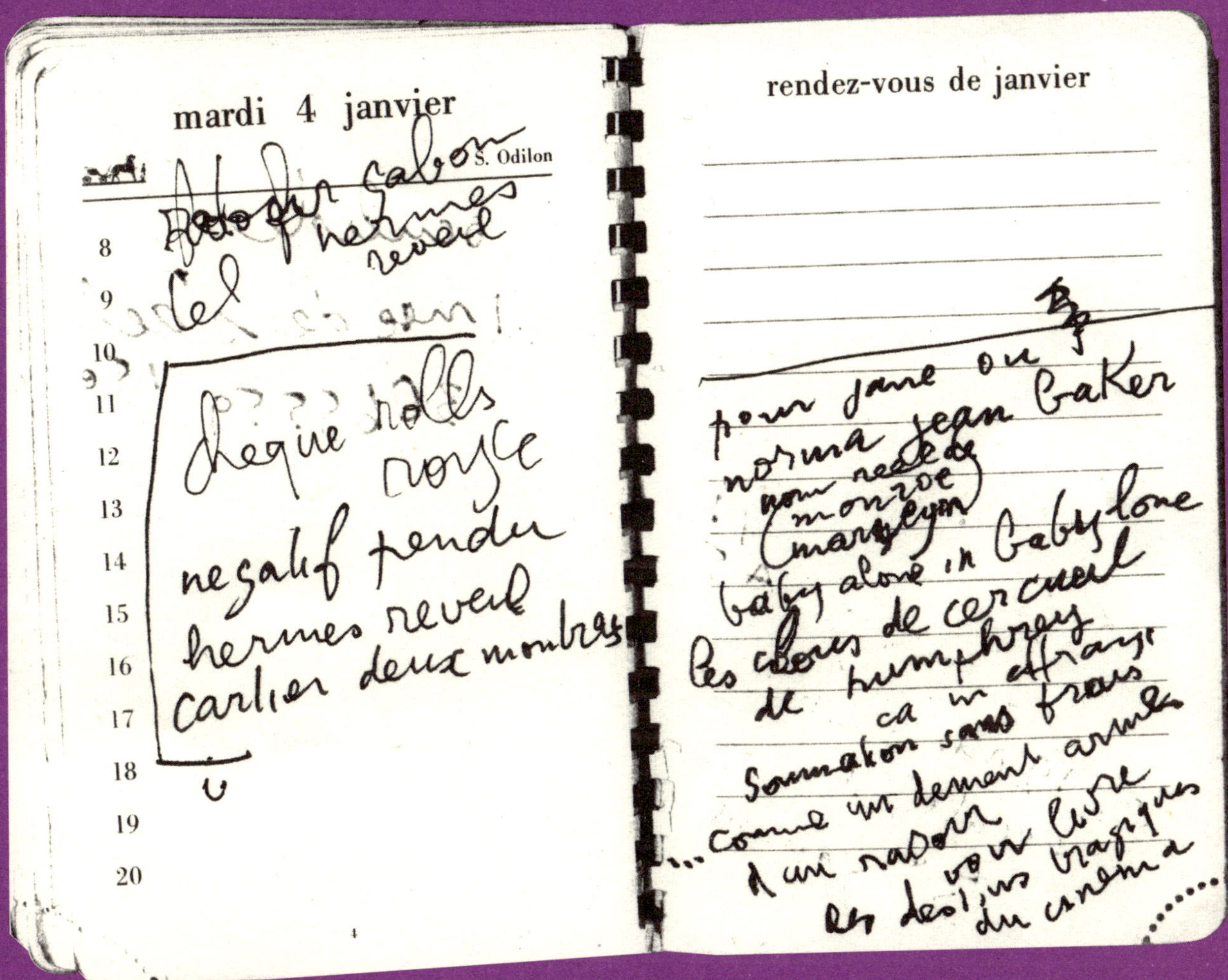
mardi 4 janvier
S. Odilon
8
9
10
11
12
13
14
15
16
17
18
19
20
chèque rolls
royce
negatif pendu
hermes reveil
cartier deux montres
rendez-vous de janvier
pour jane ou
norma jean baker
monroe
marilyn
baby alone in babylone
les choeurs de cercueil
de humphrey
sommation sans frais
comme un dement armé
d'un rasoir
vous livre
les destins tragiques
du cinema

nuit blanche et bas noirs

LES DESSOUS CHICS,
enregistrée par Jane Birkin en 1983.

Les dessous chics
Les dessous chics
a4
C'est des dentelles et des rubans
D'amertume sur un paravent
Désolant
C'est collant
a5
C'est une jarr'telle qui claque
Dans la têt' comm' un' paire de claques
Du nylon
En dit long
a2
Ce sont des contrats résiliés
Qui comme des bas résillés
Ont filé
a3
C'est la pudeur des sentiments
Maquillés outrageusement
Rouge sang
b3
C'est se garder au fond de soi
Fragile comme un bas de soie
a1
C'est ne rien dévoiler du tout
Se dire que lorsqu'on est à bout
C'est tabou
b5
Ce s'rait comme un talon aiguille
Qui transperce le cœur des filles

Ce manuscrit des *Dessous chics* contient les premiers essais de Serge jusqu'à la version définitive du texte. Ratures et taches de tasse de café témoignent de l'impérieuse nécessité de Serge d'accoucher de ce texte dans la nuit. Pour traduire ses pensées qui virent au noir ou les transparentes amertumes, vers biffés d'un trait de plume, Gainsbourg utilise une métaphore surprenante, les dessous féminins, abandonnant de fait la description du mal intérieur. Pour se repérer, il a divisé les couplets et les refrains selon sa méthode, qui consiste à attribuer la lettre « a » aux premiers et « b » aux seconds. La chanson se rassemble ainsi en a1, b1, a2, a3, b3, a4, a5, b5, les couplets a4 et a5 n'en formant qu'un seul.

les dessous chics...

les dessous chics

c'est des

transparentes

et des rubans

des dentelles qu'on

c'est des secrets quand

c'est toujours des hauts et des bas

qu'on garde

sur un paravent

c'est collant

a4 a5

c'est une jarretelle qui claque

dans la tête comme une façade de claques

des contrats

relisés

comme des bas résilles ont filé

a2

se garder

b3

c'est la pudeur

des sentiments ombrageux

fond de soi

fragile comme un bas de soie

maquillés

rouge sang

1a

c'est ne rien dévoiler du tout

se dire que lorsque on est à bout

c'est tabou

ce serait comme talon aiguille

qui transperce le cœur

b5

FUIR LE BONHEUR DE PEUR QU'IL NE SE SAUVE, *enregistrée par Jane Birkin en 1983.*

a1
Fuir le bonheur
Que le ciel azuré n'vire au mauve
Tous les lits-cages et leur odeur fauve
Avoir parfois envie d'crier
(ou : d'hurler) sauve qui peut
Se dire qu'il y a *Over the Rainbow*
Toujours plus haut le soleil above

Ce brouillon du premier couplet de la chanson comporte plusieurs phrases qui n'ont pas été conservées, ainsi Tous les lits-cages et leurs odeurs fauves. Le lit-cage est très présent dans l'univers érotique de Serge Gainsbourg. Il lui a consacré une chanson demeurée inédite dès 1963, en a repris l'idée dans *L'Oiseau de paradis* pour Zizi Jeanmaire en 1968, et le cite à nouveau dans *J'envisage* pour Alain Bashung. C'est également le décor des photos de Jane que Serge réalise pour le magazine *Lui* en 1974 et celui dans lequel évolue Bambou dans le livre de photos *Bambou et les poupées* publié en 1981. On le retrouve enfin dans la chambre de Jane, dans le film *Je t'aime moi non plus*.

Sont abandonnés également les vers :
Se laisser mourir et revivre d'overdose
D'un nouveau bonheur

Tandis que Chanter *Over the Rainbow*, référence à la chanson interprétée par Judy Garland dans le film *Le Magicien d'Oz* de Victor Fleming, va devenir Se dire qu'il y a *Over the Rainbow*.

En bas de page, on peut lire une phrase biffée, 50 Nembutal allongée nue sur le ventre, qui concerne la mort de Marilyn Monroe. Cela deviendra dans la chanson *Norma Jean Baker* :
Nue en diagonale
Norma Jean Baker
Cinquante Nembutal
Norma Jean Baker
D'après l'rapport d'l'attorney
Chef du district d'L.A.

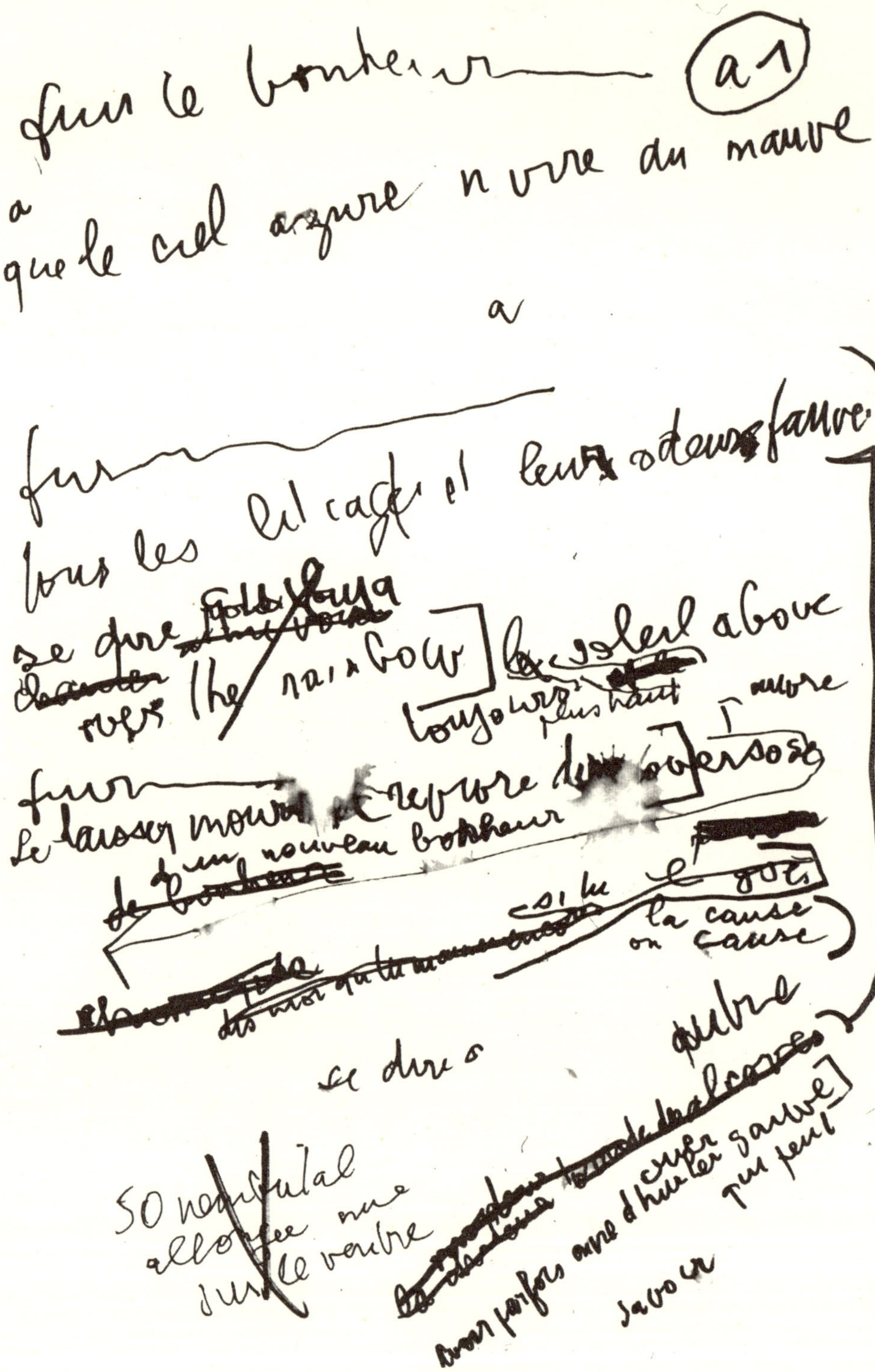

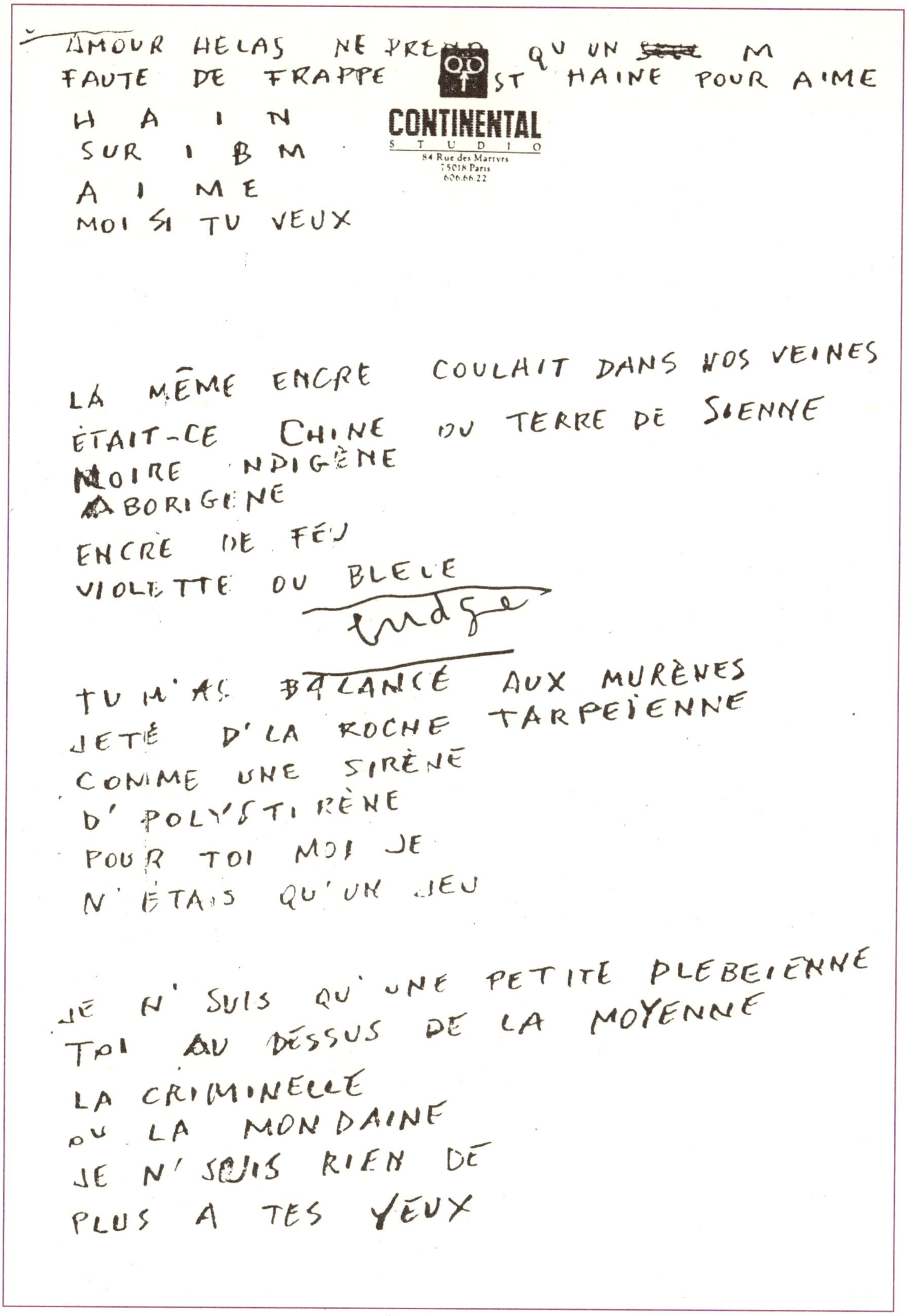
AMOUR HELAS NE PREND QU UN M
FAUTE DE FRAPPE C'EST HAINE POUR AIME
H A I N
SUR I B M
A I M E
MOI SI TU VEUX

CONTINENTAL
STUDIO
84 Rue des Martyrs
75018 Paris
606.66.22

LA MÊME ENCRE COULAIT DANS NOS VEINES
ÉTAIT-CE CHINE OU TERRE DE SIENNE
NOIRE INDIGÈNE
ABORIGÈNE
ENCRE DE FEU
VIOLETTE OU BLEUE

bridge

TU M'AS BALANCÉ AUX MURÈNES
JETÉ D'LA ROCHE TARPEÏENNE
COMME UNE SIRÈNE
D'POLYSTIRÈNE
POUR TOI MOI JE
N'ÉTAIS QU'UN JEU

JE N'SUIS QU'UNE PETITE PLEBEÏENNE
TOI AU DESSUS DE LA MOYENNE
LA CRIMINELLE
OU LA MONDAINE
JE N'SUIS RIEN DE
PLUS A TES YEUX

HAINE POUR AIME, *enregistrée par Jane Birkin en 1983.*

Ce texte, recopié lisiblement pour la séance d'enregistrement en studio, a été confié tout d'abord à Isabelle Adjani. On y retrouve l'aphorisme déjà mis en bouche par Catherine Deneuve dans *Digital Delay*, qui débute la chanson de Jane et lui donne son titre :

Amour hélas ne prend qu'un M
Faute de frappe c'est haine pour aime

Au milieu du texte rédigé sur papier à en-tête du Continental Studio de Dominique Blanc-Francard, Gainsbourg note le pont musical (bridge) qui aère cette chanson sans refrain. Il ne précise pas que le premier couplet et le dernier sont repris à la fin du titre.

BABY ALONE IN BABYLONE,
enregistrée par Jane Birkin en 1983.

Cette transcription est une des lectures possibles de ce feuillet. Elle tient compte de la version enregistrée par Jane Birkin pour les enchaînements de certains vers.

Baby alone
Noyée sous les flots
De tes larmes
Tu es sans armes
De musique
Électrique
D'rock'n roll
Tu
Cherches
Un rôle
Noyée sous les flots
De Rolls-Royce et
De Buick
D'Cadillac
De Pontiac
De Bentley
De DS
Aux plaques de L.A.
À sens unique
Bleu électrique
Aux couleurs gris métallique
Petite fille éperdue
Dont le regard s'est perdu
Des paradis perdus
[Pont]
Le strass et
Le stress
Dieux et déesses
De Los Angeles
Noyée sous les flots
De tes larmes
Éperdue
Tu te sens perdue
Éperdue
[Pont]
Tu cherches la gloire
Mais pour l'avoir
Sous les flots
D'Malibu
Toute nue
Tu n'as vu que l'étoile
D'la police fédérale
Noyée sous les flots
De lumière
De poussières
D'étoiles
Tu n'sais plus où tu es
L.A.
T'approches
C'est le Sunset Boulevard
Qui brille [ou : scintille]
Dans le noir

Presque toutes les idées qui seront développées dans chaque couplet sont rédigées. Une fois encore, Gainsbourg livre un sublime album à Jane, où les jeunes filles flirtent avec la mort dans la plupart des textes.

Baby alone

de les larmes
tu es sans armes
de musique
electrique
et rock n' roll
tu cherches
un role

noyée sous les flots
de Rolls royce et buick
de cadillac de pontiac
de bentley
de dos
a sens unique
bleu electrique
gris metallique
aux couleurs

mercedes
Los angeles

petite fille éperdue
son regard s'est perdu
petite déesse
perdue
dans paradis

noyée sous les flots
sous les larmes
de star
éperdue
tu n'as vu que l'étoile
de la police fédérale
sous les flots

tu cherches
la gloire
mais pour avoir
sous les flots
toute une building

noyée sous les flots
de lumière
de poussières
d'étoiles
tu es
LA
affiches
les studios
et les traces

c'est le sunset boulevard
qui scintille dans le noir

CON C'EST CON CES CONSÉQUENCES, *enregistrée par Jane Birkin en 1983.*

Sur ce manuscrit, Gainsbourg cherche le titre, comme en témoignent les essais à demi effacés par les traces de tasse de café au centre du document, dont certains mots sont biffés :
Con c'est con
Quand c'est qu'on se retrouvera
(ou : rencontrera)
Histoires de queue de qu'on de q
Il suffirait qu'un
con
cas
que
Les deux premiers couplets sont déjà là. En haut à droite :
C'est con qu'on se quitte
Faut se rendre à l'évidence
Ce soir on est quittes
Et puis on s'évite
(ou : on l'sait vite)
Puis en bas à gauche :
Hélas on sait vite
Qu'on n'est plus de connivence
On ment on s'évite
Enfin, tout en bas du feuillet, le début de phrase
Je sais quand c'est con c'est
est fléché pour être relié à
car c'est con ces conséquences
Le vers
J'entends hurler le silence
sera réutilisé pour le sixième et dernier couplet.

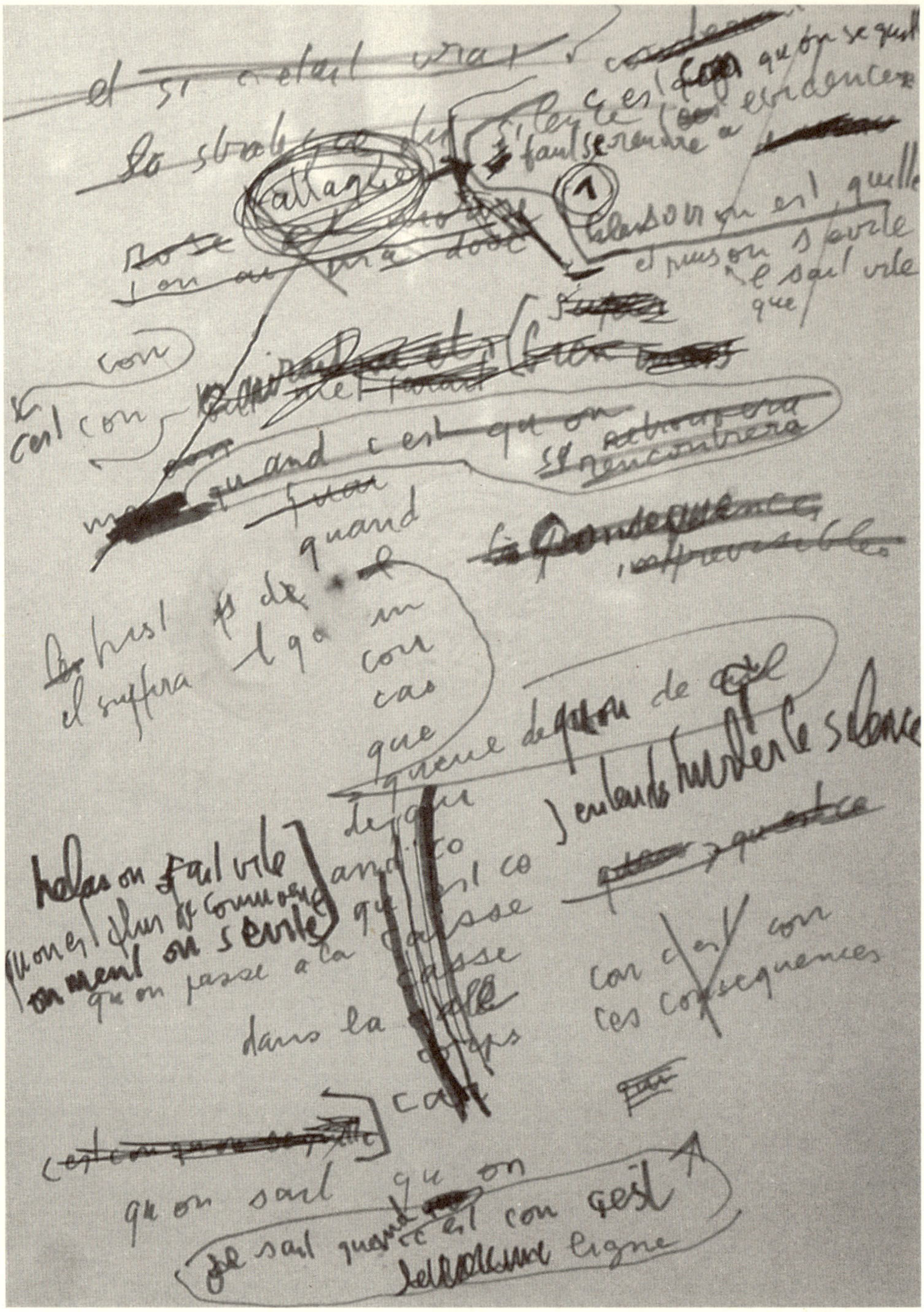

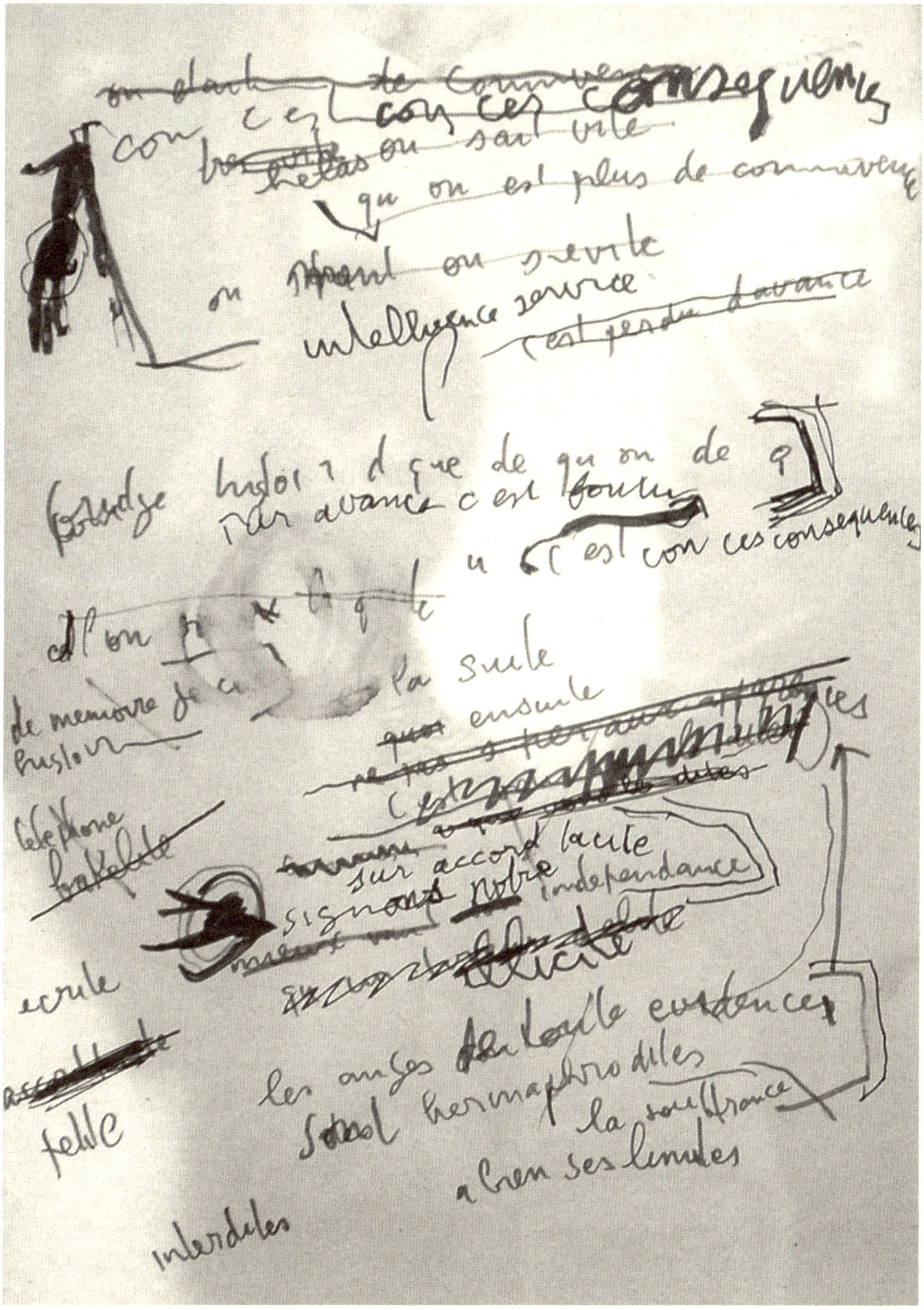

Ici, Serge reprend le deuxième couplet et pose les bases des couplets suivants :

Con c'est con ces conséquences
Hélas on sait vite
Qu'on n'est plus de connivence
On ment on s'évite
Intelligence service
Histoir' d'que de qu'on de q
Par avance c'est foutu
C'est con ces conséquences
Et l'on prend la fuite
De mémoire je cite
Histoire
Et la suite
Ensuite
Sur accord tacite
Signons notre indépendance
Illicite
Les anges de toute évidence
Sont hermaphrodites
La souffrance
A bien ses limites.

1
Con c'est con ces conséquences
C'est con qu'on se quitte
Faut se rendre à l'évidence
Ce soir on est quittes
Histoir' d'que de con de Q
Par avance c'est fou-
2
Tu c'est con ces conséquences
Hélas on sait vite
Qu'on n'est plus de connivence
On ment on s'évite
3
Con c'est
L'amour prend la fuite
Pas besoin d'intelligence
Service pour la suite
4
Con
C'est con qu'on se quitte
Les anges de toute évidence
Sont hermaphrodites

Ce manuscrit contient quatre des six couplets de la chanson et le refrain qui s'immisce entre eux selon les flèches, à l'exception du couplet n° 3 qui est suivi par un pont musical ici signifié par la mention orch pour « orchestre ». Serge cherche si connivence prend un ou deux « n », sous le couplet n° 2.

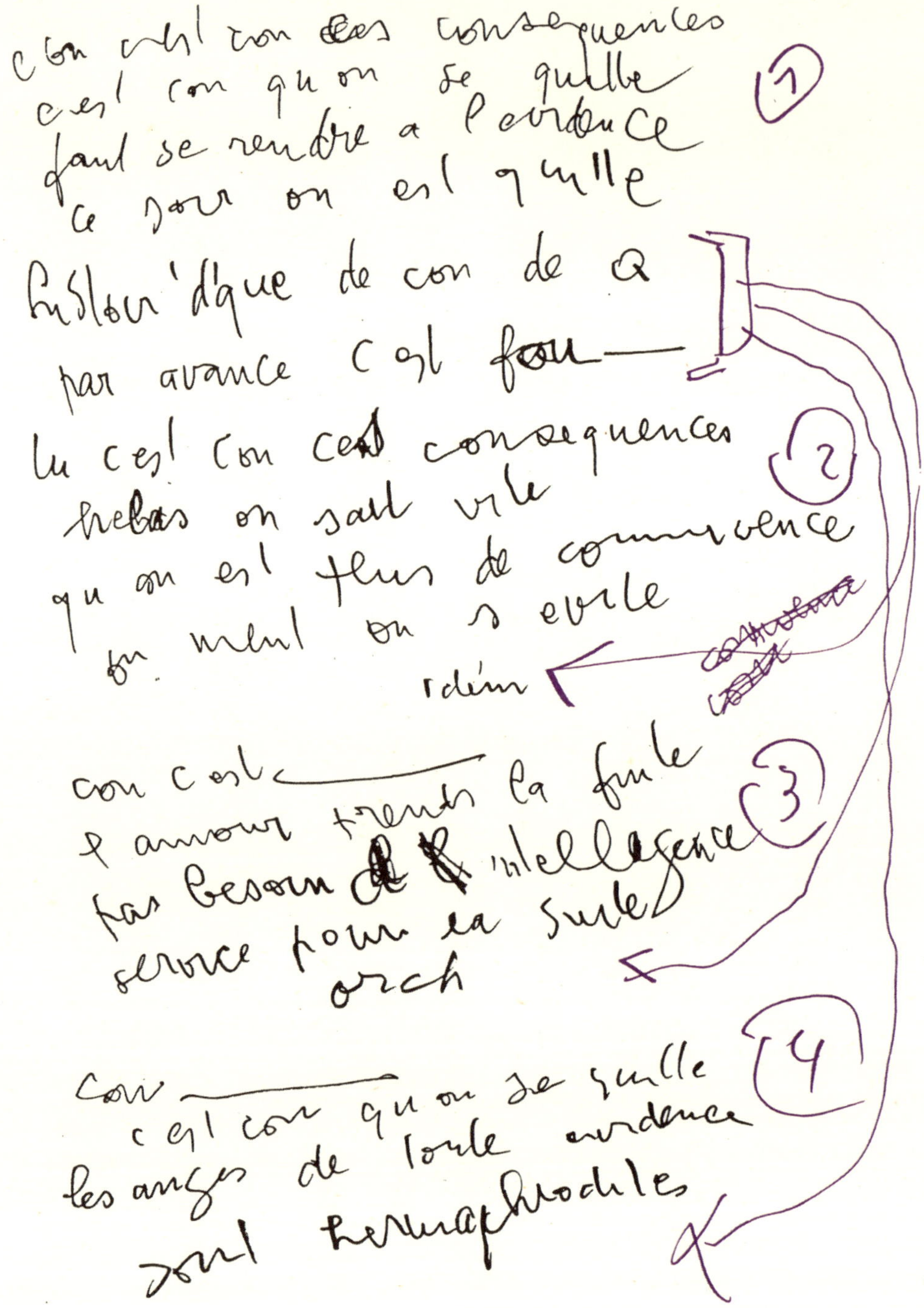
c'on c'est con ces conséquences
c'est con qu on se quitte
faut se rendre a l'évidence
ce soir on est quitte
histoir' d'que de con de Q
par avance c'est fou—
tu c'est con ces conséquences
hélas on sait vite
qu on est plus de connivence
on ment on s'évite
refrain
con c'est
l'amour prend la fuite
pas besoin intelligence
service pour la suite
orch
con
c'est con qu on se quitte
les anges de toute évidence
sont hermaphrodites

LES FLASH BACK SUR NOS BONHEURS PASSÉS (1)
MIEUX VAUT EN RIRE D' PEUR D'ETRE OBLIGÉE
3/4 > D' EN PLEURER
PLANS SÉQUENCES QUE L'ON TROUVE OVER PLAYED
RALENTIS QU'ON AIM'RAI VOIR EN A-
CCÉLÉRÉ

4/4

QUE DE SCÈNES N'AVONS NOUS PAS JOUÉ
MIEUX VAUT EN RIRE D' PEUR D'ETRE OBLIGÉE
D' EN PLEURER
9/4 > UN' VIBRATION AU BOUT D'UN DOIGTÉ
DEUX GUITAR'S QUI NE SE SONT JAMAIS
ACCORDÉES

ORCH 7 (3/4)

LES FLASH BACK SUR NOS BONHEURS PASSÉS
MIEUX VAUT EN RIRE D' PEUR D'ETRE OBLIGÉE
D'EN PLEURER
3/4 > UNE RUPTURE COMME CELLE D'UN COLLIER
DE CULTURE QUI BRILLE MOINS QUE LE FAUX
C'EST LE VRAI

4/4

~~LES FLASH BACK~~ FACET SUR NOS MALHEURS PASSÉS
MIEUX VAUT EN RIRE D' PEUR D'ETRE OBLIGÉE
D'EN PLEURER
3/4 BLANC ET NOIR ET L'ON RESTE MUET
LES REVOIR IL YA VRAIMENT DE QUOI
EN CREVER

orch

EN RIRE DE PEUR D'ÊTRE OBLIGÉE D'EN PLEURER,
enregistrée par Jane Birkin en 1983.

Chaque couplet de cette chanson inspirée du proverbe « Mieux vaut en rire qu'en pleurer » égrène quelques arts pour illustrer la rupture : le cinéma, la musique, la joaillerie puis le cinéma de nouveau.

PULL MARINE

J'ai touché l'fond d'la piscine
Dans l'petit pull marine
Tout déchiré aux coudes
Qu'j'ai pas voulu recoudre
Que tu m'avais donné
J'me sens tell'ment abandonnée

Y'a pas qu'au fond d'la piscine
Qu'mes yeux sont bleu marine
Tu les avais r'pérés
Sans qu'il y ait un regard
Et t'avais rappliqué
Maintenant je paie l'effet retard

Avant de toucher le fond
Je descends à reculons
Sans trop savoir c'qui s'passait dans le fond

C'est plein d' chlore au fond d' la piscine
J'ai bu la tasse tchin tchin
Comme c'est pour toi j'm'en fous
J'suis vraiment prête à tout
Avaler que m'importe
Si l'on me retrouve à moitié morte

Noyée au fond d' la piscine
Personne ne te voyait
Sous mon p'tit pull marine
M'enlacer j't'embrassais
Jusqu'au point d' non retour
Plutôt limite de notre amour

Viens vite au fond d'la piscine
Repêcher ta p'tite sardine
L'empêcher d'se noyer
Au fond d'toi la garder
Petite soeur traqueuse
De l'air de ton air amoureuse

(Si nous) deux c't'au fond dans la piscine
La deux des magazines
Se chargera d' notr'cas
Et je n'aurai plus qu'à
Mettre des verres fumés
Pour montrer tout c'qu'je veux cacher

Retrouv'moi au fond d'la piscine
Avant qu'ça m'assassine
De continuer sans toi
Tu peux compter sur moi
J'te r'frai plus l'plan d'la star
Qui a toujours ses coups de cafard

J'ai touché l'fond d'la piscine
Dans l'petit pull marine
Et caetera

PULL MARINE, *enregistrée par Isabelle Adjani en 1983.*

Ce texte dactylographié est celui qui a été utilisé par Isabelle Adjani pour l'enregistrement de cette chanson. Serge a noté la lettre (c) pour remplacer le refrain qui revient après le quatrième couplet, ainsi que les parties instrumentales qui, bien que biffées, sont présentes sur l'enregistrement.

BEAU OUI COMME BOWIE

Mâle au féminin
Légèrement fêlé
Un peu trop félin
Tu sais que tu es

Beau oui comme Bowie

Un peu d'Oscar Wilde
Un peu Dòrian Gray
Quelques lueurs froides
Et un air glacé

Beau oui comme Bowie

Entre le physique
Et le figuré
C'est comm'la musique
Suffit d'balancer

Beau oui comme Bowie

Tout ce que tu as
C'est tout c'que je hais
Bien trop sûr de toi
Tu sais que tu es

Beau oui comme Bowie

tout c'que tu promènes
promets
d'or norme
tu sais que tu es

projection d

BEAU OUI COMME BOWIE,
enregistrée par Isabelle Adjani en 1983.

Sur le texte dactylographié, Serge a rédigé un ultime couplet, non retenu :
Tout c'que tu promènes
Tout c'que tu promets
Projection d'or norme
Tu sais que tu es.

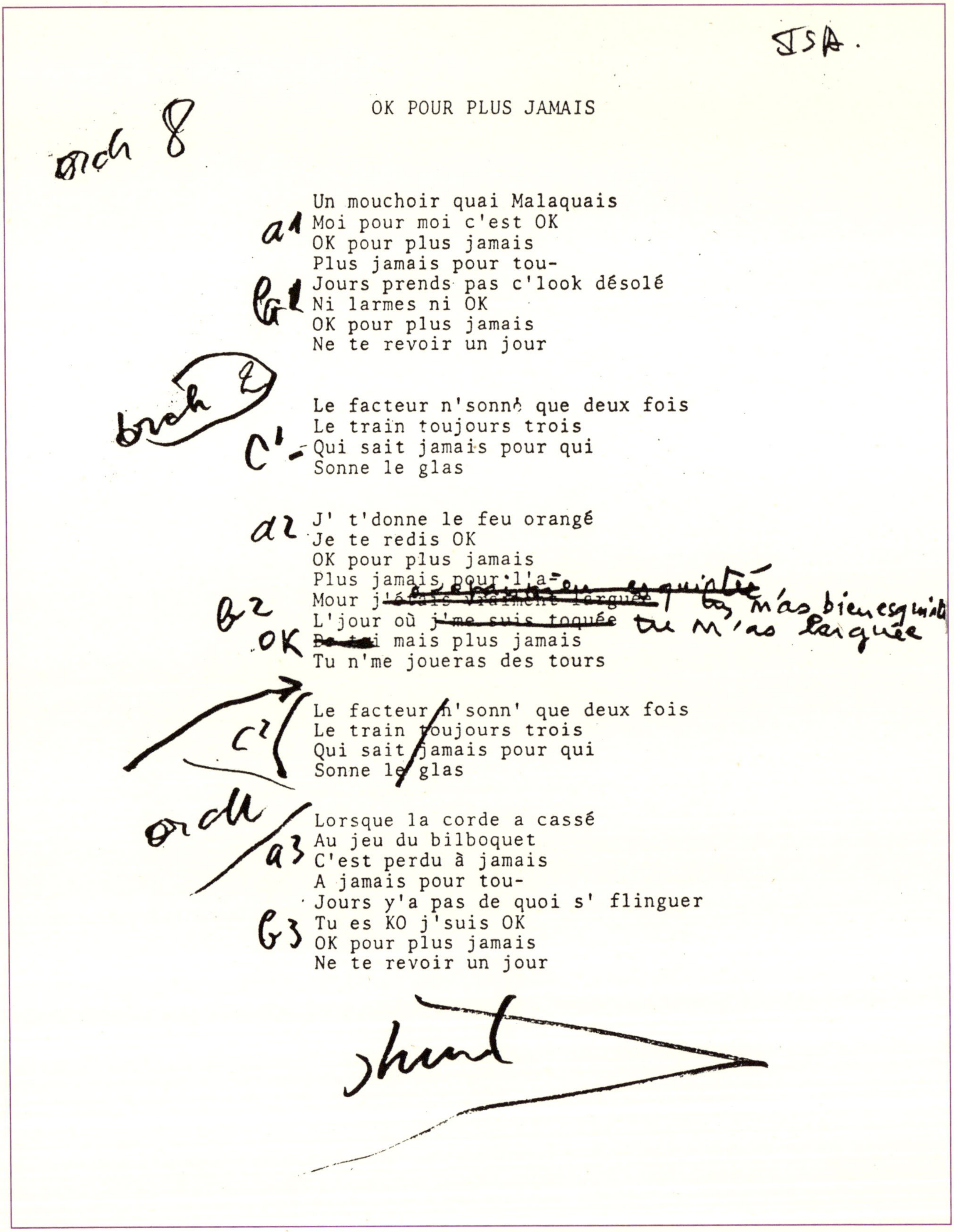

JSA.

OK POUR PLUS JAMAIS

orch 8

a1
Un mouchoir quai Malaquais
Moi pour moi c'est OK
OK pour plus jamais
Plus jamais pour tou-
b1
Jours prends pas c'look désolé
Ni larmes ni OK
OK pour plus jamais
Ne te revoir un jour

orch 2

C1
Le facteur n'sonn' que deux fois
Le train toujours trois
Qui sait jamais pour qui
Sonne le glas

a2
J' t'donne le feu orangé
Je te redis OK
OK pour plus jamais
Plus jamais ~~pour l'a-~~ tu m'as bien esquintée
b2
~~Mour j'étais vraiment larguée~~ tu m'as bien esquintée
L'jour où ~~j'me suis toquée~~ tu m'as larguée
OK ~~De toi~~ mais plus jamais
Tu n'me joueras des tours

C2
Le facteur n'sonn' que deux fois
Le train toujours trois
Qui sait jamais pour qui
Sonne le glas

orch

a3
Lorsque la corde a cassé
Au jeu du bilboquet
C'est perdu à jamais
A jamais pour tou-
b3
Jours y'a pas de quoi s' flinguer
Tu es KO j'suis OK
OK pour plus jamais
Ne te revoir un jour

shunt

OK POUR PLUS JAMAIS,
enregistrée par Isabelle Adjani en 1983.

Les corrections de Serge seront conservées pour les trois vers suivants :
Tu m'as bien esquintée
L'jour où tu m'as larguée
OK mais plus jamais
Il a biffé un couplet non retenu au final et indique le découpage des couplets et les parties orchestrales. Le mot shunt en bas signifie que le volume de la chanson baisse d'intensité pour en provoquer artificiellement la fin.

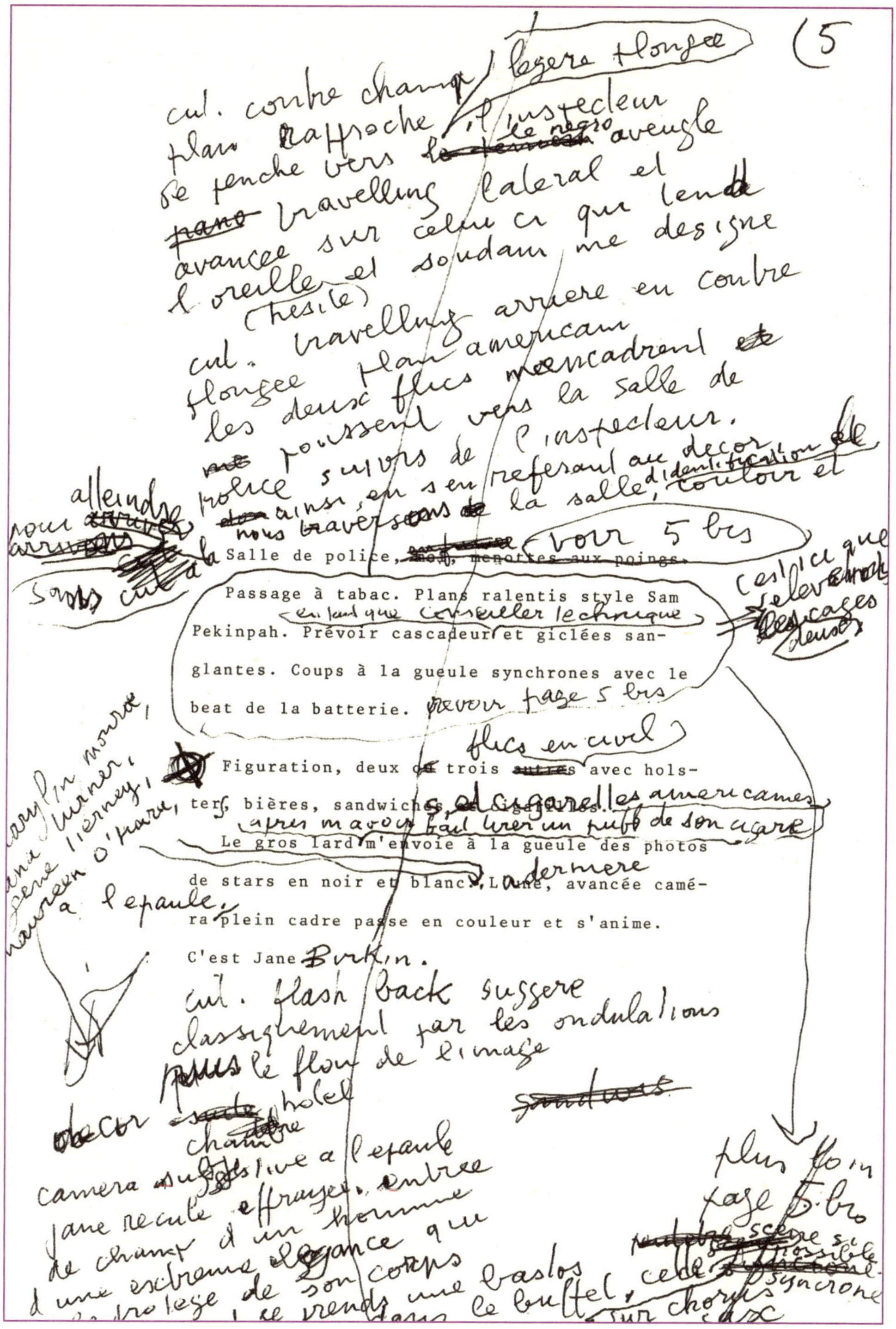
(5

cut. contre champ / légère plongée

plan rapproché / l'inspecteur se penche vers ~~la femme~~ le négro aveugle

~~pano~~ travelling latéral et avancée sur celui ci qui tend l'oreille et (hésite) soudain me désigne

cut. travelling arrière en contre plongée Plan américain

les deux flics m'encadrent et me poussent vers la salle de police suivis de l'inspecteur.

ainsi, en s'en référant au décor nous traversons la salle d'identification, couloir et pour atteindre sans cut à la

Salle de police, ~~menottes aux poings~~. voir 5 bis

Passage à tabac. Plans ralentis style Sam Pekinpah. Prévoir cascadeur en tant que conseiller technique et giclées sanglantes. Coups à la gueule synchrones avec le beat de la batterie. revoir page 5 bis

C'est ici que s'élèvent les deux cages

Figuration, deux ~~ou~~ trois ~~autres~~ flics en civil avec holsters, bières, sandwiches, et cigarettes américaines

Le gros lard après m'avoir fait tirer un puff de son cigare m'envoie à la gueule des photos de stars en noir et blanc, Marilyn Monroe, Lana Turner, Gene Tierney, Maureen O'Hara, la dernière, avancée caméra à l'épaule, plein cadre passe en couleur et s'anime.

C'est Jane Birkin.

cut. flash back suggéré classiquement par les ondulations ~~puis~~ le flou de l'image

décor ~~salle~~ chambre hôtel

caméra suggestive à l'épaule

Jane recule effrayée, entrée de champ d'un homme d'une extrême élégance qui la protège de son corps et se prend une bastos dans le buffet, ~~...~~ cette scène si possible synchrone sur chorus sax

plus loin page 5 bis

SCÉNARIO DU CLIP
NO COMMENT, *inédit, 1984.*

5
Cut. Contrechamp.
Plan rapproché, légère plongée.
L'inspecteur se penche vers le négro aveugle. Travelling latéral et avancée sur celui-ci qui tend l'oreille, hésite, et soudain me désigne. Cut.
Travelling arrière en contre-plongée, plan américain.
Les deux flics m'encadrent et me poussent vers la salle de police, suivis de l'inspecteur.
Ainsi, en s'en référant au décor, nous traversons la salle d'identification, le couloir et pour atteindre sans cut à la salle de police (voir 5 *bis*).
Passage à tabac, plans ralentis style Sam Peckinpah. Prévoir cascadeur, en tant que conseiller technique, et giclées sanglantes.
Coups à la gueule synchrones avec le beat de la batterie.
(Revoir page 5 *bis*.)
C'est ici que s'élèvent les deux cages.
Figuration, deux trois flics en civil avec holsters, bières, sandwiches et cigarettes américaines. Le gros lard, après m'avoir fait tirer un puff de son cigare, m'envoie à la gueule des photos de stars en noir et blanc, Marilyn Monroe, Lana Turner, Gene Tierney, Maureen O'Hara.
La dernière, avancée caméra à l'épaule plein cadre, passe en couleur et s'anime.
C'est Jane Birkin.
Cut. Flash-back suggéré classiquement par les ondulations puis le flou de l'image.
Décor, chambre hôtel.
Caméra suggestive à l'épaule.
Jane recule effrayée. Entrée de champ d'un homme d'une extrême élégance qui la protège de son corps et se prend une bastos dans le buffet.
Cette scène si possible synchrone sur chorus sax.

Le clip de *No comment* est resté à l'état de projet. Sur une dizaine de feuillets, Serge a rédigé un synopsis puis un scénario détaillé. L'action se situe aux États-Unis dans un commissariat imaginaire d'où partent plusieurs couloirs qui mènent à un mur anthropométrique, une plage et un hôtel. L'ambiance doit restituer les films hollywoodiens des années 1950. Des détenus sont dans des cages censées se mouvoir. On comprend que Serge est en état d'arrestation à la suite du meurtre de Jane.

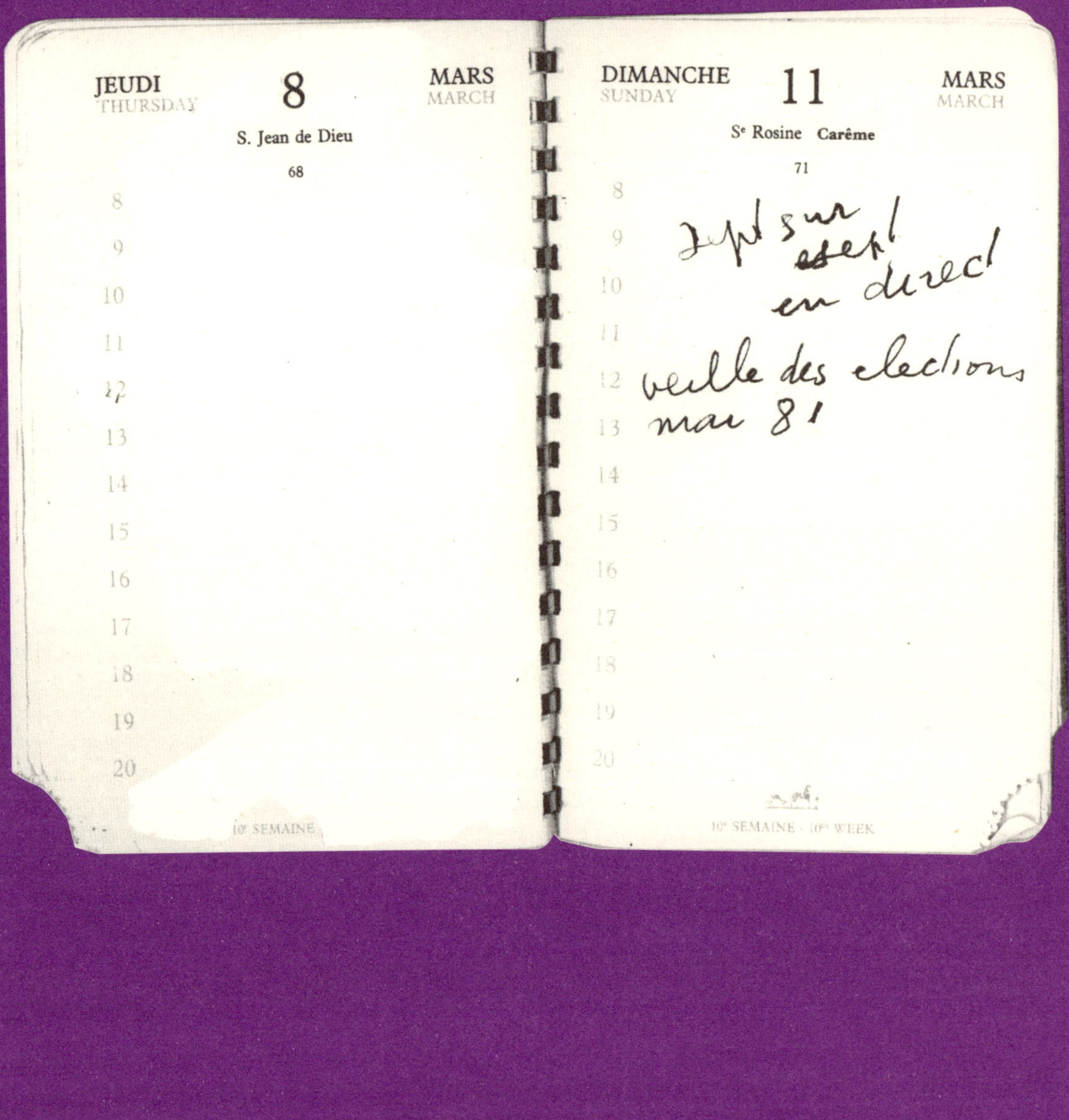

AGENDA, *de Serge Gainsbourg, 8 et 11 mars 1984.*

Le 11 mars 1984, Gainsbourg participe à l'émission *7 sur 7* sur TF1. Il note sur son agenda qu'il s'agit d'un entretien réalisé en direct. La mention veille des élections mai 81 confirme qu'il prévoyait de parler politique ce soir-là. Il est fort plausible qu'il ait préparé soigneusement son discours et le billet de cinqs cent francs, brûlé au deux tiers sur le plateau de l'émission pour évoquer la part prélevée par les impôts sur ses revenus.

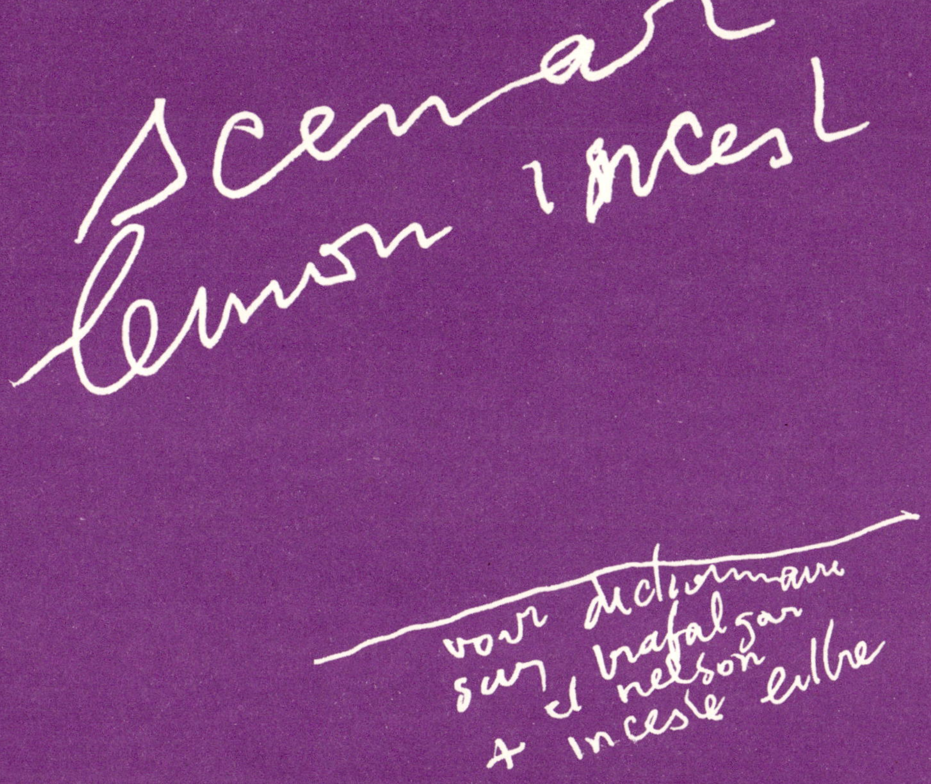

EXTRAITS D'AGENDA, *de Serge Gainsbourg, mai et juin 1984.*

Le 23 juin 1984, Serge note de rédiger le scénario de la chanson *Lemon Incest* qu'il va proposer le soir même à Jane Birkin et à leur fille Charlotte.Le 26, Jane donnera son accord pour que Charlotte participe à *Lemon Incest*. En mai 1984, Serge note voir dictionnaire sur Trafalgar et Nelson. L'amiral anglais va lui inspirer la chanson *Kiss me Hardy,* qui seraient ses derniers mots, adressés à son capitaine alors qu'il se meurt sur le vaisseau qui conduit sa flotte victorieuse. Serge note également de regarder dans le Littré la définition du mot inceste.

quoi
d notre amour feu
n resterait que des cendres

Quoi
D'notre amour feu
N'resterait que des cendres

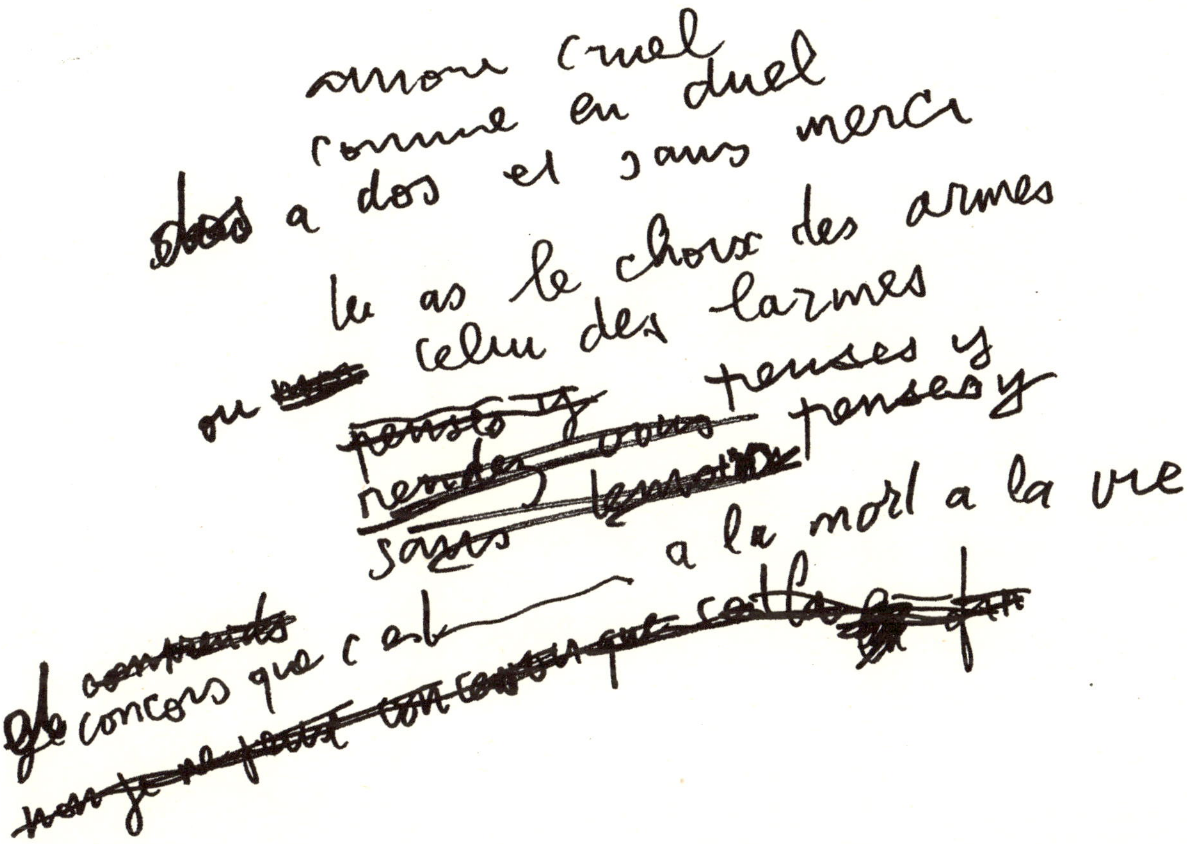

QUOI, *enregistrée*
par Jane Birkin en 1985.

Amour cruel
Comme en duel
Dos à dos et sans merci
Tu as le choix des armes
Ou celui des larmes
Penses-y
Penses-y
Et conçois que c'est à la mort à la vie

Sur le brouillon du refrain
de cette chanson, le thème
du duel était central
avant d'être biffé :

Rendez-vous
Sans témoin
Non je ne peux concevoir que c'est la fin.

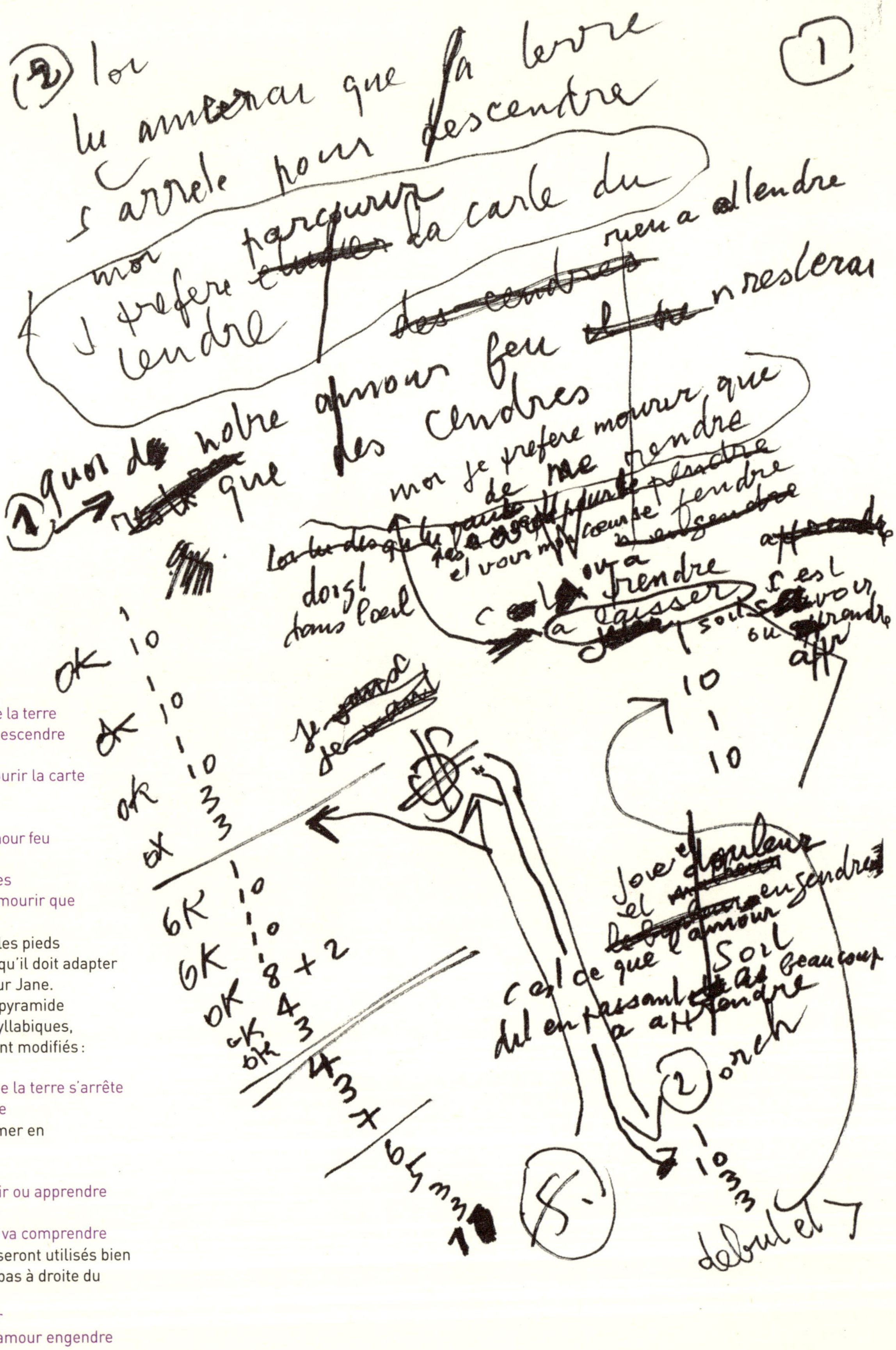

2
Toi
Tu aimerais que la terre
S'arrête pour descendre
Moi
J'préfère parcourir la carte
du Tendre
1
Quoi d'notre amour feu
n'resterait
Que des cendres
Moi je préfère mourir que
De me rendre
Serge compte les pieds
de la chanson qu'il doit adapter
en français pour Jane.
Visualisant sa pyramide
de découpes syllabiques,
deux vers seront modifiés :
Toi
Tu aimerais que la terre s'arrête
pour descendre
va se transformer en
Moi
J'aimerais…
C'est soit savoir ou apprendre
va devenir
Va donc savoir va comprendre
D'autres vers seront utilisés bien
que biffés, en bas à droite du
feuillet :
Joie et douleur
C'est ce que l'amour engendre
Soit
Dit en passant j'ai beaucoup
À apprendre.

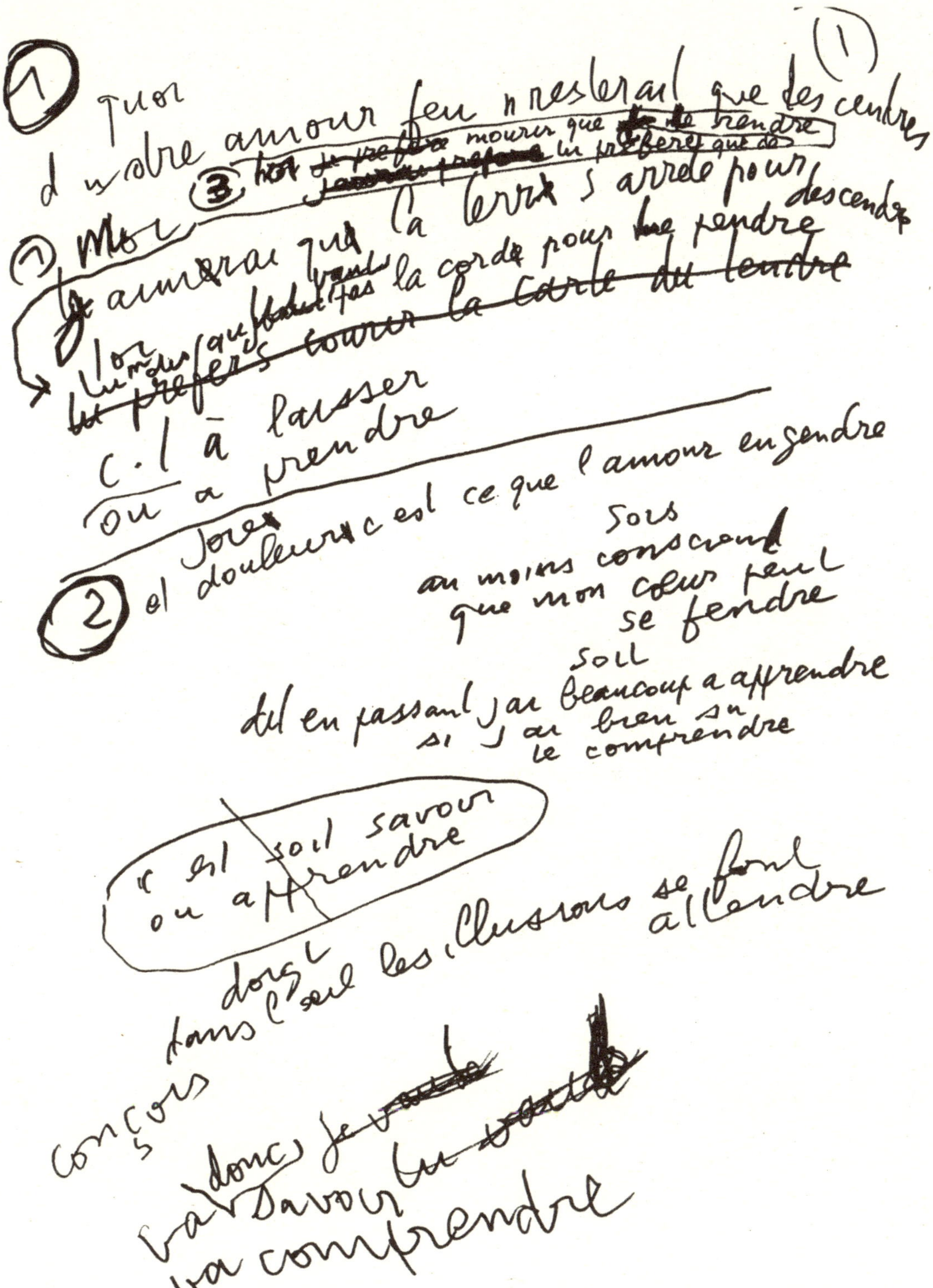

1
Quoi
D'notre amour feu n'resterait
que des cendres
3
Toi
Tu préfères mourir que
de te rendre
1
Moi
J'aim'rais qu'la terr' s'arrête
pour descendre
Toi
Tu m'dis qu'tu vaux pas
la cord' pour te pendre
C't'à laisser
Ou à prendre
(la flèche indique que ce vers
fait suite au couplet numéro 3)
2
Joie
Et douleur c'est ce que l'amour
engendre
Sois
Au moins conscient
Que mon cœur peut
Se fendre
Soit
Dit en passant j'ai beaucoup
à apprendre
Si j'ai bien su
Te comprendre
Le vers suivant, bien que non
biffé, ne sera pas retenu :
Doigt
Dans l'œil les illusions se font
attendre
Va donc savoir
Va comprendre
Accompagnés du refrain,
ces vers constituent la chanson
intégrale et sont repris pour
constituer les couplets
suivants.

CHARLOTTE FOR EVER

1986

Bambou donne à Gainsbourg un fils, Lulu. Son fils. Serge redevient alors le héros de la presse people. Fasciné par sa fille Charlotte dont le potentiel et le charisme l'émeuvent, Serge lui écrit un long-métrage. Dans la foulée, un album voit le jour. Film, album et chanson s'intitulent *Charlotte for ever*.

ce que j ecris n est pas pour les p'tites filles
cell dont on coupe le pain en tartines

FEUILLE DE SÉANCES, *1986.*

Philippe Lerichomme, directeur artistique, envoie à Serge le planning pour l'enregistrement des voix de Bambou pour les chansons *Lulu* et *Shanghai* ainsi que de Charlotte pour l'album *Charlotte for ever*. Serge note trajet une demi-heure. L'ingénieur du son, comme pour la grande majorité des albums d'interprètes féminines de Serge, est l'un des meilleurs en France, Dominique Blanc-Francard.

APHORISME, *non daté.*

Ce que j'écris n'est pas pour les p'tites filles
Celles dont on coupe le pain en tartines

PHILIPPE à **SERGE**

SEANCES ENREGISTREMENTS VOIX ET MIXAGE

au **STUDIO PLUS TRENTE**
27, rue des Annelets
75019 PARIS

Tél. 42 02 21 02

rajout une demie heure

pour BAMBOU : 14 heures

- **les 30 et 31 août de 13h 30 à minuit** (enregistrements voix et mixage)

pour CHARLOTTE

• le 1er octobre	de 13h 30 à 20h	(enregistrements voix)
• 2 "	de 18h à minuit	
• 3 "	de 18h à minuit	
• 4 "	de 13h 30 à 20h	
• 5 "	de 13h 30 à 20h	
• 6/7/8/9 oct.	de 10h à 20h	(mixage)

Ingénieur du son : **D. BLANC-FRANCARD**

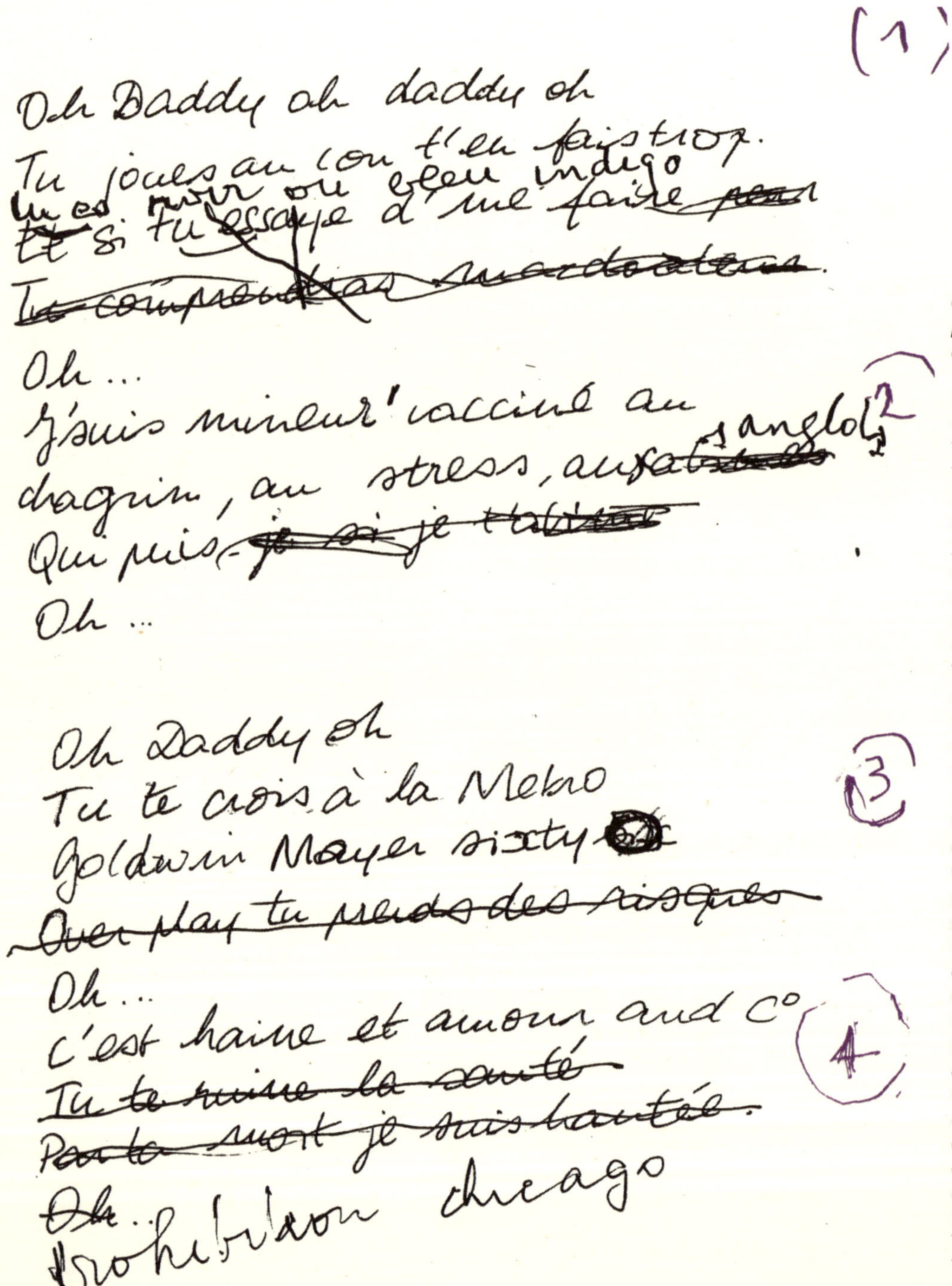

(1)

Oh Daddy oh daddy oh
Tu joues au con t'en fais trop.
Tu es noir ou bleu indigo
~~Et si tu essaye d'me faire peur~~
~~Tu comprendras ma douleur.~~

Oh...
J'suis mineur' vacciné au (2)
chagrin, au stress, aux sanglots
Qui puis ~~je si je [illegible]~~
Oh...

Oh Daddy oh
Tu te crois à la Metro (3)
Goldwin Mayer sixty o
~~Over play tu prends des risques~~
Oh...
C'est haine et amour and C° (4)
~~Tu te ruine la santé~~
~~Par ta mort je suis hantée.~~
~~Oh~~... Prohibition chicago

***OH ! DADDY OH !**, enregistrée par Charlotte Gainsbourg en 1986.*

(1)
Oh Daddy oh daddy oh
Tu joues au con t'en fais trop
Tu es noir ou bleu indigo
(2)
Oh...
J'suis mineur' vaccinée au
Chagrin, au stress, aux sanglots
Oh...
(3)
Oh Daddy oh
Tu te crois à la Metro
Goldwyn Mayer sixty-o
(4)
Oh...
C'est haine et amour and Co
Prohibition Chicago

Cette première version écrite de la main de Charlotte Gainsbourg puis corrigée par son père indique que, dans sa première formule, le titre de la chanson *Oh ! Daddy oh !* n'était pas bissé en début de chaque couplet, puisque les corrections de Serge portent sur un nouvel agencement de la chanson. Chaque couplet comportera en définitive deux vers au lieu de trois. Dans les couplets n°1 et n°4, les vers suivants ont été écartés :

Et si tu essaies d'me faire peur
Tu comprendras ma douleur
Tu te ruines la santé
Par ta mort je suis hantée

(5)
Oh Daddy oh daddy oh
Oh
Comme Rudolf Valentino
Tu baises tu fumes tu bois trop
Tu es vraiment un canon
Les filles savent pas te dire non
Sais-tu qu'tu n'as plus vingt ans
Que tu abuses de ton temps
Oh Daddy oh daddy oh
Tu en fais un max t'en fais trop
(6)
Oh...
Oh
Pas d'quoi pavoiser intro-
Spective
(Coda intro)
Tu en fais un max tu joues o-
Ver play mono stéréo
(7)
Tu te prends pour Allan Poe
Huysmans Hoffman et Rimbaud

Sous couvert de reproches de la fille à son père, Serge dresse en fait une série de ses propres défauts qui, présentés de cette façon un peu ironique, deviennent de vaniteuses qualités comme il l'avait fait en 1972 avec *Les filles n'ont aucun dégoût*, chantée par Jane Birkin et Sylvie Vartan. D'ailleurs, la mélodie de cette chanson figurait également dans un show télévisé pour lequel Jane chantait alors un autre texte :
J'ai reçu pour soixante-treize
Tout plein de jolis cadeaux.

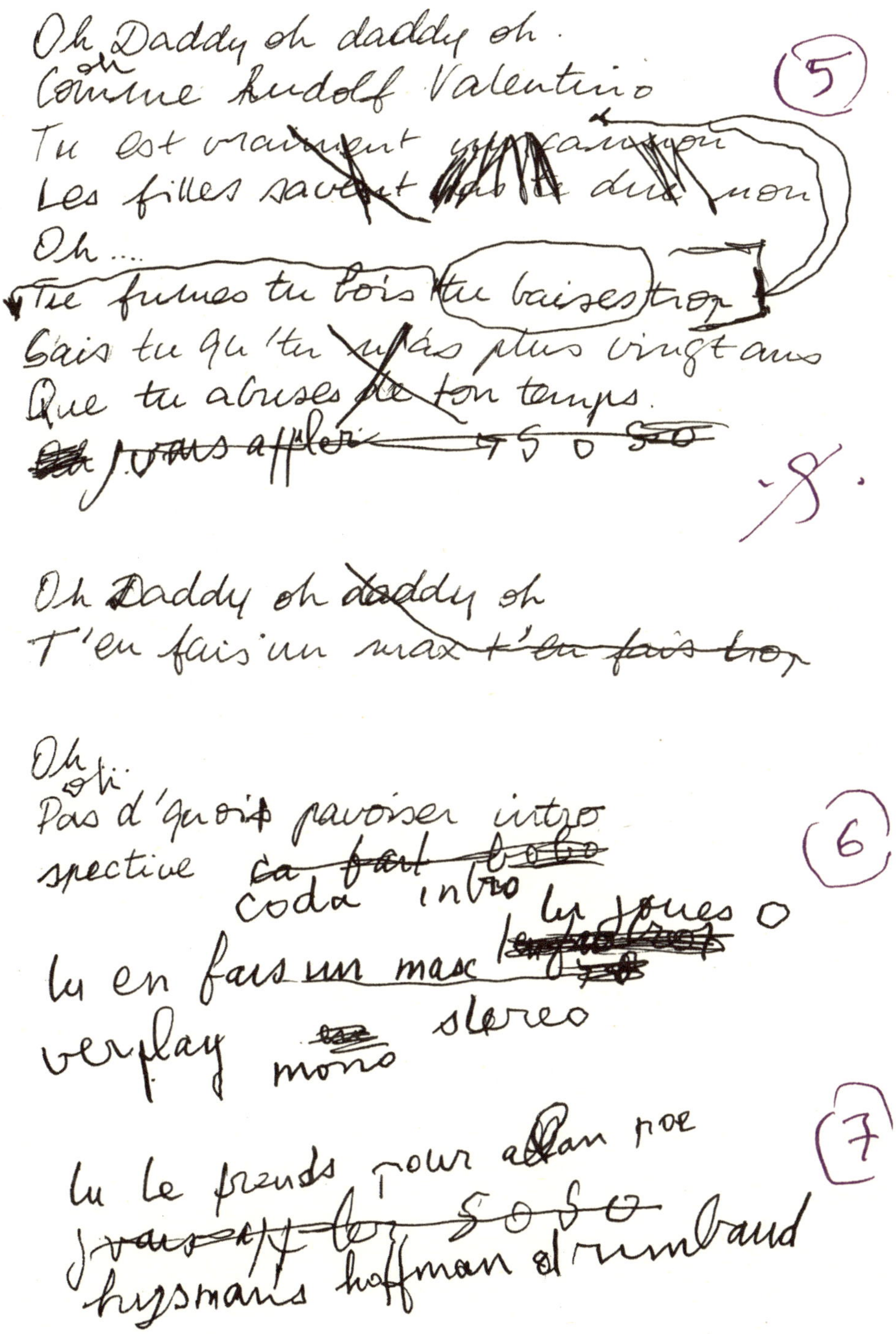
Oh Daddy oh daddy oh
oh
Comme Rudolf Valentino (5)
Tu est vraiment ~~un~~ canon
Les filles savent pas te dire non
Oh....
Tu fumes tu bois tu baises trop
Sais tu qu'tu n'as plus vingt ans
Que tu abuses ~~de~~ ton temps.
8.

Oh Daddy oh daddy oh
T'en fais un max ~~t'en fais trop~~

Oh
oh
Pas d'quoi pavoiser intro
spective ~~ça fait bobo~~ (6)
coda intro
tu en fais un max tu joues o
verplay mono stereo

tu te prends pour allan poe (7)
huysmans hoffman et rimbaud

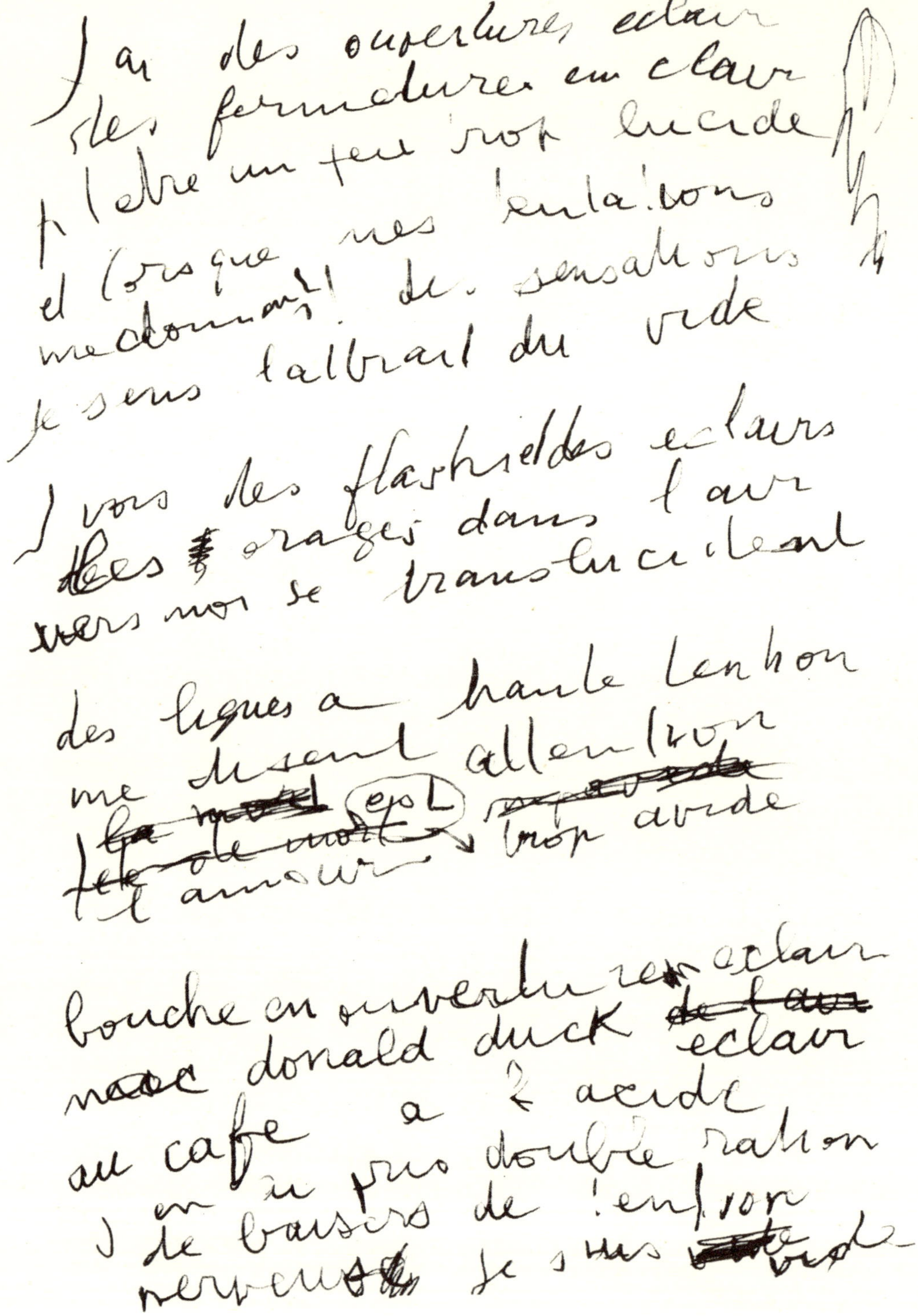

OUVERTURES ÉCLAIR,
enregistrée par Charlotte Gainsbourg en 1986.

J'ai des ouvertures éclair
Des fermetures en clair
P't-être un peu trop lucide
Et lorsque mes tentations
Me donnent des sensations
Je sens l'attrait du vide
J'vois des flashs et des éclairs
Les orages dans l'air
Vers moi se translucident
Des lignes à haute tension
Me disent attention
L'amour est trop avide
Bouche en ouverture éclair
Mac Donald duck éclair
Au café à l'acide
J'en ai pris double ration
De baisers de tension
Nerveuse je suis vide

Composée sur un des thèmes musicaux du film *Charlotte for ever* mais aussi de celui de Bertrand Blier *Tenue de soirée*, Serge recopie ici les trois couplets de la chanson, dont le terme la mort, au deuxième couplet est remplacé ensuite par tête de mort puis devient l'amour. La chanson intégrale est composée de ces trois couplets repris deux fois.

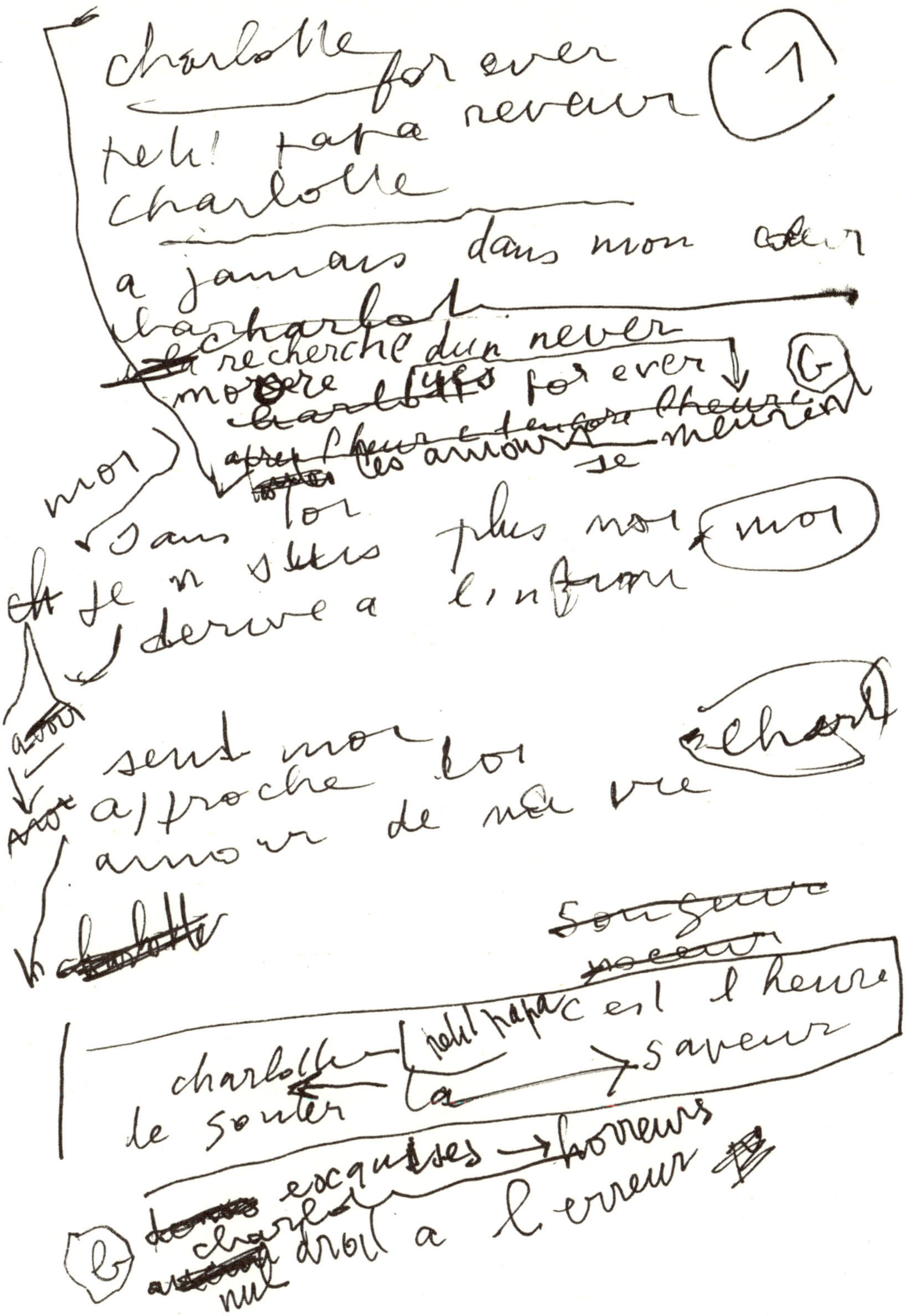
charlotte for ever
petit papa reveur
charlotte
a jamais dans mon coeur
recherche d'un never
more
for ever
les amours se meurent
moi
sans toi
je n'suis plus moi
moi
dérive a l'infini
sent moi
approche toi
amour de ma vie
charl
c'est l'heure
petit papa
charlotte
la saveur
le gouter
exquises → horreurs
droit a l'erreur
nul

CHARLOTTE FOR EVER,
enregistrée par Charlotte Gainsbourg en 1986.

1
Charlotte
Charlotte for ever
Petit papa rêveur
Charlotte
À jamais dans mon cœur

b
Charlotte
Recherche d'un never
More
Yes for ever
Les amours se meurent
Moi :
Sans toi
Je n'suis plus moi
J'dérive à l'infini

Charl :
Sens-moi
Approche-toi
Amour de ma vie

Sur ce feuillet figurent les brouillons des deux premiers couplets ainsi que le refrain de cette chanson. Au bas du manuscrit, le texte encadré
Petit papa c'est l'heure
De goûter ta saveur
deviendra dans le sixième couplet
Papa papa j'ai peur
De goûter ta saveur
Quant au dernier couplet numéroté « b »,
Exquises horreurs
Charlotte for ever
Nul droit à l'erreur
il ne sera pas conservé.

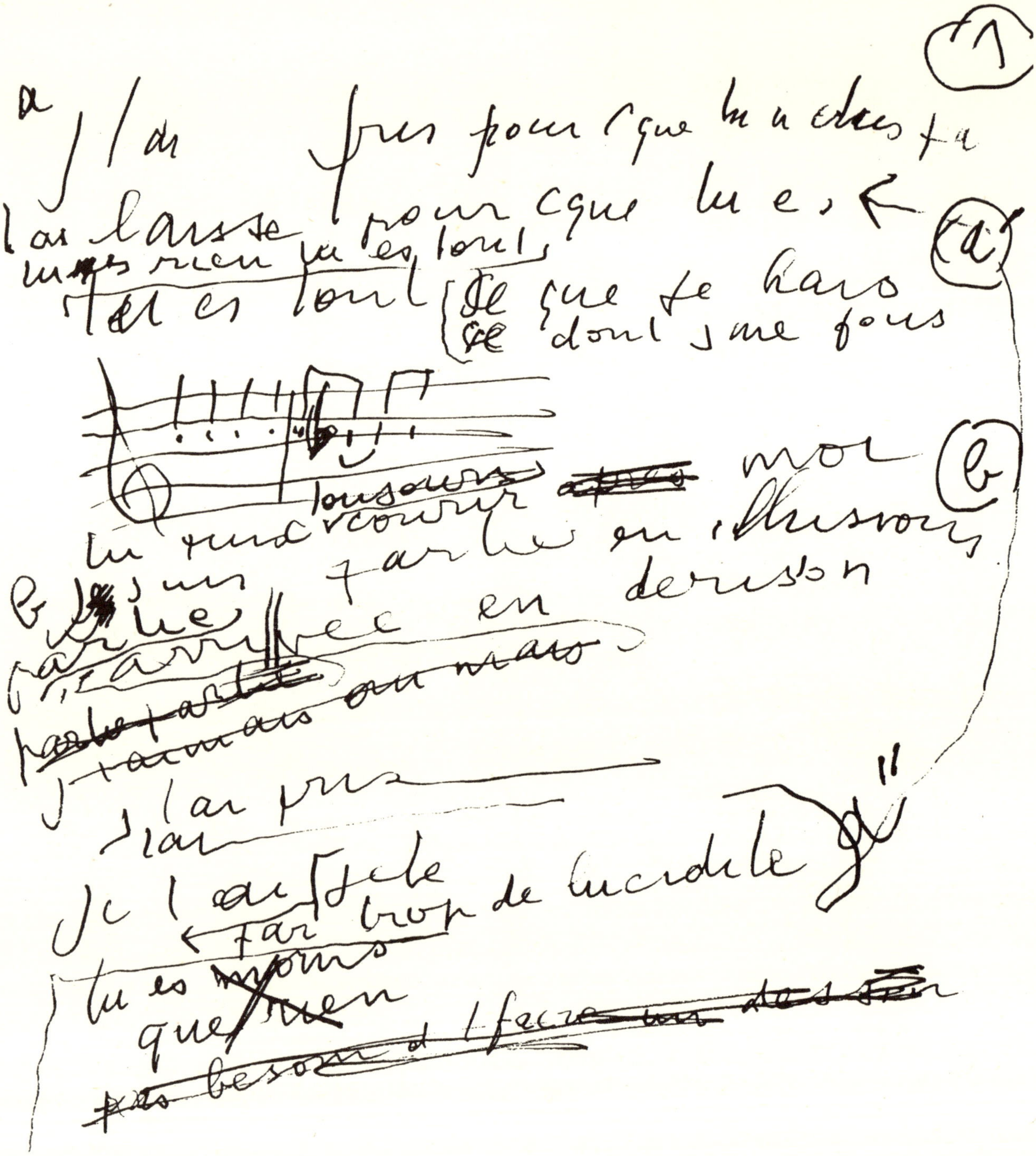

POUR CE QUE TU N'ÉTAIS PAS,
enregistrée par Charlotte Gainsbourg en 1986.

1
a
J't'ai pris pour c'que tu n'étais pas
a'
T'ai laissé pour c'que tu es
a''
T'ai
Je t'ai
Jeté par trop de lucidité
Tu es tout
- ce que je hais
Tu es rien tu es tout
- ce dont j'me fous
b
Tu peux toujours courrir
(mot biffé) après moi
J'suis partie en illusions
Partie arri-
Vée en dérision
J't'ai pris

La flèche et l'indication a'' renvoient à la suite du vers a'. En cherchant les deux premiers couplets de ce texte, Serge pose quelques idées qu'il reprendra dans les couplets suivants. Ainsi, Tu es tout ce que je hais figurera dans le troisième couplet et Tu es moins que rien biffé en bas de feuillet, sera inclus dans le huitième et dernier couplet.

Il s'agit d'une nouvelle variation autour de l'aphorisme de Serge Prendre les femmes pour ce qu'elles ne sont pas et les laisser pour ce qu'elles sont dans une version féminine différente de celle qu'a chantée Catherine Deneuve en 1981.

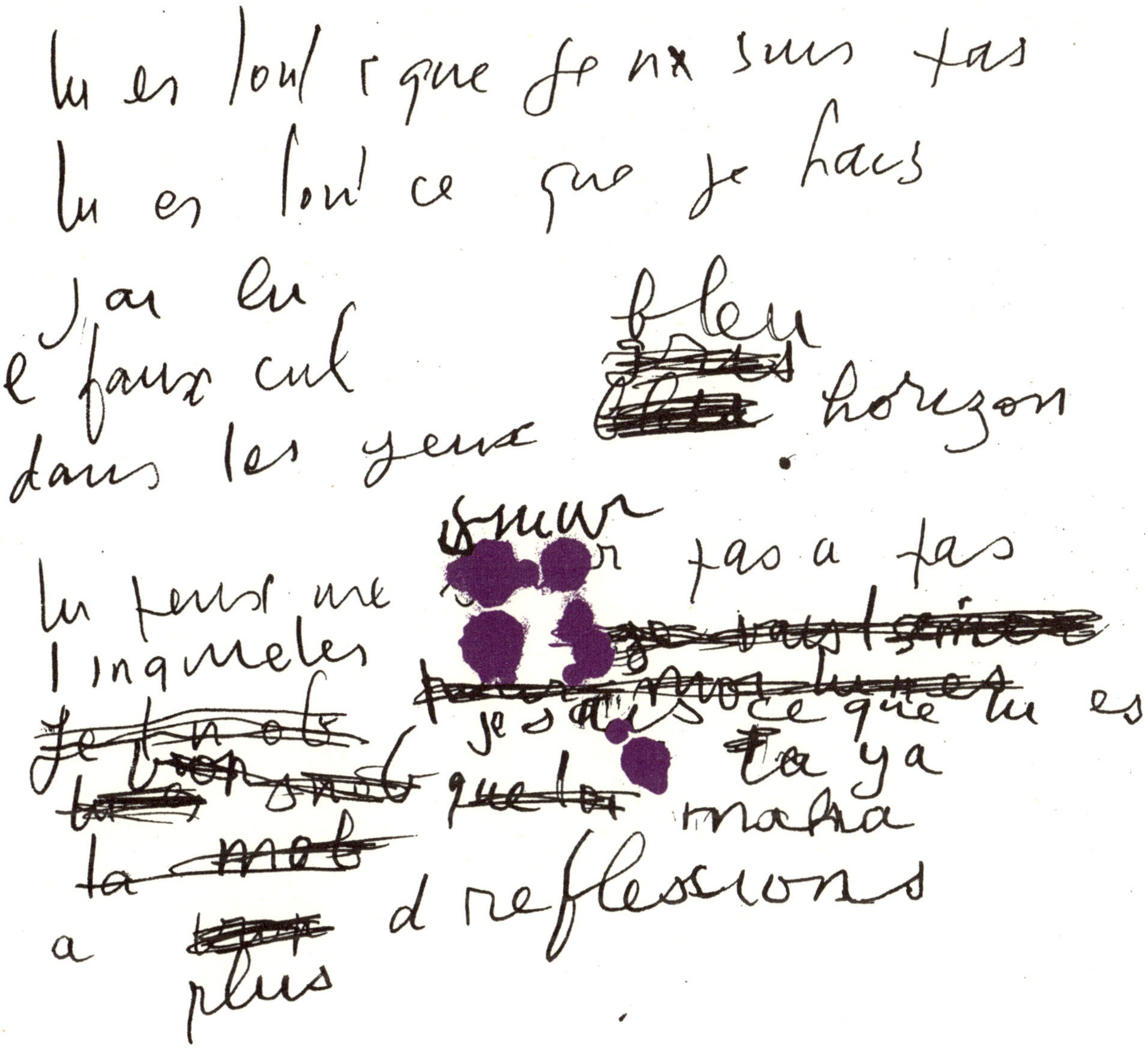
Tu es tout c'que je n suis pas
Tu es tout ce que je hais
J'ai lu
L'faux cul
dans les yeux bleu horizon
Tu peux me suivr pas à pas
T'inquiètes je sais ce que tu es
Ta ya
maha
à plus d'reflexions

Tu es tout c'que je n'suis pas
Tu es tout ce que je hais
J'ai lu
L'faux cul
Dans tes yeux bleu horizon
Tu peux me suivr' pas à pas
T'inquiète je sais ce que tu es
Ta Ya-
Maha
À plus d'réflexions
La phrase
Trop snob

Ta mob
est remplacée par
Ta Ya-
Maha
bouclant la boucle des motos, Harley-Davidson chez Brigitte Bardot et Kawasaki chez Jane Birkin.

ÉLASTIQUE, *enregistrée par Charlotte Gainsbourg en 1986.*

J'suis élastique
Dans mes gimmicks
Mais hélas tic
Je vois tout en toc
Élastique
Gimmick
Je te réplique
Du tac tac au tic
Informatique
Sur l'amour file-moi ta doc
Élastique
Gimmick
J'aim' la musique
Le funky le roll and rock

Serge se lance dans l'un de ses exercices de style préférés, les rimes en [ic], (*La Fille au rasoir*, *Cliquediclac* pour Jean-Pierre Cassel, *Sous le soleil exactement* pour Anna Karina, *Kawasaki* pour Jane Birkin, *Baby Lou* pour Alain Chamfort ou *Enregistrement* pour Françoise Hardy). Il ne conservera pas le pont :

Jamais quatr' fois jamais trois
Jamais deux sans toi

qui deviendra :

Quand certains jours pour moi
Ça rigole pas des masses

En haut à gauche, il indique que le début

J'suis élastique
Dans mes gimmicks

est à reprendre à chaque fois et que la suite

Mais hélas tic
Je vois tout en toc

doit revenir de façon identique à chaque reprise comme ce sera effectivement le cas. En bas, les mots biffés

Par manque de tact

deviendront

J'ai trop de tact.

reprendre à chaque fois

Suis élastique

tous mes gummiclés

mais hélas LIC

Je vois tout en loc

élastique
gummielt

identique à chaque reprise

Je le ~~reflux~~
du laclac ~~eau~~ LIC

informatique
~~qu'il me faudrait~~ la doc
sur l'amour fil moi

élastique
gummielt

J'aime la ~~musique~~ ~~élastique~~ roll and rock
le funky ~~le beat~~
~~L'amour~~

pont
Jamais quatre fois jamais
jamais deux sans moi

~~par manque de lait~~

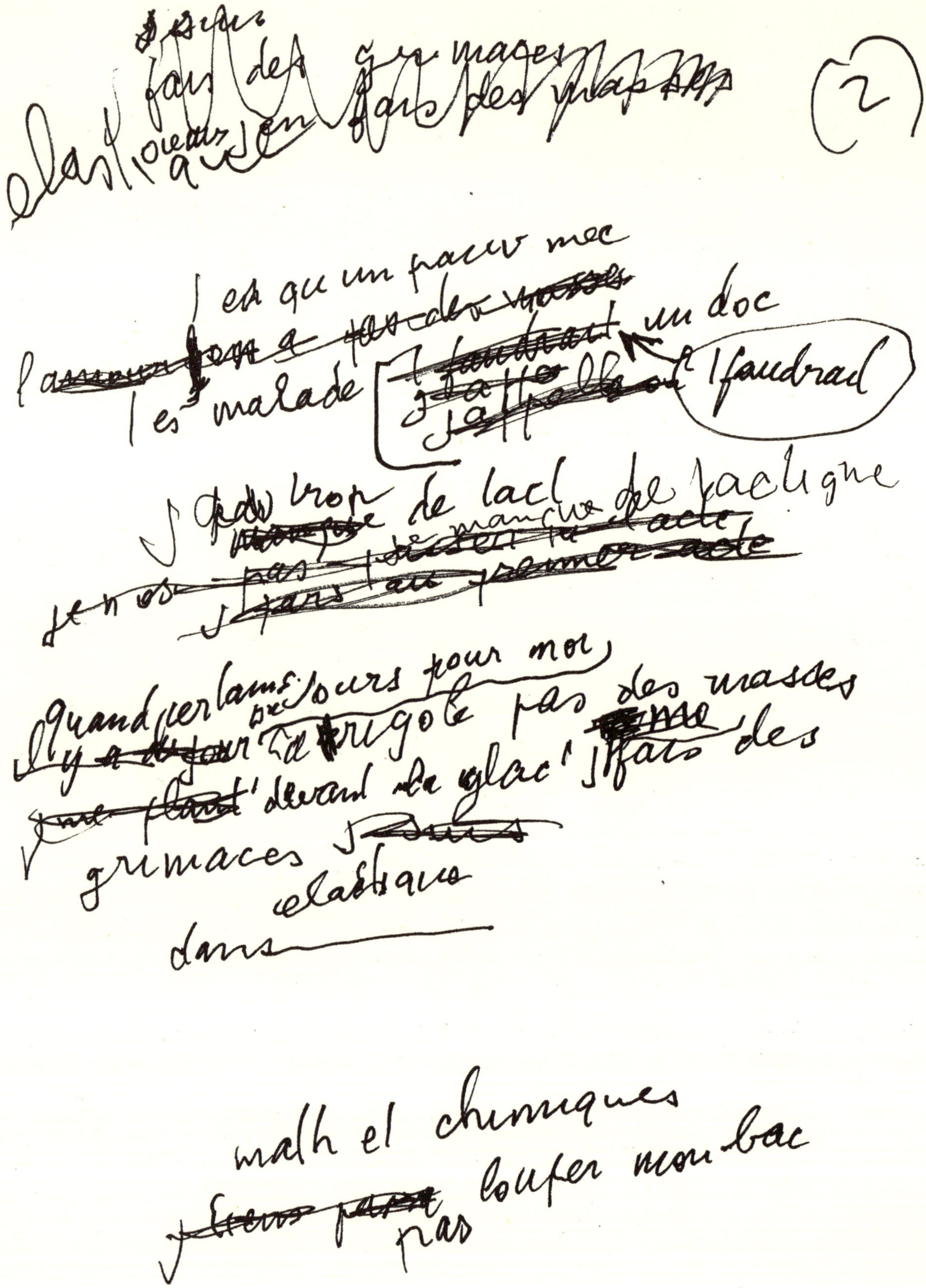

Élastique
T'es qu'un pauv'mec
T'es malade t'faudrait un doc
J'ai trop de tact
Je manque de tactique
Quand certains jours pour moi
Ça rigole pas des masses
Devant la glac' j'me fais des
Grimaces
Élastique
Dans
Math et chimiques
Pas louper mon bac

Plusieurs idées seront soit modifiées, soit abandonnées. Sous les ratures, se devinent de haut en bas les vers :
J'fais des grimaces
Ouais j'en fais des masses
L'amour y'en a pas des masses
Je n'os' pas passer à l'acte
J'pars au premier acte.

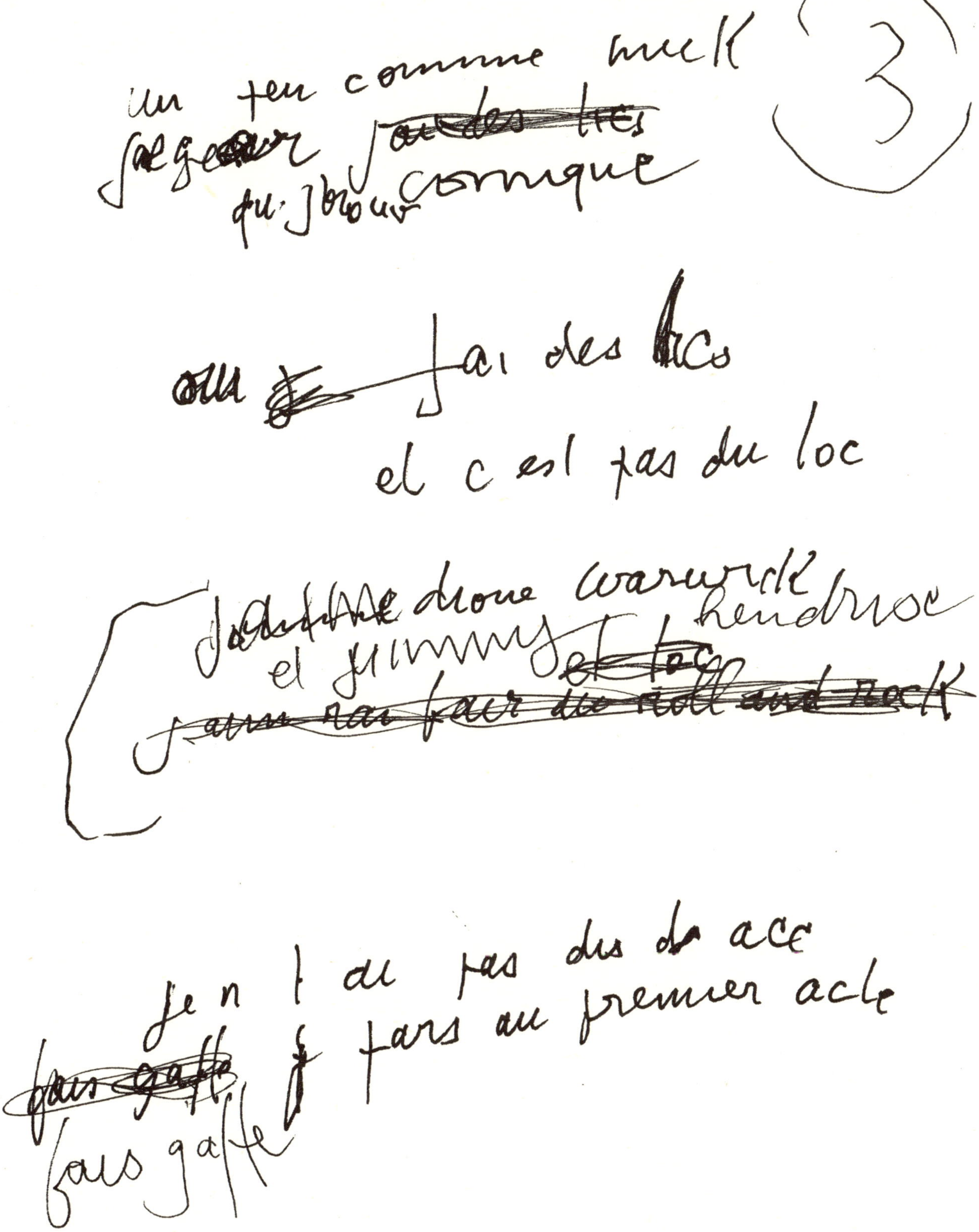

un peu comme mick
jagger ~~oui des tics~~
qu'j'trouv comique
3

oui ~~j'~~ j'ai des tics
et c'est pas du toc

j'aime dionne warwick
et jimmy hendrix ~~et toc~~
~~j'aime rar faire du roll and rock~~

je n't ai pas dit d'acc
~~fais gaffe~~ j'pars au premier acte
fais gaffe

Un peu comme Mick
Jagger qu'j'trouv' comique
Oui j'ai des tics
Et c'est pas du toc
La phrase :
J'aime Dionne Warwick
Et Jimi Hendrix
fait suite aux nombreuses citations de vedettes de la variété internationale dont Serge aime décliner les noms, depuis *Plus dur sera le chut* pour Dominique Walter, que l'on retrouve dans *Variations sur Marilou*, et qui trouve son apogée dans *Ex-fan des sixties* pour Jane Birkin. Bien que Mick Jagger soit cité dans cette chanson, la phrase ne sera pas conservée, pas plus que :
Je n't'ai pas dit d'acc'
Fais gaffe j'pars au premier acte.

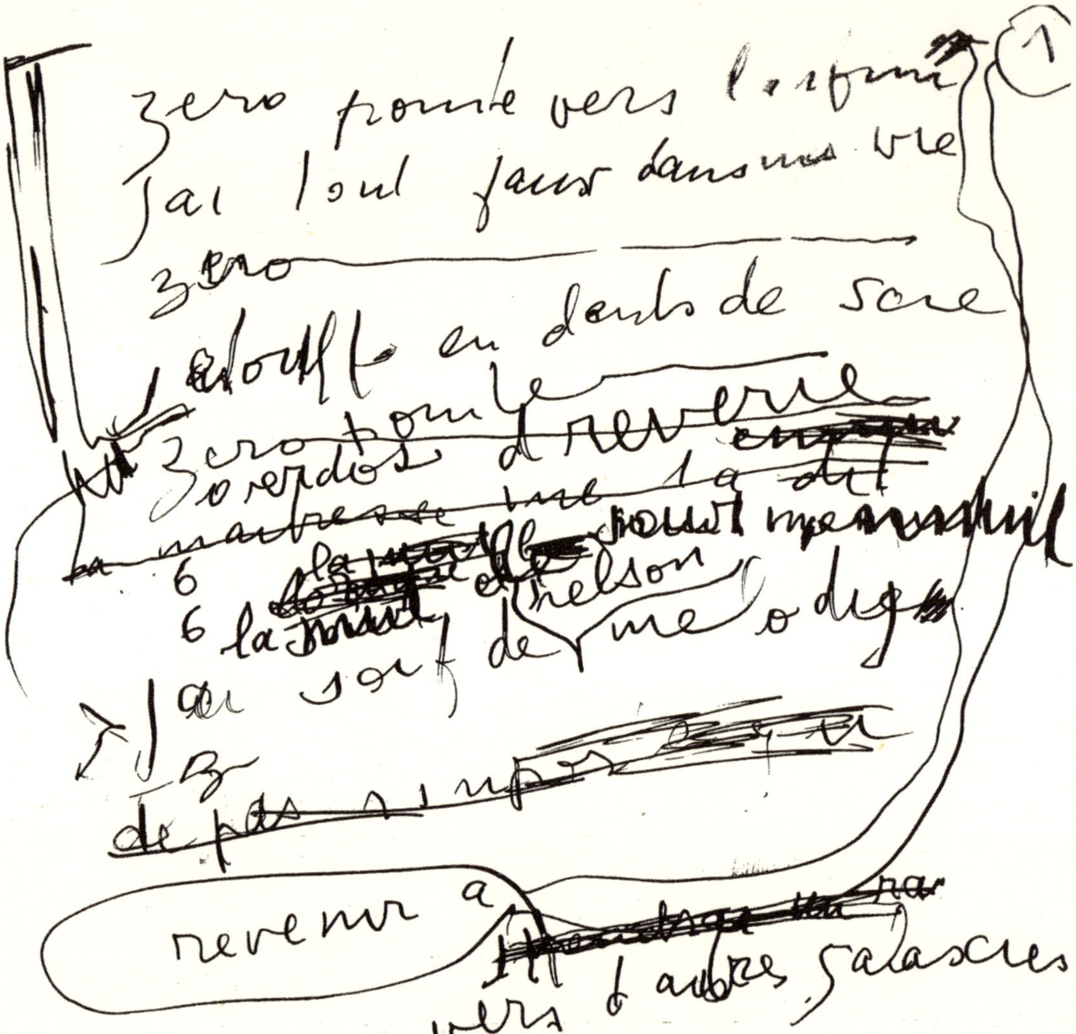

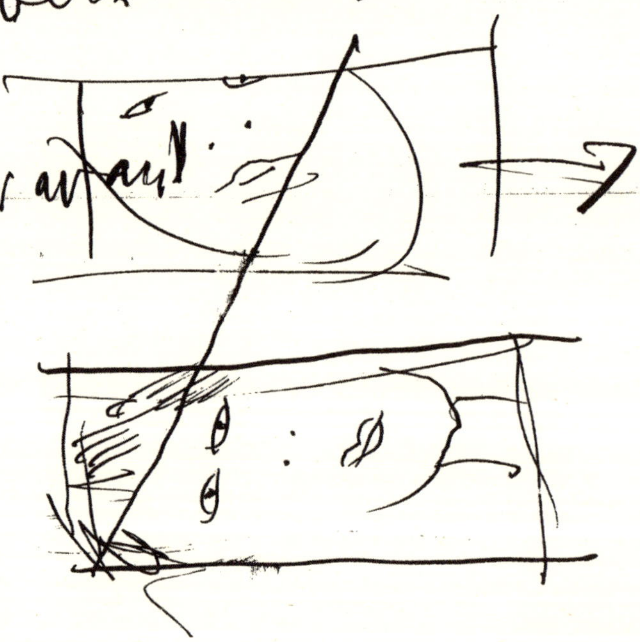

ZÉRO POINTÉ VERS L'INFINI,
enregistrée par Charlotte Gainsbourg en 1986.

Zéro pointé vers l'infini
J'ai tout faux dans ma vie
Zéro
J'étouffe en dents de scie
Zéro pointé
Overdose d'rêverie
La nuit le jour m'ennuient
J'ai soif de Nelson Melody
Vers d'autres galaxies

Seule la phrase La maîtresse me l'a dit ne sera pas conservée sur ce brouillon, rendant sans doute le texte trop juvénile. Il est surprenant de constater les dessins au bas de la page, Serge ne griffonnant jamais sur ses manuscrits et dessinant encore plus rarement. Peut-être a-t-il eu une idée de photo ou de plan pour un clip ? Ou bien a-t-il évoqué le montage du film *Charlotte for ever* ? La mention trav avant pour « travelling avant » est un terme de cinéma qui désigne un plan dans lequel la caméra se déplace pour se rapprocher de l'endroit ou du personnage à filmer. Dans cette chanson inspirée d'un traditionnel russe, Serge s'offre une référence à *Melody Nelson*. Le Hongrois Arthur Koestler, auteur du roman *Le Zéro et l'Infini*, dont on peut penser que Serge s'inspire du titre, s'est suicidé trois ans plus tôt avec sa femme, à l'âge de soixante-dix-huit ans.

PORTÉES DE *PLUS DOUX AVEC MOI* ET *ÉLASTIQUE*, *1986.*

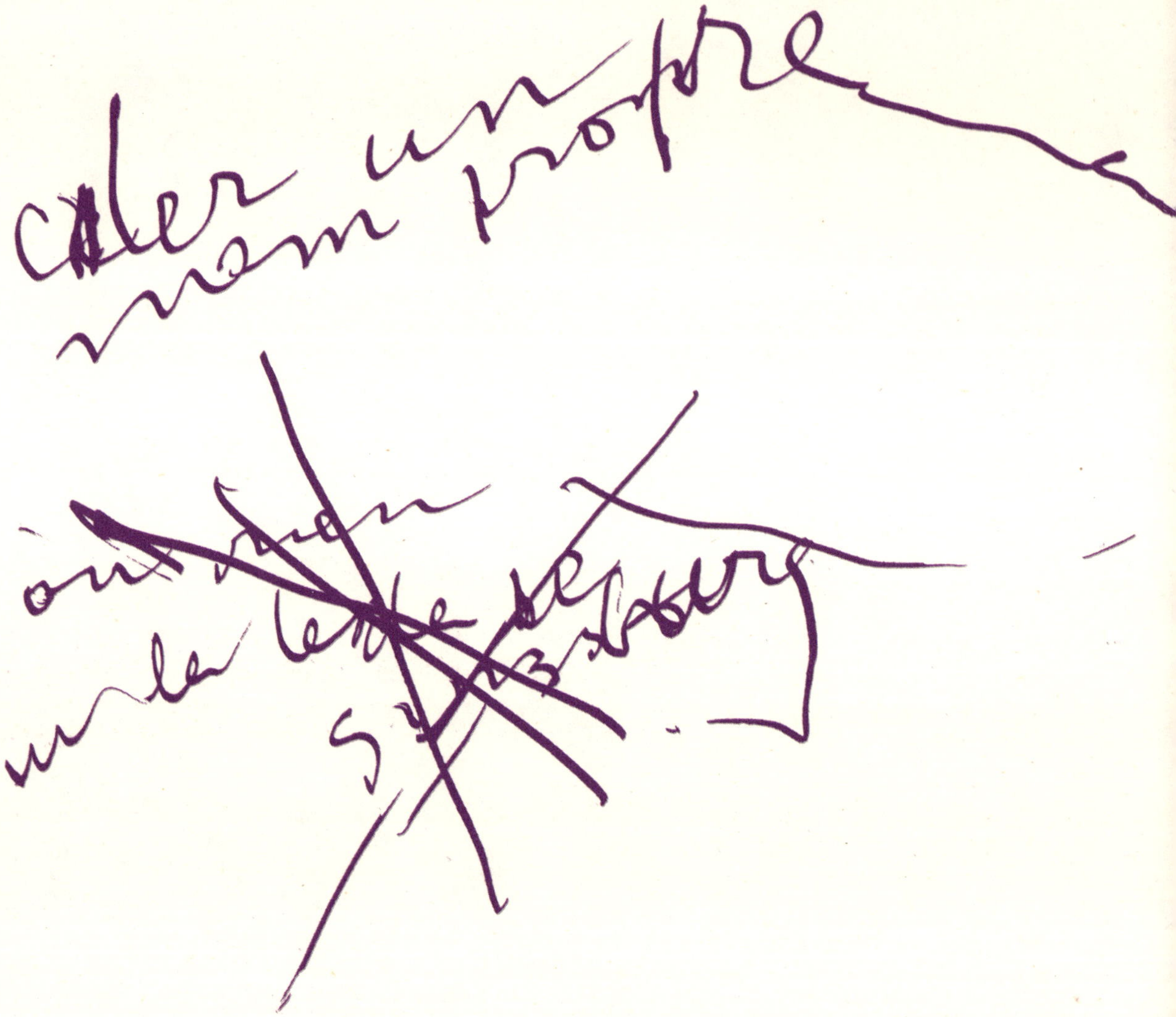

CHARLOTTE FOR EVER, *scénario du film, 1986.*

À l'origine, le personnage de Stan devait lire une lettre de James Joyce adressée à sa femme Nora, dans laquelle il explique avec force détails leurs rapports sodomites. Sans doute pour des problèmes de droits, Gainsbourg s'autocitera dans le film, en lisant un passage de son roman *Evguénie Sokolov*. Sur son scénario, il inscrit Citer un nom propre ou rien sur le texte de Ginzsburg écrit le nom de Lucien Ginzburg (qu'il écrivait avec un « z » par souci d'esthétisme) en remplacement de celui de James Joyce, puis se ravise et raye son nom ainsi que l'indication du plan de la caméra.

STAN voix off

Alors... ~~JAMES JOYCE~~ tu achètes... C'est dégueu mais c'est pas dégueu...

Silence.

STAN toujours voix off

... Ou si tu as peur des interdits, voilà...

CONTRE CHAMP sur STAN en CLOSE UP

... Ce que je te propose...

DERNIERES NOUVELLES DES ETOILES 1986/1990

Serge Gainsbourg entreprend un album bourré de détails évoquant ses jeunes années. Ce sera son dernier. Jane Birkin se lance un défi : chanter sur scène. Elle y trouve un souffle nouveau et poursuit ainsi son histoire artistique avec Serge. Le Pygmalion rencontre sa dernière Lolita, Vanessa Paradis, qui s'affirme à ses côtés. Avant de disparaître, Serge aura le temps d'écrire un album pour Bambou, et un ultime... pour Jane.

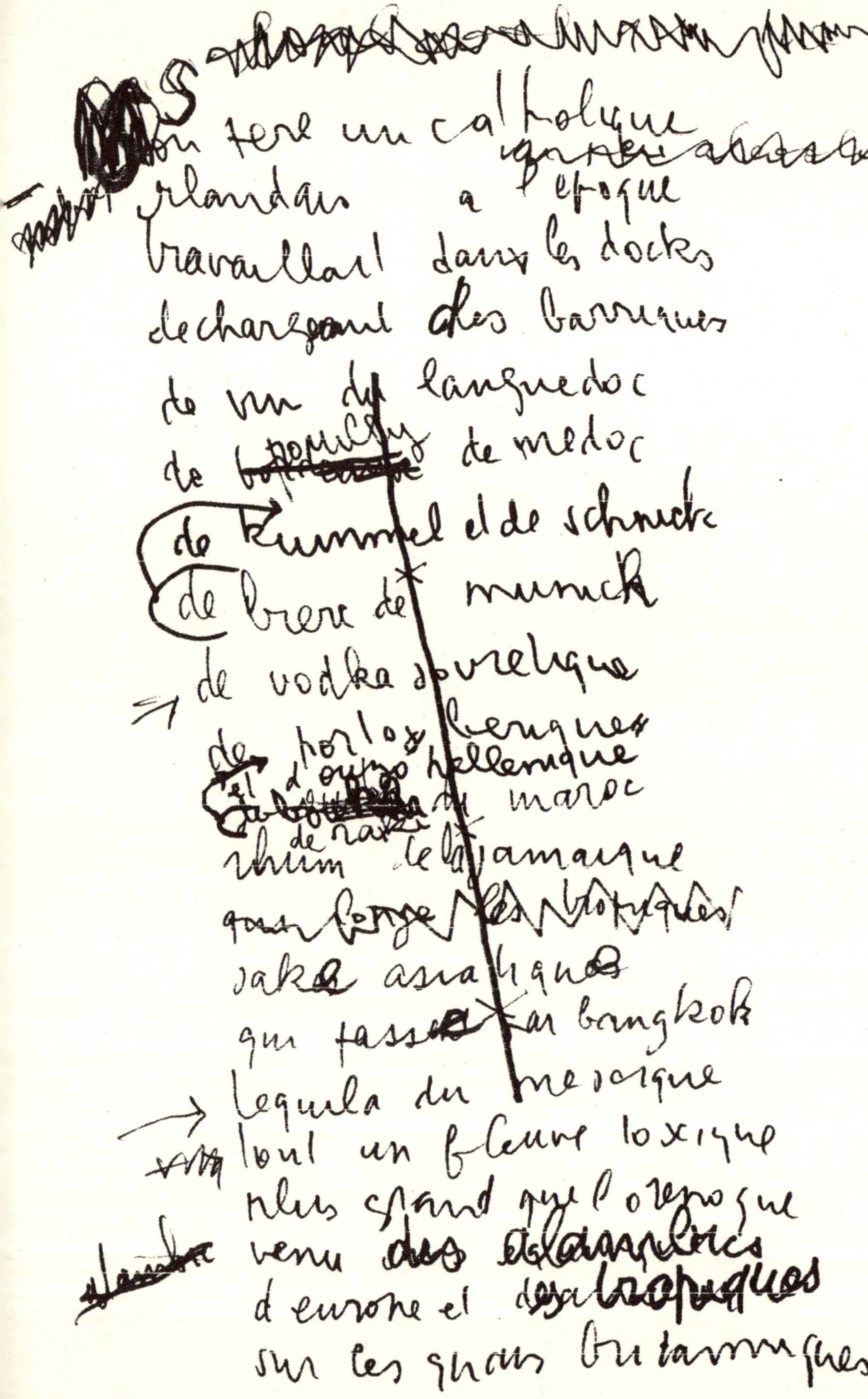
Mon père un catholique
irlandais à l'époque
travaillait dans les docks
déchargeant des barriques
de vin du languedoc
de pouilly de medoc
de kummel et de schnick
de bière de munick
de vodka soviétique
de porto ibériques
et d'ouzo hellénique
de raki du maroc
rhum de la jamaïque
saké asiatique
qui passe par bangkok
tequila du mexique
tout un fleuve toxique
plus grand que l'orénoque
venu des alambics
d'europe et des tropiques
sur les quais britanniques

MON PÈRE UN CATHOLIQUE,
enregistrée par Élisabeth Anaïs en 1986.

Mon père un catholique
Irlandais à l'époque
Travaillait dans les docks
Déchargeant des barriques
De vin de Languedoc
De Pouilly de Médoc
De bière de Munich
De kummel et de schnick
De vodka soviétique
De porto ibérique
de raki du Maroc
Et d'ouzo hellénique
Rhum de la Jamaïque
Saké asiatique
Qui passe par Bangkok
Téquila du Mexique
Tout un fleuve toxique
Plus grand qe l'Orénoque
Venu des alambics
D'Europe et des tropiques
Sur les quais britanniques

Le premier titre de cette chanson, *L'Alcool qui tue*, est biffé sur les deux feuillets. Bien que la première page soit traversée d'un trait de plume, il s'agit du texte définitif, à la mince exception du troisième vers qui deviendra Travaillant sur les docks au lieu de Travailler dans les docks.

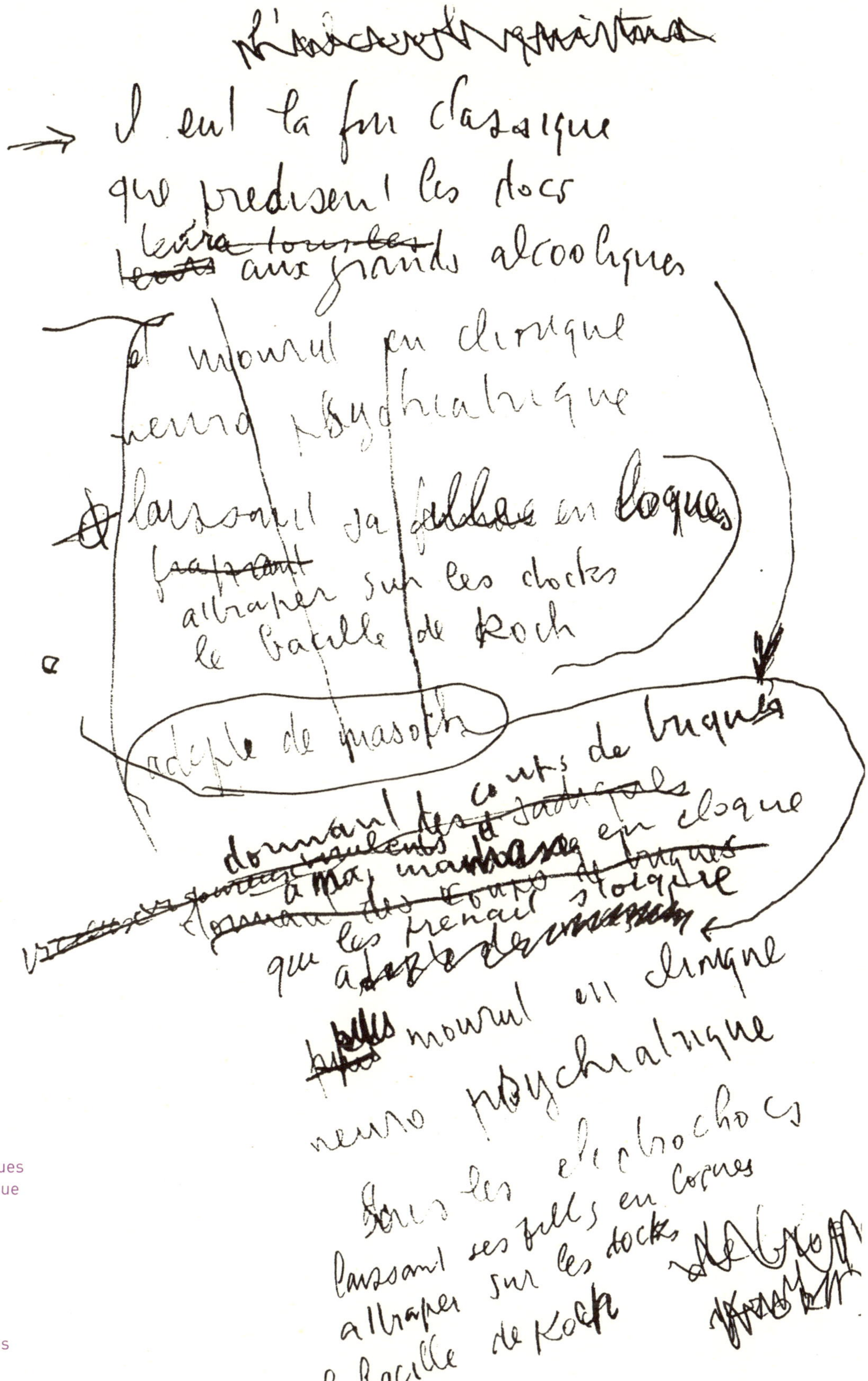

Il eut la fin classique
Que prédisent les doc-
Teurs aux grands alcooliques
Donnant des coups de trique
À ma maman en cloque
Qui les prenait stoïque
Adepte de Masoch
Puis mourut en clinique
Neuropsychiatrique
Sous les électrochocs
Laissant ses fill's en loques
Attraper sur les docks
Le bacille de Koch

La partie biffée est reprise plus bas. La mort de l'alcoolique catholique est identique à celle de *L'Homme à tête de chou*, en clinique neuropsychiatrique.

dreams en exc
Day quelques esc
brails amour puissance sisc
avec des x
comme love
un peu d'osc
y gêne un peu
d'amour

amour puissance sisc
ce qu'un temps
~~serait~~ ~~sisc~~
~~ça a est~~
~~automatique~~
amours ça s'osc
y de avec le temps
amour puissance sisc
amour tuer le temps
les passions ça s'osc
~~avec le temps~~
y de avec je l'en fous
attends
amour puissance sisc
pas pour l'ongle
l'équinoxe
sale temps

~~à temps~~
attends
accélant

AMOUR PUISSANCE SIX,
enregistrée par Viktor Lazlo en 1988.

Dreams en ex
Ray quelques ex-
Traits amour puissance six
Avec des x
Comme love
Un peu d'ox-
Ygène un peu
D'amour
Amour puissance six
Ne serait-ce qu'un temps
Ceci étant
Attends
L'amour ça s'ox-
Yde avec le temps
Amour puissance six
Tuer le temps
Les passions ça s'ox-
Yde je t'en prie attends
Amour puissance six
Pas pour longtemps
Bientôt l'équinoxe
Sale temps

Ce manuscrit rassemble une bonne partie du texte dont les couplets sont à reprendre en boucle. L'un d'entre eux ne sera pas conservé :

Mathématique
Ce n'est qu'un rêve
Amour puissance six
Automatique

Gainsbourg reprend les assonances en [ix] et en [ex] croisées dans *Comment te dire adieu* pour Françoise Hardy ou *Ex-fan des sixties* pour Jane Birkin, entre autres.

LOST SONG, *enregistrée par Jane Birkin en 1987.*

Le texte dactylographié comporte les annotations de Serge en regard des ellipses nécessaires pour que chaque vers contienne le bon nombre de pieds selon son idée, comme par exemple :

Je l'savais j'me suis tue

Il indique également le pont instrumental dominé par un solo de guitare.

LOST SONG

Lost song
Dans la jungle
De nos amours éperdues
Nôtre émotion s'est perdue
Lost song
A la longue
Les mots semblent superflus
Entre le flux le reflux
Mensonges par omission
On se tait on s'est tu
On sait ce qu'il s'est su
On s'adore et puis l'on
Se déchire s'entretue
Dans mon sens entre tu

Lost song
Dans la jungle
De nos amours éperdues
Nôtre émotion s'est perdue
Lost song
Toi tu jongles
Avec des mots inconnus
De moi je n'ai pas assez lu
Dans tes yeux tes menson-
Ges d'autres filles en vue
Je le savais je me suis tu
Les bagarres arrêtons
Je suis on ne peux plus
Fragile le sais-tu

guitare

Lost song
Dans la jungle
De nos amours éperdues
Nôtre émotion sest perdue
Lost song
Au majong
De l'amour je n'ai pas su
Sur toi avoir le dessus
Des erreurs mettons
Je reconnais je me suis vue
A l'avance battue
C'est l'horreur mais ton
Arrogance me tue
Tu me dis vous après tu

NOTE, *1987.*

Serge note de chercher la cassette de Billie Holiday pour son Walkman. Il veut réécouter sa version de *Gloomy Sunday*, souvenir de ses années de jeunesse que sa mémoire lui souffle dans la confusion probablement du *Sunday Bloody Sunday* que le groupe U2 a chanté en 1983. Il est à noter que Gainsbourg écorche souvent les noms propres, même lorsqu'il s'agit de proches, et n'a jamais su, par exemple, orthographier correctement le nom de son meilleur ami Jacques Wolfsohn.

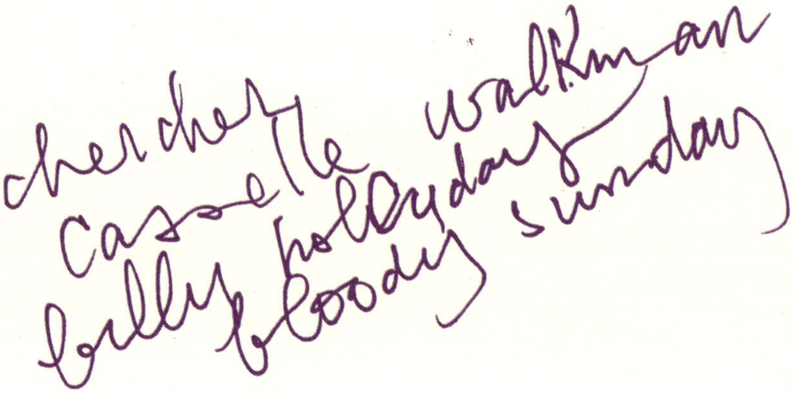
chercher
cassette walkman
billy holyday
bloody sunday

LISTE DE TITRES, *1987.*

Sur un papier à en-tête de l'hôtel Raphaël à Paris, on peut lire :
You're under Arrest
Five Easy Pisseuses
My légionnaire
Prière du para
Blue Connection
Black
Opposite Love
Les trois derniers titres ne se transformeront pas en chansons, mais la surprise réside dans ce *My légionnaire*, qui indique une hypothétique version franglaise de cette œuvre de Marguerite Monnot que Serge va reprendre dans sa version originelle sur l'album *You're under Arrest*.

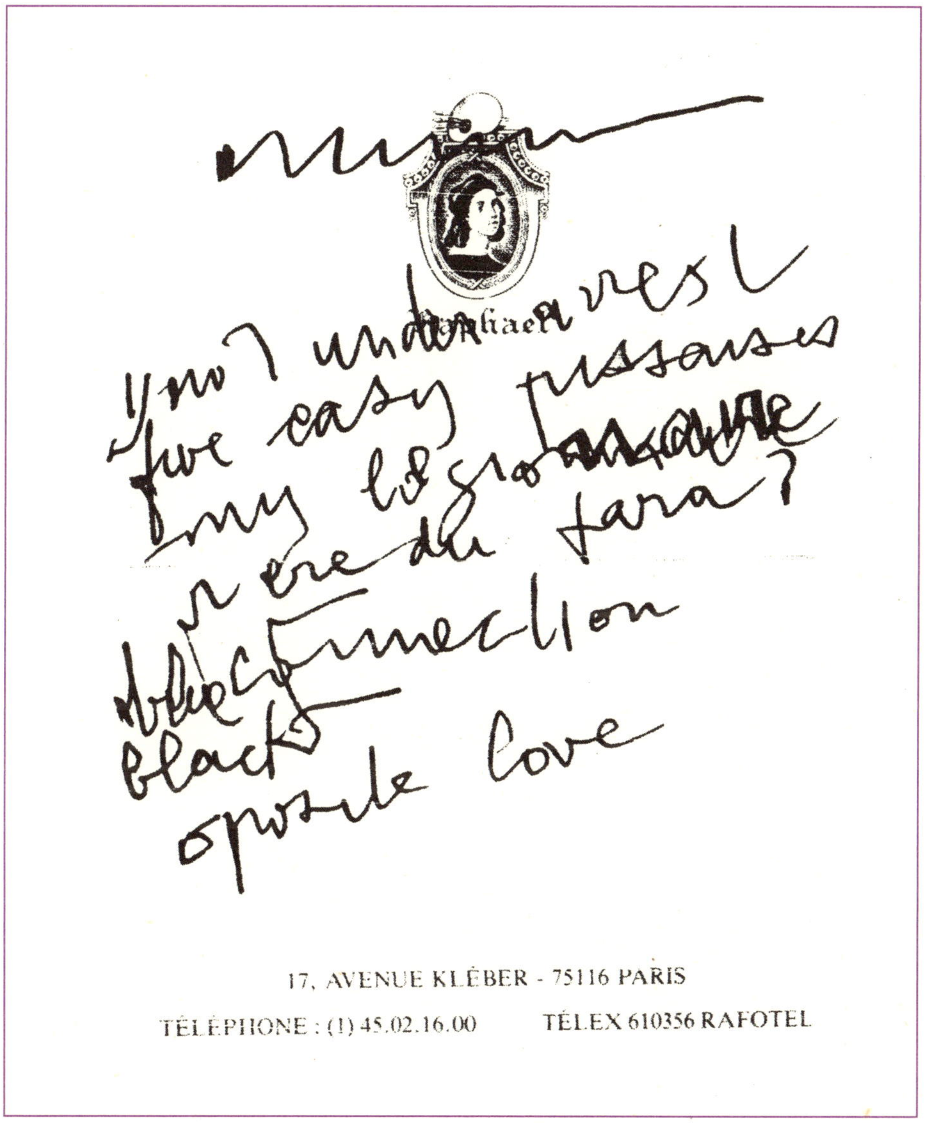

Raphael

I'm not under arrest
five easy passages
my lost ...
were du Tara?
blue connection
black
opposite love

17, AVENUE KLÉBER - 75116 PARIS

TÉLÉPHONE : (1) 45.02.16.00 TÉLEX 610356 RAFOTEL

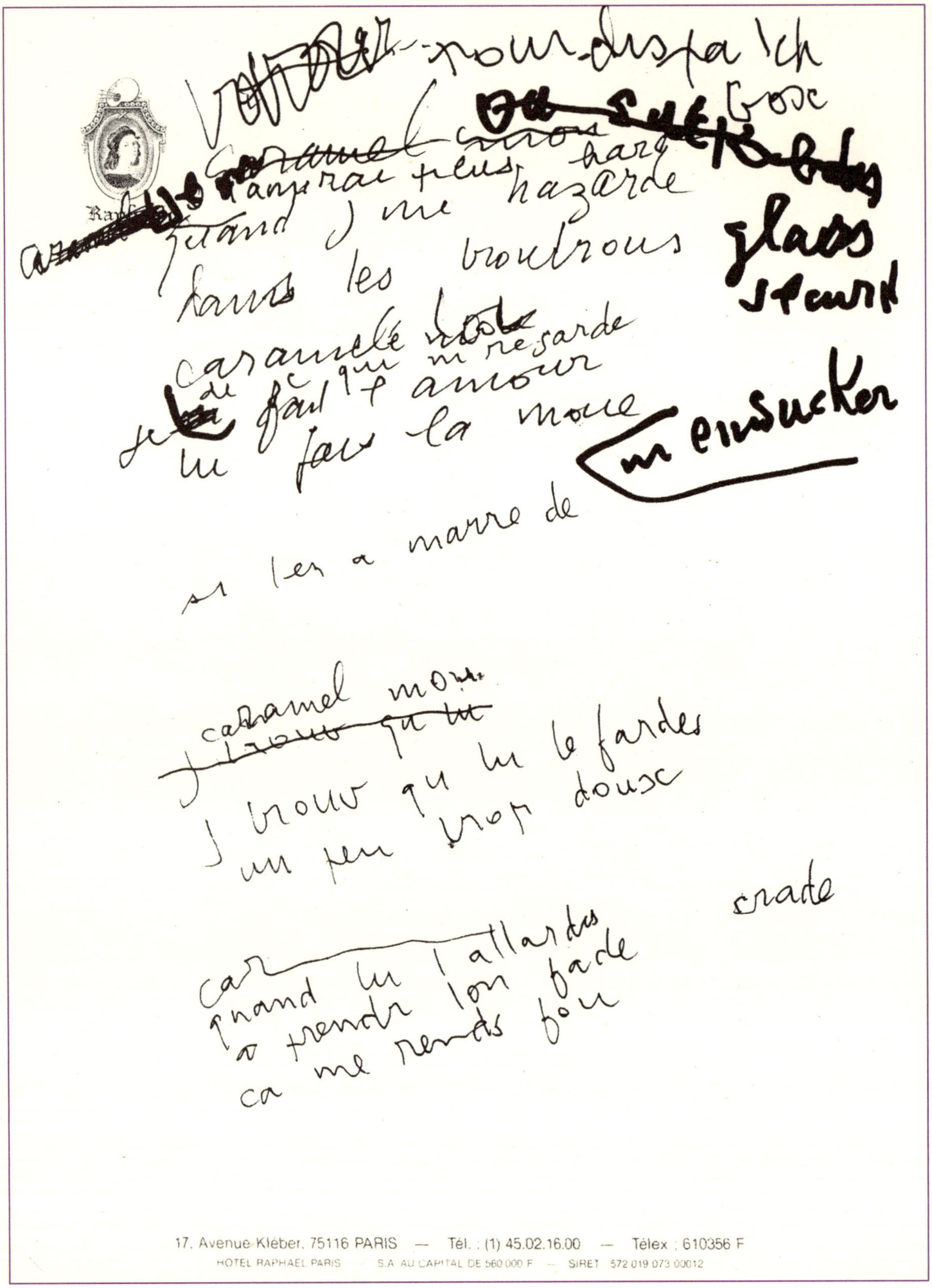
dispatch box
Suck Baby
glass securit
j't'aimerai plus hard
quand j'me hazarde
dans les troutrous
caramel mou
de c'qui m'regarde
je t'fais l'amour
tu fais la moue
si t'en a marre de m'ensucker
caramel mou
j'trouv qu'tu te fardes
un peu trop doux
quand tu t'attardes
à prendr' ton fade
crade
ça me rends fou

17, Avenue Kléber, 75116 PARIS — Tél. : (1) 45.02.16.00 — Télex : 610356 F
HÔTEL RAPHAEL PARIS — S.A. AU CAPITAL DE 560 000 F — SIRET 572 019 073 00012

CARAMEL MOU, *inédit, 1987.*

En haut du feuillet, on trouve les titres *Dispatch Box*, *Suck Baby* et *Glass Securit.* Puis suit ce texte écarté de l'album :

Caramel mou
J't'aimerai plus hard
Quand j'me hasarde
Dans tes troutrous
Caramel mou
De c'qui m'regarde
Je t'fais l'amour
Tu fais la moue
Si t'en as marre de m'ensucker
Caramel mou
J'trouv' qu'tu te fardes
Un peu trop doux
Caramel mou
Quand tu t'attardes
À prendr' ton fade
Ça me rend fou

Le néologisme « m'ensucker » sera repris dans la chanson *Suck, Baby Suck*.

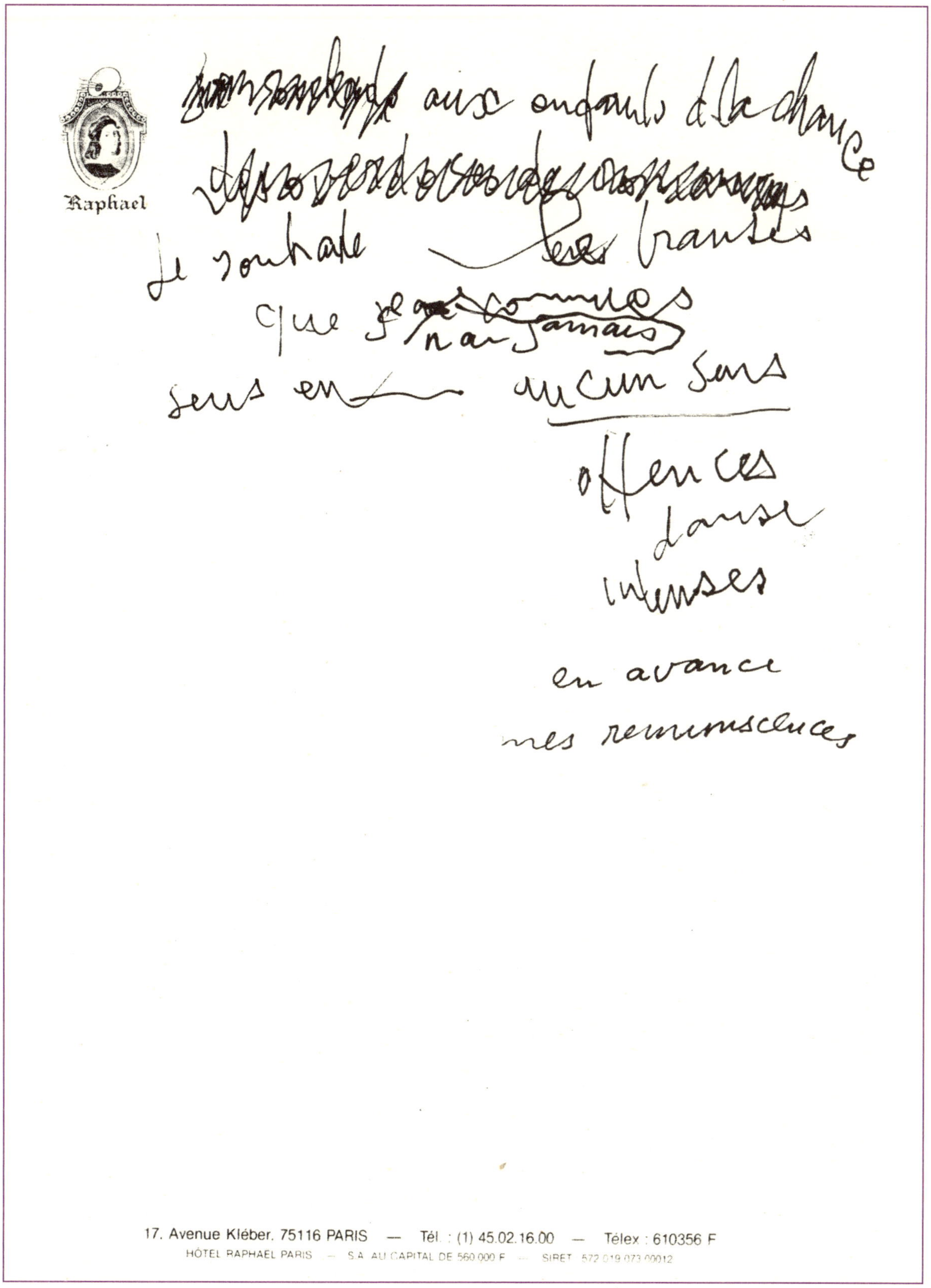

Raphael

aux enfants d'la chance

Je souhaite les transes

que je n'ai jamais connues

sens en aucun sens

offences

danse

intenses

en avance

mes reminiscences

17, Avenue Kléber, 75116 PARIS — Tél. : (1) 45.02.16.00 — Télex : 610356 F

HÔTEL RAPHAEL PARIS — S.A. AU CAPITAL DE 560.000 F — SIRET 572 019 073 00012

AUX ENFANTS DE LA CHANCE,
enregistrée par Serge Gainsbourg en 1987.

Je souhaite les transes
Que je n'ai jamais connues
Sens en…
Aucun sens
Offenses
Danse
Intenses
En avance
Mes réminiscences

Il semblerait que les premiers vers de ce brouillon aient été :
Je souhaite aux enfants
d'la chance
Des overdoses de romances
Le mot « overdose » a peut-être servi de déclic pour que Serge écrive par la suite un titre contre les drogues. Le personnage de Samantha, héroïne de l'album *You're under Arrest*, est inspiré par Bambou. Il ne faut pas oublier que Serge s'est beaucoup battu pour que celle-ci sorte de l'enfer de la drogue.

PARTITION DE LA VERSION FRANÇAISE DE *SOMBRE DIMANCHE*, *enregistrée par Serge Gainsbourg en 1987.*

Serge utilise la partition originale de la version française de cette chanson hongroise pour y porter ses modifications.

Il l'appelle toujours *Bloody Sunday* et commence le texte par :
XX moi seul ici
XX noms de fleurs
Car je savais déjà que tu n'reviendrais pas
J'ai balancé des mots d'amour et de douleur
Je suis resté tout seul comme un con pauv' conne
Et j'ai pleuré tout bas
En écoutant gueuler la plainte des frimas
Puis il remplace tous les Sombre dimanche par Bloody Sunday, je mourrai par je crèverai et des cierges par des vierges.

Dans l'enregistrement, Gainsbourg conserve toutes ces modifications, à l'exception des deux premières phrases et du titre puisqu'il va revenir au titre anglais de cette chanson, *Gloomy Sunday*.

Je mourrai un Dimanche où j'aurai trop souffert
Alors tu reviendras, mais je serai parti...
Des cierges brûleront comme un ardent espoir
Et pour toi, sans effort, mes yeux seront ouverts
N'aie pas peur, mon amour, s'ils ne peuvent te voir
Ils te diront que je t'aimais plus que ma vie...
Sombre Dimanche...

N.M. 1452

A B P A B chanson A B chanson

en sur le oc

A B A B chanson

A A B A A B

tellement sexe

je fais bien qu c'est sexe

y bla dans ses socks

A A B
A A B

m'a pas à dose

ricain

1 ma petit sexe dans

A A érecti

de mes cinq petits suceuses j'ai préféré la

pour la petite Samantha j'ai balancé mes cinq

pas comme sainte

B B2 1 3

ses petits socks — idem

m mettent en érex

strooong cat sex

sexe préféré la six

y ricain dans le socle

de mes petites suceuses j'ai préféré la

ricain dans

3 alors elle me suck le socle

ricain dans

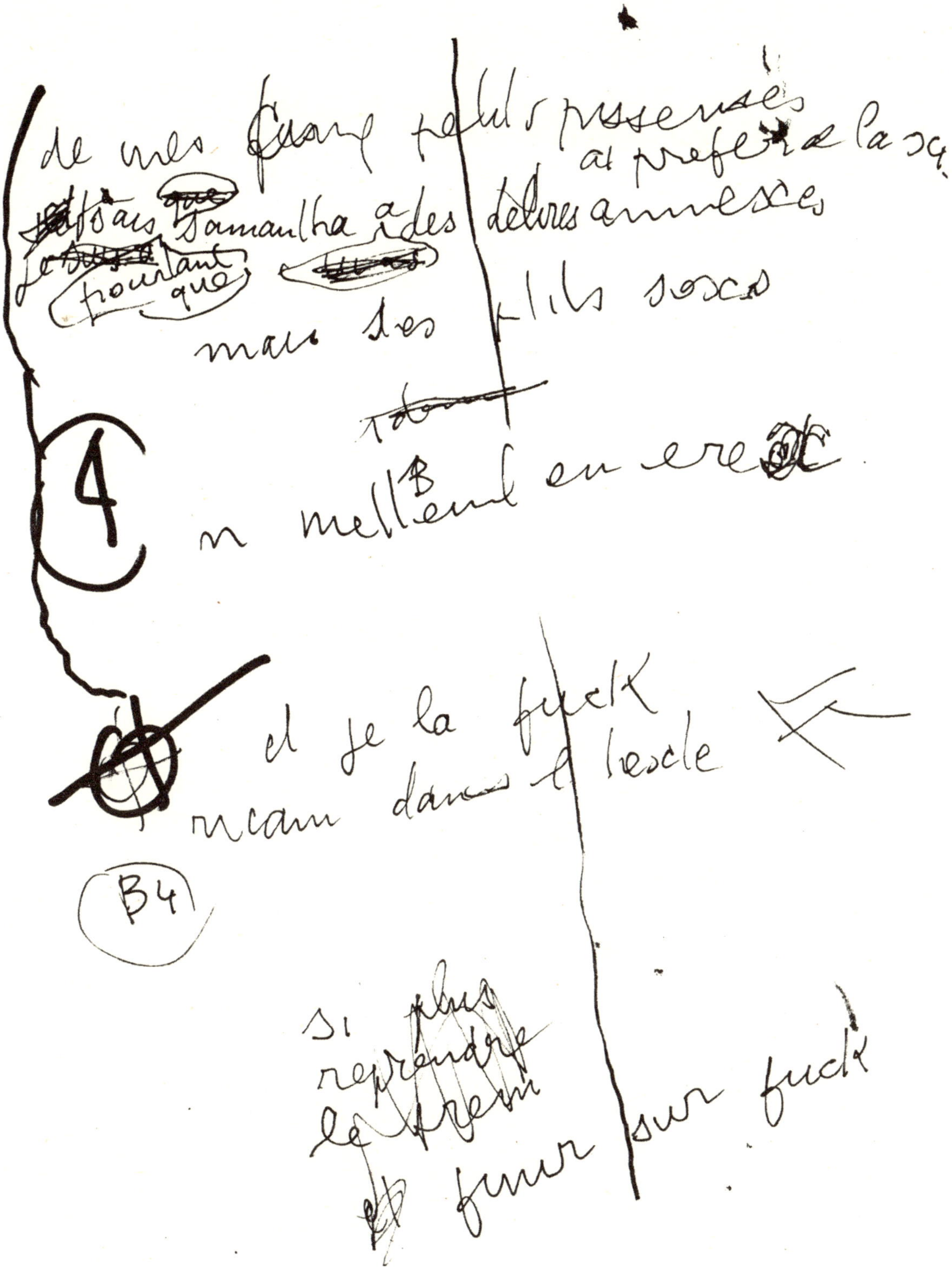

FIVE EASY PISSEUSES,
enregistrée par Serge Gainsbourg en 1987.

Il est rarissime que Gainsbourg note son schéma métrique avant d'écrire, comme il le fait ici, schéma qu'il ne va d'ailleurs absolument pas respecter, laissant libre cours à ses rimes en [x]. Au centre de ce feuillet, le premier couplet, bien que biffé, figure dans sa presque totalité, en commençant par la partie numérotée 1 :
De mes cinq petites pisseuses
j'ai préféré la six
Ouais pour toi Samantha j'ai
balancé mes cinq ex
Le texte se poursuit en-dessous en B1 :
Tes petit's soxs
M'mettent en érex
J'trouv' ça sex
La partie numérotée 3 :
Alors tu m'suck
Ricain dans l'texte
n'est en revanche pas conservée.
Ci-dessus figure l'ébauche du cinquième couplet, également biffé alors que Serge va en conserver la majeure partie :
De mes cinq petites pisseuses
J'ai préféré la six
J'sais pourtant que Samantha
a des délires annexes
Mais ses p'tit's soxs
m'mettent en érex
Et je la fuck
Ricain dans l'texte
Les indications en bas de page précisent si plus reprendre le prem (premier couplet) et finir sur fuck, ce qui sera le cas dans la version enregistrée.

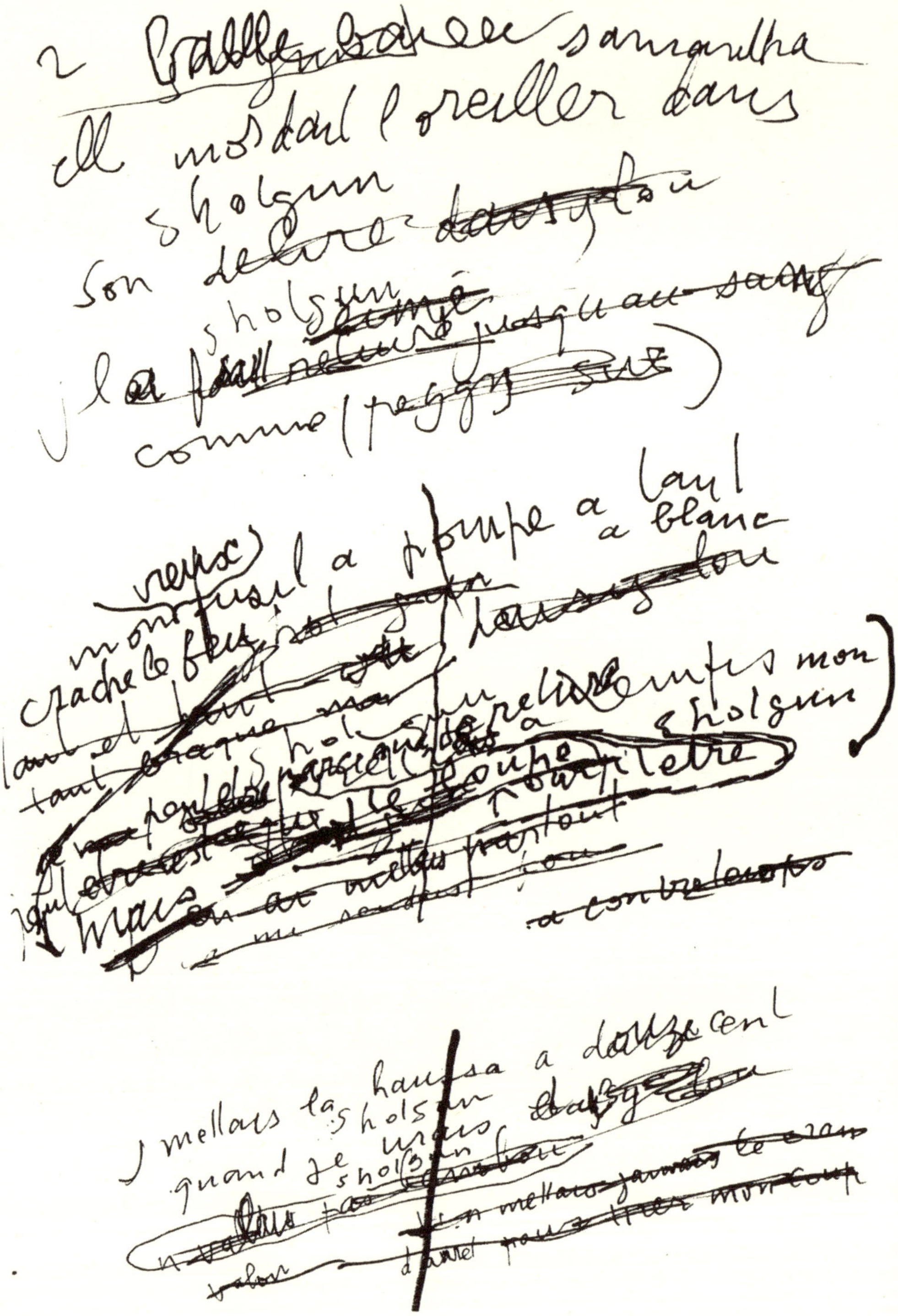

SHOTGUN, *enregistrée par Serge Gainsbourg en 1987.*

En début de page, on peut lire le titre *Baille baille Samantha*, peut-être conçu à cet instant ? Le texte définitif de *Shotgun* n'a plus grand-chose à voir avec ce brouillon, à l'exception de l'idée du coït poussé jusqu'au sang qu'on retrouve dans la version définitive. L'intérêt de cette ébauche réside dans une énième référence à *Lolita* de Nabokov *via* l'interprète du film de Stanley Kubrick, Peggy Sue Lyon, et à *Baby Lou*, avec la variante Daisy Lou, clin d'œil à la petite Daisy Temple évoquée dans l'album *Aux armes et cætera* :

Elle mordait l'oreiller dans
Shotgun
Son délire Daisy Lou
Shotgun
J'l'a fais reluire jusqu'au sang
Comme Peggy Sue
Mon vieux fusil à pompe a tant
Craché le feu
(ou : à blanc crache le feu)
Shotgun
Peut-être parce que je retire
à temps mon
Shotgun
mais j'te loupe p't'être
J'mettais la harissa à douze cent
Shotgun
Quand je tirais Baby Lou
Shotgun.

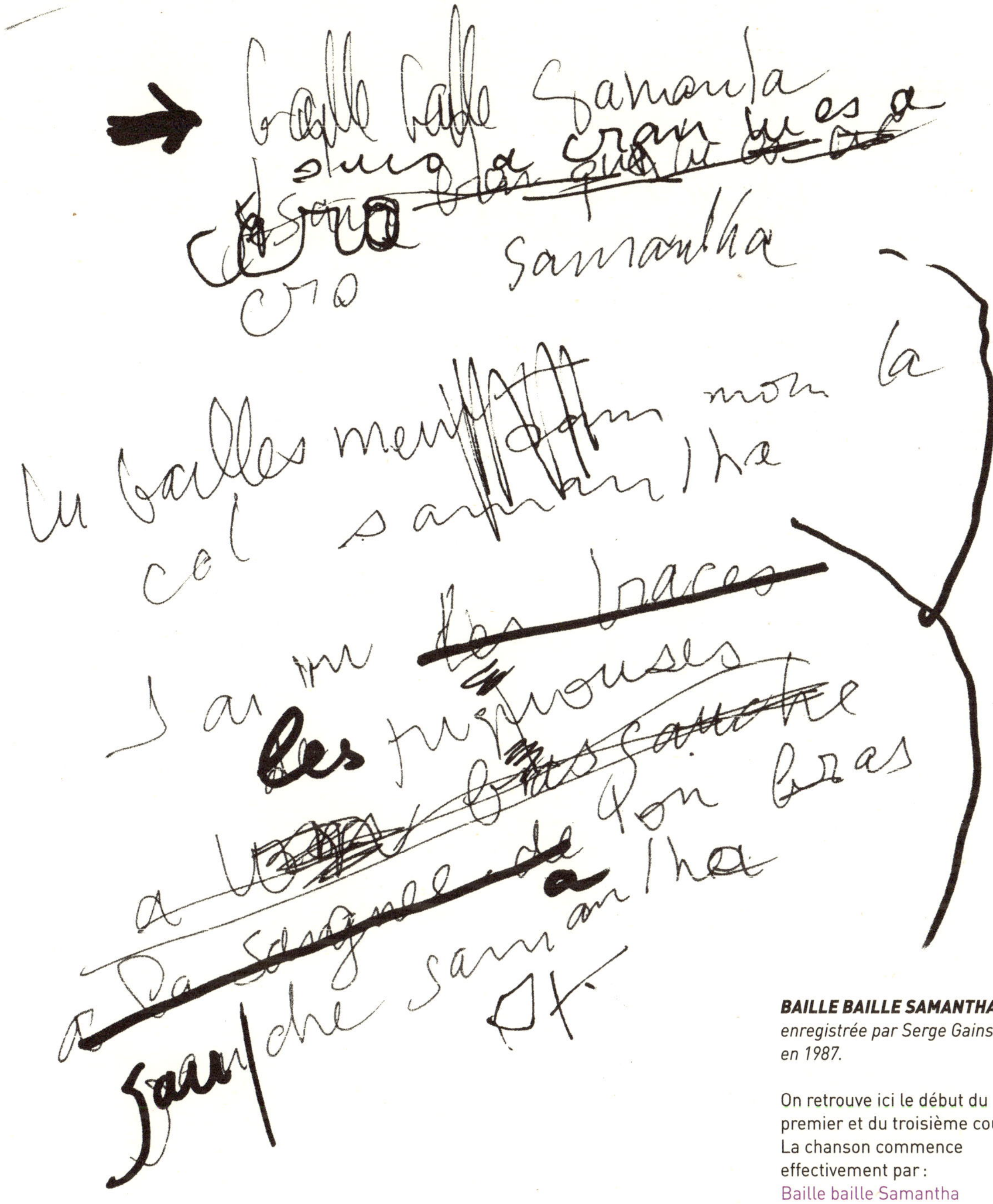

BAILLE BAILLE SAMANTHA,
enregistrée par Serge Gainsbourg en 1987.

On retrouve ici le début du premier et du troisième couplet. La chanson commence effectivement par :
Baille baille Samantha
J'suis à cran tu es a-
Ccro Samantha
La suite n'a pas été conservée :
Tu bâilles mêm' comm' mon ta-
Cot Samantha
Dans le troisième couplet, Serge va se servir de la partie biffée. Il conserve pour le moment :
J'ai vu les piquouzes
à ton bras gau-
Che Samantha
qu'il sanctionne d'un OK
mais va chanter :
À la saignée d'ton bras gau-
Che Samantha
Des traces de piquouzes.

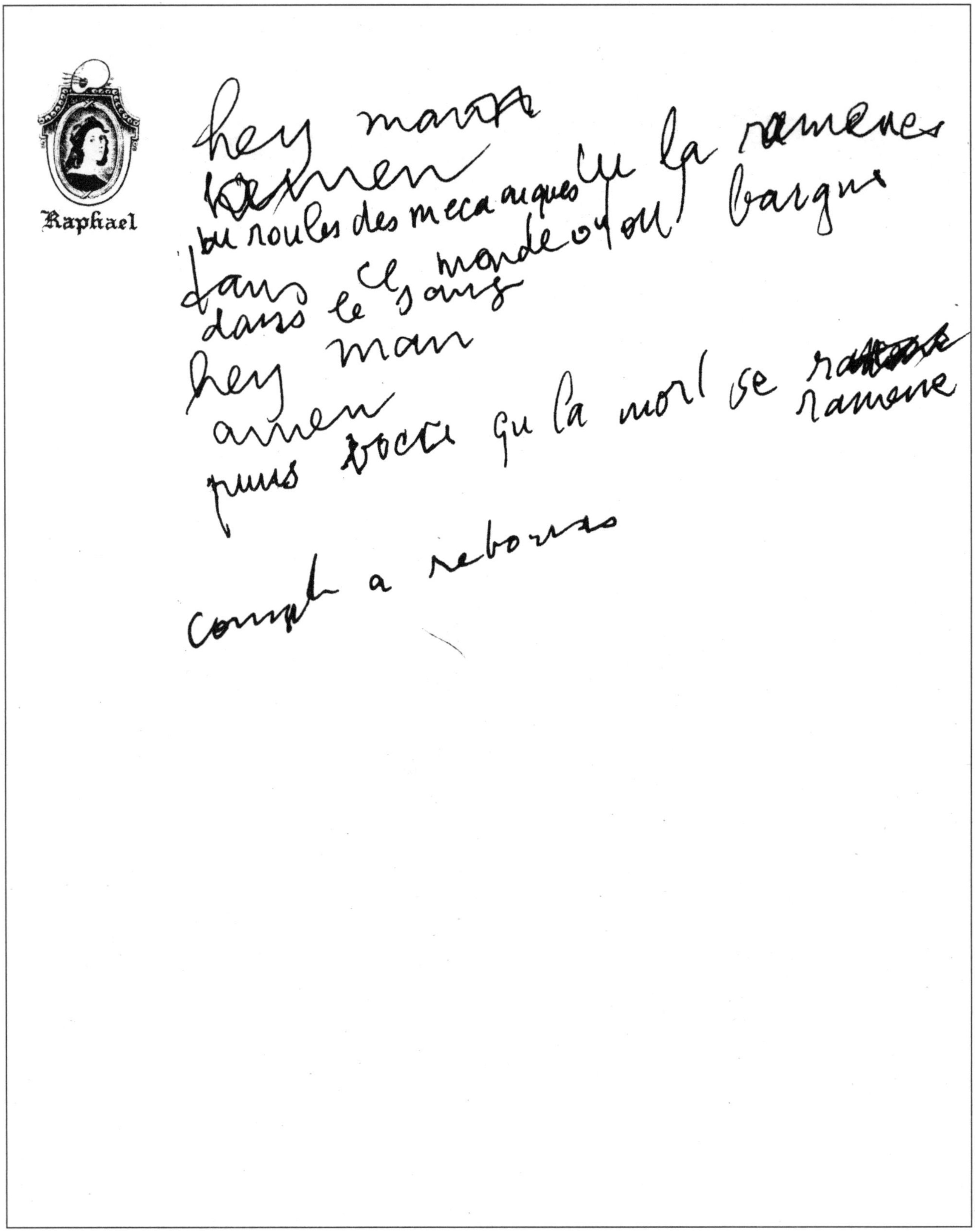
Raphael

hey man
amen
tu roules des mécaniques tu la ramènes
dans ce monde où tout baigne
dans le sang
hey man
amen
puis voici qu la mort se ramène

compte a rebours

HEY MAN AMEN, *interprétée par Serge Gainsbourg en 1988.*

Ce brouillon n'a rien à voir avec la version que Serge Gainsbourg va créer sur scène, si ce n'est l'évocation de la mort. Le texte définitif s'adressera au fils qu'il a eu avec Bambou, Lulu, en prévision de ce qu'il n'aura pas le temps de lui dire de son vivant. Sur cette ébauche, on peut lire un texte qui semble plutôt s'adresser à lui-même :

Hey man
Amen
Tu roules des mécaniques
tu la ramènes
Dans ce monde où tout baigne
Dans le sang
Hey man
Amen
Puis voici que la mort se ramène
Compte à rebours.

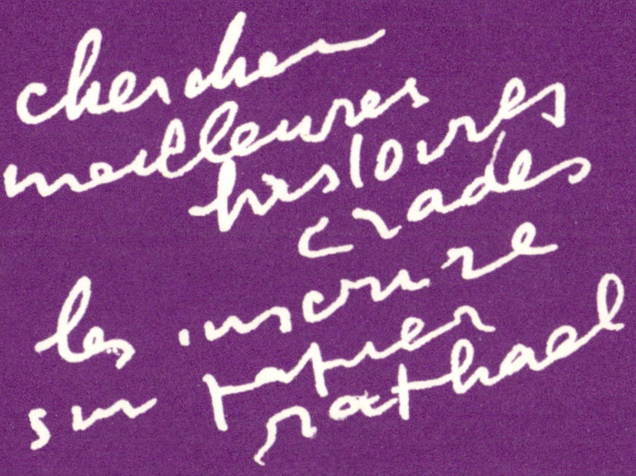

EXTRAIT D'AGENDA
de Serge Gainsbourg, 1988.

Chercher meilleures histoires crades
Les inscrire sur papier Raphaël

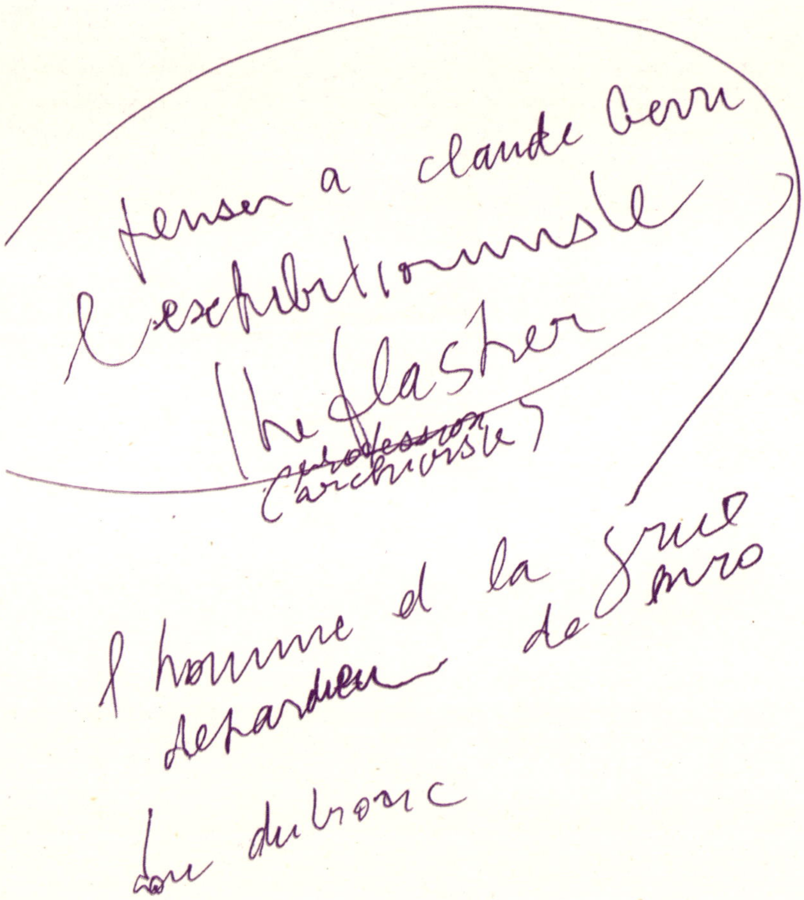

penser a claude berri
l'exhibitionniste
(the flasher
~~profession~~
archiviste)

l'homme et la grue
depardieu de niro
ou dutronc

NOTES, *1989.*

Serge a toujours des envies de cinéma malgré les échecs successifs de ses trois films. Il note : Penser à Claude Berri, l'exhibitionniste, the flasher (profession archiviste) Claude Berri sera l'interprète de *Stan the Flasher*, écrit et réalisé par Serge en 1990, mais aussi le producteur du film. En dessous, il s'agit peut-être d'un autre projet cinématographique dont le titre serait *L'Homme et la Grue*, pour lequel Serge inscrit les noms de Depardieu, De Niro ou Dutronc.

DESSIN *de Serge Gainsbourg, non daté.*

Ce Christ ressemble furieusement à Serge, qui l'a dessiné et dédicacé à Andrew, le frère de Jane.
À Andrew Birkin
Le sang du rédempteur
Gainsbourg.

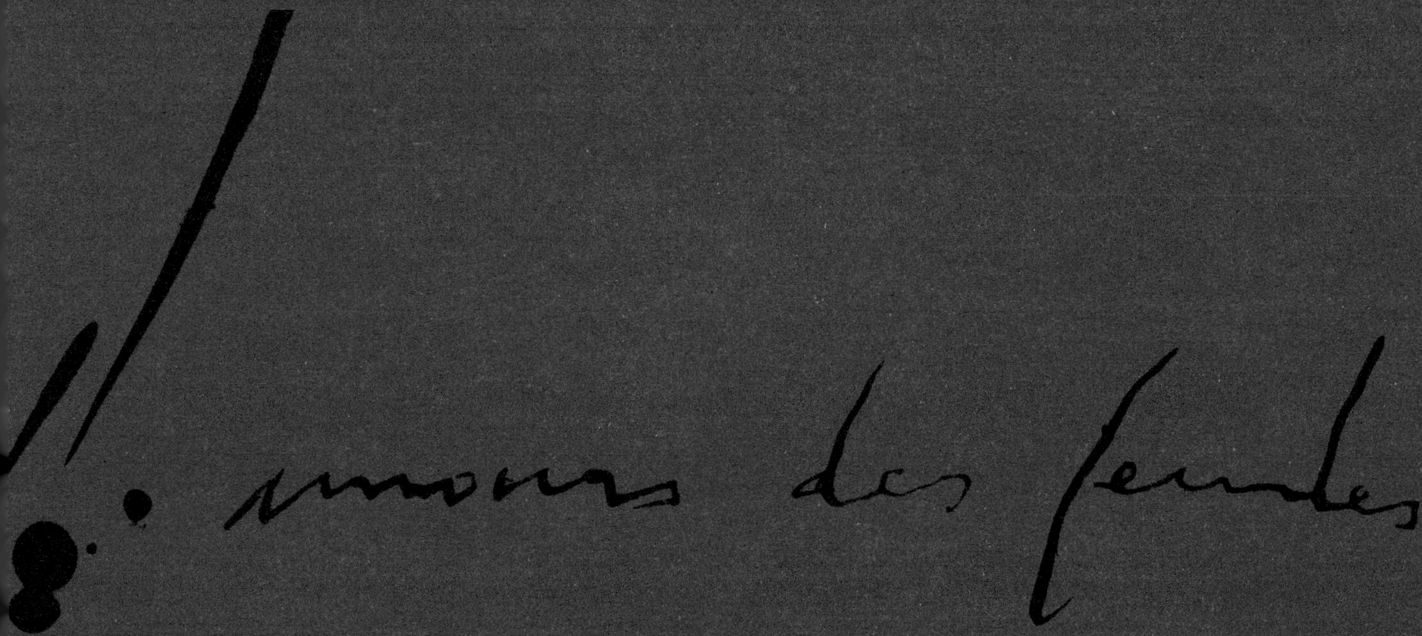

PORTRAIT DE JANE BIRKIN,
par Serge Gainsbourg, 1990.

Ce dessin a été réalisé lors d'une hospitalisation de Serge. Jane ne souhaitant plus apparaître en photographie sur ses pochettes de disque, elle demande à Serge de dessiner son portrait. Les deux premières ébauches sont refusées par Jane, qui ne se trouve pas ressemblante et trouve qu'il s'agit des traits de Bambou. À la troisième tentative, elle aime le portrait sauf l'œil droit. « J'avais la trouille, raconte Jane, que ça me porte le mauvais œil. Je lui ai demandé alors de le cacher avec mes cheveux et là, la plume de Serge s'est cassée, c'est pourquoi il y a des taches d'encre. Serge voulait le refaire, mais j'ai trouvé ça beaucoup plus beau. Je lui ai dit : Non, c'est parfait comme ça[25]. » C'est ce dessin qui illustrera l'album *Amour des feintes*.

1 ASPHALTE

BLUES COBALT
JAMAIS DE HALTE
TRAVELLING ASPHALTE

J'ME SCÉLÉRATE
ME CARAPATTE
LE LONG DE L'ASPHALTE

QUE DE PRIMATES
QUI ME CONVOITENT
M'CROISANT SUR L'ASPHALTE

2

BLUES COBALT
JAMAIS DE HALTE
TRAVELLING ASPHALT
LE CIEL SE GATE

JE M ACCLIMATE
TOUJOURS SUR L'ASPHALTE

L'AIR DEVIENT MOITE
JE ME MIROITE
QUAND BRILLE L'ASPHALTE

3

BLUES COBALT
PETITE HALTE
OUBLIONS L'ASPHALTE

ARRET PUR MALT
PUIS DÉLICATE
J'REPRENDS DE L'ASPHALTE

JE SENS MONTER L'ALT—
—IMÊTRE ET M'EXALTE ~~AU~~
AU PARFUM ~~[illegible]~~ L'ASPHALTE

ORCH

(4)

BLUES COBALT
JAMAIS DE HALTE
TRAVELLING ASPHALTE

J'ME S'CÉLÉRATE
ME CARAPATE
LE LONG DE L'ASPHALTE

QUE DE PRIMATES
QUI ME CONVOITENT
M'CROISANT SUR L'ASPHALTE.

(5)

BLUES COBALT
JAMAIS DE HALTE
QUI VIVE SUR L'ASPHALTE

J'ME SCELERATE
ME CARAPATTE
LE LONG DE L'ASPHALTE

BOMBE AU COBALT
JE JOUE LES MIDNIGHT
CALL GIRL SUR L'ASPHALTE

(TALK OVER
JUNGLE...)

***ASPHALTE,** enregistrée par Jane Birkin en 1990.*

Il s'agit ici de la première version d'*Asphalte*. Jane a demandé à Serge de retravailler le texte. La version définitive le voit abandonner les rimes en [at] qui composent les manuscrits ci-dessus.

GRILLE D'ACCORDS DE *UNKNOWN PRODUCER*,
interprétée par Jane Birkin en 1990.

Il s'agit de la grille d'accords utilisée par Serge lors de l'émission de télévision sur TF1 pour laquelle il accompagne Jane Birkin au piano, afin de rendre un hommage à leur directeur artistique, Philippe Lerichomme, considéré comme « l'homme de l'ombre », *Unknown Producer*. En bas de page, Serge mentionne Puis intro idem, 4 mesures, sauf la fin.

BONUS TRACKS* 1950/1987

Serge Gainsbourg l'a dit et répété, il n'a jamais écrit pour le seul plaisir d'écrire, mais toujours sur commande. D'ailleurs, lorsqu'il s'attelle à un projet de son propre chef, l'œuvre reste en chantier. Les manuscrits reproduits ici sont en suspens. Souvent inédits, il eût été aléatoire et hasardeux de les associer à un artiste en particulier ou de les ancrer dans une époque précise. Grâce à différents indices, il est parfois possible d'en deviner les destinataires ou la période de composition. Néanmoins, sans certitude, nous avons préféré les regrouper pour éviter toute décision arbitraire susceptible de les attribuer au mauvais interprète ou de les dater de façon erronée.
Le lecteur trouvera également dans ces pages des notices prudentes, compte tenu de la difficulté d'identifier la nature et le devenir des projets auxquels ces manuscrits se rattachent. Figurent également des manuscrits qui ne sont pas directement liés à l'œuvre artistique de Gainsbourg mais qui présentent un intérêt pour le lecteur, ainsi que les aphorismes ou citations recopiés sur des documents non datés. Les commentaires ne cherchent pas à asséner des vérités – fragiles au demeurant. Ils soulèvent des questions susceptibles d'éclairer les sources probables ou la destination vraisemblable de chaque feuillet.

*Titres bonus

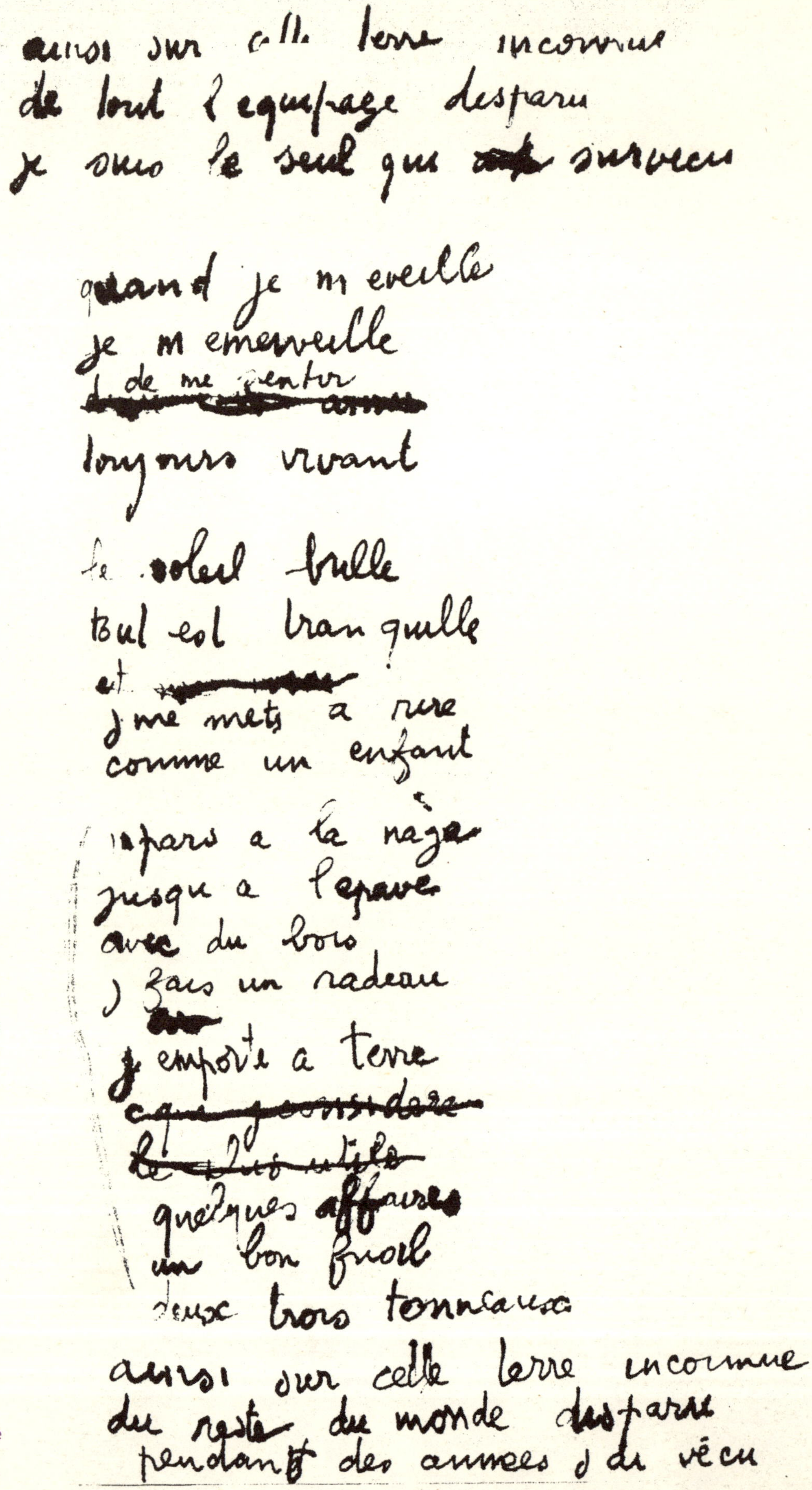

ainsi sur cette terre inconnue
de tout l'equipage disparu
je suis le seul qui ~~[illegible]~~ survecu

quand je m eveille
je m emerveille
de me sentir ~~[illegible]~~
toujours vivant

le soleil brille
tout est tranquille
et ~~[illegible]~~
j me mets a rire
comme un enfant

j pars a la nage
jusqu a l epave
avec du bois
j fais un radeau
~~[illegible]~~
j emporte a terre
~~ce que je considere~~
~~le plus utile~~
quelques affaires
un bon fusil
deux trois tonneaux
ainsi sur cette terre inconnue
du reste du monde disparu
pendant des annees j ai vecu

SANS TITRE, *inédit, non daté.*

Ainsi sur cette terre inconnue
De tout l'équipage disparu
Je suis le seul qui survécut
Quand je m'éveille
Je m'émerveille
De me sentir
Toujours vivant
Le soleil brille
Tout est tranquille
Et j'me mets à rire
Comme un enfant
J'pars à la nage
Jusqu'à l'épave
Avec du bois
J'fais un radeau
J'emporte à terre
Quelques affaires
Un bon fusil
Deux trois tonneaux
Ainsi sur cette terre inconnue
Du reste du monde disparu
Pendant des années j'ai vécu

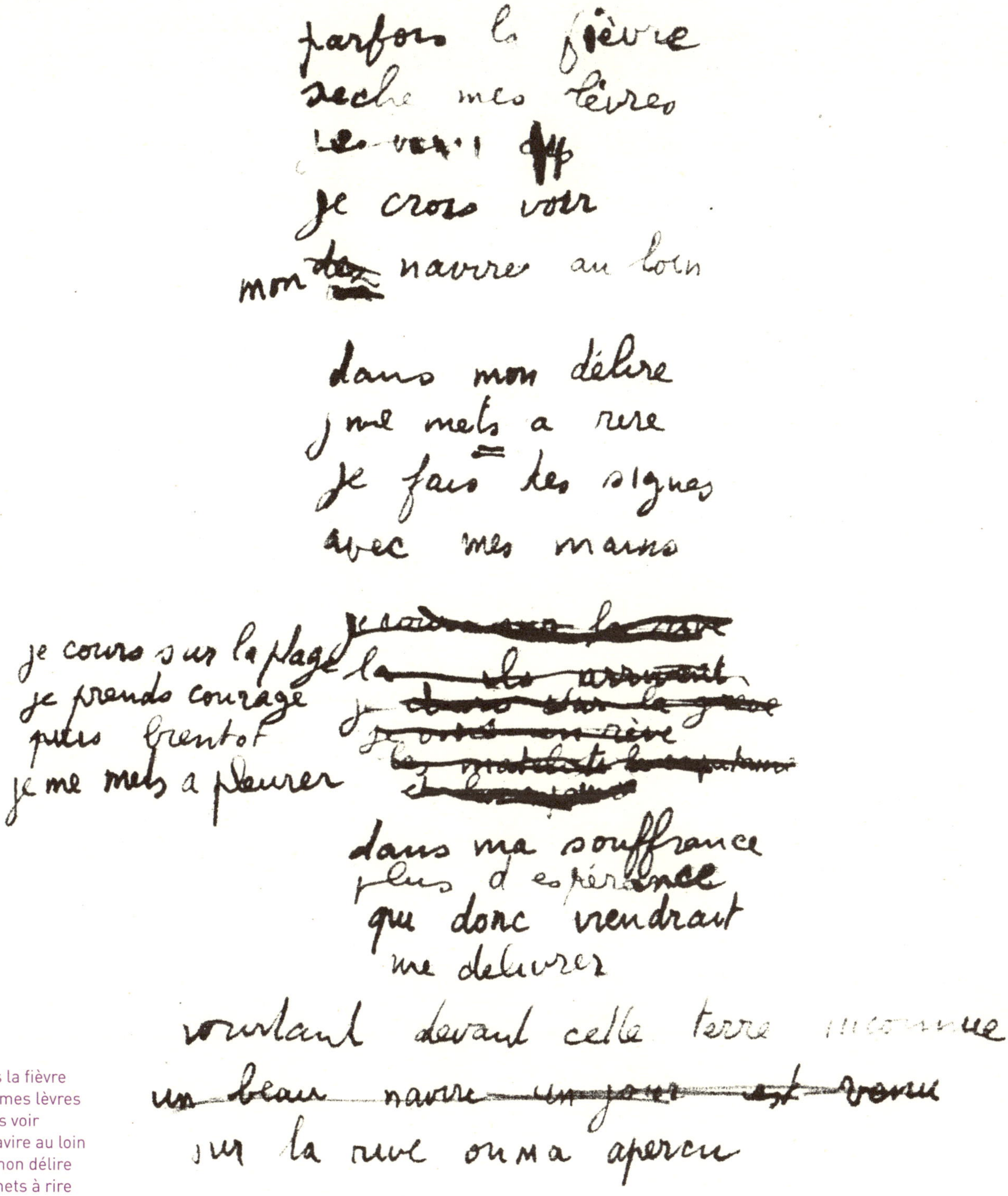
parfois la fièvre
seche mes lèvres
je crois voir
mon navire au loin
dans mon délire
j me mets a rire
je fais les signes
avec mes mains
je cours sur la plage
je prends courage
puis bientot
je me mets a pleurer
dans ma souffrance
plus d'espérance
qui donc viendrait
me delivrer
pourtant devant cette terre inconnue
un beau navire
sur la rive on m'a aperçu

Parfois la fièvre
Sèche mes lèvres
Je crois voir
Mon navire au loin
Dans mon délire
J'me mets à rire
Je fais des signes
Avec mes mains
Je cours sur la plage
Je prends courage
Puis bientôt
Je me mets à pleurer
Dans ma souffrance
Plus d'espérance
Qui donc viendrait
Me délivrer
Pourtant devant cette terre
inconnue
Sur la rive on m'a aperçu.

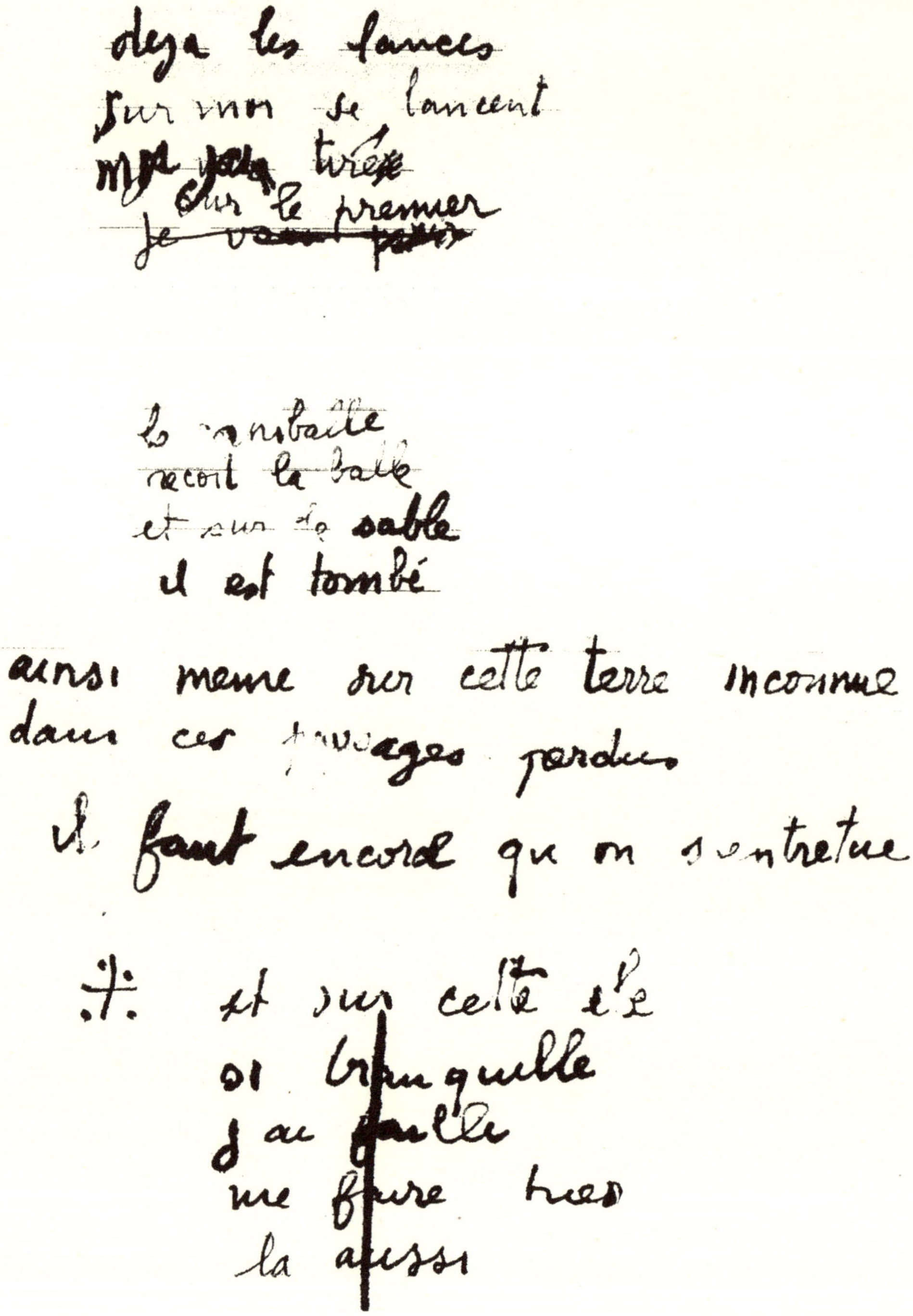

Déjà les lances
Sur moi se lancent
Moi j'ai tiré
Sur le premier
Le cannibale
Reçoit la balle
Et sur le sable
Il est tombé
Ainsi même sur cette terre inconnue
Dans ces paysages perdus
Il faut encore qu'on s'entretue
Et sur cette île
Si tranquille
J'ai failli
Me faire tuer
Là aussi

(Couplet biffé)
Il manque apparemment un feuillet à cette longue chanson qui ne ressemble en rien au style de Gainsbourg. Il n'est pas impossible qu'il s'agisse d'une des toutes premières chansons du jeune Lucien Ginsburg.

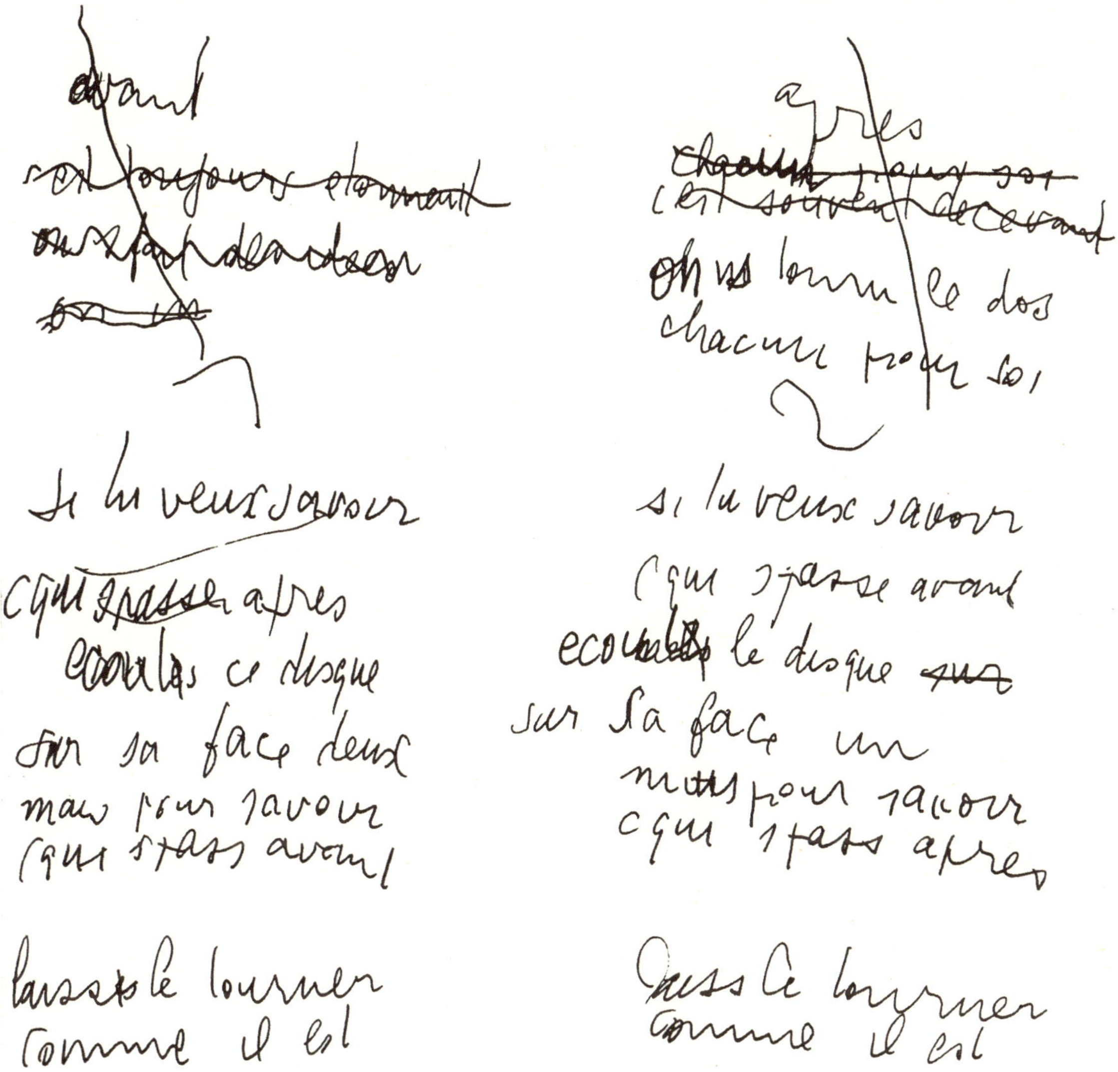

SANS TITRE, *inédit, non daté.*

Avant
C'est toujours étonnant
On s'fait des idées
On m'
(Texte biffé)
Si tu veux savoir
C'qui s'passe après
Écoute ce disque
Sur sa face deux
Mais pour savoir
C'qui s'pass' avant
Laiss'le tourner
Comme il est

Après
Chacun pour soi
C'est souvent décevant
On s'tourne le dos
Chacun pour soi
(Texte biffé)
Si tu veux savoir
C'qui s'passe avant
Écoute le disque
Sur sa face un
Mais pour savoir
C'qui s'pass' après
Laiss'le tourner
Comme il est

Serge Gainsbourg utilise un vocabulaire phonographique au sein de ses premières chansons, dès 1957 avec *Mes p'tites odalisques*, puis en 1958 avec *La Femme des uns sous le corps des autres* et en 1959 avec *Le Claqueur de doigts*. Pour France Gall, il évoque l'industrie du disque avec *N'écoute pas les idoles* en 1964 et *Poupée de cire, poupée de son* en 1965. Il est possible que ce texte inédit date de cette époque. On retrouve ensuite ces références à l'univers du disque chez Gainsbourg avec les titres *Éva* en 1975, *Variations sur Marilou* en 1976, *Disc-jockey* pour Alain Chamfort en 1977, *Mister Iceberg* en 1978, *Démodé* pour Chamfort à nouveau en 1979, *J'en ai autant pour toi* pour Philippe Dauga en 1982 puis dans *Suck, Baby, Suck* en 1987. Tous ces textes comprenant des anglicismes, il est vraisemblable que le texte ci-dessus leur est antérieur.

SANS TITRE, *inédit, non daté.*

En suivant les flèches
et les indications de lecture,
la transcription ci-dessous
tente de reproduire les vers non
biffés à l'exclusion
des recherches de rimes
ou des phrases incomplètes.
Il ne s'agit que d'une
proposition :

Si je n'ai pas vingt ans
Tu n'es qu'un bébé
Un tout
(ou : un gentil) petit garçon
Je te fais le serment
De ne pas t'oublier
Te changer les idées
Sais-tu que dans le vent
Les jeux adolescents
C'est pas pour les bébés
Un cœur indifférent
Est plein de cruauté
Je ne suis qu'une enfant
Rien qu'un' petit' enfant
Mais le peu que je sais
Je n'suis pas pour autant
La même que j'étais
Garde précieusement
Tu te fais des idées
Ne perds pas ton temps
Ne va pas pour autant
Te faire des idées
Ne pleure pas va-t'en
Ou c'est moi qui m'en vais
Ne fais pas le bébé
Toi qui n'es qu'un bébé
Retourne à ta maman
À tes jeux de bébé
Un jour tu seras grand
Il se cache un bébé
Ne fais pas le méchant
Tu n'es pas un voyou
Et cesse de pleurer
Tu auras bien le temps
D'ici quelques années
Faudra te bagarrer
Tu voudrais te donner
Et tu veux te donner
Des airs
Non tu n'es pas marrant
Quand tu veux te donner
Des airs.

que sais tu de quoi garde le plus longtemps
~~l'on sait~~ nous que moi
tous les yeux de bebes
est le ~~tendre~~
mon pauvre
envolee
si je n ai pas vingt
tristement
idee
tu tu n es qu un bebe
innocent
l'amuser
un gentil ~~tout~~ petit garcon
sais tu que dans le vent
un coeur ~~grande~~
les yeux adolescents
c est pas pour les bebes
~~ne~~ fais le serment
ne pas l oublier
le changer les idees
sais tu que dans le vent
allons
plein de cruaute
differer
dans le vent
apprend
je ne suis qu une enfant
rien qu un petit enfant
est
mais ~~je~~ ce que je sais
et
ca n est pas
que les adultes
vertu
egares
de la realite
garde precieusement
violent
sans pitie
violement
de sensibilite
tu te fais des idees
ne va pas pour autant
te faire des idees
ne perds pas ton temps
retourne a la maman
au lycee
coeur brise
a les yeux de bebe
un jour tu seras grand
quand
ne pleure pas va t en
fais semblant
mais tu n es qu
ne fais pas le bebe bebe
regard
yeux insolent
toi qui n es qu un bebe
ne crois pas pour autant
je n suis pas pour autant
la meme que j etais
grand j avais ton age
j etais un peu plus sage
a son age
a ton age j avais
il se cache un bebe
ou c est moi qui
ne fais pas le mechant
t es pas un voyou
tu auras bien le temps
et cesse de pleurer
d ici quelques annees
faudra te bagarrer
~~comme disent les grands~~
~~ton age est sans pitie~~
mon
tu voudrais le donner
et tu veux te donner
des airs
non tu n es pas marrant
quand tu veux te donner
des airs
si je n ai pas vingt ans
toi tu n es qu un bebe
ne pleure pas va t en
retrouver tes joujoux
retrouver les jouets

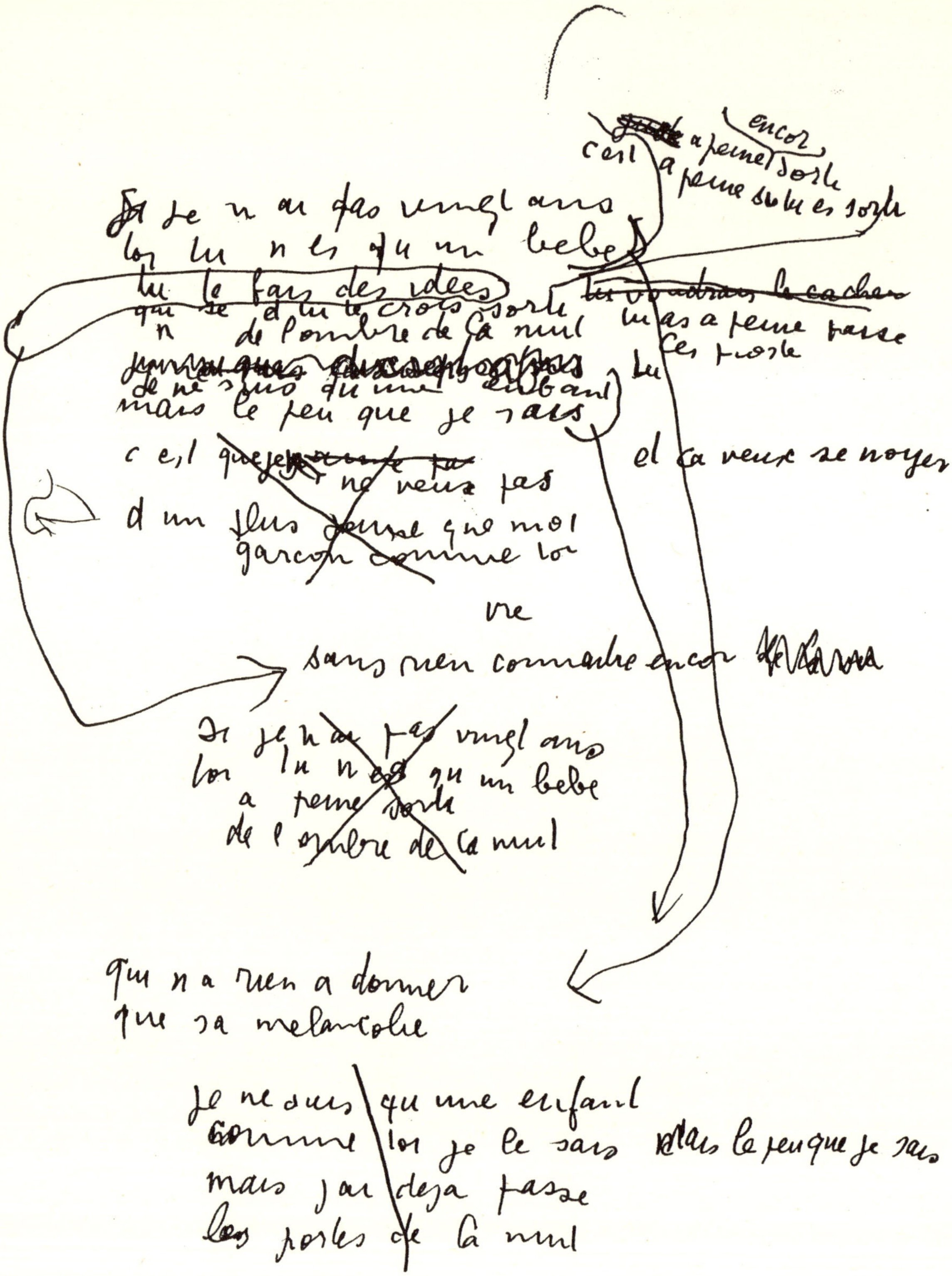

Si je n'ai pas vingt ans
Toi tu n'es qu'un bébé
Et tu te crois sorti
De l'ombre de la nuit
Je ne suis qu'une enfant
Mais le peu que je sais
C'est que je ne veux pas
D'un plus jeune que moi
(ou : d'un garçon comme toi)
(vers biffé)
En haut à droite :
À peine encore sorti
C'est à peine si tu es sorti
Tu as à peine passé les portes
Tu te fais des idées
Sans rien connaître encor'
Si je n'ai pas vingt ans
Toi tu n'es qu'un bébé
À peine sorti
De l'ombre de la nuit
(couplet biffé)
Reprise probable des premiers vers :
Si je n'ai pas vingt ans
Toi tu n'es qu'un bébé
Qui n'a rien à donner
Que sa mélancolie
Je ne suis qu'une enfant
Comme toi je le sais
(ou : Mais le peu que je sais)
Mais j'ai déjà passé
Les portes de la nuit

Ces brouillons évoquent furtivement deux chansons écrites pour France Gall, *Baby Pop* créée en 1966, qui contient le vers Sur l'amour tu te fais des idées, et *Dents de lait, dents de loup* en 1967, que Serge chante en duo avec France, dont le couplet commence par Toi, tu n'es qu'un bébé. Il pourrait davantage s'agir des prémices de *Attends ou va-t'en*, composée en 1965, qui reprend plusieurs vers de ces brouillons, sous des formes différentes :

À peine sortis
De la nuit
À peine nés d'hier
[...]
De la dernière pluie
De la nuit
Nous sommes tombés tous deux
Amoureux
Attends le jour
Où cet amour
Ne s'ra plus un jeu
Attends ou va-t'en
Mais ne pleure pas.

plus dur sera le chut

le tapis rouge

le miroir brisé

il y a quinze ans elia kazan

qui se souvient de chessman

LISTE DE TITRES,
vers 1967-1968.

Plus dur sera le chut
Le Tapis rouge
Le Miroir brisé
Il y a quinze ans Elia Kazan
Qui se souvient de Chessman
Cette liste de titres inédits peut être datée grâce au seul titre qui a donné lieu à une chanson, *Plus dur sera le chut*, enregistrée par Dominique Walter en 1968, même s'il existe une chanson intitulée *Qui se souvient de Caryl Chessman* enregistrée mais restée inédite. Cette liste permet en fait de dater le début de texte inédit sur Elia Kazan, réalisateur de *À l'est d'Eden* avec James Dean que Serge affectionne.

IL Y A QUINZE ANS ELIA KAZAN,
inédit, vers 1967-1968.

Il y a
Quinze ans
Elia
Kazan
Réa-
Lisait
Sur les quais
J'avais seize ans
Jamais d'argent
Pour acheter
Mon ticket
Alors je restais sur le quai

Gainsbourg cite le film *Sur les quais (On the Waterfront)* dont le personnage principal est joué par l'acteur fétiche de Kazan, Marlon Brando. En haut du feuillet, l'indication rere violons 2e séance (« rere » voulant dire réenregistrement) laisse supposer qu'une maquette a dû être réalisée pour ce titre sur un play-back déjà existant. Il est possible que Serge, au courant de l'attitude du réalisateur pendant le maccarthysme encore très présente dans les esprits, ait décidé de ne pas travailler plus avant ce texte. Pour mémoire, le sénateur McCarthy organisa, en pleine guerre froide, une chasse aux sorcières rouges qui finit par atteindre Hollywood. Les artistes soupçonnés d'éprouver des sympathies communistes passaient devant la Commission des activités anti-américaines. Ceux qui ne reconnaissaient pas les faits ou ne divulguaient pas de noms à la commission se retrouvaient black-listés. Elia Kazan dénonça des membres de l'industrie cinématographique. En dépit des films qui militaient en faveur des minorités qu'il réalisa par la suite, cet épisode le poursuivit. En mars 1999, un Oscar lui fut remis pour l'ensemble de sa carrière. La salle se scinda en deux groupes, ceux qui avaient pardonné, et ceux qui ne voulaient pas oublier. Dans le film *Charlotte for ever* en 1986, Gainsbourg cite un passage d'un des livres du réalisateur qu'il ponctue par : « Classieux, non... C'est de cet enfoiré d'Elia Kazan qui a balancé tous ses potes au temps du maccarthysme. »

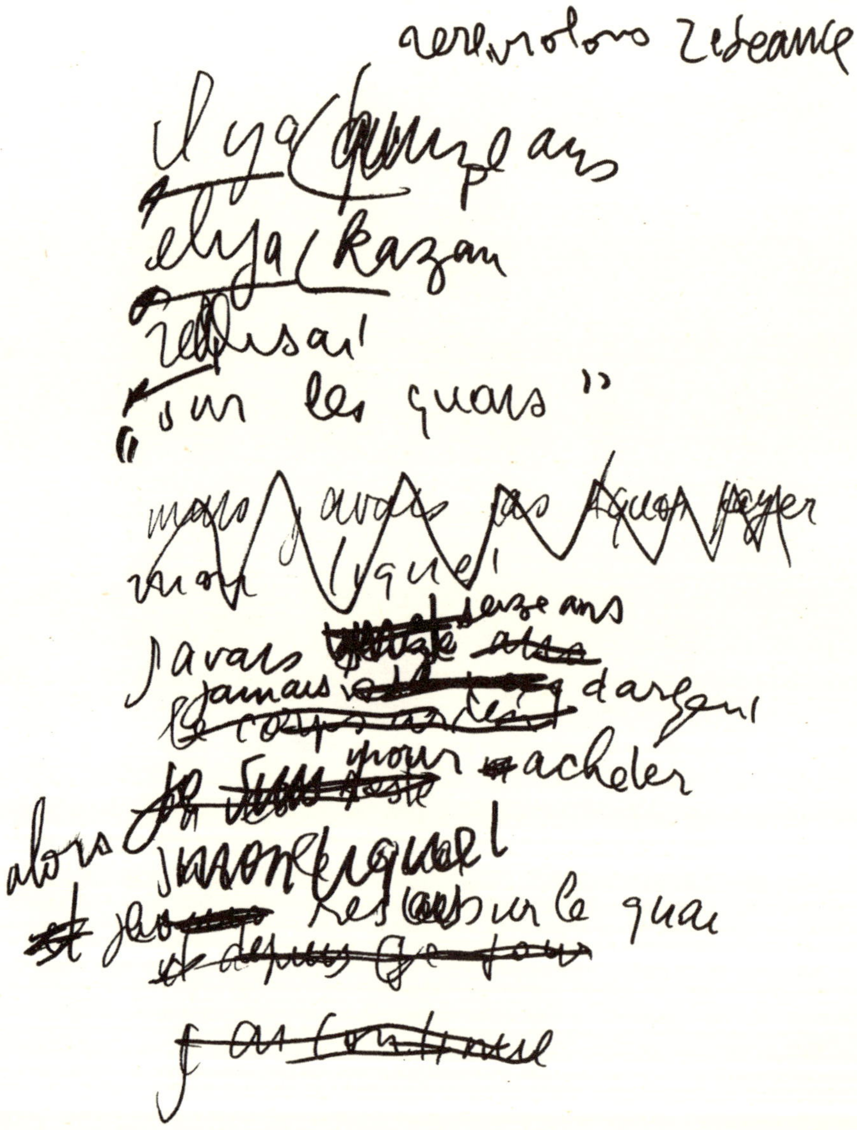

NOTES, *non datées.*

En 1967, Serge décrit pour France Gall les délires de *Teenie Weenie Boopie*, qui a pris du LSD. Dans ses visions, elle croise Mick Jagger qui la frôle avec sa Rolls et finit noyé dans sa piscine. Les rêves ci-dessus sont peut-être liés à ce titre. On trouve cependant des références à d'autres chansons. Ainsi, *Bloody Jack*, écrit la même année, a-t-il un cœur qui ne bat qu'un coup sur quatre, marquant ainsi le tempo. Dans *La vie est une belle tartine* en 1969, Dominique Walter évoque le *Titanic* et tente de se suicider en avalant des somnifères qui lui donnent des rêves gris et rêves roses. Il est aussi possible qu'il s'agisse d'un premier essai pour *Ford Mustang*, enregistrée en 1968, qui évoque pour la première fois Marilyn. La Ford remplacerait le taxi et les accessoires éparpillés prendraient la place du délire comatique ? Ce texte est unique en son genre. Dans les archives de Gainsbourg, il n'existe pas de notes préparatoires d'une chanson qui ne contiennent déjà des vers ou des tentatives de versification. Alors, peut-être n'est-ce en rien une chanson, mais une idée de scénario ? de roman ?

Début
Battements de cœur
– La batterie caisse solo
Taxi londonien
Pulsions deviennent éléments rythmiques
Arrêt cardiaque
Cliniquement (ou : techniquement)
mort pour neuf minutes
Peut-être sirène ambulance
américaine
Éternité
Première vision d'un au-delà mirifique
Orgue de cinéma
Chœurs de jeunes garçons
Rock à bégayer de stupéfaction
Première vision
Croiser les musiciens du *Titanic*
– Leurs noms
Jouent Alexander Ragtime Band
Un cœur de cubes de plastique translucides
Figés pour l'éternité
Voici l'actrice américaine Marilyn Monroe
Les acteurs Montgomery Clift
Et James Dean
Les présenter au micro avec écho
et applaudissements comme
pour un show à l'américaine
Musique marche héroïque

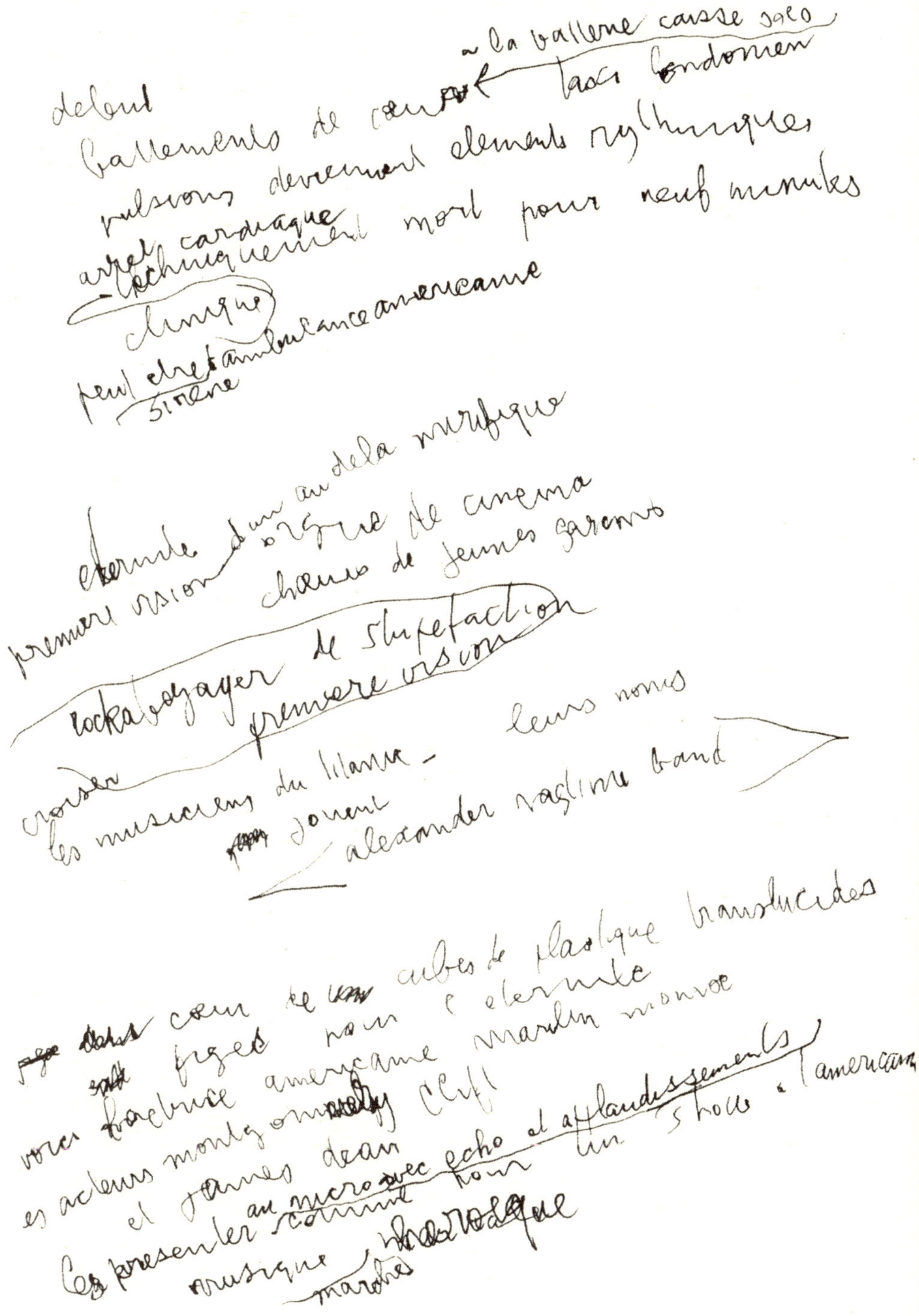

CLOSE-COMBAT,
inédit, vers 1972.

La baïonnette eau canon
On ne m'a mêm' pas cherché
que là-bas
De l'autre côté
Là-bas au soleil levant
On en apprend tout autant
Comment former les faisceaux
Drapeaux
Peau
Bourreaux
J'ai appris le close-combat
À tuer de mes dix doigts
Percer la toile et la peau
À la
Soldat
À étrangler de mes dix doigts
À me servir d'un pistolet-mitrailleur
Pour lui transpercer la peau
Je l'ai appris il y a quelques mois
Comment on sauva sa peau
À la pointe d'un couteau
Comment naissent les coquelicots
À la pointe du couteau
Mais on ne m'a pas appris
Comment on meurt à vingt ans
Comment on verse son sang
On m'a appris à vingt ans
Comment fair' couler le sang
Comment jouer les héros
Et mêm' comment tuer sans
Faire couler le sang
Tuer rien qu'avec ses doigts
ça s'appelle le close-combat
Comment tenir un couteau
Là tous les coups sont permis
Les coups d'genou les coups bas
Tous ces sal's coups
Qui font mal
Défendus en temps normal
Comment jouer du couteau
J'ai appris les mauvais coups
Les coups bas les coups d'genou

Pour le film *Trop jolies pour être honnêtes* de Richard Balducci en 1972, Serge compose une musique intitulée *Close-combat* qu'il reprend pour un show télévisé où il ajoutera un texte pour un duo entre Sylvie Vartan et Jane Birkin. La chanson s'intitule *Les Haricots* (ou parfois *Pour des haricots*). Elle évoque au second degré les repas des conscrits.
Il est peu probable que Serge ait écrit ce texte, *Close-combat*, pour le film de Balducci, une comédie légère. Mais ce terme n'est utilisé qu'à cette occasion.

la bail[illegible] au canon

on ne m'a pas appris
que la gâchette l'autre côté
à la bas au golfe de Corée
on en attrapait tant autant

J'ai appris le close-combat

à tuer de mes dix doigts

comment former les faux drapeaux

~~pour~~ percer la toile d'la peau
à la

soldat.

drapeau

peau
bourreau

à étrangler de mes dix doigts

à me servir d'un pistolet mitrailleur

pour transpercer ~~[illegible]~~
la peau

~~[illegible]~~

je l'ai appris il y a quelques mois

~~[illegible]~~

comment on sauve sa peau
à la pointe d'un couteau

comment naissent les coquelicots
à la pointe du couteau

mais on ne m'a pas appris

comment ~~mourir~~ on meurt à vingt ans

comment on verse son sang

~~on m'a appris à vingt ans~~

comment faire ~~verser~~ couler le sang

et même comment tuer sans

comment jouer les héros

faire couler le sang et du couteau

~~à~~ tuer rien qu'avec ~~[illegible]~~ ses doigts

ça s'appelle le close combat

comment tenir un couteau

~~[illegible]~~ là tous les ~~[illegible]~~ coups sont permis

~~et~~ les coups d'genou les ~~[illegible]~~ coups bas

comment jouer du couteau

tous ces sales coups qui sont ma
défendus en temps normal

(j'ai appris les mauvais coups
les coups bas les coups d'genou

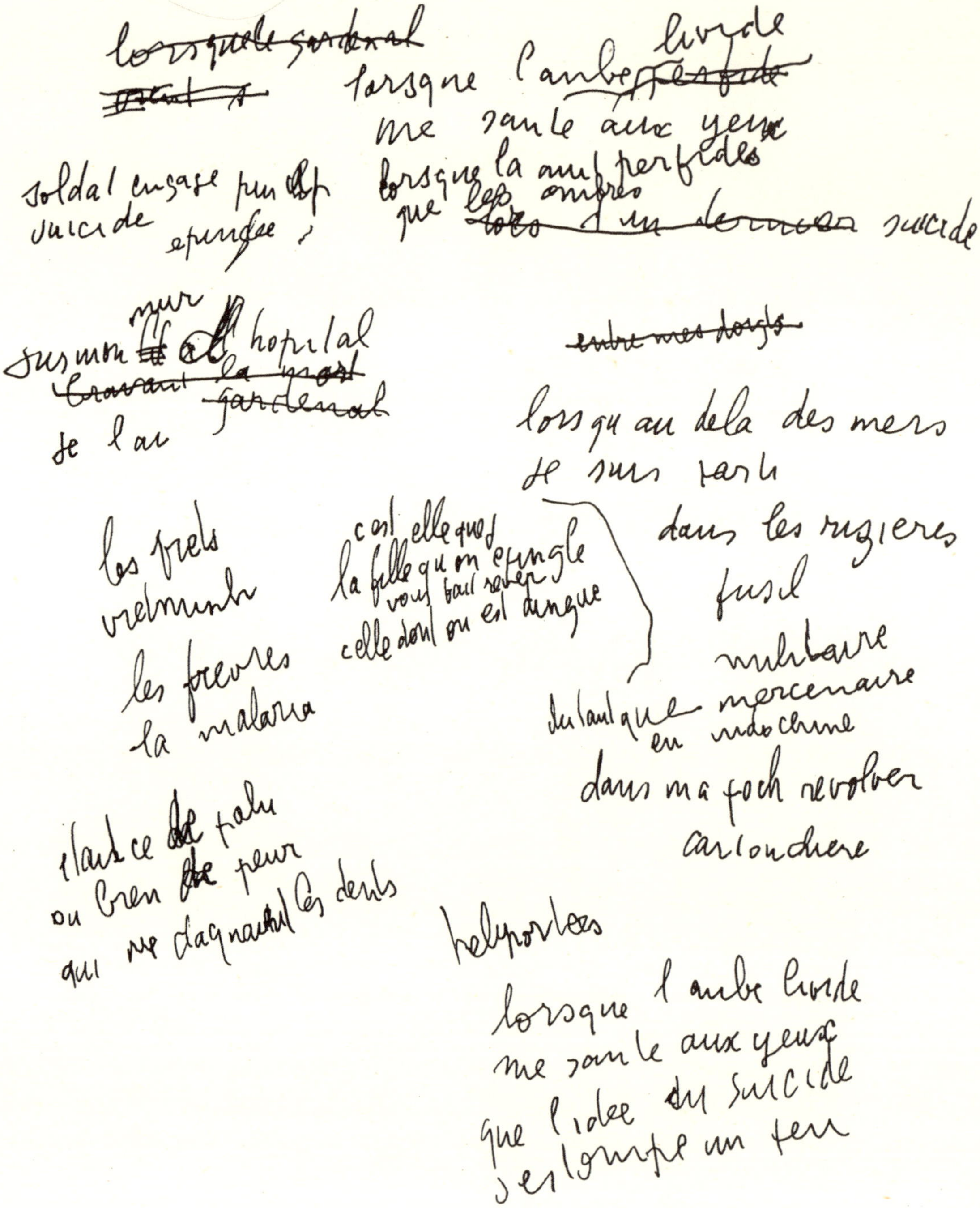

On le voit sur ce deuxième feuillet où sont évoqués les rizières, l'Indochine et le Viêt-minh, Gainsbourg aborde ici la guerre d'Indochine qui conduisit à l'indépendance du Vietnam, alors qu'une pluie de bombes va bientôt se déverser sur Hanoi, en pleine guerre entre le Vietnam du Nord, allié à l'URSS et à la Chine, et celui du Sud, soutenu par les États-Unis. Les mouvements pacifistes tiennent, à cette période, le gouvernement américain en respect, en raison des milliers de jeunes appelés qui sont morts au combat. Il est évident que Serge se sent concerné par ces événements, en témoignent les nombreuses chansons qu'il consacre aux soldats depuis 1967 : *Boum badaboum*, *Pour des haricots*, *Élisa*, *G.I. Joe*, les chansons du film de William Klein, *Mister Freedom*. Le clin d'œil *Johnsyne et Kossigone* s'y réfère également. Serge évoquera directement la guerre du Vietnam dans la chanson *Malaise en Malaisie* pour Alain Chamfort en 1981, avec ces vers :

Le napalm coule dans tes veines
Ma jolie petite Eurasienne

Les nombreux témoignages de GI effrayés par l'horreur de leurs propres exactions lui insufflent ces couplets :

Soldat engagé pin-up
Suicidé
Épinglée
Sur mon mur d'hôpital
Je l'ai
Les frets
Viêt-minh
Les fièvres
La malaria
Était-ce de palu
Ou bien de peur
Que me claquaient les dents
Lorsque au-delà des mers
Je suis parti
Dans les rizières
Fusil
Militaire
En tant que mercenaire
En Indochine
Dans ma poch' revolver
Cartouchière
Lorsque l'aube livide
Me saute aux yeux
Que l'idée du suicide
S'estompe un peu

L'image des pin-up que les soldats accrochent dans leur caserne apporte ce début d'idée, lisible au centre du document :

La fille qu'on épingle
(ou : c'est elle que j')
Vous fait rêver
Celle dont on est dingue

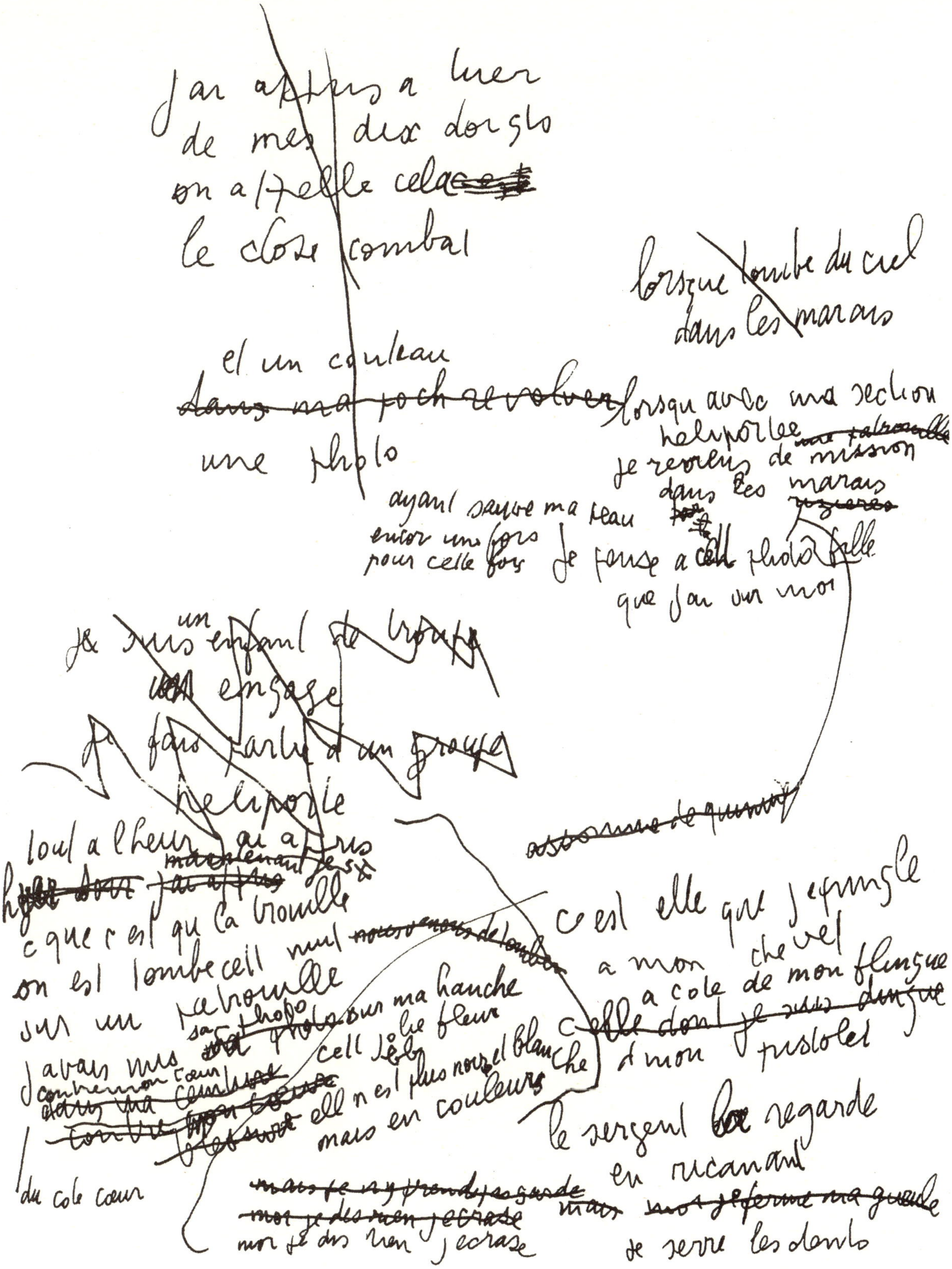

Lorsque avec ma section
Héliportée
Je reviens de mission
Dans les marais
Ayant sauvé ma peau
Pour cette fois
(ou : encor' une fois)
Je pense à cette photo (ou : fille)

Que j'ai sur moi
Tout à l'heur' j'ai appris
C'que c'est qu'la trouille
On est tombé cette nuit
Sur un' patrouille
J'avais mis sa photo sur ma hanche
Contre mon cœur
(ou : du côté cœur)

Cett' jolie fleur
On peut lire les lettres bb entre ces deux phrases, ce texte pouvant d'ailleurs se calquer sur la mélodie de *Initials B.B.*
Elle n'est plus noire et blanche
Mais en couleurs
C'est elle que j'épingle

À mon chevet
À côté de mon flingue
D'mon pistolet
Le sergent la regarde
En ricanant
Moi je dis rien j'écrase
Je serre les dents.

SANS TITRE, *inédit*
rédigé en 1972.

Ah la gomina
Ah ces gigolos à la gomme à la gomina
Gominés
Qui t'sautent des bancos
Avec le fric de leurs nanas
À Monte Carlo
Et quand ça voulait plus rien
Hop la y s'faisaient sauter la gomina
Et quand c'était plus rigolo
Aguadulce
Ces minets
Efféminés
Se ruiner

Cette ébauche de texte ne deviendra pas une chanson en soi, mais le terme « gigolo » deviendra le sujet de deux chansons, *Il est rigolo mon gigolo* que va chanter Régine cette même année 1972 lors d'un show télévisé, et *Les Roses fanées* interprétée à la télé par Jacques Dutronc, Serge Gainsbourg et Jane Birkin en trio.
Ce brouillon a été rédigé sur le même papier à en-tête que celui utilisé pour la chanson *Les Millionnaires* écrite pour Zizi Jeanmaire en 1972.

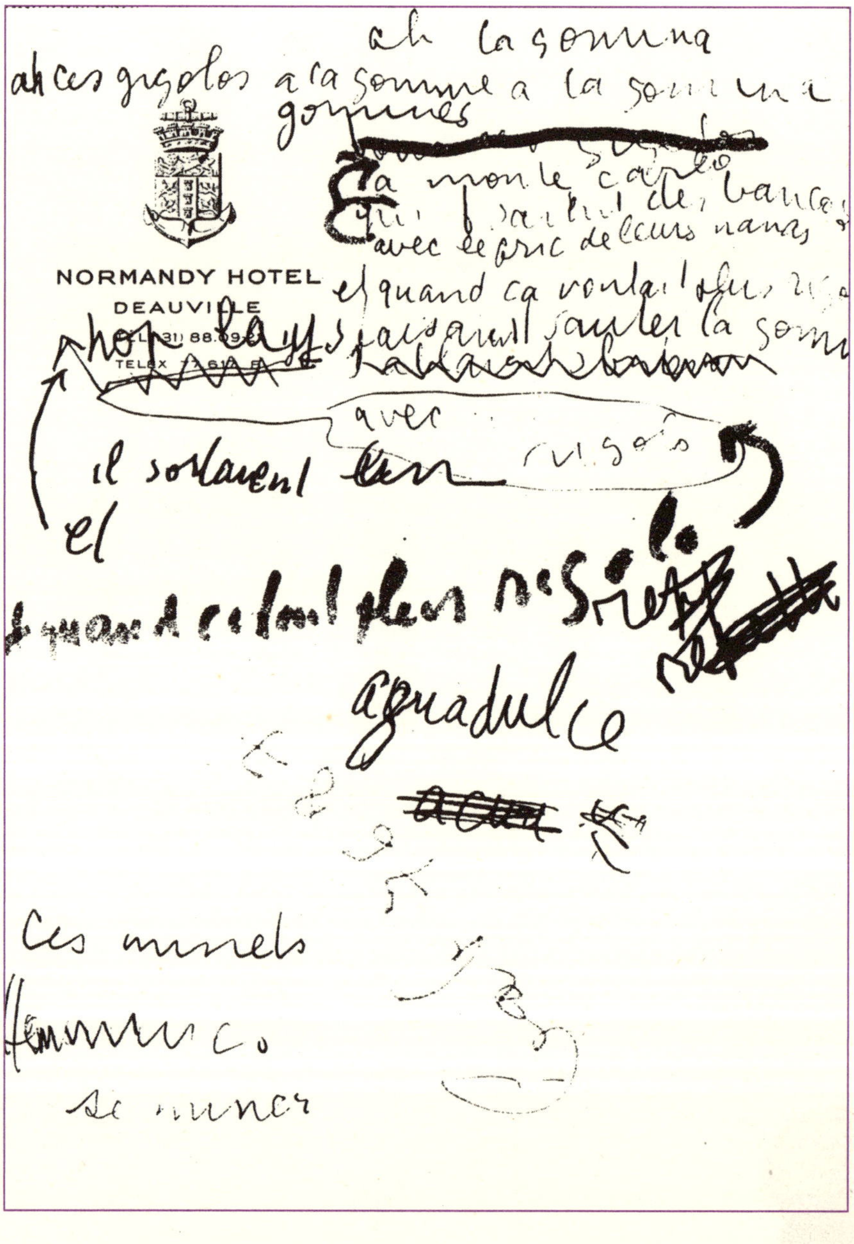

bathing beauty and sympathy

Jane ou Brigitte
ou Brigitte ou Jane
et caetera

dans l'eau dans l'eau de l'o
céan
nous faisons tremper nos
séants
pour éteindre les flammes
qui nous brul'nt corps et âme
c't excellent
dans ce bain de mousse
salé
on s'fait pas d'mousse on s'lai
sse aller
a des envies sournoises
a des pensées grivoises
et salées
bathing beauty
bathing beauty
beauty and sympathy

toutes les deux bis

idem

dans l'eau dans l'eau de l'o
céan
en laissant tremper nos
séants
nous faisons brise-lame
brisant le coeur et l'âme
des galants
cette envie qu'on a d'se
marrer
çà monte comme la
marée
c'est d'abord un peu vague
et puis çà vient par vagues
argentées
bathing beauty
bathing beauty
beauty and sympathy

bis

idem

dans l'eau dans l'eau de l'o
céan
nous faisons tremper nos
séants
et la mer émeraude
en devient toute chaude
et argent
suffit dit-on d'être en chaleur
pour noyer les maîtres nageurs
a tel point l'on bouillonne
que l'eau est bien plus bonne
qu'tout a l'heure
bathing beauty
bathing beauty
beauty and sympathy

bis

Gainsbourg

BATHING BEAUTY AND SYMPATHY, *inédit, probablement 1972-1973.*

Sur ce texte dactylographié, Serge a indiqué le prénom des interprètes de ce duo, Jane et Brigitte, sans que soient définies les interventions de chacune, excepté pour le refrain (indication : toutes les deux). En 1973, le film de Roger Vadim *Don Juan 73 (ou si Don Juan était une femme)* réunit à l'écran Brigitte Bardot et Jane Birkin. Lors d'une séquence où B.B. séduit Jane, elles sont allongées nues dans un lit et fredonnent une chanson. Jane racontera que sur le tournage, Bardot avait proposé de chantonner *Je t'aime... moi non plus*, clin d'œil au titre qu'elle avait enregistré avec Gainsbourg avant Jane. Il n'est pas impossible que cette histoire ait amusé Serge et que, les plaies de la rupture avec Brigitte ayant cicatrisé, il ait conçu ce titre ironique qui, à son tour, évoque *Je t'aime... moi non plus* et son va-et-vient « comme la vague irrésolue ». « Je me rappelle très bien avoir enregistré ce titre, avoue Jane Birkin, car je ne savais pas ce que voulait dire le mot "séants", c'était sans doute pour une émission de télé. Mais je ne l'ai pas enregistré en duo et évidemment pas avec Bardot[26]. »

SANS TITRE, *non daté, probablement 1974.*

Attention on va danser
La tapioca !
Tout l'monde enlève
ses godasses
Et ses chaussettes !
C'est un truc qui s' danse pieds nus
Ah ça, fallait vous laver les pieds...
Et attention aux mégots
d'cigarettes !
C'est parti !
Pour danser la tapioca
Comm' dans le Ouanda
Faut balancer les nougats
Comm' dans le Ouanda

Ce texte accompagnait le manuscrit de *Les Filles c'est du flipper* dans les archives du couple Françoise Hardy-Jacques Dutronc, écrit de la même encre de couleur. Il semble donc que Jacques l'ait enregistré à cette époque pour le même show télévisé, *Top à Jacques Dutronc*. Il est possible que la chanson finale soit plus longue bien que le feuillet ne soit pas numéroté.

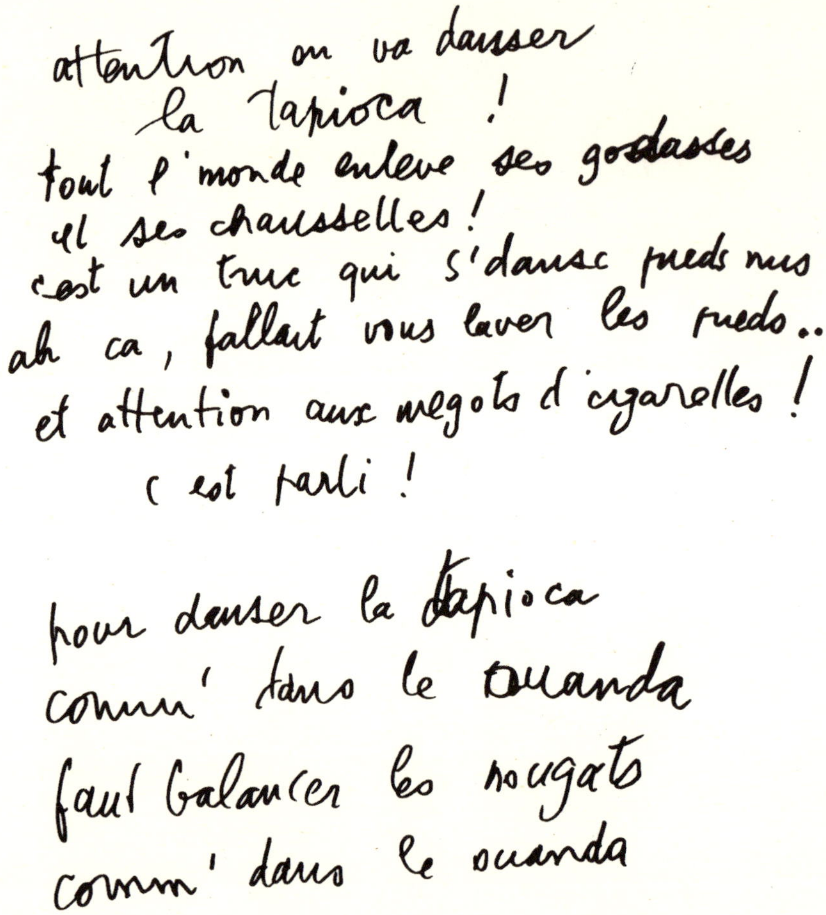
attention on va danser
la tapioca !
tout l'monde enleve ses godasses
et ses chaussettes !
c'est un truc qui s'danse pieds nus
ah ca, fallait vous laver les pieds...
et attention aux megots d'cigarettes !
c'est parti !

pour danser la tapioca
comm' dans le ouanda
faut balancer les nougats
comm' dans le ouanda

SANS TITRE, *non daté, probablement vers 1978.*

Je t'aime moi non plus ou ex-fan des sixties, Jane est la Lou d'Apollinaire, celle de Nabokov et la mienne. Une érotique d'autant plus violente qu'elle est à la fois perverse et candide.

Ce texte sur Jane accompagne probablement une série de photos. Serge avait déjà rédigé de courts textes accompagnant des photos érotiques qu'il avait prises de Jane. La mention du titre *Ex-fan des sixties* date ce texte de 1978 ou peu après.

melody nelson publishing

4, rue d'Argenson, 75008 Paris. Tél. 266-56-05

~~[illegible]~~ je l'aime moi non plus ~~ou~~
~~est~~ fan des sixties ~~l'érotisme de~~
~~jane est d'autant plus violent~~
qu'~~il est resté à la fois candide~~
et ~~pervers~~. ~~elle est~~ la lou
jane ~~elle~~ est
~~de~~ apollinaire, ~~[illegible]~~ celle de nabokov
et ~~l~~ la mienne, ~~de je l'aime moi~~
~~non plus a ou fan des sixties~~,
~~jane~~ ~~cas~~ ~~une~~ érotique d'autant
plus violente qu'~~est~~ est à la fois
~~candide et~~ perverse et candide.

Société à responsabilité limitée au capital de 20.000 francs – R.C. Paris 73 B 6340

melody nelson publishing

4, rue d'Argenson, 75008 Paris. Tél. 266-56-05

commandos
commandos
lorsque tout est râpé
on s'engage dans les
commandos
commandos

complimes

Kamikaze

comme il faut

compliment
puisque tu le lire
permets moi de le dire
compliment

Bons baisers a Bristol

Interdit
les drogues majeures
les ~~[illegible]~~ mineures
les petits

composer

condamné

maquiller

~~[illegible]~~
~~[illegible]~~
tu fou

Société à responsabilité limitée au capital de 20.000 francs – R.C. Paris 73 B 6340

NOTES, *1979.*

Sur l'autoroute qui mène
à l'an 2000
J'ai pris en stop Arthur Rimbaud
Manureva

Rimbaud est une référence omniprésente dans les textes de Gainsbourg. Cette belle phrase était-elle destinée à l'une des musiques d'Alain Chamfort ? Le titre *Manureva* indique que Serge vient de trouver une nouvelle idée après que Chamfort a refusé *Adieu California* et permet de dater ce document.

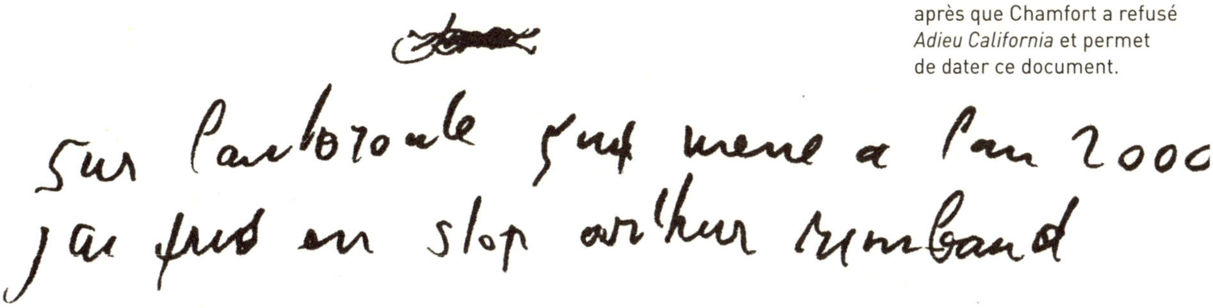

sur l'autoroute qui mene a l'an 2000
j'ai pris en stop arthur rimbaud

manureva

SANS TITRE, *non daté, probablement vers 1978.*

Commandos
Commandos
Lorsque tout est râpé
On s'engage dans les
Commandos
Commandos
Kamikaze
Comprimés
Comme il faut
Compliment
Puisque tu te tires
Permets-moi d'te dire
Compliment
Bons baisers à bientôt
Interdit
Les petit's mineures
Les drogues majeures
Composer
Maquiller
Condamné

Ces brouillons sont rédigés sur le même papier à en-tête de Melody Nelson Publishing, avec la même encre et la même écriture que les manuscrits de *Démodé* que Serge a écrits pour Alain Chamfort en 1979. Il est donc probable que certaines de ces idées de textes aient été destinées à l'album *Poses*, pour lequel Serge a aussi écrit *Manureva* et *Bébé Polaroid*. Le texte *Betty Jane Rose* que Serge a écrit pour le groupe Bijou en 1978 joue sur les rimes Majeure/Mineure, dont l'origine se trouve peut-être dans les lignes ci-dessus.

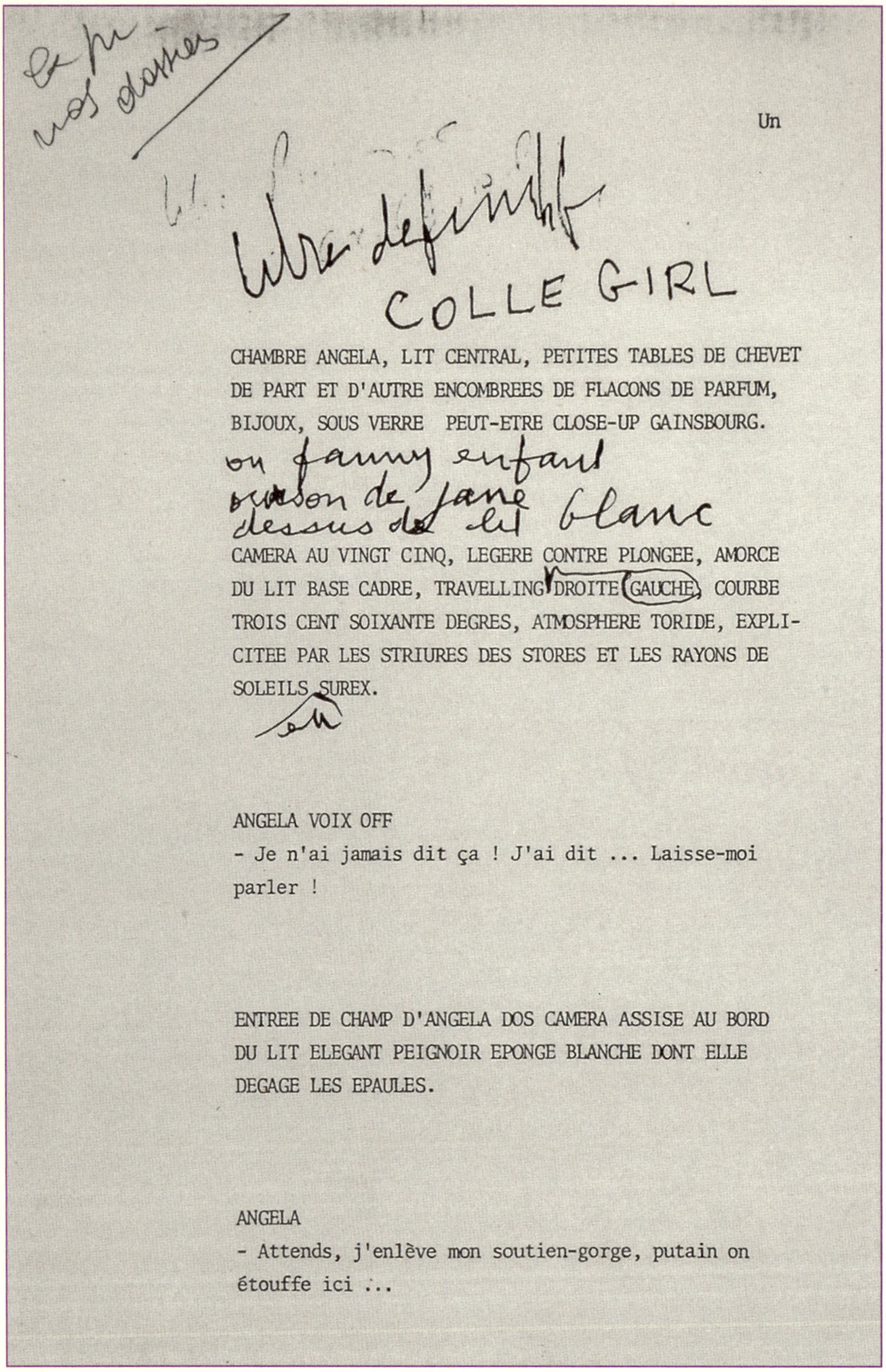

Un

COLLE GIRL

CHAMBRE ANGELA, LIT CENTRAL, PETITES TABLES DE CHEVET DE PART ET D'AUTRE ENCOMBREES DE FLACONS DE PARFUM, BIJOUX, SOUS VERRE PEUT-ETRE CLOSE-UP GAINSBOURG.

ou fanny enfant
ourson de jane
dessus de lit blanc

CAMERA AU VINGT CINQ, LEGERE CONTRE PLONGEE, AMORCE DU LIT BASE CADRE, TRAVELLING DROITE GAUCHE, COURBE TROIS CENT SOIXANTE DEGRES, ATMOSPHERE TORIDE, EXPLICITEE PAR LES STRIURES DES STORES ET LES RAYONS DE SOLEILS SUREX.

ANGELA VOIX OFF
- Je n'ai jamais dit ça ! J'ai dit ... Laisse-moi parler !

ENTREE DE CHAMP D'ANGELA DOS CAMERA ASSISE AU BORD DU LIT ELEGANT PEIGNOIR EPONGE BLANCHE DONT ELLE DEGAGE LES EPAULES.

ANGELA
- Attends, j'enlève mon soutien-gorge, putain on étouffe ici ...

SCÉNARIO DE *COLLE GIRL*,
inédit, probablement vers 1980-1981.

Dans son ouvrage *Movies* qui recense les scénarios de Serge Gainsbourg relevés d'après ses manuscrits, Franck Lhomeau situe la rédaction de *Colle Girl* comme « immédiatement postérieure à 1980[27] ».
Sur son tapuscrit, Serge rajoute quelques indications
ou Fanny enfant, ourson de Jane, dessus-de-lit blanc
La suite, dialoguée, mélange le monologue d'Angela aux didascalies que nous avons choisi de mettre entre parenthèses et en *italique*, par souci de compréhension et pour les distinguer du monologue.

À droite.
Je n'ai jamais dit ça. J'ai dit : laisse-moi parler ! *(Changement d'humeur.)* Attends, j'enlève mon soutien-gorge, putain on étouffe ici.
(Elle coince le récepteur entre ses cuisses, puis caméra dos Fanny p a.)
Tu es toujours là ? Bon, j'ai dit : C'est pas vrai, tu es dégueulasse. Non, ne raccroche pas je t'en prie je t'en prie. Hou hou ? Bon écoute : bien sûr que je t'aime pour moi et pas pour toi, je nous aime, et alors ? Toi, je sais, tu m'aimes comme ça. Tu vois, c'est le comme ça qui est en trop. Tu as besoin de moi comme on a besoin, je sais pas moi, d'oxygène. C'est ça, d'oxygène. Je me casse et tu étouffes. L'oxygène, on aime pas on en a besoin et toi, sans moi, tu peux crever. *(Au bord des larmes.)* Van Cleef et Arpels, merci Angela...

je n ai jamais dis ca ^

ai dis —— laisse moi parler !

~~changement d humeur~~

attends j enleve mon ~~s~~oulien gorge pulan

ons etouffe ici elle commence le receptions entre ses

cuisses ~~puis~~ camera ~~de~~ dos femmes p a

tu es toujours la ⟵ bon j ai dis ——

c est pas vrai —— tu es deguelasse

non ~~ne~~ raccroche pas —— je t en prie ——

je t en prie —— hou ~~hoed~~ ? ——

bon — ecoutes ——————

bien ~~fais~~ que de t aime pour moi

et pas pour toi ~~de nous guerre~~ et alors ?

toi je sais tu m aimes comme ca —

~~~~ , c est le comme ca quoi est

en trop

tu as besoin de moi comme ~~on~~ ~~as~~ besoin

n sais pas moi ~~et~~ oxygene ~~je me~~ ~~ca~~ c est ca d oxygene

je me casse et tu etouffes . l oxygene on

aime pas on en a besoin et toi sans

moi tu ~~peux~~ crever ~~?~~

bord des larmes ~~la~~ ~~carton~~ ~~lambourgine~~ ~~l aston martin~~ van cleef et arpels

~~~~ la

merci angela ——

2

et le carlier
merci angela

merci angela
et gaston martin?
merci angela

pathetique
et si tu crois que ca me fait marrer ~~de~~ moi
pisser sur la gueule d'un pauvre
con de banquier de merde entre ~~pareilles~~
comme c'est ~~pire~~ —
caser l'affaire michel simon
et on rechauffe au bain ~~marie~~
~~##~~ finir avec des rires

hysteriques on frappe a la porte
merde (trois) quatre ~~pas trois~~
fasse derche je t'assure
non quatre mais on se voit apres
attends j'y vais c'est le ~~vieux~~ c,
je vais l'expedier ~~dan~~ cinq minutes
~~l'autre~~ ~~apres~~ ~~c'est~~ celui qui veut absolu
ment que tiens mon cul hein ah non pas question
coco faut que j'y
aille reste en ligne je prends
apres ——

Et le Cartier ? Merci Angela. Merci Angela. Et l'Aston Martin ? Merci Angela. *(Pathétique.)* Et si tu crois que ça me fait marrer, moi, de pisser sur la gueule d'un pauvre con de banquier de merde, entre parenthèses, Corrine, c'est pire. *(Caser l'affaire Michel Simon « Et on réchauffe au bain-marie », finir avec des rires hystériques.)* *(On frappe à la porte.)* Merde. *(Faux derche.)* *(Trois.)* Quatre, non, quatre, je t'assure, mais on se voit après. Attends. J'y vais, c'est le vieux, je vais l'expédier en cinq minutes l'autre. C'est celui qui veut absolument que... Tiens, mon cul, hein. Ah non, pas question coco. Faut que j'y aille, reste en ligne, j'te prends après.

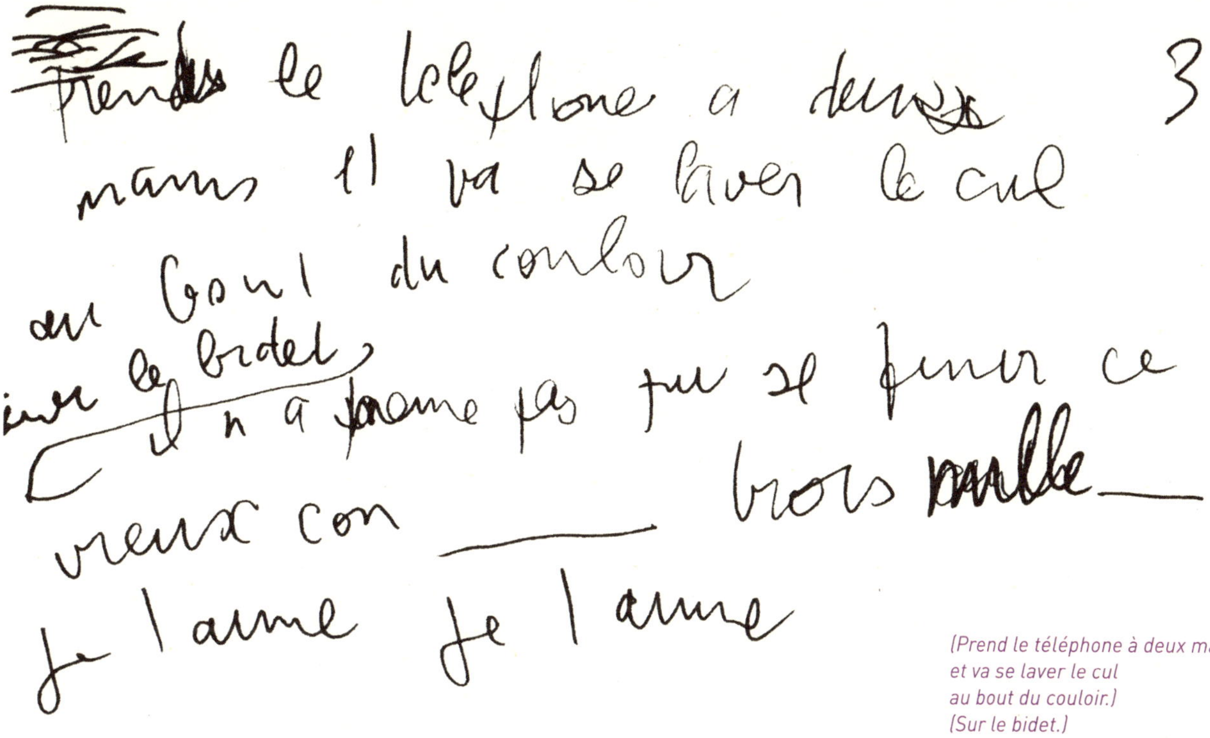
Prends le telephone a deux mains il va se laver le cul au bout du couloir
sur le bidet
il n a même pas pu se finir ce vieux con — trois mille —
je l aime je l aime
3

(Prend le téléphone à deux mains et va se laver le cul au bout du couloir.) *(Sur le bidet.)* Il a même pas pu se finir, ce vieux con. Trois mille. Je t'aime, je t'aime.

Tout le scénario est bâti sur les longs monologues d'Angela, entrecoupés par les visites des clients qu'elle reçoit en laissant son interlocuteur patienter au téléphone. L'histoire narre les déboires de la jeune fille, qui réserve le coït anal à son interlocuteur téléphonique bien qu'elle accepte tous les fantasmes de sa clientèle. Le dernier visiteur, qu'elle cache à son amant officiel, la prend par derrière. Ayant deviné, l'amant raccroche, laissant la jeune fille seule et désemparée.

L'anecdote scatologique que Michel Simon a racontée à Serge Gainsbourg lors du tournage de *Ce sacré grand-père* de Jacques Poitrenaud en 1967 est développée dans le tapuscrit annoté, non reproduit ici, le prénom d'Alice remplaçant celui de Corrine : « Tu sais, Alice, c'est pire... Accroche-toi... Elle a un plan dis donc, je te dis pas... Mais je vais te le dire quand même... Elle en a qui en mangent. Et elle fait un tel tabac avec ça qu'elle peut pas assurer, elle fait venir ses copines, elle met au frigo et elle réchauffe au bain-marie... »

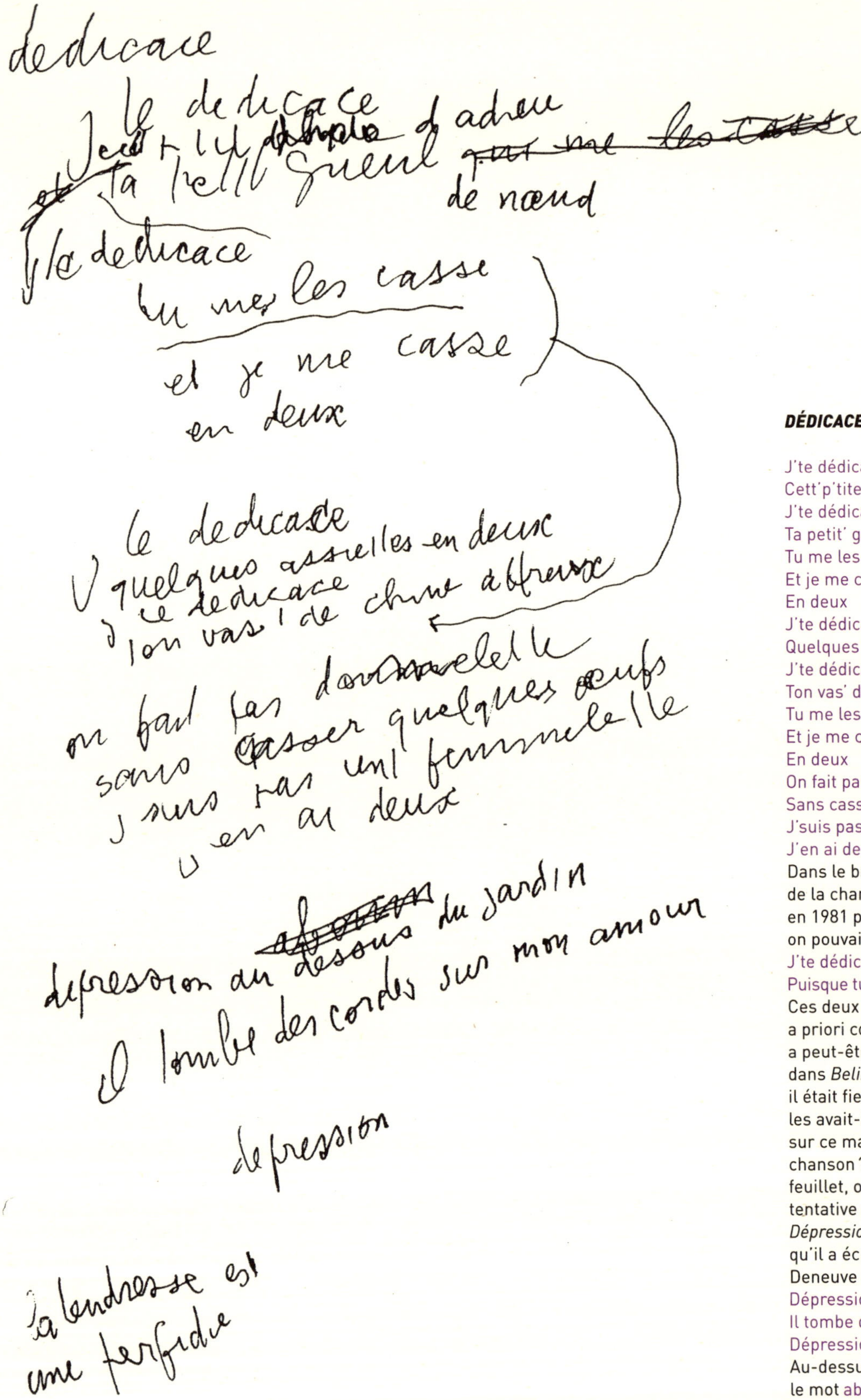

dedicace
J'te dedicace
cett' p'tit photo d'adieu
ta petit' gueul qui me les casse de nœud
J'te dedicace
tu me les casse
et je me casse
en deux
J'te dedicace
quelques assiettes en deux
J'te dedicace
ton vas' de chine affreux
on fait pas d'omelette
sans casser quelques œufs
j'suis pas une femmelette
j'en ai deux
depression au aboum desous du jardin
il tombe des cordes sur mon amour
depression
la tendresse est une perfidie

***DÉDICACE,** inédit, vers 1981.*

J'te dédicace
Cett'p'tite photo d'adieu
J'te dédicace
Ta petit' gueule de nœud
Tu me les casses
Et je me casse
En deux
J'te dédicace
Quelques assiettes en deux
J'te dédicace
Ton vas' de Chine affreux
Tu me les casses
Et je me casse
En deux
On fait pas d'omelette
Sans casser quelques œufs
J'suis pas une femmelette
J'en ai deux

Dans le brouillon manuscrit de la chanson *Belinda* écrite en 1981 pour Julien Clerc, on pouvait lire ces vers biffés :
J'te dédicace cett'photo d'adieu
Puisque tu te cass'tu t'casse en deux.
Ces deux manuscrits sont donc a priori contemporains. Serge a peut-être tenté de glisser dans *Belinda* des vers dont il était fier, ou peut-être les avait-il biffés pour écrire sur ce manuscrit une nouvelle chanson ? Plus bas sur ce même feuillet, on relève une nouvelle tentative pour la chanson *Dépression au-dessus du jardin* qu'il a écrite pour Catherine Deneuve en 1981 :
Dépression au-dessus du jardin
Il tombe des cordes sur mon amour
Dépression
Au-dessus de la phrase-titre, le mot aboum est biffé.
Il existe un manuscrit, reproduit ci-après, d'un début de chanson intitulée *Aboum Tacaboum*.
Le feuillet se conclue sur le vers :
La tendresse est une perfidie
Toujours en 1981, Serge écrit pour Alan Chamfort le titre *Bambou*.

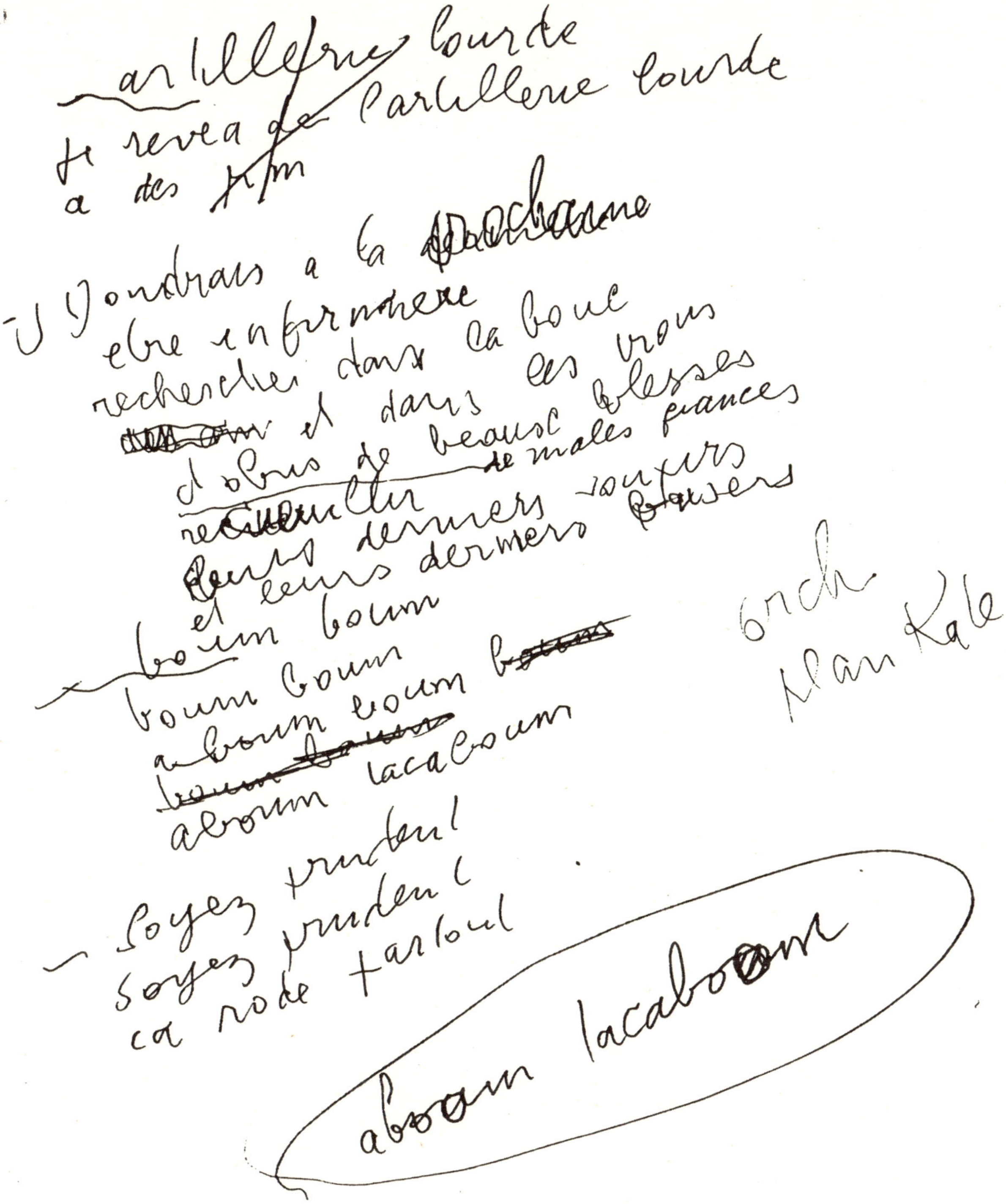
J'voudrais à la prochaine
être infirmière
rechercher dans la boue
et dans les trous
d'obus de beaux blessés
de mâles fiancés
recueillir
leurs derniers soupirs
et leurs derniers baisers
boum boum
boum boum
a boum boum
aboum tacaboum
Soyez prudent
Soyez prudent
ça rode partout
aboum tacaboum

ABOUM TACABOUM,
inédit, non daté.

Serge a d'abord commencé un texte en partant du titre *Artillerie lourde,* qu'il biffe pour ensuite écrire :
J'voudrais à la prochaine
Être infirmière
Rechercher dans la boue
Et dans les trous
D'obus de beaux blessés
De mâles fiancés
Recueillir
Leurs derniers soupirs
Et leurs derniers baisers
Boum boum
Boum boum
Aboum boum
Aboum tacaboum
Soyez prudent
Soyez prudent
Ça rôde partout
La chanson que Minouche Barelli enregistra pour le concours de l'Eurovision 1967, *Boum badaboum*, se rapproche de ce titre explosif. Mais s'ils proposent un argument commun, la guerre « aphrodisiaque », les deux textes sont dissemblables. Chez Minouche Barelli, l'éventualité d'une guerre ultime lui donne envie d'aimer et de goûter à d'autres paradis. Ici, l'héroïne donne à des soldats agonisants leurs derniers plaisirs. La mention Aboum sur le manuscrit précédent laisse penser que ce titre a peut-être été écrit vers 1981, d'autant qu'à cette époque, Serge écrit pour Alain Chamfort la chanson *Baby Boum* qui n'a rien à voir au niveau du texte mais reprend ces expressions guerrières :
Boum ! Boum ! Baby Boum
Jette un œil autour de toi
Il est toutefois possible que *Aboum Tacaboum* ait été envisagée pour Zizi Jeanmaire, pour laquelle Serge écrit à cette époque *Parisiana* et les textes *Paris si parisien*, jamais enregistré, et *Si les poubelles pouvaient parler*, restée inachevée.

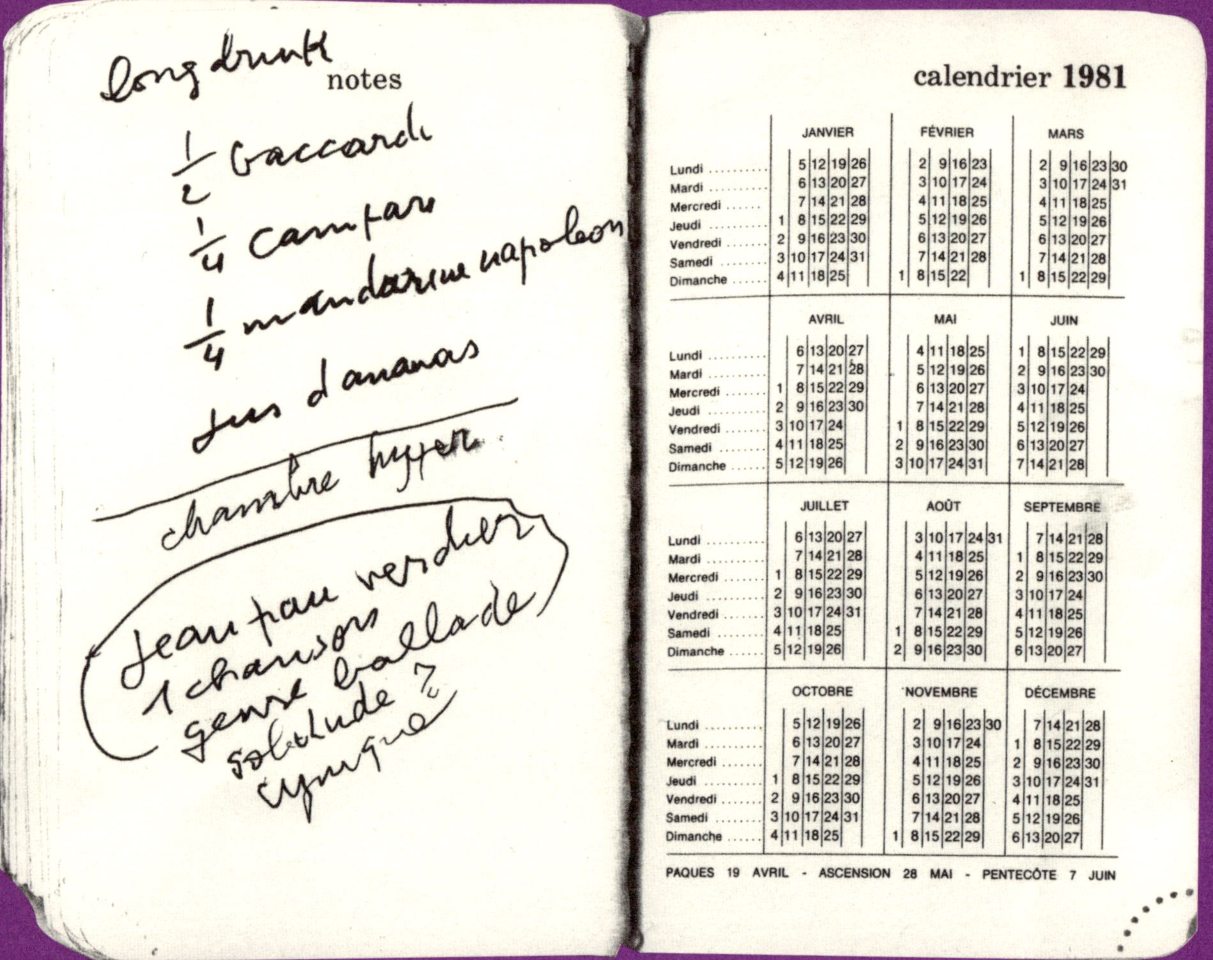

AGENDA, *de Serge Gainsbourg, 1981.*

Sur son agenda, en dessous d'une recette de cocktail, Serge note Joan Pau Verdier, une chanson genre ballade. Solitude ? Cynique. Plus tard, il notera encore Solitude : pour Verdier. Le chanteur s'est fait remarquer au début des années 1970 en chantant en occitan.

« Nous avions le même directeur artistique, Philippe Lerichomme, raconte Joan Pau Verdier. Vers 1980, il avait demandé à Serge d'écrire des chansons pour moi, mais finalement cela ne s'est jamais concrétisé. Un jour, Serge devait faire une grande émission de télé d'une heure et m'avait demandé d'y participer. Le producteur de l'émission a dit qu'il ne voulait pas de moi. Serge a d'abord fortement insisté et devant le refus catégorique a carrément annulé sa propre participation, et l'émission ne se fit jamais ! *No comment*... En trente ans de métier, c'est la seule fois où j'ai vu une grande vedette avoir une telle attitude, faisant passer sa sympathie pour moi avant son intérêt professionnel et promotionnel[28]. »

Selon les notes de Serge, il n'est pas impossible que le manuscrit suivant soit une tentative de cette fameuse « Solitude ».

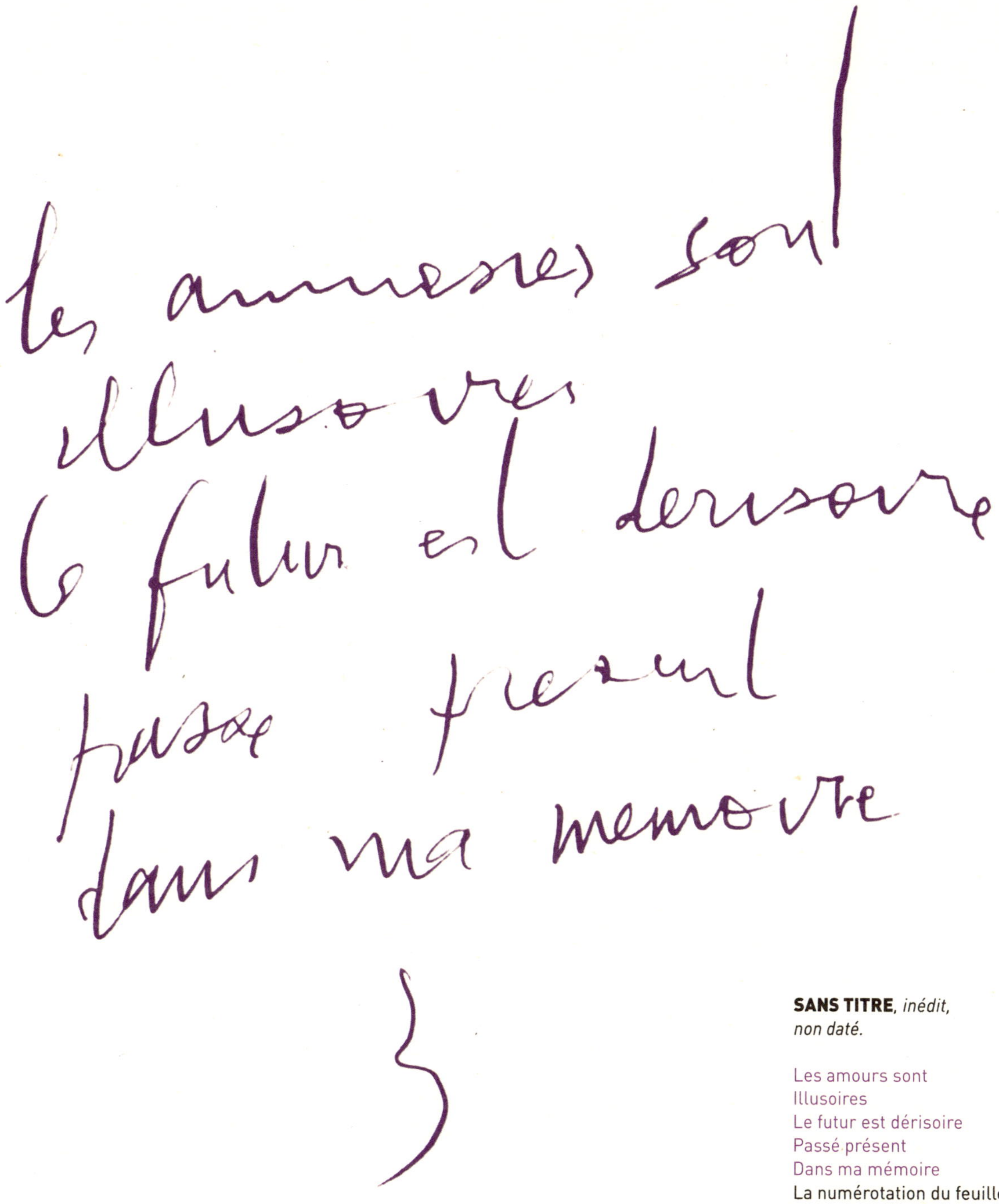
les amours sont
illusoires
le futur est derisoire
passe present
dans ma memoire

3

SANS TITRE, *inédit, non daté.*

Les amours sont
Illusoires
Le futur est dérisoire
Passé présent
Dans ma mémoire

La numérotation du feuillet par Serge laisse supposer que deux feuillets précédaient celui-ci. Ce feuillet n° 3 contient des vers que l'on retrouvera dans *Amour année zéro* chantée en 1981 par Alain Chamfort en ces termes :

Le passé est dérisoire
Tourne-lui le dos
Le futur est illusoire
N'y compte pas trop
Ne compte que le présent
Où l'amour t'attend

Que faisait donc cet extrait de chanson manuscrite chez Françoise Hardy ? L'intéressée est bien en peine de répondre !

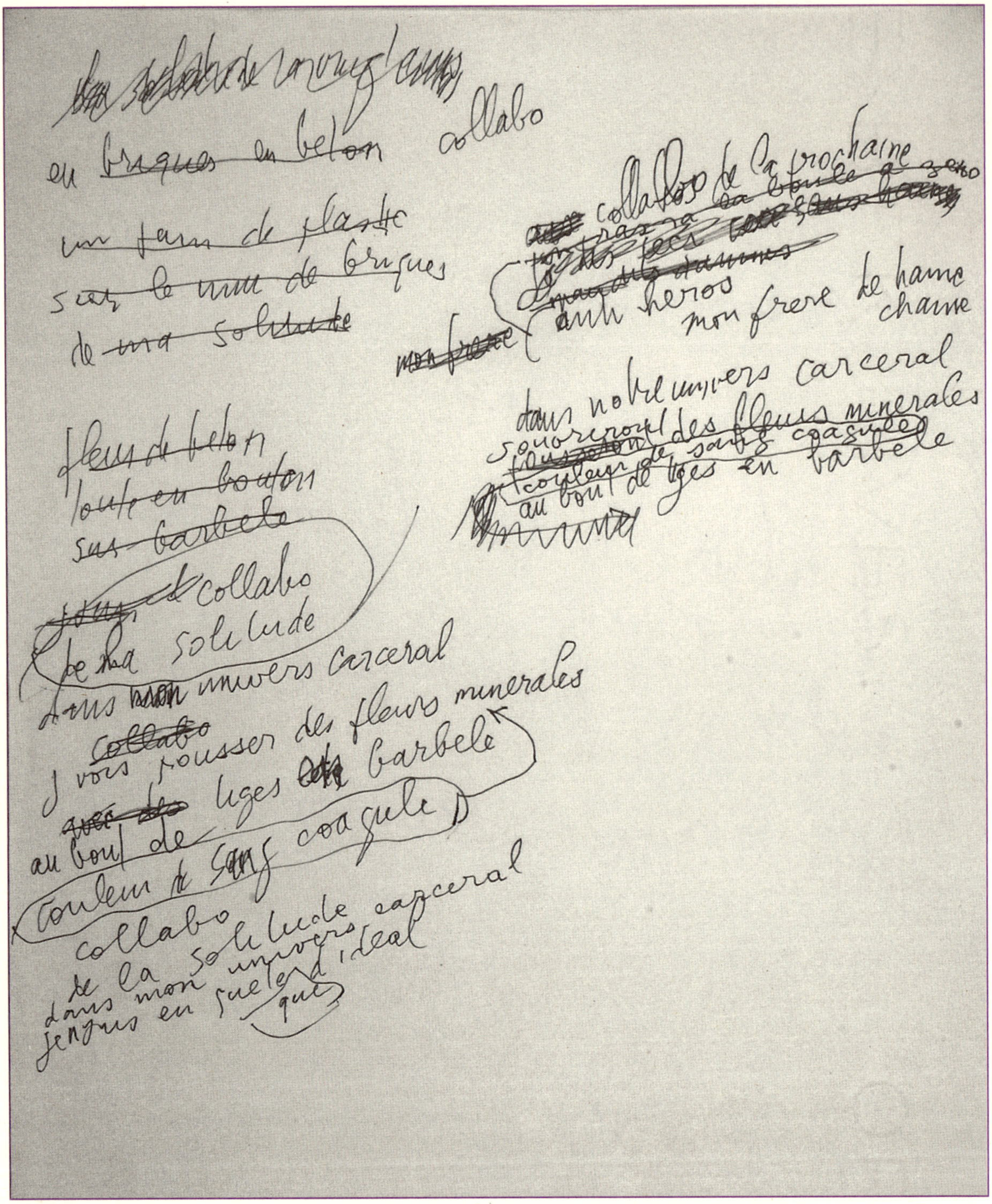

SANS TITRE, *inédit, non daté.*

Collabo
Collabo de la prochaine
Anti-héros
Mon frère de haine
(ou : de chaîne)
Dans notre univers carcéral
S'ouvriront des fleurs minérales
Au bout de tiges en barbelés
Couleur de sang coagulé
Collabo
De la solitude
Dans mon univers carcéral
J'vois pousser des fleurs minérales
Couleur de sang coagulé
Au bout de tiges en barbelés
Collabo
De la solitude
Dans mon univers carcéral
Je n'suis en quête que d'idéal

Sous les ratures, on peut deviner les premiers vers :

La solitude aveugle
(ou : aveuglante)
En briques en béton
Un pain de plastic
Sur le mur de briques
De ma solitude

Il est difficile d'interpréter ce texte dans la mesure où le terme « collabo » renvoie nécessairement à l'époque de l'occupation nazie. Serge a toujours clamé avoir davantage souffert des miliciens et de la police française en temps de guerre que de l'armée nazie, mais il ne s'est pas exprimé sur les collaborationnistes.

La prison est un thème peu abordé par Gainsbourg si ce n'est en 1974, sous une forme humoristique, avec *L'Amour prison* écrite pour Jacques Dutronc, chanson aux vers licencieux Je lime, je lime en douce mon barreau. C'est aussi l'année de *Rock around the Bunker*, dans laquelle Serge évoque le IIIe Reich. Ce sont les deux seuls points communs avec ce début de chanson.

question pat posee moi

11

vitesse de la
fumee inhalee entre la
levre et la langue
en passant par les
dents 5000 Kmh
avec filtre
descend
a 2000

NOTES, *1987.*

En 1987, les éditions Denoël publient un ouvrage sur Gainsbourg cosigné par Alain Coelho et Franck Lhomeau. Serge participe activement au livre et prend des notes sur les phrases qu'il souhaite voir publier :

11

Question posée par moi

Vitesse de la fumée inhalée entre la lèvre et la langue en passant par les dents : 5000 km/h

Avec filtre, descend à 2000.

***LES INTERDITS**, inédit, probablement 1986.*

Le nom de Diane Dufresne, pour laquelle Serge avait écrit *Suicide* en 1982, indique qu'elle est sans doute la destinatrice de ce texte. En 1986, elle enregistre à l'occasion d'un album sa propre version de la chanson *Les Dessous chics*. Il est possible qu'elle ait auparavant demandé une chanson à Serge et qu'elle l'ait refusée, vu le texte. La mention du titre *Mon père un catholique* que Serge écrit pour Élisabeth Anaïs en 1986, permet de dater ce document. *Prendre les hommes* pourrait être un autre titre en prévision d'une chanson commandée où Serge utiliserait à nouveau l'aphorisme Prendre les femmes pour ce qu'elles ne sont pas et les laisser pour ce qu'elles sont, masculinisé et offert en 1981 à Catherine Deneuve. *L'ombre des stars* est probablement un autre titre de travail.
Sur le texte dactylographié, Gainsbourg a remplacé à la plume les mots Mais pas interdit par Il est interdit et remplace sur le dernier couplet les mots à mes musiciens par aux musiciens. Pour Jane Birkin, Serge avait déjà écrit en 1977 une *Mélodie interdite* dont le leitmotiv était Il est interdit de passer par cette mélodie.

Ariane Dufresne

mon frere un catholique et prendre les hommes

LES INTERDITS

Il est interdit d'fumer dans les toilett's
Du Jumbo Jet
Et dans les wagons fumeurs si çà incommod' vôt' voisin
Il est interdit d'cracher
Dans le Métropolitain
et c'est ~~Mais pas~~ interdit d'jeter du pain
Aux musiciens

l'ombre des star

Il est interdit d'fumer dans les toilett's
Du Jumbo Jet
Il est formellement interdit de se rouler des joins
Il est interdit d'roter
Et d'péter chez les rupins
et c'est ~~Mais pas~~ interdit d'jeter du pain
Aux musiciens

Il est interdit d'fumer dans les toilett's
Du Jumbo Jet
Il est interdit d'marcher sur la p'lous' des squar's parisiens
Il est interdit d'lacher
Et de fair' pisser les chiens
et c'est ~~Mais pas~~ interdit d'jeter du pain
Aux musiciens

Il est interdit d'fumer dans les toilett's
Du Jumbo Jet
Il est interdit de mettre la main au cul des boudins
J'suis interdit d'séjour et
Je n'sais mêm' pas pour combien
Car
J'avais interdit qu'on jett' du pain
aux ~~A mes~~ musiciens

Gainsbourg

HIDDEN TRACKS*

S'il est possible de pister quelque peu les *bonus tracks*, les *hidden tracks* sont dépourvus d'informations qui permettraient, sans risque d'erreur, de les affecter à un interprète ou de les dater. Voici donc quelques textes inédits qui, pour l'instant, conservent leur mystère.

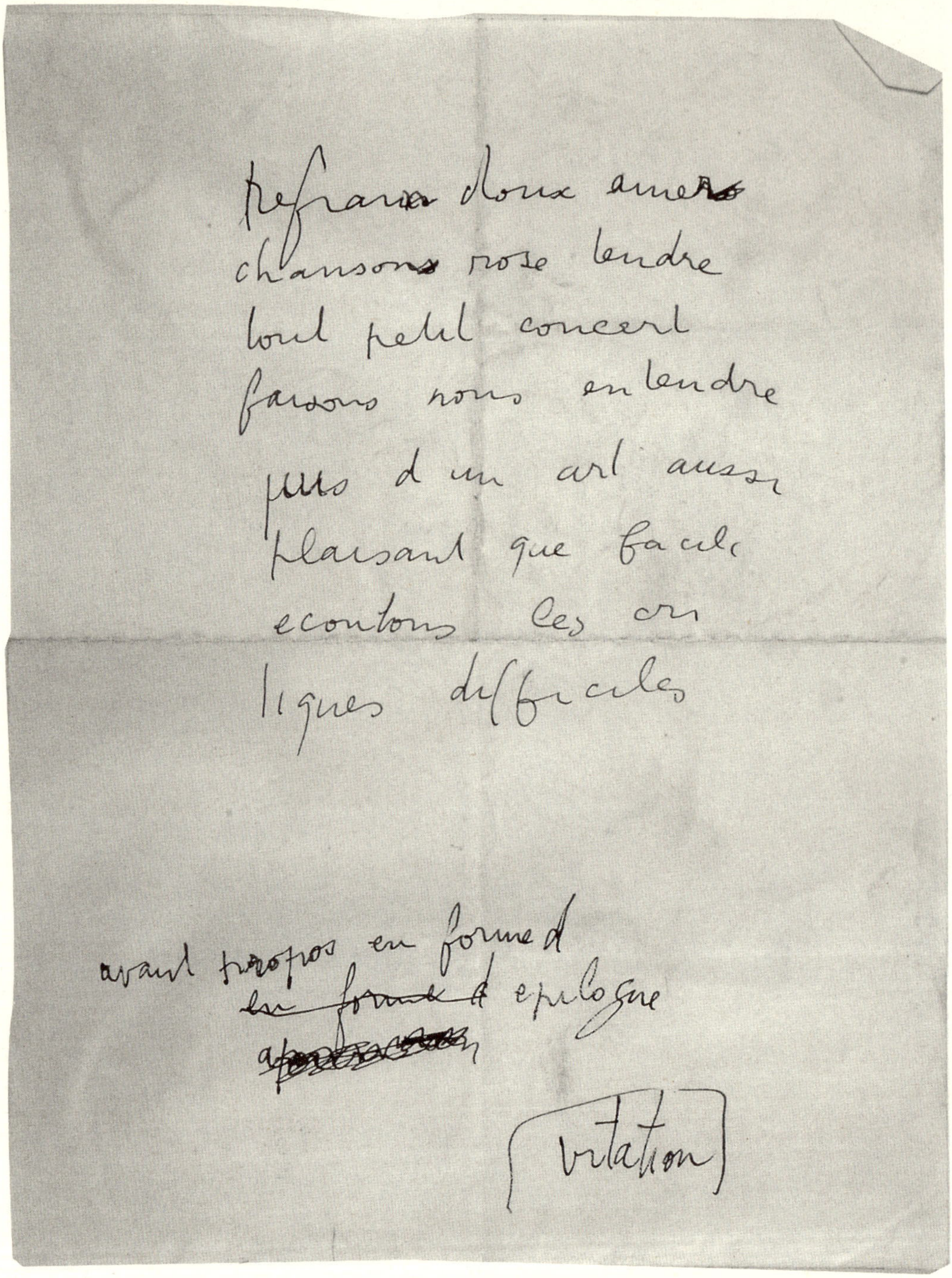

Refrain doux amer
chanson rose tendre
tout petit concert
faisons nous entendre
puis d un art aussi
plaisant que facile
ecoutons les cri
tiques difficiles

avant propos en forme d
~~en forme~~ d epilogue

(Citation)

SANS TITRE, *inédit,*
non daté.

Refrain doux amer
Chanson rose tendre
Tout petit concert
Faisons-nous entendre
Puis d'un art aussi
Plaisant que facile
Écoutons les cri-
Tiques difficiles
Avant-propos en forme d'épilogue
Citation

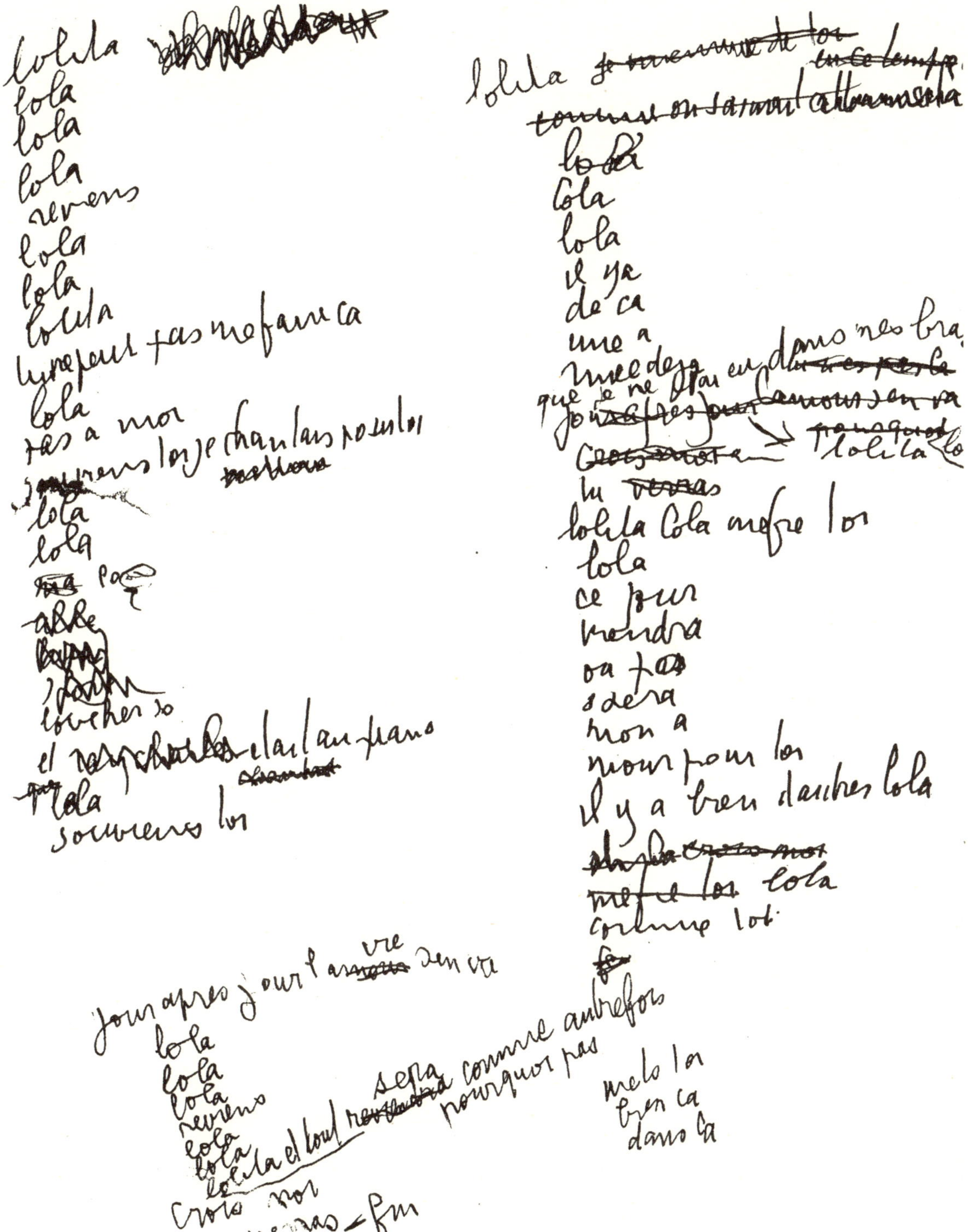

SANS TITRE, *inédit, non daté.*

Lolita
Lola
Lola
Lola
Reviens
Lola
Lola
Lolita
Tu ne peux pas me faire ça
Lola
Pas à moi
Souviens-toi je chantais pour toi
Lola
Lola
Love her so
Et Ray Charles (nom biffé) était
au piano
Lola
Souviens-toi
Lolita
Lola
Lola
Lola
Il y a
De ça
Une a-
Nnée déjà
Que je ne t'ai eue dans mes bras
Lolita
Lolita Lola méfie-toi
Lola
Le jour
Viendra
Où pa-
Ssera
Mon a-
Mour pour toi
Il y a bien d'autres Lola
Lola
Comme toi
Jour après jour la vie s'en va
Lola
Lola
Lola
Reviens
Lola
Lola
Lolita et tout sera comme
autrefois
Pourquoi pas
Mets-toi
Bien ça
Dans la
Crois-moi
Tu verras
– Fin

SANS TITRE, *inédit, non daté.*

1
Tu n'es qu'une putain
Une bell' putain
Tu le sais putain
2
J'en crèv'rai putain
D'aimer ma putain
Ma belle putain
3
Les autres putains
Sont comm' toi putain
De belles putains
4
Toutes des putains
J'aime les putains
Je t'aime putain
5
Je couche putain
Avec une putain
Une bell' putain
6
Elle est née putain
Ell' reste putain
Et mourra putain

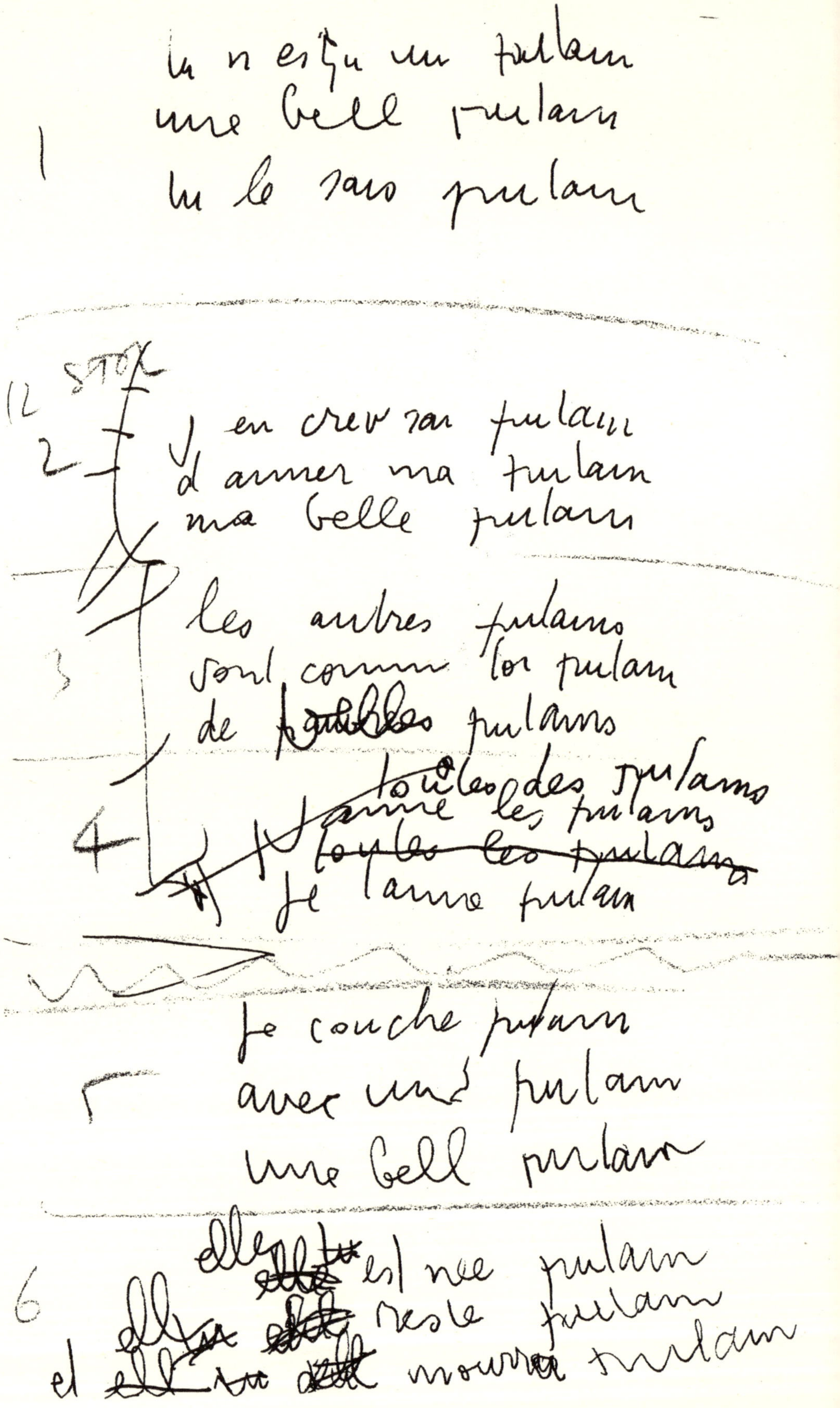
1
tu n'es qu'un putain
une bell putain
tu le sais putain

12 STOP
2
J'en crev'rai putain
d'aimer ma putain
ma belle putain

3
les autres putains
sont comm toi putain
de ~~toutes~~ belles putains

4
toutes des putains
J'aime les putains
~~toutes les putains~~
Je t'aime putain

5
Je couche putain
avec une putain
une bell putain

6
elle est née putain
elle reste putain
et mourra putain

Putain
Adorable putain
Délicieuse putain
Dangereuse putain
Putain
Délicate putain
Innocente putain
Putain
Les amours de putain
Ont fait de toi putain
La plus belle putain
Putain
Belle et tendre putain
Attachante putain
Inconsciente putain
Putain
Merveilleuse putain
Fascinante putain

l'amour a un
c'est bien
l'amour a deux
c'est mieux
l'amour a trois
non mais des fois
~~[illegible]~~

l'amour a un
c'est rien
l'amour a deux
je veux
l'amour a trois
non mais des fois

SANS TITRE, *inédit, non daté.*

L'amour à un
C'est bien
L'amour à deux
C'est mieux
L'amour à trois
Non mais des fois
L'amour à un
C'est rien
L'amour à deux
Je veux
L'amour à trois
Non mais des fois
Je t'ai déjà
Nominé deux fois

je t'ai déjà
nominé deux fois

POUR LA POINT POINT POINT, *inédit, non daté.*

Seul le dernier couplet est corrigé à la plume. Il se lit donc ainsi :
Pour la point point point
Pourquoi être treize
Il vous suffit d'un
Soixante-huit et un
Ce texte est écrit avec la même machine que les textes dactylographiés des chansons pour Catherine Deneuve et Zizi Jeanmaire. Il est donc probable qu'il date de 1980-1981.

POUR LA POINT POINT POINT

Pour la point point point
Faut pas être obèse
Pour la point point point
Faut pas d'embonpoint
Les gros poings poings poings
Les durs les balaises
Pour la point point point
C'est jamais au point

Pour la point point point
La main que l'on baise
Pour la point point point
Cà n'est pas le point
Pour la point point point
C'est de la foutaise
Pour la point point point
Point n'en est besoin

Pour la point point point
Comme la mayonnaise
Pour la point point point
Faut le tour de main
Car la point point point
A la française
C'est la point point point
C'est la plus au point

Pour la point point point
~~[illegible]~~ pourquoi être treize
il vous suffit ~~[illegible]~~ un
Soixante huit et un
~~[illegible]~~
~~[illegible]~~

MANUSCRITS DIVERS

Si Serge Gainsbourg n'écrit que dans l'urgence lorsqu'il doit honorer une commande ou terminer un disque pour lui-même, ses manuscrits recèlent quelques curiosités qui ne sont pas toujours directement liées à son œuvre mais témoignent de son amour des mots et de sa soif de vie : listes de titres, définitions ou citations recopiées, recettes, jeux de mots et aphorismes... dont voici une sélection.

* retour open
desordre
Sursis
casse tete
les deracines
depression
* effusion 200
new york paris aller simple
~~[illegible]~~
au revoir plutot adieu
* un sang d encre
cet homme est dangereux
loin de chicago
chicago pas mort
gangster
gang

LISTE DE TITRES, *non datée, probablement 1967.*

Retour open
Désordre
Sursis
Casse-tête
Les déracinés
Dépression
Effusion 200
New York-Paris aller simple
Au revoir plutôt adieu
Un sang d'encre
Cet homme est dangereux
Loin de Chicago
Chicago pas mort
Gangster
Gang
Le titre *Effusion 200* apparaît dans les dialogues de la comédie musicale *Anna* en 1967, puis sera repris dans *Turlututu capot pointu* en 1969. Les autres titres sont restés à l'état de projet, malgré les astérisques qui viennent adouber un titre que Serge juge meilleur que les autres. Les mots gang et Chicago sont présents dans le texte de *Capone et sa p'tite Phyllis*, chanson écrite pour Régine également en 1967.

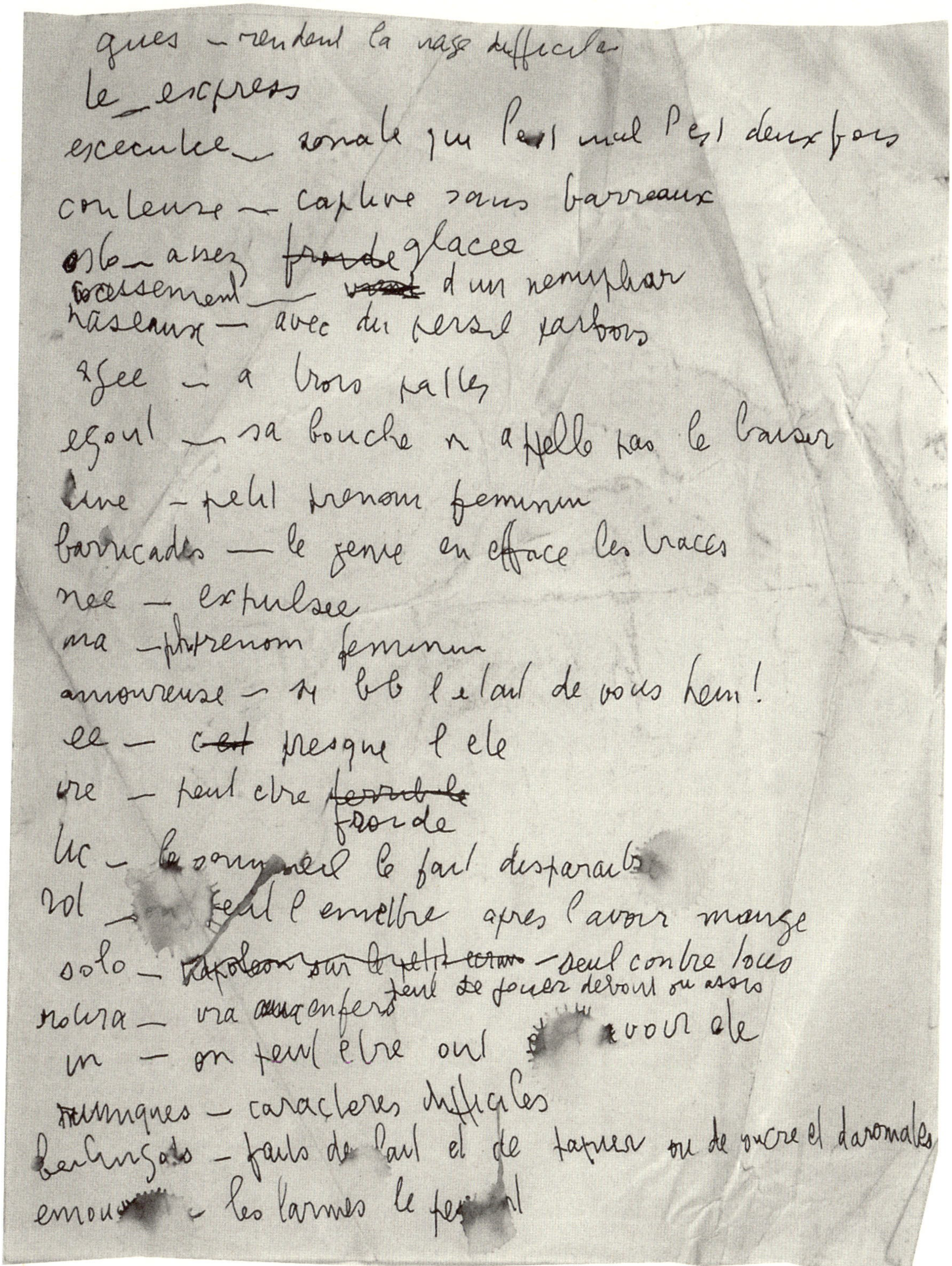
gues – rendent la nage difficile
te_express
executee_ sonate qui l'est mal l'est deux fois
couteuse – captive sans barreaux
oslo_ assez ~~froide~~ glacee
coassement_ ~~vert~~ d'un nenuphar
naseaux – avec du persil parfois
agee – a trois pattes
egout – sa bouche n'appelle pas le baiser
line – petit prenom feminin
barricades – le genie en efface les traces
nee – expulsee
ma – ~~ph~~ prenom feminin
amoureuse – si bb l'etait de vous hein !
ee – ~~c'est~~ presque l'ete
vie – peut etre ~~terrible~~ froide
tic – le sommeil le fait disparaitre
rot – peut l'emettre apres l'avoir mange
solo – ~~Napoleon sur le petit ecran~~ – seul contre tous peut se jouer debout ou assis
rotira – ira ~~aux~~ enfers
in – on peut etre out avoir ete
rimiques – caracteres difficiles
berlingots – faits de lait et de papier ou de sucre et d'aromates
emouvoir – les larmes le peuvent

DÉFINITIONS, *non datées.*

Ce manuscrit laisse supposer que Serge a lui-même inventé les définitions de chacun des mots.
Gués : rendent la nage difficile
Té : express
Exécutée : sonate qui l'est mal l'est deux fois
Coûteuse : captive sans barreaux
Oslo : assez glacée
Coassement : d'un nénuphar
Naseaux : avec du persil parfois
Âgée : à trois pattes
Égout : sa bouche n'appelle pas le baiser
Line : petit prénom féminin
Barricades : le génie en efface les traces
Née : expulsée
Ma : prénom féminin
Amoureuse : si B.B. l'était de vous, hein !
Ee : c'est presque l'été
Vie : peut être froide
Tic : le sommeil le fait disparaître
Rot : On peut l'émettre après l'avoir mangé
Solo : Napoléon sur le petit écran (définition biffée) – seul contre tous peut se jouer debout ou assis
Rôtira : ira aux enfers
In : on peut être out et l'avoir été
Rimiques : caractères difficiles
Berlingots : faits de lait et de papier ou de sucre et d'aromates
Émouvoir : les larmes le peuvent.

on s ennuie de tout mon ange c est une loi
de la nature choderlos de laclos
les liaisons dangereuses

pervertir
faire changer le
bien en mal ~~en~~ matiere
de morale

ce dont ?

le mensonge étant
un alibi je ne
vois pas ~~de quoi~~
l on m accuse

CITATION, *non datée.*

On s'ennuie de tout mon ange,
c'est une loi de la nature.
Choderlos de Laclos,
Les Liaisons dangereuses.

DÉFINITION DU MOT « PERVERTIR », *non datée.*

Pervertir : faire changer le bien
en mal en matière de morale.

CITATION, *non datée.*

Le mensonge étant un alibi,
je ne vois pas ce dont
on m'accuse.

APHORISME, *non daté.*

La femme a en elle une plaie
ouverte dans laquelle l'homme
met ce qu'il a de plus moche.

la femme a en elle une plaie ouverte
dans laquelle l'homme met ce qu'il
a de plus moche

Je veux que l'on m'enterre
dans ma rolls
Gainsbourg

PS cachet double pour le fossoyeur

APHORISME, *non daté.*

Je veux que l'on m'enterre
dans ma Rolls
Gainsbourg
PS : cachet double pour
le fossoyeur

amporte par lai os (1

lauroxiels, des couvreu

chaf draulas a lics,

des caus tume rougeu

brin, jone daure hou

feuilleumawrte, dai

lanturres frippai imitan

~~deux~~ d œuf vieu

branquarres ha rammaje.

hune Kiriaile dobj ai

de rau clite roule dent

lai egou. dai platte

bende damarulisses et

deusc ~~de~~ delfinionimes,

insi queue dai les deu

loriau serize et d eux

l auriait l un ade groupe

d eux salle ceux parreille

EXERCICE DE STYLE, non daté.

Emportés par les eaux torrentielles, des couvre-chefs drolatiques, des costumes rouge-brun, jaune doré ou feuille-morte, des tentures fripées, imitant de vieux brancards à ramages, une kyrielle d'objets hétéroclites roule dans les égouts. Des plates-bandes d'amaryllis et de delphiniums, ainsi que des haies de lauriers-cerises et de laurier-tins et des groupes de salsepareille.
Le texte ressemble à une dictée de Pivot ! Gainsbourg s'amuse avec les sons et les syllabes et s'ingénie à créer des orthographes fantaisistes.

chic
autrefois mot du style
familier signifiant abus
de procedures finesses
subtilites captieuses

dessiner ou peindre de chic
dessiner ou peindre de
memoire voici un
cheval au galop une draperie
flottante que j'ai ete oblige
de faire de chic

on assure que chic est le
nom d'un jeune eleve de david
pour lequel le maitre avait
beaucoup d'affection et
qu'il citait a tout propos a tous
ses eleves le nom de ce jeune
homme mort a dix huit ans s'ecrivait
chicque

DÉFINITION DU MOT « CHIC »,
non datée.

Chic :
Autrefois mot du style familier signifiant abus de procédures, finesses, subtilités captieuses.
Dessiner ou peindre de chic: dessiner ou peindre de mémoire. Voici un cheval au galop, une draperie flottante, que j'ai été obligé de faire de chic.
On assure que Chic est le nom d'un jeune élève de David, pour lequel le maître avait beaucoup d'affection, et qu'il citait à tout propos à tous ses élèves le nom de ce jeune homme mort à dix-huit ans. S'écrivait Chicque.
Serge a toujours cherché des définitions dans les dictionnaires, particulièrement le *Littré* et le Larousse. Il y a relevé la définition du mot « inceste », les paroles de *La Marseillaise*, des renseignements sur la bataille de Trafalgar… Ce souci d'exactitude et cette soif de connaissance lui ont permis d'utiliser des mots parfois désuets comme d'en inventer de nouveaux.

RECHERCHE DE RIMES,
non datée.

Cessez
Cécé
Glacée
Assez
Je sais
Cécé
Assez
Glacée
Et c'est
Dommage
C'est l'A
BC
Le cécé
Se boit assez glacé
Corsé
Un peu épicé
Elle s'est
Cassée
Sans ses
Ses fi-
Ancés

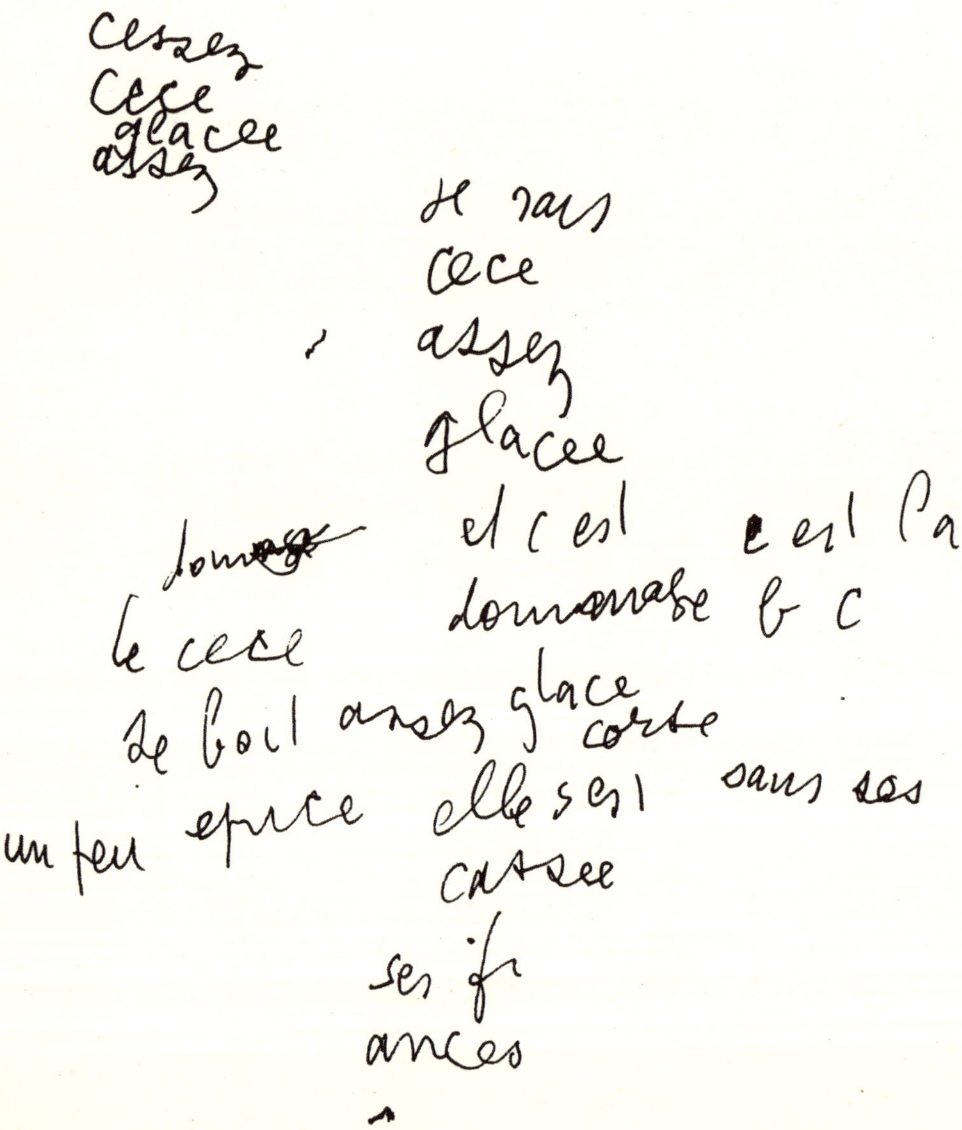

RECETTE DE COCKTAIL,
non datée.

Singapore Sling :
Peter Heering cherry
Citron
Gin
Un peu de sucre
Shaker
Gainsbourg n'a pas noté les doses et a omis quelques ingrédients, mais il s'agit bien là de la recette du cocktail Singapore Sling, datant de 1915.

RECETTE DE CUISINE,
décembre 1968.

Sur son agenda, Serge a noté au jeudi 26 décembre : Demander Vannier au générique. Direction musicale. Séances Benayoun. Séances à Davoust. Il s'agit de l'enregistrement de la musique du film *Paris n'existe pas* de Robert Benayoun, dans lequel Serge joue également. Plus bas, il note de téléphoner aux éditions Tchou qui préparent le premier recueil de ses textes, *Chansons cruelles*, et s'inquiète de déclarer *Comment te dire adieu* qu'il vient d'adapter pour Françoise Hardy. Enfin, il recopie une recette de cuisine, celle des pigeons aux raisins.
Un bourgogne léger
Une passoire fine
Pigeons bardés (à l'intérieur, un peu de beurre, cognac, sel, jus de raisin, et quelques grains pelés)
Muscat
Ajouter un peu d'eau
Barder, beurrer en surface et saler
40 minutes, feu moyen
Arroser quand ça commence à dorer
Éteindre le four, retirer le jus dans une casserole, ajouter jus de raisin
30 grains à épépiner (une grappe)
2 cuillères à soupe cognac
Sel, poivre,faire bouillir et flamber
Laisser réduire et ajouter raisins à chaufer
Tout au long de sa vie, Serge a noté des recettes de cuisine dans ses agendas. Selon ses proches, il aimait beaucoup cuisiner et réalisait à l'occasion une recette pour un petit comité d'invités, pas plus de deux ou trois personnes.

cherry heering
schweps
citron
gin
un peu de sucre
shaker

} singapore sling

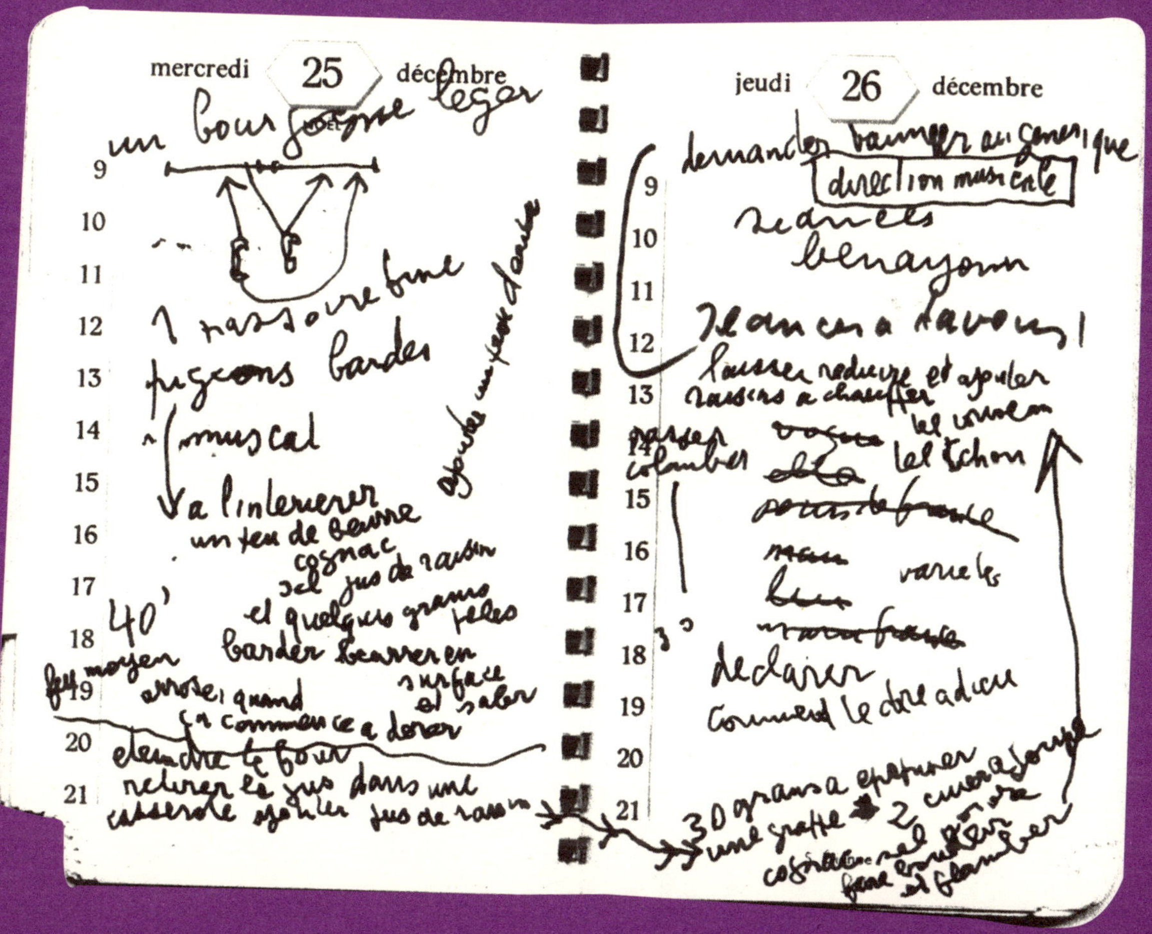

CARNET DE BLAGUES

Il n'est de bon vivant qui ne sache rire et, à ce titre, Gainsbourg est un amateur de blagues en tous genres. Véronique Colucci se souvient « de repas avec Michel (Coluche), Jacques Dutronc et Jacques Wolfsohn qui se transformaient en concours de blagues[29] ». Serge ne les mémorisant pas, il notait les débuts et les chutes dans un petit calepin dédié à cela. Ainsi, sur le plateau du *Jeu de la vérité*, il est tout fier d'annoncer en début d'émission qu'il a préparé avant de venir « des blagues bien crades[30] ». L'idée le fait déjà marrer, avant même qu'il en ait raconté une seule.

L'ensemble des manuscrits reproduits ici ne constitue qu'une partie de l'œuvre de Serge Gainsbourg. Il en existe beaucoup d'autres chez de nombreux collectionneurs privés, qu'ils ont acquis dans des ventes aux enchères. Il reste donc encore quelques perles à découvrir, qu'il s'agisse d'œuvres en chantier ou d'inédits.
Ces trois volumes sont, à ce jour, la seule publication des documents conservés par les proches de Serge. Que soient à nouveau remerciés ceux et celles qui ont contribué à l'enrichissement de la présente édition.

1979/1990
VIEILLE CANAILLE

HAINE POUR AIME 1979/1980

DE LA MUSIQUE AVANT TOUTE CHOSE

À l'été 1978, le groupe de rock Bijou a rencontré Gainsbourg pour lui demander l'autorisation d'enregistrer la chanson *Les Papillons noirs* qu'il avait écrite en 1967 pour Michèle Arnaud. Flatté, étonné que des gamins connaissent ce titre obscur, Serge les gratifie de sa participation en duo sur le titre, leur écrit *Betty Jane Rose* et chante avec eux lors de quelques concerts. Parallèlement, le groupe lyonnais Starshooter, mené par Kent, publie un album qui contient une version trash du *Poinçonneur des Lilas*. Ce sont les premiers signes d'un retour en grâce du chanteur marginal auprès d'une génération nourrie au biberon des Stones et de Hendrix.
S'il commence à marquer de son empreinte les jeunes générations, Gainsbourg a toujours besoin, de son côté, d'une source d'inspiration pour définir l'univers musical de ses albums. La découverte de Boris Vian à ses débuts, la rencontre avec les jazzmen Michel Gaudry et Elek Bacsik pour l'album *Confidentiel* en 1963, l'album africain d'Olatunji pour *Percussions* en 1964, orientent musicalement chaque disque dans un perpétuel souci de s'approprier un son venu d'ailleurs. Serge renouvelle ainsi son champ lexical et fait sonner la langue française sur d'autres rythmes. Après le son pop londonien qui domine ses années 1970, il flashe, par l'entremise de Philippe Lerichomme, son directeur artistique, sur le reggae. La maison de disques distribue en effet le catalogue du producteur Chris Blackwell au sommaire duquel figurent Bob Marley et Jimmy Cliff. Serge a toujours profondément ressenti les tempos blacks, qu'il s'agisse de mambo, de blues ou de soul music. Il part pour Kingston avec Philippe Lerichomme, enregistrer pour la première fois de sa vie à des milliers de kilomètres de l'Europe.
Sur place, il travaille avec Sly & Robbie, qui ne sont pas encore le duo légendaire que vont s'arracher quelques stars internationales. Les chœurs sont assurés par les I Threes, choristes de Bob Marley. Serge pioche dans son répertoire, fraîchement revenu en mémoire grâce au coffret de disques publié pour ses vingt ans de carrière. Il en extrait *La Javanaise* et le tout récent *Marilou reggae*.
Le jazz et le reggae sont-ils compatibles ? Gainsbourg sort de l'ombre la version française d'un vieux standard de jazz que chantait Louis Armstrong dans les années 1930, *You Rascal you*, *Vieille canaille*.
Ainsi, il réalise en 1979 le premier véritable album de reggae en français en y insufflant des influences et des variations plutôt inattendues, le summum étant atteint par une version « révolutionnaire » de... l'hymne national !

AU DRAME, CITOYENS !

Serge Gainsbourg est patriote. Il a toujours dit publiquement son amour d'une France qui a accueilli ses parents, et le respect qu'il porte à ses institutions, au point de collectionner les insignes, les médailles et les honneurs. Lui qui n'a manifesté aucune sympathie lorsque la gauche est arrivée au pouvoir, s'est précipité à l'Élysée lorsque le président François Mitterrand l'y a convié : « C'est la seule fois de ma vie où je ne le reconnaissais plus, se souvient Charlotte avec amusement. Il était tout timide et disait "Oui, monsieur le Président", "Merci, monsieur le Président". Je ne l'avais jamais entendu parler avec autant de respect[31]. »
Suspecter que son interprétation de *La Marseillaise* puisse être une insulte au drapeau est une ineptie. Que Gainsbourg ait eut en revanche conscience que l'adaptation reggae de l'hymne national pouvait provoquer quelques remous, c'est certain. Que le fait d'intituler la chanson et l'album *Aux armes et cætera* soit une provocation, c'est à n'en pas douter. Mais il s'agit d'une provocation typique de l'artiste, c'est-à-dire une blague de potache censée faire grincer quelques dentiers, rien de bien méchant. D'ailleurs, l'idée amuse plutôt le public, qui reçoit cet album avec un enthousiasme sans précédent. Deux mois après sa sortie, le 6 mai 1979, le single *Aux armes et cætera* est numéro 1 au hit-parade RTL et à celui d'Europe 1. Un mois plus tard, un pamphlet du *Figaro Magazine*

déclenche une polémique grotesque : « (...) au ras du micro, une voix mourante marmonnant, exhalant, comme on ferait des bulles dans de l'eau sale, des paroles empruntées à celle de... *La Marseillaise*. (...) la vomir ainsi par bribes éparses, jamais nous n'avions entendu cela. (...) Et encore, l'entendre est une chose. Mais le voir ! (...) Œil chassieux, barbe de trois jours, lippe dégoulinante (...) plus définitivement "crado" que jamais. (...) dans ce domaine de l'antisémitisme, chacun sait que s'il y a des propagateurs, il peut y avoir aussi, hélas !, les provocateurs. (...) En dehors de la méprisable insulte au chant de notre patrie, ce mauvais coup dans le dos de ses coreligionnaires était-il vraiment le seul moyen que Serge Gainsbourg pût trouver pour relancer une carrière que l'on disait plutôt défaillante depuis quelque temps ?[32] »
Meurtri, Gainsbourg peaufine pendant quinze jours sa réponse qu'il signe « Lucien Ginsburg dit Serge Gainsbourg » : « (...) serai-je donc, jusqu'au jour de ma mort, qui ne saura tarder, je l'espère pour cet homme – un Juif de moins en France, pourra-t-il dire alors –, condamné à faire et à refaire inlassablement le flash-back d'un adolescent dans Paris occupé, ou celui, plus proche de mes origines, relaté par mon père à son fils, des pogroms de Nicolas II ?[33] »
Évidemment, la polémique qui s'ensuit braque le projecteur sur une chanson dont les ventes dépassent déjà les prévisions les plus optimistes. Radios et journaux rapportent des propos nauséabonds, tandis que Gainsbourg file, au cœur de l'été, vers le premier album de sa carrière couronné d'un disque d'or. À la rentrée, l'affaire est attisée malencontreusement par une blague bien innocente de Coluche sur Europe 1. Il se moque de certaines veuves de guerre qui dilapident leur pension avec des gigolos. Le secrétaire d'État aux Anciens Combattants intervient aussitôt et déclare se « réjouir que l'on n'entende plus ce sketch de Coluche et déplorer *La Marseillaise* de Serge Gainsbourg[34] », dont l'album a dépassé les 300 000 exemplaires.
Parallèlement, Serge se décide à remonter sur scène avec le groupe Bijou, puis prépare le spectacle qu'il va donner au Palace à Paris, et en province.
Son retour sur scène est un triomphe. Les adolescents découvrent une œuvre dont ils ne soupçonnaient pas la densité. Serge est en couverture de tous les magazines de musique, invité sur tous les plateaux de télévision. Le consul de la Jamaïque le félicite de promouvoir son pays ainsi et l'invite à Marseille. Tout s'annonce pour le mieux lorsque, subitement, éclatent les premiers troubles avec l'Union nationale des parachutistes ! Le consul de Jamaïque reçoit une missive de l'UNP qui le prie de « bien vouloir revenir sur [sa] décision d'accueillir ce piètre représentant de l'amitié franco-jamaïcaine » et le prévient qu'elle décline « toute responsabilité quant aux incidents qui ne manqueront pas de survenir si [son] appel n'était pas entendu[35] ». Le ton est donné. Gaston Defferre, maire de Marseille, demande la protection de la police, mais Serge préfère ne pas tenter le diable et annule son déplacement.
La tournée de Gainsbourg suit son cours lorsque le 4 janvier 1980, à Strasbourg, la tension est à son comble. Prévenus qu'il risque d'y avoir du grabuge, CRS, policiers municipaux et gardes du corps privés tentent de canaliser le bataillon de paras qui s'abat sur le Hall Rhénus où trois mille spectateurs sont venus écouter Gainsbourg et ses rastas. Les musiciens effrayés se sauvent. Serge décide d'affronter le groupe de fanatiques, débarqués en tenue militaire : « Je suis un insoumis et qui ai redonné à *La Marseillaise* son sens initial et je vous demanderai de la chanter avec moi », lance-t-il avant d'entamer le poing levé et *a capella* l'hymne, repris en chœur par le troupeau de bérets rouges au garde-à-vous. Le concert est annulé, le scandale fait la une des journaux télévisés et des quotidiens. La France se réveille de ce week-end avec la gueule de bois. Elle a mal à ses Dupont-Lajoie, décidément bien plus nombreux qu'elle ne le supposait...
Le disque *Aux armes et cætera* se vend à plus de 500 000 exemplaires.

LE PIRE DANS LE MEILLEUR LE MEILLEUR DANS LE PIRE 1980/1982

C'EST LE BONHEUR MALHEUREUX

Même à lui c'est arrivé ! Le succès vertigineux, dont on aurait pu penser qu'il s'y était préparé depuis le temps qu'il en rêvait, fait tourner la tête de Gainsbourg qui boit encore plus qu'avant et commence à devenir suffisant. En famille, c'est Docteur Jekyll et Mister Hyde. Jane, qui tourne *La Fille prodigue* sous la direction de Jacques Doillon, ne le reconnaît plus. Gainsbourg a vendu des camions d'albums ; Gallimard publie son roman *Evguénie Sokolov*, Claude Berri lui confie un rôle aux côtés de Catherine Deneuve, Gérard Depardieu et Jean-Louis Trintignant ; sa vie et son œuvre font l'objet d'un livre (*Gainsbourg*, de Micheline de Pierrefeu et Jean-Claude Maillard[36]) et son image devient si populaire que les publicitaires se l'arrachent. Les demandes de chansons affluent comme à l'époque de l'Eurovision 1965 et Serge livre des textes plus ou moins heureux à Martin Circus, Julien Clerc, Sacha Distel, sans parvenir à satisfaire les sollicitations de Diane Dufresne, Marie-Paule Belle et Joan Pau Verdier. C'est beaucoup, d'un seul coup. En octobre 1980, Jane quitte la rue de Verneuil avec ses filles. Il y avait trois filles et un chat. Il n'y a plus désormais que le décor qui, malgré l'amoncellement de disques d'or et de platine, ressemble à un musée sans visiteurs.

Serge s'enfonce dans la dépression. Pendant le tournage du film de Claude Berri, *Je vous aime*, Catherine Deneuve se lie d'amitié avec lui. Comme l'actrice aime la nuit, Serge trouve en elle un pote avec lequel sortir, boire et surtout parler. À Gilles Verlant, il confiera quelques années plus tard : « Elle ne m'a pas seulement aidé à sortir d'une mauvaise passe : peut-être est-ce grâce à elle que je ne me suis pas flingué[37]. » Le film a accaparé Serge, qui a composé la musique et écrit les chansons qu'il interprète ainsi que les rocks que beugle un Depardieu sous haute tension accompagné des membres du groupe Bijou. Malheureux comme un chien, Gainsbourg écrit la grivoiserie canine *Je pense queue* et un texte sans appel :

La fautive, c'est toi
Le mal qu'tu m'as fait tu vas payer pour ça
La fautive, c'est toi
Aujourd'hui tu chiales, mais ne t'en prends qu'à toi
(*La Fautive*)

De la bande originale du film *Je vous aimes* s'envole le divin duo Deneuve-Gainsbourg, *Dieu fumeur de havanes*, prière païenne :

Tu n'es qu'un fumeur de Gitanes
Et la dernière je veux
La voir briller au fond de mes yeux
Aime-moi nom de Dieu

Le bon accueil que reçoit cette chanson, la fierté de côtoyer Catherine Deneuve et le besoin d'épancher son chagrin donnent à Serge l'envie d'aller plus loin qu'un simple duo. Cela tombe bien, Deneuve adore chanter. De plus, Jacques Demy projette de tourner la comédie musicale *Une chambre en ville*, sur des musiques de son éternel complice Michel Legrand. Catherine Deneuve aimerait ne pas être doublée par une chanteuse professionnelle, luxe que Demy n'a jamais consenti qu'à Danielle Darrieux dont le passé de chanteuse plaidait en sa faveur. L'actrice y voit une occasion rêvée de prouver à celui qui l'a révélée au cinéma dans *Les Parapluies de Cherbourg* qu'elle est une interprète complète. Le projet est en route mais ne peut se concrétiser dans l'immédiat. Catherine Deneuve doit assurer la promotion du film de François Truffaut *Le Dernier Métro* puis celle de *Je vous aime*, tandis que Serge, après avoir écrit quelques titres pour son ami Dutronc, est attendu en janvier à Los Angeles par Alain Chamfort pour lui écrire un nouvel album...

À ZÉRO LE CŒUR

Encouragé par le succès de *Manureva*, Alain Chamfort discerne plus aisément les textes qu'il peut défendre. Il est loin le jeune homme impressionné qui acceptait de succéder à Dominique Walter en fredonnant des chansons misogynes à souhait. Chamfort tient tête à Gainsbourg, à qui il a demandé de le rejoindre à Los Angeles pour se prémunir des distractions parisiennes qui pourraient retarder la sortie de l'album. Serge n'est guère stimulé par l'ambiance californienne, d'autant qu'il est accompagné de la jeune fille qu'il a rencontrée récemment, Bambou. Chamfort aussi vit la naissance d'un nouvel amour avec une très jeune chanteuse qui s'appelle Lio. Les deux garçons sont en plein *Amour année zéro* :

Remettre à zéro
Le compteur que par malheur
Chacun a au cœur

De retour à Los Angeles en février, après un crochet par Paris, Gainsbourg accouche difficilement des premiers textes, parmi lesquels *Bambou* et *Malaise en Malaisie*. Profitant de l'état amoureux de Gainsbourg, Chamfort redevient un chanteur romantique. L'album qui s'annonce laisse présager le meilleur. Certes, la dépression n'est jamais bien loin, quelques projets de titres parlent d'eux-mêmes : *Le Problème est de vivre*, *Dépression au-dessus du jardin*, *Dormir, une chance de rêver* et *Souviens-toi de m'oublier*. Les deux artistes travaillent sur ce dernier titre, qui doit donner son nom à l'album, lorsque Serge s'enfuit pour rejoindre Catherine Deneuve. Elle vient d'arriver à Los Angeles pour présenter *Le Dernier Métro*. Gainsbourg certain de tenir un titre puissant, la convainc d'enregistrer un album sur la base du texte balbutiant de *Souviens-toi de m'oublier*. « Serge allait mieux, explique Catherine Deneuve, même s'il aimait bien en rajouter un peu pour qu'on le plaigne, mais il m'a dit que ça se passait mal en studio et il ne voulait plus y retourner. » Ils repartent pour Paris où Serge s'empresse de la présenter à l'arrangeur Alan Hawkshaw. En moins de quinze jours, l'album est plié.

DENEUVE

Souviens-toi de m'oublier, l'album enregistré par Catherine Deneuve en mars 1981 connaît des répercussions anecdotiques alors que l'actrice est à l'apogée de sa carrière (elle vient de recevoir le César de la meilleure actrice pour son rôle dans *Le Dernier Métro*). Il s'en vendra si peu que le vinyle atteindra des records de cotations auprès des collectionneurs avant sa réédition en compact-disc. En revanche, il est fondamental dans l'œuvre de Gainsbourg.
D'abord, il y a ce pénible faux bond qui laisse Alain Chamfort dans un état oscillant entre rage et désespoir. Celui-ci est en partie sauvé grâce à Lio qui lui présente son parolier, Hagen Dierks, dit Jacques Duvall, auteur entre autres de *Banana Split*. Cet hommage aux *Sucettes* a eu un réel impact (Lio, à la différence de France Gall, comprenait très bien ce qu'elle chantait). Duvall transforme la chanson *Souviens-toi de m'oublier* en *Rendez-vous au paradis*. Mais Gainsbourg a également proposé à Catherine Deneuve les titres *Dépression au-dessus du jardin*, *Jet Society* et *Jolie laide* qui sont promis à Chamfort. Ce dernier fait montre d'une ténacité exemplaire et exige que Serge termine l'album sur lequel il s'est engagé. Chamfort récupère *Jet Society* et *Laide, jolie laide*, loin d'être les meilleurs textes de son album :

Oh, jolie laide, laide jolie
Souvent mignonne, vilaine aussi
Tu es le jour, tu es la nuit

Sur le même thème, Catherine Deneuve hérite de *Monna Vanna et Miss Duncan*, du nom d'un cocktail qu'affectionne particulièrement le héros d'*Evguénie Sokolov* et, bien sûr, du nom de *Mona Vanna*, la Joconde nue. À l'instar de Jekyll et Hyde, Gainsbourg raconte l'histoire d'une star de cinéma hollywoodienne qui, à la nuit tombée, va draguer dans les bars. Comme *Monsieur William* de Ferré et Caussimon, elle se fera trancher le cou à grands coups de rasoir. L'album que Serge écrit pour Deneuve comprend deux parties distinctes. Il y a d'un côté ce qui l'amuse de projeter sur une femme qui représente le glamour et la sophistication (Serge lui fait incarner des personnages pervers et décalés). De l'autre, il y a des textes nettement destinés à Jane Birkin. Deneuve sert de relais entre eux et l'on se surprend parfois à regretter l'album typiquement deneuvien que Gainsbourg avait envisagé avant de revenir à ses propres souffrances. Des titres comme *Les Peluches de Chiara*, *Lingerie fine, nouveautés* ou *Parle à mon corps, ma tête est malade* auraient entraîné le disque dans une tout autre direction. *What tu dis, qu'est-ce tu say*, l'arabisant *Oh Soliman*, ou les fantasmes de *Alice hélas* semblent, de fait,

taillés pour Jane. Dans *Souviens-toi de m'oublier*, duo Gainsbourg-Deneuve, il est évident que l'actrice joue le rôle de Birkin.
Deneuve endosse sinon le costume de Serge. Cela provoque de bonnes surprises, comme *Epsilon*

D'humeur plutôt dépressive
Moral à zéro

le sublime *Dépression au-dessus du jardin*

Les fleurs ont perdu leurs parfums
Qu'emporte un à un
Le temps assassin

et cette série d'aphorismes contenus dans *Digital Delay* dont, dans sa version féminine, le fameux

Prendre les hommes pour ce qu'ils ne sont pas
Et les laisser pour ce qu'ils sont

Catherine Deneuve s'est complètement laissé diriger sur cet album, n'intervenant pas sur les textes. « J'avais une confiance totale dans le talent de Serge. Cet album est vraiment un disque qu'on a fait entre copains parce que j'adore chanter et que j'étais plus disponible à ce moment-là. Serge se mettait au piano et me fredonnait les chansons qui n'avaient parfois qu'un ou deux couplets, ou une idée qui partait d'un titre. Puis on allait enregistrer. Parfois, quand on écoutait, il me faisait recommencer pour changer un mot, une phrase. Jamais je ne me serais permis d'intervenir, d'abord parce que j'estime que l'on peut tout dire en chanson, ensuite parce que je me considère comme une interprète donc je me glisse dans un univers qui n'est pas le mien[38]. »

SALE GOSSE !

L'écriture manuscrite de Serge Gainsbourg commence à devenir une « marque de fabrique ». Au bas de la pochette de l'album de Catherine Deneuve, Gainsbourg appose sa signature sur la photo d'Helmut Newton. Au verso, les deux noms sont accolés. La maison de disques Philips envoie aux journalistes une interview croisée plutôt rigolote, que les deux artistes auraient enregistrée à Biarritz le 19 mai 1981 :

« Serge Gainsbourg : Que pensez-vous de cette phrase qui est de moi : "La chanson est un art mineur destiné aux mineures" ?

Catherine Deneuve : Je ne vais pas vous faire l'affront de... Un art mineur ? Il n'y a pas d'art mineur !

S.G. : Si !

C.D. : Ah bon. Non, je ne suis pas d'accord pour le "mineur". (...)

S.G. : Nos premiers contacts ont été assez éprouvants, compte tenu de mon cynisme et de mon goût du sarcasme. Pourquoi avez-vous changé ?

C.D. : Parce que je ne me suis pas arrêtée à ça. C'est vrai que dans un premier temps, j'ai trouvé ça assez rebutant ! Je pense que si nous n'avions pas continué à travailler ensemble, je n'aurais peut-être pas cherché à vous revoir. Mais ayant dû vous revoir pour des raisons professionnelles, j'ai fait l'effort de voir autre chose et j'ai vu d'autres choses. (...)

S.G. : J'ai jamais été méchant.

C.D. : Non, c'est vrai, vous n'êtes pas méchant... Destructeur, mais pas méchant.

S.G. : Destructeur oui, parce que sur les ruines on bâtit...

C.D. : On bâtit des empires ?

S.G. : Oui... (...) Avez-vous une question à me poser ?

C.D. : Oui. Pourquoi Deneuve ?

S.G. : (rire) Parce que pas d'occase...*

(* Allusion à une interview de Serge au journal *Libération* où il se permet un jeu de mots gratuit « Deneuve ? Non, d'occase » qui provoque la colère de l'actrice. Elle lui envoie alors un télégramme incendiaire. Très en forme, Serge s'amuse à la même époque sur « Chamfort, Chamfaible ».)

C.D. : (rires) Oh non, vous n'allez pas... (...) Pourquoi *La Marseillaise* ?

S.G. : Quoi, *La Marseillaise* ? Pour un disque de platine. (...)

C.D. : Il n'y a pas d'opportunisme là-dedans ?

S.G. : NON !

C.D. : Pardon !

S.G. : Absolument pas, la preuve, Django Reinhardt a joué *La Marseillaise* qui est superbe.

C.D. : Comment supportez-vous votre solitude ?

S.G. : Très mal. C'est-à-dire que je suis à deux quand je me vois dans la glace et à trois quand je vais au musée Grévin.

C.D. : Do ré mi fa sol la si do, très vite, comme ça, qu'est-ce que vous préférez ?

S.G. : "Si" parce que c'est affirmatif, "la" parce que c'est suggestif et "do do" parce que crack boum hue ![39] »

« Je ne me vois pas du tout poser des questions comme ça, affirme aujourd'hui Catherine Deneuve. Franchement, je ne dirais jamais "Pourquoi Deneuve", je ne parle heureusement pas de moi à la troisième personne. Ni "Comment supportez-vous votre solitude", enfin vraiment, c'est complètement déplacé... On voit bien que ce sont ses réponses qui sont intéressantes. En fait, je soupçonne Serge d'avoir réécrit l'interview pour y placer ses phrases, ce qui est très enfantin mais lui ressemble beaucoup[40] », conclut-elle dans un éclat de rire.

Serge vit assez mal l'échec de l'album. Il reçoit néanmoins en avril 1981 un disque de platine pour *Aux armes et cætera* remis au musée Grévin où sa statue a fait son entrée.

POUPÉE MANNEQUIN

L'échec de l'album avec Catherine Deneuve freine un peu l'ardeur de Serge, sollicité par Isabelle Adjani. Roland Petit aussi vient lui demander de nouvelles chansons pour Zizi Jeanmaire. Serge pense à un duo entre Zizi et Valentine, sa fille, avec laquelle on le voit régulièrement depuis plusieurs mois. Il leur écrit un assez beau début de chanson restée inédite, *Si les poubelles pouvaient parler*, puis revient à la légende de Zizi, Paris, les boas, les nanas, et compose *Parisiana*.

Pendant l'été 1981, Gainsbourg décide de photographier Bambou, intronisée comme compagne officielle. Comme la Lolita de Nabokov, elle l'appelle « Papa »... Si Jane avait posé nue plusieurs fois devant l'objectif de Serge pour des magazines de charme, il désire aller plus loin avec Bambou, en publiant un livre conceptuel. Ce sera *Bambou et les poupées*. La poupée est un thème récurrent dans l'œuvre de Serge (*Poupée, poupée* et *Joujou à la casse* pour Alain Chamfort, *La Poupée qui fait* pour lui-même, *Poupée de cire, poupée de son* et *Les Petits Ballons* pour Fance Gall, la « baby doll » de *Ex-fan des sixties* pour Jane Birkin, *Le Bras mécanique* pour Jacques Dutronc, etc.). Avec l'aide de Caroline Loeb, pas encore chanteuse mais déjà styliste, Gainsbourg parcourt Pigalle en quête de poupées gonflables avant d'opter pour des mannequins articulés de vitrines. Bambou pose au milieu de ces corps sans vie dans une mise en scène torride, rejoignant en cela les obsessions de Hans Bellmer. Dès les années 1930, ce peintre et sculpteur a multiplié les représentations érotiques de poupées désarticulées, travaillé béances et rondeurs, en réaction aux doctrines nazies, ce qui lui vaudra de devoir se réfugier en France en 1938. Il sera interné au Camp des Milles, du côté d'Aix-en-Provence, où il rencontre Max Ernst, l'un des fondateurs du mouvement Dada. Inconsciemment, Gainsbourg revient sur les traces de sa filiation principale. L'ouvrage est parsemé de manuscrits de Serge, rédigés pour l'occasion. Désormais, Bambou compte parmi ses muses.

LA NOSTALGIE, KAMARAD !

La France change de visage en 1981. Sous les pressions, Coluche retire sa candidature à l'élection présidentielle. François Mitterrand est élu président de la République au mois de mai. Le ministère de la Culture n'effraie plus les artistes populaires, chaleureusement accueillis par Jack Lang. Les radios reçoivent l'autorisation d'émettre sur la bande FM. Les premières stations musicales font leur apparition, diffusent des artistes que l'on n'entend pas sur les grandes ondes. Ces avancées en matière de liberté d'expression sont le signe qu'un épisode comme celui de *Aux armes et cætera* appartient au passé. En pleine promotion du livre *Bambou et les poupées*, Serge apprend que le manuscrit autographe de *La Marseillaise* de Rouget de L'Isle est mis aux enchères. Il décide d'acquérir l'œuvre, quel qu'en soit le prix. Accompagné de « Phify », garde du corps au Palace (on ne sait jamais), et de Bambou, Serge se rend à Versailles et acquiert le manuscrit pour 135 000 francs. Il repart, heureux de son coup, sous les sifflets d'une salle outrée. *Le Quotidien de Paris* s'autorise une attaque minable, supputant que Gainsbourg serait capable « de s'essuyer les pieds dessus, d'opérer un détournement en solo mineur, bref de lui faire subir les derniers outrages ».

Entre-temps, Serge a enregistré un nouvel album reggae dont le titre en dit long sur son moral, *Mauvaises nouvelles des étoiles*. Le disque débute par *Overseas Telegram* ; on ne sait jamais, Jane est peut-être passée à côté de l'album de Catherine Deneuve. Acte de naissance, la chanson *Ecce homo* enfante Gainsbarre, personnage désabusé dont la nuit est le royaume

On me retrouve au hasard
Des night-clubs et des bars

C'est ce double qui va désormais incarner le côté sombre, revendiquer le nihilisme dont Gainsbourg est dépourvu.

La plume toujours alerte, il livre deux poèmes superbes, *Negusta Nagast*, hommage à la philosophie rasta, et *Strike*, sur ses amours défuntes. Il offre également un hommage à sa fille de dix ans, Charlotte, *Shush shush Charlotte* :

Te souviens-tu petite Charlotte
Toi à quatre pattes comme un petit gavial
Ça y'allait sec tes glandes lacrymales

Un an après les troubles provoqués par le titre *Aux armes et cætera*, Gainsbourg règle ses comptes avec les néofascistes. Il épingle à la fois les nostalgiques du colonialisme, reflet d'un Front National en plein essor, dans *La Nostalgie camarade* :

Il s'en passe des choses sous ton crâne
Rasé, c'est plein de tristesse et de kif

et l'apartheid en Afrique du Sud, qui lui inspire *Bana basadi balano*.

Le communisme soviétique et l'antisémitisme sont au cœur de *Juif et dieu*, où Gainsbourg repique un énième extrait du *Jésus-Christ Rastaquouère* de Picabia, qui affirme que « Dieu est juif ». Évoquant les opposants à Staline, Karl Marx et l'arme nucléaire, Gainsbourg s'autorise le raccourci suivant : les Juifs ont créé le christianisme puisque Jésus était juif, et inventé l'Antéchrist puisque Einstein est le créateur indirect de la bombe atomique.

Serge avait raté son coup en reprenant le *Je vous salue Marie* version reggae sur la bande originale du film *Je vous aime* ; il tente une ultime provocation avec *Juif et dieu* :

Sais-tu que le Nazaréen
N'avait rien d'un aryen

Mais le titre passe inaperçu, tout comme les sujets évoqués dans cet album, seul disque véritablement politique de Serge. La musique reggae détourne les auditeurs des propos, qui n'y voient qu'une réédition de l'album précédent. Gainsbourg est pourtant clairement victime d'antisémitisme lorsqu'il se fait huer à la vente aux enchères du manuscrit de *La Marseillaise*. Quatre ans plus tard, à l'occasion de sa participation à l'émission télévisée *Le Jeu de la vérité*, ces voix collaborationnistes seront représentées par le biais d'une téléspectatrice du Var qui annonce ainsi la couleur :

« Simone X. : Beaucoup de Français sont encore patriotiques. Ma question est celle-ci : pourquoi, monsieur Gainsbourg, avez-vous ridicularisé (*sic*) notre hymne national *La Marseillaise* qui pour moi est sacré ?

Serge Gainsbourg : (...) Ma version est héroïque ! Les Rastas... Alors évidemment ! ça gonfle parce qu'il y a des bamboulas derrière moi et puis moi je suis un petit Juif qui se permet de chanter *La Marseillaise*. (...) *La Marseillaise* m'appartient également car je suis de nationalité française et j'ai fait mon service militaire comme peu de gamins le font actuellement.

Simone X. : Vous n'êtes vraiment pas le frère de Monsieur Rouget de L'Isle, vous en êtes même très loin.

Serge Gainsbourg : D'accord. Si c'est votre opinion...

Simone X. : Ah, c'est certain ! C'est même très sûr ![41] »

Malgré la belle photo de Lord Snowdon, l'album ne recueille pas l'enthousiasme qu'avait suscité *Aux armes et cætera*. Il obtiendra tout de même un disque d'or.

UNE ANNÉE SANS ÉCLAT

Serge Gainsbourg demeure d'une fidélité absolue envers ses interprètes. Il n'a d'inspiration que sur commande et ne propose jamais spontanément une chanson à un artiste. Julien Clerc l'enferme en studio pour qu'il lui livre *Moi j'te connais comme si j't'avais défaite*, un titre moyen qui, par bonheur, figurera sur l'un des albums les plus vendus de Julien Clerc, contenant *Femmes je vous aime* et *Lili voulait aller danser*. Diane Dufresne a bien fait de réitérer sa demande, elle bénéficie d'un texte magnifique,

Suicide, dont un couplet évoque la chanson réaliste *Les Petits Pavés* de Paul Delmet, que Serge avait interprétée en 1967 dans une émission de télévision :

J'me verrais bien le crâne entre deux briques
Une à une cracher mes dents
Exhaler en caillots de sang
Tout mon amour égocentrique
(*Suicide*)

Pour Philippe Dauga, leader du groupe Bijou, Serge décrit les disputes ordinaires d'une vie de couple dans une chanson très moyenne, *J'en ai autant pour toi*. Puis, c'est la rencontre inattendue avec Alain Bashung. Cet artiste avait tenté sa chance dans les années 1960 comme interprète et comme auteur. Après une longue parenthèse, il signe chez Barclay où il rencontre le succès avec deux chansons *Gaby, oh, Gaby* et *Vertige de l'amour*, dont les textes de Boris Bergman s'inscrivent dans le sillage de Gainsbourg. Avec plus d'un million de singles écoulés pour chacun des deux tubes, Alain Bashung se retrouve, à l'époque où il sollicite Gainsbourg, en porte-à-faux avec un public qui ne lui ressemble pas. Alors qu'il se sent en osmose avec les artistes rock, sa popularité le range du côté des chanteurs de variétés dont les spectateurs font 45 tours et puis s'en vont. Bashung souhaite repositionner son image coûte que coûte. Les deux hommes se retrouvent autour d'un projet sans concession. Le résultat est à la hauteur de leur ambition :

J'dédie cette angoisse à un chanteur disparu
Mort de soif dans le désert de Gaby
Respectez une minute de silence
Faites comme si j'étais pas arrivé
J'croise des gimmicks
J'croise mon public
(...) Et personne ne remarque
(*J'croise aux Hébrides*)

Tête brûlée j'ai plus qu'à m'ouvrir le Canadair
N'essayez pas d'm'éteindre j'm'incendie volontaire
(*Volontaire*)

L'empreinte de Bashung est très présente dans les textes et Serge arpente un vocabulaire de traverse, de contrebande. C'est la première fois qu'il cosigne avec un autre auteur. Et ce ne sera pas la dernière...

L'album de Bashung est un échec commercial – comme tous les projets de Serge au cours de cette année 1982 – mais une réussite artistique. Le chanteur retrouve avec ce disque une crédibilité qui va lui permettre de devenir un des artistes francophones les plus créatifs.

Peu de temps après, Serge se consacre à son deuxième film en qualité de réalisateur, *Équateur*, d'après la nouvelle de Georges Simenon, *Le Coup de lune*.

Depuis le film *Je t'aime moi non plus*, Serge a écrit deux scénarios. *Black-out* mettait en scène trois personnages isolés dans une villa de Los Angeles pendant une coupure de courant. Le film était écrit pour Isabelle Adjani, Jane Birkin et Dirk Bogarde. N'ayant jamais trouvé de producteur – le scénario deviendra une bande dessinée en 1983 –, Serge s'est ensuite attelé à l'écriture de *Colle Girl* mais n'en a jamais terminé la rédaction. *Équateur* est une commande de Gaumont. Serge explique que ce film contient une parabole qui lui parle : les rapports impossibles entre deux races humaines, l'une masculine, l'autre féminine. Les corps de Barbara Sukowa et de Francis Huster sont caressés par la caméra de Gainsbourg. Le film sera projeté au festival de Cannes, hors compétition. À sa sortie, les critiques saluent la prestation des acteurs, mais le peu de spectateurs compromet la carrière de Serge en tant que réalisateur. Le film, bel exercice autour du désir, du corps, ne méritait pas d'être boudé à ce point.

DONNEZ-MOI UNE STAR QUE J'EN FASSE UNE INCONNUE 1983/1985

LA FEMME À TÊTE DE CHOU

Depuis *Mauvaises nouvelles des étoiles*, Serge n'a pas composé d'album. Depuis Catherine Deneuve, il n'a pas non plus écrit de disque entier pour une femme. Bien sûr, si Jane acceptait... « J'étais complètement surprise quand Serge m'a demandé de venir choisir des mélodies, raconte Jane. Je pensais que comme nous étions séparés, il n'y avait aucune raison pour qu'il continue de m'écrire des chansons. Il préparait en plus un album avec Isabelle Adjani alors je n'aurais jamais imaginé qu'il m'appelle pour ça[42]. » Depuis la rupture, Charlotte et Kate ont tissé les liens entre Jane et Serge. Les fillettes vont régulièrement rue de Verneuil et Jane vient à l'occasion chercher l'une ou l'autre. Leur amour passion a laissé place à une amitié éternelle, et Serge s'est annoncé comme « parrain » ou « papa 2 » de Lou, la fille de Jane et de Jacques Doillon.

Pour les albums de Jane et d'Adjani, Gainsbourg se rend à Londres enregistrer les musiques. Jane est enchantée de ce qu'elle entend. « Ce qui était vraiment bien, c'est qu'Isabelle et moi n'étions pas touchées par les mêmes mélodies. Celles dont elle ne voulait pas me convenaient parfaitement. Et puis surtout, pour la première fois depuis que je travaillais avec Serge, je disais ce que je trouvais intéressant pour moi et le faisais retravailler quand ça ne m'allait pas[43]. »

Pour son bébé Lou, Jane sort de l'ombre la chanson *Baby Lou* que Serge avait écrite pour Alain Chamfort en 1977 et dont Lio vient d'enregistrer une version féminine. Autre chanson partagée, Jane récupère son *Overseas Telegram* après qu'elle fut passée par les voix de Deneuve et de Gainsbourg.

Ce qu'il avait amorcé avec Catherine Deneuve autour du thème de la rupture trouve son équilibre fragile : Jane va chanter la leur et les regrets de Serge, qui a maquillé outrageusement la pudeur de ses sentiments comme il l'écrit dans *Les Dessous chics*. Les « variations sur le même t'aime », selon la formule qu'il utilisera pour Vanessa Paradis, sont autant de déclarations d'amour éternel :

Les flash-backs sur nos bonheurs passés
Mieux vaut en rire d'peur d'être obligée
d'en pleurer

« Il est parvenu à sortir une beauté de tout cet abîme, reconnaît Jane, c'était presque spirituel[44]. »

La même encre coulait dans nos veines
Était-ce Chine ou Terre de Sienne
(*Haine pour aime*)

À l'exception de *Baby Lou*, l'album *Baby alone in Babylone*, sorti en 1983, est un hymne à la mort. C'est le cas *Norma Jean Baker*, véritable nom de Marilyn Monroe. La dépouille de la chanson évoque une photo de l'actrice à la morgue conservée précieusement par Gainsbourg. C'est aussi le cas de *Baby alone in Babylone* dont l'héroïne rêve d'éternité et la trouve… En ravivant la blessure de l'amour défunt, Jane la cautérise et rassure Serge. Elle restera son interprète fétiche et confiera à Gilles Verlant : « Je suis devenue l'homme à tête de chou, je me suis travestie en Serge[45]. »

ADJANI

Serge cosigne avec Adjani la moitié des textes de l'album que l'actrice enregistre. Il peste, râle, s'emporte. Face à lui, Adjani est déterminée, sait ce qu'elle ne veut pas chanter et ne cède sur aucun point : « Il y avait cette chanson dans laquelle Serge avait écrit *Un kleenex quai Malaquais*, raconte l'ingénieur du son Dominique Blanc-Francard. Mais Adjani trouvait ça horrible, elle refusait de chanter le mot "kleenex", elle voulait dire "mouchoir" à la place. Ça a duré trois heures, ils se sont engueulés comme du poisson pourri, Serge a pété les plombs et il lui a balancé que si elle voulait chanter "mouchoir", elle chanterait "mouchoir", mais que lui, Gainsbourg, ne signerait pas le texte[46]. » Au final, dans *OK pour plus jamais*, Adjani chante « mouchoir » et le texte est tout de même cosigné.

En écho à *Fuir le bonheur de peur qu'il ne se sauve* composé pour Jane, Serge et Isabelle écrivent *Le Bonheur c'est malheureux* :

Ça me tue ça m'achève mais j'en veux
Encore du malheureux
Ébloui on n'en croit pas ses yeux
D'être aussi malheureux
Le bonheur ça défonce
Comme une locomotive
À toute vapeur
Mais méfie-toi des aiguilleurs

Point d'orgue de cette collaboration, le titre *Pull marine* devient non seulement un tube, mais également un clip, ces court-métrage inspirés des Scopitone des années 1960 qui commencent à déferler sur les écrans de télévision et deviennent presque aussi importants que les diffusions à la radio. Les images d'Isabelle Adjani filmée par Luc Besson auront un tel impact que l'une d'elles ornera la pochette de l'album lors de sa réédition. Ce disque est un véritable triomphe tout comme celui de Jane. TF1 consacre une soirée complète à l'album d'Isabelle Adjani qui interprète l'intégralité de son disque. Elle y chante aussi en duo avec Jane *Rupture au miroir*, et dans les boîtes de nuit les mômes dansent sur *Beau oui comme Bowie*.

REÇU 7 SUR 7

Serge consacre les premiers mois de l'année 1984 à son nouvel album, tout en exploitant ses talents de réalisateur pour des publicités et, c'est une première, pour des clips. Il filme des artistes pour lesquels il n'a jamais écrit, à commencer par Renaud. Certes, *Morgane de toi* est une chanson en hommage à la fille de Dominique et Renaud Séchan qui s'appelle... Lolita. Mais pour Gainsbourg, en plus d'une source de rentrées d'argent conséquente, il s'agit aussi de mettre à profit son talent pour le plus grand nombre, les publicités et les clips étant visionnés par des millions de téléspectateurs. Il prouve ainsi que son regard de cinéaste peut s'adapter à celui du public populaire, public qu'il va froisser durablement lors d'un fameux incident.

Le 11 mars, il est l'invité de l'émission *7 sur 7* sur TF1. Pour protester contre l'imposition qui le prive de 74 % de ses revenus, il sort un billet de 500 francs qu'il brûle aux trois quarts. Choqués, les téléspectateurs ne l'entendent pas s'insurger : « C'est pas pour les pauvres, c'est pour le nucléaire (...) J'aimerais que les pauvres aient une Rolls. Et moi, j'ai vendu la mienne. C'est ça le socialisme[47]. » Cette provocation est reçue comme un crachat à la gueule des pauvres, les insultes pleuvent de toute part, presse, radios et télévisions réagissent à chaud. Serge Gainsbourg a fait une bêtise, il en est tout penaud ; Gainsbarre a fait parler de lui, il en est fier.

Il reste encore quelques sujets délicats auxquels Gainsbourg compte bien s'attaquer. Le thème du prochain album sera l'homosexualité, qu'il saupoudrera d'inceste de citron...

ECCE HOMO

C'est à New York que Gainsbourg poursuit son voyage au cœur de la black music, celle qui le tapisse de l'intérieur. Le flirt qu'il impose aux musiques blacks et à la musique classique lui a permis d'enfanter de belles idées métisses où se sont embrassés Billie Holiday et Chopin, Olatunji et Brahms, Joe Turner et Schumann, Screamin' Jay Hawkins et Dvorak, Peter Tosh et Ketelbey... La funky music choisie pour habiller l'album *Love on the Beat* plonge Serge dans les paysages androgynes qu'illustrent à cette époque David Bowie, Michael Jackson ou Grace Jones, icônes tapageuses et provocantes. Verlaine et Rimbaud avaient conjugué leurs talents pour composer *Le Sonnet du trou du cul*, Gainsbourg n'a besoin de personne pour écrire ces vers sodomites :

Brûlants sont tous tes orifices
Les trois que les dieux t'ont donnés
Je décide dans le moins lisse
D'achever de m'abandonner
(*Love on the Beat*)

Le thème majeur de cet album, l'homosexualité, a traversé les œuvres de Gainsbourg de bonne heure avec le répertoire de Madame Arthur dans les années 1950 et *Dieu que les hommes sont méchantes* dès 1963, qu'il a chantée sur scène uniquement. Pourtant, à propos de Gainsbourg, le terme d'homosensualité serait plus adéquat, car sa vision des hommes n'à rien de sexuel. Il s'agit d'un regard accru par une esthétique de l'érotisme qui lui permet de filmer les corps de Joe Dallesandro ou de Francis Huster dans tout ce qu'ils dégagent alors de virile féminité. Gainsbourg transmet au public la sophistication de son regard, utilise sa barbe comme un maquillage, exhibe ses bijoux comme des talismans, cultive son décolleté et chausse ses pieds nus de Repetto comme le ferait une danseuse, masque son trac derrière un nuage de fumée comme Marlène Dietrich dans les années 1930. Tout cela sans jamais remettre en cause sa mâle assurance, qui déborde allégrement vers la misogynie.

Son carnet du 13 mai 1984 montre qu'il cherche dans le Littré la définition du mot « inceste » et des renseignements sur la bataille de Trafalgar,

bataille au cours de laquelle l'amiral Nelson fut mortellement blessé. Alors qu'il agonisait, le capitaine Hardy vint lui annoncer la victoire certaine de la flotte anglaise sur la coalition franco-espagnole. Selon certaines sources, Nelson aurait d'abord demandé à Hardy de l'embrasser, puis aurait prononcé ces dernières paroles : « Dieu merci, j'ai pu faire mon devoir. »
Gainsbourg inscrit cette anecdote dans les anamorphoses d'un tableau de Francis Bacon :

D'un tableau de Francis Bacon
Je suis sorti
Faire l'amour avec un autre homme
Qui m'a dit
Kiss me Hardy
(*Kiss me Hardy*)

Outre Bacon (« Le plus grand des contemporains, il s'approcherait de Goya[48] », *dixit* Serge), de nouvelles sources d'inspiration font leur apparition dans cet album. Ainsi, James Joyce, dont la phrase « *I'm the boy that can enjoy invisibility* » est extraite de son roman *Ulysse* :

Homme parmi les hommes
Dans le noir ou l'ivoire
Recherchant les symptômes
D'orgasmes illusoires
I'm the boy that can enjoy invisibility

Nouveau venu dans l'univers gainsbourien, Antonin Artaud qui, cité dans le texte de *Hmm hmm hmm*, côtoie Edgar Poe et Rimbaud maintes fois rencontrés dans les chansons de Serge. Enfin, le Douanier Rousseau fait une apparition remarquée (« Lancé par Alfred Jarry puis appuyé par Apollinaire. C'est beau ça, non ?[49] »). Serge l'avait déjà « croisé » en 1971 lorsque Jean-Christophe Averty filmait *Histoire de Melody Nelson* pour la télévision en choisissant comme décor quelques toiles du peintre pour illustrer la chanson *Cargo culte*. Rousseau devient en verlan le « nierdoi sseaurou », convoqué dans *Lemon Incest* pour sa peinture naïve, miroir de la propre naïveté de Charlotte. La déclaration d'amour de Serge à sa fille suscite des commentaires nauséabonds. Mais cette étude de Chopin devient un tube et le public adopte immédiatement l'adolescente éthérée qu'il va bientôt découvrir au cinéma dans le film *Paroles et musiques* d'Élie Chouraqui, puis dans *L'Effrontée* de Claude Miller. Pour Serge, la beauté de ce titre réside dans la phrase (reprise améliorée d'une phrase de *Amour consolation* qu'il vient d'écrire pour Julien Clerc) :

L'amour que nous n'f'rons jamais ensemble
Est le plus rare le plus troublant
Le plus pur le plus émouvant

La photo de Serge Gainsbourg maquillé en femme, aux ongles longs et peints, signée William Klein, se décline sur des dizaines de supports différents, affiches, cartes postales, publicités, songbooks, posters... L'album est un triomphe qu'un disque de platine salue rapidement. Plus populaire que jamais, Gainsbourg va retourner sur scène au Casino de Paris dès 1985, puis partir en tournée dans toute la France. Cette série de concerts est l'occasion pour lui de revisiter son répertoire, de *L'Eau à la bouche* à *Dépression au-dessus du jardin*. Une génération qui ne connaît que Gainsbarre découvre les œuvres les plus emblématiques de Gainsbourg et tombe sous le charme. Dès lors, les rééditions de ses anciens albums se succèdent pour ces nouveaux fans avides de découvrir cette facette qu'ils ne soupçonnaient pas.

LES AMOURS PERDUES

Serge Gainsbourg aime revêtir d'un texte une musique nue. Il pratique cet art depuis ses débuts avec des compositeurs variés, parfois également interprètes comme Alain Chamfort ou... Julien Clerc qui était revenu, quelques mois plus tôt, chercher une bonne chanson à faire déguerpir les midinettes. *Amour consolation*, loin d'être un chef-d'œuvre, se retrouve sur un album de Julien Clerc rempli de tubes : *Respire*, *La Fille aux bas nylon*, *Mélissa*.
De son côté, Jane propose à Serge d'écrire un texte sur le générique d'un feuilleton télévisé diffusé en Italie. L'exercice est fastidieux pour Serge qui doit se plier à une métrique qui n'est pas la sienne, mais, amateur d'exercices de style, il sublime une fois encore ses regrets éternels avec *Quoi*, que Jane interprète en 1985 :

D'notre amour feu n'resterait que des cendres
Moi
J'aimerais qu'la terre s'arrête pour descendre
(...)
Et conçois que c'est à la mort à la vie.

CHARLOTTE FOR EVER 1986

UN FILM TESTAMENT

L'année 1986 se place sous le signe des enfants de Gainsbourg. Le petit Lulu arrive avec le mois de janvier. Ce sera l'occasion pour Serge d'initier Bambou à la chanson avec un titre de circonstance, *Lulu* :

Tu es comme moi comme moi-
Tié chinois
Mais tu as l'âme slave
De Papa

Le titre connaît son petit bonhomme de succès bien que Bambou n'ait en rien l'âme d'une chanteuse et souffre terriblement en studio en tentant d'être à la hauteur des attentes de Serge.
En février, Charlotte reçoit le César du jeune espoir féminin pour son rôle dans *L'Effrontée* de Claude Miller, dont elle tient le rôle principal aux côtés de Bernadette Laffont et de Jean-Claude Brialy.
Serge profite des vacances scolaires pour réaliser le film *Charlotte for ever* dont il signe le scénario et la musique, tout en jouant aux côtés de sa fille. Le thème de la chanson de générique est emprunté au compositeur Aram Khatchaturian. Le générique du film s'ouvre sur des objets et photos personnels, empruntés à la rue de Verneuil. On y voit Charlotte enfant et de nombreux accessoires, comme les tableaux ou le bouchon de radiateur de la Rolls, déjà célébré dans l'album *Histoire de Melody Nelson*.
L'histoire elle-même peut s'interpréter comme une parabole de la rupture entre Serge et Jane : une adolescente accuse son père, écrivain et scénariste abîmé par les excès d'alcool et de filles, d'avoir provoqué la mort de sa mère.
Il semble que ce film contienne une sorte de testament artistique. Gainsbourg y livre une partie importante de ses influences, cite Nabokov, Picabia, Shakespeare, Constant, sème quelques aphorismes précieux.
L'accueil du public comme celui de la critique est dévastateur. Personne ne reconnaît à Gainsbourg son talent de cinéaste, cette faculté de peindre des seconds rôles héritée d'une solide connaissance du cinéma de l'âge d'or d'Hollywood.
Le titre, *Charlotte for ever*, restera toujours associé à Charlotte Gainsbourg, qui s'envolera pour une carrière d'actrice.

OH ! DADDY OH !

Serge enchaîne les projets. Dès la fin du tournage de *Charlotte for ever*, Charlotte le rejoint pour enregistrer un album. Elle apprend des chansons qui évoluent dans la journée, dont elle garde un souvenir précieux. *Oh! Daddy oh!* est en cours d'élaboration, comme le montrent les manuscrits où se mêlent l'écriture de Charlotte et celle de son père. La mélodie de ce titre avait été composée pour *Sex-shop* de Claude Berri en 1972, puis chantée par Jane Birkin lors d'un show télévisé, réutilisée dans le film *Mélancolie Baby* de Clarisse Gabus et enfin dans le film *Tenue de Soirée* de Bertrand Blier.
Nouvelle variation de son fameux aphorisme, Serge fait chanter à Charlotte :

J't'ai pris pour c'que tu n'étais pas
T'ai laissé pour c'que tu es

Réinterprétant la valse militaire russe jouée au violon dans *Tenue de soirée*, l'album s'achève sur un joyau, *Zéro pointé vers l'infini*, états d'âme sur fond d'histoires de cours d'école. Le charme gracile de Charlotte opère. Même si le disque ne se vend pas beaucoup, le clip de *Charlotte for ever* réalisé par Gainsbourg passe en boucle sur TV6, la sixième chaîne de télévision consacrée à la musique.

DERNIERES NOUVELLES DES ETOILES 1986/1990

LE RETOUR DE B.B.

En 1986, Serge a chanté en duo avec Charlotte, en duo avec Eddy Mitchell une nouvelle reprise de *Vieille canaille* sacrément réussie, et en duo avec... Brigitte Bardot. L'ancienne actrice a en effet levé l'interdiction frappant le titre *Je t'aime... moi non plus* qu'ils avaient enregistré près de vingt ans auparavant, pour récolter des fonds à destination de sa fondation protectrice des animaux. L'impact est nul, mais les fans découvrent l'abandon sensuel invraisemblable auquel s'était livrée l'icône qui a stoppé toute activité artistique depuis douze ans. Les photos de cette séance mythique sont enfin dévoilées, l'une d'elles illustrant la pochette du 45 tours. Bien après la mort de Serge, Bardot publiera ses mémoires, dans lesquelles elle racontera sa vision de leur courte mais intense histoire d'amour. Une nymphette ayant pour nom Élisabeth Anaïs vient demander un texte à Serge. Elle est pourtant auteur et a signé les paroles de *La Rockeuse de diamant* pour Catherine Lara en 1983. Elle hérite de *Mon père un catholique*, qui décline les vins et spiritueux et narre les déboires d'un alcoolique. Plus tard, Serge rédige *Amour puissance six* pour Viktor Lazlo, dont le nom vient tout droit du film *Casablanca* de Michael Curtiz, chanson qui s'oxyde avec le temps. Au rayon des « one shot » pour jeune chanteuse, une fois encore, Serge tente de remporter le concours de l'Eurovision. L'heureuse élue s'appelle Joëlle Ursull. Il lui écrit *White and Black Blues*, chanson simpliste censée donner une leçon d'antiracisme, qui plaît aux radios contrairement aux deux précédentes.

JANE À L'ÂGE ADULTE

Jane se comporte désormais avec Serge comme une interprète avec son auteur et compositeur. Elle n'est plus la muse qui incarne les projections de son mentor. L'album *Lost Song* doit beaucoup à ses suggestions et désirs. À commencer par le titre qui va devenir celui de l'album. Au Japon, Jane a enregistré une publicité sur *La Chanson de Solveig* de Grieg. Elle demande à Serge de composer un texte mélancolique à partir de cette mélodie. « C'est une *Lost Song* que tu veux[50] », conclut Serge...
Serge s'est souvent inspiré du *Hamlet* de Shakespeare. *La Noyée* faisait référence à la mort d'Ophélie. Avec Dutronc, le titre *L'avant-guerre c'est maintenant*, en 1980, s'amusait avec le célèbre « *To be or not to be* », Serge concluant le texte par le vers Mettre ou ne pas se faire mettre. Ceux qui appellent rue de Verneuil et tombent sur son répondeur téléphonique entendent le message suivant « Être ou ne pas être : question-réponse ». Avec Jane, il va plus loin encore, transformant le vers en *Être ou ne pas naître*, titre qui révèle la source profonde de ses moments de déprime :

Avec cette difficulté d'être
Il aurait mieux valu peut-être
Ne jamais naître
Toi, toi qui me reçois sept sur sept
Tu vois pas que je ne suis pas
Bien dans ma tête

« En enregistrant ce disque, avoue Jane, j'ai su que j'étais lui, j'étais devenue sa face cachée, celle que j'aime le plus[51]. ».Ces propos accentuent le trouble provoqué par les textes comme *Le Couteau dans le play* :

Je sais c'est moi qui ai
Tout fait oui j'étouffais
Et si j'en claque
J'm'en fous j'suis d'ac-
Cord pour ma gueule c'est bien fait

... ou par *Le Moi et le Je :*

Si j'hésite si souvent entre le moi et le je
Si je balance entre l'émoi et le jeu
C'est que mon propre équilibre mental
en est l'enjeu

En hommage à son amie Ava, décédée juste avant leur rupture, Jane demande une chanson à Serge. La ballade médiévale *L'amour de moy s'y est eclose* chantée entre autres par Mouloudji et Jean-Claude Pascal dans les années 1960, sert de base à Gainsbourg pour confectionner un magnifique écrin que Jane adressera à son amie défunte à chaque début de la série de concerts qu'elle s'apprête à donner au Bataclan. Après vingt ans de carrière phonographique, Jane affronte la scène pour la première fois et le slogan sur ses affiches résume bien la situation : « Je vais y passer... » Pour les spectateurs, c'est une révélation. Pour les médias, le début d'un sacre. Chacun mesure l'immensité de l'œuvre que Serge Gainsbourg a soigneusement cousue de fils d'or autour de Jane.

UN DISQUE AUX PARFUMS D'ENFANCE

En 1987, Serge Gainsbourg enregistre son ultime album en studio. Il revient à la formule qui lui a valu ses lettres de noblesse, l'album conceptuel. Le héros-narrateur rencontre cette fois sa Lolita dans le Bronx. Samantha, treize ans, est black et junkie. Selon la coutume, Serge part dans le New Jersey enregistrer les musiques avec sa liste de titres et revient à Paris pour les textes définitifs et les voix. Il s'installe à l'hôtel Raphaël pour travailler, à l'écart de la rue de Verneuil où les fans sonnent à la porte et viennent « graffer » leur amour sur les murs. Le personnage de Samantha doit beaucoup à Bambou, que Serge a tenté de sortir de la drogue par les menaces. Sur le disque, il se fait plus paternaliste dans le titre *Aux enfants de la chance* :

Ne commettez pas d'imprudences
Surtout n'ayez pas l'impudence
D'vous foutre en l'air avant l'heure dite

Aux enfants de la chance serait le nom d'un cabaret où Joseph Ginsburg, son père, jouait du piano dans les années 1930. Ce disque, aux accents funky si ancrés dans leur époque, se teinte du sépia de son enfance, notamment grâce à deux reprises. L'une est un titre hongrois qui a fait le tour du monde, dont l'interprétation la plus populaire en France fut celle de la chanteuse Damia. Aux États-Unis, c'est la voix déchirée de Billie Holiday qui fit vibrer ce *Gloomy Sunday*. Gainsbourg pioche dans les deux versions et assaisonne le tout à sa sauce en modifiant légèrement le texte. La seconde chanson empruntée au répertoire aurait dû boucler la boucle homophile de *Love on the Beat*, mais la version que Gainsbourg enregistra alors de *Mon légionnaire* lui semblait un tantinet surannée. Ce morceau fit la gloire d'Édith Piaf alors qu'on la surnommait « la môme ». En studio, Serge utilise sa technique du talk-over pour ce titre qu'il aurait tant voulu chanter comme un crooner. C'est une réussite. Gainsbourg continue d'enterrer toute la génération qui a débuté avec lui, à l'exception d'un seul. À l'époque où Serge évoque Theolonious Monk dans *You're under Arrest*, Claude Nougaro loge chez la veuve de Charles Mingus, à New York où il enregistre l'album funky qui relancera sa carrière, *Nougayork*...

La santé de Serge décline de façon inquiétante. Ses manuscrits témoignent d'une certaine fébrilité dans l'écriture. L'artiste qui monte sur la scène du Zénith en mars 1988 n'a plus la fougue que les spectateurs lui avaient connue, mais le feeling reste intact. Pour la scène, il se fend de trois nouveaux titres : un ersatz de *J'aime les filles* du Dutronc sixties avec *You you you but not you*, un texte inspiré d'une idée qu'il a ébauchée en 1981, *Seigneur et saigneur*, et enfin, un testamour au petit Lulu à qui il demandera, fier comme Artaban, de venir le rejoindre sur scène.

JE T'AIME... MOI AUSSI

Gainsbourg écrit un album pour Bambou. L'enregistrement se déroule dans la douleur, car Bambou n'a jamais prétendu vouloir chanter mais n'ose pas refuser. De cet album aux yeux bridés, quelques jolies chansons auraient mérité un minimum d'exposition, comme *Hey Mister Zippo*, hommage au compagnon de tabagie de Serge, *J'ai pleuré le Yang-Tsé*, clairement adressée à Jane, un joli texte, *Entre l'âme et l'amour*, qui fait un signe amical au *Si tu t'imagines* de Queneau chanté jadis par Juliette Gréco :

Fillette tu te goures
Passe les saisons
Mais à contre-jour
J'ferai peut-être illusion

Belle idée de reprise, la chanson *Nuits de Chine* vient droit des années TSF de Lucien Ginsburg. Au final, l'album sorti en 1989 passe complètement inaperçu. Gainsbourg, blessé, le justifie en évoquant les événements de la place Tienanmen survenus au moment de la sortie du disque, obligeant les médias à le boycotter... Au rayon des échecs, un nouveau long-métrage, *Stan the Flasher* qu'il écrit et réalise en quelques semaines, se perd parmi les tentatives cinématographiques de Gainsbourg qui ne réussit pas à intéresser le public à ses poèmes filmés. En 1990, Serge tombe enfin sur une vraie lolita, magique et magnétique, Vanessa Paradis. Sa mission est de révéler la femme qui apparaît en filigrane derrière l'enfant qu'elle est encore

dans la vie on est

un peu. Pour ce faire, ils enregistreront tout un album intitulé *Variations sur le même t'aime*. Vanessa est arrivée trop tard hélas dans la carrière de Serge qui a déjà dit beaucoup avec d'autres, mais il reprend de bonnes vieilles recettes comme pour le début de *Tandem* :

Dans le mot Je t'aime
Trop de M
Et jamais jamais un seul N

déjà chanté, un peu différemment certes, par Catherine Deneuve et Jane Birkin.

Ophélie est également de retour, mais selon une autre modalité. Il ne s'agit plus de la contempler, mais bien d'envier son triste sort :

Oh j'aimerais tant
Me noyer dans l'étang (...)
Frôler les nénuphars
Toutes les plantes rares
Comme la blanche Ophélie

De nouvelles idées germent pendant l'enregistrement, comme *Ardoise*, cet amour sur le toit perché, et de belles formules voient le jour, telle *Au charme non plus*. Le premier single *Tandem* consacre Vanessa Paradis comme la révélation des années 1990. Le clip androgyne à souhait signé Jean-Baptiste Mondino crédibilise Vanessa qui se pose rapidement comme l'héritière de Brigitte Bardot. Le pari est réussi. La chanteuse s'affirme et se singularise par l'entremise de Gainsbourg.

Parallèlement, Serge entre en studio avec Jane. *Amour des feintes* évoque le morceau *Pavane pour une infante défunte* composé par Maurice Ravel, qu'aimait tant Olga Ginsburg, la maman de Serge. Cet album est le signe que sa relation avec Jane peut désormais tendre au-delà de la souffrance :

Un amour peut en cacher un autre (...)
On réalise un beau jour entre autres
Qu'il s'en pointe un autre que le vôtre
(*Un amour peut en cacher un autre*)

Pour la première fois depuis leur séparation, Serge aborde d'autres sujets, tels *Asphalte* ou *Love Fifteen* qui décrit une femme succombant à l'amour d'une adolescente en socquettes. Au tour de Jane de jouer les Humbert Humbert après avoir incarné Lolita :

Lolycéenne en esquisse
AB
CD
Love fifteen
À la gamine
J'ai cédé

Gainsbourg convoque Huysmans, Oscar Wilde, Greta Garbo, Nabokov, Orphée et Eurydice, James Dean et Sinatra. Il réalise le clip d'*Amour des feintes* et dessine le portrait de Jane pour illustrer la pochette de l'album. Difficile de se donner plus encore. Ce dernier album de Serge et Jane, ultime album pour lui, se clôt dans une extrême pudeur par ces preuves d'affection délicates et ténues.

L'HOMME DE L'OMBRE

En octobre 1990, lors d'une émission de télévision, Serge et Jane décident de rendre un hommage appuyé à celui qui accompagne leurs carrières respectives depuis vingt-cinq ans, le directeur artistique Philippe Lerichomme. En secret, Serge écrit *Unknown Producer*, l'homme de l'ombre. À son insu, les caméras de télévision filment l'homme timide et pudique découvrant en direct la surprise que lui ont faite ses plus chers amis. Ce sera la dernière chanson de Gainsbourg, le témoignage d'une amitié et d'une fidélité rares.

Rapidement, Serge se remet au travail pour un disque qu'il prévoit d'enregistrer à la Nouvelle-Orléans. Les musiques sont avancées et certains textes en gestation.

Mais il n'y aura jamais de disque à la Nouvelle Orléans. Le cœur de Serge lâche le 2 mars 1991...

RETROUVER RIMBAUD

Serge Gainsbourg a passé toute sa vie d'auteur et de compositeur à dénigrer la chanson. Une quinzaine de mois avant sa disparition, il recevait dans son appartement de la rue de Verneuil deux journalistes de France Culture, Patrick Champré et Jean-Luc Leray. Serge aborde avec eux son parcours et, alors qu'il évoque sa technique du talk-over sur l'album *Histoire de Melody Nelson*, il se lance dans des confidences où il témoigne de son amour des mots et de sa quête d'absolu : « Il y a parfois une prosodie qui est d'une telle sophistication qu'elle ne peut pas se mettre en mélodie. (...) Le sonnet, je pense que c'est ce qu'il y a de plus pur dans la prosodie, dans la rigueur de la poésie, et ce qui m'a subjugué, c'est tout simple, c'est Heredia : "Comme un vol de gerfauts hors du charnier natal" etc. (...) Je commence (NdÉ : avec *Histoire de Melody Nelson*) à aborder la poésie dans son état pur et rigoureux. Donc c'est ici un tournant décisif. (...) Je n'ai pas écrit que des choses indélébiles, j'aimerais que certains titres soient effacés, mais quand c'est gravé, c'est grave. (...) On en reviendra toujours à Rimbaud parce que je voudrais l'égaler, je n'y arrive pas, peut-être j'y arrive sans en prendre conscience, mais je veux l'approcher, je veux le retrouver en Abyssinie... Je veux retrouver Rimbaud. La poésie dans son état pur n'a pas besoin d'un apport musical. C'est là où ça me fait chier parce que j'aime la musique. (Rires.) Mais pourquoi pas, nous sommes au XXe siècle. Pourquoi ne ferions-nous pas d'un art mineur un art majeur ? Je crois que les arts mineurs sont en train d'enculer les arts majeurs parce que nous avons plus de puissance.

– Mais c'est vous qui parlez d'art mineur tout le temps !

– Ben oui, parce que j'ai été initié à la peinture et à l'architecture. Alors je parle d'art mineur parce que les arts mineurs sont directement perceptibles, voilà, et il n'y a pas besoin d'initiation. Or, je crois profondément à l'initiation. Il n'y a plus ni de maître ni de maîtrise. J'ai été initié donc je peux en parler. (...) J'étais quelque part un visionnaire, mais pas assez visionnaire pour être un génie. Un génie, je l'ai dit et je le redirai, c'est un mec qui voit au-delà de sa génération. (...) Schönberg, Alban Berg, Bartok, ça ce sont des visionnaires, ce sont des grands révolutionnaires. (...) En définitive, je ne suis pas un précurseur. (Un temps.) Quoique... (Rires.)[52] »

INDEX ET CÆTERA

INDEX DES ŒUVRES

Les chansons inédites sans titre
n'apparaissent pas dans cet index.

NOTES

Cahier 1

1 In *Gainsbourg, 5 bis rue de Verneuil*, Éditions PC / France Culture / INA, 2001.
2 *bid.*
3 *Ibid.*
4 *Ibid.*
5 In Gilles Verlant, *Gainsbourg*, Albin Michel, 2000.
6 *L'Espoir de Nice* du 31 décembre 1964.
7 *Le Nouveau Candide* du 5 août 1964.
8 In Gilles Verlant, *Gainsbourg, op. cit.*
9 *La Tribune de Genève* du 15 octobre 1964.
10 *Discorama*, émission TV, diffusée le 3 janvier 1965.
11 *Le Journal du Dimanche* du 3 janvier 1965.
12 Propos recueillis par l'auteur.
13 *Rock & Folk*, n°14, cité par Gilles Verlant, *op. cit.*
14 In Brigitte Bardot, *Initiales B.B.*, Grasset, 1996.

Cahier 2

15 *Gainsbourg, 5 rue de Verneuil, op. cit.*
16 In Gilles Verlant, *op. cit.*
17 *Bilboard* du 7 février 1970.
18 *Paris-Presse / L'Intransigeant / France-Soir*, du 14 octobre 1969.
19 In Gilles Verlant, *op. cit.*
20 Propos recueillis par l'auteur.
21 Propos recueillis par l'auteur.
22 *L'Écho Républicain* du 19 mai 1978.
23 *Le Progrès* du 15 août 1980.

Cahier 3

24 Propos recueillis par l'auteur.
25 Propos recueillis par l'auteur.
26 Propos recueillis par l'auteur.
27 Serge Gainsbourg, *Gainsbourg Movies*, édition établie et annotée par Franck Lhomeau, Joseph K., 1994.
28 Propos recueillis par l'auteur.
29 Propos recueillis par l'auteur.
30 *Le Jeu de la vérité*, 7 juin, 1985.
31 Propos recueillis par l'auteur.
32 *Le Figaro Magazine*, cité par Gilles Verlant, *op. cit.*
33 Lettre de Serge Gainsbourg citée par Gilles Verlant, *op. cit.*
34 Dépêche AFP du 18 octobre 1979.
35 Lettre de Raymond Castillan, président d'UNP Marseille, du 26 septembre 1979.
36 Éditions Bréa / Disque d'or, 1980.
37 In Gilles Verlant, *op. cit.*
38 Propos recueillis par l'auteur.
39 *Gainsbourg interviewant Deneuve interviewant Gainsbourg*, Phonogram, 1981.
40 Propos recueillis par l'auteur.
41 *Le Jeu de la vérité*, 7 juin 1985.
42 Propos recueillis par l'auteur.
43 Propos recueillis par l'auteur.
44 In Gilles Verlant, *op. cit.*
45 *Ibid.*
46. *Ibid.*
47 *Sept sur Sept*, émission du 11 mars 1984.
48 Franck Maubert, *Gainsbourg, voyeur de première*, Éditions de la Table ronde, 1998.
49 *Ibid.*
50 In Gilles Verlant, *op. cit.*
51 *Ibid.*
52 In *Gainsbourg, 5 bis rue de Verneuil, op. cit.*

CRÉDITS PHOTOGRAPHIQUES

Couvertures des trois cahiers :
Collection Charlotte Gainsbourg.

Collection de Georges Pludermacher :
16.

Collection de Jacqueline Ginsburg :
17.

Globe :
18.

Sacem :
19, 20, 21, 24, 26, 28, 29, 30, 31, 34, 36, 336, 430.

Collection de Charlotte Gainsbourg :
22-23, 35, 37, 38, 39, 40, 41, 42, 43, 44, 45, 50-51, 52, 53, 54, 55, 57, 58, 59, 60, 61, 62-63, 65, 69, 70-71, 73, 74, 75, 76, 77, 78-79, 80, 81, 82, 83, 85, 86, 87, 90, 91, 92, 93, 94, 95, 96, 97, 98, 99, 100, 101, 102, 103, 104, 105, 106, 107, 108, 109, 110, 111, 112, 113, 114, 115, 116-117, 118, 119, 120, 121, 122, 123, 124-125, 126, 127, 128, 129, 130, 131, 132, 133, 134, 135, 136, 137, 138, 172, 173, 174, 175, 177, 178, 179, 180, 181, 182, 183, 185, 187, 188, 189, 191, 192, 193, 194, 195, 196, 107, 199, 201, 202, 203, 204, 205, 206, 207, 208, 209, 210, 211, 212, 213, 214, 215, 218, 219, 220, 221, 222-223, 225, 226, 227, 228, 229, 230, 231, 232, 233, 235, 237, 250, 256, 257, 264, 265, 266, 267, 269, 270, 272, 273, 275, 276, 277, 280, 281, 282, 283, 285, 287, 317, 318, 319, 320, 321, 323, 324, 325, 326, 327, 328, 329, 330, 331, 333, 337, 338, 339, 341, 342, 343, 344, 345, 346, 347, 349, 350, 351, 352, 353, 354, 355, 357, 360, 361, 362, 363, 366, 367, 368, 376, 382, 383, 390, 391, 392, 393, 394, 395, 396, 397, 399, 400, 401, 402, 403, 404-405, 408, 409, 410, 411, 412, 413, 414, 415, 416, 417, 418, 419, 420, 421, 422, 423, 424, 431, 434, 435, 436, 437, 439, 440, 441, 442, 443, 445, 446, 447, 448, 449, 451, 452, 453, 454, 455, 456, 457, 458, 459, 460, 462, 463, 465, 468, 469, 470, 471, 472, 473, 476, 477, 478, 479, 480, 481, 482, 483, 484, 502-503.

Collection de Françoise Hardy :
46, 47, 48, 49, 139, 140, 141, 142, 143, 241, 242, 243, 244, 245, 246, 369, 370, 373, 377, 450, 461.

Collection de Andrew Birkin :
176, 261, 425.

Collection de Jane Birkin :
224, 254-255, 271, 374, 375, 428-429.

Collection de Thomas Dutronc :
247.

Collection d'Isabelle Adjani :
251, 371, 378, 379, 380, 385, 386, 387.

Mercury :
252-253, 426-427.

Phonogram :
259, 263, 268.

Collection de Marcia Toledo :
279.

Bambou et les poupées :
358-359.

Collection privée :
381.

CRÉDITS DES ŒUVRES

Pour les chansons, les paroles et musiques sont de Serge Gainsbourg sauf mention particulière.

MELODY NELSON PUBLISHING

Asphalte
© 1990 Melody Nelson Publishing

L'Assassinat de Franz Lehár
© Melody Nelson Publishing

Aux enfants de la chance
© 1987 Melody Nelson Publishing

Baille baille Samantha
© 1987 Melody Nelson Publishing

Baby alone in Babylone
Paroles : Serge Gainsbourg
Musique : Serge Gainsbourg d'après le troisième mouvement de la *Deuxième symphonie* de Brahms.
© 1983 Melody Nelson Publishing

Bambou et les poupées
© 1981 Melody Nelson Publishing.

Beau oui comme Bowie
© 1983 Melody Nelson Publishing

Brigade des stups
© 1979 Melody Nelson Publishing

Coco and Co
© 1989 Melody Nelson Publishing

Con c'est con ces conséquences
© 1983 Melody Nelson Publishing

Daisy Temple
© 1979 Melody Nelson Publishing

Les Dessous chics
© 1983 Melody Nelson Publishing

Eau et gaz à tous les étages
© 1979 Melody Nelson Publishing

Élastique
© 1987 Melody Nelson Publishing

La Fille au rasoir
© 1989 Melody Nelson Publishing

Five Easy Pisseuses
© 1987 Melody Nelson Publishing

Fuir le bonheur de peur qu'il ne se sauve
© 1983 Melody Nelson Publishing

Haine pour aime
© 1983 Melody Nelson Publishing

Hey Man Amen
© 1988 Melody Nelson Publishing

L'Homme à tête de chou
© 1977 Melody Nelson Publishing

Je t'aime... moi non plus
© 1969 et 1985 Melody Nelson Publishing

Je t'aime moi non plus (le film)
© 1976 Melody Nelson Publishing

Les Locataires
© 1979 Melody Nelson Publishing

Lost Song
Paroles : Serge Gainsbourg
Musique : arrangements de Serge Gainsbourg, sur un thème de Grieg (Peer Cynut suite n°2, op. 55)
© 1987 Melody Nelson Publishing

My lady Héroïne
Paroles : Serge Gainsbourg
Musique : Serge Gainsbourg, inspirée de l'œuvre de Ketelbey intitulée *Sur un marché persan.*
© Melody Nelson Publishing / DR

Nul ne le saura jamais
© 2004 Melody Nelson Publishing

Oh ! Daddy oh !
© 1986 Melody Nelson Publishing

Ok pour plus jamais
Paroles : Serge Gainsbourg et Isabelle Adjani
Musique : Serge Gainsbourg
© 1983 Melody Nelson Publishing

On m'siffle dans la rue
© 2004 Melody Nelson Publishing

Ouvertures éclair
© 1986 Melody Nelson Publishing / Hachette Première

Pamela Popo
© 1974 Melody Nelson Publishing

Les Papillons noirs
© 1979 Melody Nelson Publishing

Pas long feu
© 1979 Melody Nelson Publishing

Plus doux avec moi
© 1986 Melody Nelson Publishing / GPFI

Pour ce que tu n'étais pas
© 1986 Melody Nelson Publishing

Pull marine
© 1983 Melody Nelson Publishing

La Robe de papier
Paroles : Serge Gainsbourg
Musique : Michel Colombier
© Melody Nelson Publishing et Michel Colombier Music

Rocking-chair
© 1978 Melody Nelson Publishing

Les Roses fanées
© 1975 Melody Nelson Publishing

Les Sambassadeurs
© 1989 Melody Nelson Publishing

Shotgun
© 1987 Melody Nelson Publishing

La Trentaine
© 2004 Melody Nelson Publishing

Unknown Producer
© 1990 Melody Nelson Publishing

Vamp et Vampire
© 1978 Melody Nelson Publishing

Variations sur Marilou
© 1977 Melody Nelson Publishing

Yes Man
© 1978 Melody Nelson Publishing

Zéro pointé vers l'infini
© 1986 Melody Nelson Publishing

ÉDITIONS SIDONIE

Alice Hélas
© 1981 Éditions Sidonie et Melody Nelson Publishing

L'Anamour
© 1968 Éditions Sidonie et Melody Nelson Publishing

Belinda
Paroles : Serge Gainsbourg
Musique : Julien Clerc et Marty Simon
© 1980 Éditions Crécelles et Éditions Sidonie

Bonnie and Clyde
© 1967 Éditions Sidonie et Melody Nelson Publishing

Bubble Gum
© 1965 Éditions Sidonie

Cannabis
Paroles : Serge Gainsbourg
Musique : Serge Gainsbourg et Jean-Claude Vannier
© 1970 Éditions Sidonie

Comic Strip
© 1967 Éditions Sidonie et Melody Nelson Publishing

Dépression au-dessus du jardin
© 1981 Éditions Sidonie et Melody Nelson Publishing

Desesperado
© 1968 Éditions Sidonie et Melody Nelson Publishing

Élisa
Paroles : Serge Gainsbourg
Musique : Serge Gainsbourg et Michel Colombier
© 1969 Éditions Sidonie et Melody Nelson Publishing

Jane B.
© 1968 Éditions Sidonie et Melody Nelson Publishing

Joanna
Paroles et Musique : Serge Gainsbourg et Michael Olatunji
© 1964 EMI Blackwood Music Inc et Éditions Sidonie

Johnsyne et Kossigone
© 1967 Éditions Sidonie et Melody Nelson Publishing

Initials B.B.
© 1968 Éditions Sidonie et Melody Nelson Publishing

La Fille qui fait tchic-ti-tchic
© Éditions Hortensia

Marine Band Tremolo
© 1981 Éditions Sidonie et Melody Nelson Publishing

Moi j'te connais comme si j't'avais défaite
Paroles : Serge Gainsbourg
Musique : Julien Clerc
© 1982 Éditions Crécelles et Éditions Sidonie

New York, USA
Paroles et Musique : Serge Gainsbourg et Michael Olatunji
© EMI Blackwood Music Inc et Productions Gérard Music

Ouvre la bouche, ferme les yeux
© 1967 Éditions Sidonie et Melody Nelson Publishing

La Plus Belle Fille du monde n'arrive pas à la cheville d'un cul-de-jatte
© 1968 Éditions Sidonie et Melody Nelson Publishing

Plus dur sera le chut
© 1968 Éditions Sidonie et Melody Nelson Publishing

Poupée de cire, poupée de son
© 1965 Éditions Sidonie

Qui lira ces mots ?
© 1966 Éditions Sidonie

Requiem pour un con
Paroles : Serge Gainsbourg
Musique : Serge Gainsbourg et Michel Colombier
© 1968 Éditions Hortensia

Tout le monde est musicien
© 1972 Éditions Sidonie et Melody Nelson Publishing

La Vie est une belle tartine
© 1969 Éditions Sidonie et Melody Nelson Publishing

What tu dis, qu'est-ce tu say ?
© 1981 Éditions Sidonie et Melody Nelson Publishing.

WARNER CHAPPELL MUSIC FRANCE

L'Alcool
© 1960 & 1998 Warner Chappell Music France (ex Société Nouvelle des Éditions Musicales Tutti) & Melody Nelson Publishing

Bloody Jack
© 1968 & 1998 Warner Chappell Music France (ex Société Nouvelle des Éditions Musicales Tutti) & Melody Nelson Publishing

Capone et sa p'tite Phyllis
© 1968 & 1998 Warner Chappell Music France (ex Société Nouvelle des Éditions Musicales Tutti) & Melody Nelson Publishing

Ce grand méchant vous
© 1962 & 1998 Warner Chappell Music France (ex Société Nouvelle des Éditions Musicales Tutti) & Melody Nelson Publishing

Chanson du forçat
Extrait de la série télévisée *Vidocq*
© 1967 & 1998 Warner Chappell Music France (ex Société Nouvelle des Éditions Musicales Tutti) & Melody Nelson Publishing

Chatterton
© 1967 & 1998 Warner Chappell Music France (ex Société Nouvelle des Éditions Musicales Tutti) & Melody Nelson Publishing

La Chanson de Slogan
Paroles : Serge Gainsbourg
Musique de Serge Gainsbourg et Jean-Claude Vannier
© Warner Chappell Music France (ex Éditions Manèges) & Sémi Méridian

La Cigale et la Fourmi
© 1958 & 1998 Warner Chappell Music France (ex Société Nouvelle des Éditions Musicales Tutti) & Melody Nelson Publishing

Démodé
Paroles : Serge Gainsbourg
Musique : Alain Chamfort et Jean-Noël Chaléat
© 1979 Warner Chappell Music France (ex Éditions Marouani) & BMG Music Publishing (ex Rock'n'Rose A.C.O.)

Le Drapeau noir
© 1968 & 1998 Warner Chappell Music France (ex Société Nouvelle des Éditions Musicales Tutti) & Melody Nelson Publishing

18-39
© 1969 & 1998 Warner Chappell Music France (ex Société Nouvelle des Éditions Musicales Tutti) & Melody Nelson Publishing

L'Eau à la bouche
Extrait du film *L'Eau à la bouche*
Paroles : Serge Gainsbourg
Musique : Serge Gainsbourg et Alain Goraguer
© 1959 & 1998 Warner Chappell Music France (ex Société Nouvelle des Éditions Musicales Tutti) & Melody Nelson Publishing

Élaeudanla Téïtéïa
© 1964 & 1998 Warner Chappell Music France (ex Société Nouvelle des Éditions Musicales Tutti) & Melody Nelson Publishing

Ford Mustang
© 1973 & 1998 Warner Chappell Music France (ex Société Nouvelle des Éditions Musicales Tutti) & Melody Nelson Publishing

La Jambe de bois (Friedland)
© 1958 & 1998 Warner Chappell Music France (ex Société Nouvelle des Éditions Musicales Tutti) & Melody Nelson Publishing

La Javanaise
© 1962 & 1998 Warner Chappell Music France (ex Société Nouvelle des Éditions Musicales Tutti) & Melody Nelson Publishing

Manureva
Paroles : Serge Gainsbourg
Musique : Alain Chamfort et Jean-Noël Chaléat
© 1979 Warner Chappell Music France (ex Éditions Marouani) & Melody Nelson Publishing & BMG Music Publishing (ex Rock'n'Rose A.C.O.)

Mes p'tites odalisques
© 1958 & 1998 Warner Chappell Music France (ex Société Nouvelle des Éditions Musicales Tutti) & Melody Nelson Publishing

La Noyée
© Lorimar Music Bee Corp. Droits exclusifs pour France, territoires Sacem (Luxembourg exclus), RTL (programmes français), Europe 1 : Warner Chappell Music France

Le Poinçonneur des Lilas
© 1958 & 1998 Warner Chappell Music France (ex Société Nouvelle des Éditions Musicales Tutti) & Melody Nelson Publishing

Le Rock de Nerval
Sur un texte de Gérard de Nerval
Musique : Serge Gainsbourg
© 1961 & 1998 Warner Chappell Music France (ex Société Nouvelle des Éditions Musicales Tutti) & Melody Nelson Publishing

Ronsard 58
Paroles : Serge Barthelemy
Musique : Serge Gainsbourg
© 1958 & 1998 Warner Chappell Music France (ex Société Nouvelle des Éditions Musicales Tutti) & Melody Nelson Publishing

Scenic Railway
© 1964 & 1998 Warner Chappell Music France (ex Société Nouvelle des Éditions Musicales Tutti) & Melody Nelson Publishing

Sois belle et tais-toi
© 1960 & 1998 Warner Chappell Music France (ex Société Nouvelle des Éditions Musicales Tutti) & Melody Nelson Publishing

69, année érotique
© 1968 & 1998 Warner Chappell Music France (ex Société Nouvelle des Éditions Musicales Tutti) & Melody Nelson Publishing

Sous le soleil exactement
Extrait du film *Anna*
© 1966 & 1998 Warner Chappell Music France (ex Société Nouvelle des Éditions Musicales Tutti) & Melody Nelson Publishing

Valse de Melody
© 1968 & 1998 Warner Chappell Music France (ex Société Nouvelle des Éditions Musicales Tutti) & Melody Nelson Publishing

AUTRES ÉDITEURS

L'Amour en privé
© Sidomusic

Amour puissance six
Paroles : Serge Gainsbourg
Musique : Guy Bernard Ladive-V. Lazlo et C. Bofane
© Buy my records Éditions et Melody Nelson Publishing

Bye Bye Mister Spy
© Alphamusic

Ces petits riens
© Raoul Breton

Charlotte for ever
© GPFI / Le chant du monde

En rire de peur d'être obligée d'en pleurer
© Éditions Musicales Jacques Wolfsohn

Escroc
© Sidomusic

Evguénie Sokolov, roman publié en 1980.
© Éditions Gallimard

Gloomy Sunday (Sombre Dimanche)
© Nouvelles éditions Méridian

Je pense queue
© Renn Productions

Je préfère naturellement
© Semi / Atalante

Le canari est sur le balcon
© Éditions Transatlantiques

Mon père un catholique
© Art Music France / Melody Nelson Publishing

Quand j'aurais du vent dans mon crâne
Paroles : Boris Vian
Musique : Serge Gainsbourg
© Majestic Éditions

Quoi
Paroles : Serge Gainsbourg et Cesare de Natale
Musique : Guido et Maurizio de Angelis
© Cabum / Magister Music

Tatoué Jérémie
© Gérard Meys Éditions

Un petit garçon nommé Charlie Brown
Paroles françaises de Serge Gainsbourg sur une musique de Rod Mc Kuen
© April

DROITS RÉSERVÉS

Aboum tacaboum
© Droits réservés

Adieu California
© Droits réservés

Antoine le casseur
© Droits réservés

Arthur Circus
Paroles : Louis Laibe et Serge Gainsbourg
Musique : Serge Gainsbourg
© Droits réservés

Base-ball
© Droits réservés

Bathing Beauty and Sympathy
© Droits réservés

Caramel mou
© Droits réservés

Chanson de l'égorgeur
© Droits réservés

Close-combat
© Droits réservés

Colle Girl
© Droits réservés

Dédicace
© Droits réservés

Elle s'appelle Reviens
© Droits réservés

L'Enfant qui dort
© Droits réservés

Les Filles c'est du flipper
© Droits réservés

L'Homme de ma vie
© Droits réservés

Il y a quinze ans Elia Kazan
© Droits réservés

Les Interdits
© Droits réservés

Melody Nelson, dit *Au long de la vie* (publicité Martini)
© Droits réservés

Les Millionnaires
© Droits réservés

Mister Fauchman
© Droits réservés

On the Sea, dit *Le dernier des tubes* (publicité Martini)
© Droits réservés

On veut pas que j'crève
© Droits réservés

Ophélie à la dérive
© Droits réservés

Ouvrez les guillemets
© Droits réservés

Panthère blues (instrumental)
© Droits réservés

Parisiana
© Droits réservés

Les Petits Lolos de Lola
© Droits réservés

Pour la point point point
© Droits réservés

Rêves et caravelles
© Droits réservés

Rhum agricole
© Droits réservés

Si les poubelles pouvaient parler
© Droits réservés

Turlututu capot pointu
Paroles : Serge Gainsbourg
Musique : Michel Colombier
© 1969, Droits réservés

Une petite tasse d'anxiété
© Droits réservés

Un malaise en Malaisie
© Droits réservés

Viva la pizza
© Droits réservés

Zita la panthère
Paroles : Louis Laibe et Serge Gainsbourg
Musique : Serge Gainsbourg
© Droits réservés

Pour tous les autres documents (scénarios, notes éparses, listes de titres, aphorismes, chansons inédites sans titre, etc.) :
© Droits réservés.

Fabrication : Sylvie Blanchette, fab@editionstextuel.com

Achevé d'imprimer en février 2006
sur les presses de Kapp à Évreux (27)
N° d'édition : 512
Dépôt légal mars 2006
Imprimé en France